後鳥羽院和歌論

寺島恒世

笠間書院

後鳥羽院和歌論

目次

【凡　例】

○本書において引用する本文は次の諸書による。

・『後鳥羽院御集』収載の和歌は、和歌文学大系24所収本（寺島恒世校注）による。ただし、仮名遣いは歴史的仮名遣いに統一し、明らかな誤脱は校訂した。

・『遠島百首』は、新日本古典文学大系『中世和歌集 鎌倉編』所収本（樋口芳麻呂校注）により、仮名遣いは歴史的仮名遣いに統一した。諸本系統を論ずる際の各伝本は、井上宗雄・田村柳壹編『中世百首歌 二』（古典文庫四四四）及び『続群書類従』所収本による。ただし、清濁を示し、注釈文には句読点も付した。なお、書名は伝本により「遠島御百首」「後鳥羽院隠岐百首」等さまざまであるが、本書では「遠島百首」に統一した。

・『最勝四天王院障子和歌』は、内閣文庫蔵（二〇一・五六四）本により、明らかな誤脱は同類本に属する宮内庁書陵部蔵（五〇二・八）本等により校訂した。

・『時代不同歌合』（初撰本）は、岩波文庫『王朝秀歌選』（樋口芳麻呂校注）所収本による。

・『拾遺愚草』は、『冷泉家時雨亭叢書』第八・九巻（解題久保田淳）により、清濁を区別した。

・『万葉集』は、西本願寺本により、訓が廣瀬本と異なる場合は廣瀬本に従う。歌番号は国歌大観番号による。

その他の和歌は特に断らない限り、新編国歌大観による。なお、以上の引用本文は、『遠島百首』の諸本系統を論ずる場合を除き、歴史的仮名遣いに統一し、仮名に漢字を宛てる等、表記を改めたところがある。

・『後鳥羽院御口伝』は、『歌論歌学集成』第七巻所収本（山本一校注）による。

・『無常講式』は、仁和寺蔵本の翻刻本文（『鎌倉時代語研究』第十一輯所収〈花野憲道翻刻〉）による。但し、表記を改めたところがある。
・『明月記』は、『冷泉家時雨亭叢書』第五十六〜六十巻（解題冷泉家時雨亭文庫）により、同本が欠く部分は国書刊行会本による。なお私に句読点・返り点を付した。
・『愚管抄』は、日本古典文学大系『愚管抄』（岡見正雄・赤松俊秀校注）による。
・『源家長日記』は、『源家長日記　校本・研究・総索引』（源家長日記研究会編）による。
・『古来風躰抄』は、『歌論歌学集成』第七巻所収本（渡部泰明校注）による。
・『京極中納言相語』は、中世の文学『歌論集』一所収本（久保田淳校注）による。
・『八雲御抄』は、『八雲御抄　伝伏見院筆本』（片桐洋一監修・八雲御抄研究会編）により、表記は私意に改めた。
・『井蛙抄』は、『歌論歌学集成』第十巻所収本（小林強・小林大輔校注）による。
・『順徳院御記』は、『増補史料大成』第一巻（歴代宸記）による。
・『源氏物語』は、新日本古典文学大系『源氏物語』一〜五（柳井滋・室伏信助・大朝雄二・鈴木日出男・藤井貞和・今西祐一郎校注）による。
・催馬楽は、日本古典文学大系『古代歌謡集』（土橋寛・小西甚一校注）による。
・『物語二百番歌合』は、岩波文庫『王朝物語秀歌選　上』（樋口芳麻呂校注）所収本による。
・『増鏡』は、講談社学術文庫『全訳注　増鏡』（井上宗雄校注）による。

○引用する研究文献は以下の通りとする。
・論文・著書ともに刊行年は西暦に統一する。
・論文掲載雑誌のうち、月刊誌については巻・号等を省略する。
・論文・著書の執筆者名は、注記においては敬称を省略する。

序章

一　後鳥羽院における和歌——課題と解明の意義——

文学史に後鳥羽院の名が登場するのは、『新古今和歌集』との関わりにおいてである。建仁元年（一二〇一）の撰進下命に始まり、元久二年（一二〇五）に竟宴が催されたこの第八勅撰和歌集は、藤原定家・同家隆以下、複数の撰者を任命したにも拘わらず、下命者の後鳥羽院が自ら編纂に深く介入するという、類例のない成立過程を有することで知られてきた。

竟宴は形式に過ぎず、切継が続き、撰者との間に軋轢をも生みながら、編纂には長い時間が費やされる。一旦は完成し、広く流布するものの、承久の乱（一二二一年）敗北による後鳥羽院隠岐配流後にも、大幅な歌数を削減する精選作業が続けられ（隠岐本）、結果として『新古今集』には、竟宴時の本文、切継過程の本文、切継収束後の本文、さらには隠岐本の本文という異なる系統本が残されることとなった。現存伝本は、右のいずれの系統も純粋な形を伝える本文を有さず、諸本は複雑に入り組んだ様相を呈している。(1) 錯綜する本文の伝存は、改変を宿命としたこの歌集の特徴を端的に示しており、それは通常の勅撰集とは異なって、編集の権限を撰者とともに下命者までが行使した本集固有の成立の実態と深く関わっていたのである。

後鳥羽院が、その撰者の中心人物、藤原定家との軋轢を生じさせても『新古今集』にこだわり、配流されたのちにも精選に取り組むのはなぜだろうか。

その理由は、よりよき集を目指し、一旦成立するまでは新古今歌壇を形成させた立場での傾注により、隠岐本においては竟宴後三十年程を経過した時点での悔いによる、とする今日の一般的な理解は、『明月記』以下の諸史料や歌壇状況、また隠岐本序文等から導かれ、その下命者の熱意が、本集親撰説の根拠ともなってきた。しかし、そうした概括的把握から踏み込んで、後鳥羽院の立場に即した解明となると、資料の乏しさとも相俟って必ずしも十全ではない。『新古今集』とその時代をめぐる諸問題は、巨細にわたって解決されてきた中、なお残る重い課題は下命者に即する解明であろう。

これまで種々その関わりが論じられてきた藤原定家に比すれば、後鳥羽院の営みに関する検討は、質・量ともに劣り、両者の親密から疎遠へと変化する関係の実態や、承久の乱直前に交流が途絶した双方の対他意識の強さに関しても同様である。もとより和歌研究において、後鳥羽院は非専門歌人である以上、それは当然のことながら、宮廷文学としての『新古今集』を解明するための緊要な課題に、歌壇を領導した主宰者の営みを鮮明化することが挙げられるに違いない。

一方、歴史学でその名が最もよく現れるのは、承久の乱に関してである。強硬に討幕を試みた現実認識や、乱後の振る舞い等から知られる専制君主ぶりに対する批判の一方、流罪に処されて遠島に暮らし、そこに崩ずる悲劇への同情から追慕もなされ、のちの評価は、時代により、思想によって変容してきた。その院政については、上横手雅敬氏により文化を含めた総合的な解明が進められ[2]、五味文彦氏により文武両面に亘る活動の政治的な位置付けが明らかにされ[3]、また、『新古今集』成立までの活動が「文化統合」として辿られた[4]。目崎徳衛氏は、詳細な史伝も書かれている[5]。

先学により明らかにされた、王政復古を目指す意思と、それに基づく文武にわたる諸芸の旺盛な営みのうち、とりわけ和歌への思い入れは強く、従来のいずれの為政者にも勝っていた。例えば和田英松氏が取り上げられた歴代天皇の、嵯峨天皇以下当代までの十九代の諸成果を通覧しても[6]、後鳥羽院の手になるものは、二条天皇までの十八代のそれに比し、質・量ともに群を抜いており、その中心を占めるのは和歌の撰集と詠歌である。

そもそも治天の君であり続けた立場から、朝権回復を求め、政治や信仰と関わりやすいその和歌は、王者たることに規制されており、それを外して考えることはできない。しかしながら、例えば都での営みが、作者名を隠して歌の優劣を競い、あるいは「親定」の隠名を名乗ることに示される通り、身分を越え、歌そのものを追究する共通の狙いが目指されていた。それによって、歌壇の結集が進み、熾烈な活動も繰り広げられたのである。しばしば用いる作者名「女房」も、それ自体がタテの関係を示しつつ、なお前提にヨコの関係を生む場があることを表す方法としてあったと思しい。『新古今集』編纂に関与しながら、歌壇の主宰者として歌人を糾合させ、定数歌や障子歌を企画し、歌合や歌会等を催す後鳥羽院は、自ら積極的に歌を詠む、実践する領導者であった。

ところが、人生半ばにして突然、承久の乱による配流という過酷な体験をし、後半生は配所、隠岐での生活を余儀なくされることになる。そこで、再び和歌を詠み、苦悩を吐露する一方、複数の秀歌撰を編み、既述の通り『新古今集』の改訂を再開するのである。

両者の営みの落差は大きく、歌壇を主宰し、異様な情熱を注いで臨み続けた都の歌と、孤独に暮らす異常な体験を詠む配所の歌は、対照的な性格を示しており、その違いが後鳥羽院の和歌を特徴付けるものとされ、評価も異なる観点からなされてきた。確かに鎌倉方が京方に勝利した承久の乱の歴史的事実としての意味は大きく、文学史区分でも中世の始まりをここに定める説もある。配流を境として、都と隠岐の歌の差異が注視されるのは当然であり、その評価が誤っているわけではない。しかしながら、一朝にして身に付いた詠法が変じてしまうことは考えにくく、主宰者であり続けた立場に留意すれば、把握の単純化や図式化は、実態を捉え難くする。異常体験は、和歌の生成と編集にいかなる作用を及ぼしたのか。その経緯の分析結果が、例えば隠岐本『新古今集』を考える前提に据えられなければならず、定家等とともに競い続けた和歌への執念を見定めようとすれば、都における歌との異同を見据えつつ、晩年に及ぶ営みを丁寧に解析することが求められるであろう。『新古今集』のみならず、その後の和歌を考えるためにも、特異な人生を歩む帝王、後鳥羽院の営みの解明は、有効な手がかりとなると考える。

二　後鳥羽院とその時代

考察に当たり、後鳥羽院の生涯を時代とともに概略辿っておきたい。

誕生は、治承四年（一一八〇）七月十四日（一説に十五日）、高倉天皇第四皇子であった。母は修理大夫藤原信隆女で建礼門院に仕える女房、七条院殖子。治承四年という年は、四月に以仁王が平家追討に決起するも、五月に源三位頼政とともに敗死、六月に福原への遷都、八月に源頼朝挙兵、十月に富士川の合戦、十一月には福原よりの還都、そして十二月に平重衡南都攻めによる東大寺・興福寺焼亡、と大きな事変が相次ぎ、いよいよ源平が真っ向から対決する戦いの節目となる一年である。以降、争乱は激しさを募らせ、寿永二年（一一八三）七月、源氏の攻勢の前に、遂に都落ちを余儀なくされた平氏は、安徳天皇と建礼門院を奉じ、三種の神器もろともに西国へ下る。ここに生じた空位に急遽擁立されたのが後鳥羽天皇であった。同母兄の第二皇子守貞親王（のちの後堀河天皇の父、後高倉院）も西下しており、皇位継承候補者は、第三皇子惟明親王と二人であった。『平家物語』『愚管抄』等によれば、兄皇子とは対照的な第四皇子の物怖じしない性格が選考に当たった後白河院の心を動かし、詔が下されたという。動乱の世ならではの偶然と、強い性格が幸いした皇位獲得は、選んだ祖父後白河院のそれと通うところがある。この年践祚、翌元暦元年（一一八四）に即位する。異常事態での即位式は三種の神器のない異例のもので、のちに内侍所と神璽は戻ったものの宝剣は戻らず、後鳥羽院の刀剣への執着はこれに発するとも言われる。

天皇在位中は後白河院政期にあり、建久三年（一一九二）その崩御後は、丹後局と結んだ源通親が政界に重きをなした。通親は養女在子（のちの承明門院）を後宮に入れ、そこに誕生した第一皇子為仁親王を東宮に立てることで、ライバル藤原兼実を抑え、実権を掌握した。その通親の思惑とも重なって、後鳥羽天皇は建久九年（一一九八）に東宮に位を譲り（土御門天皇）、上皇の身となった。時に十九歳。慈円の証言によると「ヤウ〳〵意ニマカセナバヤトオボシメスニヨリテ」（『愚管抄』）の譲位で、これに機に「よろづの道々につけて、残ることなき御遊びども」（『源家長日記』）にいそしむことになる。管絃・蹴鞠・競馬・闘鶏等が次々と催され、和歌・連歌・作文会から犬追物・笠懸・相撲に及ぶ文武諸芸の振興が試みられた。これは、自らの愛好によると同時に、広く人材を求め、登用することを目的とするものであった。例えば、のちに新古今撰者になる藤原（飛鳥井）雅経は蹴鞠の堪能で見出された人物である。それら諸芸のうち、最も熱意を持って取り組んだのが和歌であり、能力のある者が召し出され、藤原秀能・源具親や宮内卿・俊成卿女など新進歌人が相次いで登場する。一方、鳥羽殿・水無瀬殿を初めとする諸御所の造営と御幸も重ねられ、諸寺社への参詣も頻繁に行われた。とりわけ熊野へは、繁く参詣を重ねた祖父後白河院に倣って、三十度近くにも及ぶ御幸を試みる。その道中で催された歌会歌の一部が「熊野懐紙」として伝存する。

天皇として詠んだ歌は現存せず、和歌に親しみ始めた経緯は不明ながら、歌道家の有力歌人ではなく、院の身近にいた者達との交流を契機とするとも見られる。本格的な関わりは正治二年（一二〇〇）に始まり、この年二度百首歌を催す。その「初度百首」で当初作者から除外されていた御子左家歌人の新鋭、藤原定家等は、藤原俊成の働きかけ（『正治和字奏状』）が功を奏して追加され、その定家の百首を読んだ院は深く感銘を受けた。以て早速に定家を登用し、これを契機に院の歌壇活動は急激に活発となる。ここに高まった気運が、『新古今集』を生み出すのである。冒頭に述べたように、その切継作業が続けられる一方、歌壇では本書第一編で取り上げる作品をはじめ、新たな試みによる諸作が生まれた。ただし、初めは良好であった定家との関係は、『新古今集』の編纂過程や『最勝四天王院障子和歌』の撰歌等をめぐり、悪化の方向に進むこととなる。

『新古今集』の切継が一段落し、承元末年（一二一一）以降になると、詠歌は次第に数を減じ、憂愁や苦悩を表す述懐歌が詠まれてくる。それは、和歌を含む諸文化再興の試みが、天皇親政再現の願いと不可分に結びつき、しかも源頼朝の死後、鎌倉幕府の実権を握った北条義時との関係が理想とは逆の方向に進みつつあることと関わっていた。建暦・建保期（一二一一～一九）には歌壇の中心も順徳天皇内裏に移り、和歌に注ぐ熱意は鎮静化に向かう。ただし、力量が衰えたわけではなく、建保四年（一二一六）に催した百首をはじめ、むしろ優れた歌が詠み出された。承久二年（一二二〇）には、定家を閉門に処する内裏和歌会の催しもあり、定家との関係は決定的な決裂状態に至った。

次第に強まる鎌倉幕府との軋轢は、承久元年（一二一九）に源実朝が暗殺されたのち、遂に承久三年（一二二一）五月、北条義時追討のための挙兵に至らしめる（承久の乱）。しかしながら、鎌倉方の圧倒的な力の前に、京方はさしたる交戦も見ないまま敗北し、院は七月に出家、そのまま隠岐に配流され、以後崩ずるまでの十九年間を配所で過ごすこととなる。隠岐では、本書第二編に見るように、再び和歌は活発に営まれ、院の文学に新たな側面が切り拓かれた。逆境に屈せず、仏道修行とともに続けられる和歌活動は、都の人々に与える影響も大きく、決裂のままに承久の戦を迎えた経緯から当然のことながら、全く交流のない定家の活動、例えば『新勅撰和歌集』、『百人一首』等の編纂に強弱様々に影響を与えたとも見られる。複数度提出された還京案もすべて廃され、その夢空しく、延応元年（一二三九）二月二十二日、隠岐に六十年の生涯は閉じられた。

三　後鳥羽院和歌研究史

ほぼ四十年に及ぶ治天の君としての人生に、繁閑はありながら、歌の営みは常に必要とされていた。その和歌に関する研究は、近代以降、特に昭和に入ってから本格化する。次に、その主要な論考を取り上げ、研究史を確認しておきたい。

勅撰集下命者として異例の熱意を有して、『新古今集』の撰集に深く関与したという経緯から、研究は『新古今集』の解明と相関する形で始まる。それは、最も早く標題を「後鳥羽院の研究」とする尾上春水氏の論（『国語国文』一九三三年十一月）が、副題を「新古今和歌集を中心として」とすることに典型的で、以降も新古今論の深化に連動して究明は進んできた。ただし、大日本帝国憲法下においては、天皇親政回復の「聖徳」が「讃仰」されやすく、とりわけ昭和十四年（一九三九）には、後鳥羽天皇崩後七百年祭が行われたことと関わって、「御聖跡」を偲ぶ文章が多く書かれる。それらのうち、学術論文として他と一線を画するのは小島吉雄氏の「後鳥羽院の御文学」（『文学研究』二五、一九三九年六月）である。この論も冒頭に明記する通り、七百年式年と無関係ではないものの、院の和歌を通覧し、その総体を解き明かすことに狙いが定められており、発展して『新古今和歌集の研究　続篇』（一九四六年十二月、新日本図書株式会社）に結実する。その著書では、『新古今集』の撰定過程、删拾歌（删除歌・切入歌）、隠岐本除棄歌、さらに新古今歌風と後鳥羽上皇との関わり等が論じられ、院の文学の特徴が説かれるとともに、それまで唱えられてはいた新古今親撰説に根拠が与えられることとなった。風巻景次郎氏の『新古今時代』（一九三六年七月、人文書院）が、定家の営みを主として、撰者の側からこまやかに解き明かしたのと対照的に、『新古今集』に後鳥羽院の関与を読む見解が明確に示されたのである。以降、『新古今集』に果たす定家と後鳥羽院の役割については、後述の通り、長期にわたる成立過程と、その間における両者の関わりの変容や歌観の異同、定家単独撰の『新勅撰集』との差異など多様な観点から、種々の議論がなされ、『新古今集』をいかに読むかの基本に関わって、常に問い返される課題となってきた。昭和十四年十月には、保田與重郎氏『後鳥羽院――日本文学の源流と伝統――』（思潮社、『保田與重郎著作集』二〈一九六八年九月、南北社〉所収）が書かれ、戦時下の昭和十八年（一九四三）六月には、村崎凡人氏『御歌人としての後鳥羽上皇』（鶴書房）が刊行された。

新古今歌人論としては、戦後いちはやく谷山茂氏の『新古今の歌人――感傷の底に意欲するスフィンクスの一群――』（一九四七年十二月、堀書店、『新古今集とその歌人』（谷山茂著作集五、一九八三年十二月、角川書店）所収）が、高風・寂風・艶風の三風のうち、院を高風派に属する歌人として論じた。そののち、個別に後鳥羽院の和歌を扱う考察もなされ始め、概ね小島吉雄氏論を踏まえた上での解明が展開する。例えば習作期に定家新風に魅了されたものの、承元・建永期から本来の在り方に回帰したことが説かれ（西畑実氏「後鳥羽院の歌風とその展開」『白珠』二〇―七、一九六五年七月）、「実情実感」の文学に院の個性を認め、隠岐での詠歌をそれによって価値付ける見方が趨勢となった。定家との対照性を明快に説く安田章生氏の『新古今集歌人論』（一九六〇年三月、桜楓社）、『藤原定家研究』（一九六七年六月、至文堂、増補版一九七五年二月）の把握も、その見方に立つ。その中にあって、樋口芳麻呂氏の「後鳥羽院」（『日本歌人講座　中世の歌人Ⅰ』一九六一年三月、弘文堂、一九六八年九月新版）は、基礎的な資料の整理に基づき、生涯の活動を詳細に解明し、諸作品を明確に位置付けたもので、その後の後鳥羽院研究の必読文献となる。丸谷才一氏の『後鳥羽院』（日本詩人選10、一九七三年六月、筑摩書房、第二版二〇〇四年九月）は、その樋口氏の研究を踏まえつつ、独自に重層性と調べを読み解き、後鳥羽院ならではの着想や表現をこまやかに説き明かして、その和歌の特徴を浮き彫りにした。その新たな解析と批評により、従来の読解は格段に深められ、また広く世に後鳥羽院の和歌の魅力が知られることになった。

院が和歌に馴染みはじめた契機に関しては、飛鳥井雅経ほかの「ずぶの素人集団」たる側近の影響、実務官僚の役割等が久保田淳氏によって説かれ（「後鳥羽院とその周辺」『ＵＰ』五―一一、一九七六年十一月、『藤原定家とその時代』（一九九四年一月、岩波書店）所収）、「和歌試」という歌人登用の実態が明らかにされる（「後鳥羽院歌壇はいかにして形成されたか」『国文学解釈と教材の研究』一九七七年九月、前掲書所収）。一方、源通親の影響が井上宗雄氏によって説かれている

（『中世歌書集』古典文庫四一七、一九八一年六月）。近臣の影響は田村柳壹氏によりさらに詳細に解明され（「正治・建仁・元久期の歌壇―後鳥羽院歌壇前史―「熊野類懐紙」の総合的検討と和歌史上における意義をめぐって―」『新古今集とその時代』〔和歌文学論集8、一九九一年五月、風間書房〕、『後鳥羽院とその周辺』〔一九九八年十一月、笠間書院〕所収）、そのうち特に寂蓮の果たす役割が吉野朋美氏によって指摘された（「後鳥羽院の和歌活動初期と寂蓮」『中世文学』五〇、二〇〇五年六月）。

譲位とともに始められ、回数が重ねられる熊野御幸において、その初期の歌会歌を伝える「熊野懐紙」に関しては、右の田村氏の資料集成に続き、吉野氏「後鳥羽院の熊野御幸と和歌―「熊野懐紙」の和歌表現―」（『文学』一―四、二〇〇〇年七月）が、院固有の表現を読み解く。なお、『後鳥羽院御集』に所収される関係歌群の記述の錯誤につき、兼築信行氏によりその要因の推測がなされた（「『後鳥羽院御集』〔第二類本〕拾遺部分の熊野御幸関係歌群をめぐって」『明月記研究』一二、二〇一〇年一月）。

現存する最初の歌とされる大内花見詠は、成立時期が正治二年（一二〇〇）と前年の両説行われてきた中で、石川泰水氏「家実の花見―正治年間の後鳥羽院の大内花見御幸に関連して―」（『和歌文学研究彙報』四、一九九四年十二月）が正治元年説に記録記事の根拠を提示し、吉野氏「後鳥羽院の「大内の花見」―詠歌の場をめぐって―」（『国語と国文学』一九九七年四月）がその可能性の強さを論じた。

歌壇活動は、有吉保氏『新古今和歌集の研究　基盤と構成』（一九六八年三月、三省堂）、藤平春男氏『新古今歌風の形成』（一九六九年一月、明治書院、『藤平春男著作集』一〔一九九七年五月、笠間書院〕所収）等により、実態が総合的に解き明かされた中、建仁初年に関しては、久保田氏「中世和歌と「神」」（『国文学解釈と鑑賞』一九八七年九月、前掲書所収）、家永香織氏「建仁元年の後鳥羽院歌壇―『老若五十首歌合』『新宮撰歌合』を中心に―」（『文学』六―四、一九九五年十月、『転換期の和歌表現　院政期和歌文学の研究』〔二〇一二年十月、青簡舎〕所収）、安井重雄氏「建仁元年三月新宮撰歌合考」（『中世近世和歌文芸論集』二〇〇八年十二月、思文閣出版）等の論があり、始発期の様相が鮮明化されてきた。なお村尾誠一氏「建仁二年の後鳥羽院―歌風形成から中世和歌へ―」（『東京外国語大学論集』七一、二〇〇五年十二月、『中世和歌史論　新古今和歌集以後』（二〇〇九年十一月、青簡舎）所収）は、作品論からこの期の方法に後の中世和歌の早い実現を指摘する。院歌壇の特徴の一つをなす「影供歌合」については、佐々木孝浩氏「後鳥羽院歌壇「影供歌合」考」（『国語と国文学』二〇〇四年五月）が、一連の影供歌合研究を踏まえて詳細に論じた。

その歌壇主宰者として下命し、撰進させた『新古今集』との相関のうちに、奉納諸作品から『遠島百首』にいたる和歌を読み解き、天皇親政再現への意思を解明された田中喜美春氏の「後鳥羽院の香具山」（『国語と国文学』一九七七年二月）は、後鳥羽院研究の指標を示す論となる。

よく知られてきた院の和歌の特徴に、自在な差し替え・改作や先行歌からの縦横な摂取がある。それは『正治初度百首』から見られ、特にその中の差し替え歌に関して、有吉氏（前掲書）と久保田氏『新古今歌人の研究』（一九七三年三月、東京大学出版会）の両説を契機に議論がなされ、拙稿「「正治二年初度百首」考―後鳥羽院の百首歌について―」（『国文学言語と文芸』八一、一九七五年十月）、萬田康子氏「後鳥羽院「正治初度百首」をめぐって」（『語文（日本大学）』四九、一九七九年三月）、山崎桂子氏「後鳥羽院「正治初度百首詠」の改作について」（『国語と国文学』一九八〇年十月）等の論が出された。この議論は、山崎氏「「正治二年第二度百首和歌」考」（『国語と国文学』一九八一年七月）以下の両百首の論が集成された氏の著書『正治百首の研究』（二〇〇〇年二月、勉誠出版）により、総合的に扱われ、改作の方向性は確定的となった。拙稿（第一編第一章第一節後半）は、その改作の実態の再考である。本作に見る先行作との関わりは辻森秀英氏「新古今時代古典影響の一断面（承前）―正治二年初度百首を中心として―」（『国文学研究』二七、一九六三年三月）に検討され、四季歌の注釈は村尾氏「後鳥羽院初度百首四季歌訳注考 上・下」（『東京外国語大学論集』三八・九、一九八八・九年三月）によりなされた。なお、本企画に早くも勅撰集への意志の存する可能性が指摘され（村尾氏「後鳥羽院正治初度百首と勅撰和歌集への意志―『正治和字奏状』の再検討を発端に―」『国語と国文学』二〇〇八年四月、前掲書所収)、本作を含む建仁期までの院の恋歌が検討された(長谷川範彰氏「後鳥羽院の恋歌―正治・建仁期を中心に―」『立教大学日本文学』九六、二〇〇六年七月)。

空前の規模の歌合である『千五百番歌合』も当初は第三度百首として企図され、この院自身の百首にも改作が見られる。その改作は本文研究を進められた有吉氏『千五百番歌合の校本とその研究』(一九六八年四月、風間書房)に取り上げられ、作品論には、拙稿(第一編第一章第三節前半)、渡辺健氏「後鳥羽院の『千五百番歌合』百首歌について―同時代歌人からの影響を中心に―」(『岡大国文論稿』三八、二〇一〇年三月)等がある。歌合判としての判歌も検討され始め、田野慎二氏「後鳥羽院『千五百番歌合』折句判の試み―番の歌との呼応に注目して―」(『人間研究論輯』二、二〇〇三年三月)、渡辺氏「後鳥羽院『千五百番歌合』判歌の最終歌について」(『岡大国文論稿』三五、二〇〇七年三月)、同「後鳥羽院の『千五百番歌合』秋二・秋三判歌について―同時代歌人からの表現摂取―」(『和歌文学研究』一〇四、二〇一二年六月)等により、固有の方法が解明されつつある。

歌壇活動においては、種々の〈試み〉が提示され続ける。和歌を三つの風体で詠み分ける『三体和歌』の催しもその一つで、披講の場と構成に注目した論に、田野氏「後鳥羽院の『三体和歌』―歌会の場と六首の構成―」(『国文学攷』一四六、一九九五年六月)がある。『最勝四天王院障子和歌』については、拙稿(第一編第四章)、吉野氏「『最勝四天王院障子和歌』について」(『国語と国文学』一九九六年四月)、小山順子氏「『最勝四天王院障子和歌』の歌枕表現―「名所の景気幷に其の時節」をめぐって―」(『国語国文』二〇〇三年九月)等が、催しの意義、絵画との関わり、表現の特性等につき、新たな知見を加えた。久保田氏「後鳥羽院の富士山の歌」(『文学』三―二、二〇〇二年三月、『富士山の文学』(角川ソフィア文庫)所収)では、後鳥羽院の本障子歌の特質とともに院における富士山の存在の意味が明かされた。ミシェル・ヴィエイヤール‐バロン氏「王権の正当性を誇示する事業としての『景勝四天王院障子和歌』」(『アジア太平洋研究(成蹊大学アジア太平洋研究センター)』三六、二〇一一年)は、本作が後鳥羽院の王権復活の企図によることを捉え直した。伝本に関しては、安井明子氏「『最勝四天王院障子和歌』伝本考」（『神女大国文』七、一九九六年三月）がある。本作については、渡邉裕美子氏の業績が特筆され、全歌四百六十首に注釈が施され（『最勝四天王院障子和歌全釈』二〇〇七年十月、風間書房）、その全歌把握と相俟って、『新古今時代の表現方法』（二〇一〇年十月、笠間書院）第四章に収められた諸論により、当代性を含む総合的な解明のもと、本作の意義が詳細に論じられた。さらに、『歌が権力の象徴となるとき　屛風歌・障子歌の世界』（二〇一一年一月、角川学芸出版）では通史的な把握からの位置付けもなされた。それら先行諸論を踏まえ、本企画を政治性と芸術性の相関のうちに総合的に論じたのが、バロン氏の著書『場が意味するもの　『景勝四天王院障子和歌』を通して見る表象としての建築、風景、そして王権』（二〇一三年、コレージュ・ド・フランス日本学高等研究所―仏語―）である（本書はフランスで出版された）。

哀傷歌については、藤平泉氏に「新古今時代の哀傷歌（1）―後鳥羽院尾張哀傷歌群を中心に―」（『神女大国文』二、一九九一年三月）、「新古今時代の哀傷歌（2）―慈円との十首歌贈答―」（『同』三、一九九二年三月）、「『新古今和歌集』八〇一番歌について―「むせぶもうれし」の意味するもの―」（『同』八、一九九七年三月）、「詠作の「場」と解釈」（『和歌　解釈のパラダイム』一九九八年十一月、笠間書院）等一連の論がある。

詠歌数が減少に向かう建暦期に関しては、吉野氏「建暦二年の後鳥羽院」（『国語と国文学』二〇〇一年十月）が歌壇の様相を踏まえて論じ、建保期に唯一詠まれた百首については、小島栄治氏「後鳥羽院「建保御百首」御製についての一考察―順徳天皇内裏歌壇との関わりにおいて―」（『名古屋大学国語国文学』四九、一九八一年十一月）、拙稿（第一編第一章第三節後半）、村尾氏「建保期の後鳥羽院―藤原定家の本歌取方法論とのかかわりにおいて―」（『国語と国文学』一九八三年十一月、前掲書所収）等が表現の特質や制作の必然性を論じた。川平ひとし氏「建保四年院百首の成立」（『私学研修』一〇二、一九八六年七月、『中世和歌テキスト論―定家へのまなざし―』（二〇〇八年五月、笠間書院）所収）は、作品の性格からこの期の後鳥羽院が置かれていた状況を浮き彫りにする。

この時期以降、強まる鎌倉方との緊張関係に関し、史学研究では源実朝との関わりに諸説がある中、(7)和歌に関しては、早く斎藤茂吉「後鳥羽院と源実朝と」(『文学』創刊号、一九三三年四月、『斎藤茂吉全集』一九〈一九七三年五月、岩波書店〉所収)において、実朝歌における後鳥羽院の影響が指摘された。実朝論においては両者の関係の把握は分かれ、原田正彦氏「源実朝と後鳥羽院歌壇—金槐集と新古今集成立期の和歌との関連を中心に—」(『実践研究』二、一九九八年六月)、福留温子氏「読む　金槐和歌集(定家所伝本)の巻頭巻軸部—後鳥羽院への思いを読む—」(『日本文学』二〇〇六年五月)等は、実朝に院からの影響を説く。一方後鳥羽院の対実朝意識については、谷山茂氏等の説を承けて実朝懐柔の思惑を読む吉野氏「後鳥羽院の実朝懐柔と和歌—建保三年『院四十五番歌合』について—」(『古代中世文学論考』一二、二〇〇四年五月、新典社)の論がある。

承久三年(一二二一)七月の隠岐配流以降の和歌活動は、代表作『遠島百首』が古来最もよく論じられ、小原幹雄・樋口芳麻呂両氏の業績が、その後の研究の基礎を築いた。小原氏には「校異遠島百首」(『島根大学論集　人文科学』四、一九五四年三月)、「表現形態より見た『遠島百首』」(『島大国文』一二、一九八三年十月)、「在隠岐『遠島百首』について」(『隠岐の文化財』一、一九八三年十二月)、「翻刻　焼火神社本『隠岐院遠島百首』」(『島大国文』一九、一九九〇年十一月)等の諸論のほか、『遠島御百首注釈』(一九八三年四月、隠岐神社社務所)の注解がある。樋口氏にも前掲論ののち『後鳥羽院』(王朝の歌人10、一九八五年一月、集英社)におけるさらなる解明と、新日本古典文学大系『中世和歌集　鎌倉篇』(一九九一年九月、岩波書店)所収の注釈がある。拙稿(第二編第一章第一・二節)がその特質を論じ、田村氏「『遠島百首』の伝本と成立—作品改訂の問題を中心として—」(『国語と国文学』一九八三年六月、『後鳥羽院とその周辺』〈一九九八年十一月、笠間書院〉所収)との間で見解が分かれる改訂の問題は、上條彰次氏「後鳥羽院『遠島百首』の一首—一類本・二類本の先後関係に及ぶ—」(『文林』二八、一九九四年三月、『中世和歌文学諸相』〈二〇〇三年十一月、和泉書院〉所収)において新たな視点から論じられた。拙稿(同第三節)は、それらを踏まえた再論である。吉野氏「『遠島百首』の方法と意味—改訂されなかった歌を通して—」(『文学』五—六、二〇〇四年十一月)は、改作歌以外の歌から問い直し、村尾氏「隠岐の後鳥羽院—遠島百首雑部の検討を通して—」(『平安文学研究　生成』二〇〇五年十一月、笠間書院、前掲書所収)は、表現から都人との交流を読み解いた。伝本研究は、田村氏「『遠島百首』伝本考」(『語文(日本大学)』五七、一九八三年五月、前掲書所収)が、多様な本文が五分類されることを解明した労作であり、「第一類本」から「第四類本」までの善本の本文が井上宗雄氏との共編『中世百首歌　二』(古典文庫四四四、一九八三年九月)に翻刻され、冷泉家時雨亭文庫蔵の古写本が冷泉家時雨亭叢書『中世私家集　五』(二〇〇一年四月、朝日新聞社)により明らかにされた(解題井上宗雄氏)。なお、右の田村氏著書『後鳥羽院とその周辺』は、「熊野類懐紙」のほか、『後鳥羽院御集』・『遠島百首』等、後鳥羽院の代表作の本文研究に優れた解明をなすとともに、『源家長日記』から導かれる聖帝としてのありようを含め、実証的に後鳥羽院の作品と人物を解き明かした画期的な業績である。

隠岐における他の作品論としては、『後鳥羽院御自歌合』や『遠島御歌合』を扱う拙稿(第二編第二章)、後者の一首を取り上げた渡辺健氏「後鳥羽院の『遠島御歌合』「忍恋」題歌について」(『岡大国文論稿』三〇、二〇〇二年三月)等、及び「詠五百首和歌」を扱う拙稿(第二編第三章)、小原幹雄氏「『隠岐五百首和歌』について」(『島大国文』一八、一九八九年十一月)等が、各作の表現やその性格を検討した。『定家家隆両卿撰歌合』、『時代不同歌合』の秀歌撰に関しては、樋口芳麻呂氏の『平安・鎌倉時代秀歌撰の研究』(一九八三年二月、ひたく書房)に集成された業績が総合的な解明をなし、やはり先の著書と同様その後の研究を導く役割を果たしている。論文には、拙稿(第二編第四・五章)、菊地仁氏「後鳥羽院—伝統を愛しむ」(『国文学解釈と鑑賞』一九九二年三月)等がある。拙稿「『時代不同歌合』の一性格—秀歌選としての在り方から—」(『山形大学紀要(人文科学)』一一—一、一九八六年一月)は、その樋口氏説を踏まえ、『俊成三十六人歌合』との関わりから本作の性格を論じた。ただし、田仲洋己氏「『俊成三十六人歌合』について」(『岡山大学文学部紀要』三一、一九九九年七月、『中世前期の歌書と歌人』(二〇〇八年十二月、和泉書院)所収)において『俊成三十六人歌合』の偽書説が提出されている。なお、吉田幸一氏『時代不同歌合　為家本考』（古典聚英七）（一九九六年二月、古典文庫）により紹介されたのは最古写善本の本文であり、再撰本に属する。

『遠島百首』同様、早くから隠岐での営みとして解明が進められたのは、隠岐本『新古今和歌集』であり、削除歌の検討は、有吉氏前掲書、後藤重郎氏『隠岐本新古今和歌集と研究』（一九七二年十二月、未刊国文資料刊行会）、加藤恵子氏「隠岐本新古今和歌集巻廿釈教部巻末の連続削除についての一考察」（『名古屋大学国語国文学』三七、一九七五年十二月）等のほか、田中裕氏『後鳥羽院と定家研究』（一九九五年一月、和泉書院）に集成された諸論が、相異なる観点から詳細な解明をなした。一九九五年、冷泉家時雨亭文庫から出現した伝本は、符号によらぬ、残された歌のみからなる純粋本として大いに注目を集めた古写本であった。当該本は赤瀬信吾氏「隠岐本『新古今和歌集』本文瞥見」（『文学』六―四、一九九五年十月）、上野武氏「隠岐本と後鳥羽院怨霊の鎮魂―冷泉家時雨亭文庫蔵本『隠岐本新古今和歌集』の成立について―」（『国語国文』一九九九年九月）等で詳細に論じられ、後藤氏の冷泉家時雨亭叢書『隠岐本　新古今和歌集』（一九九七年四月、朝日新聞社）の解題や、同氏『新古今和歌集研究』（二〇〇四年二月、風間書房）第二章「隠岐本」でさらなる解明がなされて、隠岐本研究は新たな段階を迎えることになる。拙稿（第二編第六章）は、それを踏まえて論じたもの。なお隠岐本の形態については、冷泉家本の出現により、歌のみからなる純粋本の可能性が生じ、田渕句美子氏「隠岐本『新古今和歌集』考」（『国語国文』二〇一三年七月）はそれを補強する。ただし、赤瀬氏論が説き、後藤氏論に指摘される通り、冷泉家本の本文は未解決の問題を残しており、現段階での確定は困難である。

後鳥羽院の隠岐での活動は、孤独に苛まれた営みとして捉えられがちな中、田渕氏『中世初期歌人の研究』（二〇〇一年二月、笠間書院）所収論、同「流謫の後鳥羽院―『続後撰集』以降の受容―」（『国文』九五、二〇〇一年八月）等は、都との交流が活発になされていた実態を解き明かし、新たな捉え直しを迫る成果を示した。

信仰の問題も重要で、都における論には、佐々木孝浩氏「後鳥羽院と恋歌―和歌と信仰の関係をめぐって―」（『明月記研究』一〇、二〇〇五年十二月）があり、奉納をめぐっては、大野順子氏「後鳥羽院奉納歌攷―元久元年奉納三十首群における詠作態度―」（『明治大学大学院文学研究論集』一〇、一九九九年二月）、拙稿（第一編第一章第二節、同第三章）、谷知子氏「後鳥羽院と元久元年十一月十日「春日社歌合」―和歌所で神社奉納歌合を催すということ―」（『明月記研究』一〇、二〇〇五年十二月）等がある。浅田徹氏「後鳥羽院と神―新古今集に託されたもの―」（『國學院雑誌』二〇一三年八月）では、『新古今集』における特異な奉納歌の偏りと神詠歌の扱い、参詣の頻繁さ等から、平和への祈願にかける強い意志が導かれた。

出家し、神への意識もより深く持たれることになる隠岐以後には以下の論がある。石崎達二氏「後鳥羽上皇御製無常講式の研究　上・下」（『立命館文学』四―三・四―五、一九三七年三・五月）、宝田正道氏「後鳥羽上皇の御信仰」（『浄土学』一四、一九三九年六月、『日本仏教文化史攷』（一九六七年五月、弘文堂新社）所収）、浅井峯治氏「晩年の後鳥羽院について―歌合等と無常講式と―」（『中京大学文学部紀要』二―一、一九六七年十二月）等はそれぞれその内実の検討を進め、伊藤敬氏の「隠岐の後鳥羽院抄」（『藤女子大学・藤女子短期大学紀要第I部』三三、一九九六年二月、『室町時代和歌史論』（二〇〇五年十一月、新典社）所収）は、その信仰をより詳細に解き明かし、それを含めて隠岐の営みを総合的に捉え直した。吉野氏「隠岐の後鳥羽院における神」（『中央大学文学部紀要（言語・文学・文化）』一〇一、二〇〇八年二月）、同「隠岐の後鳥羽院における仏」（『同』一〇二、二〇〇九年二月）は、従前の説を再検討し、隠岐の晩年における神・仏それぞれへの意識を推測する。

表現研究のうち本歌取りに関しては、西畑実氏「後鳥羽院」（『大阪樟蔭女子大学論集』七、一九六九年二月）、梅澤百合江氏「後鳥羽院研究―本歌取について―」（『学習院大学国語国文学会誌』三四、一九九一年三月）、辻田弘之氏「後鳥羽院についての一考察―本歌取と定数歌をめぐって―」（『王朝文学　資料と論考』一九九二年八月、笠間書院）、村尾氏前掲論「建保期の後鳥羽院」及び「後鳥羽院と本歌取」（『学習院大学国語国文学会誌』四五、二〇〇二年三月、前掲書所収）、君嶋亜紀氏「『新古今和歌集』本歌取試論――後鳥羽院の春歌をめぐって――」（『国語と国文学』二〇〇二年四月）等の調査・分析があり、専門歌人とは異なる院固有の方法の解明が進められた。渡部泰明氏「新古今時代――建仁元年八月十五夜撰歌合をめぐって」（『国文学解釈と教材の研究』二〇〇四年十一月）では、標題作が収める後鳥羽院歌を含む特有の用例から、「当座性」と絡んで危うさをも孕む当代の本歌取り表現の実態が明かされる。王朝の物語との関わりには、『源氏物語』を主に寺本直彦氏『源氏物語受容史論考』（一九七〇年五月、風間書房）の詳論があり、『狭衣物語』につき、後藤康文氏「後鳥羽院の『狭衣物語』受容」（『語文研究』六九、一九九〇年六月、『狭衣物語論考　本文・和歌・物語史』（二〇一一年十一月、笠間書院）所収）がある。有名な「新島守」の歌に関しては、桐原徳重氏「「新島守」の語義について」（『常葉国文』一、一九七六年七月）、「「新島守」の歌について」（『常葉国文』六、一九八一年六月）等がその特殊性を論じた。

また、後鳥羽院が好んだ水無瀬の地に関する論に、藤平泉氏「歌枕「水無瀬」考」（『神戸女子大学紀要（文学部篇）』二四―一、一九九〇年十一月）、吉野氏「後鳥羽院の水無瀬――その空間的特質について――」（『中央大学国文』五一、二〇〇八年三月）、木村尚志氏「新古今時代の歌枕――「水無瀬」をめぐって――」（『日本文学』二〇一〇年十二月）等がある。

総じて後鳥羽院の和歌は、朝権回復を求め、治天の君であり続けた立場から、政治や信仰との関わりのうちに詠み出されるものであった。したがって、和歌表現は、兵藤裕己氏「和歌表現と制度」（『日本文学』一九八五年二月、『王権と物語』（一九八九年九月、青弓社）所収）が説く「制度」や王者たることに規制されており、それを外して考えることはできない。しかしながら、その営みは、そうしたタテの関係を保持しつつ、一方で川平氏「新古今和歌集――和歌と政治」（『国文学解釈と教材の研究』一九八七年四月、『中世和歌論』（二〇〇三年三月、笠間書院）所収）が説くように「〈輩〉としての共同性」、すなわちヨコの意識を持つものでもあった。既述の通り、作者名を隠し、また「親定」

の隠名を名乗ることにより、和歌世界において身分を越え、歌を追究する共通の狙いによって、歌壇の結集が進み、熾烈な活動も繰り広げられたのである。「女房」を名乗ることにしても、タテの関係を示しつつ、前提にヨコの関係を生む場があることを表す方法であったに違いない。こうした両軸の交差するところに成り立つ院の和歌の詠法の、その具体相を見極めることが肝要となるであろう。

その共同性の問題において、臣下たちとの関わりが果たす役割は重く、とりわけ『新古今集』の編纂を中心とする定家との関わりは重要である。

定家との関係はこれまで、安田章生氏「後鳥羽院と定家」(『甲南大学文学会論集』六、一九六六年十二月)、石田吉貞氏「新古今歌壇と歌風の分裂(1)――定家と後鳥羽院・実朝――」(『学苑』三九七、一九七三年一月)、同「新古今歌風の分裂――定家と後鳥羽院の歌風――」(『学苑』四〇九、一九七四年一月)、有吉氏「後鳥羽院と定家――哀しき対立――」(『新古今和歌集の研究　続篇』(一九九六年三月、笠間書院)、村尾氏前掲論、加納重文氏「後鳥羽院と定家」(『女子大国文』一二七、二〇〇〇年六月)など、種々の角度から論じられてきた。田中裕氏の一連の論考、「後鳥羽院御口伝の執筆時期」(『語文(大阪大学)』三五、一九七九年四月)、「後鳥羽院御口傳釈」(『南山国文論集』八、一九八四年三月)、「近代秀歌から後鳥羽院御口伝へ――定家風の実体――」(『語文(大阪大学)』五三・五四、一九九〇年三月)等は、『後鳥羽院御口伝』の成立を新たに都でのものと認め、定家歌論との関わりを追究した考察で(すべて『後鳥羽院と定家研究』(一九九五年一月、和泉書院)所収)、「後鳥羽院御口伝について」(『国語と国文学』一九七七年一月)とともに歌論の面から両者の関わりの実態を鮮明にした。藤平春男氏の「定家・後鳥羽院の対立の真相はいかなるものか」(『国文学解釈と教材の研究』一九八一年六月、『新古今とその前後』(一九八三年一月、笠間書院)所収「定家と後鳥羽院」)、「後鳥羽院の定家評について――『後鳥羽院御口伝』私注――」(『和歌文学新論』一九八二年五月、明治書院、前論とともに『藤平春男著作集』二(一九九七年十月、笠間書院)所収)は、両者の関係を評価し合う中での対立を説くもので、悪化する過程を辿る関わり方を前提に、相互の評価を認める視点を提示されたことはきわめて重要であった。なお、右の田中氏説以前は、『後鳥羽院御口伝』の成立は、蓑手重則氏「後鳥羽院御口伝成立年代考」(『文学』一二―四、一九四四年四月)、樋口氏「後鳥羽院御口伝の成立時期について」(『国語国文学報(愛知教育大学)』二五、一九七三年三月)等の論に代表される通り、隠岐配流後説が通説であり、田中氏説以後も、隠岐成立説は、田仲氏「『毎月抄』小考」(『岡山大学文学部紀要』四〇、二〇〇三年十二月、前掲書所収)、村尾氏「後鳥羽院御口伝の執筆時期再考」(『和歌文学研究』八九、二〇〇四年十二月、前掲書所収)等で説かれる。そこで重んじられる源俊頼と院との関わりを論じた論に吉野氏「後鳥羽院における源俊頼―『後鳥羽院御口伝』から「俊頼影供」へ―」(『国語と国文学』二〇〇九年九月)がある。

こうして、研究史を振り返ると、後鳥羽院は、主宰者として歌人を糾合させ、歌壇を庇護する役割を担いつつ、自らが和歌を詠む領導者として、定家との複雑な関わり合いのうちに、あるべき和歌を求めようとしていたことが窺われるであろう。

なお、定家との関わりは、これも既述の通り、『明月記』研究の進歩もあり、定家側からの解明が詳細を極めるのに比すれば、後鳥羽院側からのそれは未だ十分とは言い難い状況にある。久保田氏は、両者を「奇蹟の時代の共演者」(「定家と後鳥羽院」『冷泉家　歌の家の人々』二〇〇四年十一月、書肆フローラ)と捉えられ、田渕氏は、この時代を両者が築き上げたものとして捉え直された(『新古今集　後鳥羽院と定家の時代』二〇一〇年十二月、角川学芸出版)。後鳥羽院側の営みがより闡明化されることにより、その関係がさらに明らかとなるであろう。定家とともに、「宮廷社会」という「土壌」に根差す和歌(久保田氏前掲書『藤原定家とその時代』)に最も強く携わりながら、彼との間に軋轢を生じ、果ては院勘を下すに至ったのち、絶海の孤島に暮らし、比類ない苦悩を表明しつつ、携わり続けたのが後鳥羽院の和歌であった。

四　本書の構成と目的

本論考は、後鳥羽院の和歌の営みを、都での始発期から隠岐に崩ずる最末期までの総体を扱うことから解き明かし、振幅の大きな異なる作を残すこととなった後鳥羽院にとって、和歌とはいかなる営みであったのかを考えようとするものである。第一編では都における活動、第二編で配流後の隠岐における活動を対象とする。

具体的に第一編では、百首歌・五十首歌・三十首歌等の定数歌、及び障子歌を主として取り上げ、収められた歌を読み解き、その表現の特性や、歌壇状況・『新古今集』との関わり等から、詠歌に向かう姿勢を検討する。歌壇を統括する身として、タテとヨコ双方の関わりを重視した実践を読み解くには、〈場〉の問題が課題となる。その一方、和歌本来の抒情の機能と関わって、王者の歌における〈個〉の問題も重い課題となる。都における歌は、『新古今集』の編纂と連なる面が多く、関わる周囲の歌人達との交流のうちに深められた営みであった。時代の統括者の和歌が目指したものとその果たした役割を考えてみたい。

対して第二編では、〈場〉を喪失した〈孤〉の営みとして条件付けられていた和歌活動につき、その実態と性格を検討する。初めに『遠島百首』を読み直し、諸本の問題を踏まえ、これまでの実情実感の文学としての位置付けや成立説、また改作等の問題につき、再検討を試みる。続いて、「詠五百首和歌」・『後鳥羽院御自歌合』・『遠島御歌合』の詠歌、『定家家隆両卿撰歌合』・『時代不同歌合』の編纂につき、それぞれの内容と表現、撰歌と結番の方法等から、配所の営みとしての性格を考える。さらに冷泉家本の出現という新たな段階を迎えた隠岐本『新古今和歌集』につき、諸論を辿り直しながら、その実態の分析や基準の想定から、精選の狙いとともに、その作業の意味を新たに捉え返してみたい。

その上で、都と隠岐の営みにつき、いかなる変容を辿ったのか、両期における和歌の具体的な様相を踏まえた異同を考えるために、定家・家隆との関わり、『源氏物語』の受容から知られる定家への思惑、歌論に展開されるあるべき和歌への言説等の検証をも併せ行いたいと考える。それらの作業を通して、治天の君として王者たることに規制されていた身の和歌が、想定外の体験による〈苦〉をいかに受け止め、それとの関わりの中にいかなる和歌を求め続けたのかにつき、予断のない検証を試み、後鳥羽院にとっての和歌を問い直すことを目的とする。

『新古今集』研究は長い歴史を有し、膨大な研究が積まれ、注釈も精緻化して、内実はいよいよ鮮明になりつつある。立場として定家を配下に置きながら、和歌においては強い支配を受けた体の歌壇の主宰者、後鳥羽院の和歌活動が明らかとなれば、それは、『新古今和歌集』とその周辺はもとより、古代から中世への境界たるこの時代の文学、さらには文化を読み解くための、小さくはない鍵となるであろう。

【注】

（1）『新古今集』の本文は後藤重郎氏の研究に代表されるように、竟宴本・切継時代の諸本・家長本・隠岐本の四類に分けるのが通説である。家長本に関しては、建保四年書写本として、和歌所の名のもとに一旦完成した形態を伝えると考えられてきたが、田渕句美子氏により承元年間の書写本を基軸に新たに考え直すべき提言がなされた（「『新古今和歌集』の成立―家長本再考」『文学』八―一、二〇〇七年一月）。隠岐本は、冷泉家時雨亭文庫本の出現により、記号によらず純粋に歌だけからなる本文形態として注目されるが、その転写本の宮内庁書陵部蔵本とともに上冊のみで下冊は知られない。

（2）『日本中世政治史研究』（一九七〇年五月、塙書房）、『鎌倉時代政治史研究』（一九九一年六月、吉川弘文館）、「後鳥羽上皇の政治と文学」（『古代・中世の政治と文化』（一九九四年四月、思文閣出版、『権力と仏教の中世史―文化と政治的状況』（二〇〇九年五月、宝蔵館）所収）、『鎌倉時代―その光と影』（一九九四年五月、吉川弘文館）。

（3）「後鳥羽院政と定家」（『明月記の史料学』二〇〇〇年七月、青史出版）、「建暦期の後鳥羽院政―『世俗浅深秘抄』

と「建暦の新制」――」（『明月記研究』一〇、二〇〇五年十二月）。
（4）『後鳥羽上皇　新古今集はなにを語るか』（二〇一二年五月、角川学芸出版）
（5）『史伝後鳥羽院』（二〇〇一年十一月、吉川弘文館）
（6）『皇室御撰之研究』（一九三三年六月、明治書院）
（7）従来、実朝は幕府を維持させるため後鳥羽院にとっても望ましい存在であったとする見方が通説で、実朝暗殺後の情勢により、北条義時追討の思いに転ずるとする理解が広くなされてきた。対して谷昇氏は、承久年中の修法群の検討から、実朝暗殺は北条義時と同時暗殺を狙った後鳥羽院の陰謀であり、その延長上に承久の乱が位置付けられるとする（「承久の乱にいたる後鳥羽上皇の政治課題」『後鳥羽院政の展開と儀礼』二〇一〇年九月、思文閣出版）。

第一編　都における営み

第一章　百首歌の主催

第一節　正治両度百首——表現の獲得——

一　はじめに

後鳥羽院歌壇は、正治二年（一二〇〇）、院が初めて催した百首歌に始まる。[1] 当初の作者には、藤原俊成の薫陶を受けつつ新たな和歌への模索を重ねていた藤原定家・家隆等の若手歌人は含まれず、その不当を解消すべく俊成が院に奉った『正治和字奏状』により、彼らの追加が実現した。それら新鋭歌人のうち、特に定家の百首を読んだ後鳥羽院は感銘を受け、早速に彼を登用することになる。ここに気鋭の上皇（二十一歳）と天才歌人（三十九歳）が出会ったことは、御子左家・六条家の歌人はもとより、広く才ある歌人の糾合により、融合的に歌壇統一がなったこととともに、和歌史に特筆される出来事であった。以後、秀詠の創造を目指して競い合う、昂揚した歌壇活動を牽引する核が形成され、それが新たな勅撰集を生み出す種となるからである。[2] ともあれ、初学者に等しい後鳥羽院が、いきなり本格的な歌壇活動を始めるのが本百首歌であった。召集は二度にわたり、作者は初度が二十三人、後度（第二度）が十一人で、重複するのは、後鳥羽院自身と慈円及び藤原範光である。後度の百首は「若手歌人を育てる百首」とも評されるように[3]、両百首の企図は同一ではなく、それも歌壇の充実を期する狙いによっていた。

当代歌人たちに秀作を詠ませたこの企画に、後鳥羽院自身はどう臨んだのだろうか。

院が文字通り初めて試みる初度の百首には、今日大きく二種類の系統の本文が伝存している。すなわち、二十三人の百首を集成した本文(以下「編纂本」と略称)と、『後鳥羽院御集』所収の本文(以下「御集本」と略称)である。その二系統の本文には、多くの異同のあることが知られてきた。それは院自らが改訂を施した結果と見られ、具体的には、差し替え・除棄等による十二首の和歌の異同と、四十首近くに及ぶ表現の修正の跡が知られる。その先後関係、すなわち改訂の方向については、御集本から編纂本へと見る有吉保氏[4]と、その逆とする久保田淳氏[5]の両論がなされ、拙論[6]、萬田康子氏論[7]などが出された後、山崎桂子氏が詳細な検討を加えられ[8]、そこで示された編纂本から御集本への改訂への方向が通説としての位置を占め、現在に至っている。本節では、当初の形と考えられる編纂本の本文により、まず百首の特徴を概観し、その上で改作の問題を考えてみたい。

二　正治初度百首の特徴

a　季の歌

本百首は、春二十首・夏十五首・秋二十首・冬十五首の四季の歌が中心をなし(計七十首)、次に恋十首、末尾に羇旅・山家・鳥・祝の各五首を置くという構成である。

春二十首は次のような歌からなる。

1いつしかと霞める空ものどかにて行末遠し今朝の初春

2春来ても猶大空は風さえて古巣恋しき鶯の声
3子の日する今日春日野に雪降れば松に花咲く心地こそすれ
4霜枯れし野辺のけしきも春来れば緑もうつる雪の下草
5梅が枝はまだ春立たず雪の中に匂ひばかりは風に知らせて

巻頭五首は、題を想定すれば「立春」「鶯」「子日」「残雪」「梅」となり、初春の素材が漏らさず配される。配列は、春をまず空に捉え、視線を地上に下ろして景を叙する展開として、『古今集』以来の伝統的手法に即しながら、「余寒」と「春雪」を連想の契機とした自然な連接への配慮が窺われる。そうした整然さを心掛けつつ、歌はのびやかで、滞りを感じさせない歌いぶりであり、4番歌など雪の下に透ける草の緑を捉える繊細な感覚も窺わせる。続いて、

6昔より言ひしはこれか夕霞かすめる空のおぼろなる月
7ながむれば雲路に続く霞かな雪げの空の春の明ぼの
8薄く濃く園の胡蝶はたはぶれて霞める空に飛びまがふかな
9何となく物あはれなるきさらぎに雨そほふれる夕暮の空
10秋とのみたれ思ひけん春霞かすめる空の暮れかかるほど

と、題を想定すれば「朧月」「霞」「胡蝶」「春雨」「春宵」の歌が並び、やはり素材を揃え（「胡蝶」題は古来少なく、当代にも珍しい）、すべて「空」を背景や対象とすることで滑らかに歌を連ねていく。いずれもおぼろに霞む情景と

して描いており、樋口芳麻呂氏が6番歌を例に、「従来の伝統的美意識」を反芻しつつ「自身の眼で春宵の美を捉えようとする個性的な態度」(9)を認められたように、自らが確かに認めた好ましさへのこだわりを見せる歌が続く。それは、後半にも、

12春雨に野辺のかげろふ見えわかず暮れゆく空のたどたどしさに
15桜花散りのまがひに日は暮れぬ家路も遠し志賀の山越え
19過ぎがてに井手のわたりを見渡せば言はぬ色なる花の夕映え
20曙を何あはれとも思ひけん春暮るる日の西の山陰

と、夕暮の時間を指定して、春の景物をおぼろに捉える歌を連ね、花の歌を、

13吹きまよふ吉野の山の春風は匂ひをそふる雪気なりけり
14春の朝花散る里を来てみれば風に波寄る庭の淡雪
16散る花を吹きくるままにこの春は風ぞうれしきみ吉野の里

と、風に舞う繚乱の趣を中心にまとめる趣向にもよく現れている。

配列は、基本の歌題を網羅しつつ、配列におけるスムーズな連接の配慮を窺わせる一方で、空から到来する春を把握するおおらかさと色彩に注目する繊細さ、また、花の乱舞を愛でる享楽性等、詠者の嗜好を強く反映させるものであった。配慮の細やかさと好みに委ねる自在さの共存に本百首の特徴を認めてよいであろう。これは夏以下の

四季歌にも共通する。

b　恋の歌

恋歌は十首からなる。前半五首の詠歌内容を辿れば、

1我が恋は信太の杜の忍べども袖のしづくにあらはれにけり
2月夜には来ぬ人待つと厭ひても曇るさへこそ寝られざりけれ
3思ひかね寝られぬものを何とまた松吹く風のおどろかすらん
4この暮と頼めし人は待てど来ずはつかの月のさしのぼるまで
5白菊に人の心ぞ知られけるうつろひにけり霜置きあへず

と、冒頭で忍ぶる恋が顕れるつらさを詠み、以下、「来ぬ人待つ」(2)、「松（待つ）吹く風のおどろかす」(3)、「待てど来ず」(4)と、待つ身を設定し、募る切なさを訴えた上で、5番歌で忘れられる恋を扱う。後半は、

6いにしへに立ちかへりけん心さへ思ひ知らるる待つ宵の空
7身をつめば厭ひし人ぞあはれなる生駒の山の雲を見るにも
8さりともと待ちし月日もいたづらに頼めしほどもさて過ぎにけり
9住吉の岸に生ふなり訪ねみんつれなき人を恋忘れ草
10待ちわぶるさ夜の寝覚の床にさへなほ恨めしき鐘の音かな

と、「待つ宵の空」(6)、「待ちし月日」(8)など、忘れられた身から忘れ得ぬ思いを噛みしめ、末尾も「待ちわぶるさ夜の寝覚」に恨めしさを訴える歌を据えるのである。

すなわちこの十首は、主体を待つ側の立場に設定するという明らかな特徴を有する。『堀河百首』も恋歌は十首で、題は「初恋」「不被知人恋」「不遇恋」「初逢恋」「後朝恋」「会不逢恋」「旅恋」「思」「片思」「恨」からなり、『久安百首』の恋歌もそれに倣うものであった。伝統的な題に即しながらも、当該十首は「逢恋」・「後朝恋」・「旅恋」題の歌を省き、忍ぶことから待たされ、忘れられて恨みを抱くまで、主に内省を扱って、主体を女性に設定するのである。その狙いは、仮託する面白みを求めたとも、単に詠み易さに任せたとも考えられ、ここから遊びの要素や初学期の未練を窺うことも可能である。例えば、俊成・定家父子の本百首の恋歌、

君をのみ立ちても居ても思ふかなかりぢの池の鳥ならなくに　(俊成)
憂きは憂くつらきはつらしとばかりも人目思はで人を恋ひばや　(定家)

などのような感情の昂まりを歌わないのは、待つ身による歌のためとも見られ、臨む姿勢の違いが窺われる。なお、表現においては、例えば2番歌は、

月夜には来ぬ人待たるかき曇り雨も降らなむわびつつも寝む　(古今集・恋五・七七五・よみ人しらず)

を、6番歌は、

いにしへに猶立ちかへる心かな恋しきことに物忘れせで（古今集・恋四・七三四・紀貫之）

を、9番歌は、

道知らば摘みにもゆかむ住の江の岸に生ふてふ恋忘れ草（古今集・墨滅歌・一一一一・紀貫之）

を、それぞれ明らかな本歌とし、いずれも拠り過ぎず、内向きの思いを吐露する恋歌として無難に仕立てている。この女性仮託の姿勢は、こののち後鳥羽院が「女房」名で出詠することを考える手かがりとなるかもしれない。(10)

c　五首構成の歌

百首は最後に、「羇旅」「山家」「鳥」「祝」の各五首を配する。「鳥」は山崎氏の詳論があるように本作に特徴的な部立であるが、その「鳥」と「山家」及び「祝」は、五首の構成において四季を詠み込む共通性を有する。「祝」を例にすると、

1万代の末もはるかに見ゆるかな御裳濯川の春の明ぼの
2石清水絶えぬ流れの夏の月袂の影も昔おぼえて
3三笠山峰の小松にしるきかな千歳の秋の末もはるかに
4冬来れば四方のこずゑもさびしさに千世をあらはす住吉の松

5ちはやぶる日吉の影ものどかにて波をさまれる四方の海かな

と、大神宮（1）・石清水（2）・春日（3）・住吉（4）日吉（5）の各社を扱うに、1番歌から4番歌までを春・夏・秋・冬の歌にし、巻末5番歌を時間を超えた悠久なる景の歌とした。その上でこの「祝」においては、時間をさらに未来と過去に分けて交互に配し（未来＝1「末」・3「末」、過去＝2「昔」・4「千世をあらはす」）、末尾で、四海波静かな現在を言祝ぎ（5）、以て過去から未来に至る不変の流れを表す形に歌い収めて、整然さへの配慮はこまやかである。

対して、「羇旅」五首は、八嶋正治氏も指摘されるように、詠み込まれた地名三例がいずれも熊野の地であることが注目される。(11)

2岩田川谷の雲間にむらぎえてとどむる駒の声もほのかに

3はるばるとさかしき峰を分け過ぎて音無川を今日見つるかな

4何となく名残ぞ惜しきなぎの葉やかざして出づる明がたの空

「岩田川」は熊野本宮への道筋にあり、続く「音無川」は本宮の山裾を流れ、最後の歌の「なぎ（梛）の葉」も本宮に因むよく知られた植物である。熊野本宮への道中の情景、熊野本宮へ着いた感激、熊野本宮よりの帰途における名残が詠まれたこの三首には、熊野紀行としての構成を読むことも可能である（羇旅五首末尾歌「ひくまつはまだ雲深く立ちにけり明けゆく鐘は難波わたりに」の初句は御集本では「ひらまつ」で、山崎氏は「平松王子」を指すものと解される。そうならばますます熊野紀行らしさを備えることになる）。いずれにせよ熊野の実景を取り込むのは、既に二度訪れ、延べ二十八度に及ぶ熊野御幸を敢行した後鳥羽院らしい歌群に違いない。

d　百首の構成

このように初めての試みながら、本百首は、和歌詠出の一定の力量と古歌修得の旺盛な意欲を窺わせ、治天の君としての立場をも窺わせる内容の作となっていた。その形式の特徴として指摘できるのは、見てきた通り、整序への意識の強さであり、とりわけ、時の推移の関心と照応による統一への強い志向は注目される。百首の首尾は、

いつしかと霞める空ものどかにて行末遠し今朝の初春（百首巻頭歌）
ちはやぶる日吉の影ものどかにて波をさまれる四方の海かな（百首巻軸歌）

と、治世を言祝ぐ内容に合わせて対応する語を用い、四季歌も、

いつしかと霞める空ものどかにて行末遠し今朝の初春（春二十首）
いつしかと荻の上葉はおとづれて袖に知らるる秋の初風（秋二十首）
花になれし袂ぞ今日は惜しまるる匂ひをとめし名残と思へば（夏十五首）
行く秋を惜しむ心し深ければ今日もかへらじ冬の袂に（冬十五首）

と、それぞれ巻頭歌を、春秋・夏冬で呼応する表現でまとめる。五首の部立も、見た通り四季の時間を充当した構成としており、整序された構成体への意識は強いことが窺われるであろう。既述のような歌題や素材の充当や連想

による表現の連なりも、網羅的にして自然な配列への志向に由来するに違いない。ここに、初めて挑む定数歌への意気込みを読むことも可能である。

ただし、一方では初学らしさも窺われる。八嶋正治氏は『後鳥羽院御口伝』中の「百首歌」に言及した記述、

道を好むになりぬれば、珍らしき事どもして、脂燭一寸に詠じ、一時に百首詠みなどする事、練習のためによけれど、たゞ、百首を詠じて、詠みをはりぬれば、又はじめ〳〵、或いは無題、或いはむすび題を、かへ〳〵詠ずるは、いかにも始終よきなり。

を参照に、本作を含む院の百首詠出の基本態度を、「練習」という条件付きで、慈円の速詠の態度を承認し、「一定期間内に、順とは言はぬ迄も、一連のものとして詠」むものとされた(12)。本百首が『後鳥羽院御口伝』の記述と即応するかどうかは決め難いものの、見てきた滑らかに並ぶ連続性は、短時間のうちに歌を連ねる修練と関わっていた可能性もある。初めて挑む定数歌としての習作性と立場上の非専門性を前提的に備えるものの、定家の「詠歌辛苦、不㆑出㆑門」(『明月記』正治二年八月十九日)して詠出する態度とは異なっている。小島吉雄氏が、「総じて、百首歌の製作は一般に詩想が涸渇窮塞して苦心のあとの歴々と現れてゐるものなのであるが、上皇の御百首歌(稿者注・本百首歌)には少しもさやうな苦心のあとが見えず、暢達そのものに拝せられる」と評されるように(13)、院の百首には、前歌の連想から新しい世界を創り出そうとする手法が窺われる。専門歌人として彫心鏤骨する定家の、「門を出ず」して詠まれた本百首が、貼り交ぜ屏風のような興趣を有する(14)、変化・屈折・対照の妙を特徴とするのに対し、統一と連想を契機とする連続性に院の百首の特徴があったと見てよいであろう。それは『新古今集』の配列の基本をなすもので、その編纂と改訂に情熱を注ぎ続けてゆく『新古今集』の性格の根本は、既に本百首に胚胎していたのである(15)。

三　改作について

次に、改作について考えてみたい。御集本と編纂本との間に見られる改作の方向につき、既述の山崎桂子氏の検証が編纂本から御集本への方向を確定的にした意義は大きい。ただし、その丁寧な作業は、改作の問題の捉え難さも浮き彫りにし、課題はなお残されている。その一つに、差し替えのために新たに詠まれた歌が、定家を初めとする他の『正治初度百首』(以下『初度百首』)から影響を受けていることをどう意味付けるかの問題がある。そもそも久保田淳氏も、当初の論[16]では、御集本に見る定家詠からの明瞭な摂取につき、「強い影響下に成った作で、一旦はこう詠んだものの、余りにも酷似するので、後に棄てたのであろう」として、御集本から編纂本への方向を示されていた。かつて検討した拙稿[17]も、その明らかな摂取に、安易に依拠してしまう習作性を認め、編纂本の整い方に検討を加えてみた。後者の用例に取り上げたのは、次の三例である。

花か雪かとへど白玉岩根ふみ夕ゐる雲に帰る山人（春二十首・御集本）
子の日する今日春日野に雪降れば松に花咲く心地こそすれ（同・編纂本）

夏来れば心さへにやかはるらん花に恨みし風も待たれて（夏十五首・御集本）
花になれし袂ぞ今日は惜しまるる匂ひをとめし名残と思へば（同・編纂本）

筑波嶺の夏の木かげにやすらへば匂ひし花の名残ともなし（夏十五首・御集本）
菖蒲草枕に結へば今夜こそ我のみ旅の心地のみして（同・編纂本）

これらの異同にはいずれも、編纂本が御集本には無い素材を扱う事実が指摘される。春の「子日」、夏の「更衣」・「菖蒲」は、題詠百首の範型となった堀河百首題で、三首は位置もほぼ同じである。また、前節で見た通り、形式の整然さが本百首の狙いの一つに数えられるとすれば、それは素材補充の配慮と相関する。しかし、編纂本から御集本への改変とするなら、それを崩してなお重要と考えられた〈摂取〉の意味が問い直されなければならないことになる。いったい編纂本も御集本も、院の歌には、古歌から他歌人の『初度百首』に至る、多くの歌からの影響が認められる。山崎氏論においては、右の定家詠との「酷似」に近い歌につき、「他の影響歌とは同等に考えられない」とされつつ、そう詠まれた「確たる理由はわからない」とされるのに止まっている。方向は確定的になりながら、改作の理由はなお明らかではないのである。

もとより改作である以上、拙劣なる表現からの脱却が目指されたはずで、久保田氏の指摘の通り、未熟な言い回しは、編纂本固有の歌に目立つ(18)。よりよい歌への改変を読む試みもなされつつある(19)。その至当な改変への志向は、先行歌を取り込むこととどう関わるのだろうか。

周辺の歌との相関は、読者への意識の問題と関わり、改作の時期の問題と関わってくる。その時期に関しては、山崎氏によって、『三百六十番歌合』に、御集本固有の歌、

　　難波潟さやけき秋の月を見て春のけしきぞ忘られにける

が入ることから、下限が推測された。『三百六十番歌合』との関わりは重要で、久保田氏により、有吉氏が論拠とされた『夫木和歌抄』入集歌よりも有効な傍証資料たることも指摘されていた(20)。ところが、『三百六十番歌合』の

開巻第一首、第一春部冒頭の歌は、

いつしかと霞める空ものどかにて行末遠し今朝の初春

で、改作前の編纂本の形である（御集本は第二・三句「霞める空のけしきにて」）。『三百六十番歌合』の撰者・成立に関しては諸説があるものの、[21] 少なくとも建仁初年の頃、院の身近に成立した当該歌合には、編纂本・御集本いずれの形の歌も載せるのである。これは、本文の流布状況とも関わる問題ながら、改作を単一の基準で捉えることの困難を表してもいる。

後鳥羽院の初度百首における〈改作〉とは何であったか。方向が確定的となった差し替えにつき、ここでは周辺の歌人との関わりに的を絞って検討したい。

四　改作詠の表現

差し替え歌、すなわち御集本固有の歌は、次の九首である。

①花か雪かとへど白玉岩根ふみ夕ゐる雲に帰る山人（春二十首）
②桜咲く春の山辺にこの頃はそことも見えぬ花の下ぶし（同）
③風は吹くとし《（けどイ）》づかに匂へ乙女子が袖ふる山に花の散るころ（同）
④夏来れば心さへにやかはるらん花に恨みし風も待たれて（夏十五首）
⑤筑波嶺の夏の木かげにやすらへば匂ひし花の名残ともなし（同）

⑥軒近くしばしかたらへ時鳥雲よく宵のむら雨の空（同）
⑦うたたねの夢路の末は夏のあした残るともなきかやり火の跡（同）
⑧難波潟さやけき秋の月を見て春のけしきぞ忘られにける（秋二十首）
⑨冬来れば深山の嵐音さえて結ぼほれゆく谷川の水（冬十五首）

これらを改めて読み直してみよう。

①花か雪かとへど白玉岩根ふみ夕ゐる雲に帰る山人

は、久保田氏[22]が指摘される通り、定家の『初度百首』の歌、

夏か秋かとへど白玉岩根より離れて落つる滝川の水（夏）

からの影響は明らかである。その定家の印象的な言い回しを上句に借り用いる形のこの歌の主想は、山にかかる雲が花か雪かを人に問いかけることにある。これは、同じ『初度百首』において、式子内親王が詠む、

かすみゐる高間の山の白雲は花かあらぬか帰る旅人（春）

を踏まえた表現であろう。式子内親王歌の下句の措辞を初句と結句とに分けて配し、「旅人」を「山人」に転じ、

「花かあらぬか」の問いかけを「とへど知ら」ぬ（第二句）と発展させて、これは安易な依拠ではなく、定家歌・式子内親王歌への親炙を前提にした一首と読まれる。

③風は吹くとしづかに匂へ乙女子が袖ふる山に花の散るころ

も、本歌、「乙女子が袖ふる山の瑞垣の久しき世より思ひそめてき」（拾遺集・雑恋・一二一〇・柿本人麿）を同じくする定家の『初度百首』詠、

花の色をそれかとぞ思ふ乙女子が袖ふる山の春の曙（春）

に強く依拠した歌である。「乙女子が袖ふる山」を定家歌と同じ位置に配し、こちらは、あたり一面が花びらの散り交う景となっても、なお花の美しさを讃えようとする姿勢を示す。差し替えの対象となった歌は、おそらく、

散る花を吹きくるままにこの春は風ぞうれしきみ吉野の里（編纂本）

である。(23) それが散る花への嗜好を直截に表す初学ぶりを示すのに対し、御集本の形は、人麿歌を介することにより古来変わらぬ花への愛着をも含ませた、こまやかな情が込められた。編纂本のおおらかさに比し、御集本が花への思いやりをも兼ね備えるのは、定家歌への親昵によると解されるであろう。

⑥軒近くしばしかたらへ時鳥雲よく宵のむら雨の空

も、定家の『初度百首』歌、

郭公しばしやすらへ菅原や伏見の里のむら雨の空（夏）

を踏まえた歌である。「しばしやすらへ」の呼びかけを、「しばしかたらへ」で受け、時鳥を聞く場所を軒近くに設定する。「雲よく」（第四句）とは、雲を避ける意。雨まで降り出した宵空のもと、軒下に雨宿りを勧めることで、時鳥の声を身近に聞こうとする、みやびへの強い傾斜が指摘できるであろう。

これら三首は、いずれも定家・式子内親王の百首歌を読み味わったことを前提とした歌いぶりであり、改作の契機に、彼らの歌に触れた院の感銘を認めることができそうである。

ところが、

④夏来れば心さへにやかはるらん花に恨みし風も待たれて

は、それとは在り方を異にする。改作前の編纂本が、

花になれし袂ぞ今日は惜しまるる匂ひをとめし名残と思へば

と、夏の初めの歌らしく「更衣」を明らかに詠むのに対して、この歌では「更衣」は、第二・三句に婉曲に表される。しかもその表現は、藤原経家の『初度百首』の夏十五首巻頭歌、

心さへ衣とともにかはればや厭ひし風を今朝は待つらん

を介して得られたと見られる。「心さへ」「かはる」の襲用もさりながら、嫌うべき風を待つ心の変化を扱う着想が経家歌と等しく、明らかな摂取と解される。しかもそれは、重層による効果を求めるというより、着眼の面白さに惹かれ、興じてことばを襲用する体である。

ことばの襲用は、

②桜咲く春の山辺にこの頃はそことも見えぬ花の下ぶし

の歌にも見られる。結句「花の下ぶし」は、一見特異句とは認められないものの、新編国歌大観による限り、先例は『初度百首』中の、「いはがねに真柴折りしき明けにけり吉野の奥の花の下ぶし」（春・守覚法親王）、「春の山にもりくる月に風過ぎて涙露けき花の下ぶし」（春・慈円）の二例しか知られない。これを重く見れば、人々の花への惑溺を歌うため、

思ふどち春の山辺にうちむれてそことも言はぬ旅寝してしか（古今集・春下・一二六・素性）

を本歌とし、同じ素性法師の、

いざ今日は春の山辺にまじりなむ暮れなばなげの花の陰かは（古今集・春下・九五）

も意識して花陰に宿る様を詠む当該歌は、「花の下ぶし」なる表現への注目が先にあり、それが古今歌を呼び起こした可能性が考えられてくる。

同様のことは、

⑦うたたねの夢路の末は夏のあした残るともなきかやり火の跡

にも指摘される。第四句を共通にする藤原良経の『初度百首』歌、

明がたの枕の上に冬は来て残るともなき秋のともし火（冬）

を踏まえ、秋のはかなさを夏に転じ、夢現ともにはかない夏の朝を歌うこの歌では、第二句「夢路の末」の先例が乏しく、『明日香井和歌集』の「都思ふ夢路の末に通ひきてうつつに誘ふ松の風かな」にしか見出せない。近臣雅経が、正治二年九月の「玉津島会」（同集詞書）で詠んだという近さを踏まえれば、この両歌を無関係と考えることは難しい[24]。

以上、改作による新詠は、何らかの形で周辺の歌人詠との間に関わりを有すると認められ、それらは、定家・式

子内親王・良経などの秀歌への親炙を契機に、一首に深まりや広がりを求めるものと、対照的に、ごく近くに成立した歌をも含め、着想や表現をそのまま襲用すること自体に意が注がれるものの、二つのタイプに類別される。もとより、前者も強く依拠する歌は多く、摂取の在り方は基本的に同一ながら、営みとしては、大きく異なる動機が想定されそうである。

五　正治後度百首との関わり

では、それら改作はいかなる狙いによっていたのだろうか。その契機から考えてみよう。

『初度百首』に続く『正治後度百首』（以下『後度百首』）で、女房越前は、春歌中に、

ながむれば行末遠き霞かなのどけき御代の春のみ空に（霞）

という歌を詠んでいる。山崎氏も指摘されるように、これは後鳥羽院の『初度百首』巻頭歌、

いつしかと霞める空ものどかにて行末遠し今朝の初春（春）

を踏まえた歌である。先に述べた通り、院のこの歌は修正が施され、第二・三句が「霞める空のけしきにて」の形で御集に収められた。越前歌は、改作前の一首が院の周囲の歌人に流布していたことを示す事例であり、やはり既述の通り、『三百六十番歌合』に収められるのがこの形の本文であることから、これは改作時期や動機を考える手がかりとして有益な事例である。それ以上に注目されるのは、『初度百首』の『後度百首』との相関である。

初度・後度の両百首を、同じ視野に収める時、『後度百首』に、『初度百首』と同様の周辺の歌々と関わる作例が多く存することが注意されてくる。既に黒田彰子氏に院の『後度百首』歌に慈円・良経からの影響が強く、定家からの影響は少ないとする指摘がある。(25)『初度百首』以上に、古歌から当代歌までを意識する『後度百首』を、両度の百首を関わらせて把握する視点から検討してみよう。(26)

例えば、春冒頭の「霞」題五首中の、

5梅が香はながむる袖に匂ひきてたえだえ霞む春の夜の月

は、宜秋門院丹後の『初度百首』の歌、「梅が香の折らぬねやまで匂ひきて片敷く袖に猶うつりぬる」（春）を踏まえつつ、袖に匂い来る梅香を捉え、一面に霞む春夜の景を描く。『三百六十番歌合』にも収められ、恐らく院の自信作だったこの歌は、特に第四句「たえだえ霞む」に意が砕かれたと思しい。以て霞の間にほの見える月の光が匂い来る梅の香と交錯する様が捉えられた。俊成の、

春の夜は軒端の梅をもる月の光もかをる心地こそすれ（千載集・春上・二四）

という歌以降、新古今歌人たちに好まれたこの把握をなすのは、他ならぬ定家の『初度百首』歌、

梅の花匂ひをうつす袖の上に軒もる月の影ぞあらそふ（春）

を契機としたと思しい。歌い方には隔たりがあり、院の作は試みの段階に止まるものの、のちに『新古今集』（春上・四四）に入る、視・嗅覚融合の斬新な把握で知られるこの定家詠に強く影響を受けての詠出であろう。

あるいは、

16時鳥忍びもあへずもらすなり五月待つ間の去年の古声（郭公）

は、本歌「五月待つ山時鳥うちはぶき今も鳴かなむ去年の古声」（古今集・夏・一三七・よみ人しらず）により、「忍びもあへずもらす」四月の時鳥の声を詠む。それは、式子内親王の『初度百首』の歌、

待つ里を分きてやもらす時鳥卯の花陰の忍び音の声（夏）

に拠るところが大きかったと解される。卯月の時鳥の忍び音を「漏らす」と表す先例は意外に乏しく、式子内親王の『初度百首』に親炙する中、そこに見出した、この歌の待つ里を分けて漏らすという着想は、新鮮に感じられたであろう。それを直截に取り込み、本歌の古今歌との関わりの中に、率直にしてしかもこまやかな時鳥への愛着を込めて仕立てている。

『後度百首』における摂取で、まず指摘できるのは、右のような例が、先の『初度百首』改作で見た第一の特徴と重なることである。『初度百首』が提出された段階よりさらに深く定家・式子内親王等の作を読み込み、学び続けた結果として『後度百首』の歌々が生み出され、その意欲的な姿勢が、自身の『初度百首』の改作に向かわせた、

という経緯をこの事例は語っている。初めて主催した『初度百首』に各歌人が寄せた百首を院は繰り返し読んだに違いなく、そこで触れた秀歌が、自歌の未熟さを思わせ、脱皮を図らせる働きをしたのである。

一方で、『初度百首』改作に見た対照的な方法による摂取も、『後度百首』の随所に見出される。例えば、

6鐘の音に去年の日数はつきはてて春明くる空に鶯の声（鶯）

が、鐘の縁語「撞き」を掛詞にした「尽き果てて」の句を用いるのは、藤原範光が詠む、

惜しめども春のながめはつきはてて物あはれなる入相の鐘（初度百首・春）

という一首をそのまま踏襲するという事例をはじめ、

10鶯の初音をもらせ春やとき花や遅きと思ひ定めん（鶯）

こほりけん涙も今朝はうちとけて初音をもらす谷の鶯（初度百首・春・藤原忠良）

77月清き明石の瀬戸の浪の上に恨みを残す有明の雲（海辺）

いかにせん天の川風身にしみて恨みを残す明けぐれの空（初度百首・秋・小侍従）

など、設定を共通にし、しかも意外に先例に乏しい「初音をもらす」・「恨みを残す」等の句をそのまま襲用する事例に至るまで、レベルを異にする多様な影響の跡が知られる。また、当の『後度百首』他人詠からも、

78海人小舟行方も知らぬ浪の上にいづくの浦へさして行くらん（海辺）
　哀れなり行方も知らぬ浪の上にうき世をわたる海人の釣舟（後度百首・海辺・源家長）

と、かなり近い世界となっているものから、

14花に曇る月見よとてやみ吉野の木末をはらふ春の山風（花）
　山桜木末をはらふ恨みゆゑ花も涙も風よりぞ散る（後度百首・花・家長）
63曇りこし檜原の下の月影も残る隈なし有明の空（暁）
　有明の月だに見えずなりにけり檜原が下に峰の通路（後度百首・山路・鴨長明）
　今ぞ知る残る隈なき面影に心の月のすまん行方も（後度百首・釈教・源具親）

と、「木末をはらふ」「檜原の（が）下」「残る隈なし（き）」等を襲用するものまで、多くの影響例が認められる。

前節に見た同時期の歌からの影響例として、

17時鳥一声聞けば夏の夜の名残の空に有明の月（郭公）

における、正治二年『仙洞十人歌合』の権大納言忠良の歌、

時鳥まだ宵の間の一声に名残の空は東雲の月（「郭公」題）

また、

39秋深し染めぬ木末は嵐山時雨にもるる青き一枝（紅葉）

における、同じく正治二年の『石清水若宮歌合』の相模の歌、

雪降ればかはりにけりな山めぐる時雨にもれし松の色さへ（「雪」題）

などを挙げることができる。

『後度百首』には、『初度百首』改作で見た、着想や表現をそのまま借用する形の歌も多いのである。これらは、『後度百首』の歌が生み出されていく過程で、それと連動し、『初度百首』の改作がなされていたことを窺わせるであろう。秀歌に学ぶことと、周辺の歌から旺盛に摂取することとは、いずれも編纂本から御集本への改作と見る時、整合的に理解されることになる。

六　摂取の意味

では、性格を異にする二様の改作はどのように関わり、両度の百首の成立にいかに位置付けられるだろうか。

成立過程が定かではなかった『後度百首』は、山崎氏により、正治二年の十月以降の下命、同年中の詠進である

ことが推定された。『初度百首』に続き短時日になされた企画であることを踏まえると、次のような事例が留意される。

院の『初度百首』中の、

6ながむれば雲路に続く霞かな雪げの空の春の明ぼの（春）

という歌における「雲路に続く」なる表現が、新編国歌大観等の索引類に照らす限り、三例しか知られず、院歌以外は、『初度百首』・『後度百首』における範光の用例であることだ。

吉野山嶺の桜のさかりこそ雲路に続くながめなりけれ（初度百首・春・範光）
海原や霞の末は白浪の雲路に続く明ぼのの空（後度百首・霞・範光）

これら三例を読み比べるなら、まず後鳥羽院が範光の『初度百首』歌を踏まえて詠み、それを知った範光が院御製を意識し、空間を変えて再度詠むというような、謂わば応答しあう関係が浮かび上がってくる。一般には気づかれにくい、こうした交流が存したとすれば、それは親密な関係が前提であるに違いなく、山崎氏が推定された『後度百首』の成立に範光が最も深く関与したこととの関わりが改めて注目されてくる。その観点から両度百首を見渡すなら、範光の歌は、既に『初度百首』の段階で、院の歌と関わっていたことが知られる。

57竜田山紅葉の雨の降るままに嵐の音の松にのみして（冬）

竜田山嶺の嵐にあらはれて木の葉の雨は音ばかりこそ（初度百首・冬・範光）

また、『後度百首』でも、

24五月雨は昆陽の篠屋にあらずともこれもほしあへぬささがにの糸

五月雨に昆陽の篠屋の軒端よりかかるはこれも水ひきの糸（後度百首・五月雨・範光）

などの影響が認められる。ともに院歌は、範光の言い回しにそのまま応ずる形を取り、後者など、本歌の、

わぎもこが昆陽の篠屋の五月雨にいかでほすらん夏引きの糸（詞花集・夏・六六・大江匡房）

を介し、範光の「かかるはこれも水ひきの糸」に対し「これもほしあへぬささがにの糸」と応じて、あたかも対話する体である。

定家・良経・式子内親王詠とは趣を異にするこのような関わり方は、後鳥羽院に固有のもので、表現を共有する興趣に惹かれて一首を成立させたと思しい歌は、両百首に少なくない。もとより前提には、初学者として自歌を豊かにすべく、古歌・当代歌を問わず、先行する歌を積極的に取り込む態度がある。したがって、摂取の意識の乏しく、記憶に蓄積された先例が自ずと用いられたケースも存したであろう。

そうした歌い方を基本とする本百首において、定家以下主要歌人たちの詠歌は、圧倒的な影響力を有したに違いなく、『初度百首』の改作段階で切り捨てられたような未熟な表現は『後度百首』には現れず、短い時間のうちに

急速な進歩があったことが窺われる。(27)

では、両者の改作は、院の中でどう位置付けられていたのだろうか。

定家の歌に典型的な、ことばにこだわり、それを厳選する過程に固有の美を生み出す方法に対しては、一定の理解はなされていたはずである。しかし、のちの『近代秀歌』以降の歌論に具体的に説かれ、後代の「制詞」に至る禁欲的な方法を後鳥羽院の歌は踏襲していない。それは、百首催行の狙いが、定家のような専門歌人から範光のような素人歌人に至る近臣たちとの間に、応じ和する関係を多彩に築くことに定められていた蓋然性の高さを窺わせるであろう。すなわち、表現の旺盛な摂取は、優れた和歌への感銘を契機にそれらに学び、上達した跡を示す、その一方で出詠者が力量に応じて詠み合う場の豊かさを表すためであったと推測される。

自己に向かい、望ましい歌を詠み出そうとする内向きの意識と、表現の襲用により、他者との固有の関係を築こうとする外向きの意識とは、共に持たれ、しかもその相補的な働きは、両者の詠出が和歌の隆盛に向けた主宰者の寄与を意味し、以て場の称揚を期するものと位置付けられていたと思しい。

したがって、大きく異なるそれら二つは、実は截然と区別されないケースも多い。述べたような仕組みから、両者は原理的に融合しているからである。

31いかに言ひいかにかすべき山の端にいざよふ月の夕暮の雲（後度百首・月）

などは、上句に明らかなように、慈円の、

いかに言ひいかに思はんみ吉野の花は霞に曙の空（初度百首・春）

という歌に基づき、どう振る舞うべきかを考えあぐねている姿により、夕月の情趣に浸る様を浮き立たせる。その上で、万葉以来の景としての第三・四句を、

やすらはで寝なんものかは山の端にいざよふ月を花に待ちつつ（初度百首・春・良経）

秋といへば物をぞ思ふ山の端にいざよふ雲の夕暮の空（初度百首・秋・式子内親王）

などの詠と表現を共有して表した形を取る。以て個の訴えかけが場をともにする人々との共感に支えられる趣を湛えるのである。あるいは、

48明けがたは遠の汀にこほりしてかへりて近き志賀の浦波（後度百首・氷）

などは、結氷の歌としてよく知られた「さ夜ふくるままに汀やこほるらん遠ざかりゆく志賀の浦波」（後拾遺集・冬・四一九・快覚法師）を本歌として、波の遠近を逆に捉えた歌である。おそらくこれは、雅経の、

霞みゆくままに汀や隔つらんまた遠ざかる志賀の浦波（後度百首・霞）

を踏まえ、それとは別な表現に仕立てた歌であり、本歌に向かう意識の中に雅経に対する思惑があったことが推測される。同じ本歌をもとに新趣向を競い合おうするような狙いを読むのは容易である。

『後度百首』の巻軸歌は、

100席田やかねて千歳のしるきかな伊津貫川に鶴遊ぶなり（祝言）

と歌い収められている。この歌は催馬楽の、

席田の　席田の　伊津貫川にや　住む鶴の　住む鶴の　住む鶴の　千歳をかねてぞ　遊びあへる　千歳をかねてぞ　遊びあへる（席田）

により、また「君が代は幾万代か重ぬべき伊津貫川の鶴の毛衣」（金葉集・賀・三二三・藤原道経）などをも念頭に置いて、自ら代の長久を言祝いだものである。しかし、この歌の構想が、良経の『初度百首』詠、

席田の伊津貫川のしき波に群れ居る鶴の万代の声（鳥）

を契機としたことは明らかである。いったい院の歌に見る良経との関わりは、次節に触れる通りきわめて深く、黒田氏にも類似の指摘がある。(28)この歌は、単に着想を得るに止まらず、発想・表現を借り用い、その祝意に応えようとする歌とも解される。単一には捉え難い院の和歌は、主宰者としての立場に発していたのである。

七　おわり に

『初度百首』の改訂は、『後度百首』の詠出と連動して、近臣たちとの交流の上に歌を生み出す後鳥羽院固有の営みであった。彼らの歌に触発され、初学の未練を克服すべく修正を試みる意思と、彼らとの和楽を示すべく表現を共有する意思とは、飽くなき改変をなすことにおいて共通する。その旺盛な意欲からすれば、改作が一時期に行われたと見るよりも、随時になされ続けたと見るほうが自然である。それは、この後『新古今集』切継に没頭する態度とも共通することになる。先に検討を省略した差し替え歌の、

⑧難波潟さやけき秋の月を見て春のけしきぞ忘られにける

という一首に見る表現は、そうした成立の経緯を窺わせる手がかりとなりそうである。既述の通り、『三百六十番歌合』に収められたこの歌は、難波の春を讃える能因法師の、

心あらむ人に見せばや津の国の難波わたりの春のけしきを（後拾遺集・春上・四三）

というよく知られた歌を本歌に、難波の秋月を愛でた作である。同じ『後拾遺集』の、

常よりもさやけき秋の月を見てあはれ恋しき雲の上かな（雑一・八五四・源師光）

と、第二・三句を等しくするこの歌は、『初度百首』『後度百首』に関係を指摘できそうな歌は見出せない。ところが、『建仁元年八月十五夜撰歌合』に、

忘れじな難波の秋の夜半の空こと浦にすむ月は見るとも（宜秋門院丹後）

という歌が詠まれており、秋の難波に澄む月を称揚する発想を等しくすることにおいて、両歌の関係が注目されるからである。丹後が詠むこの歌は、のちに『新古今集』に入集する彼女の代表歌であり（秋上・四〇〇）、「異浦の丹後」の異名を獲得することで有名な秀歌であった。『後鳥羽院御口伝』が「女房歌詠みには丹後やさしき歌をあまたよめりき」と記すように、丹後は後鳥羽院に重視された女流であり、その評価には当該歌が深く関わっていた。晩年に院自身が編集する『時代不同歌合』にも収めたこの歌は、撰歌合の評定の場で判者俊成が「こと浦にすむ、めづらしくをかし」と、着想の斬新さを讃えた歌である。その着想を早速に取り込み、「異浦」を取り上げての空間の差を、「春」・「秋」を取り上げての時間の差に置き換え、難波潟の月を称揚する歌を詠み上げたのが、後鳥羽院の歌の趣向だったのではなかろうか。そこに相関が存したならば、両歌の先後関係は不明ながら、本節で辿ってきた事例からは、院が丹後の歌を踏まえた可能性が、その逆よりははるかに高いと判断される。とすれば、改作は建仁元年八月以降も続き、その下限は繰り下がるのである。(29) ともあれ、後鳥羽院の『正治初度百首』の改作は、院の飽くなき改変の意思による、動態として捉えるべき営みであった。

【注】

（1）本百首の企画に関する研究は多くなされてきたが、特に有吉保『新古今和歌集の研究　基盤と構成』（一九六八年四月、三省堂）第一編第二章I、久保田淳『新古今歌人の研究』（一九七三年三月、東京大学出版会）第三篇第二章第四節二の両論に詳細な解明がなされ、山崎桂子『正治百首の研究』（二〇〇〇年二月、勉誠出版）において総合的に検討が加えられた。

（2）村尾誠一「後鳥羽院正治初度百首と勅撰和歌集への意志――『正治和字奏状』の再検討を発端に――」（『国語と国文学』二〇〇八年四月、『中世和歌史論　新古今和歌集以後』〔二〇〇九年十一月、青簡舎〕所収）

（3）注（1）掲出山崎桂子氏論。

（4）注（1）掲出有吉保氏論。そこでは論拠を、表現のあり方と、『夫木和歌抄』入集歌の形に求められる。

（5）「正治二年とその前後――後鳥羽院を軸として――」（一九七六年十一月和歌文学会例会口頭発表、『和歌文学研究』三七、一九七七年九月）に発表要旨掲載）。編纂本に草稿性を、御集本に定稿性を認められる。稿者は拝聴していないが、御発表の資料を佐藤恒雄氏の御好意により拝受した。本稿ではそれにもよらせて頂く。

（6）「「正治二年初度百首」考――後鳥羽院の百首歌について――」（『国文学言語と文芸』八一、一九七五年十月）

（7）「後鳥羽院「正治初度百首」をめぐって」（『語文（日本大学）』四九、一九七九年三月）

（8）注（1）掲出山崎桂子氏論。以下本稿で言及する山崎氏の論はすべてこれによる。

（9）樋口芳麻呂『後鳥羽院』（王朝の歌人10、一九八五年一月、集英社）

（10）天皇が「女房」を名乗ることについては、歌合における「女歌」との関連で解明さるべき課題である。田渕句美子「歌合の構造――女房歌人の位置――」（『和歌を歴史から読む』二〇〇二年十月、笠間書院）、渡邉裕美子「「女の歌詠み」の存在形態――『八雲御抄』に探る――」（『明月記研究』七、二〇〇二年十二月）等参照。

（11）八嶋正治「後鳥羽院について（1）――その百首観――」（『文芸と批評』一、一九六三年九月）

（12）注（11）に同じ。

(13)『新古今和歌集の研究 続編』(一九四六年十二月、新日本図書株式会社)
(14) 注(1)掲出久保田淳氏論。
(15) 小西甚一氏は、『新古今和歌集』の配列原理に「進行」と「連想」による「多響的統一」を認められ、その志向の強さが定家を凌いで後鳥羽院に強く見られることを指摘されている(『日本文藝史Ⅲ』一九八六年四月、講談社、二五五頁)。
(16) 注(14)に同じ。
(17) 注(6)に同じ。
(18) 注(5)に同じ。発表資料に、編纂本固有の歌のうち、拙劣な表現として「みにぞゆく」「かぜぞうれしき」「心地こそすれ」等の表現が指摘されている。
(19) 大野順子「後鳥羽院『正治初度百首』における改作考—冬歌十五首を中心として—」(『明治大学大学院文学研究論集』八、一九九八年二月)
(20) 注(5)の発表資料による。
(21)『三百六十番歌合』に関しては、峯村文人「三百六十番歌合—成立時期と和歌史的意義—」(『小樽商大人文研究』五、一九五三年一月)、谷山茂『三百六十番歌合(天理図書館善本叢書和書之部第五巻)』(一九七三年五月、八木書店)、楠橋開「三百六十番歌合差し替え考—天理図書館蔵本の具備する目録をめぐって—」(『和歌文学研究』三三、一九七五年九月)、大野順子『三百六十番歌合』撰者について」(『日本文芸思潮史論叢』二〇〇一年三月、ぺりかん社)などの論が出されているが、建仁元年三月以降と見られる成立に関してはなお検討の余地がある。近年、五味文彦氏が後鳥羽院撰者説を唱えられ(「後鳥羽上皇の和歌の道—百首歌と『三百六十番歌合』—」『明月記研究』一三、二〇一二年一月)、大野順子氏がそれに従っている(「『三百六十番歌合』について—撰者再考—」『同』)。後鳥羽院が撰者であったとすると、その本文の問題とも関わり、編纂本・御集本それぞれの形を収めることにおいて、改作の意味の問い直しが必要となる。
(22) 注(5)に同じ。

（23）差し替えは一対一に対応していないので、厳密には特定されないが、内容の近さから当該歌が想定される。
（24）⑤「筑波嶺の夏の木かげにやすらへば匂ひし花の名残ともなし」の歌も同様のことが言えるかもしれない。「筑波山さける桜の匂ひをば入りてをらねどよそながら見つ」（順集・天地歌・春）、「筑波嶺の木の本ごとに立ちぞよる春のみ山のかげをこひつつ」（古今集・雑下・九六六・宮道潔興）などを意識しつつ、木陰の涼しさを夏の筑波山に見出し、趣向の斬新さを示すこの歌の場合は、結句「名残ともなし」が対象となる。こちらの先例は、正治二年十月に催された『院当座歌合』における、「今朝よりは千種の霜に埋れて色見し野辺の名残ともなし」（公景）のみである。ごく普通の言い回しであり、散文的なこの句は、たまたま一致したに過ぎないとも見られる。しかし逆に、そうした非和歌的表現が、院主催の歌合の、しかも正治二年十月という同時期の作にしか見られず、この一致を偶然で片付けることは難しい。ちなみにこの時期、「名残ともなく」は『後度百首』に越前の例（九六二）、「名残ともなき」は『千五百番歌合』に小侍従の例（八二六）の各一例のみ見出される。
（25）「後鳥羽院」（『新古今和歌集を学ぶ人のために』一九九六年三月、世界思想社、『中世和歌論攷――和歌と説話と――』〔一九九七年五月、和泉書院〕所収）
（26）本文は『後鳥羽院御集』所収本による（歌番号は百首歌としての通し番号）。
（27）山崎氏は「心地こそすれ」の表現を用いた歌が三首に及んで差し替えられたことを、表現史の趨勢と合致する自制意識として説かれる。和歌表現史の動向に即した指摘ながら、厳密には、差し替えは、その表現に依拠してしまう安易さの戒めによるであろう。実際「朝倉や木の丸殿にすむ月のひかりはなのる心ちこそすれ」（秋二十首）の一首は御集に残り、『三百六十番歌合』にも収められ、のちの用例も無視できない。
（28）注（25）に同じ。
（29）次節に見るように「内宮百首」においても、院は当該歌合からの影響を受けた歌を残して、その成立時期の下限が繰り下げられることが知られる。

第二節　内宮百首――良経との関わりから――

一　建仁元年の企画

十三世紀が始まる年に当たる建仁元年（一二〇一）は、『新古今集』の撰集に向けて、具体的に事が動き始めた年であった。七月二十七日に、天暦の先例にならって和歌所が設置され、寄人が選ばれる。続いて、十一月三日には定家等六人の撰者が任命され、ここに集の完成という明確な目標を得た歌壇は、沸騰する坩堝にも喩えられる隆盛に向かうことになる。

『後鳥羽院御集』はこの年の作品として、

建仁元年三月　内宮御百首
　　　　　　外宮御百首
同　　六月　千五百番御歌合

の三つの百首歌を収め、『建仁元年正月十八日影供御歌合』以降十二度の歌合・歌会出詠歌を載せている。前節に見た通り、建久九年（一一九八）に位を土御門天皇に譲って政務から解き放たれた後鳥羽院は、諸芸に興味を示す中で正治二年（一二〇〇）頃から本格的な和歌活動を開始する。それが大きな弾みをつけて活発化してくるのが翌建仁元年であった。『後鳥羽院御集』に見る限り同年中に三度の百首歌を詠出した例はなく、院の生涯を通じてもこの年の多作ぶりは比類がない。

それらのうち、「内宮御百首」（以下「内宮百首」）・「外宮御百首」（以下「外宮百首」）は、文字通り伊勢の内宮（皇大神宮）・外宮（豊受大神宮）に奉納された作で、後鳥羽院が初めて試みた奉納定数歌である。このような作の存在は、「ヤウ〳〵意ニマカセナバヤトヲボシメスニヨ」る譲位が、当然ながら、諸芸を「意ニマカ」すためのみではなかったことを示している。(1) 政治や宗教との関わりを外し得ない後鳥羽院和歌の読解において、まず検討さるべきはこれらの百首である。

『新古今集』編纂に向かう年の伊勢奉納百首はいかなる意味を有していたのか、その表現と性格を読み解くことから考えてみたい。

二　分析の観点

「内宮百首」は、春・秋各二十首、夏・冬各十五首、祝・神祇各五首、雑二十首からなる。のちの奉納作と同様、恋歌を含まない構成とともに、巻頭歌、

1朝日さす御裳濯川の春の空のどかなるべき世のけしきかな(2)（春）

と、巻軸歌、

100思ふべし下り果てたる世なれども神の誓ひぞなほも朽ちせぬ（雑）

の歌いぶりに奉納作らしさがよく示される。百首の首尾に「世」への思いを詠む先例は、前年の『正治初度百首』

にもあるものの、(3)奉納歌として「のどかなるべき世のけしき」を確認し、「神の誓ひ」が変わらぬことを表明するのは、それに比し難い思いの強さに発している。治世への思惑は当然、祝や神祇の部に強くこもり、例えば、祝五首は、

71雲近く飛びかふ鶴の声までものどけき空のしるしとぞ思ふ

と、冒頭歌に「鶴の声」を「のどけき空のしるし」と認め、「万代」「千代」「千歳」を連ねて、末尾歌の、

75四方の海の波に釣りするあま人も治まれる世の風はうれしや

に至るまで、「治まれる世」を自ら言祝ぐ形に仕立てる。続く神祇五首も、伊勢に奉納する歌らしく、

76尽きもせず都の空に吹き通へ神路の山の千世の春風

と、「神風」が都に吹き通うことを祈るところから始め、すべてに「風」を詠み込み、春秋の伊勢の景を讃えつつ、

80御裳濯や頼みをかくる神風の心に吹かぬ時の間ぞなき

と、大神宮への不変の「頼み」の表明に収束させる。なお、ここでの「風」は、枕詞の用法を越え、実体としての

「神風」を含意し、百首全体に散在する風と響き合っている。すなわち、「風」は全体で三十八首詠み込まれ、程度の差こそあれ、それらの歌には、

73風吹けば尾花かたよる呉竹のしげき節ごとに千世ぞこもれる（祝）

75四方の海の波に釣りするあま人も治まれる世の風はうれしや（祝）

の両歌に見られる、国の隈々まで治まった世を証そうとする作意を読むことが可能である。ちなみに、「外宮百首」にもほぼ同数の三十九首の「風」を詠む歌が収められ、

73風吹けばなびき折れ伏すなよ竹の木末の露も千世の数取れ（外宮百首・祝）

など、本百首と同様の狙いが窺われる。正治の両度百首の倍以上の数を収める「風」へのこだわりは、〈神風〉の吹く伊勢に奉る作なればこそ持たれたに違いなく、その真率な治世への思いは、本百首を貫いて吐露されるのである。それはしかし、治天の君の伊勢奉納作である以上当然であった。問題は、こうした思いがいかに表現されているかにある。内実は表され方への顧慮なしには捉え難く、本作の表現には他歌人の歌には見られない特徴があるからだ。

例えば、列聖全集所収の『後鳥羽院御集』の底本となる宮内庁書陵部蔵（五〇一・二六）本では、

30過ぎぬなり夜半の寝覚の時鳥声をばしばし月に残して

に「此上句千載俊成卿歌也如何」、

41秋を経て物思ふことはなけれども月にいくたび袖ぬらすらん

に「相似歌入拾遺如何」という勘物が付される。指摘の通り、両歌は、

過ぎぬるか夜半の寝覚めの時鳥声は枕にある心地して（千載集・夏・一六五・藤原俊成）

世に経るに物思ふとしもなけれども月にいくたびながめしつらん（拾遺集・雑上・四三一・具平親王）

と同一乃至は類似の歌句を取り込んでいる。

そもそも巻頭歌、

1朝日さす御裳濯川の春の空のどかなるべき世のけしきかな（春）

から、定家の『正治初度百首』の、

あまつ空けしきもしるし秋の月のどかなるべき雲の上とは（祝）

を踏まえると思しく、祝五首の冒頭歌、

71雲近く飛びかふ鶴の声までものどけき空のしるしとぞ思ふ

は、明らかに『源氏物語』の、

雲近く飛びかふ鶴も空に見よ我は春日の曇りなき身ぞ（須磨・光源氏）

に拠っている。他歌人の歌句が取り込まれやすい傾向は、本作にも顕著に現れている。剽窃の汚名を被りかねないものも含め、先行歌を摂取することに、先に見た、応じ和する院の和歌の基本性格を読むことは可能である。ただし、これが「練習のため」の百首ではなく、[4]正治の両度百首のように複数の歌人が参加した催しの所産でもなく、単独で神に奉納する営みであった以上、それに適う狙いによるはずで、その観点からの検討が必要となってくるであろう。

三　先行歌との関わり

a　本文について

先行歌と関わる意味を考える前に、その検証が本文の問題にも有効となることを確認しておく。例えば、祝五首の第二首目、

72万世は波こそかけて数ふらめいそべの松の行く末の陰

には、第三句「数ふ」に「かよふ」「かこふ」、第四句「いそべ」に「はまへ」「はそへ」「は《いカ》そへ」の異文がある。伝写過程に生じたと思しいこれらの異同のうち、第四句は「磯辺」・「浜辺」のいずれが元来の形かは定めにくい[5]。しかし、この歌が依拠する、

幾世へし磯辺の松ぞ昔より立ちよる浪や数は知るらん（拾遺集・雑賀・一一六九・紀貫之）

という歌を参照すれば課題は氷解する。当該歌は、貫之歌が海辺の松にこと寄せ、過去の時間の長さで祝意を表すのを踏まえ、時間の長さを行末の悠久さに転換させ、安定を願う形に仕立てたもので、松は「磯辺」にあり、第三句も「数ふ」により貫之歌との関わりが明瞭になる。本稿がよる宮内庁書陵部蔵本は異文のある箇所をいずれもその形で伝えており、田村柳壹氏が説かれる通り[6]、該本がすべての伝本に対して優位に立つ善本であることが確認されるのである。

なお、この貫之歌は、後に『新古今集』に入集し、『拾遺集』との重出が判明して削除された切出歌で、当該歌に対する後鳥羽院の親炙ぶりのみならず、本百首と『新古今集』との関わりを窺わせる手がかりとなる一首である。

b　成立について

先行歌との関わりは、百首の成立に関しても有益な知見をもたらす。本百首の成立は、これまで『後鳥羽院御集』が明記する「建仁元年三月」と考えられてきた。しかし、例えば、秋二十首中の、

54秋深したれ浅茅生にひとりかも夜寒の衣月に打つらん

という歌の表現からは、それが認められなくなる。晩秋、月下に衣を打つ女性を思いやるこの歌は、

里は荒れて月やあらぬと恨みてもたれ浅茅生に衣打つらむ（良経）

秋風に夜寒の衣打ちわびぬふけゆく月のをちの山本（定家）

まどろまでながめよとてのすさみかな麻の狭衣月に打つ声（宮内卿）

の三首に依拠する。「夜寒の衣」「月に打つ」は、先例に乏しい新しい表現で、しかも三首すべて『建仁元年八月十五夜撰歌合』出詠歌である（「月下擣衣」題）。この歌合は、先に催された『老若五十首歌合』（二月）とともに、『新古今集』に多くの歌を入集せしめた、建仁元年の重要な催しの一つで、「新しい時代の秀歌創造への意欲」が「歌壇全体に横溢してきた」ことを明かす作であった(7)。そこに出詠された良経・定家・宮内卿の歌の各秀句を取り上げ、それを揃えて一首をなそうとするのが当該歌の目論見であった。これは主宰者ならではの摂取に違いなく、ここに本百首は三月には成立しておらず、全体の完成は八月十五日以降に繰り下げられることになる。

その差はわずか数箇月ながら、この間に七月二十七日の和歌所設置があることを思えば、その繰り下がりは重い意味を持ってくる。『建仁元年八月十五日夜撰歌合』自体、和歌所で催されたものであった。しかも、右の三首のうち、良経と宮内卿の歌は、『新古今集』に採られ、秋下に連続して置かれることを考え合わせるなら、先の例同様に、本百首と『新古今集』との関わりを考える、やはり手がかりとなるのである。

c　近作との関わり

翌年以降に『千五百番取合』として成立する百首の歌も、例えば、俊成卿女の、

暮れぬともなほ春風は吹き通へ吉野の奥の花の青葉に（二百七十四番右）

などは、春二十首の、

19春の名残吉野の奥にたづぬれば花の青葉に山風ぞ吹く

と、神祇五首の、

76尽きもせず都の空に吹き通へ神路の山の千世の春風

に取り込まれ、(8)源通具の、

こほりゐる懸樋の音の絶えしより夜半の嵐ぞ寝覚めとひける（九百五十三番右）

という歌も、

59寝覚めとふ懸樋の水も峰の松も雪に音せぬ山の奥かな（冬）

に影響を与えている。きわめて近い作までが躊躇なく摂取されているのである。とすると、

83草枕都の秋を誘ひきて月におぼゆるふるさとの空（雑）

という一首の第四句「月におぼゆる」は、

曇れかしながむるからにかなしきは月におぼゆる人の面影

という歌から取り込まれた可能性の高いことを窺わせる。これは八条院高倉の『新古今集』入集歌で、『源家長日記』によれば、後鳥羽院が高倉を召し出す契機になったのが、この「曇れかし」という歌であった。(9)「月におぼゆる」は取り立てて斬新な句ではないものの、索引類を徴する限り、この時代までの用例はこの二例以外に見当たらない。これも、『新古今集』との関わりを示す一資料となるであろう。

d　摂取の範囲

本百首には、近作のみならず古歌も幅広く取り込まれている。のちに『新古今集』切出歌の、

18いかにせん世にふるながめ柴の戸にうつろふ花の春の暮れがた（春）

が、小町歌、

花の色はうつりにけりないたづらに我が身世にふるながめせし間に（古今集・春下・一一三）

に拠るように、三代集を初めとする古歌に影響を受けたものは多い。その明瞭なものに限っても以下の通りとなる（勅撰集は『千載集』まで）。

5万葉・巻十・一八四〇
6千載・春上・三四
7古今・序
11古今・春上・三二
　千載・春上・二六
15後撰・春下・一〇二
18古今・春下・一一三
20後撰・恋二・六一九
23拾遺・恋三・七七八
24古今・夏・一四九

25古今・離別・四〇四
28千載・夏・一六一
30千載・夏・一六五
33和漢朗詠・夏・一八六
35古今・夏・一六八
36古今・恋五・七五六
37拾遺・秋・一四一
38新撰万葉・秋・三六〇
39詞花・秋・八二
40万葉・巻十・二一三六

41拾遺・雑上・四三二
42千載・恋二・七〇四
43万葉・巻十・二二七七
47伊勢物語・一二三段
51和漢朗詠・秋・二五三
55古今・秋下・三一三
60伊勢物語・一二三段
62後撰・雑三・一二四一
63古今・雑下・九四四
65拾遺・春・六四

69古今・冬・三三三
71源氏物語・須磨
72拾遺・雑賀・一一六九
79万葉・巻四・五〇〇
81後撰・雑一・一一〇七
82源氏物語・夕霧
85伊勢物語・九段
89金葉・冬・二七〇
90千載・雑上・一〇〇九
96後撰・秋中・二八七
98伊勢物語・四五段

方法は一様ではないが、百首は万葉の古歌から当代の和歌に及ぶ広い範囲の先行作品（漢詩を含む）を縦横に取り込んでいることが知られる。

四　良経歌との関わり

これは、いかなる意図によるものであったのか。それを考えようとする時、注目すべき役割を果たす人物が浮かび上がってくる。同時代歌人の中で、群を抜いて強い影響関係が認められる、左大臣藤原良経である。本百首に対する良経歌の影響は全体にわたり、

15花の色は昔ながらに匂へどもたれかはとはん志賀の春風（春）

に対する、

明日よりは志賀の花園まれにだにたれかはとはん春のふるさと（正治初度百首・春）

首中の、

という歌（これはのち『新古今集』春下巻軸歌になる）以降、同時代歌人中、最も多くの和歌が摂取されている。雑二十

84今宵たれ松と浪とに夢さめて吹上の月に袖ぬらすらん

などは、「外宮百首」にも似た歌、

94今宵たれ明石の瀬戸に浮寝して浦はの月に袖ぬらすらん（雑）

があり、いずれも良経の『花月百首』の一首、

今宵たれすずの篠屋に夢さめて吉野の月に袖ぬらすらん

の、いわば枠組みを借用して、場と素材を入れ換えたものであった。ちなみに良経歌はおそらく、頼政の歌、

今宵たれすず吹く風を身にしめて吉野のたけの月を見るらん（頼政集）

に学んでいると思しく、その頼政歌は『新古今集』に入集する。

90ふるさとをただ松風ぞひとり吹く月は見るやととふ人はなし（雑）

という歌もこれに類する例で、こちらは、西行の歌、

霜さゆる庭の木の葉を踏み分けて月は見るやととふ人もがな（千載集・雑上・一〇〇九）

に拠ると同時に、その西行歌に触発された可能性のある良経歌、

月見ばと言ひしばかりの人は来で槇の戸たたく庭の松風（正治初度百首）

をも取り込んで一首をなす(10)。

99松に吹く深山の風のはげしさもおぼえぬまでに住みなれにけり（雑）

の一首のように、良経歌二首、

松に吹く深山の嵐いかならむ竹うちそよぐ窓の夕暮（南海漁父百首）
白雲の八重立つ山を深しともおぼえぬまでに住みなれにけり（正治初度百首）

を上下句にそのまま用いるものまで、良経の歌からは多彩な摂取を試みるのである。

そうした良経歌との交渉の中で、百首の巻軸歌、

100思ふべし下り果てたる世なれども神の誓ひぞなほも朽ちせぬ（雑）

に見る関わりは、摂取の動機を語っているように思われる。神の加護を期待する為政者の思いを直叙するこの歌は、良経の、

世の中は下り果てぬといふことやたまたま人のまことなるらむ（治承題百首）

という歌との関わりに留意すれば、良経が「たまたま人のまこと」として、当てにならぬと認定した「下り果てぬ」る「世」の認識を、より深刻なものとして受け止め、以て神への意思表明の強さを浮き立たせた一首と解される。

この良経歌は「治承題百首」の「述懐」題五首の冒頭歌であり、その百首には、本百首の、

52白露のおくての稲葉かりそめに宿るともなき夕月夜かな（秋）

に対する、

しをれこし袖もやほさむ白露のおくての稲葉かりねばかりに（初遇恋）

また、

67月ならぬ雪も有明の冬の空曇らば曇れ更級の里（冬）

に対する、

雪の夜の光も同じ峰の月曇るぞかはる更級の里（雪）

など、明らかに影響を与えた歌を収め、院がかなり強く意識していたと思しい。

そして、「立春」題に、

み吉野は山も霞みて白雪のふりにし里に春は来にけり

という、『新古今集』巻頭を飾る歌を収める本百首の重視は、おそらく当該の「述懐」に続く「神祇」題五首が、

鈴鹿川八十瀬白波分け過ぎて神路の山の春を見しかな

という歌に始まることと最も強く関わっていた。

この一首は、久保田淳氏が明らかにされたように、[11]「治承題百首」の成立を考える手がかりになる歌で、良経が公卿勅使として初めて伊勢に下向した、建久六年二月の詠である。その目的は「修復成った東大寺の供養を伊勢神宮に奉告するため[12]」であり、同じ折に、後に『新古今集』神祇に入る歌、

神風や御裳濯川のそのかみに契りし事の末をたがふな（神祇）

も詠まれた。ここで良経が表明するのは、君臣の結びつきによる御世の安定の願いである。こうした良経詠が、初めて伊勢に奉る百首を試みる際に、先例としてまず強く意識に上せられたであろう。直近の公的奉納歌、それも自ら天皇として遣わした公卿勅使の和歌を契機に、「治承題百首」への関心が呼び起こされた可能性はきわめて大きい。その際、意識は歌う内容のみならず、表し方そのものにも及んだに違いない。

久保田淳氏は、「治承題百首」の成立の考証において、論拠とされた、

山陰や花の雪散る曙の木の間の月にたれをたづねむ（花）

が、俊成が良経家の歌会で詠んだ、

またや見む交野のみ野の桜狩花の雪散る春の曙（新古今集・春下・一一四）

と関わることにつき、「良経が創始した表現を俊成が借りたと考えるよりは、俊成が詠み出した秀句的な表現を早

速当の良経が良経家の歌会で襲用したと考える方が自然で」あり、その前提に「一体に、良経には案外無造作に同時代人の表現をそのまま自作に取込む傾向(13)」を認められた。それは前節に見たように『正治初度百首』以降の院の歌にも等しく指摘できる傾向である。もとよりそれは、慈円を含めて和歌を「旦那芸」たるディレッタンティズムの営みと捉えた非専門歌人に共通の特性であった(14)。そもそも、和歌が表現に重なりを有するのは字数の限られた定型詩としての宿命である。しかしながら、これら良経歌を介して成立したと思しき歌々は、用語のみならず、枠組みまでを取り込んでおり、強く親炙していたことを窺わせる。篤く信頼する良経への親炙を通して、自ずからその手法までが獲得された可能性を認めてよいであろう。

祝五首の末尾の歌、

75四方の海の波に釣りするあま人も治まれる世の風はうれしや

にしても、こもる思いは院自らの「治まれる世」への強い希求に違いないが、そこに良経歌、

四方の海風ものどかになりぬなり波の幾重に春の立つらむ（南海漁父百首・春―巻頭―）

の介在が窺われ、「外宮百首」の祝五首冒頭歌、

71関守も関の戸うとくなりにけり治まれる世に逢坂の山

にしても、良経の『老若五十首歌合』歌、

この頃は関の戸ささずなり果てて道ある世にぞ立ちかへるべき　（二百十九番右）

に負うところが大きいのである。

もちろん、後鳥羽院は良経から為政者の発想までを学ぶことはなく、表そうとしたのは自身の治世への思いにほかならない。その思いを表すために、範型として良経の歌の手法を学び、以て同時代歌人の歌までかなり貪欲に取り込む百首に仕立てたのである。本百首は、為政者の立場からする理想の姿を示すことを重要な狙いとし、既に表現されてある歌々のことばを用い、いかに提示しようとするかにも然るべく重きが置かれていたと解される。とすれば、これは何を語るだろうか。

五　『新古今集』との関わり

これまでほとんど論じられてこなかった本百首、ならびに「外宮百首」に唯一解明の照射を当てられたのは、田中喜美春氏である。[15] 氏は、後鳥羽院の『新古今集』撰集意図につき、院自身の、

ほのぼのと春こそ空に来にけらし天の香具山霞たなびく　（新古今集・春上・二）

の歌、八社に奉納された三十首、及び『遠島百首』を論拠として、「神々の加護を求めつつ、天皇親政再現の悲願をこめて撰集された」ものと推定され、その論証に当該百首と「外宮百首」を取り上げられて、両奉納百首は「和

歌の繁栄」の祈願を心に期して歌われたことを導かれた。具体的には、「外宮百首」の結びの歌、

和歌の浦の葦間の波のたちかへり昔に似たる鶴の声かな（雑）

や、祝で詠まれた、

和歌の浦の葦間に塩や満ちぬらん千代をこめたる鶴のもろ声

という歌が、『万葉集』の山部赤人の歌、

和歌の浦に潮満ち来れば潟を無み葦辺をさして鶴鳴き渡る（巻六・九一九）

を摂取することに「神亀の昔をも共有したという思考」を認められ、院の思惑を推測された。本稿が掬い上げてきた事例を意味付け、本百首及び「外宮百首」を解明するに最も有効な手立ては、田中氏論が説く『新古今集』との関わりを検証することである。成立が和歌所設置以降に繰り下がり、その和歌所での催しで詠まれた歌と、『新古今集』所収歌の表現を旺盛に取り込むことは、両者の相関を補強する根拠となるであろう。ただし、『新古今集』との関係は、この時点で集の形をなしていない以上、事例はすべて結果論に止まり、所収歌の多さが関係の強さを示すわけではない。

その関係を考える際に欠かせないのは、田中氏が読まれた〈和歌繁栄の祈願〉という視点からの把握である。百

首は広範な先行和歌を摂取し、良経の方法を是認することで成り立つ。その良経以下同時代歌人の和歌を、可能な限り近い時点のものまで取り込むことが、熱気を帯びて隆盛に向かいつつある歌壇の現況を明かす有効な方法であったに違いない。

一方の古歌の摂取は、万葉の古代から連綿と続いてきた和歌の歴史をそのまま盛り込もうとする意思によるものである。それは、和歌初学期の院においては、秀歌に学び、力量を増すための営みでもあり、のちの『後鳥羽院御口伝』が戒める初学者の陥りやすい未熟な過程そのものの様相を呈する。しかし、天暦の先例にならって和歌所を設置した段階での奉納歌としては、和歌の隆盛にあるべき世を象徴させる勅撰集の理念に通う構想に基づいていたと見るのが穏当であろう。のちに『新古今集』に切り入れることになる、「内宮三十首」(承元二年)の、

ながめばや神路の山に雲消えて夕べの空を出でん月影 (雑)

や、「外宮三十首」(同)の、

神風やとよみてぐらになびく四手かけて仰ぐといふもかしこし (雑)

など、現実の認識を投影させたものに比して、当該百首詠は、

78神風や空なる雲を払ふらん一夜も月の曇る間ぞなき (内宮百首・神祇)
78久方の空ゆく風に雲消えて月影寒し宮川の秋 (外宮百首・神祇)

など、心情表現を抑え、厳粛な景を描くことに焦点を絞るのも、承元二年（一二〇八）と本年（一二〇一）における現状認識の差もさりながら、要請された意図の差に由来すると解される。巻頭歌、

1朝日さす御裳濯川の春の空のどかなるべき世のけしきかな（春）

の第四句「のどかなるべき」は、その意味で本百首全体の性格を象徴していると言えるであろう。ただし、和歌に関わる現実の投影は、別の形でなされていた。すなわち、祝五首の冒頭歌、

71雲近く飛びかふ鶴の声までものどけき空のしるしとぞ思ふ

は、既述の通り『源氏物語』の摂取とともに、定家が、

君が代に霞を分けし葦鶴のさらに沢辺の音をや鳴くべき

という一首に込めた思いをも汲んでいた可能性がある。周知のように、この定家詠は『正治初度百首』鳥五首中の一首で、俊成の『正治和字奏状』の末尾に載せる、

和歌の浦の葦辺をさしてなく鶴もなどか雲居に帰らざるべき

とともに、後鳥羽院と定家の出会いにきわめて重い役割を果たす歌であった。[16]俊成歌は、先掲の赤人歌に拠っており、これらの和歌によって定家に内昇殿を許したのが前年であったことを考えると、その俊成歌を介し、定家が「雲居」に復帰した事実を、光源氏の不遇からの解放の背後に暗示しようとしたものとも解される。しかも『正治初度百首』によって、歌界における定家の活躍こそは今後の〈和歌の繁栄〉に必須であると院に認識され始めていた時期であり、その暗示の度合は弱いものではなかったはずである。

良経はもとより、こうした定家、さらには宮内卿・俊成卿女・雅経・八条院高倉等の、院に関わりの深い歌人達への対し方には、院の好尚が反映しており、その意味での現実の投影は強く認めることが可能である。

かくして「内宮百首」とは、古代からの和歌の歴史を踏まえつつ、隆盛に向かう歌壇の今の状況を反映させるべく企図された、後鳥羽院における初めての奉納歌であった。

【注】

（1）『愚管抄』巻第六。
（2）歌番号は百首歌としての通し番号である。次の第三節で扱う百首も同じ。
（3）いつしかと霞める空のけしきにて行末遠し今朝の初春（巻頭歌）
　　ちはやぶる日吉の影ものどかにて波をさまれる四方の海かな（巻軸歌）
（4）『後鳥羽院御口伝』には初心者の「練習のため」の百首の詠法が説かれる。
（5）流布本は「はまべ」で、新編国歌大観所収本でも「はそへ」がその形に校訂されている。
（6）「『後鳥羽院御集』の伝本と成立—伝本分類の再検討ならびに資料性の吟味を中心として—」（『国語国文』一九八四年三月、『後鳥羽院とその周辺』〔一九九八年十一月、笠間書院〕所収）

（7）佐藤恒雄「新古今の時代」（『和歌史―万葉から現代短歌まで―』一九八五年四月、和泉書院）

（8）19番歌と俊成卿女歌の関わりについては渡邉裕美子氏に考察がある（「俊成卿女にみられる同時代歌人の影響―「千五百番合」をめぐって―」『和歌文学研究』五九、一九八九年十一月、『新古今時代の表現方法』〔二〇一〇年十月、笠間書院〕所収）。ただし、影響関係は逆を想定される。

（9）『源家長日記』には、（後鳥羽院が高倉の）「此歌をきこしめしてそれも歌たてまつりなどつねに侍」と記される。

（10）良経歌はのちに『新古今集』雑上、一五一九番に収められる。続く一五二〇番の慈円歌はこの西行の歌を本歌にしたものである。

（11）『新古今歌人の研究』（一九七三年三月、東京大学出版会）第三篇第二章第三節六。

（12）久保田淳『新古今和歌集全評釈』八（一九七七年十月、講談社）一八七一番歌「鑑賞」。

（13）注（10）に同じ。

（14）稲田利徳「西行と新古今歌人」（和歌文学の世界『論集　西行』〔和歌文学の世界14、一九九〇年九月、笠間書院〕、『西行の和歌の世界』〔二〇〇四年二月、笠間書院〕所収）

（15）「後鳥羽院の香具山」（『国語と国文学』、一九七七年二月）

（16）当初『正治初度百首』の作者から外され、俊成の働きかけによって作者に加えられた定家の愁訴や院に対する庇護の期待等がこめられていると解される歌。のち内昇殿に結びつく。なお、この問題に関わる諸説は、山崎桂子『正治百首の研究』（二〇〇〇年二月、勉誠出版）に整理されている。

第三節　千五百番歌合百首と建保百首

一　はじめに

後鳥羽院の歌観を考える時、これまでしばしば引き合いに出されてきたのは定家のそれである。彼等の、劇的とも言える出会いから決別に至る関わりの過程や、『後鳥羽院御口伝』の記述などから導かれてきた両者の和歌の差異は、その源に政治との関わりに対蹠的な認識の落差を認めるところでは、諸論概ね一致するものであった。小島吉雄氏の研究(1)を典型とする後鳥羽院の文学を政治との関わりから読む読み方の基本は、大きく変わるところなく今日まで引き継がれている。また、和歌への思い入れが、正治・建仁から元久期において急激な燃焼を見せた後、建保期にかけてかなり速やかに冷める形を取ることについても、後に控える承久の乱との関わりの深さにより、一通りの説明は加えられてきた。

ただし、見取り図を越えた関わりの実体的解明となると、田中喜美春氏・川平ひとし氏などの論(2)を除いては、あまりなされていないのが現状である。それはこの課題が、図式自体を目的にしがちなこともさりながら、元来、捕捉し難い性格を有していることによるだろう。安易に取りかかっては図式のなぞり返しに陥るのが落ちである。しかしながら、院の和歌においては、その実体を作品に即して読み解く作業が必要である。例えば、和歌に〈耽溺〉した趣の正治・建仁から元久にかけての時期と、順徳天皇歌壇の活発化と反比例して和歌が〈停滞〉する建保期の差など、政治との関わりの、強弱を超えた異同が検証されなければならず、後鳥羽院の和歌の顕著な特徴の一つに指摘されてきた先行歌との関わりの強さも、この課題の中で検証すべきもののように思われる。その積み重ねの上に初めて、院の歌の具体的なありようが導かれてくるのであろう。

ここでは院の二つの百首、『千五百番歌合』に結実する百首と建保四年に下命する百首を取り上げる（本稿では以下、前者を「千五百番歌合百首」、後者を「建保百首」と称する）。前者は新古今前夜の熱気を象徴する空前の規模の、また後者は建保期の和歌停滞の時期にあって久しぶりの、ともに院が催した百首である。建仁元年（一二〇一）と建保四年（一二一六）の両百首の異同を、引き続き先行和歌の摂取を通して検討しながら、後鳥羽院における和歌の営みをさらに考えてみたい。

二　千五百番歌合百首

イ　先行歌の摂取

『千五百番歌合』は、正治二年（一二〇〇）中の二度の百首の催しに続いて、後鳥羽院が企画した三度目の仙洞百首を結番した歌合である。当代の主要歌人二十九人に命じ、自らのものを加えて、机上の歌合ながら、歌合史上空前の規模の歌合に結実させていく、その各歌人の百首は、建仁元年の和歌所設置と相前後して詠進され、六月頃にはいったん院の手許に集められたと推定されている。[3] 歌合としての判進は『新古今集』の編纂の過程と並行し、果たして詠歌資料として、『新古今集』に最多の九十一首の入集を見る催しであった。院の歌には、歌合と百首の間に差し替えがあり、後述する通り、それは作品の性格の差異に由来する。ここでは百首歌として詠進された形で考える。

この百首も正治の両度百首や、「内宮百首」・「外宮百首」と同様に、先行歌との関わりの上に詠まれ、先行の四作品よりもさらに多くの歌々が踏まえられている。一覧すると次のようになる。

1			慈円（千）	
2		古今一六八・五五一	忠良（千）	
3				
4		古今二五	定家	
5		古今三二		
6	万葉一八四〇	古今一三		→新古今
7	万葉一九〇八		忠良（千）	
8		源氏物語　千里集		→新古今
9	万葉一八三六		惟明（千）	→新古今
10		古今六九二		
11			定家	
12		古今九三五		
16			俊成卿女	→新古今
18		古今五三		
19			式子内親王	
20		後拾遺六六五		
21			良経	
23		源氏物語		
24		古今五五八	西行	
25		古今一六六	良経	
26		古今四〇四　源氏物語		
27		古今二七七　古歌		→新古今

28			寂蓮（千）	
29		後拾遺八三五		
30		久安百首二七四		
31		金葉一四五　千載二〇三		
32		古今四八五		
33		後拾遺二三〇		
34		源氏物語		
35		古今五六五		
36		古今九九四		
37			有家（千）	
39		寛平御集		↓新古今
40		古今四九〇　古今六帖		
41	万葉二一〇二			
45		古今二五八		
46		古今四八四		
47	万葉二三五六		俊成（千）	↓新古今
48	万葉二三四七			↓新古今
49		古今七四七		
50		後撰一〇三	家隆	
51	万葉二〇六五			
52		古今六六五		
53	万葉一〇四八			

54			良経	
56	万葉三〇四八			→新古今
57			寂蓮	→新古今
58		古今二七三		
59		伊勢物語		
60		古今一〇〇一	定家	→新古今
61		拾遺二二〇	宮内卿	→新古今
62		金葉二八〇		
64	万葉二一三五			
65		古今三二六		
66		拾遺六四		
67		後拾遺二六〇		
68	万葉二三一四			→新古今
71			良経	
72		古歌	俊成	→新古今
75	万葉四九六			
76		古今四九一		
77			定家	
78		伊勢物語		→新古今
79		古今一〇一五		
80		古今五五五		
81		古今七七五		

	一段目	二段目	三段目	四段目
82		拾遺八四八		
84			良平（千）	
85		古今六三二・七一七		
86	万葉二七五三	（伊勢物語）		
87		伊勢物語		→新古今
88		後拾遺六二六		
89	万葉一九八二			
90		古今六九一		
91		古今九〇七		
98		伊勢物語		→新古今
100			良経	

一段目は『万葉集』歌、二段目は平安時代の歌集（八代集は略称）・定数歌・物語中の歌、三段目は当代歌人の歌（千は『千五百番歌合』）である。四段目は、その上段の波線を付した歌が『新古今集』入集歌となることを示す。

ロ　『万葉集』との関わり

本百首における摂取の典型は、

6春風の誘ふか野辺の梅が枝に鳴きてうつろふ鶯の声

に見られる。この一首は、第三句以降に、『万葉集』の、

梅枝尓《ムメカエニ》　鳴而移徙《ナキテウツロフ》　鶯之《ウクヒスノ》　翼白妙尓《ハネシロタヘニ》　沫雪曽落《アハユキソフル》（巻十・一八四〇）

をそのまま摂取すると同時に、より強く『古今集』の、

花の香を風のたよりにたぐへてぞ鶯誘ふしるべにはやる（春上・一三・紀友則）

に依拠することで成り立っている。古今歌を踏まえ、そこに詠む誘われた鶯が、今しも「野辺」で囀るという構図を設定した上で、万葉歌の枝移りする声を組み込んだものであろう[4]。明らかな依拠により鮮やかな色彩を揺曳させつつ、万葉歌は、古今歌と巧みに取り合わされ、王朝的な、いかにも春の歌らしい優美な風景の提示に奉仕する。

また、

47秋の田のしのに押しなみ吹く風に月もてみがく露の白玉

という歌は、万葉相聞歌、

秋穂乎《アキノホヲ》　之努尓押靡《シノニヲシナミ》　置露《オクツユノ》　消鴨死益《ケカモシナマシ》　恋乍不有者《コヒツツアラズハ》（巻十・二二五六）

を取り込むと同時に、俊成が同じ万葉歌に依拠して詠んだ、

逢ふことは交野の里の笹の庵しのに露ちる夜半の床かな（千五百番歌合・千三百四十二番右）

を介して成立する（俊成歌に右の万葉歌の影響があることは判詞でも指摘される）。こちらは、万葉歌の序詞の素材を引き受け、着想を俊成歌の「しのに露ちる」に得ることで、「吹く風に」乱れる露が月光を浴びて煌めく瞬間の美を捉えようとした歌である。[5] 次に置かれた、

48小山田の稲葉かたより月さえて穂向けの風に露乱るなり

も、万葉の、

秋田之《アキノタノ》　穂向乃所依《ホムケノヨスル》　片縁《カタヨリニ》　吾者物念《ワレハモノオモフ》　都礼無物乎《ツレナキモノヲ》（巻十・二二四七）

を踏まえて、同じ情景を描いた歌である。しかも、47番歌が月下に飛乱する露の輝きに焦点を絞るのに対し、48番歌は小山田の稲田を俯瞰する構図の中に「露乱る」様を描いて、ともに院好みの清新な景が提示されることになった。ここに万葉歌は、素材と「しのに押しなみ」・「穂向けの風」などの新鮮な表現を提供しつつ、王朝以降の歌と調和すべく取り合わされて、印象的な景の描写に寄与しているのである。

ところが、万葉摂取歌には、

41この夕べ風吹き立ちぬ白露のあらそふ萩を明日やかも見ん

というような歌もある。この歌に見る万葉歌、

此暮《コノユフヘ》　秋風吹奴《カゼフキタチヌ》　白露尓《シラツユニ》　荒争芽子乃《アラソフハギノ》　明日将咲見《アスサカムミム》（巻十・二一〇二）

との重なりは、一見異文を有する同一歌と思わせるほどの近さを示しており、ここに本歌取りが〈方法〉として試みられていたとは考えにくい。前章までに見てきた通り、院に少なくないこのような歌について、専門歌人ではない院の、いわゆる帝王ぶりに帰せられる「遊び」の所産として括り出し、あるいは「習作期」の歌として「本歌の表現・枠組に寄りそうことで、和歌らしい表現を獲得しようとする習練の過程」を読む[6]ことも可能である。それらは院の歌の性格であるには違いないものの、前の二度の折に召した人数を超える空前の規模の歌人たちに命じ、並々ならぬ意気込みで臨んだはずの企画者自身の百首中の作であることを踏まえれば、単に遊びの精神や習練のみでは説明できないことになる。この院固有の歌を含み持つ意味を見定めることが、本百首を解く重い課題となってくる。

ハ　百首としての〈場〉

この問題を考える時、先の47番歌に取られた俊成歌が、外ならぬ『千五百番歌合』の歌であったことは見逃し得ない。本百首が他歌人の『千五百番歌合』の歌を摂取した跡は、先掲の表の第三段目にも示したように、

7池水の水草に置ける夜の霜消えあへぬ上に春雨ぞ降る
［春はなほ浅香の沼の薄氷消えあへぬ上にあは雪ぞ降る（三十一番右・藤原忠良）
37秋立ちて昨日にかはる波風に涼しくなびく伊勢の浜荻
［浜風に涼しくなびく夏草の野島が崎に秋は来にけり（五百六番左・藤原有家）
84荻の葉に身にしむ風はおとづれて来ぬ人つらき夕暮の雨
［夕されば松に秋風おとづれて来ぬ人つらきうたたねの夢（千百六十八番左・藤原良平）

など、幾例にもわたって顕著に指摘される。おそらく手許に集成された各歌人の百首を披見したことによるに違いないこれらの摂取は、万葉歌や古今歌同様、全く同時期の歌の表現でも取り込まれており、対象歌の〈古さ〉は条件になっていない。

このような和歌の生成は、詠まれた〈場〉と切り離して考えることはできないだろう。本百首は、累積された古歌群を取り込み、詠み連ねた成果を、百首という〈場〉の中で読み解かれることを求めていると思しく、先の正治二年の百首よりさらに周到に構成された跡を窺わせる。

その一端は、素材の充当への志向と呼応して、季の境目である四季歌各首尾に、例外なく「今日」「今朝」「今宵」など初めと終わりの日を示すことにも示される。接点の重視は季歌においては当然のことながら、例外のない統一的明示は、作意の強さに由来し、循環する悠久な時間への志向とも不可分に関わっていた。その四季歌に連接する祝五首歌の表現も、次の通り、かなり特異なものである。

71万代と御裳濯川の春の朝浪に重ねて立つ霞かな

72万代と御手洗川の夏の夜に秋ともすめる山の端の月
73万代と三笠の山の秋風にのどかに峰の月ぞすみける
74万代と御津の浜風浦さえてのどけき波にこほりゐにけり
75万代とみ熊野の浦の浜木綿の重ねてもなほ尽きせざるべし

これら五首は、『千五百番歌合』判者源師光（生蓮）も、「五首歌を併初五文字によろづ代と置きてやがて見るよしのやうをかへて、四季に侍るこそ興ありてをかしく」（千百十一番判詞）と指摘するように、初句を「万代」に、続く第二句目の句頭に掛詞「見」を配しうる地名に統一し、見る対象としての春夏秋冬の景を、それぞれ以下に描く。春から冬に至る穏和にして静謐な景を提示し、末尾に四季を超えた悠久な時の流れを示して、五首は、四季とそれを包括したすべて（和歌では恋・雑で表される世界を含むすべて）に対し、季の景を契機とした祝意を表明するのである。「万代」への志向は、循環する季の悠久さに託されやすいとは言え、詠歌の契機を明瞭に季の景の描出に定め、その整然さに意を砕くことにおいて、祝五首は、四季七十首との密接な関わりの上に成り立っていた。

そのような整えられた〈場〉を得て、詠み手は縦横に古歌を摂取しながら、歌い続けていく。巻頭歌から、

1春立てばかはらぬ空ぞかはりゆく昨日の雲か今日の霞は

と、祝五首歌の歌い出しにおける「万代とみ」の統括と応ずるように、眺める姿勢が示される。のちの自信作、

見渡せば山もと霞む水無瀬川夕べは秋となに思ひけむ（新古今集・春上・三六）

に通う構えの大きなこの歌は、やはりのちの自詠、

ほのぼのと春こそ空に来にけらし天の香具山霞たなびく（新古今集・春上・二）

と同様、自身の目によって空に春の到来を把握した歌である。四季歌には、終始この姿勢が貫かれて、先の煌めく露の美をはじめ、院の好尚を窺わせる景が描かれ続ける。祝五首は、四季歌の集約でありながら、対象の景を背後から規定するという、四季歌との固有の関係を形成しているのである。

祝歌が風景を詠むのは、もとより以て神（伊勢〔内宮〕・賀茂・春日・日吉・熊野）を讃え、加護を希求するためである。ところが、神への祈りは、祝に止まらず雑十首の首尾、

91ゆふだすき万代かけて住吉の神や種まきし岸の姫松

100朝夕に仰ぐ心をなほ照らせ波もしづかに宮川の月

にも込められている。しかも、91番歌が住吉を詠むに際し「万代」を用い、100番歌が伊勢外宮の「宮川」の「み」に「見」を掛けて、明らかに祝五首の表現を襲用する。祝における賀意は、いわば作品の枠組に通じ、百首の総体は「朝夕に仰ぐ」祈りに隈取られているのである。

二　摂取の意味

王朝和歌の世界を基調に据えつつ、万葉の古風から最新の歌風までを網羅的に摂取するのは、伝統との関わりのうちに隆盛化しつつある現状を示すためであり、以て理想の世の具現となす狙いに発していた。前節に見た「内宮百首」及び「外宮百首」の性格は、本百首においても基本をなすものであった。では、空前の規模の歌合『千五百番歌合』に結実する歌壇の主宰者の営みとして、本百首はどのように捉えられるだろうか。

ここに注意されるのが、本百首が摂取する歌が、この後『新古今集』に少なからず収められて行く事実である。先掲の表（最下段）に示す通り、6・48番歌で見た万葉歌、

梅枝尓《ムメカエニ》　鳴而移徙《ナキテウツロフ》　鶯之《ウクヒスノ》　翼白妙尓《ハネシロタヘニ》　沫雪曽落《アハユキソフル》（巻十・一八四〇）
秋田之《アキノタノ》　穂向乃所依《ホムケノヨスル》　片縁《カタヨリニ》　吾者物念《ワレハモノオモフ》　都礼無物乎《ツレナキモノヲ》（巻十・二二四七）

はいずれも『新古今集』に採用され、9・56・68番歌に取り込まれる三首も同様である。当代詠も、47番歌に見た俊成歌、

逢ふことは交野の里の笹の庵しのに露ちる夜半の床かな（千五百番歌合・千二百四十二番右）

をはじめ、

16花は雪とふるの小山田かへしても恨みはてぬる春の夕風

が摂取する俊成卿女の、

石上布留のわさだをうちかへし恨みかねたる春の暮かな（詠出年時未詳）

以下、その秀句への注目と思しい当代歌人の、

村雨の露もまだひぬ真木の葉に霧たちのぼる秋の夕暮（老若五十首歌合・寂蓮）
［院歌　57秋暮れて露もまだひぬ楢の葉に押して時雨の雨そそくなり］
さむしろや待つ夜の秋の風ふけて月を片敷く宇治の橋姫（花月百首・定家）
［院歌　60晴れ曇り時雨ふるやの板間あらみ月を片敷く夜半のさむしろ］

などもすべて『新古今集』に収載される。王朝和歌も同様に、78・87・98番歌が摂取した『伊勢物語』の歌や、8番歌が摂取した千里の歌のほか、

39七夕の雲の袂やぬれぬらん明けぬと告ぐる秋風の声

が本歌にする、当時広く流布していたとも思われない『寛平御集』収載の、

たまくらにかせる袂の露けきは明けぬと告ぐる涙なりけり（亭子院）

という歌までも収められる。ここには、やはり同時に進行していた『新古今集』撰集作業との密接な関わりを認めないわけにはいかない。先掲の表に示す通り、『新古今集』に収められる歌は十八首に及んでいる。

『千五百番歌合』を初めとする当代の歌を少なからず取り込むことは、『新古今集』を生み出す〈場〉の隆盛を明かすためにきわめて有効である。しかもその隆盛が、古代から「その流れ今に絶ゆることな」い（『新古今集』仮名序）営みの継承によることをも示す手段として、万葉以降の古歌群の縦横な摂取があったと解される。もとより『新古今集』への収載は結果的な事例ながら、これは、安定した世を自詠によって寿ぐ意図が『新古今集』の完成を期する願いと不可分に結びついていたことを示すに違いない。

先掲の、あたかも異文を有する同一歌と思わせるような万葉摂取の歌、

41この夕べ風吹き立ちぬ白露のあらそふ萩を明日やかもみん

も、読み直せば『万葉集』固有の表現による歌ではなく、『新古今集』が収める万葉歌のような歌であることに気付かされる。しかも、この41番歌を含め、百首に摂取された万葉歌の多くが巻十所収歌であり、『新古今集』所収万葉歌と重なるところが多いことも容易に指摘される。『新古今集』の関わりから、本百首はその編纂事業に下命者の立場で加わっていることがその基底を形成しており、院の美意識による自在な詠出は、百首の企図にその前提を有することによって保証されていたのである。

三　建保百首について

イ　先行歌の摂取

建保四年（一二一六）に成立した「建保百首」は、歌壇の中心が順徳天皇の内裏歌壇に移って、後鳥羽院の周辺では目立った活動もない状況の中で、久しぶりに院によって催された企画であった。建保期という「一画期」[7]にあって注目すべきこの百首を、本格的に取り上げた論として小島栄治氏のものがある。[8]氏は、本百首に万葉歌による摂取が目立つことを指摘し、その影響が順徳天皇内裏歌壇からのものであることを示された。また、今井明氏は基本的に小島氏論を認めつつ、後鳥羽院歌が定家の歌に影響を受けている例を挙げて、両者の間の「緊密な関係」を指摘されている。[9]

本百首における先行歌との関わりを一覧してみよう。

2	万葉九〇九	古今一二	
3		新古今一六一六（伊勢物語）	
4		古今二三	
5		古今一二・一三	
6	万葉一六四七		
7		古今一八	知家
8	万葉一一〇五・一七二三	新古今七二・古今二九四（伊勢物語）	
10	万葉九五五		

11	12	13	14	16	17	18	21	22	24	26	27	29	30	31	33	34	35	36	37	38	39
	万葉一八三五				万葉一六八七・一六九四				万葉三三七三		万葉二七〇二	万葉一一八四						万葉五〇一・一五五五	万葉九七〇	万葉二〇九六	
新古今一五九三		古今二三	後撰一三三五	新古今一一六	古今四九五		古今一三三	古今一三・後撰二五一・拾遺四四五	千載一〇三七	拾遺一〇一・後拾遺一七八	古今九三三		古今八八二	新古今一五九一（伊勢物語）	新古今二三四・二八〇	古今二〇四・二四四	古今一六八				古今一八〇
					範宗	定家						良経									

40		古今六九一	
41	万葉三七二四		
42		古今一八四	
44			定家
45		新古今五〇五	
47		狭衣物語	
48	万葉二〇九六		
52		千載二五九	
55		古今二九四（伊勢物語）	
57		後撰四六一	
58		伊勢物語	
62		古今四三・三二四	
63	万葉二三三九	後拾遺四一九	
64		古今一〇八三	
65	万葉三三五八		
66		拾遺二二四・源氏物語	
70	万葉一一三六		
72	万葉六八七	新古今一七七六	
73	万葉一七一一		
74		新古今四三一	
76	万葉二六三八		
78	万葉二六四六		

80	82	84	85	86	88	90	92	93	94	95	100
万葉一四〇一					万葉九一二	万葉三四・二七三九	万葉二七八	万葉九〇八	万葉三〇九		
	拾遺七四六	後撰七六九	古今四七四	新古今一八五五						新古今一〇一八	新古今七〇七

ロ　『万葉集』との関わり

これによれば、『古今集』以降の王朝歌も少なくないものの、確かに最も目に付くのは『万葉集』からの影響である。『万葉集』は、本百首ではいかに摂取されているであろうか。最初の例、

2うちいづる春やとませの波間より白木綿花の色ぞくだくる

は、第四句目に、

山高三《ヤマタカミ》　白木綿花《シラユフバナニ》　落多芸追《オチタギツ》　瀧之河内者《タキノカワウチハ》　雖見不飽香聞《ミレドアカヌカモ》（巻六・九〇九）

の表現を取り込む。ところがこの歌も趣向を、

谷風にとくるこほりのひまごとにうちいづる浪や春の初花（古今集・春上・一二・源当純）

に得、主要な素材を古今歌が詠む流れ下る川の「うちいづる浪」に求めている。古今歌を基本に据え万葉歌を取り合わせる手法の基本は、「千五百番歌合百首」と変わらない。差異は、本百首が「千五百番歌合百首」では目立つことのなかった万葉語の取り込み方にある。この歌では、川波を万葉語「白木綿花」で彩り、その「色」が「くだくる」と詠むことで、「落多芸追」滝の奔流を鮮やかに印象付けている。(10) これは次の、

4いもは今日しめ野の浅茅ふみ分けてひれ振る袖に若菜をぞ摘む

という歌も同様で、『古今集』の、

春日野の若菜摘みにや白妙の袖振りはへて人のゆくらむ（春上・二二・紀貫之）

などが詠む若菜摘みの情景を描くのに、万葉の語として知られた「いも」「しめ野」「ひれ振る袖」を際立たせて取

り込むことに狙いが定められていると解される。「千五百番歌合百首」が王朝歌からの圧倒的な影響を受けた基調に、万葉歌を違和感を生ぜしめぬ配慮のもとに取り込むのと対照的に、こちらはその基調の上に、万葉的なるものをあえて浮き立たせる形を取るのである。以下の万葉歌摂取も同様で、恋の部などは、冒頭の三首から、

71 我が恋は高円山の雲間よりよそにも月の影を待つかな
72 袖にやはせくとせかれん早瀬川ゆくての浪は色見えずとも
73 もってのハ十の島守心あらば恋にみるめの行方知らせよ

と、傍線部に万葉的なるものを明らかな形で表示する。例えば72番歌などは、『新古今集』の大僧上覚弁の歌、

老いらくの月日はいとど早瀬河かへらぬ波にぬるる袖かな（雑下・一七七六）

にも拠って、「早瀬河」の「波」に「袖」をひたす主体に老いとの関わりを持たせるべく趣向を求められた一首と解されるが、それに勝って万葉歌、大伴坂上郎女の、

愛常《ウツクシト》　吾念情《ワガオモフコヽロ》　速河之《ハヤカハノ》　雖塞塞友《セグトセグトモ》　猶哉将崩《ナホヤクヅレム》（巻四・六八七）

に拠る「堰くと堰かれん」の特異な表現の印象が強く前面に押し出され、新古今歌はあくまで従属的な関わりにおいて味わわれる。

これらは、先掲の論で小島栄治氏が、「詞や趣向への依存度が強い」と言われる通りの摂取である。しかし、以て「院が初めて本歌取りの本歌として『万葉集』の歌と本格的に取り組んだ故」と理由付けるのは、前節の検討からも穏当ではなく、「稚拙のもの」とも一概には評しえない。

本百首の表現については、村尾誠一氏が具体例を検討しつつ、定家の新しき歌を作りだそうと苦吟するのとは異なって、本歌と「機知的に戯れ」、その中に「おもしろさを求め」るものであったことを指摘された。そこに「和歌に対するやや開き直った態度」があり、「後鳥羽院のディレッタントとしての性格をそのまま発露させた言説」たる『後鳥羽院御口伝』と通うものを認められている（前掲論）。ところで、氏が本歌取り歌と認定された作品のうち、「本歌と機知的に戯れている」例歌は『古今集』以下の王朝和歌が中心であり、

6桜花枝には散ると見るまでに風に乱れてあは雪ぞ降る
80わが恋はみなぎる波の荒磯に舟よりかねて心まどはす

などは「創造性を認めるのは困難」と評されていた。これらはともに万葉歌、

梅花《ムメノハナ》　枝尓可散登《エタニカチルト》　見左右二《ミルマテニ》　風尓乱而《カセニミタレテ》　雪曽落久類《ユキソフリクル》（巻八・一六四七・作者未詳）
水霧相《ミナキリアフ》　奥津小嶋尓《オキツコシマニ》　風乎疾見《カセヲイタミ》　船縁金都《フネヨリカネツ》　心者念杼《コヽロハオモヘト》（巻七・一四〇一・作者未詳）

に大きく依拠した歌である。同様の例には、

92あま乙女潮焼きめかりしかの浦につげのをぐしも取る間なき頃
［然之海人者《シカノアマハ》　軍布刈塩焼《メカリシホヤキ》　無暇《イトマナミ》　髪梳乃少櫛《クシケノヲクシ》　取毛不見久尓《トリモミナクニ》（巻三・二七八・石川郎女）］
94ふりぬれば岩屋も松もあはれなり昔の人を見る心地して
［石室戸尓《イハヤドニ》　立在松樹《タテルマツノキ》　汝乎見者《ナヲミレバ》　昔人乎《ムカシノヒトヲ》　相見如之《アヒミルゴトシ》（巻三・三〇九・博通法師）］

なども挙げられよう。

既に知られているように、本百首は「……返々可㆒琢磨㆓云々、更不㆑可㆑交㆓地歌㆒、悉皆可㆑為㆓秀歌㆒」（『拾玉集』所収当該百首注記）という条件が付され、院自ら各人に「地歌」を交えず「秀歌」を詠むよう求めたものであった。久しぶりの百首として、企図には『千五百番歌合』に勝るとも劣らぬ熱意が込められていたはずであり、これらの歌の詠出は安易な動機によるものではなかったであろう。

本百首の成立については、川平ひとし氏に詳しい検討がある。(11) 有益な指摘が多い中で、「建保三年十月初頭から翌四年二月初頭まで」の五カ月が「熊野詣でに始まり『瑜伽論』供養に至る、院の宗教的志向に支えられ」た期間であることを明らかにされ、本百首の「和歌的営為」を、院の「切実な信仰的営爲」との関わりで考究すべく問題提起をされていた。政治への傾斜を言われてきたこの時期が、それと一体の形でかく信仰に裏打ちされていたことを踏まえ、本百首の性格を見きわめることが求められる。そこで検討さるべきは雑の歌である。

ハ　百首の歌われ方

雑十五首の歌は、次の二首に始まる。

86久方の天の露霜幾世経ぬ御裳濯川の千木の片そぎ
87千歳ふる松のみしげく見ゆるかな頼むみ熊野山のかひには

冒頭の86番歌は、『新古今集』神祇の住吉神詠、

夜や寒き衣やうすき片そぎの行き合ひの間より霜や置くらむ（一八五五）

に通わせつつ「幾世経」てきた伊勢の社殿を、87番歌は「頼むみ熊野」を讃えるに「千歳ふる松」の「しげく見」える様を、それぞれ詠ずる。本百首には祝の部はなく、先の「千五百番歌合百首」における神に向けた歌に対応するのはこの二首ということになる。その祝五首では、首尾に次のような伊勢・熊野に寄せる歌を収めていた。

万代と御裳濯川の春の朝浪に重ねて立つ霞かな
万代とみ熊野の浦の浜木綿の重ねてもなほ尽きせざるべし

この両詠と異なる本百首の歌い方は、神への思いを過去に流れた時間の長さに的を絞って詠み据えることにある。「千五百番歌合百首」では、現在の景を詠み、悠久を未来に祈ったのに対し、これは各個に「幾世」・「千歳」を経た事実を詠み、以て今後に通わせようとするのである。特に後者の87番歌は、「頼むみ熊野」と、熊野の神に対するかなり直截な思いを「千歳ふる松」に託して表出している。それを承ける形で、雑歌は以下に、

89谷深く朝ゐる雲やみちぬらん麓に見えぬ常磐木の峰
90みさごゐる岩根の松のいかにして荒れたる浪に年の経ぬらん

と、「常磐木」「松」を詠み、

94ふりぬれば岩屋も松もあはれなり昔の人を見る心地して

という歌を詠み継ぐ。「朝ゐる雲」(89)「みさごゐる」(90)はいずれも『万葉集』の表現であり、94番歌は既述のように万葉歌の換骨奪胎とさえ評し得る歌であった。「岩屋」とともに詠む「松」が、この脈絡においては、熊野に関わる悠久性と呼応する。94番歌で「昔の人」を詠むのは、懐旧の情によるのみではなく、87番歌に込めた思いに通じて、過去を顧みる意識を裏打ちしたものと読まれるのである。そこに『万葉集』摂取が有効に働いている。

こうした神への、とりわけ熊野に対する態度を見るなら、山里詠としての、

98都には山の端とてやながむらん我が住む峰を出づる月影

に、『新古今集』所収の院自身の歌、

見るままに山風荒くしぐるめり都も今は夜寒なるらん(羇旅・九八九)

との関連も読まれてくる。都を外から思い遣ることにおいて共通の捉え方をするこの歌は、羇旅歌の巻軸歌（『新古今集』前半末尾の歌）で、詞書を「熊野に参り侍りしに」とする、やはり熊野詣での折の詠であった。このような歌は、

91朝日出でて空より晴るる川霧の絶え間に見ゆるをちの山本

などの、熊野御幸の体験に発するかと思わせる歌いぶりとも通じて、現実の熊野への旅と無関係に成立したのではないはずである。とは言え、これらを現況を表すために詠んだ歌と解することはできない。なぜなら体験を踏まえつつ、これらは熊野への〈頼み〉との不可分な関わりにおいて表されており、百首の歌々は基本的にこの〈頼み〉のために孜々と詠み続けられていたと解されるからである。〈現実〉は、神の庇護が加えられるためのあるべき現実であって、その意味では内実は〈理想〉にほかならない。そうした固有の〈現実〉を表すことに本百首の狙いがあり、そのために過去から続く不変の流れが示され、『万葉集』は、その中に位置する今を、始原の理想に立ち返って確認する、という作意によって摂取されたと考えられるのである。

二　百首が表そうとしたもの

そう読んで初めて、

100見渡せばむらのあさけぞ霞みゆく民のかまども春にあふ頃

という歌が末尾にある意味が見えてくる。一読してこれは、

高き屋に登りて見れば煙立つ民のかまどはにぎはひにけり（新古今集・賀・七〇七）

という「仁徳天皇御歌」に拠っていることは明らかである。仁徳歌が古代の王者の国見歌であり、かつてこれを『新古今集』賀部巻頭に据えた後鳥羽院には、政治との関わりにおける和歌の理想が示された範型であった。その歌を今ここで踏まえるのは、「民のかまども春に逢」っていると詠むことにより、その状態を招来させようとするためである。「千五百番歌合百首」の歌と異なるこうした神への祈念を表明するのは、院にとって理想とは逆の方向へ進みつつある現実への不満に発していることは明らかである。ここに注意すべきは、詠歌の営みが、『新古今集』を介して古代の爲政者の歌に結び付くこと自体を目的とすると解されることだ。万葉摂取歌が雑の歌に止まらず百首全体に散在して、しかも『万葉集』から摂取したことをあらわな形で示す要因として、こうした古代の理想を範とし、百首を単位とする形で、あるべき姿を描き出そうとする作意が認められるであろう。それを明示しつつ、王朝歌から当代歌までを取り込んでいるのが「建保百首」であった。

万葉摂取は、直接的な契機は順徳天皇内裏歌壇の流行にあり、それへの敏感な反応を示すと同時に、見てきたような古代に連なる思いを託す手段として、いわば二重に有効であった。その二重性は、「千五百番歌合百首」における当代歌や万葉歌への対し方と類同のものである。しかし、現実はもはや『新古今集』のような作を生み出すことはあり得ない状況にあった。そうであるが故に「千五百番歌合百首」で試みた方法を用い、在り方をそのままに再現しようとしたのであり、そこに百首を詠む主要な動機があったのである。

四　後鳥羽院が目指したもの

以上、『万葉集』を主とする古歌への対し方の類似と差異を通して、両百首の基本的な性格を確認した。ここから後鳥羽院の歌が何を目指そうとしたのかを考えてみよう。

イ　歌人の目と編者の目

「千五百番歌合百首」は、先行歌を取り込むことを前提とし、古代から当代に至る諸歌の摂取が、『新古今集』の完成への祈願と密接な相関を有する百首であった。前節に見た通り、同じ建仁元年中の『新古今集』に関わる企図に、「内宮百首」・「外宮百首」の奉納があり、正治二年の両度の応制百首（初度・後度百首）に継ぐ第三度の催しである本百首は、その両奉納百首の性格をも踏襲していたのである。その性格と歌壇を主宰する身の詠歌であることを踏まえると、本百首は、個的な抒情をなすと同時にそれを超える機能を有していたと解される。すなわち、隆盛に向かいつつある歌壇の現状を表すべく歌を詠み、それらを配列する作業とは、一歌人の創作であるとともに、謂わば小規模の集を編む立場の営みにほかならず、その主体は、歌の作者であり、同時に百首という〈歌集〉の編者であったことになる。その立場の重なりゆえに、先行歌の摂取は、通例の本歌取りとは次元の異なる性格を帯びていたのである。単独では剽窃としか思えないような歌が〈場〉における役割を担うのは、二重の立場における営みの所産であったためである。歌合の結番に際して差し替えられた歌のうち、

18世の中に絶えて嵐のなかりせば花に心はのどけからまし

などは、これだけを読めば、戯れによる安易な埋草とも評されかねない歌である。こうした歌は、単位として位置付けられた百首の〈場〉において働くべく詠まれ、配されていた。差し替えられるのは、百首が解体されて築かれた『千五百番歌合』では力を発揮しないからであり、これらを収載すること自体が本百首の性格を明快に物語っている。

ところで、院からこの百首を見るように求められた定家は、「披レ之金玉声、今度凡言語道断、於レ今者上下更以無二可レ奉レ及人一、毎首不可思議、感涙難レ禁者也」という感想を『明月記』に書き留めている（建仁元年六月十六日条）。儀礼的な挨拶を超えた感銘は、囚われない発想でのびやかに歌われた歌々の興趣によっていただろう。後鳥羽院の各歌は、定家自身が志向する制限的な本歌取りの手法を逸脱し、対照的ですらあった。定家の評価は、もとよりその手法にはなく、和歌の営みの〈歴史〉を受け継ぐことで新たな創造をなす共通の理想に向かい、発想の自在さが従来にない作を生み出している事実に向けられていたように思われる。この段階での定家の記述には、意外性を伴う若々しい歌いぶりに、切り拓かれる新しさへの期待さえ込められていたかも知れない。

ロ　〈場〉の再現としての百首

「建保百首」も、構造として「千五百番歌合百首」と全く同様のことを指摘することができる。ただし、本百首を考える場合、作品を生み出す背景が異なり、院の関心が政治や宗教に大きく寄せられ、文芸活動も和歌より連歌に強く傾きつつあった時期での成立事情を外すことはできない。詠歌数が減少する和歌自体、建永・承元年間（一二〇六〜一一）以降は、理想と異なる方向へ向かいつつある現実への忿懣に由来する作が現れ始める（「人もをし人も恨めしあぢきなく世を思ふゆゑにもの思ふ身は」など）。その状況で、作中の詠歌主体に物思う要素を僅かでも混入させないことに、本百首の基本的な性格が読まれる。

生み出す状況の落差が、作品の性格に変容を強いるのは当然のことで、それゆえ敢えて「千五百番歌合百首」の在り方を再現すべく、方法を踏襲しようとする姿勢が百首全体を貫いていた。村尾氏は先の分析から、本百首に「古典世界に遊びながら、機知的な戯れに打ち興じている上皇歌人の姿」を指摘された。そのような像が結ばれるならば、むしろ百首の本望であって、古代の王者に倣って国見をする主体を〈仮構〉するのは、和歌に変らぬ熱情を注ぐ爲政者の姿勢を百首の前提に据えるためであった。「千五百番歌合百首」とは異なる〈場〉において、唯一共通するのは、その内実が対蹠的に異なる理想の実現のため、文字通り和歌の力に賭けようとすることにあり、『万葉集』からの大胆な摂取は、その姿勢の現れだったのである。

現実の憂愁や忿懣に結び付けた詠作が可能であり、実際に一方ではそれを実践している状況において、その方向に傾斜せず、逆に理念としての政治や宗教を歌うことにも偏らない、あるべき和歌としての百首を詠み上げたのは、輝かしい新古今時代を築いた主宰者としての責務の念に発していたと見ることも可能である。「緊縮した調べの、たけ高い自然詠」(12)が多く収められ、後に『風雅集』に入集する、

25せきかくる小田の苗代水すみてあぜ越す浪に蛙鳴くなり
33片岡の梼なみより吹く風にかつがつそそく夕立の雨

などに見るような、清新な感覚の表現も相変わらず多く認められる本百首の和歌は、正治・建仁期の自在さを損なうことなく、円熟の境地に達していることを窺わせる作品であった。久方ぶりの百首は、述懐歌に向かいやすい中、古代に繫がる姿勢を示しつつ、望ましい秀歌を詠もうとする、危うい緊張の上に成立していたのである。

【注】

（1）『新古今和歌集の研究』（一九四四年五月、星野書店）、『同 続編』（一九四六年二月、新日本図書株式会社）（増補版は一九九三年十月和泉書院刊）

（2）田中喜美春「後鳥羽院の香具山」（『国語と国文学』一九七七年二月）、川平ひとし「新古今和歌集―和歌と政治」（『国文学解釈と教材の研究』一九八七年四月、『中世和歌論』（二〇〇三年三月、笠間書院）所収）など。

（3）有吉保『千五百番歌合の校本とその研究』（一九六八年四月、風間書房）

（4）良経や定家の本百首にも『万葉集』からの摂取が見られ、その特徴は久保田淳氏によって解明されている（『新古今歌人の研究』（一九七三年三月、東京大学出版会）第三篇第二章第四節四）。

（5）渡部泰明「藤原俊成の〈縁語的思考〉――「しのに」をめぐって――」（『国語と国文学』二〇〇四年五月）に「しのに」に関する考察がある。

（6）村尾誠一「建保期の後鳥羽院―藤原定家の本歌取方法論とのかかわりにおいて――」（『国語と国文学』一九八三年一月、『中世和歌史論―新古今和歌集以後』（二〇〇九年十一月、青簡舎）所収）

（7）藤平春男『新古今歌風の形成』（一九六九年一月、明治書院、『藤平春男著作集』一（一九九七年五月、笠間書院）所収）

（8）「後鳥羽院「建保御百首」御製についての一考察―順徳天皇内裏歌壇との関わりにおいて――」（『名大国語国文学』四九、一九八一年十一月）

（9）「建保期の歌壇」『新古今集とその時代』（和歌文学論集8、一九九一年五月、風間書房）

（10）ちなみに、この「しらゆふ花」は当時愛好された語と思しく、家隆・道家等の建保期の歌にも詠まれる。

（11）「建保四年院百首の成立」（『私学研修』一〇二、一九八六年七月、『中世和歌テキスト論――定家へのまなざし――』（二〇〇八年五月、笠間書院）所収）

（12）樋口芳麻呂『後鳥羽院』（王朝の歌人10、一九八五年一月、集英社）

第二章　句題五十首歌の表現

一　特異な成立

『新古今集』の誕生が、後鳥羽院と藤原定家の運命的な結びつきを契機とするのは周知のことである。兆した対立が後に深刻な疎遠を招くように、元来は異なる文学観を有していた両者の、短期間の蜜月時代が勅撰集への気運を俄かに高めた、という捉え方も広く行われている。ただし、踏み込んで、両者の関わりが集の成り立ちにいかに働いたか、王政復古の夢に組み込まれた営みとしてある院の歌を、定家はいかに捉えて歌に向かったか、生成の〈場〉に根差す機能を有しつつ、歌はいかに創作詩でありえたか、などの課題を問う時、明瞭な解答は未だ出されていないことに気付かされる。それらの解明には、政治と文学、王権と和歌など構えの大きな視点の一方に、場に産み出された歌が集としての作品に定位していく過程に向かう細やかな視点が必要となるだろう。

ここに勅撰集撰進に関わる催しの一つ、『仙洞句題五十首』を取り上げる。この五十首歌は、後鳥羽院の和歌活動が本格化する建仁元年（一二〇一）の企図で、七月に『新古今集』編纂のための和歌所が設置されて以降、その年の内に成立したと推定される作品である。作者は主催した院のほか、藤原良経・慈円の貴顕、俊成卿女・宮内卿の新進女流、そして前年の『正治初度百首』で評価を固めた定家の六人からなる。ただし、当初は二人の歌から成る段階が想定され、また、残されている本文も、歌題別に集成された流布本の他に、歌人別形式の伝本が新たに見出されて、単純ではない成立の過程が想定される。それら成立の在り方が特徴付ける本作品の性格を検討しつつ、右の課題を考察してみたい。

二　二人の段階

成立に二人の歌からなる段階があったことは、小島吉雄氏(1)が本作に関わるものと推定された『明月記』の記述を根拠とする。

廿六日、巳時許依レ召参二大臣殿一。五十首御歌（此間又被レ進レ題、他人不レ入二其事一云々）自レ院被二怱仰一、仍欲レ進。可レ見之由有レ仰。加二愚眼一返上。少々猶可レ有二御案一之由申レ之。自余殊勝如レ例（建仁元年九月）

これは、定家が良経邸に参上して、院から求められた「五十首御歌」の草稿に目を通した記事で、右の引用では括弧を付して示した割書部分によれば、良経が題を決め、他人を加えず院と良経のみが詠んだ定数歌であった。小島氏の論を受け、樋口芳麻呂氏(2)は証本の形式や記載の特徴から、現存の形にまとめたのは定家であると推論された。それらが歌題別に集成された本文に対する考証であったのに対し、上條彰次氏(3)により新たな歌人別に集成された伝本が発見され、それら両系統の諸本を博捜・精査された片山享氏(4)によって、先行の説が再検討された。諸氏の解明により、歌人別集成本から歌題別集成本へ改編されたことがほぼ確定したが、歌題別本定家撰説には疑義も出されている。『明月記』の記事を本作に関わるものとすれば、編者が誰であれ、『仙洞句題五十首』という作品は院と良経の五十首からなる段階から、他歌人の歌を含み持つ段階へと〈成長〉したことになる。とすれば、その過程は何を語るだろうか。

まず始めの段階、すなわち後鳥羽院と良経の歌だけからなる作の性格から考えてみよう。現行本文の初めに置かれた院・良経両者の歌に限って読み通してみる。すると、幾つかの題に次のような他の歌人との間には認め難い関わりが見出されてくる。

例えば「遠村花」の題では、後鳥羽院が、

桜咲く野辺の朝風薫るなりいざ見にゆかんをちの里人

と、薫る朝風に誘われるままに、題の「遠村」を目指そうと詠むのに対し、良経は、

たづねばやたが住む里の一むらぞ主おぼほゆる花の奥かな

と、花の里のゆかしさを思い、風雅に暮らす住人を尋ねたいと詠む。二首が、二人のみの作として続けて読まれると、良経の歌の初句「たづねばや」は、第二句以下に述べる里への志向が、院の歌の誘いかけ「いざ」を受け止めて持たれたものと解される。しかも、院の歌の訪問の願いが向かう先は眼前の里の「奥」だから、そう詠む良経歌には院からの呼びかけを受け、遠き村に至り着いた状況を詠んで応じた作意を読むことも可能である。

「寄雨恋」題では、両者の歌は、

来ぬ人を月に待ちても慰めきいぶせき宵の雨そそきかな（後鳥羽院）
忘れては我が身時雨の故郷にいはばやものを軒の玉水（良経）

と詠まれる。題の制約は緩く、雨を扱えば素材・設定は自由であるはずなのに、院の「雨そそき」（雨垂れ）を良経は「軒の玉水」で応じて、二首は屋内に降り込められた立場の歌として共通する。しかも、院の「雨そそき」が催馬楽[5]に拠るのを受け、良経は、

雨降れば軒の玉水つぶつぶといはばやものを心ゆくまで

という歌に拠って表す。この歌は、『千五百番歌合』判詞（千三百十番）が引く「世俗のくちずさみの歌」であった。[6]ともに『古今集』恋五所収の歌、

月夜には来ぬ人待たるかき曇り雨も降らなむわびつつも寝む（七七五・よみ人しらず）
今はとてわが身時雨に降りぬれば言の葉さへにうつろひにけり（七八二・小町）

をそれぞれ本歌にする一方、歌謡の世界を取り込んでまとめるのである。また「月前秋風」題の、

たがために分けては吹かぬ秋風も月見る袖の露をとひける（後鳥羽院）
袖の色を思ひ分けとや秋風の心尽くしの月に吹くらむ（良経）

では、院の歌が万人に到来するはずの秋風が月に涙する我が袖を「分けて」吹くと詠むのに対して、良経の歌はそう感じさせるように吹く風の動きを「袖の色を思ひ分けとや」と理由付けて答えた形を取り、「暮秋暁月」題では、

秋はいなば恋しかるべき今夜かな頼めはおきし有明の月（後鳥羽院）

秋は今末野にならすはし鷹の恋しかるべき有明の月（良経）

と、良経は「秋は」と歌い始め、「有明の月」で歌い収める形と、「恋しかるべき」という語をそのまま用い、「恋」に「木居」、「末野」の「末」に「据ゑ」を掛けて、[7]「はし鷹」にまつわる歌に取り成そうとする。

むろん題ごとに二歌が右のごとき対応をするわけではないものの、良経の歌の表現に院の歌に応じようとする姿勢を読むのは決して困難ではない。院との二人だけの催しという事実を周到に踏まえた良経の反応が窺われるのである。

三　良経歌の役割

ところが、良経の歌の応答は単純なものではなかった。彼に応答をなさしめた院の歌は、良経の過去の歌を旺盛に取り込むものであったからである。摂取は、巻頭の「初春待花」題の歌、

雪消えて今日より春をみ吉野の山も霞みて花を待ちける

に見る、のちの『新古今集』巻頭の良経歌、

み吉野は山も霞みて白雪のふりにし里に春はきにけり（治承題百首）

の影響に始まり、以下全体に及ぶ。秋の初めの「初秋月」題の歌、

秋の来て露まだなれぬ荻の葉にやがても宿る夕月夜かな

などは、同じ建仁元年の、

秋の来ていくかもあらぬに荻原や暁露の袖になれぬる（和歌所影供歌合）

に拠り、初秋の「月夜」の情趣を描くに、良経歌の萩と露の関わり方を踏まえるという趣である。摂取は用語に止まらず、「山路尋花」題に、

雲かかる梢を花とたどりきてまだ頃あさし志賀の山越

と、落花が詠まれやすい「志賀山越」を、咲く前の花で詠むのは、良経の、

をちかたやまだ見ぬ峰は霞にて猶花思ふ志賀の山越（六百番歌合）

の発想に倣ったものである。また「旅泊月」題の、

舟とむる虫明の秋の初風に忘れ難くもすめる月かな

では、『狭衣物語』に拠るに、良経の歌、

虫明の瀬戸の潮干の明け方に波の月影遠ざかるなり（花月百首）

を媒介とする。こう見れば「関路花」題で、

不破の山風もとまらぬ関の屋をもるとはなしに咲ける花かな

と「不破関」を扱い、「風」を詠み込むのは、直前の八月に詠まれた良経の秀歌、

人住まぬ不破の関屋の板びさし荒れにしのちはただ秋の風（和歌所影供歌合）

を念頭に置いたものに違いない。良経歌からの摂取は、既に『新古今和歌集全評釈』に、後に『新古今集』に入る「月前虫」題の歌、

秋ふけぬ鳴けや霜夜のきりぎりすやや影寒し蓬生の月

について、前年の良経歌、

きりぎりす鳴くや霜夜のさむしろに衣片敷きひとりかも寝む（正治初度百首）

から影響が指摘されていた。本作に見る良経歌の摂取は、他に抜きん出て大量かつ多様である。全く同様のことは、この年院が伊勢に奉納した「内宮百首」にも認めることができた（前章第二節）。先にそれを、良経の方法を学びつつ、周辺の歌ことばとの関わりの中で歌を詠み、以て隆盛に向かう歌壇の現況を反映させる狙いによるもの、と考えた。本作が良経との間に企図されたのも、その大きな狙いに組み込まれていたはずで、摂取は良経に対する親炙ぶりを明瞭に示している。良経の応答は、こうした院の歌の在り方と無関係ではあり得ない。後年『後鳥羽院御口伝』が、建仁期の花見の折に良経が院と贈答した歌を自讃した行為を称揚するのは、これらの事例と相関していよう。良経の「折」を知る態度が好ましいものと認められ、それゆえ本作で院の歌に〈合わせる〉相手として選ばれた可能性も十分考えられる。本五十首はかかる特異な動機に発していたのである。(8)

四　君臣和楽

定家はこの企画にどう臨んだのか。樋口氏の歌題別本定家編纂説は、定家の歌が各題の最後に置かれることと「巻首部分の記載の特異性」を根拠に、『新古今集』の「選歌資料」という「個人的な目的」によるとするものであった。ここでは、歌人別本から歌題別本への編纂行為を問い直してみたい。編纂と言っても、各五十首を解体して題ごとに並べ換えるだけの作業だから、問題になるのは営為の意味である。そう見て注意されるのは、やはり樋口氏が指摘する定家の歌のみが「冬日同詠五十首応製　正四位下行左近少将兼安芸権介藤原朝臣定家上」という記述を持つことである。これは正式な応製和歌としての標題と作者の表記であり、限定は、言うまでもなく定家の歌にその性格が最も強いことを明示する。そうした形式に応じる特徴を定家の詠作に探るべく、彼の五十首を読み通してみると、次のような事例が注目されてくる。

先に見た「遠村花」題の君臣の二歌が、

桜咲く野辺の朝風薫るなりいざ見にゆかんをちの里人（後鳥羽院）
たづねばやたが住む里の一むらぞ主おぼほゆる花の奥かな（良経）

という応答であったのに対し、定家は、

たれか住む野原の末の夕霞色まよはせる花の木のもと

と詠んでいた。むろん題に沿う歌として独立しながらも、定家の歌は、その君臣の歌の関係を周到に意識した跡を残している。すなわち、冒頭の「たれか住む野原」は、良経歌と院歌の語彙「たが住む」・「野辺」を明らかに受け（他歌人の歌に「住む」「野」は現れない）、その野の奥行を表わすに「末」を用いて、良経の「奥」に応じる。その上で、第四句「色まよはせる」は、「朝風薫」らせる「桜」を契機に呼応する二首に色彩を添え、第三句は「夕霞」の時間設定をなして、「風薫る」朝に発した遠出で日を暮らした、という状況を暗に描き出す。ここに、定家の立場から、院・良経両歌を踏まえ、それに和する姿勢が見えてくる。同じく先掲の「寄雨恋」題、

来ぬ人を月に待ちても慰めきいぶせき宵の雨そそきかな　(後鳥羽院)
忘れては我が身時雨の故郷にいはばやものを軒の玉水　(良経)

の両歌に対する定家の、

雨そそきそほふる軒の板庇久しや人目もるとせしまに

では、院と良経の歌が「雨そそき」・「軒の玉水」で応じ、催馬楽「東屋」・郢曲を用いて降り込められ待たされる立場の二首としてまとまるのに対し、定家も「雨そそき」「軒」の語を用いて、これは『源氏物語』東屋の歌を踏まえ、降り続く雨の中、通う側からの歌に仕立てて、応答をなしている。あるいは、「野径月」題の、(9)

忘るなよ月にいくのの道すがら袖になれぬる女郎花かな　(後鳥羽院)
行末は空もひとつの武蔵野に草の原より出づる月影　(良経)

に対する定家の、

めぐりあはむ空行く月の行末もまだはるかなる武蔵野の原

という歌では、「行末」「武蔵野の原」で明らかに良経歌と呼応させつつ、初二句の「めぐりあはむ空行く月」が、

忘るなよほどは雲居になりぬとも空行く月のめぐり逢ふまで（伊勢物語・第十一段）

を踏まえることによって、院の初句「忘るなよ」との呼応をもなすという仕掛けが読まれる。明らかな言葉の襲用は、定家らしい巧みを思わせないが、そうであるゆえ一層呼応の強さを窺わせることになる。むろんこの関係も、題ごとに見られるわけではないものの、作品を通じて目につく相関が散在している。

これらの定家詠は、院・良経の関わりを認識してそれを受ける形を示すことにおいて、その君臣関係の呼応を浮き立たせ、併せて自らの詠歌もその中に位置付ける働きをするだろう。良経の歌稿を見、院の意気込みに応じる彼の反応をよく知る立場から、定家は彼らの関係に和する姿勢を取ったものと推測される。定家の歌のこうした働きは、既述のような、形式として応製和歌の性格を明示することと相関するであろう。良経歌以下の五首が応製和歌であることをまとめて示す役割をも担うはずの定家の歌は、冒頭の院・良経と呼応する形を取ることを意図していたのである。作品から帰納される編者像は、かくしてやはり定家と見るのが最も自然である。とすると、本作編纂の動機は「個人的な目的」に止まらないことになる。単に撰進作業のための資料なら、見たような配慮は不要であるからだ。営みは公的な、少なくとも院・良経の両者の目には触れること前提にしたものであった。

五　定家の創作

もとより、本作における定家が、そうしたいわば挨拶をなす詠歌にのみ腐心するはずはない。院と良経を意識することには、右の事情とは別の、次元の異なる契機があった。それは本五十首には合点が付され、点者の中に院・

良経が含まれていたことである。点者は他に慈円・定家、作者ではない俊成・寂蓮も選ばれていた。[10] その事実と呼応するように、定家の本五十首は、以下の通り、他の歌人よりも強く題詠歌の可能性を模索した歌を多く残すのである。

例えば、題への対し方のうち、いわゆる〈まはして心を詠む〉試みがある。既に先学に指摘があるように、題詠において「まはす」対象は主として用言に絞られていた。[11] 定家も本作の用言は概ね「まはして」詠むが、注目すべきは、それが体言にも及んでいることだ。例えば、先掲「遠村花」題で、他の歌人すべてが題の「村」を「里」等の語で明示するのに対し、定家は、

たれか住む野原の末の夕霞色まよはせる花の木のもと

と、「たれか住む」「末」「木のもと」などで表そうとする。「雨後月」題でも彼のみ、

かき曇り侘びつつ寝にし夜ごろだにながめし空に月ぞ晴れ行く

と「雨」の字を、「暮山花」題でも同様、

たれとまた雲のはたてに吹き通ふ嵐の峰の花を恨みむ

と「暮」の字を、それぞれ明示していない。前者は、

月夜には来ぬ人待たるかき曇り雨も降らなむわびつつも寝む（古今集・恋五・七七五・よみ人しらず）

を本歌にし、それとの関わりから「雨」を表わすことにおいて「まはし」たもので、後者も全く同様の手法によっている。[12] 斬新さへの試行は題への対応に止まらず、趣向でも、例えば「花似雪」題では、他五人はすべて花を降る雪に見立てるのに対し、定家は、

み吉野に春の日数や積もるらむ枝もとををの花の白雪

と、『伊勢物語』歌[13]を踏まえつつ、枝に降り積む雪のごとく咲きにおう花を詠んで、他歌人には得難い着想を見せ、設定でも、例えば「月前竹風」題で、他歌人が固定的に自邸の庭の竹を扱う一般的な詠みぶりであるのに対し、定家は、

臥し侘びて月にうかるる道の辺の垣根の竹をはらふ秋風

と、寝につき難くさまよう主体が、道すがらの垣根の竹の風を詠むという物語的な設定を試みるなど、枚挙に暇がない。

これらは古い歌ことばを意欲的に用いようとした、「山路尋花」題の、

み吉野の花もいひなしの空目かと分け入る峰ににほへ白雲

のような歌を残すこととも連動する。「花もいひなし」なる表現は『古今集』歌[14]に依り、「相伝の説に基づき古典の詞を現代に再生せしめる」方法[15]から生み出されたものであった。後に「花」から「春」への推敲がなされ、歌学書での議論を引き出すが、それらはすべて表現が持つ斬新さに由来するはずである。またこれは、素材としての「風」を扱う歌がのちの京極派歌風に近く、その先取りを認められた歌が目立つこと[16]とも関わるに違いない。

批評の対象にすべき作品である以上、詠歌に工夫を凝らすのは当然で、前年院に認められ、歌壇の第一人者として、詠歌や編纂に向かったはずの定家が、他と同レベルではない歌を詠むべく努力した結果に他ならない。それにしても定家の五十首は、題詠歌としての斬新さを試みることにおいて他に勝るものであった。

六　定家の腐心

相反するごとき、この題詠歌としての模索と、先に見た他歌と呼応をなすこととは、いかに関わるのか。ここに留意すべきは、他五首との比較の上で際立つ定家の歌が、配列された結果としてではなく、詠作の過程で他歌との対応を考え、新しさを創出しようとしていることである。右の例のほかに、空間を決めるにも「古寺花」題で、他歌人がすべて「初瀬」「石上」を扱うのに対し、定家は先例に乏しい「笠置」を詠み、素材でも「橋下花」題で、他者が皆「久米の岩橋」「佐野の舟橋」「八橋」「木曽の懸橋」等、歌枕で仕立てるのに対し、彼のみ地名に関わらない「谷の柴橋」に設定する、というように、変化や拡大を求める独自の配慮が随所に認められる。これは本五十首における定家の、編者としての各題の世界を豊穣に表すための腐心が大きかったことを語るものだろう。しかもこれは予め歌題別本の形が想定されていたことを示しており、作品としては歌人別ではなく歌題別の形が前提となっていたのである。他歌人の歌を予め知り、それを見据えつつ詠出・編纂するこうした作業こそが、右の二つの性格の和歌を生み出すために有効に働いたと考えられる。すなわち、呼応し応答する歌も、題詠歌として聳立する歌も、歌々はすべて〈題〉という所与の枠組みの中に共存する。その両者は、題のもとでの豊饒を志向することとおいて、ともに存在意義を有する。つまり〈題〉の規制下に並ぶことを契機として、両者の歌は、謂わば〈止揚〉が目指される。定家が状況を見据え一首一首を孜々と詠ずるのは、君臣の和楽に奉仕しつつ、なお題のもとに並ぶ六首を多様な題詠歌で揃えるという〈場〉の形成に心を砕いたためであろう。和楽に奉仕する機能を認めて和する歌を詠むゆえ、一層他にまさって題詠歌としての可能性を追究するような在り方をする彼自身の歌は、詠者であり編者である身の模索の結果だったのではなかろうか。単純な作業である歌題別の形式への編纂は、本作の場合、両者の共存、さらには融合のために有効に機能したと考えておきたい。

さて、ここに見る定家の努力は、あるべき宮廷和歌を彼なりの思惑から高めていこうとする意欲の表れにほかならず、それが作品を院と良経、二人の間の企てという特異性に止まらないものにしたのであった。とすると、このような営みが、『新古今集』へ向かう歌壇や、『新古今集』そのものに果たした役割は、彼自身の和歌にもたらしたものとは別に、大きかったのではなかろうか。

とりわけ、少なからぬ題の首尾に院・良経の歌と定家自身の歌との相関を置くことで、中にある一首一首が独立しているのではなく、相互に応じ合い、競い合っているような、謂わば有機的な関わりを読者に感じさせる働きは重要であろう。それによって、題のもとに展開する多様な、しかも各歌人固有の歌いかたを披露する〈場〉が、作品世界にもたらされているからだ。

のちに『新古今集』入集歌になる歌を含め、本作に並ぶ歌々は、例えば「杜間月」題の、

おほあらきのもりのこのまをもりかねてひとだのめなる秋の夜の月（俊成卿女）〔新古今入集〕
おほあらきのもりのこのまをゆく月の光によらぬ下草の露（宮内卿）

という連続する二首を典型として、ことばを共有するものが少なくない。むろん歌人は題の本意を思い、各人がよしとした表現を提示したに過ぎないものの、定家が演出したところの〈場〉は、かような事例がすべて結果としての一致であったとは思わせぬように働く。歌々は、謂わば〈場〉に生成することばの競演の形を取ることになっている。しかも、定家が編集したこの歌題別『仙洞句題五十首』には御会が持たれた形跡は見出せない。つまり、〈場〉は実際には存在せず、本書は、点者たちが回覧し、また作者を含めた読者たちが読む過程で、それぞれの脳裏に〈場〉を現出せしめたのである。

　このような、君臣和楽のための歌と、詩としての創造を目指す歌とを、折り合わせようとする定家の試みそのものに、『新古今集』が形をなしていく重い契機を認めてよいのではあるまいか。後鳥羽院歌壇に花々しく登場した定家にとって、それまでとは異なる新たな姿勢で臨まざるを得なかった本作の特異な詠出と編纂とは、今見る形の『新古今集』に向けて確実に歩を進めるための、一つの範型としての役割を果たしたと考えられる。

七　定家の役割

　ところで、定家の五十首が得た合点は六人の歌人の中で最も少なく、彼の本作での和歌は勅撰集入集一つ取っても「不振」[17]であった。彼の歌に傑作が乏しいのは、作品に対する課題が右に見た〈場〉に対してあったことを明かしているとも見られる。そしてそれは、以下の通り、後年の評価とも関わってくる。

　定家は本五十首を『拾遺愚草』に収める際に、次のように幾首かに注記を付した。

a　いかにせむはるもいくかのさくら花
方もさためぬ風のにほひを
此詞又詠

忘却又詠
b　すみの江の松かねあらふしら浪の
雖見共力不及
かけてよるとも見えぬ月かけ

さらに名古屋大学本(18)では、

c　露やをくやとかりそむる秋の月
又詠皆忘却力不及
またひとへなるうたゝねの袖

忘却又詠
d　秋の月袖になれこし影なから
ぬるゝかほなる布引の瀧

という注記も見られ、bにつき「忘却又詠　当社求子哥　後日見之為何哉」と詳しく述べられる。これについて既に久保田淳氏(19)が「過去の自作で既に用いた特定の表現を繰返し用いたことに対する、自己反省」とされ、『詠歌大概』に言う「近代之人所詠出之心詞雖一句謹可除棄之」という考えを自作についても適用しているとされた。過去の表現との重複に対する自己反省ならば、やはり和楽と創造の折り合わせに重点を置いたが故の末彫琢に対するものとも解される。しかし、ことは単純ではない。というのは右のうち、dの指す句は不明瞭で（用例の多い「秋の月」ではありえない）、b「すみの江の松がねあらふ」とc「まだひとへなる」は先行する用例が見当たらないからだ。むろん久保田氏が言われる通り「家集に収められなかった先行作品」と見るのは自然である。ところが、a「方もさだめぬ」を含めてそれらはすべて建暦・建保期の歌には見られるのである。「又詠」・「皆詠」という再び用いたとの認識は、建保四年の家集編纂時に定家が抱いたものと見てよい。重複そのものへの忌避なら、建暦・建保期に詠んだ用例に注が付されて然るべきはずであるのに、本五十首の側に注が付されるのは、個々の用例の重複よりも、さような重複を許容し、それによって〈場〉を成り立たせていた作品の性格そのものが問題とされていたからではなかろうか。のちの用例との重複を契機としたか否かは不明ながら、あるこだわりを思わせる注記は、自身がそうした態度で臨んだと強く意識させられる作品として、本五十首があったことを思わせる。とすれば、注記は個の歌作りのレベルを超えた、〈場〉に奉仕する在り方に対する思惑に発していたことになる。ここに想起されるのは斎藤英喜氏[20]の、〈場〉を問題にする場合「場に生成した表現は、即座に固定され、テクスト化され、場の制度に奉仕する機能を負わされること」に注意し、「表現が制度に転化し、共同体の維持のために意味づけられてしまう、その一歩手前をどうキャッチしうるか」を見極めるべきだ、という発言である。

定家は建仁初年『仙洞句題五十首』という作品において、彼なりの高みに引き上げる目論見を抱いて制度に奉仕する歌作りを実践した。しかしそういう作を後年回想し、自らの家集に書き留めておこうとする際に、それが十全に肯定されないものとして意識される、そのような本作成立の機微を語るものとしてこの注記はあるように思われる。但し、それを安易に後鳥羽院と関わりにおける親密から疎遠への図式に収めてしまうのは危険である。建保期の定家を考える時、「宮廷を場にした和歌の正統性に対する責任」を果たす以外の選択肢はなかったという現実[21]が一方にあり、また、歌ことばの重複である以上、右の久保田氏論に説かれる制約的な本歌取り論を代表とする彼の歌論との関わりを外して考えることは許されないからだ。特に歌の摂取の問題には、その多寡に「ディレッタンティズム」と、「規範意識」の差が前提としてあり[22]、「取る」意識の決定的なずれ、とりわけ後鳥羽院には、取ることは悪でも罪でもなく、取ることで取られる側に働きかけられる力を是とする特異な思考が存したと認定され、それとの異同の問題が大きく関わってくる[23]。注記が意味するところは単一ではないが、しかし、制度に奉仕する定家なりの模索が後年の自身にさえ十全な肯定をなしえぬものとして認識されたということは押さえておいてよい。同じことは、翌建仁二年の院と定家だけの催し、『水無瀬釣殿当座六首歌合』に対する『拾遺愚草』の扱いにも現れているからである[24]。

建保期を含む後年の課題はそれとして、ここに確認しておきたいのは、自注が、過去の活気溢れる特異な時期に果たした自らの役割を、背後から浮かび上がらせる働きを有していることだ。後鳥羽院の勢力的な活動のみならず、多方面からの力を必要とした『新古今集』の成立の過程において、その枢要な部分に果たした定家の役割は、後年に及んで特別な思惑を抱かざるを得ないほどに重いものとしてあったのである。

宮廷和歌のあるべき姿を求め、作品の中に〈場〉を形成することを通して時代を切り開こうとし、それに組み込まれていった如上の定家の営みは、さらに問い直されてよいであろう。

【注】

（1）「後鳥羽院句題五十首歌」（日本古典全書『新古今和歌集』附録〈月報〉一九五九年六月、朝日新聞社）

（2）「建仁元年仙洞句題五十首とその成立」（『愛知学芸大学研究報告』一二、一九六三年三月）

（3）「花月恋五十首考」（『国語国文』一九八〇年二月）、「翻刻・陽明文庫蔵『花月恋五十首』」（『静岡女子大学国文研究』一三、一九八〇年三月）。ともに『中世和歌文学論叢』（一九九三年八月、和泉書院）所収。

（4）『仙洞句題五十首』をめぐって」（『日本文芸思潮論』一九九一年三月、桜楓社）

（5）「東屋の　真屋のあまりの　その雨そそき　我立ち濡れぬ　殿戸開かせ（後半略）」（東屋）

（6）この歌は、新日本古典文学大系『新古今和歌集』（田中裕・赤瀬信吾校注）において、一〇三二番歌（恋一・寂蓮）の新たな本歌に指摘されている。

（7）「恋（こひ）」と「木居（こゐ）」は仮名遣いが異なるので、本来掛詞にはならないが、当代には「ひ」「ゐ」相通の用例がまま見られる。

（8）「誘はれぬ人のためとや残りけむ明日より先の花の白雪」。『後鳥羽院御口伝』には、良経はこの歌を「新古今に申し入れ」「たび〳〵自讃し」たと語られる。

（9）「さしとむるむぐらやしげき東屋のあまりほどふる雨そゝきかな」（浮舟に対する薫の歌）

（10）合点は注（4）掲出片山享氏論に集成されている。

（11）田村柳壹「題――「結題」とその詠法をめぐって――」（『論集　和歌とレトリック』和歌文学の世界10、一九八六年九月、笠間書院、『後鳥羽院とその周辺』〔一九九八年十一月、笠間書院〕所収）、中田大成「題詠に於ける「まはして心を詠む」文字について」（『和歌文学研究』六〇、一九九〇年四月）、同「定家『院句題五十首』の結題詠法について――花・月結題歌の分析を中心に――」（『王朝文学　資料と論考』一九九二年八月、笠間書院）。

（12）「夕暮は雲のはたてにものぞ思ふ天つ空なる人を恋ふとて」（古今集・恋一・四八四・よみ人しらず）を本歌にすることによって、題の「暮」を「まはし」て詠む。

（13）「紅ににほふはいづら白雪の枝もとをを に降るかとも見ゆ」（伊勢物語・第十八段）

（14）「春されば野辺にまづ咲く見れどあかぬ花まひなしにただなのるべき花の名なれや」（古今集・雑体・一〇〇八・読み人しらず）

（15）今井明「「花まひなし」考――定家の『仙洞句題五十首』歌と『顕注密勘』・『僻案抄』――」（『古典研究』一、一九九二年十二月）

（16）久保田淳「老若五十首と句題五十首」（『新古今歌人の研究』一九七三年三月、東京大学出版会）

(17) 注(16)に同じ。
(18) 本文は赤羽淑『名古屋大学本　拾遺愚草』(一九八二年二月、笠間書院)による。
(19) 注(16)に同じ。
(20) 「なぜ、どういう「場」を問うのか」(『日本文学』一九九二年九月)
(21) 村尾誠一「建保期の歌壇と定家」(『論集　藤原定家』和歌文学の世界13、一九八八年九月、笠間書院、『中世和歌史論　新古今和歌集以後』〔二〇〇九年十一月、青簡舎〕所収)
(22) 稲田利徳「西行と新古今歌人」(『論集　西行』和歌文学の世界14、一九九〇年九月、笠間書院、『西行の和歌の世界』〔二〇〇四年二月、笠間書院〕所収)
(23) これは錦仁「院政期歌合の構造と方法―〈褻〉から〈晴〉への和歌史観の批判―」(『日本文学』一九九四年二月)に言及がある「聖帝」の歌の在り方とも関連する。
(24) 定家は歌合で後鳥羽院と番えられて負となった歌を後に家集に収める際に差し替えている。終章第二節参照。

〔付記〕
初出稿発表後、本五十首につき、浅田徹「新古今集と歌合・定数歌―仙洞句題五十首をめぐる諸資料の状況」(『国文学解釈と教材の研究』二〇〇四年十一月)で新出伝本の紹介と合点に関わる検討がなされ、五月女肇志「建仁元年『仙洞五十首』恋歌考」(『藤原定家論』二〇一一年二月)で恋歌における歌人達の表現の模索が検討された。

第三章　奉納三十首歌の性格

一　はじめに

『新古今集』の撰集過程で、二千首に及ぶ候補歌を悉くそらんじたという逸話の持ち主らしく(1)、後鳥羽院は、その歌の多くを、古代から当代に及ぶ歌々との関わりのうちに生み出した。それらは、本歌取りに優れた達成を見せるものの一方に、「先人の作品の換骨奪胎を行」い、「先人の造句を御自作の中にとり用ゐ(2)」るようなものも多く、その性格は一様ではない。

後者は、例えば定家の詠歌と対比され、王者の〈遊び〉とも称されやすいものの、政治との関わりのうちに営まれる院の和歌においては、両者はともに宮廷和歌再興の狙いに発した営みと見取ることができるであろう。近臣の和歌を摂取するケースは、多くの場合、表現の共有を媒介とした君臣和楽の体現を目指す狙いに発しているのである(3)。

では、そうした秀詠と旺盛な摂取を試みる歌は、詠み手の中でどのように位置付けられていたのだろうか。『後鳥羽院御口伝』が、初心者向けに表現への顧慮を説き、「秀歌」や「自讃歌」を論じる時、自在な他歌からの摂取はいかに捉えられていたのか。成立の場と、それに応じて負わされる歌の役割を見きわめ、その実態を解き明かすことが、後鳥羽院論の必須の課題であるに違いない。その解明は精力的な研究が重ねられつつある芸能等との関わりを考える上でも有益となるであろう。(4)

ここに、後鳥羽院が元久・承元年間に春日社以下八社に奉納した三十首歌を取り上げてみたい。それは院の三十三首の『新古今集』入集歌のうち、三分の一近くの十首に及ぶ最も多くの歌を提供した奉納歌であり、しかも、いずれも古歌と当代歌の旺盛な摂取にその特徴を有しているからである。院にとっては〈自讃歌〉にほかならない新古今入集歌に、なぜそれら奉納歌が多くの歌を占めることとなったのか。特に問題となる元久元年の作品を読み、その理由を考えることを通して、右の問題を考える手がかりを探ってみよう。それは同時に、〈抒情〉性の豊かさに特徴が求められやすい(5)後鳥羽院の歌の、政教性・共同性と関わりの問題(6)を考えることにも繋がるはずである。

二　春日三十首の性格

奉納三十首歌群とは、具体的に、元久元年（一二〇四）五月に春日社、同年十二月に八幡社・賀茂上社・賀茂下社・日吉各社、同二年三月に住吉社、承元二年（一二〇八）に内宮・外宮へ奉られた定数歌で、内容は四季・雑各六首からなる。これらについては、先にも触れたように、田中喜美春氏に詳細な解明がある。(7)すなわち、『千載集』完成の企図と関わる俊成の『五社百首』にならいつつ、「新古今集所収の他人の歌の歌句を大幅に借用している歌」が、『新古今集』の「成立、完成に冥加を期待する祈願」として機能することが見定められ、それは「天皇親政回復」の祈願に通じることが明かされたのである。田中氏論ののち、元久元年の五作品については、俊成との関わりの深さを論じた大野順子氏の論がある。(8)五月の「春日三十首」は俊成への敬意に、十二月の四作はその死にそれぞれ関わることを説き、根拠に「春日三十首」は「詠歌がおしなべて朗らか」であるのに対し、十二月の三十首歌群が「悲哀の風情を詠んだ歌を持ち合わせる」ことを示されている。氏に言及はないものの、十二月の作の悲哀を歌う歌は、後鳥羽院寵妃尾張の死と関わることが指摘されているもので、(9)これは小さくない問題提起であった。春日三十首の性格から考えてみよう。(10)春には、次のような歌が詠まれる。

よろづよのはるのひかげ［に］しるきかなみかさの山のまつのはつかぜ
のどかなるはるはかすみのしきしまやゝま［と］しまねのなみのほかまで
ときしらぬやまはふじのねしかすがにはるふるゆきの［かす］む［あけ］ぼの
なにとまたたのむのかりのさそふらんながめじと思おぼろづき夜を

冒頭歌と次の歌は、大野氏が指摘するように、ともに『正治初度百首』の、

万代のはじめの春としるきかな藐姑射の山の明がたの空（春・俊成—百首巻頭歌—）
敷島や大和島根も神代より君が為とやかためおきけん（祝・良経—百首巻頭歌—）

を踏まえ、それぞれ「藐姑射の山」「君が為」と祝われた立場から応える形で、三笠山の春と、大和島根ののどかさを言祝ぐ。俊成は『五社百首』でも、

天が下のどけかるべき君が代は三笠の山の万世の声（春日社百首・祝—百首巻軸歌—）

と詠んでおり、「まつのはつかぜ」は「万世の声」とも呼応しているであろう。右の良経歌と、第三首目が踏まえ

る『伊勢物語』の、

時知らぬ山は富士の嶺いつとてか鹿の子まだらに雪の降るらむ（第九段）

は、のち『新古今集』入集歌となる歌であり、撰集の完成祈願は、治世を予祝する形で冒頭から始まるのである。

その第三首目は、『千五百番歌合』の、

春といへど花やは遅き吉野山消えあへぬ雪の霞む曙（二十四番右・定家）

をも念頭に置いており、以下同様に当代有力歌人の表現を用い続ける。これは、繰り返し述べてきたように、その形で歌壇の隆盛を示し、以て祈りの実現を期するものと解される。因みに本作の摂取は、のちの七作に比して、はるかに旺盛である。

それを確認した上で、留意されるのは、作中にその基調と異なる印象を与える歌が少なくないことである。例えば右に掲げた四首の末尾の帰雁を詠む歌「なにとまたたのむのかりのさそふらんながめじと思おぼろづき夜を」は、第四句「ながめじと思」が雁の帰る春の夜の哀切な情趣を讃えるために働きながら、同時に眺める主体の物思いを押し出して、憂いにとらわれた人物の姿を彷彿とさせている。以下、

人とはぬあすかのさとのゆふかぜにいたづらになくほとゝぎすかな（夏）
あとたえてとはずふりにしにはの雪もしかすがになを人ぞまたるゝ（冬）

磯馴てしのぶや如何難波人まろやにかゝる夕浪の声（雑）

誰昔いつ［み］かよひし跡な［れ］や荒た［る］渓の苔の磴《かけはし》（雑）

など、感傷的で孤独な主体の姿を揺曳させる歌が詠まれ続ける。そして、秋には、

秋のつゆやたもとにいたくむすぶらんながきよあかずやどるつきかな

をきてゆくかりのなみだにすむ月をうたてふきはらふのべの秋風

露は袖に物おもふころはさぞなをくかならず秋のならひならねど

有曙の月影さむみころもでをかりぞ鳴なるをやまだのいほ

という歌々が並ぶ。右の秋歌の中で第一・三首目が本三十首から『新古今集』に採用される歌である。「秋思」を主題とする秋らしい歌ながら、流される涙の露が雁の涙やその鳴き声と応じあって、反芻される悲哀の情は軽くはないであろう。第一首目は『源氏物語』桐壺巻を踏まえたもので、本歌は、靫負命婦の歌、

鈴虫の声の限りを尽くしても長き夜あかずふる涙かな

である。しかし、「桐壺の帝になりきって」いる歌と説かれるように、(11) 物思いは、更衣死去の悲しみに沈みながら、

雲の上も涙に暮るる秋の月いかで住むらむ浅茅生の宿

と詠む桐壺帝と等しい悲嘆に発していた。後者も、茫然と物思いにふけって涙する姿を浮かび上がらせており、端的に「述懐の歌」と読む注釈書もある。(12) そしてそれらを受けるように、雑の末尾から二首目に、

日をへつゝ過こし［代］のみ忍ばれて涙なれ行片敷の袖

という歌が置かれるのである。後述するように巻軸歌は総括の役目を担っており、その直前の位置に懐旧の涙にくれる姿を描くのは、右の歌々の収斂と見ることができそうである。

新古今完成の祈願を込め、大和島根ののどかさを言祝ぐところに始まる本作には、最後の歌を典型として、悲哀を漂わせる歌が散在する。これは何を意味するだろうか。

三　十二月の三十首歌

ここに注目されるのは、右の「日をへつゝ」の歌と下句がほぼ重なる歌が、元久元年十二月成立の三十首歌に見出されることである。

山寺のけふも暮れぬの鐘の音に涙うちそふ袖の片敷き（賀茂上社三十首・雑）

位置も「春日三十首」同様、雑の第五首目に置かれたこの歌は、

山寺の入相の鐘の声ごとに今日も暮れぬと聞くぞかなしき（拾遺集・哀傷・一三二九・よみ人しらず）

という哀傷歌を踏まえることからも、十月に亡くなった更衣尾張の死に伴う哀惜の情を窺わせる歌とされてきた。(13)また、「賀茂上社三十首」では、秋の歌は第三首目以降、

野原より露のゆかりをたづねきて我衣手に秋風ぞ吹く
鈴虫の声ふるさとの浅茅生に夜すがら宿る秋の月哉
秋風も身にさむしとやきりぎりす暮るる夜ごとに声恨むらん
今来んと頼めし庭に露さむし有明がたの長月の月

と続き、初めの二首には、やはり『源氏物語』との関わりが知られる。前者は紅葉賀巻の藤壺の歌、

袖濡るる露のゆかりと思ふにも猶うとまれぬやまとなでしこ

の詞を取って、心を取ってはおらず、後者も桐壺巻に拠りながら、「春日三十首」の「秋のつゆや」の歌とは拠る度合いに差異がある。しかし、前者には、「尾張は皇子を残しており、それを意識した上での詠歌」という読みも施され、(14)後者も、鈴虫と月の表現の取り合わせは、先の「秋のつゆやたもとにいたくむすぶらん」の歌と同様、靫負命婦の歌と、桐壺帝の歌を踏まえたものと読まれる。続く第三・四首目が、ともに素性法師が詠む、

秋風の身に寒ければつれもなき人をぞ頼む暮るる夜ごとに（古今集・恋二・五五五）

今来むと言ひしばかりに長月の有明の月を待ち出でつるかな（同・恋四・六九一）

という恋歌を本歌にし、第四首目など、喪失した恋の面影を漂わせるのも、更衣尾張の死去に関わっているとも解されるであろう。ちなみに、冒頭の「野原より」の一首は『新古今集』に採られ、「春日三十首」の「露は袖に」の歌と並べて配列されることになる。

このように、元久元年十月に亡くなった尾張の死を挟んで、五月成立の「春日三十首」と十二月成立の「賀茂上社三十首」とは、内容や表現の方法に通うところが見られるのである。

四　春日三十首の成立時期

「春日三十首」に漂う悲哀は、のちの尾張死去に伴うそれを先取りするような形で表された。その〈近さ〉を手がかりに、両作の性格を考え、三十首歌群全体の問題に及んでみたい。

その検討の前に、「春日三十首」の成立時期を確認しておく必要がある。というのは、宸筆の色紙で伝存する本三十首歌は、成立を示す徴証を持たず、五月の成立は、樋口芳麻呂氏により、次に記事に基づいて推定されたものであったからである。[15]

元久元年五月廿日、院より御歌を春日社へまゐらせられける御使にまゐりて、その裏紙《つつみがみ》に御使の位署年号などかきつけて、そばにわたくしの歌を一首かきそへ侍りける

勅奈礼者《ちょくなれば》　如何丹賢久《いかにかしこく》　御笠山《みかさやま》　差天納夜《さしておさめよ》　与呂津世之音《よろづよのこゑ》　（明日香井和歌集・一六四二）

これは有力な資料であり、五月成立説の蓋然性はきわめて高い。ところがこれが唯一の論拠であるために、「院より」の「御歌」が本作を指さない可能性はなお残っていた。以下の検討にとって「春日三十首」の時期の問題は重要である上に、右に見た「賀茂上社三十首」との〈近さ〉が、「春日三十首」の十二月に成立した可能性を思わせるとすれば、成立時期の確定は必須となるであろう。

新たにその根拠を見出し難い中、状況証拠ながら、本作の歌から、その手がかりを得ることができる。

一つは、雑六首の冒頭に位置する、

摂津国のながらの橋の今もあらばしらぬ昔の事問て猿《まし》

という歌と、『源家長日記』の、次のような記事との関わりである。

御熊野詣の御礼参りに、「ながらの御宿」に着いた後鳥羽院は、長柄の橋の「跡をだにみてしがなとおぼしめ」す。すかさず「御まへ」の少将雅経が、「そのはしぐ〱らのきれはもちて候」と申し出、帰京後、

これぞこのむかしながらのはし柱君がためとやくちのこりけん

の歌とともに献上した。その切れは文台に作られて和歌所に置かれ、それを用いた最初の歌合が宇治で催される、という記事である。その宇治御幸の歌合は元久元年七月十六日に催され、『明月記』によれば「院御物」の文台が確かに使用されていた(16)。御幸の時期が不明であるため安易には結びつけ得ないものの、ともに下限が元久元年であ

り、その内容の相関性と、語り継がれる話題性の大きさ（『建長三年九月影供歌合』、『古今著聞集』他）、さらに院の長柄の橋を詠む歌が他に伝存しないこと等を併せ考えると、これらを無関係と見るのは困難であろう。いま一つは、本作中の、

はなをみしよしのゝみやになつくれてふるさとさむくあきかぜぞ吹（夏）
もみぢばをはらひはてゝやひとりゆく真木たつ山のみねのこがらし（冬）

という歌が、それぞれ雅経の新古今入集歌、

み吉野の山の秋風さよふけてふるさと寒く衣打つなり（明日香井和歌集・建仁二年詠百首和歌）
秋の色をはらひはててや久方の月の桂に木枯らしの風（老若五十首歌合・冬）

を、明らかに摂取し、それも他歌人より強く依拠していることである。院の雅経への思惑はその数寄の振る舞いと関わっていた可能性があり、雅経の本三十首歌への関わりは使者としてのみには止まらなかったことをも窺わせるのである。わずかな事例ながら、ともに雅経に関わるこれらは、五月奉納説の蓋然性を強めるように働くであろう。

五　〈泣き濡れる我〉の造型

ともあれ、両三十首歌は成立時期の異なる作として考えるのが自然ということになる。とすれば〈近さ〉は、何を意味するだろうか。

そもそも秋の歌を中心に取り上げてきたこれらの歌々は、事実を訴えるために詠まれてはおらず、想定される事実は読み手によって導かれるものとしてあった。ここに「春日三十首」の悲哀が特定の喪失体験に対応しない可能性がきわめて高く、総じて歌が個々具体の事実の再現を目指していない以上、「賀茂上社三十首」にも容易には現実の反映を想定できないということになる。暗示される死者に尾張と俊成の両説があるのは、その事情をよく語っていると見ることもできるであろう。

ところが、見てきた通り、「春日三十首」の歌々は、雑に置かれた「日をへつつ過ごし代のみ忍ばれて涙なれ行く片敷の袖」の働きにもよって、観念の所産とは読みがたく、「秋の露や袂にいたく結ぶらん長きよあかず宿る月かな」などは、仮に十二月の成立であれば、体験の裏打ちを指摘されそうな歌いぶりとなっている。そして「賀茂上社三十首」も、哀傷歌を踏まえ、恋の面影を漂わせる歌を置くことにおいて、やはり尾張死去の体験に基づくものと解されるのである。

これらは、両作の近さが、歌を支える事実の具体性と関わるのではなく、表現に向かう態度と深く関わっていたことを語るものであろう。すなわち、歌々は、対象をそれに向かう心の働きとともに捉えるという方法を共通にして、物思いにとらわれる主体を造型することに徹していた。『源氏物語』の歌を摂取するのは、そのために有効に働くからであり、その方法を共通にした上で、現実は、取り込むべきものを踏まえる、という形を取る。しかもそれはおのずと反映する形であり、その再現を目指すのではなかった。ために暗示を読みうる歌とそれ以外の歌に、表現がもたらす有意な差異は見出されないのである。以下の三十首歌群も両作と同様の造型に徹し、各作の秋歌にはそれぞれ過剰なほどに涙の歌が並べられることになる。例えば、

鐘の音に今日も暮れぬとながむればあらぬ露散る袖の秋風（八幡三十首）

いとどしく袖ほしがたきふるさとに露置きそふる秋の村雨（賀茂下社三十首）
露しげき袖をたづねて秋の来ばよそには聞かじ荻の上風（住吉三十首）
大方のならひか里の袖の露なほ深草の秋の夕暮（日吉三十首）
おぼえずよいづれの秋の夕べより露置くものと袖のなりけん（内宮三十首）

と詠み続けられる歌々において、初めの「八幡三十首」の歌は、先にも引いた『拾遺集』の哀傷歌、

山寺の入相の鐘の声ごとに今日も暮れぬと聞くぞかなしき（一三二九・よみ人しらず）

に拠り、死者への思いを暗示する。しかしそれゆえにその歌が切実で、ほかの歌が観念的であるということにはならず、逆に、「賀茂下社三十首」以下の歌が、強い現実体験の反映であった可能性は常に蔵されている。いずれの歌も、歌の世界に限定した造型であるか、体験を豊かに踏まえたものか、の区別はなされず、虚実を超えて、主体が抱え込む悲しみや物思いの深さを形象しようとする。そして、そこにこそ、三十首歌群の特徴が最もよく示されるのである。

六　百首歌の秋

いったい、秋に露を取り上げ、秋思に浸って涙する歌を詠むのは、きわめて自然なことである。ところが、後鳥羽院の定数歌では、このような歌は明らかな偏りを見せ、正治二年の『初度百首』以降、百首歌の秋に、泣き濡れる主体は一切描かれない。『正治百首』には、物思いにひたる歌は総じて少なく、露の歌さえ、『初度百首』三首・

『後度百首』一首と僅少である。続く『千五百番歌合』の百首も同様であり、露は六首に詠まれながら、泣き濡れる歌は登場しない。さらに、現実への苦悩が詠まれ始め、歌が大きく変化する承元期以後の代表作[17]、「建保百首」においても、それに変わるところはない。やはり六首詠まれる露は、例えば、

今朝見れば夜半の野分の浅茅生に荒れて草葉の露ぞみだるる
置く露のあだの大野の真葛原恨みがほなる松虫の声

と、秋の風物の哀切な情趣がこまやかに表され、眺めやる心の深さを思わせながら、主体の思いが吐露され、袖の露が詠まれるということは、遂になかった。

収める歌々に一見差異を認めがたい三十首歌と百首歌は、明らかに異なる性格を見せるのである。その違いが偶然ではなく、主題の異なりによるのでもないのは、同じ百首歌でも、伊勢神宮への奉納歌、「内宮百首」・「外宮百首」が、

秋を経て物思ふことはなけれども月にいくたび袖ぬらすらん（内宮百首）
思ふことわが身にありや空の月片敷く袖に置ける白露（同）
袖の上に露ただならぬ夕べかな思ひしことよ秋の初風（外宮百首）
袖の露をいかにかこたん言問へどこたへぬ空の秋の夕暮（同）

という歌以下、物思いを直截に表し、涙にくれる歌を少なからず詠み込むことから明らかとなる。すなわち、三十

首歌群が〈泣き濡れる我〉を造型するのは、両百首同様、すべて神への奉納歌であることを前提としていたのである。

神に対する思いならば、正治二年『初度百首』の、

万代の末もはるかに見ゆるかな御裳濯川の春の明ぼの

以下、すべての百首歌に丁寧に盛り込まれ、それは三十首歌群のあり方と全く変わってはいない。にも拘わらず、右の差異が生じるのは、具体的に、奉納歌を除く百首歌が、例えば正治の両度百首のように周辺歌人たちとの関わりのうちに生まれる歌を多く収め、[18]『千五百番歌合』の百首のように編者の目を導入して理解できる体の歌を含み、[19]「建保百首」のように現実の反映を抑え、歌壇の主宰者の責務の思いに基づいて編まれるという、[20]通常の歌人のそれとは異なる性格の作品であることと関わっているはずである。『新古今集』にこの奉納三十首歌から全体のほぼ三分の一にあたる十首も採用されるのと対照的に、他歌人の多くの歌が採用される正治の両度百首・『千五百番歌合』の百首からは、院自身の歌が一首しか採用されなかったのは、単に達成度の問題だけではなかったのである。

七　奉納歌の役割

そもそも奉納歌は、神に向かって祈ることによる真率な思いを表明しやすく、例えば慈円の場合、種々の心懐が吐露されてきたことは先学に明らかにされている。[21]久保田淳氏が「和歌表現の形を取った祈り」として本三十首歌群との「共通の精神的基盤の上に」あるとされる「伊勢大神宮奉納百首」の場合は、自身の嘆きとともに良経の急死の悲しみの暗示が認められ、[22]本作品群とのいっそうの近さも窺われる。

しかし、慈円とも異なって、院の場合は、言うまでもなく、思いを訴え恩徳を期待する相手は、神のほかには存在しない。奉納歌は、そのような神に向かうことによって、周囲への思惑やあるべき立場を離れ、個の思いを表すことのできる唯一の場であった。藤平泉氏が明らかにされたように建永年間に至ると晴儀歌合の中に「異例」の近臣からの悲しみの「唱和」も見られるもの(23)、自ら催した百首歌においては、主宰者たる意識から逃れることはなく、その立場を離れた私的な思いの吐露は抑制せざるを得なかったと見られることからすれば、それら百首歌と奉納歌は、補完し合う関係にあったことになる。そうした他者への思惑から解き放たれた時、例えば更衣尾張の死去の悲しみが託されやすくなるのは自然で、奉納歌は、現実の状況がおのずと反映されやすい場であった。そのために元久二年の作では、

見ず知らぬ昔の人の恋しきはこの世を嘆くあまりなりけり　(日吉三十首)

と、元年の歌には詠まれない世への嘆きが加わり、新古今入集歌の、

冬の夜の長きを送る袖ぬれぬ暁がたの四方の嵐に　(同)

のように、万民を思って涙する帝という理世撫民の歌と評されるもの(『新古今和歌集聞書』)も詠まれる。さらに承元二年の作では、

世の中をまことに厭ふ人やあるとこの夕暮の雲に問はばや　(内宮三十首)

など、ますます切迫した思いが溢れ、『新古今集』神祇部に入る、

神風やとよみてぐらになびく四手かけて仰ぐといふもかしこし（外宮三十首）

というひたすらな思いも表明される。尾張の死去も憂き世への嘆きも、表し方こそ異なれ、場がそれを保証することによって表されたのである。後年『後鳥羽院御口伝』で定家の述懐歌を絶賛することになる後鳥羽院が、自ら「述懐」の歌を詠むには、神に向かうしかないことを、これはよく示しているであろう。

しかしながら、先に見た通り、三十首歌はそうした現実の具体的な思いを表すためではなく、対象に向けた心のありようを詠むところに狙いがあった。〈泣き濡れる我〉の造型は事実を訴えることを目的とはしておらず、その基本を定めたのが「春日三十首」であった。元久元年五月という時点では、院の詠歌史に世を嘆く認識は未だ現れず、尾張の死のごとき悲痛の情も認めにくい。『新古今集』の御点時代がほぼ終了することを契機にしたはずのこの奉納歌に、感傷的な、悲哀を漂わせる歌が詠まれるのはいかなる動機によっていたのだろうか。

八　春日社三十首のねらい

「春日三十首」に最も特徴的なのは、旺盛な摂取が歌壇の隆盛を示し、以て『新古今集』完成祈願を期するという形を取ることであった。他の七社に先駆け、治世を予祝する形を取って祈願する、その実現への熱意は並々ではなかった。冒頭からその基調を貫く三十首歌は、巻軸に次のような歌を据えている。

御笠山契有《あれ》ばぞ仰覧《あふぐらん》あはれと思へ嶺の月影

奉納歌の閉じめとして、神への率直な思いを表明した歌である。三十首歌群は、概ね巻軸にこのような歌を置き、例えば、十二月の作では、

石清水清き心を峰の月照らさばうれし和歌の浦風（八幡三十首）

御手洗や神の誓ひを聞く折ぞなほ頼みあるこの世なりける（賀茂上社三十首）

我かくて世に住吉の浦風を頼む心は神のまにまに（住吉三十首）

と、それぞれの社に向けた祈りが捧げられている。比べ読むと、一見差異がないと見えて、本三十首の歌は、他とは質を異にした表現となっていることが知られる。すなわち、「八幡三十首」の、自らの「清き心」の照覧を乞う歌以下、すべては「我」（住吉三十首）の行為を詠み、神に加護を求めていた。これは以下「外宮三十首」に至るまで変わらない。ところが「春日三十首」では、「仰ぐ」行為は「覧（らん）」の推量のうちに表されている。奉納歌として神に訴えるのは「我」である以上、その推量表現を、自らが仰ぐ原因を御笠山（三笠山）との契りによるかと推し量ったものと読むこともできる。しかし、これは他者を念頭に置く祈願と読むのが自然であろう。三笠山を仰いでいる人々を思いやり、そのすべてを含む加護を自らが求めるという、治天の君らしい意思表明をなしているのである。そのような他者には既述のような雅経以下の廷臣も含まれていただろうが、誰よりも強く意識されていた人物がいた。既述の通り、その存在の重さが指摘される俊成である。当該歌の「御笠山」（春日社）に関わる「契」が意味するのは、何よりもまず天照大神と天児屋根命の二神約諾による藤原氏との関係であり、既に奉納歌を企図

する段階から意識されていた俊成の歌が、先に見た冒頭歌の摂取に応ずるように、ここも彼との関わりを踏まえているると解される。すなわち、この巻軸歌、

御笠山契有《あれ》ばぞ仰覧《あふぐらん》あはれと思へ嶺の月影

は、俊成が詠む、

いくとせの春に心をつくしきぬあはれと思へみよしのの花（千五百番歌合）

という歌と、第四句「あはれと思へ」を共通にする。もちろん「あはれと思へ」は取り立てて特異な表現ではない。しかし、この歌は後に『新古今集』春下巻頭に、後鳥羽院が九十賀の俊成を讃えて詠む、

桜咲く遠山鳥のしだり尾の長々し日もあかぬ色かな

に続いて並べ置かれる俊成代表歌の一首であり、最晩年まで美を求め続ける姿勢を、不遇者意識を裏打ちさせつつ示す歌である。

奉納三十首巻軸歌の詠出に際して、この俊成歌が意識されていた蓋然性は高く、それは、二神約諾による君臣の契りとともに、藤原氏として春日社に深い宿縁のあるゆえに「仰ぐ」、その俊成の加護を神に取り継ぐものと読ませるための作意であったと見ることができる。とすれば、その歌を踏まえて院が神に祈るのは、そこに詠まれた俊

成の思いを、自らの祈願と転じなす行為と解することも可能となろう。その内実はともあれ、ここに俊成を介して祈る狙いを読む時、本三十首の歌が、感傷的に孤独に沈む主体を設け、あるいは『源氏物語』を踏まえ、あるいは〈泣き濡れる我〉を造型して、物思いにとらわれる心を詠み連ねていた理由が見えてくる。院は俊成の歌に向かう姿勢を讃え、この歌に典型的な対象に深く心を寄せる歌いかたを等しくすることによって、院の立場から、新しい勅撰集に適う、あるべき歌を詠んだのである。それは個の我を見つめる場に可能となった、院ならではの〈抒情〉歌の模索であったと見てよいであろう。建仁元年（一二〇一）十一月に勅撰集を下命し、ほぼ一年半後の建仁三年（一二〇三）四月後半に選歌された歌が提出されたのに対し、院の精選が一年余をかけて行われる。その終了が元久元年（一二〇四）七月頃で、本三十首歌の成立とほぼ重なっている。すなわち、この段階で、既に入集候補歌の大方を了解している院としては、それら優れた作に匹敵する歌を志向していたのに違いない。

『新古今集』成就への祈りという動機に発した後鳥羽院の「春日三十首」は、改めて俊成の歌う営みに立ち返り、新たに生み出そうとする集にふさわしい、百首歌とは大きく異なる〈秀歌〉を目指した作品であったのである。

九　おわりに

歌合・歌会の歌とは異なって、百首歌には王者後鳥羽院らしい歌が見出され、あるいは遊宴性、また共同性との関わりに営まれる歌々が多い(24)。それに対して、いわばおのが情を解き放つことができるのが、奉納歌という場であった。その場を得て、直接には俊成に関わり、雅経や良経・定家以下多くの歌人に関わることにおいて、政教性を備えながらも、王者の立場にとらわれない〈抒情〉の歌を残す、固有の構造を持つのが「春日三十首」であった。元久元年十二月以降の三十首歌群もまた、その方法を受け継ぐことによって、同様の歌を詠みながら、折々に取り込みやすい現実をも反映させていったのである。

その政教性と抒情性の結節点は『新古今集』への意識にあった。旺盛な摂取における遊戯性との識別に、この『新古今集』との関わりを読むことは有効となるであろう。そして、それらすべての前提に神への意識があった。これ以後、隠岐の最晩年まで、質・量ともに変じてゆく院の和歌の営みは、その神への意識と分かちがたく結びついていた。『新古今集』へのこだわりと併せ、神との関わりからの読み直しが求められるはずである。その際、王者が唯一神に向けて〈述懐〉できる場として果たした奉納歌の役割は小さいものではなかったであろう。

【注】

（1）『源家長日記』の記述。

（2）小島吉雄「後鳥羽院の御文学」（『文学研究』二五、一九三九年六月）。この記述は注（17）の著書所収の際、削除された部分である。後鳥羽院の歌に見られる旺盛な摂取については、松浦貞俊「後鳥羽院の作歌態度の一面観」（『歌と評論』一九三〇年一月）が、「類歌」を作る傾向と、一つの構想を種々詠み変える傾向を指摘したのが早い例である。それは初学期のみの傾向ではなく、村尾誠一「建保期の後鳥羽院―藤原定家の本歌取方法論とのかかわりにおいて―」（『国語と国文学』一九八三年十一月、『中世和歌史論　新古今和歌集以後』〔二〇〇九年十一月、青簡舎〕所収）は建保期における「機知的な戯れに打ち興じている」姿を指摘する。

（3）前節及び次節参照。

（4）中澤克昭「後鳥羽院と狩猟」（『明月記研究』二、一九九七年十一月）、豊永聡美「後鳥羽院と音楽」（『芸能と中世』二〇〇〇年三月、吉川弘文館）、秋山喜代子「後鳥羽院と蹴鞠」（同）、柴佳世乃「「読経道」の展開―後白河院から後鳥羽院、後嵯峨院へ―」（『明月記研究』六、二〇〇一年十一月）など。

（5）安田章生『新古今集歌人論』（一九六〇年三月、桜楓社）。同氏『藤原定家研究』（一九六七年六月、至文堂）

（6）松村雄二「西行と定家―時代的共同性の問題―」（『論集　西行』和歌文学の世界14、一九九〇年九月、笠間書院）、

川平ひとし「和歌と政治をめぐる視角──新古今時代の景観──」(『中世和歌論』二〇〇三年三月、笠間書院)。

(7) 第二章第二節、田中喜美春「後鳥羽院の香具山」(『国語と国文学』一九七七年二月)参照。

(8)「後鳥羽院奉納歌攷──元久元年奉納三十首群における詠作態度──」(『明治大学大学院文学研究論集』一〇、一九九九年二月)

(9) 樋口芳麻呂『後鳥羽院』(王朝の歌人10、一九八五年一月、集英社)、藤平泉「新古今時代の哀傷歌(1)──後鳥羽院尾張哀傷歌群を中心に──」(『神女大国文』二、一九九一年三月)同「新古今時代の哀傷歌(2)──慈円との十首歌贈答──」(『同』三、一九九二年三月)、同「『新古今和歌集』八〇一番歌について──「むせぶもうれし」の意味するもの──」(『同』八、一九九七年三月)、同「詠作の「場」と解釈」(『和歌　解釈のパラダイム』一九九八年十一月、笠間書院)。藤平氏には一連の新古今哀傷歌論があり、院と慈円の贈答を含め、詳細な解明がなされている。

(10) 本作は『後鳥羽院御集』に収められず、『宸翰英華』(帝国学士院、一九四四年十二月)に翻刻されている。ここでは『宸翰集第四』「後鳥羽天皇宸翰御製和歌三十首御色紙」(一九二七年十二月、臨時東山御文庫取調掛謹輯、宮内省)の複製から翻刻した本文による。[ ] 内は判読の本文。清濁は私意。

(11) 久保田淳『新古今和歌集全評釈』二(一九七六年十一月、講談社)

(12) 窪田空穂『完本新古今和歌集評釈』上(一九六四年二月、東京堂出版)

(13) 注(9)に同じ。尾張の死は『明月記』により元久元年十月十九日であることが知られる。

(14) 注(9)掲出藤平氏論による。

(15) 樋口芳麻呂「後鳥羽院」(『日本歌人講座　中世の歌人Ⅰ』一九六八年九月、弘文堂)

(16)『明月記』元久元年七月十六日条。この歌合は『後鳥羽院御集』『拾遺愚草』ほかに見える。

(17) 小島吉雄『新古今和歌集の研究　続編』(一九四六年十二月、新日本図書株式会社)

(18) 第一章第一節参照。

(19) 第一章第三節参照。

(20) 注(19)に同じ。

（21）例えば、石川一『慈円和歌論考』（一九九八年二月、笠間書院）第Ⅱ篇第四章所収諸論、山本一『慈円の和歌と思想』（一九九九年一月、和泉書院）第二章・第十三～五章所収諸論参照。
（22）久保田淳「伊勢大神宮奉納百首」（『中世和歌史の研究』一九九三年六月、明治書院）
（23）藤平泉「建永元年七月『和歌所当座歌合』前後」（『神女大国文』一〇、一九九九年三月）
（24）山崎桂子『正治百首の研究』（二〇〇〇年二月、勉誠出版）参照。

第四章　最勝四天王院障子和歌

第一節　歌と絵——定家との関わり——

一　新たな催し

『明月記』を含む「冷泉家時雨亭叢書」の刊行により、定家の営みの問い直しが迫られている中で、なお詰められるべき課題の一つに、後鳥羽院との関係が挙げられよう。古くて新しいこの課題に対するこれまでの考察は、概ね立場や和歌観の差異に的が絞られてきた。曰く、『新古今集』をもたらした両者の邂逅が、疎遠を経て決別にいたる、その主因は歌観の相違にあり、それは和歌に賭けた定家に対する和歌を王権護持の具とした後鳥羽院という構図に見取られる、と。むろん治天の君と廷臣の関係が存在している以上、その把握は当然だが、関わりへの言及がその構図を前提としてなされ、何を扱っても結論がそこに収束する傾きは、両者の場合とりわけ強いように思われる。今必要なのは、一旦図式から解き放たれて、実態から捉え直す作業であろう。ここでは、両者の対立の契機となったとされる『最勝四天王院障子和歌』の催しを取り上げ、その作業を試みたい。

なお、この障子歌は、片野達郎氏によると、「平安朝的屏風歌の終焉を意味する」催しであった[1]。ところが、『明月記』は、定家がかなりの労力を注いでこの催しに携わったことを伝えており、その傾注ぶりからは、障屏絵としての新たな課題をこの催しに見出し、模索を続けた可能性も窺われる。彼らの関わりを考える新たな手がかりを探りながら、この期の和歌と絵画の関わりについても考察を及ぼしてみたい。

二　定家の誹謗

最勝四天王院とは後鳥羽院の御願寺で、本作は、その障子に描かれた四十六の名所絵に、後鳥羽院以下、慈円・定家・家隆など当代主要歌人十人が詠んだ和歌である。建物も障子絵も残っておらず、現在四百六十首の和歌のみが伝存する。定家がこの催しに直接関与するのは、『明月記』によれば、建永二年（一二〇七）四月十九日以降[2]であり、四月二十一日には、名所の撰定からその「景気并其時節」の決定に至るまで、彼が「大略相示」し、五月十四日には絵師達に指示を与えるなど、定家は責任ある立場にあった。ただし、名所ごとに絵に押される歌一首は後鳥羽院が撰び、その撰定が両者の疎隔をもたらす要因となる。経緯は次の通りである。撰定作業進捗中の九月二十四日に、定家は「愚詠」数首の撰入を知り、「上古前達、必不レ逢二如レ此事一、沈淪愚老于今存念、只以レ之施二眉目一歟」と歓喜するものの、一箇月後の十月二十四日に「御障子歌皆被レ替了」と、院による全歌差し替えを知らされ、「兼日沙汰無二性体一、如レ反レ掌、万事如レ此」と憤慨させられる。それに呼応するように、定家は、「生田杜」の自詠、

秋とだに吹きあへぬ風に色かはる生田の杜の露の下草

が撰に外れたことを「誹謗」することになる。

『後鳥羽院御口伝』が、

最勝四天王院の名所の障子の歌に、「生田の森」の入らずとて、所々にして嘲り誹る。あまさへ種々の過言、
かへりておのれが放逸を知らず。（中略）傍輩、なほ誹謗する事やはある。

と批評するこの件については、「心」の有無の問題をめぐる両者の和歌観の違いを主として、多くの論が積まれてきた。(3)『後鳥羽院御口伝』の証言を介して、両者の対立を把握する場合、問題となるのは、定家の誹謗が、院との歌観の相違に発すると考えられがちなことである。言うまでもなくこれは後鳥羽院の思惑に発する批評であり、誹謗の理由にまでは言及しておらず、定家が「嘲り誹」り「種々の過言」を吐いた真意は不明と言わざるを得ない。したがって例えば、誹謗は、前提に共通の立脚点があればこそなされ、理解されると信じて裏切られた衝撃による、と見ることさえ可能となる。誹謗の要因を探るためには、歌観の相違からではなく、催しに即した検討から始めるべきだろう。

三　定家の自讃歌

定家が詠んだ四十六首のうち、最終的に後鳥羽院の合点を得たと認められるのは六首である。しかし、定家は建保四年（一二一六）に自詠二百首を集成した『定家卿百番自歌合』（以下『自歌合』と略称）に、そのほとんどを収めず、本障子歌からは撰外歌を主に十一首を採用している。『自歌合』の歌が、絵との共存という場を持つ障子歌の評価と重なる保証はないものの、問題の「秋とだに」の歌を収めていることからも、その十一首を一応、定家が撰定歌に望んだ自信作と見てよいだろう。それを手がかりとして、彼の和歌が何を表そうとしたのかを考えてみよう。

春日野に咲くや梅が枝雪間より今日は春辺と若菜摘みつつ（春日野）

『自歌合』では巻頭、一番左に据えられた歌である。『古今集』仮名序に引く「難波津に咲くやこの花冬ごもり今は春辺と咲くやこの花」を本歌にし、その春到来の喜びを、梅咲く春日野の若菜摘みに具象化したものである。一見王朝のみやびを平明に詠んだ歌と読まれそうだが、第三句の働きや、本歌との関わりに注視すれば、「沈思」(『明月記』六月八日条)の跡が窺われる。もとより第三句「雪間より」は、その本意からも「若菜」を修飾し、雪間に芽吹く緑を捉えた表現であるものの、「若菜」に直接しない配置により、例えば、同じ「春日野」の家隆の歌、

春日野の雪間の若菜尋ぬれば我が衣手ににほふ梅が枝

のように固定的には働かず、第三句は下句にゆるやかに係っていく。限定せず包みこむようなその下句への係り具合が、一旦は切れていた、初二句との関係を曖昧化し、そこに梅と紛れやすい雪の本意が呼び起こされ、また、本歌の強い摂取が働いて、〈雪間〉には〈咲く梅〉が暗示されることになる。特に、第二・四句に見る本歌との近さは、本歌に繰り返される「この花」(すなわち梅)を、「雪間」の残像とさせやすいだろう。ちなみに、同じ「春日野」の後鳥羽院の歌、

若菜摘む春日の原の雪間よりそれかとにほふ野辺の梅が香

も、同じ位置に「雪間より」を据え、そこでは雪間に匂う梅の香を捉えていた。また、この「春日野」の撰入歌になった通光の、

まだ消えぬ雪かとも見ん故郷の春日の野辺の梅の初花

も、梅と雪の見分け難さを詠む歌であった。定家の歌では、「雪間」は、芽吹く若菜の場でありつつ、第三句のさりげなく巧みな配置と本歌の取りようによって、右の歌同様、梅との間にも脈絡が成り立っている。

そして、ここに障子歌として、梅と雪と若菜を主要素材とする「春日野」の絵様――既述のように絵の「景気並其時節」は定家が中心となって決定した――との相関を認めることができる。〈梅と紛う雪中に芽吹く若菜〉というような構図の絵とともに、歌を鑑賞する者に対して、歌に解（歌意）の重層が成り立つことは、絵の受容に柔軟に対応する歌の解釈をもたらし、その関わりの中に、各個に味わいを深める効果が期待されるからである。

次に、

み吉野は花にうつろふ山なれば春さへみ雪ふるさとの空　（吉野山）

という歌を取り上げてみよう。吉野を詠むこの歌は、前歌よりさらに平明に見える。しかし、上句の、花とともに季が移りゆくという規定を受ける下句の内実は捕捉しがたく、歌の狙いも押えにくい。『自歌合』の注釈では、「まだ花の咲かない旧き里」と補われて、下句は文字通り雪が降ると解釈される。(4) しかし、この「みゆき」には落花の比喩を読むべきであろう。後鳥羽院の、

み吉野の高嶺の桜散りにけり嵐も白き春の曙

以下、他の「吉野山」出詠歌はすべて咲き誇る花や落花を詠み、春雪を詠む歌は皆無であることからしても、花の歌と読むのが自然である。(5) ところが、「みゆき」が落花の比喩とのみ読まれるなら、理屈の歌に堕することもまた明らかである。この歌には、

ふるさとは吉野の山し近ければ一日もみ雪降らぬ日はなし（古今集・冬・三二一・よみ人しらず）

という本歌の働きにもよって、落花の喩と春雪との両義が併存し、しかも、歌はそのいずれが主なる義かを決定していない。上下句の関係付けを読者に委ね、雪花いずれかを主とし、今一方を重ねる読みを求めているのである。

ここにも絵と関わり合う働きは明瞭である。この歌が、散り交う桜を描く絵に押されれば、現前する花を喩えつつ、なお雪降る吉野の景が重ね合わされる。空間芸術である絵画に対し、時間をも取り込み得る和歌の基本属性が有効に働いて、時間との重層のうちに雪景色が幻視されることになる。

もう一首見るならば、

を初瀬や嶺のときは木吹きしをり嵐に曇る雪の山本（泊瀬山）

これは「風を絵画に表現するには吹かるるものによつて示す外ない」(6) と言われる「嵐」を捉え、嶺に嵐が吹き荒れ、暫く後に嵐に運ばれた雪によって、麓一面が曇るという情景を描いた歌である。上句の嶺の景と、下句の山本の景を並置することで、嶺から麓までの空間が、時間の経過とともに詠み込まれ、絵に対しては、時間に加えて、奥行が表されることになった。

ところで、この歌の主体はどこにいるのであろうか。玉上琢弥氏の「画中人物論」[7]以来、屛風歌で種々議論されてきた人物の位置を、この画中に想定するならば、「山本」に居る者と考えやすく、上句はその人物が空想した視界外の光景となる。絵に嶺の景が描かれていたなら、鑑賞者は画中の主体の想像を、外側から具体的に享受することにもなる。しかしながら、歌では、人物が画中にいるか否か、外から眺める視点があるか否か等すべては不明である。人間の存在と関わりなく叙景に徹した歌とも読まれ、主体の位置は遂に限定されない。これは本作の定家の歌に通じて指摘される属性であり、このような歌が絵と共存した時、主体の立場までが鑑賞者の理解に委ねられ、それぞれの解釈に即して絵画が味わわれるだろう。

　こう見てくると、定家の歌からは、障子歌としての周到な配慮が読まれそうである。むろん詠歌の方法は単一ではなく、右の配慮がどの程度優先されていたか明瞭ではない。しかし、総じて彼の歌には、多層的な時間、奥行のある空間など、絵が表し得ない要素を取り込み、とりわけ解（歌意）を非限定・多義的にし、曖昧化を志向することで、絵と味わわれる折に固有の鑑賞がなされる、そのような配慮を指摘してよいように思われる（補注）。

四　定家の撰入歌

　では後鳥羽院が最終的に合点を付し、評価した定家の歌はいかなるものであったか。

A春の色はけふこそみつの浦わかみ葦のうら葉をあらふ白波（難波浦）
Bたのまめやまたもろこしに松浦船今年も暮れぬ心づくしに（松浦山）
C伏見山妻どふ鹿の涙をやかりほの庵の萩の上露（伏見里）
D泉川かはなみ清くさす棹のうたかた浪をおのれ消ちつつ（泉河）

E今はとて鶯さそふ花の香にあふさか山のまづ霞むらん（相坂関）
F大淀の浦に刈りほすみるめだに霞にたえて帰る雁がね（大淀浦）

この六首が選ばれた歌である。既述の通り、ほとんどは定家の『自歌合』に採用されず、両者の評価の違いが認められる歌々である。確かに、この六首は、景を叙しつつ、すべてが掛詞（傍点部）を持ち、序詞の技巧に秀でたものも目立つ。しかも、文脈を屈折また重層させつつ、優美に仕立てた修辞的な歌が多く、総じて先の定家自讃歌とは趣を異にする。(8) しかし、すべては同じ催しの定家詠であり、手法に截然たる差異があるわけではない。印象鮮明な景を時間の流れの中に捉えたAのような歌も、「泡沫が飛び散って夏を消し去るといふ大膽な省略法」に技巧の冴えを見せる(9)Dのような歌も、主体は明瞭ではなく、絵との相関から生じる効果は考えられていただろう。さらに、院なりに絵との関わりを重視していた跡は、Fの歌などからも明瞭に窺われる。すなわち、その、

大淀の浦に刈りほすみるめだに霞にたえて帰る雁がね（大淀浦）

は、『新古今集』に切り入れられた歌で、注釈書(10)では、序の巧みさを評価し、「見る目」にさえ捉え難い雁を詠んだと解するものが多い。その中で、『完本評釈』は、「あわれと艶の一体となったもの」の「具象」を読み、帰雁の本意である「さみし」さと「姿は見えず、ただ声だけを残して遠ざかる状態」の「艶」との融合を捉えた。こうした、「声」に「余情」を読む理解は、他に『全註解』、『新大系』等少数であるが、後鳥羽院がこの定家の歌に合点を付した際には、その声の働きを強く意識していたように思われる。院自身も、

大淀の浦風かすむあけぼのの雲井を雁の音づれて行く（大淀浦）

のように、雁の鳴声に的を絞り、また霞む中に視覚で捉え難い対象を詠む歌において、ほかの自詠、

難波江や蘆の葉白く明くる夜の霞の沖に雁も鳴くなり（難波浦）
久方やあまの橋立霞みつつ雲井をわたる雁ぞ鳴くなる（海橋立）
頼むとて音に鳴きかへりこし雁の浜名の橋の秋霧の空（浜名橋）

などと類似の作になることを厭わず、音の把握を優先するのである。これも玉上琢弥氏が「色と形に対する音と意味」が「戦わされ、助けあ」う創造に「屏風歌の境地」を言われ、[11]その後諸家に解明される通り、絵に音を取り合せるのは、特に新しい方法ではない。ただ、右の院の歌には、音の素材を採用し、その音声を視界のかなたから響かせる働きによって、限定された画面を拡大しようとする狙いが指摘されるであろう。定家の歌と同様、院が合点を付し、『新古今集』に切り入れた秀能の、

風吹けばよそに鳴海のかた思ひ思はぬ波に鳴く千鳥かな（鳴海浦）

という歌にしても、遥か離れた外海の「思はぬ波」から、千鳥の声が聞こえる浦を詠んでいた。『如願法師集』の詞書によれば「最勝四天王院御障子絵に千鳥鳴くを聞く人ある所」という絵様であり、浦に立つ人物に聞こえる声を詠む、障屏歌に通例の詠法に即しつつ、この歌は、場を「思はぬ波」が立つ所に定めることで、視界外からの声

を取り込み、同時に画面に見えない外海の景を強く印象付けている。院の評価は、その幻視される景が、画面に奥行を与える効果によるであろう。秀能歌には風に流される動きも伴うが、これら、自詠の在り方や秀能の歌の採用を見ても、院が定家の「大淀浦」の歌に合点を付し、『新古今集』に入集させた契機に、音との関わりを重視し、画面の奥あるいは外へ表現世界を拡大させようとした試みへの評価を挙げてよいように思われる。

五　後鳥羽院の自讃歌

そして、障子歌に対するそうした配慮から、院の自讃歌も生み出されることになった。

鈴鹿川深き木の葉に日数経て山田の原の時雨をぞ聞く（鈴鹿山）

『新古今集』切入歌で、難解歌とされてきたこの歌には諸説があり、特に鈴鹿川と山田の原の関わりや、「日数経て」の解釈が問題とされてきた。田中裕氏の、「山田の原」は鈴鹿川の上流ではなく、鈴鹿川から見てあなたの伊勢の外宮を指し、「日数」は旅に費やした日数と読む解釈[12]が最も詳密だが、現実の位置関係や状況よりも、鈴鹿川から「山田の原」を思い、「遠い時雨が幻聴のように聞こえてくる」（新大系）、その「詩的幻覚」（全評釈）を捉える方法そのものに、絵に押す歌としての働きを見込んだ作意が読まれるであろう。「日数経て」で時間の経過を、「山田の原」で空間の奥行を、「時雨をぞ聞く」で音を表すのは、すべて絵画に表現しえない要素を取り込む試みとしてあり、特に時雨の音によって空間の奥行を表す方法は斬新であった。「深き」に、川と木の葉の色を詠み込んで、画面に応ずる要素をも加えつつ、障子歌の新しさを求めて得られた「幻想性」は、歌を絵とともに味わう者に不思議な魅力を感じさせたに違いない。

後鳥羽院の自撰歌では、

水無瀬山木の葉あらはになるままに尾上の鐘の声ぞ近づく（水無瀬川）

という歌にも、時間の経過・空間の奥行・音を詠む同一の手法が認められる。この歌は、季の推移による「木の葉」の漸減が「鐘の声」の漸増と対応する事実を、「尾上」までの距離との関わりで詠んだもので、時間と空間が音声を媒介に融合的に捉えられている。ところでこの歌は、他の「水無瀬川」出詠歌がすべて祝儀性を込め、絵に描かれていたはずの菊を詠むのに比して、素材も構図も全く異なっている。これは、院愛好の地たる水無瀬を詠む歌ゆえに、実感表出を重視したと見られやすい。もとよりそれは無視できないものの、短絡させることはできない。菊に祝意が籠るなら立場上それは扱われない、のみならず、祝意に応ずべき障子歌らしい和歌の詠出への意欲が窺われるからである。かつて『春日社歌合』の催しに詠まれ、院が絶讃した祝部成茂の歌、

冬の来て山もあらはに木の葉降り残る松さへ峰にさびしき（新古今集・冬・五六五）

を踏まえるのもその現れであり、そこから得た「木の葉あらはになる」着想をもとに、音を介した時・空間の広がりの中に、水無瀬の景を詠むことにこそ歌の狙いがあった。実景と関わるとしても、その再現よりは画面との相関が優先されたのである。絵に菊を主とする離宮の景が描かれていたならば、それと相補的に働いて、この歌も鑑賞者の味わいを深めることになったであろう。

後鳥羽院が「鈴鹿山」・「水無瀬川」に、ともに右の自詠を撰定した要因には、さような鑑賞への期待もあったは

ずである。

六　「生田杜」の歌

かくして、定家も後鳥羽院も障子歌の可能性を探り、新しさを取り込むべく、想を練っていた。彼らのそうした試みを踏まえて、「生田杜」の歌を読み直してみる。

　　秋とだに吹きあへぬ風に色かはる生田の杜の露の下草

まず指摘されるのは、夏から秋への移ろいを繊細に捉えて時間を取り込み、また風に早くも感応する露の下草という微細な景に視点を定めて、ともに絵との関わりを詠歌の前提にしていることだ。『後鳥羽院御口伝』が、

　まことに、「秋とだに」とうちはじめたるより、「吹きあへぬ風に色かはる」といへることば続き、「露の下草」と置ける下の句、上下あひかねて、優なる歌の本体と見ゆ。かの障子の生田の森の歌には、まことにまさりて見ゆらん。

と評価し、批判を加えるにしても、

　この歌も、よく〳〵見るべし。ことばのやさしく艶なるほか、心も面影もいたくはなきなり。森の下にすこし枯れたる草のあるほかは、気色もことわりもなけれども、言ひながしたることば続きのいみじきにてこそあれ（傍点稿者）。

と、「ことばのやさしく艶なる」、「言ひながしたることば続きのいみじき」ことを認めているのは、如上の定家の方法による表現を、よく見据えた上での批評であったのである。藤平春男氏は「名所絵は、この歌によって孤絶し

た幻想の世界と化する」と言われ、採用された慈円作にまさる「定家作の妖しい魅力」を指摘されていた。[13]

とすれば、その障子歌としての役割を認めてなお、院が「心も面影もいたくはなき」と批判するのは、障子歌に対する両者のいかなる相違に基づくだろうか。本稿の検討から導かれる両者の歌の端的な相違は、絵に対する歌としての解の定め方にあるだろう。定家の歌は、読者に多様な解釈と広い鑑賞を許容すべく、ことばが厳選され、主体の位置までを不明とする曖昧化が目指され、限定性は抑え込まれていた。彼の歌に「意識的に現実的な実体感を消去しようとする方法」と、それによる「一種の虚無の世界」が読まれてきた[14]根本の要因は、主体を含めた解の不定性にあったであろう。一方後鳥羽院の歌は、限定的ではないとしても曖昧を目指すものではなく、例えば主体は概ね画中にあり、それが明瞭でない場合も、景は主体が眺めるものとしてあった。院の自撰歌、

み吉野の高嶺の桜散りにけり嵐も白き春の曙（吉野山）

を例にすれば、これは画中の人物が眺める景と解され、仮に画外から見る視点を導入したところで、第三句末「けり」に思いを込め、「嵐も白き」と表出する主体なしには成り立ち得ない歌である。したがって解も自ずからその主体に収束し安定的となる。『後鳥羽院御口伝』が定家の歌に「心」を認めないのは、自詠と異なる定家の歌の性格と関わってはいるであろう。

しかし、ここから両者の歌観の相違に進んでしまう前に、定家の歌が目指すところが曖昧・非限定性にあったことに留意されなければならない。田中裕氏は、この定家の歌の初句が、家隆の「昨日だに訪はむと思ひし津の国の生田の杜に秋は来にけり」（新古今集・秋上・二八九）の初句より「触発」され、その本歌「君住まば訪はましものを津の国の生田の杜の秋の初風」（詞花集・秋・八三・僧都清胤）の、「生田の杜」と「秋」の「観念連合」が家隆の歌を

成立せしめ、その「観念連合」が定家の歌に至って「より尖鋭に成就された」と解釈された。[15] また別に、その清胤歌「君住まば」と「秋近う野はなりにけり白露の置ける草葉も色変はりゆく」（古今集・物名・四四〇・紀友則）を「踏まえてゐる」ともされ、「さりげなくて頗る巧緻な風情の巧み」と、「感情表現の拒否」を読まれていた。[16]

本障子歌における定家の歌が、曖昧・非限定性を目指すとは、当然、それら清胤の「君住まば訪はましものを」や家隆の「昨日だに訪はむと思ひし」の〈生田杜〉詠を背後に読む理解が、読者によって異なるということであり——藤平氏論は一切読まない立場である——、それらとの関わらせ方も読者の自由に任されることを意味する。だから「生田杜」に「訪ふ」イメージを捉えやすい読者が、確かに人間が見る景としてこの歌を読んだとしても、拒否されない、そのような享受の自由を前提として、表現はなされていた。同じ「生田杜」に、例えば俊成卿女が詠む、

訪はじただ生田の杜の秋の色露のかごとを風に任せて

や、家隆が詠む、

尋ねつつ生田の杜に宿かれば鹿の音ながら秋風ぞ吹く

のような表現であれば、「訪ふ」意は歌から明らかに読まれることになる。しかし、定家のこの歌は、繊細な感覚による微細な景の把握に徹する表現の、先行することばとの重なりを読者が個々に享受する、その反応の仕方に応じて解釈が決定される仕組みとなっていたのである。

そして、これは絵に付される歌であった。この歌が絵に押される時、絵に依存するのでも逆に絵を従属させるのでもなく、文字通り絵と共存することで、幾通りもの解が紡ぎ出されてくるだろう。「孤絶した幻想の世界」と解される一方、描かれた絵に応じて、生田杜に立つ人物が見る景とも、あるいは生田杜を訪おうとする者の幻視の景とも解される。虚無か人間がいるか、すべては歌と絵を鑑賞する側の判断で決定されるのである。ここに和歌は作者の呪縛から解かれ、絵画との関わりの中に溶解していくことになる。意味や機能が厳密に測られ、選ばれたことばの配置が絵と関わり合って働く、その作用を周到に見込んで創作された、これは鑑賞者に開かれた歌であった。こうした絵との相応に最も有効に機能する歌として、この一首は自讃歌としての認定がなされたのではなかったであろうか。

しかも、この歌に目指す方法の達成を自ら認めた定家は、これが院に理解されないとは考えていなかったように思われる。片山享氏の言われるように、前掲『明月記』九月二十四日の歓喜と一箇月後の痛憤から、この歌が「最初の撰入歌に入っていた可能性[17]」も十分考えられるからである。達成による自信と予想外の最終的な扱いとの落差に、誹謗の要因をまず認めておくべきであろう。

七　心情表出の歌

定家の和歌には、絵画に対して新しい何か切り開こうとする意欲に満ちたものがある一方で、

夜の鶴鳴く音ふりにし秋の霜ひとりぞほさぬ和歌の浦人（若浦）

のような歌もある。この歌はこれまで、彼の和歌に対する思いを述べた、

あしたづのこれにつけても音をぞ鳴く吹きたえぬべき和歌の浦風（堀河題百首）

和歌浦やなぎたる朝の澪標朽ちねかひなき名だに残らで（粟田宮歌合）

等の歌とともに、心情の表出性の高いものとしてしばしば取り上げられてきた。[18]

障子歌で、こうした個の思いを吐露することについては、本作から『新古今集』に採用された、家隆の、

君が代に阿武隈河の埋木も氷の下に春を待ちけり（阿武隈河）

という歌の注釈に、次のような対立する二説が提出されていた。

○埋れ木を自分に比したとする聞書・美濃・尾張等の説もあるが、障子歌であるから、自分一己の情をのべたのでないと見るのが妥当である。（全註解）

○述懐することは、愁訴を聞き入れてくれる聖主の存在を意味するから、公的な機会の詠歌においても許されたのである。（全評釈）

この問題は、宮廷の催しとして、後鳥羽院と廷臣の関係を外しては考えられぬ本障子歌の性格を考える課題と結びついてくる。当該の定家詠「夜の鶴」は、後者の理解がそのまま当てはまるだろう。定家のこの催しに果たした役割を見ても、「ひとりぞほさぬ」は聖主、後鳥羽院の存在を前提にした心懐の吐露であった。同じ「若浦」では家隆も、

和歌の浦や蘆の迷ひのたづの音は雲井の月も哀れしらなん

と詠み、やはり「蘆の迷ひのたづ」に自分自身を、「雲井の月」に後鳥羽院の存在を託して、述懐歌を詠んでいる。いったい、本作における定家と家隆には、他の歌人と異なって互いに相手を意識したような形跡が窺われる。例えば、先掲の家隆の、

君が代に阿武隈河の埋木も氷に下に春を待ちけり　（阿武隈河）

という一首は、定家の、

わが君に阿武隈河のさよ千鳥かきとどめつる跡ぞうれしき（正治初度百首）

を明らかに意識して詠まれたと推定されている（全評釈）。一方、定家は、『拾遺愚草』に収めた本障子歌の本文において、

思ひかね妻どふ千鳥風さむみ阿武隈川の名をや尋ぬる

という、「阿武隈河」の歌に限って、「老耄忘却両度詠之、左道」と注を加えている。これは、自らの旧作を忘れ再度詠んだことを悔いる注記だが、その旧作とは『訳注』に指摘されるように、右の、家隆も意識した自詠、「わが

君に」の一首であったと思しい。注記が、文字通りに「両度」（重複）のみを指すならば、『訳注』が「ヴァリアント」と言う、

鳴海潟雪の衣手ふきかへす浦風重く残る月影（鳴海浦）
〔旧作　旅人の袖ふきかへす秋風に夕日さびしき山の梯〕

などの例歌をはじめ、付されてよい歌は他にも散見する。しかし、この歌に限って反省を書き留めるのは、家隆の心情を歌う「阿武隈河」の歌は撰ばれ、かつ『新古今集』に入り、自らの心情を吐露した歌（延いては望ましい歌）が撰ばれなかった、という事実と無関係ではなかったのではないか。[19]

むろん、憶測の域を出ないことがらであるものの、全歌四百六十首を通じて、祝儀性を詠む歌は多い中で、定家と家隆に限って心情表出詠を詠んでいること考え合わせると、定家と家隆は、その内実はともかく、ともに対抗意識を抱き、心情を歌い込めた歌の扱いには過敏に反応していたように思われる。しかも、家隆の「阿武隈河」の歌が撰入を果たし、状況は家隆に優位であることを踏まえるなら、定家の『拾遺愚草』の注記は、いっそう強いこだわりを思わせずにはおかないであろう。

出詠者に加えられた合点の多寡を見ても、慈円は十首、定家・家隆は六首、通光・雅経は四首、そして俊成卿女・有家・具親・秀能が二首と、後鳥羽院の評価は、〈歌〉によるのみならず、〈人〉をも考慮した跡が明らかである。定家・家隆を六首ずつに揃える配慮を見せる後鳥羽院が、定家の歌に対しては、何ら望ましい反応をすることもなかった。しかも、家隆の歌は撰入歌となり、その家隆の歌がかつての自詠に通ずる表現をしている。定家の誹謗は、家隆との対比を背後において、心情表出の試みも認められないという、不快に裏打ちされていたのではなかっただろ

うか。

八　「春日野」の歌

右の推測の如何にかかわらず、この催しに企画の段階から責任ある役廻りを演じた定家の歌には、後鳥羽院発願の御堂の障子歌であることを配慮した跡が明瞭に窺われる。例えば、初めに挙げた、「春日野」の歌、

春日野に咲くや梅が枝雪間より今日は春辺と若菜摘みつつ

には、先に見たような絵画との関わりの一方、治世讃美の配慮も周到であった。すなわち、本歌に定め、強く摂取した『古今集』仮名序の「難波津」の歌は、「仁徳天皇の治世の始まりを馥郁たる梅の開花になぞらへて祝福した歌[20]」というような理解に即して取り込まれたと解され、春日野の若菜摘みには、

春日野の若菜摘みにや白妙の袖振りはへて人のゆくらむ（古今集・春上・二二・紀貫之）

という歌よりも、素性法師の屏風歌、

春日野に若菜摘みつつ万代をいはふ心は神ぞ知るらむ（古今集・賀・三五七、仮名序）

の一首を意識した[21]可能性があるからだ。ともに強い祝意のこもる仕掛けで、当代の治世を言祝ごうとする読みは容

易になされる。こうして「春日野」の歌は、障屏歌としての斬新さと、院の御堂障子歌らしい祝儀性とを兼ね備えており、しかもそれらの理解はすべて享受者の読み方に応じて生じるという、本作の典型となる歌と見てよいであろう。

実はこの歌は、既述の、定家が歓喜した当初の撰入歌数首に一旦は入っており、絵に添えて飾られることが決定していた一首であった。しかし、定家は「晴南面東、第一間春日野、於二此事一為二最初一、愚歌有レ恐、可レ然人尤可レ宜由申了」と、自詠は恐れ多く、しかるべき人の歌がふさわしいと進言する（九月二十四日）。その後、既述のように「御障子歌皆被レ替了」と全ての歌が替えられ、「春日野」は申し出通りに外されて、前掲の通光の歌が撰入歌となった。

周到に創作した自信作と見られる当該歌を、定家が辞退したのは、場と身分を弁えた彼の宮廷人らしい常識によっている。したがって、形式的な辞退を文字通りに受け入れた後鳥羽院に対する反感が持たれたわけではないであろう。しかし、「生田杜」の歌が外され、採用された家隆の歌のような実情歌も入れられず、さらに場にふさわしかるべきこの自信作も、結果的に入らない。この事実は、半年以上にわたり、企画の責を負うて努力してきた彼に、遣り場のない空しさを思わせたに相違ない。「兼日沙汰無二性体一、如レ反レ掌、万事如レ此」にこもる思いは、歌人としての存立基盤をゆるがされる類の、到底胸底に留めておけないものとしてあっただろう。誹謗は、こうした思いとも無関係ではなかったはずである。

九　誹謗の意味するもの

以上のように見てくると、本障子歌に対する定家と後鳥羽院には、動機や和歌の方法の差異を越えて、並々ならぬ熱意を持って取り組んだ共通性が窺われる。それは、歌が絵と等価に向き合って成立する関係を新たに作り上げようとする、一致した志向に発しており、誹謗が生じる大前提には、両者のそうした意気込みを認めておくべきであろう。

その動機はともかく、和歌の方法の差異とは、後鳥羽院のそれが、音による時・空間の摂取、画面の拡大等、これまでの障屏歌の営みを承け、さらに発展させようとする試みとしてあったのに対し、定家のそれは、絵との相関を突き詰め、鑑賞者の理解に応じて味わわれることを志向したものであった。こうした定家の歌は、確かに片野達郎氏の言われる、「絵画に強く依存する芸術ではなく、観念的に詠まれた想像性豊かな題詠歌が、そのまま屏風歌として色紙形に押された」[22]に過ぎないものとも見られる。また、浅沼圭司氏が詳細に解かれるように[23]、曖昧・非限定的な性格が、定家の和歌の基本的属性としてあったことを思えば、彼が絵画との共存を「方法」としていたかどうか不明ともなろう。

しかし、定家の本作の歌が、自覚化された方法から生み出されたことを示すものこそ、他ならぬ「生田杜」の歌であった。いったい、和歌が曖昧・非限定を目指し、絵との関わりにおいて鑑賞者に開かれようとする時には、一首の自立性の保証が問題となるだろう。『後鳥羽院御口伝』は「生田杜」の歌に対し、「心」と「おもかげ」の欠如を指摘しつつ、「優なる歌の本体」と明確に規定し、「詞のやさしく艶なる」世界を認定した。しかも、同時に「人のまねぶべきものにはあらず」と亜流簇出を戒めつつ、定家の独自性を強調していた。これは、「定家様式の特色を充分に理会し、その魅力を楽しんでいた[24]」後鳥羽院が、この一首に認められる、定家ならではの危うい自立性を証言したものと見てよい。院が的確に識別した、その危うい自立性こそ、定家の歌における、絵との共存を生み出す要諦であり、その確保に向けられた定家の「沈思」は、本障子歌における最も重要な過程であったのである。その過程で、限度まで切り詰めた言葉が切り拓く可能性を模索し、斬新な「生田杜」の歌を創作し得たのは、定家が、絵との共存に成立する〈場〉に、和歌の新たな展開を求めたからにほかならない。絵に対することばの可能性を探り、そこに新たな関わりを見出そうとして、従前とは異なる詠法が獲得されたところに、多様な解を許容しつつ自立する歌が、絵との共存に固有の美を表す、これまでの障屏歌を越える歌が生み出されたのである。

そして、その稀有な所産が認められなかったことへの誹謗も、「障子の歌に、「生田の森」の入らず」（『後鳥羽院御口伝』）と、文字通り、「歌」が「障子の歌」の〈場〉から除外されたことに向けられていた。これは、定家がこの催しに求めたのが、さような障子歌の〈場〉に根差す和歌であったことを明瞭に示している。それゆえにこそ、企画に責任者として関わった定家が、〈場〉をもたらした主宰者、後鳥羽院の意思にも周到な配慮を施し、障子歌の完遂を志向したのである。見てきたように、「生田杜」の歌に対してなされた誹謗が、実情歌や「春日野」の歌とも関わる、複合的な在り方をするのは、定家のかかる創作の姿勢に由来するものであった。斬新な方法による障子歌は、〈場〉に生成することにおいて、祝儀・述懐性を込める歌と切り離し得ず、それらを総合した『最勝四天王院障子和歌』という催しの中に、定家の和歌は営まれていたのである。久保田淳氏が説かれた、『新古今集』の美意識を論ずる際の、「宮廷社会」という「土壌」との関わりから捉える「必要性」[25]は、このような作品にも認められるはずである。

定家と後鳥羽院の、近くて、しかも確かに異なる和歌は、こうした〈場〉を基盤とする営みの中に再考されてよいであろう。

【注】

（1）片野達郎『日本文芸と絵画の相関性の研究』（一九七五年十一月、笠間書院）

（2）吉野朋美「『最勝四天王院障子和歌』について」（『国語と国文学』一九九六年四月）では、建仁三年以降の『明月記』関係記事が指摘された。

（3）諸論があるうち、細谷直樹氏は、『後鳥羽院御口伝』の定家評が歌観の不一致ではなく一致をこそ意味するとされる。ただし、それは『御口伝』を隠岐の執筆とされ、障子歌時点からの歌境の転進を前提とする（「後鳥羽院と定家の歌観について」『中世歌論の研究』一九七六年九月、笠間書院）。
（4）川平ひとし校注「定家卿百番自歌合」（新日本古典文学大系『中世和歌集　鎌倉篇』一九九一年九月、岩波書店）
（5）『学習院大学定家研究会輪読報告』一（一九九五年七月）に指摘がある。
（6）家永三郎『上代倭絵全史　改訂版』（一九六六年五月、墨水書房）
（7）玉上琢弥「屏風絵と歌と物語と」『源氏物語研究』（一九六六年三月、角川書店）
（8）中に一首、院の評価と重なる歌Bがある。これが久保田淳氏の説かれるように「灯台鬼の物語乃至は『浜松中納言物語』のような心」を詠むとすれば（『訳注藤原定家全歌集　上』〈一九八五年三月、河出書房新社〉、以下『訳注』と略称する）、そういう趣向性に対する両者一致した評価も指摘され、撰定の基準を単一に見ることはできない。
（9）塚本邦雄『定家百首　良夜爛漫』（一九七三年六月、河出書房新社）
（10）注釈書は以下略称で示す。『完本評釈』＝窪田空穂『完本新古今和歌集評釈』（一九六四年二月〜六五年二月、東京堂出版）・『全註解』＝石田吉貞『新古今和歌集全註解』（一九六〇年三月、有精堂）・『新大系』＝田中裕・赤瀬信吾『新古今和歌集』（新日本古典文学大系、一九九二年一月、岩波書店）・『全評釈』＝久保田淳『新古今和歌集全評釈』（一九七六年十月〜七七年十二月、講談社）
（11）注（7）に同じ。
（12）田中裕『後鳥羽院と定家研究』（一九九五年一月、和泉書院）第一部第四章「隠岐本削除歌考（一）太上天皇歌について」
（13）藤平春男「後鳥羽院の定家評――『後鳥羽院御口伝』私注――」『新古今とその前後』（一九八三年一月、笠間書院、『藤平春男著作集』二〈一九九七年十月、笠間書院〉所収）
（14）注（13）に同じ。
（15）田中裕「後鳥羽院御口伝について」（『国語と国文学』一九七七年一月）

(16) 田中裕『後鳥羽院と定家研究』(一九九五年一月、和泉書院)第二部第六章「『近代秀歌』から『後鳥羽院御口伝』へ――定家風の実体――」

(17) 片山享「建保期の定家について――歌風の変化と「定家卿百番自歌合」――」(『国文学攷』四三、一九六七年六月、日本文学研究資料叢書『西行・定家』(一九八四年十二月、有精堂出版)所収)

(18) 石田吉貞『藤原定家の研究』(一九六九年三月、文雅堂銀行研究社)では、「道統の精神」を示す歌とされる。なお、初出稿では「心情の表出」を「述懐」とし、本節を広義の「述懐歌」として論じたが、注(2)掲出吉野氏論に指摘される通り、廷臣における「述懐歌」の用法に誤解を与えるため改めた。

(19) 注記が施された時期の問題を始め、考えるべきことは多く、安易な推測は憚られるが、『拾遺愚草』に見られる「両度詠」という類の注記には、特別の思い入れが看取される。前節参照。

(20) 樋口芳麻呂「歌の父母」(『国語と国文学』一九八六年七月)で示される、当該歌に対する貫之の理解。

(21) この指摘は注(6)の注釈でもなされている。

(22) 注(1)に同じ。

(23) 浅沼圭司『映ろひと戯れ――定家を読む――』(一九七八年五月、小沢書店)

(24) 注(13)に同じ。

(25) 久保田淳『藤原定家とその時代』(一九九四年一月、岩波書店)二―5「『新古今集』の美意識――大内花見の歌三首を軸にして」

〔補注〕

渡邉裕美子氏は、視点設定がより複雑で自由であり、その「画面上の眼の動かし方を、歌が統御している」とされ(『最勝四天王院障子和歌全釈』二〇〇七年十月、風間書房)、加藤睦氏は、定家歌においては詠歌主体が希薄化しているとされる(「藤原定家「最勝四天王院障子和歌」覚書」『立教大学日本文学』一〇八、二〇一二年七月)。

第二節　歌書としての性格――場との関わり――

一　催しと歌書

『最勝四天王院障子和歌』は、その名の通り、最勝四天王院という後鳥羽院の勅願寺として新造された建物の障子に押すために詠まれた和歌作品である。元久二年（一二〇五）の新古今竟宴の後、いわゆる切継期に入った建永二年（一二〇七）に催され、『新古今和歌集』に同一作品からは最多の切入歌を提供する、後鳥羽院の思い入れの強い作品であった。『明月記』等の史料は、成立に定家が精力的に関わったこと、歌人たちのほかに、障子絵を描く絵師たちも真剣に取り組んだことを伝えている。特に絵師の中には、実際の地に赴いた上で絵を描くべきかを定家に相談する者さえいたほどであった[1]。

この催しについて、諸史料から「根本的な性格」を考えようとされた吉野朋美氏は、「障子和歌が単なる名所題詠ではなく、絵に規制された条件での詠であること」、「後鳥羽院の志向を汲んで具体的に企画を推進させた定家が」「和歌の表現においても特に後鳥羽院を志向している」こと、さらにこの催しが治天の君としての後鳥羽院の「日本国の統治、国土の支配を図」る狙いによることを導かれた[2]。言われる通り、本作が「絵に規制された条件」すなわち、最勝四天王院という建物に飾るということを成立の要件とすることは明らかである。

とすれば、前節でも触れた、企画の推進段階の後半に、定家が不快のうちに「如レ反レ掌。万事如レ此」と述べ、さらに「生田杜」の後鳥羽院撰歌を誹謗する事件に発展する、絵にふさわしい歌の選択の問題が問い直されなければばならず、絵と歌との関わり方の解明が、いっそう緊要の課題となってくる。その一方で、十歌人の和歌が集成された『最勝四天王院障子和歌』という作品の意味も問われてくるであろう。絵の規制を重く見、絵ごとに歌一首が選抜された事実に重点を置くならば、本作は、その資料母体、あるいは結果的な悉皆集成に止まることにもなる。早く『大日本歌書綜覧』は、「障子に名所の絵を画かしめこれに賛歌をすることはこれより先きにあれど、斯くまとまりて一書となれるはこれを嚆矢とするか(3)」と評した。「一書」としてこの作品はいかに読まれるであろうか。

前節の検討は、絵に押す歌としての性格にしても、『後鳥羽院御口伝』に関わる選抜および誹謗の問題にしても、今後に課題を残すものであった。本節では、それらの課題に向かうため、本作の歌書としての性格を考えて見たい。

二　歌枕の配列

『最勝四天王院障子和歌』とは、「春日野」以下「塩竈浦」までの諸国の代表的な歌枕、四十六箇所が取り上げられ、その名所題のもと、後鳥羽院・慈円・通光・有家・俊成卿女・定家・家隆・具親・雅経・秀能の十歌人の歌がこの順に並ぶ作品である。読む対象として、まずその構造を押えようとする時、四十六の歌枕配置が作り上げる全体の骨格と、各歌枕の十首からなる単位組織とを検討することが必要となろう。

前者の歌枕の配列から見てみよう。久保田淳氏が「日本国全体の縮図(4)」と言われた四十六の歌枕を、詠み込まれた季節と併せて一覧すると、上に掲げる通りとなる。

1	春日野	春	←	大和
2	吉野山	春		大和
3	三輪山	夏		大和
4	龍田山	秋		大和
5	泊瀬山	冬		大和

通覧すれば、まず歌枕は、原則として国単位にまとめられ、地理的に見て大きな飛躍や断絶がなく配列されていることが知られる。すなわち、四十六歌枕は、大和から出発して、摂津・紀伊を巡り、山陽道から、西の果ての肥前「松浦山」に及ぶ。折り返し、

6	難波浦	春	摂津
7	住吉浜	春	摂津
8	蘆屋里	夏	摂津
9	布引滝	夏	摂津
10	生田杜	秋	摂津
11	若浦	秋	紀伊
12	吹上浜	冬	紀伊
13	交野	冬	河内
14	水無瀬川	秋	摂津
15	諏磨浦	秋	摂津
16	明石浦	秋	播磨
17	飾磨市	秋	播磨
18	松浦山	冬	肥前
19	因幡山	秋	因幡
20	高砂	秋	播磨
21	野中清水	夏	播磨
22	海橋立	春	丹後
23	宇治河	冬	山城
24	大井河	冬	山城（補注1）
25	鳥羽	秋	山城
26	伏見里	秋	山城

山陰道の因幡、再び播磨を経由して、丹後を抜け、都の山城に戻る。さらに東へ向かって近江から伊勢へ出、海を尾張へ渡って東海道を下り、途中信濃に寄って、武蔵へ至り、最後は陸奥の歌枕まで足を延ばす、という道筋の上に並んでいる。大和から発して西へ、戻って東へ、さらに北へと、隣りあう名所が自然に繋がるように配慮された配列である。ただし、陸奥を便宜後代の岩代（福島県）・陸前（宮城県）レベルで見れば、両者交互に登場し、多少の不自然さを残している。しかしこれは、陸奥の「此国殊幽玄名所多難レ棄、仍御所遠キ方に書レ之」（補注2）という『明月記』の証言（後述）にも一致する、遠隔地ゆえの不分明に帰されるはずである。

　次に、詠み込まれた季節の配列も、隣り合う歌枕において必ず同じか、連続する前後の季節が割り当てられており、その循環が、折り返し地点の位置にある18番目の「松浦山」を境として、逆転することが知られる。具体的には、矢印で示したように、冒頭の「春日野」から13番目の「交野」までは四季の巡りの通りに進行する。ところが、14番目の「水無瀬川」では秋に戻り、続く「諏磨浦・明石浦・飾磨市」はいずれも秋で、「松浦山」が冬となった後、末尾の「塩竈浦」までは、冬から春へと逆の巡りに配列されるのである。(5)

27	泉河	夏	—	山城
28	小塩山	春		山城
29	相坂山	春		近江
30	志賀浦	冬	→	近江
31	鈴鹿山	秋		伊勢
32	二見浦	夏		伊勢
33	大淀浦	春		伊勢
34	鳴海浦	冬	→	尾張
35	浜名橋	秋		遠江
36	宇津山	秋		駿河
37	佐良之那里	秋		信濃
38	浄見関	夏		駿河
39	富士山	夏		駿河
40	武蔵野	春		武蔵
41	白河関	冬	→	陸奥（岩代）
42	阿武隈河	冬		陸奥（岩代・陸前）
43	安達原	秋		陸奥（岩代）
44	宮城野	秋		陸奥（陸前）
45	安積沼	夏		陸奥（岩代）
46	塩竈浦	春		陸奥（陸前）

三　建物との関わり

右のような歌枕と季の配列は何を表すのだろうか。それを考えるに、次の『明月記』の記述が参照される。

（御堂の）巽方南面晴〔時々可レ上二御簾一所也〕三間障子、〔東西行三、南北行一〕以二大和国名所一令レ書、〔春日野、吉野山、三輪山、龍田河〕其西之南面令レ書二摂津国名所一〔難波以下〕、東方端方閑所〔其所弘有二間数一〕（補注3）、令レ書二陸奥一〔此国殊幽玄名所多難レ棄、仍御所遠キ方に書レ之、不レ可二以レ乱干レ和之故也、以レ之用二隠方一〕、常御所書二山城国一、御寝所御傍画二鳥羽伏見一、西御障子内〔張代内〕、書二水成瀬片野一、其前書二播磨国一、御棚辺〔台盤所之隔〕、シカマノ市、出二此議一訖、聞人々又不レ加レ難。（四月二十一日条。〔〕内は割書。）

「幽玄」の語義を考察する際に引かれる有名な記事で、吉野氏が御堂御所各間の機能と名所の位置・本意の対応を指摘されたこの部分からは、さらに次のようなことが導かれる。

障子絵は「御堂」・「閑所」・「常御所」・「御寝所」の四箇所（二重傍線部）に分けて描かれ[6]、「御堂」には「大和国」・「摂津国」、「閑所」には「陸奥」、そして、「常御所」は「山城国」が描かれていた（補注4）。そして、その「常御所」の中にある「御寝所」には、詳述がなされ、それによれば、「常御所」内の「御寝所」の構造は、**図1**のようなものと考えられる。すなわち、一面を「常御所」の障子「鳥羽・伏見」で共有し、「帳代（台）」が置かれた「西御障子」には「水成瀬・片野」が、「其前」（西御障子に直交する一面）には「播磨国」が描かれ、「御棚辺」の「台盤所」との境（隔）をなすもう一面（西御障子と向かいの面）には「シカマノ市」が、それぞれ描かれていたと推定される。「播磨国」は、作品から15・16番目の「諏磨浦・明石浦」を指すことは明らかである。(7)

正確な位置や広さの関係は不明ながら、「常御所」が右の23番目からの山城国の「宇治河・大井河・鳥羽・伏見里・泉河・小塩山(8)」で囲まれ、その中に、「鳥羽・伏見」を共有して、「水成瀬・片野」、「播磨国（須磨・明石）」、「シカマノ市」で囲まれた「御寝所」があるという二重の構造になっているわけである。

「御寝所」東面のみ「飾磨市」で、他の面が二箇所であり、なお不明瞭な部分を残すものの、これによれば、季節の配列において、14〜17番目の「水無瀬川・諏磨浦・明石浦・飾磨市」の部分が、秋の連続となるのは、この構造に対応していることが知られる。一面を共有する「鳥羽・伏見里」も秋であることからすれば、「御寝所」は秋

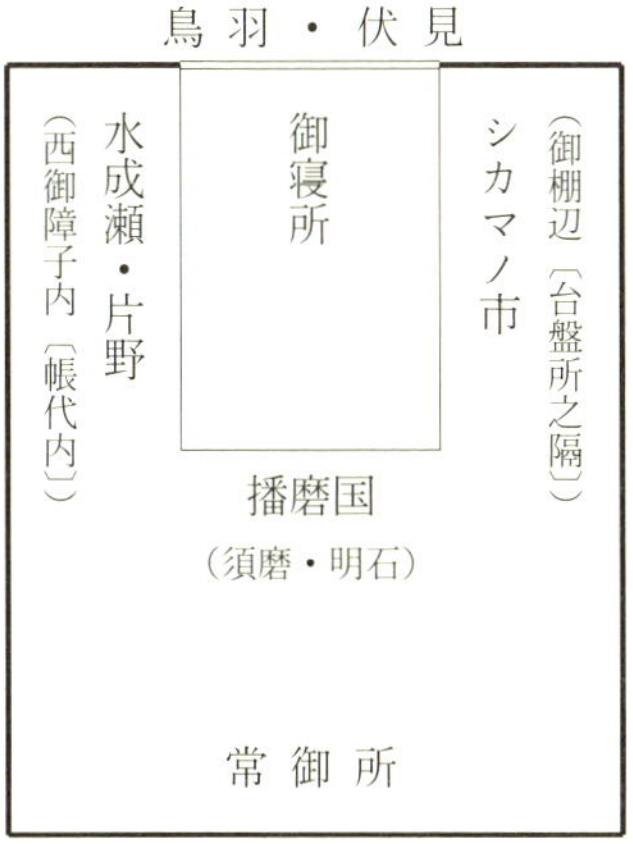

図1

で統一されていたと見てよいであろう(9)。ちなみに、本作中の季の連続は、二度続くものが十例（春三例、夏二例、秋三例、冬二例）と多く、三度続く例「浜名橋・宇津山・佐良之那里」（秋）を越え、四度続くのはこの部分のみであり、その特異さは場の特殊性に関わっていたことになる。

なお、『明月記』の右の記事は、歌枕の引用を「水成瀬・片野」、「播磨国」、「シカマノ市」で止め、以下に続くべき伊勢・肥前・因幡・丹後国さらには東海道の諸国、信濃国等への言及を一切省略している。

後にも関係記事は見当たらず、この示し方は、定家が「常御所」内の「御寝所」を重視していたことを窺わせる。引用末尾の「出二此議一訖、聞人々又不レ加レ難」には、自らのアイディアに対する誇りかな思いを読んでよいかもしれない。かくして、定家は後鳥羽院に最も身近な居住空間に、院に関わりの深い「鳥羽」「水無瀬」を配し、「飾磨市」を配したのである。「前代までの名所詠に照らしても祝言の詠まれたことのない名所」（吉野氏）であるこの三箇所がここに選ばれているのは、「御寝所」という場の規制によっていた。とすると、残る一面の「諏磨・明石」も、院の最も身近に位置する障子ということになる。取り立てて賀意を詠むわけではない障子絵として、景を描くとすれば、そこを担当する絵師も大いに神経を使わざるを得ず、さればこそ、絵師の一人が「須磨・明石」をわざわざ訪ねたほうがよいかどうかを定家に申し出たのではなかろうか。

ともかく、そのように「常御所」に当てられた山城国の歌枕七箇所（23〜29番目）[10]と、その内側に置かれた「御寝所」の「交野・水無瀬川」から「飾磨市」までの歌枕五箇所（13〜17番目）、それに「閑所」にまとめられた陸奥国の歌枕六箇所（41〜46番目）の、計十八箇所を除いた二十八箇所が、右の記事の初めに示される「御堂」を飾る歌枕であった。それらが冒頭の「春日野」に始まって四季の順に並び、18番目（「御堂」内では13番目に当たる）「松浦山」を境に、以降最後の「武蔵野」までは四季の逆順に並ぶことも、建物の配置に応じていると推測できる。すなわち、右の『明月記』が示すように、「御堂」[11]の「巽方南面」、東南角の南側にあたる障子から「春日野」以下の大和国の歌枕が始まり、「其西之南面」に「難波浦」以下の摂津国・紀伊国の歌枕が並んで、以下西の方向へ進んで「松浦山」へ至る。

次の**図2**に示す通り、仮に「御堂」の四面に歌枕が均等の間隔で配置されたとすれば、二十八箇所中13（全体では18）番目の「松浦山」は、西北角に近い位置を占め、東南角の1番目「春日野」とはほぼ対角の位置を占めることとなる。その「松浦山」に続く「因幡山」以下の歌枕が、北面・東面へと続く面に、時計回りに、四季の逆順で

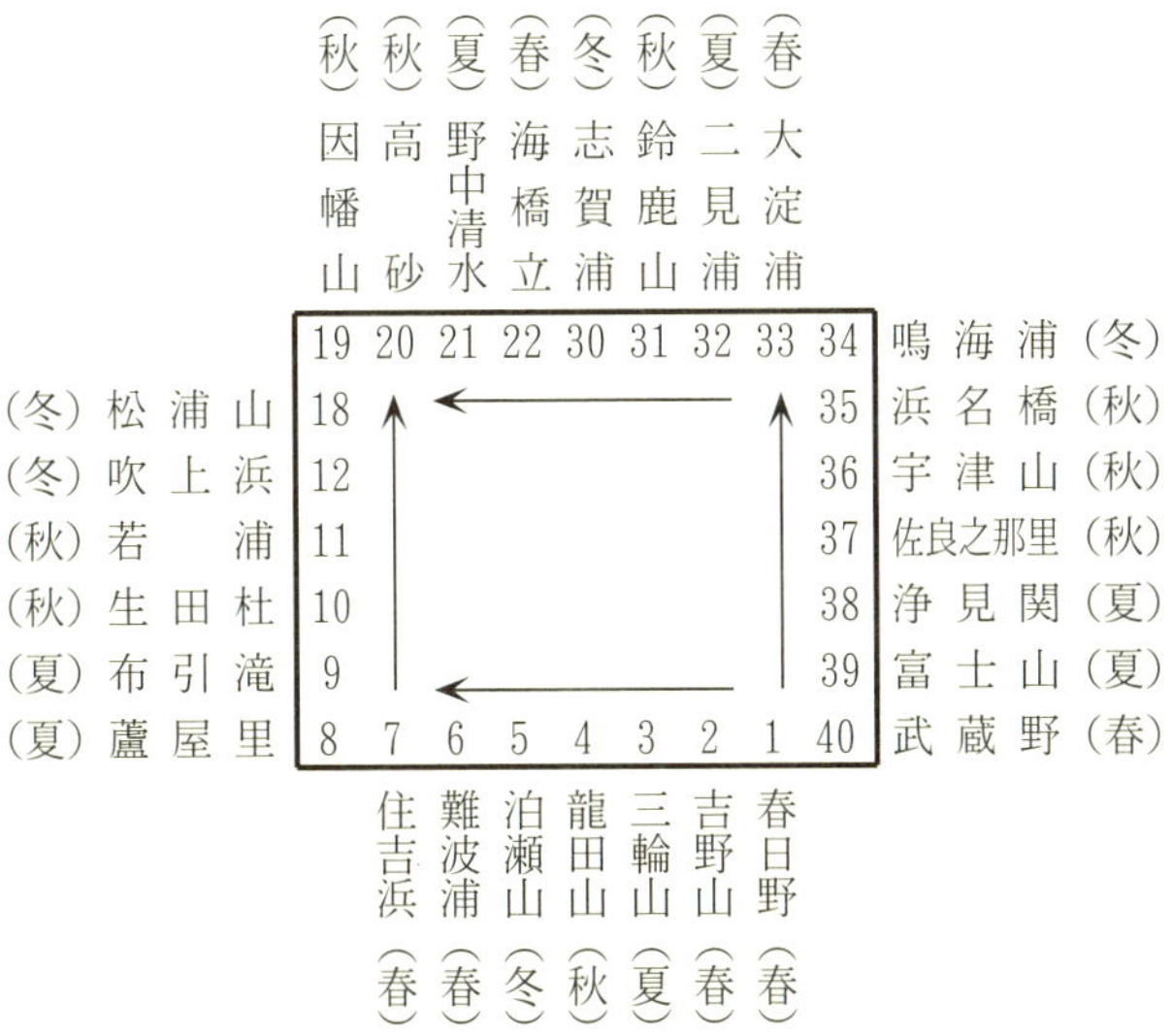

図2

配列される。すると、最後の「武蔵野」は、最初の「春日野」と隣り合い、ともに春の季が詠み込まれて自然に繋がることになる。つまり、御堂の四面は時計回りで見ると、「春日野」から「武蔵野」までが並べられており、「春日野」から「松浦山」へ向かう南回りで辿っても（1番目から順に進んで12番目・18（13）番目へ）、あるいは「武蔵野」から「松浦山」へ向かう北回りで辿っても（40番から逆順に進んで18番へ）、すべては東から西に、季は順に巡る配置となっていたのである。（上図は模式図として機械的に配置したため、位置は厳密には再現されないが、西北の角には最も西の歌枕「松浦山」が置かれたはずである）。

既述の通り、23〜29番目の「常御所」も山城国の歌枕を主に、春―（相坂山・小塩山）、夏―（泉河）、秋―（伏見里・鳥羽）、冬―（大井河・宇治河）と、41〜46番目の「閑所」も陸奥国の歌枕を、春―（塩竈浦）、夏―（安積沼）、秋―（宮城野・安達原）、冬―（阿武隈河・白河関）と、それぞれ四季の進行に沿って並べており、最勝四天王院の障子の配列には、地理と季節とを周到に、しかも自然な形で連ねようとする配慮が窺われるのである。(12)

四　建物と歌書と

先に見た「歌書」における歌枕の配列は、かくして最勝四天王院という建物を飾る〈場〉に規制されていたことが確認される。しかしながら、すべてを障子歌の場に由来せしめることはできない。なぜなら、「御堂」・「閑所」・「常御所」、そして「常御所」内の「御寝所」と空間を異にする障子に描かれていたものを、一元的に並べるには、そのための原理が必要となるからだ。とりわけ、「常御所」の中に置かれた「御寝所」の歌枕の配置には然るべき配慮が必要である。地理的に中央に位置する「常御所」の山城国や、「武蔵野」の次に置かれた「閑所」の陸奥国と異なって、「御寝所」に描かれた歌枕（13〜17）は河内・摂津・播磨の三国にわたっており、収まりのよい場所はない。現存の作品の形でもこの部分は、前から読んでいくと、紀伊（11・12）で分断された形で摂津が置かれ（6〜10と14・15）、播磨（16・17）も肥前・因幡（18・19）の次に再び現れる（20・21）ことになり、他に比して不自然な配列となっている。「御寝所」は既述の通り「鳥羽・伏見」を共有している一間であったのだから、これら「御寝所」の歌枕を「鳥羽・伏見里」（25・26）に続けて収めてもよかったわけだが、そこに収めたところで同じように不自然な形は残る。つまり、建物の配列から機械的に作品の配列が生じることはないのである。

『明月記』五月十四日の条に、四人の絵師たちが四十六箇所を分担する記事がある。「腋障子・弘間・双」などの注記を省き、二人が十二間、二人が十一間を担当したその名所を辿ると次のようになる。

①大輔房尊智＝春日野・吉野山・三輪山・龍田山・泊瀬山（大和）、若浦・吹上浜（紀伊）、富士山・浄見関（駿河）、大井河・宇治（山城）、相坂関（近江）

②宗内兼康＝難波・住吉・葦屋・布引滝・生田杜（摂津）、泉河・小塩山（山城）、末松山（作品では「安達原」）・塩竈浦（陸奥）、陬麻浦（摂津）・明石浦・志加麻市（播磨）

③信濃房康俊＝生野（丹波、作品では「因幡」）・海橋立（丹後）・野中清水・高砂（播磨）、武蔵野（武蔵）・白河関（陸奥）、志賀浦（近江）・鳴海浦（尾張）・浜名橋（遠江）・宇津山（駿河）・佐良之奈里（信濃）

④光時＝阿武隈河・宮城野・安積沼（陸奥）、鈴鹿山・二見浦・大淀（伊勢）、交野（河内）・水無瀬（摂津）、鳥羽・伏見（山城）、松浦山（肥前）

右の分担を国ごとに示すと、

①大和・紀伊・駿河→山城・近江

②摂津→山城→陸奥→摂津・播磨

③丹波・丹後・播磨・武蔵→陸奥→近江・尾張・遠江・駿河・信濃

④陸奥→伊勢→河内・摂津→山城→肥前

となる。①は、駿河が畿内を割る形で示され、同様に②も陸奥が畿内を前後に分け、③も畿内の次に武蔵・陸奥が置かれ、再び近江から東海道と信濃が示されるという、いずれも地理的に見れば不自然な掲げられ方である。先の検討結果を勘案すれば、これは、矢印で区切った通り、

①御堂（大和・紀伊・駿河）→常御所（山城・近江）

②御堂（摂津）→常御所（山城）→閑所（陸奥）→御寝所（摂津・播磨）

③御堂（丹波・丹後・播磨・武蔵）→閑所（陸奥）→常御所（近江・尾張・遠江・駿河・信濃）

④閑所（陸奥）→御堂（伊勢）→御寝所（河内・摂津）→常御所（山城）→御堂（肥前）

と、建物ごとに示したのであり、不自然さはそれらの分散配置に由来する。ちなみに、傍線で示した通り、②では「常御所」の「泉河・小塩山」と「御寝所」の「阪磨浦・明石浦・志加麻市」が離れているのに、④では「御寝所」の「交野・水無瀬」と「常御所」の「鳥羽・伏見」は連続している。②と異なり、④が連続するのは、先掲の**図1**

に示した通り、④の「常御所」の「鳥羽・伏見」が「御寝所」の一面ともなり、しかも「交野・水無瀬」と並ぶため、同じ絵師光時が描くことになったとも推定され、上記のように、常御所と御寝所が一面を共有する入れ子構造であったことを窺わせる根拠ともなる。また、①の最後に近江国の「相坂関」が、山城国の「大井河」「宇治」に続いて示される（傍線部）のも、「相坂関」が「常御所」にあったとする推測を支持する（注10参照）。

むろん備忘録たる日記の、建物に即した記述を作品の論拠とはなし難く、しかも、部分を取り上げれば、作品と一致する配列も多く見られ、それは当然のことながら、実際の配置が少なからず反映しているに違いない。ただし、この記事は、『最勝四天王院障子和歌』が、建物の構造からそのまま導かれるものではなく、少なくとも建築物とは別の原理で四百六十首の和歌作品が成り立っていることを窺わせるであろう。

五　歌書としての狙い

とすれば、その配列に込められようとした狙いはいかなるものであっただろうか。

それを考える時に注目されるのが、歌枕の並びが、大和に発して西へ、戻って東へ、さらに北へと巡る順路を形成しているという事実である。特に、問題となる「御寝所」の「交野・水無瀬川・諏磨浦・明石浦・飾磨市」（13〜17）を含む部分は、摂津国の「生田杜」まで延ばした足を、南下させて紀伊国の「若浦・吹上浜」に立ち寄り、そこから「交野」へ、北上して「水無瀬川」へ、さらに西へ向かって「諏磨浦・明石浦」へと辿る、流れるような順路が出来ている。この紀伊国の二か所は『明月記』に、

名所之内不レ入二若浦一如何之由有二仰事一、人々所レ定歟、与二清範一示合、止二摂津国小屋（昆陽）、長柄橋一、入二紀伊国、若、吹上二所一書二置之一（四月二十三日条）

とある通り、院の「仰事」によって増補された名所であった。右によれば、差し替え以前は「昆陽・長柄橋」であ

り、「生田杜」に続く摂津国の歌枕であったから、紀伊国が入れば飛躍が生じることになる。そこに、続けて「交野」「水無瀬川」をこの順に配するのは、可能な限り自然な順路を作ろうとする意図的な処置にほかならない。

『明月記』にはもう一箇所差し替えに関する記事がある。

仰云、名所にいなばの山可レ入、可レ出二他所一、與二清範一示合、いく野ヲ止了（五月二十一日条）

これも院の「仰」によって、補うこととなった箇所の記述である。ここに、「いく野」（丹波国）から「因幡山」（因幡国）への変更がなされると、山陰道の名所が西にずれることになり、それによって西海道「松浦山」の孤立がいささか緩和され、旅の道筋もその分明瞭になる上に、次の播磨国への続きも自然となる。元来歌枕が多くない地方であることを踏まえるなら、この箇所の変更には順路を形成させるための小さからぬ役割を読んでよいだろう(13)。

このような、歌枕を大和国から陸奥へと無理なく並べようとする作業には、それを辿れば、各地を経巡ったことになるという形へのこだわりが認められる。それが表すものについては、読みの如何に応じた解が導かれるだろう。例えば、最後の「塩竈浦」において合点歌となった慈円の歌は、

人とはばいかが語らん塩竈の松風ゆるき春の曙

と、塩竈の松風が穏やかに吹く春景の情趣を語り尽くせぬものとして讃える。「人」すなわち都人に聞かれたらどう答えようかと、歌う立場を旅をする者に定めた歌である。同じ慈円の「宮城野」の合点歌も、

草枕また宮城野の露にして浅くも秋をながめつるかな

と、明らかに旅の歌である。ここからは、旅をする人間の見る景として、その辿る道筋の上に歌枕を配置するというような狙いが導かれるであろう。

本作の狙いに「日本国の統治、国土の支配」（吉野氏）の思惑を読めば、ここに錯雑のない地理的配列をなすことにより、全国を把握し得ている治天の君の意思も導かれることになる。ともあれ、作品としての『最勝四天王院障子和歌』は、整えられた構造体を志向していると解されるであろう。そしてこれは、季節の巡りからも導くことができそうである。

六　祝儀性

本作をテキストとして読んだ場合、時間に留意すれば、季節の流れが順に巡るものと、逆に巡るものがあり、その中に置かれた14〜17番目の歌枕が秋で統一されていることが見出される。それを読者はいかに解するだろうか。冒頭から春・夏・秋・冬の順に流れていた季節が、「水無瀬川〜飾磨市」の部分で秋に止まり、「松浦山」以降末尾まではすべて冬→秋→夏→春と逆順に季節が巡る現象は、東の陸奥から西の肥前に向かう流れと、大和から西へ向かう流れの、順逆二つの季の流れがあり、それが「水無瀬川〜飾磨市」の所で合流する、あるいは、その「水無瀬川〜飾磨市」の所が、それらの流れには関わらない、ということになる。先に見たような配列の現実性によれば、水無瀬から飾磨に及ぶ範囲を一括する意味は見出しにくい。しかし、作品中最も祝儀性に富む「水無瀬川」「飾磨市」の両歌枕を首尾とする四所が、いずれも秋の連続として設定され、時の流れに即さない世界として存在することを示す、とも読むことが可能となる。「水無瀬川」は、

水無瀬山木の葉あらはになるままに尾上の鐘の声ぞ近づく　　御製

水無瀬川木の葉さやけき秋風に鹿の音あらふ菊の下水　前大僧正（慈円）
落ちたぎつ菊の下水水無瀬川流れをくめる万代の秋　大納言（通光）
万代の秋まで君ぞ水無瀬川かげすみそめし宿の白菊　俊成卿女
万代の契ぞむすぶ水無瀬川せきいるる庭の菊の下水　有家朝臣
この里に老いせぬ千代を水無瀬川せきいるる庭の菊の下水　定家朝臣
山風のよそに紅葉は水無瀬川せきいるる宿の庭の白菊　家隆朝臣
庭にうづむ山路の菊を水無瀬川ぬれて吹きほす千代の松風　雅経
波風につけても千代を水無瀬川嶺の松山菊の下水　具親
菊の花にほふ嵐に水無瀬山川の瀬しらむ霧のをちかた　秀能

と、院以外の諸歌人はこぞって賀意を込める歌を詠んでいた。「飾磨市」も、撰入歌となった、

いにしへの藍よりもこき御代なれや飾磨の褐の色を見るにも　前大僧正（慈円）

の一首をはじめ、

絶えず立つ飾磨の市の数々に千代もとあふぐ御代の行末　有家朝臣
君が代はたれも飾磨の市しるくとしある民の天つ空かな　定家朝臣

等、大かたの歌人が「御代」「君が代」の長久を言祝ぐ。祝儀性に富むこれらの歌が前後を固める部分は、院の好む〈水無瀬〉に始まる空間で、菊が咲き匂い、実りの秋に相応しい市が立つ、祝われるべき世界と解される。この両歌枕を首尾に置く四箇所はいずれも秋であることにおいて、時間は止まり、季の流れが存しない、謂わば超越的な空間と解することが可能であり、その意味でも整えられた構造体への意思を窺うことが可能となる。

七　四百六十首の意味

とは言っても、右のような理解はよほど丁寧に読まないと得られず、やはり建物の構造から結果的に生じた意味と解するのは自然である。ただし、後者の祝儀性に関しては、歌枕単位に複数の歌によって成り立つことが前提となっていた。特に「水無瀬川」の場合は、院の企図による催しという経緯からしても、諸歌人に最も祝儀性に富む歌枕として扱われた可能性は高いであろう。ところが、この歌枕に一首撰ばれ、障子を飾ることになるのは、後鳥羽院の、

水無瀬山木の葉あらはになるままに尾上の鐘の声ぞ近づく

という歌であり、祝言性とは一切関わらない作である。祝儀性を込めないのは立場上当然としても、選抜された代表歌からは企画の狙いは把握されず、読者は他の九首を読んで初めて題にこもる意図が了解できることになる。催しの理解には、選抜された四十六首ではなく、四百六十首全体が対象とならなければならない所以である。その祝儀性の問題のみならず、四百六十首の作品は歌枕ごとに秀歌を得べく苦吟された詠歌が共存する形態として成立していた。当代を代表する歌人の歌々が題毎に並ぶ作として、先の第二章において『仙洞句題五十首』を取り上げ、

少なからぬ題の首尾に院・良経と定家との相関を置くことで、中にある歌が独立しているのではなく相互に応じ合い、競い合っているような関わりを読者に思わせる働きがあり、歌々は、謂わば〈場〉に生成することばの競演の形を取ることを指摘した。それと同様の性格をこの作にも認めることができるのである。

八　後鳥羽院と秀能

その視点から注意されるのは、各題末尾の秀能歌が冒頭の後鳥羽院歌と関わりを有することである。これは既に有吉保氏が指摘され、具体的に「吉野山」「高砂」「宇治河」「鈴鹿山」「大淀浦」の五つの名所詠に関し、時間・色を捉える感覚、また素材・表現等から「院と秀能の詠歌視点」の「非常に近似していた」実態が示されていた(14)。しかもそれは有吉氏が例示された新古今入集歌に止まらず、全体を通じて散見される。

例えば、「水無瀬川」における後鳥羽院の、

水無瀬山木の葉あらはになるままに尾上の鐘の声ぞ近づく

と、秀能の、

菊の花にほふ嵐に水無瀬山川の瀬しらむ霧のをちかた

という歌は、他歌人がすべて題の「水無瀬川」の景に仕立てているのに対して、この両者だけが「山」を詠み込み、しかも、前節で触れた通り、後鳥羽院の歌が言わば奥行を詠むところに狙いを定めたものであったのと通じて、秀

能歌にもその把握と近いものを認めることができる。
あるいは、「鈴鹿山」の後鳥羽院歌、

鈴鹿川深き木の葉に日数経て山田の原の時雨をぞ聞く

と、秀能歌、

鈴鹿川木の葉にふくる秋の色にしばしもよどむ波の間ぞなき

には、有吉氏の指摘される通り、「鈴鹿山」題に鈴鹿川の木葉を詠む、極めて近い関係を有する。のみならず、前節で指摘した、後鳥羽院の「深き」に木の葉の色の深さまでを読む解が、秀能歌の表現との呼応により、より強く導かれる。

さらには、「富士山」の歌、

富士の山同じ雪げの雲間より裾野を分けて夕立ぞする　御製
裾野には夕立しける富士の山煙も雪も消えぬものから　秀能

には、峰は雪模様であり、裾野に夕立がするという構図と、類似の表現において、やはり極めて近い関係が認められる。他歌人は、

雲の上になびきて残る富士の嶺の煙涼しき夏の空かな　前大僧正（慈円）
このほどの富士の白雪いかなれや猶時しらぬ浮島の松　大納言（通光）
六月の照る日や薄き富士の嶺に猶消えがたき雪の白雲　俊成卿女
時知らぬ雪は富士の嶺年経ても一日もいつか六月の空　有家朝臣
郭公なくや五月もまだ知らぬ雪は富士の嶺いつとわくらん　定家朝臣
富士の嶺の雪より下ろす山颪に五月も知らぬ浮島が原　家隆朝臣
時知らぬ山とは聞きて降りぬれどまたこそかかる峰の白雪　雅経
時知らぬ山こそ雪の消えざらめ月さへこほる浮島が原　具親

と詠んでおり、院・秀能両者の歌は、これら八首とは全く異なるこの構図・表現となっている。ここには偶然ではない関わりを認めざるを得ない。

九　首尾の呼応

この事例からは、後鳥羽院が秀能の歌を意識してその表現を取り用いたのか、逆に秀能が院の表現に呼応させたのかという具体的な関わり方の問題が生じ、その関係が作品を離れて何を意味するかの問題も派生する。前者には『如願法師集』における差し替えの問題[15]が関わり、後者には『後鳥羽院御口伝』における定家の秀能批評[16]、さらにはのちの建保期における後鳥羽院と秀能の親和の問題[17]が関わってくる。それらはすべて次節の検討に委ねることとして、ここで確認しておきたいのは、両者の関係が、歌枕単位に、首尾の呼応を読者に読ましめることである。そ

の関係をもう少し摘記すれば、「生田杜」題の、

大かたの秋の色だに悲しきに生田の杜に露ぞうつろふ　御製
しぐれつる生田の杜に雲消えてうつろふ色に秋風ぞ吹く　秀能

は他歌人に見られない「うつろふ」の共通。

「松浦山」・「因幡山」題の、

松浦潟浪に近づく冬の夜の月な隔てそ八重の潮風　御製
唐人の頼めし秋は過ぎぬとも松浦が奥に雲な隔てそ　秀能
天の戸や開けば因幡の露にしも待つ夜なふけそ秋の夜の月　御製
別れてもよしや因幡の峰におふる松とな告げそ心づくしに　秀能

の二組は、いずれも二人だけに見られる禁止表現。

「鳴海浦」題の、

寄る波もあはれ鳴海のうらみさへ重ねて袖にさゆるころかな　御製
風吹けばよそに鳴海のかた思ひ思はぬ波に鳴く千鳥かな　秀能

は、「鳴海の浦・潟」を掛詞で表し、しかも心情語（うらみ・かたおもひ）を掛けることで共通し、また「白河関」題の、

雪にしく袖に夢ぢよたえぬべしまだしら河の関の嵐に　　御製
陸奥のまだしらかはの関見ればこまをぞたのむ雪の降る道　　秀能

も二人だけが「まだ知ら（ず）」を掛けて「白河関」を表現したものである。

後鳥羽院に始まり、秀能で終わる題において、右のごとく首尾に存する構図を含めた諸表現の呼応は、やはり『仙洞句題五十首』と同様の、君臣の和楽の様相を浮き立たせる働きをするであろう。むろん、それがすべての題に及ぶものではなく、秀能との関係は、あくまで親和を思わせる枠組みの一端に止まってはいる。しかしながら、冒頭の「春日野」題から、

若菜摘む春日の原の雪間よりそれかと匂ふ野辺の梅が香　　御製
春日山野辺の若菜に知られける年を摘みける袖のめぐみに　　前大僧正（慈円）
まだ消えぬ雪かとも見ん故郷の春日の野辺の梅の初花　　大納言（通光）
霞たち消えあへぬ雪も白妙の梅がかにほふ春日野の原　　俊成卿女
若菜摘む春日の野辺の春霞三笠の山の声通ふらし　　有家朝臣
春日野に咲くや梅が枝雪間より今日は春辺と若菜摘みつつ　　定家朝臣
春日野の雪間の若菜尋ぬれば我が衣手に匂ふ梅が枝　　家隆朝臣

春日野や咲きける梅も白妙の雪降りやまず若菜摘むとて　雅経
消えあへぬ雪ぞひまなき若菜摘む袖さへ色を春日野の原　具親
袖濡れてかたみにしのべ若菜摘む春日の原の雪の下水　秀能

と、「若菜」「雪」「梅」が頻出し、題も「春日野」「春日の野辺」等で表される中、「春日の原」を詠むのが後鳥羽院と秀能だけであり（例えば『夫木和歌抄』巻二十二雑四「原」にも「春日の原」は、この二首のみ引かれる）、傍線を付した「若菜摘む春日の原の雪」と続けた表現が他にないことも認められるのである。同じ歌枕を詠み、定家による「景気・時節」の指定があり（『明月記』建永二年四月二十一日条）、歌枕の本意によって、多くの言葉を共有しつつ、歌人はそれぞれに創意を凝らす、その一方に後鳥羽院と秀能の間にのみに認めうる共通項が確かに存在するのである。

冒頭の「御製」に発し、歌人たちが競詠し、閉じめにあたる位置で冒頭の表現に応ずるという仕組みは、歌々が君臣が相和するうちに生み出された場の存在を思わしめるように働く。その枠組みの中に、諸歌人が催しの趣旨に応じ、創意を凝らして詠出をした、その跡をそのまま生かしつつ、整序された和歌の構造体を創り上げようとしたのが本書であった。そのために、歌枕の地理上の位置と、それらを流れる季節が作品の上に整えられたはずであって、晴儀の催しをそのような形に留めようとするのは、主宰する人間の思惑によるものにほかならない。歌書『最勝四天王院障子和歌』とは、最勝四天王院の障子の配置からそのまま機械的に生み出されたものでもなく、単なる選抜資料母体でもなくて、後鳥羽院の意思に発する詠歌集成だったのである。

十　障子と草子と

『明月記』とともに、本作を読むために有益な記述を残す『源家長日記』は、本作に関する記事を最後に掲げて

いる。すなわち、承元元年十一月の御堂供養の様子が書き留められたのち、末尾は、

歌どもはまたさうしにかゝれたれば、たれもみる事なれど、かゝるまれなることのめづらかなる事はいかでかとて

と記され、諸本いずれも以下を欠いて、その後の記事は知られていない。この記事の「さうしにかゝれ」の「さうし」には「障子」と解する説[18]と、「草子」と解する説[19]が共存している。〈障子〉に書かれた歌である『最勝四天王院障子和歌』は、同時に〈草子〉にも書かれていた作品であった。「障子」か「草子」かの検討のためにも、絵との関わりの追究とともに、作品として読む作業が重要となるであろう。

【注】

(1)『明月記』建永二年五月十六日条によれば、絵師の兼康は、名所を描くには「伝々説」では困難なので、「明石 すま」を実見したいと考え、その時間の余裕があるかどうかを定家に尋ねている。以下引用する『明月記』はすべて建永二年。

(2)「『最勝四天王院障子和歌』について」(『国語と国文学』一九九六年四月)。以下、氏の論の引用はすべてこれによる。

(3) 福井久蔵『大日本歌書綜覧 上巻』(一九二六年八月、国書刊行会、一九七四年版)による。

(4)『藤原定家』(ちくま学芸文庫、一九九四年十二月、筑摩書房)による。

(5) 吉野氏は「泉河」と「浄見関」を「夏秋」と両季併記される。これは「詠出歌の素材から勘案した」結果であるが、いずれも「夏」が正しい。両歌枕の歌に詠まれた「秋」は、例えば前者の「涼しさに秋はうち出づる和泉河杵の森のきしの下水」(通光)、後者の「清見潟涼しや月の秋のそらねぬに明くるはならひなりけり」(慈円)等、ともに夏の涼しさを言うための「秋」である。各歌人が絵(下絵等を含む)を見て詠んだのか、定家が指定した「時節・景気」

（6）『明月記』四月二十一日条）によって詠んだのかは不明であるものの、二季にわたる指定はありえないであろう。また、「安達原」を「冬」とされるが、これは「秋」が正しい。「紅葉」「時雨」を主要素材とするけれども、六歌人が詠み込む「秋」をそのまま読むべきであろう。

（7）福山俊男『日本建築史の研究』（一九四三年十月、桑名文星堂）には「堂舎推定配置図」が示される。

（8）「須磨」は摂津であるが、播磨との境の関が置かれた地で、播磨で括っても不自然ではない。

（9）季節の巡りと名所の配置からすれば近江国の「相坂関」を含んでいた可能性が高い。

（10）ただし、「交野」が冬であることが問題となる。例えば宇治の冬と連続させる働き等、別に理由を求めるべきかもしれず、「交野」はさらに検討を要する。

（11）注（8）の通り、29番目の「相坂関」は近江国であるが、山城国への入口として常御所に描かれていたと思しい。

（12）一応東西南北すべての面に障子が立てられたものとして考える。

（13）この配置が何を典拠とするかは確かめられないが、『源氏物語』の六条院の四面四季の円環世界を念頭に置いていたのかも知れない。院の最も近くに位置する「須磨・明石」を定家はいずれも明らかに『源氏物語』に拠って詠む。

（14）ちなみに『明月記』によれば「末松山」であったものが、作品では「安達原」になっており、いつかの段階で変更されたことになる。

（15）『新古今和歌集の研究　基盤と構成』（一九六八年四月、三省堂）

（16）『如願法師集』には本作の歌を十首収め、そのうち二首が差し替えられている。その差し替えは後鳥羽院との関わりにおいてなされたと推測される。

（17）「秀能法師、身のほどよりもたけありて、さまでなき歌も、ことのほかに、いでばえするやうにありき。まことに、詠み持ちたる歌どもの中にも、さしのびたる物どももありき。しかるを、近年、定家、無下の歌のよし申すよしきこゆ」。

『増鏡』には建保二年九月の「清撰の御歌合」に秀能が重視され、「やんごとなき人々の歌だにも、あるは一首二首三首には過ぎざりしに、この秀能九首まで召されて、しかも院の御かたてに参る」と、院に番えられたことが記されている（「おどろの下」）。

（18）石田吉貞・佐津川修二『源家長日記全註解』（一九六八年十月、有精堂出版）、源家長日記研究会『源家長日記 校本・研究・総索引』（一九八五年二月、風間書房）等。

（19）樋口芳麻呂『後鳥羽院』（王朝の歌人10 一九八五年一月、集英社）

〔補注〕

1 渡邉裕美子氏は、参考に供された史料や史実、後代勅撰入集歌等から、従来想定されてきた「秋」を「冬」とすべきことを指摘された（『新古今時代の表現方法』〔二〇一〇年十月、笠間書院〕第四章第一節）。

2 この本文は冷泉家時雨亭文庫本であり、「難ㇾ棄」の箇所は、活字本では「難ㇾ弁」である。その本文で考えられてきた従来の説につき、右の著書に渡邉氏の考察がある（第四章第二節）。

3 補注2と同様、「閑所」も従来活字本の「楽所」で考えられてきた。渡邉氏論は「公の場からは目立たない場所」とする（同）。

4 渡邉氏は、『明月記』建永二（承元元）年四月二十一日条に「「御堂」など宗教的堂舎の名称が見えない」ことから、障子絵は御堂ではなく、「居住空間である御所の側だけに配置された」とされる（『最勝四天王院障子和歌全釈』〔二〇〇七年十月、風間書房〕解説）。しかし、同日条は冒頭に示される「御堂指図下之名所事」を議する記事であり、先立つ十九日条の「可ㇾ被ㇾ定二新御堂障子画名所一」を承けている。「御堂」が、「宗教的堂舎」か否かは措き、障子絵の大方を配した空間であったと判断される。

第三節　和楽の創出——秀能との関わり——

一　藤原秀能という存在

藤原秀能は、後鳥羽院が歌壇活動を開始する正治年間に院に見出されて登場し、以後建保期にかけての前半生はもちろん、承久の乱後に出家し、如願法師として生きる後半生に至るまで、院との関わりの中に一生を送った歌人である。冷泉為臣氏[1]や小島吉雄氏[2]の論以降、院の寵遇を前提とした彼の活動が解き明かされ[3]、その関わりの強さは、松村雄二氏の「新古今集＝後鳥羽院という魔力によって圧倒的にその才能と生の構造を規定されつくした歌人[4]」という評に集約されている。歌の特色も、「古典の利用力」の「貧し」さを「体験」の重視で補う「実感的な或は印象的な平叙」（小島氏）に認め、そこに後鳥羽院との近さを認める理解が、『後鳥羽院御口伝』の記述[5]と相俟って、広く行われてきた。

ただし、秀能論としては、

夕月夜潮満ちくらし難波江の蘆の若葉に越ゆる白波（新古今集・春上・二六）

あしびきの山路の苔の露の上に寝覚め夜深き月を見るかな（同・秋上・三九八）

のような歌を生み出した彼に、定家以上に〈新古今的なるもの〉を認める益田勝実氏の論[6]が知られており、彼が必ずしも「古典の利用力」に貧しかったわけではないことは、句割れの問題に関して後者の歌を読み解かれた佐藤恒雄氏の論など(7)からも窺うことができる。また、親和から疎隔へと向かう後鳥羽院・定家の関係と対照的に、終始親密であったと見られがちな後鳥羽院・秀能の関係が、秀能の承久の乱への関わり方から変化を来し、院の秀能に対する評価が下ると見る日向野句美子氏の論(8)も提出されている。

秀能における後鳥羽院との関わりは、その実態が未だ明らかではなく、また定家との関係にしても、加えられるべき検討項目は少なくない。藤平泉氏によって進められつつあるような詳細な検討(9)の上に、それらの検証がなされてよいであろう。

前節に、建永二年（一二〇七）成立の『最勝四天王院障子和歌』につき、歌書としての読み直しを試みた折に、後鳥羽院と秀能の関わりについても言及した。すなわち、四十六箇所の歌枕ごとに、当代主要歌人の十首を単位とする各題において、首尾に置かれる両者の歌には呼応する表現が見られること、それが院とその周辺からなる歌人たちによる、あたかもことばの競演の様相を作品に現出せしめるように働くことが知られた。ここに改めて本作における後鳥羽院と秀能の歌を検討し、彼らの関係を見直す手がかりを探ってみたい。

二　二人の相関

『最勝四天王院障子和歌』における両者の関係については、前節に示した通り、有吉保氏が「院と秀能の詠歌視点は非常に近似していた」ことを指摘されていた。(10)それは、「吉野山」「宇治河」「大淀浦」題の両者の歌の時間把握（朝・曙）、ならびに「鈴鹿山」題の素材（鈴鹿川の木葉）の一致と、院が選んだ「高砂」の秀能歌と「吉野山」の院自選歌との共通性に対してなされたものである。前節では、さらに「水無瀬川」「鈴鹿山」「富士山」における構図や把握の近さ、また「生田杜」「松浦山」「因幡山」「鳴海浦」「白河関」等の両者の歌にのみ共通する表現が見られることを指摘した。それらを含めて、関わりの具体的な様相を捉え直してみよう。

冒頭の「春日野」題では、諸歌が多くの類同のことばを用いる中で、後鳥羽院と秀能の、

若菜摘む春日の原の雪間よりそれかと匂ふ野辺の梅が香（後鳥羽院）
袖濡れてかたみにしのべ若菜摘む春日の原の雪の下水（秀能）

という二首にのみ、傍線を付したような、全く一致する表現が見出された。[11] ところが、一方で後者の秀能の歌は、袖を濡らす若菜摘みと、濡れる要因としての「雪の下水」を詠むところに、他の歌にない新しさを示している。しかもこの歌は紀貫之の『新古今集』入集歌、

ゆきて見ぬ人もしのべと春の野のかたみに摘める若菜なりけり（春上・一四）

を踏まえ、第二句に、貫之歌に見られる掛詞「筐」「形見」を詠み込み、さらに互いにの意の「かたみに」をも響かせることを狙いとしていると思しく、[12] 袖を濡らして若菜を摘むという趣向も、現在の『新古今集』で、右の貫之歌の次に位置する俊成の一首、

沢に生ふる若菜ならねどいたづらに年をつむにも袖は濡れけり（春上・一五）

に想を得た可能性がある。こうした切継期の『新古今集』所収歌に拠りつつ、若菜摘みのモティーフに、情意性の

強い呼びかけと春の到来を告げる「雪の下水」を扱う意外性に、この歌の独創への志向が認められるであろう。

いったい秀能の歌は、表現や趣向また場面の設定等において、詠出歌人中最も自在である。その一端を彼のみが取り上げた素材の主要なもので示すと、「三輪山」の〈村雨〉、「難波浦」・「布引滝」・「若浦」・「吹上浜」・「阿武隈河」の〈月〉、「宇治河」の〈千鳥〉、「泉河」の〈水鳥〉、「相坂山」の〈下露〉、「佐良之那里」・「宮城野」の〈鹿〉、「武蔵野」の〈横雲〉、「白河関」の〈駒〉等があり、逆に大方の歌人が詠む素材を外したものとして「高砂」の〈鹿〉、「浜名橋」の〈霧〉・〈雁〉、「安達原」の〈紅葉〉等が挙げられる。

しかも、それらの秀能の歌には、院の歌との間にのみ通い合うものとして、先に指摘した素材・表現以外の要素が見出される。例えば「難波浦」題において、秀能は、

蘆火たく煙もかすむ難波潟うらむとすればしののめの月

と、他の誰も扱わない「しののめの月」を詠む。その「しののめ」は、院の歌、

難波江や蘆の葉白く明くる夜の霞の沖に雁も鳴くなり

の「明くる夜」と共通し、ここも二人だけが時間を詠む。のみならず、秀能の「月」と同様に院も固有に「雁」を扱い、それらの把握にも近いものがある。すなわち、葦火によって霞む難波江の、煙を恨もうとする折しも月が現れると捉える秀能の歌と同様に、院の歌も、難波江の夜が明けゆく中に、静寂を破る雁の鳴き声を捉えており、ともに独自の素材が、ある意外さを伴う形で結句に置かれている。

あるいは「住吉浜」題においては、秀能の、

住吉の霞のうちに漕ぐ舟のまほにも見えぬ淡路島山

という歌と、院の、

住吉の浦漕ぐ舟のたえだえに霞まずとても跡は見えじを

という歌のみ、霞む対象に視線を凝らすところで通じ合う。諸歌人さまざまに霞に見え隠れする景を描くものの、対象が見えるか否かを取り上げる歌はなく、その把握において二首は共通する（傍線部）。しかも、比べ読むと、秀能の歌は、式子内親王の、

にほの海の霞のうちに漕ぐ舟のまほにも春のけしきなるかな（正治初度百首）

と定家の、

さざなみや志賀の浦路の朝霧にまほにも見えぬおきの友舟（拾遺愚草・皇后宮大輔百首）

を念頭に置きつつ、「漕ぐ舟」を、淡路島と取り合わせ、霞により「まほにも見えぬ」、すなわちしかとは見えぬ世

界を広く捉えるのに対し、院は、

たえだえに霞たなびく曙は浦漕ぐ舟の見えみ見えずみ（為忠家初度百首・海路霞・忠盛）

等と同様、「漕ぐ舟」を、見えない航跡という微細な対象に焦点を当てて捉えるという、視点の定め方の対照性も知られてくる。舟を広い空間に捉える共通性を前提として、ここには呼応する関係が読まれるであろう。

また、「武蔵野」においては、秀能が、

武蔵野や横雲霞む曙に春のかげなき色は見えけり

と、「曙」の景を眺めやるのに対し、院は、

武蔵野や暮ればいづくに宿とはん霞も道も末を知らねば

と、旅の歌として、「暮」の宿を思いやっている。ともに武蔵野の本意の広さを扱い、両者だけに時間が詠み込まれていることを軸に、二歌を併せ読む時、秀能の歌の広大無辺の景と、院歌のそれを見据えて旅発とうとする旅人の情とが相応じて、あたかも詠み合わされたような形が浮かび上がってくる。

もう一例示すなら、「三輪山」題の、

郭公名残を袖に留め置きて村雨晴るる三輪の茂山　(秀能)
三輪山の杉の木がくれ行く月に涼しくなのる郭公かな　(院)

は、秀能が独自に「村雨」を取り込み、それが「晴るる」状況での郭公を詠むのに対し、院も独自に「月」の下の郭公を詠む。これは、あたかも〈雨後の月〉における郭公詠として、応じ合うような二首と見ることができるであろう。

読みの如何によって認定に差異は生じようが、とらわれない歌いぶりを見せる秀能の歌が、冒頭の院歌との間に、時間の設定、素材・ことばの選択、対象の把握などにおいて相関を有しており、呼応は作品を通じて認めることができる。題の過半にも及ぶそれらは、ではどのようにして生じ、また関係は何を意味するであろうか。

三　秀能歌の差し替え

ここに考え合わせたいのが、秀能の家集、『如願法師集』に収められた本作の歌である。

・逢坂や霞みもやらぬ杉の葉の下露こほる曙の空　(三四八)
・蘆火たく煙も霞む難波江のうらむとすればしののめの月　(三五四)
・吹く風の色こそ見えね高砂の尾上の松に秋は来にけり　(四六九)
・更級や月吹く嵐夢にだにまだ見ぬ山に鹿ぞ鳴くなる　(四八七)
・明石潟雲を隔てて行く舟の待つらん月に秋風ぞ吹く　(四九九)
○木の葉散る嵐をいとふ龍田山分け入る峰は鹿ぞ鳴くなる　(五四〇)
・千鳥鳴く有明がたの川風に衣手さゆる宇治の橋姫　(五五九)

・風吹けばよそに鳴海のかた思ひ思はぬ波に鳴く千鳥かな　（五六〇）
○君が代の長きためしに結びおかん年経て絶えぬ滝の白糸　（七六七）
・知られじな今も昔の宇津の山蔦よりしげき思ひありとは　（七九七）

全四十六首からなる『障子和歌』から、家集に抜き出されたのは右の十首である。「広義の他撰家集」であるものの、原型は「秀能自身の手に成る草稿・メモ類」[13]とされる『如願法師集』において、『新古今集』入集歌の二首（四六九・五六〇）のいずれをも含む右の歌々には、後人による補入と見るべき積極的な理由は見出せず、秀能自らの抜粋になると見るのが自然である。いま手がかりにしたいのは、この十首のうち、○印を付した歌二首が、『障子和歌』所載歌とは別の歌となっていることである。

その一首目は「龍田山」題の歌で、『障子和歌』の、

龍田山時雨に濡るる我が袖のまだひぬ先に散る木の葉かな　（A）

から、右の通り、家集では、

木の葉散る嵐をいとふ龍田山分け入る峰は鹿ぞ鳴くなる　（B）

という歌に差し替えられている。Aの歌が、龍田山中を歩き、時雨と木の葉を身に受ける人物の立場から詠むのに対して、Bの歌は、木の葉を散らす因たる「嵐」を取り上げ、「鹿」の鳴き声に焦点を絞って、景を叙することに

重点をおいて詠む。この二首は、いずれからいずれへ、なぜ差し替えられたのであろうか。

ちなみに定家の「龍田山」題の歌にも家集との異同があり、[14] それを『障子和歌』から家集の方向に「全体として絵柄からは離れた、より普遍的な表現へ改作している」と見る論[15]もある。秀能の当該二首を『障子和歌』の場の中で見ると、Bの歌のほうが他の歌々と共通する要素が多く、例えば「嵐」に通うことばとして、後鳥羽院と俊成卿女の二人が「山風」、通光が「木枯」、定家が「夕風」を詠み、「鹿」は、後鳥羽院・慈円・通光・定家・雅経が扱っている。AからBへの差し替えとすれば、描かれていたであろう絵様との相関の高い方向に改変が行われたことになる。絵を前提とした催しとして、あり得ないわけではないものの、障子歌よりも家集において絵との相関が強まるというのはいささか不自然である。ここに、後鳥羽院の歌を対置させてみると、

木の葉散る嵐をいとふ龍田山分け入る峰は鹿ぞ鳴くなる（秀能B）

紅葉散る（『後鳥羽院御集』では「木の葉散る」）秋も龍田の山風よ鳴きても惜しめさを鹿の声（後鳥羽院）

と、秀能B歌の「嵐」と「鹿」の鳴き声は、いずれも院の歌と重なる。のみならず、〈木の葉散る〉さまから詠み起こす形も院の歌と一致する。しかも、秀能の歌の「嵐をいとふ」は、院の歌の「山風」の強さに「鳴きても惜しめ」と嘆じるのを受けて取りなしたとも読むことができ、絵ではなく、院の歌を意識したことによるAからBへの改変と見ることができそうである。

ただし、可能性としてはBからAへの差し替えの方向もありうる。その場合は『障子和歌』が定稿であるAを、家集がその草稿Bをそれぞれ収載したことになる。しかしながら、見てきた通り、総じて自在に詠む秀能の態度からすれば、絵に近いBよりも、Aが当初から詠まれたと見るほうが自然である。また、Bが草稿でAに差し替えら

れたのならば、この歌のみ院の歌との離れが生じることとなり、『障子和歌』に他に院との相関を有する歌が多くあることとの整合的な説明は困難になる。そして、そのAからBへの方向の蓋然性をさらに支持するのが、もう一例の差し替えである。二首目は、「布引滝」題の歌で、『障子和歌』の、

布引の滝の白糸よるかけて月見んとてやとひこざるらん（C）

が、家集では、

君が代の長きためしに結びおかん年経て絶えぬ滝の白糸（D）

という歌となっている。Cは「よるかけて」に糸の縁語「撚る」「掛け」を掛詞として詠み込み、例えば、西行が「月照滝」題で詠む、

雲消ゆる那智の高嶺に月たけて光をぬける滝の白糸（山家集・上）

という歌に描かれた月下の滝の景を幻視させるような印象の強い歌である。ところがDは、君が代の長久を讃えるべく滝の白糸を結びおこうとする祝儀性に貫かれた歌であり、明らかに祝言歌に仕立てるための差し替えと見られる。しかもその祝儀性は、『障子和歌』全体において、秀能の歌に最も乏しいものであった。例えば、院に関わりの深い歌枕、「水無瀬川」題において、大方の歌人が祝言歌で詠むのに対して、秀能は、

菊の花にほふ嵐に水無瀬山川の瀬しらむ霧のをちかた

と、菊に一応祝言の役目を負わせて、他歌人が詠む「万代」「千代」等の、明らかな祝儀性に富むことばを詠み込んでいない。次いで多く祝儀性が詠み込まれた「飾磨市」においても、彼の歌は、

秋くれば飾磨の市にほす藍の深き色なる風の音かな

と、祝言を詠まない。彼が祝儀性を明示するのは「小塩山」の歌、

小塩山松に霞も色に出でぬうけ引く神に御代のしめ縄

だけである。しかも、これは「小塩山」に「神」、大原野神社があることを踏まえ、表現も松に対し、霞が注連縄のように見えると見立てた趣向性に富むものであった。院に抜擢され寵遇されたという他歌人とは異なる条件にもより、『障子和歌』の秀能の歌に見る祝儀性はきわめて低いのである。こうした『障子和歌』の歌い方を勘案すれば、Dの歌が当初から詠まれていたとは考えにくく、C歌を差し替えてD歌が詠まれたと見るのが穏当である。

かくして秀能歌二首の差し替えは、『障子和歌』から『如願法師集』への方向でなされ、ともに秀能の院への強い思惑に発したと推定される。その思惑の内実は、差し替え時点の両者の関係に規制されるものだが、差し替えの契機は『障子和歌』において、院の歌が秀能自身の歌と呼応をなす形を取ることにあったのではなかろうか。秀能

としては、自詠が少なからず院の歌と照応をなす事実に応ずべく、さらに院を意識した歌に仕立て、家集に残そうとしたと見てよいように思われる。

四　立ち合う制作の構図

こうした『如願法師集』収載歌の改変をもなさしめた両者の関わりは、単に「秀能と後鳥羽上皇とは、その歌の風格が相似てをり、その和歌的好尚が共通してゐた」(16)ことに止まるものではない。歌の関わり方は、一方向への影響ではなく、双方向に応じあうような形を取って、両者が相互の和歌詠出に立ち合う関係にあったことを思わせもする。この催しにおける秀能の動きにつき、『明月記』に、次のような記述が見られる。

十四日、天晴、御堂障子召二付画工一可レ令レ画之由、夜前有二仰事一、至愚之性本自不レ見二洛外一、又無二絵骨一、旁不レ当二其仁一之由雖二恐申一、有二思食様一被二仰下一由、頭弁仰レ之、仍今日為レ沙二汰其事一、終日祗候、御二神泉一之後、於二和歌所一招二藤少将秀能等一、相共示合、少将依レ見二東国一、且依レ仰相副之、四人絵師今日三人参入（以下略）。（建永二年五月）

廿四日、雨降（中略）秀能語云、御障子歌皆被レ替了、兼日沙汰無二性体一、如レ反レ掌、万事如レ此。（建永二年十月）

前者は、「御堂障子」の絵を「画工」に描かせるための協議に秀能が招かれたことを記すもので、彼はこの日初めて催しに加わっている。傍線部に見るように、藤少将（雅経）と二人が追加され、東国に詳しい雅経とともに秀能は「依仰」、すなわち院の〈思し召し〉によって参加した。後者は、よく知られた一節で、定家等の意見も徴されて決められた各歌枕一首の選歌が、企画の最終段階で全て取り替えられたことを書き留めたものである。傍線部に示す通り、そのきわめて重要な情報が定家にもたらされたのは、秀能を介してであった。この記述から垣間見られるのは、定家とは異なる秀能の院との特殊な関係であり、その君臣の間には、実際に共同で歌を詠み合う〈場〉

も推測されてくる。ただし、秀能歌には囚われぬ自在さがあり、先に見たように、差し替えが既に成立した関係を基になされていることからすれば、もとより〈立ち合う共同制作〉は存在しなかったであろう。

相関の淵源は、院に向けての祝言歌も述懐歌も詠まず、創作に専念すべく、想をめぐらし、表現に意を尽くした秀能の歌が、院の心を大きく捉えたことにある。しかもその関係は、右の「立ち合う共同制作」を幻想させるものとしてあった。そう思わせる両者の関係が『障子和歌』には散在しており、題ごとに全ての歌は、院が冒頭、秀能が末尾に配されていることから、作品としては、秀能が院に応じたという形をなす。前節で述べたように、それが、君臣和楽の〈場〉の所産であるような性格を作品に付与し、『最勝四天王院障子和歌』の、歌書としての成立に小さくはない役目を果たしていたのである。

それらを踏まえ、さらに注目したいのは、両者の関わりが後鳥羽院の和歌にもたらしたものである。「鈴鹿山」題の後鳥羽院の歌を読み直してみよう。

鈴鹿川深き木の葉に日数経て山田の原の時雨をぞ聞く

第一節に述べた通り、この歌は、時間・空間・音の「絵画に表現しえない要素を取り込む試み」の所産として、『新古今集』に院が自ら入集せしめた自讃歌であった。しかも、この歌は、

鈴鹿川木の葉にふくる秋の色のしばしもよどむ波の間ぞなき

という秀能の歌との間に、鈴鹿川の木の葉を詠み（有吉氏）、風景を川に限定するという共通性を有していた。その

相関において留意されるのは、秀能が試みた「木の葉にふくる秋の色」という表現である。[17]「更く」は八代集では『新古今集』に急増し、[18]その特異な用法も見出されることばであった。[19]その語を用い、川面に浮かぶ木の葉の色に、深まりゆく秋の時間を捉えるという斬新な把握は、そのまま後鳥羽院が詠む「深き木の葉に日数へて」と重なってい る。しかも、秀能の歌では、絶えず流れ下り、色を深くする木の葉が、時間の進行通りに川面を変えてゆくのに対し、院の歌では、それとは対照的な眼前の木の葉の把握のうちに、[20]流れる時間を遡って捉えており、両者の歌の間には、発想と表現を共有し、趣向を競い合うような関係が成立している。単に秀能歌を摂取するのではなく、関わりのうちに歌を模索する過程に、院の自讃歌は生み出されたのではなかっただろうか。あるいは、「水無瀬川」題の後鳥羽院歌、

水無瀬山木の葉あらはになるままに尾上の鐘の声ぞ近づく

も、「音を介した時・空間の広がりの中に、水無瀬の景を詠む」新しい試みの歌と見られる自讃歌であった（前節参照）。これも、他の八歌人が「水無瀬川」を詠むのに対し、

菊の花にほふ嵐に水無瀬山川の瀬しらむ霧のをちかた

と詠む秀能との二人だけが「山」を扱って通い合う。のみならず、秀能歌に見る第三句以下の空間の表し方、特にその奥行を捉えようとする把握が、院の歌のそれと全く重なる。初二句のことばの続けがらに独創を見せる秀能歌は、後鳥羽院歌と応じ合う関係を有して、もう一首の院自讃歌の誕生に寄与した可能性がある。

これは、絵に押す歌としての創意に賭けようとした院が、やはり絵との関わりにおいて独自性を志向している秀

能歌の、その模索への共感を契機とするとも見られる。心とことばを競い合おうとするこうした関係から、秀歌が生み出されてきたのである。

後鳥羽院が秀能の歌との呼応をなすのは、祝言歌や述懐歌を離れて、歌そのものへ浸りこんでゆくような彼の態度を評価しようとする狙いもあったと思しい。そうした君臣の関わりの中に秀能を優遇しようとする中で、彼の歌に、定家の歌とは確かに異なる新しさを認め、それとのいわば競詠を試みようとする過程に、後鳥羽院の歌が新たな拡がりを獲得していったと見てよいように思われる。

五　後鳥羽院と秀能

王者後鳥羽院にとって、身分の低い臣下のひとりに過ぎない秀能は、和歌の営みにおいては、身分を越えて詠み合う対等の位置に立っていた。院の抜擢によって登場した折から後鳥羽院の規制のもとに過ごした秀能は、規制される中から、逆に院に影響を及ぼす働きをしたのである。こうした関係にあればこそ、少なくとも承久の乱に至る時期における、院の寵遇が続くのに違いない。

むろん、後鳥羽院と秀能との関係には、秀能の歌に見られる「自己の体験に求められる」「趣向著想」（小島氏）や、「実体に対するたしかな物の手応えを期待せずにはいない一首の自然主義的信仰」「ある物質的な質量の重さ」（松村氏）という性格も関わってくる。それらを包み込んで、後鳥羽院が定家の一方に重く位置付ける秀能は、右のような歌の在り方への評価も深く関わっていたであろう。

【注】

（1）「如願法師集解題」（『時雨亭文庫　一』一九四二年十一月、教育図書株式会社）

（2）「藤原秀能とその歌」（『新古今和歌集の研究　続篇』一九四六年十二月、新日本図書株式会社、『増補新古今和歌集の研究　続篇』一九九三年十月、和泉書院）

（3）上向井サチ子「藤原秀能の研究」（『親和国文』四、一九七一年三月）、山木幸一「藤原秀能の生活と表現」（『東洋女子短期大学紀要』一一、一九七九年三月、『西行和歌の形成と受容』〔一九八七年五月、明治書院〕所収）、中性哲「藤原秀能の作風」（『秋桜』五、一九八八年三月）等の論。

（4）「飛鳥井雅経と藤原秀能」（『国文学解釈と鑑賞』一九七九年九月）

（5）「秀能法師、身のほどよりもたけありて、さまでなき歌も、ことのほかに、いでばえするやうにありき。まことに、詠み持ちたる歌どもの中にも、さしのびたる物どもありき。しかるを、近年、定家、無下の歌のよし申すよしきこゆ。」

（6）「こころとことば──秀能の出現をめぐって──」（『国文学解釈と教材の研究』一九七〇年十月、標題『益田勝実の仕事5』「著作論文目録」〔二〇〇六年六月、ちくま学芸文庫〕所収）

（7）「新古今和歌集の修辞と表現」（『新古今集』和歌文学講座六、一九九四年一月、勉誠社）

（8）「藤原秀能と後鳥羽院──承久の乱をめぐって──」（『国文』五二、一九八〇年一月）。現姓田渕氏。氏には他に「藤原秀能とその周辺」（『国文』五五、一九八一年七月）、「承久の乱後の藤原秀能とその一族」（『古典和歌論叢』一九八八年四月、明治書院）等の論がある（『中世初期歌人の研究』〔二〇〇一年二月、笠間書院〕所収）。

（9）「建仁元年二月八日十首和歌会について──藤原秀能の登場──」（『古典論叢』一五、一九八五年六月）、「承久の乱前後の藤原秀能の和歌活動」（『語文（日本大学）』六二、一九八五年六月）、「藤原秀能の表現──建仁期──」（『古典論叢』二〇、一九八八年九月）「藤原秀能の表現──歌枕「吉野」に見られる特色──」（『語文（日本大学）』七三、一九八九年三月）等。

（10）「最勝四天王院障子和歌」（『新古今和歌集の研究　基盤と構成』一九六八年四月、三省堂）

（11）例えば『夫木和歌抄』では「春日の原」の歌にこの二首のみを掲出する（一九八七三〜四）。

（12）「かたみにしのぶ」の用例は、八代集に、「昔より離れがたきはうき世かなかたみに忍ぶなかならねども」（新古今・雑下・一八三一・兼実）のみが知られ、新古今切出歌「誰なりと後れ先だつほどあればかたみにしのべ水ぐきの跡」

（哀傷歌・和泉式部）にも見られる。しかし、新編国歌大観によれば、他に後嵯峨院（続古今集）、為家（為家千首）、源頼明（新和歌集）の用例しか検索できない。なお、安井明子氏の「『最勝四天王院障子和歌』伝本考」（『神女大国文』七、一九九六年三月）の分類による一類本の内閣文庫本等では、第二句「かたみにしのべ」は「霞にしのべ」である。貫之歌との関わりから「かたみ」が本来の形と認められる。安井氏の二類本とされる新編国歌大観所収本の底本は歌序に明らかな誤りがあり、氏の言われる通り一類本との優劣の判定は困難であるものの、良質な本文を伝えてもいる。ここでは二類本の本文に従った。

（13）藤平泉「「如願法師集」の成立について」（『和歌文学研究』四八、一九八四年三月）

（14）定家の「龍田山」題の歌は「龍田山四方のしぐれの色ながら鹿の音さそふ秋の夕風」であり、『拾遺愚草』所収歌の本文は「龍田山四方の梢の色ながら鹿の音さそふ秋の川風」である。

（15）注（12）の安井氏の論。

（16）注（2）に同じ。

（17）ただし、「ふくる」は一類本では「ふかき」または「ふかみ」。その先後関係も問題となり、ともに院との対応が見られるが、今は二類本によって考える。

（18）ひめまつの会編『八代集総索引　和歌自立語篇』（一九八六年十二月、大学堂書店）によれば、「ふく」の用例は、拾遺集一例、詞花集一例、千載集一例、新古今集十七例。複合語も同じ傾向を示す。

（19）例えば『新古今集』の「さむしろや待つ夜の秋の風ふけて月を片敷く宇治の橋姫」（秋上・四二〇・定家）、「秋の月しのに宿かる影たけてを笹が原に露ふけにけり」（秋上・四二五・家長）、「網代木にいざよふ波の音ふけてひとりや寝ぬる宇治の橋姫」（冬・六三七・慈円）等。

（20）古来難解歌とされるこの歌は『新古今集』注釈書に諸説がある。「木の葉」は〈流れくる〉説と〈積もる〉説とに分れる。近代の注では前者が多いが、新大系は「深く散り積もる」と解する。いずれでも秀能歌とは照応する。なお、『障子和歌』の場を離れると、「深き」に木の葉の色を読む解は成立しない。前節参照。

第五章　後鳥羽院と定家

第一節　表現の特質

一　対立の構図

幸福な出会いが不和に変じ、遂には決裂に至る藤原定家と後鳥羽院の関係は、終始互いを最も意識するものとしてあった。

その出会いが『新古今和歌集』を生み出す重さに見合って、両者の関わりは諸家に解明が試みられる。対関東の親疎に発する感情の齟齬が両者を対立せしめ(1)、和歌が民間的と宮廷的、芸術的と讃頌的、人間的と帝王的のそれぞれに分裂し(2)、構成的、唯美的傾向の強い歌と抒情性豊かな実情歌に分れる(3)等、概ね鮮やかな対照性が説かれてきた。〈職業歌人対非職業歌人〉の構図(4)に見取られる両者の営みは、専ら歌に生きようとする撰者と、治天の君たる撰集下命者との立場の差異を前提とする以上、対照が説かれるのは当然のことである。しかし、例えば『後鳥羽院御口伝』の記述が、あるいは評価の上になされ(5)、あるいは『近代秀歌』を踏まえるように(6)、対立は〈理解〉を前提とする。その結節点への検討なしに、関わりを十全に捉えることは難しい。

分裂・対立はいかなる仕組みにおいてなされるのか。親和から疎遠への経緯に即した追究の上に、相関の具体相が解かれるべきだろう。その方向での新たな成果に、承久二年の内裏歌会の院勘事件に実朝の影を読み、両者の内面に光を当てた解明がある。(7)また定家との関わりも推測された後鳥羽院の隠名「親定」が、実在人物藤原親定への「やつし」であることが闡明化され、その意味が説かれてもいる。(8)

積まれゆく諸論を踏まえ、両者の関係を捉え直すために一方で求められるのは、定家的なるものと後鳥羽院的なるものは何かという根幹的な課題に対する検証であろう。とりわけ、『新古今集』におけるそれには、集の解明と連動して、絶えざる検討を必要とする。

二　夏の歌

『新古今集』夏部に、次の二首が並んでいる。

　　五十首歌たてまつりし時　　藤原定家朝臣
235 五月雨の月はつれなき深山よりひとりも出づる時鳥かな
　　大神宮にたてまつりし夏の歌の中に　　太上天皇
236 時鳥雲ゐのよそに過ぎぬなり晴れぬ思ひの五月雨の頃

この二首に、まず手がかりを求めてみよう。定家詠は、古注釈はもとより、『完本評釈』(9)においても「一首、ほとんど技巧というものがなく、強く、直線的」と評される、一見定家らしさを思わせない歌である。しかし、『全註解』が『古今集』恋三の壬生忠岑歌、

有明のつれなく見えし別れより暁ばかりうき物はなし（六二五）

を本歌に認め、それを承けて『全評釈』は、「『古今集』の中でも最も艶な恋歌に属する忠岑の歌を取り用いて夏歌を作り出したその手腕」を「高く評価」した。『新大系』にも「郭公は五月雨を喜び、月には仇という、その逆対応の興趣」が認められる。後に『定家卿百番自歌合』に入るこの定家詠は、読みの振幅の小さくない一首であった。

一方の後鳥羽院詠も古注釈に問題が指摘されない中、『美濃の家づと』が本歌を、『古今集』離別の平元規歌、

秋霧のともに立ち出でて別れなば晴れぬ思ひに恋ひや渡らむ（三八六）

に認めた。対して、『尾張廼家苞』が本歌は詞ばかりを取ったものと訂し、「はれせぬ物おもひ」に「承久の御述懐」を読む。近代以降の諸注は、本歌取りの指摘を外して、概ね『尾張廼家苞』の理解が継承され、例えば『完本評釈』は「下の句が一首の中心」として「実感」を読み、『全評釈』も「単なる夏の歌としてではなく、述懐歌的な意識をもって詠まれた」「政治上の憂苦を重ね合わせた」歌とした。一方『新大系』は、述懐性には触れず、「時鳥雲路にまどふ声すなりをやみだにせよ五月雨の空」（金葉集・夏・一二六・源経信）という参考歌を掲げている。この歌も解の幅は広いのである。

三　古歌との関わり

両歌のともに揺れる解釈には古歌との関わりが絡んでいる。定家詠は、指摘された忠岑歌とのことばの共有に乏

しく、重なる「つれなし」も表す意味を異にして、一見相関は認めにくい。ところが、『全評釈』がこの歌の影響を指摘する藤原良経の『新古今集』入集歌、

209有明のつれなく見えし月は出でぬ山時鳥待つ夜ながらに（夏）

を併せ読むと、「つれなし」の用法の一致を含め、確かに共有する典拠の存在が思われてくる。さらに「月はつれなき」を用いる源通光の『新古今集』入集歌、

259清見潟月はつれなき天の戸を待たでも白む波の上かな（夏）
434さらにまた暮れを頼めと明けにけり月はつれなき秋の夜の空（秋上）

等が、ともに忠岑歌に依拠し、以降の同用例も「有明」を併せ詠むものが多いことを参照すれば、その蓋然性はより強いものとなる。

一方、後鳥羽院詠にも、別に二首の金葉歌が指摘される。

時鳥雲ゐのよそになりしかば我ぞ名残の空になかれし（恋下・四五一・藤原公実）
秋霧のたちわかれぬる君により晴れぬ思ひにまどひぬるかな（別・三四五・藤原基俊）

先行歌のことばを取り用いやすい院の歌にあって、当該歌も上句は歌い出しから重なる右の公実歌を意識し、第

四句「晴れぬ思ひ」は、『美濃の家づと』が指摘する古今歌よりも、「まどひぬる」思いを詠む基俊歌に触発された可能性を窺わせる。

平明に見える両首は、かように背後に古歌との関わりを揺曳させることにおいて近いものがある。しかし同時に、その歌い方には少なからぬ相違を見せてもいる。

すなわち、定家の歌は、右に見た通り、読みに応じて古歌が浮き彫りにされてくるというあり方をする。それは、例えば『全集』が指摘するごとく「つれなき」が時鳥の月への心情をも読ませ、呼応して「ひとりも」が恋を思わせるように働くことと深く関わっている。本歌と認定すべきか否かは措き、一首は、いわば探って古歌に達する読みを誘発する表現のうちに詠み出されていた(10)。

ところが、院の歌は、ことばの一致のみが古歌を知らしめ、関わりを読ませる手かがりをほかに有さない。従って可能性としての読みは施し得ても、その保証は得にくく、それぞれの読みが併存する形を取る。丸谷才一氏は、時鳥を「実際の鳥と意に従わぬ鎌倉方と美女とを重ね合せた何か」と見、「エロチックなものを表面に置いて政治をほのかに歌う詩法」を指摘された(11)。異なる意味を指摘されたのは慧眼に違いない。しかし、重ね合わせの効果が目指されていたとも読みにくい。古歌の揺曳に保証を得難いのと同様に、述懐歌である保証も歌一首の世界からは得難い、そうした歌い方であるからだ。

定家の歌が、掘り下げれば奥に古典世界と突き当たる趣であるのとは異なって、院の歌は、決着する手がかりを持たずに文脈が併存する体を取る。定家の歌がいわば垂直的な深さの異なりに揺れるものとすれば、水平的に横に揺れるのが院の歌ということになるであろう。

春上に置かれた定家詠のうち、新古今歌風の一典型を示す歌群の冒頭歌、

44梅の花匂ひをうつす袖の上に軒もる月の影ぞあらそふ（春上）

が、周知の『伊勢物語』第四段の世界と関わるその関わり方も、この歌と同様である。王朝恋物語は掘り下げられて到達する世界として、背後に確かに据えられていた。ことばは読み込みに応じて、複雑かつ精妙な情趣を湛えるように準備されているのである。では院の歌は何を目指すのだろうか。

四　後鳥羽院歌の理解

院における述懐歌の文脈は、『尾張廼家苞』の言うように、詞書「大神宮に奉る歌」として読むところに成立する。院が大神宮以下八社の神に奉納した定数歌は、治世に関わる思惑を込める狙いの歌が少なくない。[12]しかもそれら諸社奉納和歌のうち、奉納歌の明示は大神宮の歌に限られる。[13]他の奉納歌が「春（秋・冬）の歌の中に」という詞書で統一される中で、大神宮歌に限る出典明示は、そこに述懐性がこもることを知る読者に、述懐歌の文脈を見出させるように働く。明示の限定は、集がその読みを求めているということになる。

しかし、言うまでもなく諸社奉納の歌がすべて述懐歌であるわけではない。当該歌も述懐そのものを狙いとするなら雑歌に収める方法があった。配置は、ほかならぬこの位置での読みを求めている。

当該歌が置かれたのは、

234樗咲くそとも の木陰露落ちて五月雨晴るる風わたるなり（藤原忠良）
235五月雨の月はつれなき深山よりひとりも出づる時鳥かな（藤原定家）
236時鳥雲居のよそに過ぎぬなり晴れぬ思ひの五月雨の頃（太上天皇）

237五月雨の雲間の月の晴れ行くをしばし待ちける時鳥かな（二条院讃岐）

という、「五月雨」歌群の末尾の部分である。

当該236番歌は、承元二年に詠まれた切入歌である。前後の定家と二条院讃岐の歌には、雨中における月と郭公の取り合わせた対比的な強い呼応を有し、院の歌はそこに割り込む形で置かれた。ここに三首は、〈山を出〉、〈よそに過ぎ〉、〈しばし待つ〉三態の時鳥が擬人化されて配列され、その並びが古歌の揺曳と相俟って、恋の面影をさえ漂わせることになる。また、初めの忠良の歌には撰者名注記がなく、仮にこれも後補の歌と見れば、右の狙いとは別に、「五月雨晴るる」の〈明〉と「晴れぬ思ひ」の〈暗〉の対照的な二首を切り入れ、五月雨歌群の最後を変化ある展開にまとめる、というような狙いも導かれる。ともあれ、配列上、夏歌として当然の流れは形成されているのである。

院の歌における読みの併存は、かように集の場の要求に応ずるものとしてあった。ただし、既述のごとく、院の歌に表現の狙いは測り難く、併存が詠出の折に企図されていたか否かは確認し難い。水平に揺れる解というのも、場に生じやすい結果的な多義性に過ぎないとも見られる。しかしながら、当該歌に複数の読みを許容する『新古今集』こそは、定家との齟齬にも拘らず、後鳥羽院がその編纂に精力を注ぎこんだ〈労作〉であった。その撰集過程中に詠出され、切り入れられた歌が[14]、構造体としての集に果たす役割と無関係に構想されたとは解し難い。当該歌は、古歌との相関によって恋の面影を漂わせる夏歌であり、同時に大神宮奉納歌たることを示して、読みようによって述懐歌の文脈が浮き上がる仕組みに構想されていた、と読んでおきたい。

五　本歌取り

後鳥羽院固有の和歌の方法は、先行歌を摂取した自詠の配列にも現れている。定家的なるものとの違いの一つに、先行表現を取り込んだ歌が、その先行歌と並べられる例を数えることができる。例えば、秋下の、

491 村雨の露もまだひぬ槙の葉に霧立ちのぼる秋の夕暮（寂蓮）
492 さびしさは深山の秋の朝ぐもり霧にしをるる槙の下露（太上天皇）

という二首において、院の歌が直前に配される寂蓮歌に影響を受けたことは、『全評釈』に指摘される。そこでは、寂蓮の、

361 さびしさはその色としもなかりけり槙立つ山の秋の夕暮（秋上）

との「両方の強い影響下に成った」とも解されていた。ただし、寂蓮歌を典拠に認める注釈書はほとんど見られない。それはこの歌が、先行歌に拠りつつも、その影響の跡を留めない詠みぶりであることによっていよう。一首は、「霧にしをるる」に典型的な、こまやかに眺めた秋の景を、切り取って二段に提示する直截さに、後鳥羽院らしさを示している。

配列の妙に腐心し続けた本集にあって、これらを並置する狙いは何であっただろうか。それを探ろうとする時、読者にまず読まれるのがことばの一致である。摂取がもたらすものは、二首の間のことばの共有（露・槙・霧）に

ほかならず、そうした二首が、意図的に設定された時間の対照（夕暮と朝曇り）とともに並ぶと、両首は自ずと比べ読まれる。そして、それが意識化されると、周到に準備された照応が再び対称軸となって、歌われた二つの世界の個性を際立たせることになるのである。同じ秋下の、

517秋ふけぬ鳴けや霜夜のきりぎりすやや影寒し蓬生の月（太上天皇）

も、本歌は『後拾遺集』の曾禰好忠歌、

鳴けや鳴け蓬がそまのきりぎりす過ぎゆく秋はげにぞかなしき（秋上・二七三）

であるけれども、並列する、

518きりぎりす鳴くや霜夜のさむしろに衣片敷きひとりかも寝む（藤原良経）

という歌の影響を明らかに受けている。この両首に見ることばの共有（「霜夜」に「鳴く」「きりぎりす」）も、やはり良経らしさと後鳥羽院らしさを際立たせるように働いている。

さらに、院の明らかな本歌取り歌、

581深緑あらそひかねていかならむ間なく時雨の布留の神杉（冬・太上天皇）

も、その本歌、

582時雨の雨間なくし降れば槙の葉もあらそひかねて色づきにけり（柿本人麿）

と並べられている。この人麿歌との関わりを含め、これらの用例は、古新に拘らず先行歌を取り込み、自足する世界を築き上げる院の和歌世界が、あるいは周辺の歌人との融和、あるいは古代歌人との親近を前提にするという姿勢によることを語っている。

これは、既に説かれている院政期の本歌取り[15]、すなわち「秀歌幻想」に連動する「古歌に対抗し、古歌を凌駕しようとする競合の思想」によるものとの近さを思わせる。類似は定家との差異を際立たせ、両者の和歌認識の落差を思わせもする。しかしながら、院の方法は院政期のそれと決して同じではない。「対抗」「凌駕」の〈競合〉ではなく、「融和」「親近」によるいわば〈共用〉の発想に基づいており、むしろ「古代和歌の世界における共同体的発想を背景とした類歌概念」により近いと見られる。その異同の検証はさらなる課題として、ここに、後鳥羽院の営みが、和歌の文芸としての可能性を追究しつつ、なお宮廷という共同体において成立する和歌の可能性を率先して模索しようとしていたことが確認されるであろう。

六　定家の歌と後鳥羽院の歌

定家的なるものと後鳥羽院的なるものは、『新古今集』において、深さと広さの方向の異なりにその特性をよく示していた。これら、定家と後鳥羽院の差異は、確かに「歌の家の専門家としての規範意識」に対する、「ディレッタンティズムとしての精神活動」の差に由来しているはずである。[16] ただし、見てきた事例は、定家の方法が〈和歌〉以外の何をも前提とはしないのに対して、院の方法は〈勅撰和歌集〉を前提としたときに最も理解しやすいことを語っている。

序文に〈親撰〉性を述べ、自詠の多さを明示する『新古今集』において、太上天皇は、

1635 奥山のおどろが下も踏み分けて道ある代ぞと人に知らせん（雑中）

と歌う撰集下命者であった。その規制を前提とする院の詠歌は、同時に身分を超えた所に成立する隆盛な催しにおける所産として多く生み出されてもいた。定家を理解し、その魅力に影響を受ける際、規制される何ものもなく、なるがゆえに、両者を中心として始動した歌壇は白熱化したのである。

太上天皇として詠む歌の一方に、いわば聖別されない営みの中に歌を模索しようとする時、「共用」する形で、表現の摂取することは、それ自体治天の君らしい行為でありながら、同時に君臣を超えて繋がる場の活動にも有効に働いたに相違ない。定家の本歌取りの方法が、類想・類似を回避する課題を正面から受け止めて成立するのに対し、逆行するような院の方法は、勅撰和歌集と連動する太上天皇ならではの詠歌のためにあったのである。

しかも、院の方法は、対象に応じる多様な目的を備えており、レベルを異にするその狙いの重要な一つに、定家の方法を学ぶことも据えられていた。院の詠歌には初学期から、定家詠を意識したものが少なくない。垂直方向に深まることにおいて比類のない定家的なるものは、その深さが捨象され、多様に広がる後鳥羽院的なるものの一部を形成することになる。両者の対立は、その共通部分における共鳴と反発に加え、重ならない部分を持つことの違和ないしは許容し難さを因とするという、複合的な構造を有していたのである。

「政治上の」かつ「宗教的」「文化的な司祭者」である後鳥羽院にとって、『新古今集』における定家的なるものは「純粋な美の絶対境としてその理想とする王朝再現の幻想に合致」し、一方に西行的なる「観想歌」が「政治的王者」としての「現世志向的な幻想を代弁」していたといわれる。[17]集編纂に関わる両者への配慮は、院自身の歌の方法と通底するものがあったことになる。

後鳥羽院の和歌は、その多くの歌が右に述べたような水平方向へと広がる関わり合いの上に成立していることが知られる。和歌に寄せる関心は時期によって変動があるものの、先んじる和歌へのまなざしは常に強く保たれていた。その初学期から晩年にいたるまで、衰えることのない旺盛な摂取のうちに和歌を詠み続けていく、そのこと自体に後鳥羽院の歌の最も大きな特徴があると言うことさえ可能である。

【注】

（1）石田吉貞「新古今歌壇と歌風の分裂（一）」（『学苑』三九七、一九七三年一月）
（2）石田吉貞「新古今歌風の分裂――定家と後鳥羽院の歌風――」（『学苑』四〇九、一九七四年一月）
（3）安田章生「後鳥羽院と定家」（『藤原定家研究』一九六七年六月、至文堂）
（4）小島吉雄「新古今和歌集と新勅撰和歌集」（『新古今和歌集の研究　続篇』一九四六年十二月、新日本図書株式会社）
（5）藤平春男「後鳥羽院の定家評――『後鳥羽院御口伝』私注――」（『新古今とその前後』一九八三年三月、笠間書院、『藤平春男著作集』二〈一九九七年十月、笠間書院〉所収）
（6）田中裕「『近代秀歌』から『後鳥羽院御口伝』へ――定家風の実体――」（『後鳥羽院と定家研究』一九九五年一月、和泉書院）
（7）田仲洋己「藤原定家の野外柳詠について」（『岡山大学文学部紀要』二七、一九九七年七月、『中世前期の歌書と歌人』〈二〇〇八年十二月、和泉書院〉所収）

（8）田村柳壹「二人の左馬頭親定―後鳥羽院が身を「やつす」ということ―」（『和歌文学の伝統』一九九七年八月、角川書店、『後鳥羽院とその周辺』〔一九九八年十一月、笠間書院〕所収）

（9）以下引用する『新古今和歌集』注釈書は略号による。『完本評釈』（窪田空穂、一九六四年二月～六五年二月、東京堂）、『全註解』（石田吉貞、一九六〇年三月、有精堂）、『全評釈』（久保田淳、一九七六年十月～七七年十二月、講談社）、『新大系』（田中裕・赤瀬信吾、一九九二年一月、岩波書店）、『集成』（久保田淳、一九七九年三月～九月、新潮社）、『全集』（峯村文人、一九七四年三月、小学館）。

（10）『集成』に「「月はつれなき」の句は源通光など、後続歌人に模倣された」という指摘がある。

（11）丸谷才一『後鳥羽院』（日本詩人選10、一九七三年六月、筑摩書房、第二版二〇〇四年九月）

（12）田中喜美春「後鳥羽院の香具山」（『国語と国文学』一九七七年二月）

（13）当該歌のほか、279・1875・1876番歌。

（14）433・470・471・581・614番歌。

（15）松村雄二「本歌取り考―成立に関するノート―」（『論集　和歌とレトリック』和歌文学の世界10、一九八六年九月、笠間書院）

（16）稲田利徳「西行と新古今歌人」（『論集　西行』和歌文学の世界14、一九九〇年九月、笠間書院、『西行の和歌の世界』〔二〇〇四年二月、笠間書院〕所収）

（17）松村雄二「西行と定家―時代的共同性の問題―」（『論集　西行』和歌文学の世界14、一九九〇年九月、笠間書院）

第二節　新古今和歌集撰歌資料から

一　はじめに

国文学研究資料館蔵「新古今和歌集撰歌草稿」は、藤原定家の手になると考えられる『新古今和歌集』の撰歌草稿である。これまで古書売立目録に掲載された写真によってその存在が知られ、検討が加えられてきたこの断簡は、高い資料価値が指摘されながら、原本の所在に関しては一切知られることのないまま今日にまで至った、謂わば幻の資料である。ところが、平成二十二年六月、大阪古典会主催の「古典籍展観入札会」に突如出品されることとなり(『中尾堅一郎氏追悼古典籍善本展観図録』所載)、和歌の研究者はもとより、広く古典を考究する人々に驚きを与え、その入札には強い関心が寄せられたと思しい。幸いにも、本資料は国文学研究資料館に収蔵され、多方面からの研究が可能な状態に置かれることとなった。ここに今後の検討に資すべく、本資料の研究史を振り返り、注記等を含む全文を翻刻する。併せて、原本によることで得られる幾つかの知見に触れてみたい。

二　書誌

書誌は以下の通りである。大きさは、縦二七・六cm、横三八・四cm。料紙は楮紙。巻子本の一部を切断したものと考えられる。やや虫損があり、擦り消ちの跡が複数箇所認められるものの、保存状態は良好である。加筆や修正の箇所がきわめて多く、二首の歌頭に除棄符号の鉤点が付される。末尾下隅の片仮名による書き入れを含め、すべて一筆。軸装されており、表具は地味ながら、軸頭は象牙である。白木の桐箱入で、箱は打ち付け書きによる箱書き(「定家卿詠草」)を含め、きわめて簡素である。極札・折紙等の付属文書を伴わず、伝来をうかがわせる手かがりは一切有さない。

三　研究史

本資料は、大正十四年十二月の東京美術倶楽部における「渋柿庵蔵品入札」時に出品され、売立目録には「定家歌切」として掲載された。本目録を最も早く取り上げられた鹿嶋(堀部)正二氏は、その筆跡につき、「晩年の定家に見る如き渋滞佶屈の趣がなく、極めて暢達流動の線條よりなつてゐる事からみると、それが草稿であるといふ點を幾分考慮に入れるとしても、尚必ずや彼の壮年期の筆であつたらう」と推定され、本文内容を検討されて、「新古今集撰進の第一期における定家の歌稿」である可能性が高いことを導かれた(「藤原定家自筆の撰集草稿断簡に就いて(上)」『清閑』第四冊、一九三八年十月)。その後、久保田淳氏・佐藤恒雄氏が、それぞれ別個に検討を加えられ、同様の判断を下されている。すなわち、久保田氏は「定家の新古今のための撰歌の手控えの稿本」(「新古今前後研究断片(三)」『和歌史研究会会報』第三三号、一九六九年三月)、佐藤氏は「新古今集撰集第一期の定家による撰者進覧本の草稿」(「定家進覧本の形態と方法」『藤原定家研究』(二〇〇三年五月、風間書房)第四章第一節、初出は一九八〇年九月)と認定されたのである。

特に佐藤氏は、ツレと認められた同種の断簡二葉(思文閣墨跡資料目録所載「藤原定家七首和歌抄写断簡」・井上子爵家並某家所蔵品入札目録所載「定家和歌五首」)と併せ、いずれも「定家壮年期の筆跡とみて誤りない」と認定された上で、定家の編集作業の実態を詳細に解き明かされた。導かれた結論は以下の通りである。

要するに、定家の第一次進覧本作成のための撰集作業は、採歌と配列を、別時に、別作業として行うのではなく、つまり採歌してカードに相当する短冊様のものに書きとり、事後の別作業として配置配列を決するという方法によったものではなく、採歌と配列を同時並行的に進行させてゆくという、極めて原始的な方法によるものであった、と知れるのである。それは我々の目から見れば一見非能率的に見えるけれども、また同じ詞書や作者名を何度も書く必要はなく、ある面では合理的、能率的で、かつ正確でもあったと思われるのであって、一概にマイナスの評価を下してしまうわけにはゆかない。定家は少くともこの方法をよしとして採用したにちがいなく、考えてみれば俊成の『千載集』における方法も同じであったのだろうし、当時の撰集のごく普通の方法でもあったのだと思われる。

撰歌と配列の同時進行という具体的な作業過程が、撰者の草稿資料に基づいて実証的に解明されたことは画期的であった。

また、「八条院高倉」・「海慧」の新出歌が存することを見出され、前者につき、森本元子氏が推定された「六百番歌合後番女房百首」(『私家集の研究』一九六六年十一月、明治書院)のもので、森本氏想定のメンバーに新たに八条院高倉が追加できること、後者につき、九条家や御子左家の仏事に深く関わった僧侶としての「縁故」による追加であることも明かされた。因みに後者の海慧は、唱導の安居院澄憲と鳥羽院第五皇女高松院との間に生まれた不義の子であったとされ(角田文衛氏『王朝の明暗』一九七七年十二月、東京堂書店)、現在の勅撰集には入集が認められない人物である。かく従来知られていない新歌を収めることにおいても、本断簡の資料価値の高さが認められる。

周知のように、『新古今集』は、建仁元年(一二〇一)十一月に撰集が下命され、源通具・藤原有家・同定家・同家隆・同雅経等が撰者に任じられ、編纂が始められた。ただし、これも知られる通り、その編纂に下命者後鳥羽院が深く関与し、具体的にその過程は、撰者達による撰歌(第一期)、後鳥羽院による精選(第二期)、撰者達による部類分け(第三期)、後鳥羽院による切継(第四期)と、通常の勅撰集とは異なる経緯をたどることとなった。本資料の

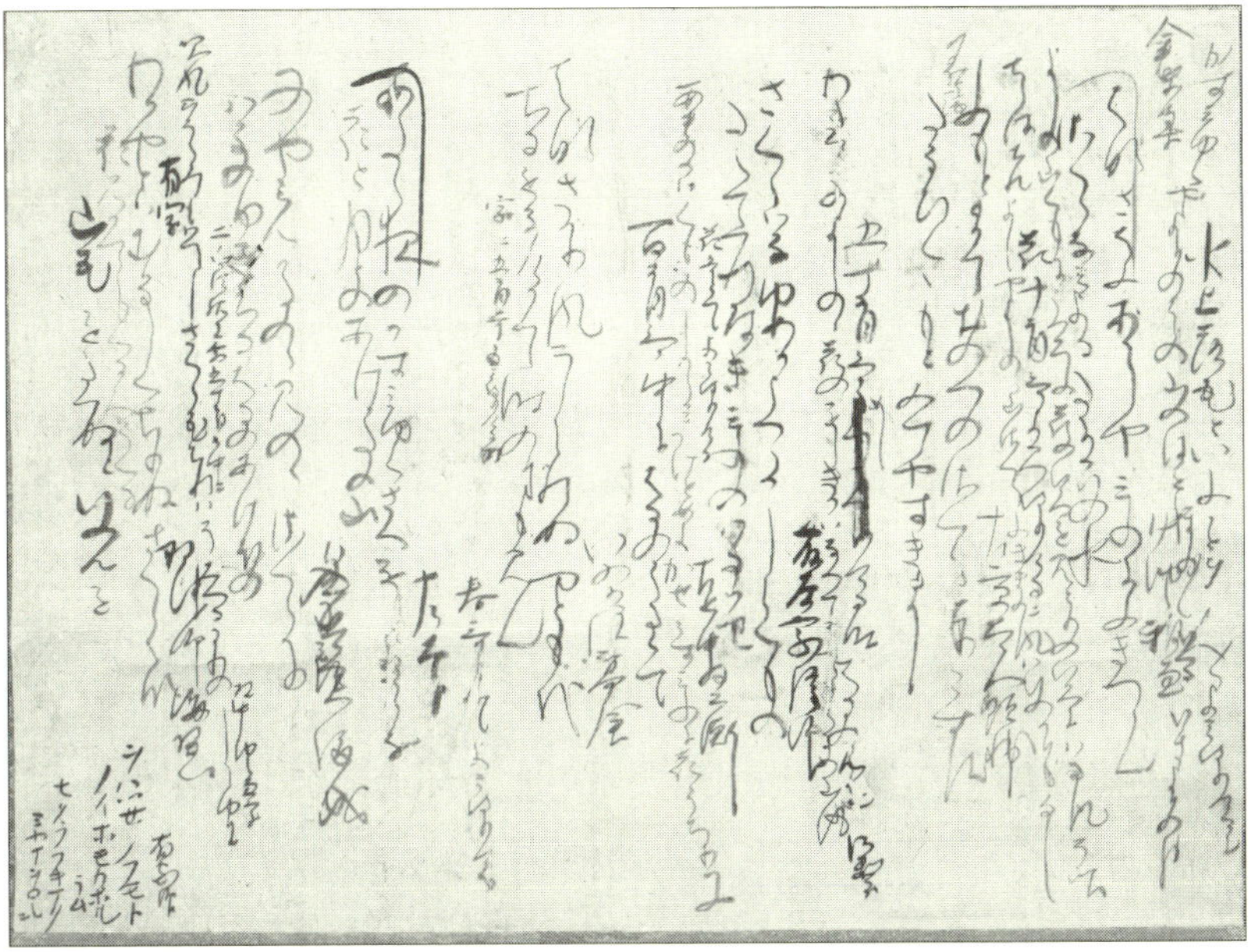

国文学研究資料館蔵　新古今和歌集撰歌草稿

成立が想定される撰集第一期とは、右の通り、撰集下命を受け、撰者達が撰歌作業に励んだ建仁元年十一月から建仁三年（一二〇三）四月に至る時期である。ただし、本資料成立の下限は、佐藤氏が説かれる通り、『千五百番歌合』を出典とする歌が、結番される以前の百首から採用されたと考えられることから、その結番下命の建仁二年（一二〇二）九月六日以前に引き上げられることになる。

四　翻刻

翻刻は、先行研究にそれぞれなされている。ただし、基づく目録所載の図版は小さく、鮮明さを欠いて、判読の困難もしくは不能な箇所も少なからず、当然のことながら、従来の翻刻には理解を異にする箇所も存する。原本に向かってもなお難解な部分が存するものの、現在のところ私に解し得る本文は以下の通りである。

【凡例】

○和歌には通し番号を付した。

○和歌は一首二行書きで記され、後からその余白に一行書きで小さく書き入れられる。詞書・作者名も書き入れは小書きである。それら書き入れ部分の文字の大きさは一定ではないが、統一してポイントを下げた（先に記されたのは、2・5・7・9・10・11・13の七首の和歌及びその詞書・作者名であり、後から記されたのは、1・3・4・6・8・12・14の七首の和歌及び関連する詞書・作者名である）。

○歌頭に示された注記や肩に懸けられた除棄の意を表す鉤点及びミセケチ等も、原文の位置に示した。

○翻刻本文の後に、各歌の出典と主要な他出文献を示した。

翻刻本文

水上落花といふことヲ人〳〵よみ侍りけるに

1 かすみゆくやよひのそらの山のはをほの〳〵いつるいさよひの月

金葉集　中納言雅兼

2 はなさそふあらしやみねにふきつらん

さくらなみよるたにかはの水

3 よしの山くもにうつろふ花のいろをみとりのいろにはる風そ吹

花十首哥よみ侍りけるに

4 ちらはちれよしやよしのゝ山さくらふきまふ風はいふかひもなし

左京大夫顕輔

5　ふもとまておのへのさくらちりこすは
可在上一浄　たなひくゝもとみてやすきまし
五十首哥~~たてまつり~~めしける時はるの心を　御製

6　わきてこのよしのゝ花のをしきかはなへてそつらきはるの山風
藤原家隆朝臣

7　さくらはなゆめかうつゝかしらくもの
たえてつれなきみねのはるかせ
花哥とてよみ侍りける　左近中将公衡

8　あまのかはくものしからみかけとめよかせこすみねに花そちりかふ
百首哥中にはるのうたとて
八条院高倉

9　はなさかり風にしられぬやとも哉
ちるをなけかて時のまも見ん
家に五首哥よみ侍りける時（注1）春哥とてよみ侍りける
左大臣

10　あたら夜のかすみゆくさへをしきかな
花と月とのあけかたの山
入道俊成（注2）

11　又やみんかたのゝみのゝさくらかり

はなのゆきちるはるのあけほの

12 二品法親王家五十首か中に　権中納言兼宗

吹風ヲうらみもはてしさくら花ちれはそみつるにわのしらゆき

有家

13 わかやとはむなしくちりぬさくらはな　権律師海慧

花見かてらもくる人そくる

山花をたつぬといふ心を

14 有家朝臣

ヲハツセノフモト

ノイホモカホル

ラム

サクラフキマク

ミヤマヲロシ

ニ

（注1）「時」は「に」に重ねて書かれる。

（注2）作者名「入道俊成」のうち、「入道」の部分は重ね書きされる。当初「皇大夫」と書かれ、「大」が「太」に訂されたのち、その三字分に重ねて「入道」と書かれた、と見られる。

【出典・他出文献】

1 千五百番歌合・春四・二百四十一番左勝。女房（後鳥羽院）。後鳥羽院御集四一七「同（建仁元年）六月千五百番御歌合」。万代集・春下・四六六。

2 金葉集・春・五七。詞書「水上落花といへることをよめる」。第二・三句「あらしやみねをわたるらん」。雅兼集三「水上落花」。和歌一字抄・上・四三四。

3 千五百番歌合・春三・百九十六番左勝。女房（後鳥羽院）。後鳥羽院御集四一四「同（建仁元年）六月千五百番御歌合」。
第四句「みとりの空に」。

4 千五百番歌合・春三・二百十一番左勝。女房（後鳥羽院）。後鳥羽院御集四一五「同（建仁元年）六月千五百番御歌合」。
第四句「ふきまよふ風は」。

5 新古今集・春下・一二四。詞書「花十首歌よみ侍りけるに」。撰者名注記：定家・家隆。定家八代抄・春下・一七一。

6 老若五十首歌合・春・四十三番右勝。女房（後鳥羽院）。三百六十番歌合・春・六十五番左・御製。後鳥羽院御集一一〇八「建仁元年二月老若五十首御歌合」。

7 老若五十首歌合・三十九番左勝。第四句「たえてつねなき」。新古今集・春下・一三九。詞書「五十首歌たてまつりし時」。撰者名注記：定家・雅経。壬二集一六九八「老若歌合五十首」。家隆卿百番自歌合・十四番左「院五十首正治三年」。定家八代抄・春下・一七三。

8 公衡百首・春・一二（殷富門院大輔百首題）。

9 新出歌（佐藤恒雄氏は「建久六年二月良経家女房百首か」とされる）。

10 秋篠月清集一〇四六「当世の女房歌よみともに百首歌よませて披講せしついてに、五首歌よみける中に、春のこころを」（建久六年二月良経家五首歌）。後京極殿御自歌合・十一番左「春の歌とてよめる」。

11 慈鎮和尚自歌合・小比叡十五番三番右。新古今集・春下・一一四。詞書「摂政太政大臣家に、五首歌よみ侍りけるに」。撰者名注記：有家・定家・家隆・雅経。（建久六年二月良経家五首歌）。定家八代抄・春下・一四〇。

12 御室五十首・春十五首・二〇八。

13 新出歌（佐藤恒雄氏は「建久六年二月良経家五首歌か」とされる）。

14 御室五十首・春十五首・四五八。夫木和歌抄・巻三十雑十二「廬」一四三六二。

五　原本から得られる知見

A　本文について

1　和歌本文の確定

全十四首中、末尾から三首目の12の歌は、

吹風ヲうらみもはてしさくら花ちれはそみつるにわのしらゆき

という本文が記されている。詞書にある通り「二品法親王家五十首」、すなわち『御室五十首』の歌であり、作者は権中納言兼宗である。

『御室五十首』の現存伝本は少なく、今日知られている完本は、宮内庁書陵部蔵本と穂久邇文庫蔵本のみである。両本は同系統に属しており、新編国歌大観では、前者が底本とされ、

208吹く風を恨みもはてじさくら花散らばぞみつる庭のしらゆき

という本文が示されて、広く流布している。

それに比すると、当該資料に採用された歌は、右の通り、第四句が「ちれはそみつる」であり、一字ながら、「散れば」・「散らば」の本文異同が認められる。文法的にも異なる意味を表すこの異同は、作者兼宗が関与した改

変の結果とは考えられず、享受の過程で生じた異文の可能性が高い。当該の表記は、撰者定家の自筆資料として、和歌詠出時にきわめて近い段階での形を示すことにおいて有益である。実は、新編国歌大観の底本、書陵部蔵本における表記は、「散はそみつる」であり、「散らばぞみつる」は作成本文である。もとより、いずれの形も成立し、「散らば」の本文が享受されていた可能性は否定できないものの、本資料により当該歌本来の本文は、「散れば」であったことが確定されるのである。

なお、結句「にわのしらゆき」の「にわ」は、明らかな仮名遣いの誤りである。これについては、後に別の項目でまとめて検討する。

2　歌本文の判読と解釈

既述の通り、鮮明さを欠く写真図版による和歌本文の判読において、特に困難な箇所は、右の12の歌に続く13の歌の二行目、下句である。ここは墨も薄く、読み解くのはきわめて難しい。これまでの翻刻においては、「花見かてらにくる人そ見る」「花見かてらにくる人もかな」等の案が示されてきた。

原本によると、ここは「花見かてらもくる人そくる」と判読される。

これは佐藤氏が指摘された通り、権律師海慧の新出歌であり、一首全体を清濁を付して示すと、次の通りとなる。

わがやどはむなしくちりぬさくらばな花見がてらもくる人ぞくる

一読明らかな通り、これは、『古今集』春上の、

桜の花の咲けりけるを見にまうできたりける人に、よみておくりける

躬恒

67わが宿の花見がてらに来る人は散りなむのちぞ恋しかるべき

を本歌とした歌で、とりわけ当該の下句は、本歌に対する依拠の強さを窺わせる。ただし、その表現は、第四句「花見がてらも」の句末「も」の働きが捉えにくく、また結句「くる人ぞくる」の意味も、当代歌とは趣を異にして、わかりにくい。この表現は何を表そうとしたのだろうか。また、採用は定家のいかなる評価に基づくのだろうか。

結句の表現から考えて見よう。

新編国歌大観による限り、「来る人ぞ来る」という句の先例は知られない。ただし、同じ動詞を「ぞ」を挟んで繰り返す表現には、『古今集』春上の、

梅の花を折て人におくりける

友則

38君ならで誰にか見せむ梅の花色をも香をもしる人ぞしる

という歌に詠まれた、「知る人ぞ知る」というよく知られた用例がある。類似する言い回しから、「来る人ぞ来る」には、この句を念頭に、心ある人は来てくれるはずだという思いが託されていた可能性はあるであろう。ただし、「来る」が行為を表すのに対し「知る」が認識を表す違いがあり、当該古今歌が、読者に速やかに連想されるとは考えにくく、詠み手が意識化していたか否かも定かではない。

行為に関わる動詞として他の用例に思いを及ぼし、探ってみると、「見る人ぞ見る」という先行例が浮かんでく

る。最も早く現れるのは、『源氏物語』宇治十帖「総角」巻の和歌に詠まれる、

霧深きあしたの原の女郎花心をよせて見る人ぞ見る

という用例である。この歌は、薫が匂宮と「世の中の物語」をした折、匂宮から詠みかけられた、

女郎花咲ける大野をふせぎつつ心せばくやしめを結ふらむ

という歌に返した薫の一首である。

上句「霧深きあしたの原の女郎花」とは、宇治の姫君たちを指しており、この歌で薫は、愛情の深い人は逢うことができるのだ、と応じて、なかなか逢えないと嘆く匂宮を「ねたまし聞」えたのである。「心を寄せて」通う思いの強さを取り上げた薫の歌の「見る人ぞ見る」が、当該歌の「来る人ぞ来る」に重ねられていたとすれば、落花後の我が宿に来訪してほしい他者には、深く「心を寄せて」くれる人であってほしいとの期待がこもることになる。また「桜」と「女郎花」で異なるものの、「花」を素材とすることで両歌は共通する。作者海慧の歌はほかに知られておらず、その狙いは不明ながら、『源氏物語』への造詣が深い定家がその関連を読み取った可能性は存するであろう。

その結句に上接する第四句「花見がてらも」の末尾の「も」については、一見「に」の誤写かとも思わされる。しかし、原本には確かに「も」と記されており、原歌も「も」であったと思しい。「に」では、本歌をそのまま引いた平板過ぎる表現にとどまるのに対し、「も」は「にも」の意で用いられ、その曖昧な表現のうちに複合的な惜

春の情が表されようとした可能性が窺われるからである。それが成功したか否かはともかく、直截さと曖昧さが共存するような措辞により、心ある来訪者への期待が、実は不安を抱えた強がりと一体であることを表そうとした作とも読まれてくる。

かくして当該歌下句は、熟さない形ながら、独自の表現によって期待と不安が混在する惜春の情が表されており、『源氏物語』との関わりとともに、その荒削りな面白さが定家に認められたものと見ておきたい。

3　注記の判読と意味

5の歌には、上部に注記と思しき記述がある（左の拡大図版参照）。墨色は2の歌に付される「金葉集」と同じであり（二三九頁図版参照）、本文と同筆と認められる。この箇所は、

右の13歌後半部分と同様に、写真では読みにくく、これまでの論でも検討はなされていない。原本に向かっても判読はかなり難しく、そもそも何文字で書かれた記述かさえわかりにくい。熟視を重ねた結果、今のところ、「可在上一浄」と解することが可能かと判断される。すなわち、初めの二字は「可在」、続く部分は「上」と「一」の割書の形による小書き、最後の一字は「浄」と読むことが可能である。そう解すると、「上一」「浄」に在るべし、と読み下されることになる。「浄」とは「浄書本」の略称であり、それを修飾する「上一」も、「上〜下」の「上」と数字を組み合わせた略称であったのではなかろうか。もとより憶測ながら、この記述は、浄書本の幾冊か（「上〜下」と数字を組み

合わせることにより分類した複数冊）の本文資料があり、それと照合するための書き留めと解することができそうである。割書形式の小書きが次の語彙を修飾するのは一般的ではないものの、自己用に記した心覚えのメモと見ておきたい。

この注記が、撰歌作業中の、当該歌の「浄書本」における存否に関する書き入れと解しうるならば、これは本断簡が清書に対する草稿本資料であることを明示する証ということになる。因みに5の歌は新古今入集歌であり、浄書本には存したはずである。

もとより全く別字の可能性はあり、広く識者のご検討をお願いしたい。

B　撰歌基準・歌人評価――後鳥羽院歌について――

本断簡が有する最も重い資料価値は、既述の佐藤氏論に明快に説かれた、採歌と配列の方法に関わる撰集作業の実態を知る拠となることである。それとともに重視されるのは、先に権律師海慧の歌の検討において触れた通り、定家の撰歌の基準、及びそれと連動した採用歌人の評価を考える手がかりとなることである。以下、後鳥羽院歌の採用と評価に関わる事例の一つに触れてみたい。

先の翻刻において小字で示した補入歌は、全体の半数に及ぶ七首であり、うち過半の四首は後鳥羽院の歌である（1・3・4・6）。

後鳥羽院歌の採用には、前提として勅撰下命者への配慮が存したに違いないものの、四首中三首は『千五百番歌合』に結番される百首からの選抜であり、その後鳥羽院の百首歌は、定家に次のように受け止められていた。

今度御製且可ㇾ見之由有二仰事一、披ㇾ之金玉声、今度凡言語道断、於ㇾ今者上下更以無二可ㇾ奉ㇾ及人一、毎首不可思議、感涙難ㇾ禁者也。

（『明月記』建仁元年六月十六日条）

院宛ての文書ではなく、自らの日記における感想として、これが儀礼的配慮による記述とは考えにくく、絶賛や落涙に及ぶ感銘は本音に近いものと見てよいであろう。

本断簡は、春部の花の歌群のうち、後半の落花を中心とした歌々を収めており、後鳥羽院の百首から撰ばれたのは、1・3・4の三首である。

それらのうち、注目したいのは、3の、

よしの山くもにうつろふ花のいろをみとりのいろにはる風そ吹

という歌である。

この歌は、出典となる百首（『後鳥羽院御集』所収）でも『千五百番歌合』でも、第三・四句は「花のいろをみどりのそらに」である。ところが、本資料が引く本文は、右の通り、「花のいろをみどりのいろに」とする。もとより正しい本文は出典の形である。後鳥羽院は、

吉野山雲にうつろふ花の色を緑の空に春風ぞ吹く

と詠んだのであり、「緑」の「み」に「見」を掛け、吉野山の花を散らす風が、雲と散りゆく花の色を、緑の空を背景にしながら見せて、広く吹き渡っている、という景を描き出した。一首の狙いは、「花の色」と「緑の空」の色彩の取り合わせに焦点が絞られていたはずである。

その歌が、ここでは下句を「花のいろをみどりのいろに」として書き留められた。それはなぜだろうか。

そもそも定家の本文書写の態度は、過誤が少ないことで知られていた。

新古今御点歌以二定家一可レ令二書出一、無字誤早速之故也者、此事甚雖二見苦一、不レ及二是非一。
（『明月記』建永二年四月二十九日条）

という記事は、悪筆ながら字の誤りがなく、早く書くことができるので、院から御点歌の清書を命じられたことを示す有名な記事である。その定家にして、ここに「いろ」を繰り返すのは、明らかな過ちとしか言えないであろう。過ちである以上、合理的な説明は不可能ながら、歌を引用する際に生じたこのケースは、目移り等の機械的なものとは考えにくい。

新古今歌壇の始発に位置する後鳥羽院の催し、『正治初度百首』において定家が詠んだ百首中に、

いつも見し松の色かは初瀬山桜にもるる春のひとしほ

という歌がある。桜の花の間から見る松の緑の色が美しく、いつも見ていた松とは思えないと詠む、桜と松の色の取り合わせに焦点を定めた歌である。後鳥羽院が和歌にのめり込むように親しむ契機は、本百首の定家詠に接した感銘に発しており、この歌の色彩への着目にも強く惹かれるものがあったように思われる。おそらくはその影響もあり、初学期から後鳥羽院の歌における色彩への関心は強く、特に色の取り合わせを扱う印象的な歌も詠じている。よく知られた『新古今集』入集歌、

鶯の鳴けどもいまだ降る雪に杉の葉白き逢坂の山（建仁二年二月影供歌合）

などは、杉の緑と雪の白の取り合わせを狙った色彩感覚の豊かな歌である。

花の色と緑の色を取り合わせる歌としては、早く『後撰集』春上に、

松のもとにこれかれ侍りて花をみやりて　坂上是則

42深緑常磐の松の影にゐてうつろふ花をよそにこそ見れ　藤原雅正

43花の色は散らぬ間ばかりふるさとに常には松の緑なりけり

という並ぶ二首の歌がある。花の色を松の緑と取り合わせたこれらは、時間の経過を含め、異なる色として対比するところに狙いが定められている。

当代詠には西行の、

242花散りて雲晴れぬれば吉野山こずゑの空は緑にぞなる（聞書集）

という作があり、これは花と空の緑の対比という当該後鳥羽院歌と同じ素材の組み合わせながら、やはり時間の経過を踏まえた対比を狙いとしたものである。

対して当該歌は、花の色と緑の二つの色が同一空間に共存する状態を描き出す。その面では、先掲の定家の、

いつも見し松の色かは初瀬山桜にもるる春のひとしほ

と等しい扱い方ながら、既述の通り、当該歌、

吉野山雲にうつろふ花の色を緑の空に春風ぞ吹く

は、第四句中の「緑」の「み」に掛けられた「見」が結句と連動し、花の色を見せつつ春風が吹くと歌っており、「花の色」とは、緑色の空を背景として霏霏と散り紛う落花を指している。定家の「いつも見し」の歌が、咲く桜の隙間から見える松の緑を捉えるのに対し、院の歌の、散り交う動きをも扱い、花の色を空の緑色を背景としてスケールの大きな把握で捉える、その斬新な発想と手法が、定家の心を強く捉えたのではなかろうか。とりわけ二つの色の組み合わせへの感銘が、「みどりのそら」と書くべきところをつい「みどりのいろ」と書き誤らせたのではなかったか。「毎首不可思議」で「感涙」禁じ難い感銘は、当該歌に関しては、二つの色の取り合わせにあったと見てよいように思われる。

本断簡の筆跡からは、速い筆の運びが知られ、速やかな作業の様相も窺われる。先に触れたように、12の歌の結句も、「には」(庭)とあるべき箇所が「にわ」と記されており、正確な書写の能力を有し、仮名遣いにもこだわっていた定家としては不審な事例が散見される。

この不審から定家筆への疑念が生じ、後人の書写段階において、「そらに」を「いろに」と誤ったと解する可能性も生じてくる。しかしながら、定家筆資料への高い信奉に照らしても、本断簡のような、余白への書き入れが多く、重ね書きやミセケチも随所に施された複雑な草稿資料を再現する狙いは捉えにくく、逆に通常はあり得ない過誤が生じたこの事例こそが、色とその取り合わせに強い関心を有した筆者定家の手になることを証し立てているように思われる。

『新古今集』春下には、

最勝四天王院の障子に、吉野山かきたる所　　太上天皇

133み吉野の高嶺の桜散りにけり嵐も白き春の曙

千五百番歌合に　　藤原定家朝臣

134桜色の庭の春風跡もなし問はばぞ人の雪とだに見ん

という二首が並んでいる。後鳥羽院の歌が一面に桜が散る景を「嵐も白き」と捉えるのに対し、定家の歌はそれを「桜色」の「春風」と表した。「高嶺」と「庭」を対比させつつ、桜の伝統表現の〈白〉色と、現実の〈淡紅〉色の二色を併置させるのが、配列の主なる狙いであったに違いない。この並びに象徴されるように、定家も後鳥羽院もともに色への関心を強く有していた。本資料の過誤は、その定家の関心の強さを雄弁に語っていると見てよいであろう。

六　おわりに

以上、藤原定家筆と判断される新古今撰歌資料につき、原本を翻刻紹介し、現段階で得られる知見の幾つかを羅列した。

わずか十四首ながら、定家による『新古今集』採用候補歌につき、個々の歌の表現やその評価を見きわめることをはじめ、諸方面から検討を加えることは、撰集の実態のより詳細な解明に結びつくであろう。『新古今集』の性格や成立に関する新たな解明の手がかりは、未だ少なからず蔵されているように思われる。

なお、本断簡は国文学研究資料館所蔵資料において貴重書に分類され、請求記号は99・164である。

第二編　隠岐における営み

第一章　遠島百首

第一節　悲劇を歌うこと

一　先行諸論

『遠島百首』は、承久の乱に敗れて隠岐に流された後鳥羽院が、その遠島で詠んだとされる複数の百首歌のうち、唯一全貌を知り得る作である。配所における院の生活は、例えば『増鏡』などに描かれるように苦渋に満ちたものとして語られ、和歌からその実態を窺おうとする場合、本作が主要な資料とされてきた。その和歌が実情実感的であるとする評価も、『遠島御歌合』（以下『遠島歌合』と略称）などとともに、本百首から導かれたものである。

本作の成立につき、樋口芳麻呂氏は、百首が一時に詠まれたものとすれば、

我こそは新島守よ隠岐の海の荒き波風心して吹け

の一首を含むことから、配流後あまり時日を経ない頃とされた。(1)対して後藤重郎氏は、本百首は通常の百首歌の如

く一時に詠まれたのではなく、長期にわたり詠ぜられた歌がある時期にまとめられたとされ、配流後折々に歌の事が院の心に蘇ったと推定された。(2) 全体の成立はともかく、百首には配流の記憶の新しい折に詠まれたと思しい歌を多く収める。それゆえ、小島吉雄氏が「御実感の日常の御感想をありのままに（中略）表白し給うてゐる」と解され、(3) 安田章生氏が「やるせない悲傷のおもいの捨てどころ」と認められ、(4) 樋口芳麻呂氏が「人間的な苦悩」をよく看取できると評されたのである。(5)

次節で触れるように、本百首の伝本は異なる複数の系統の本文が知られる。『新古今集』はもとより、前編で見た『正治初度百首』・「千五百番歌合百首」同様、本百首も院自身による改訂が施されている。

これまで本百首の歌は、秀歌抜粋の形で、配流の実情実感詠としての秀抜さが称揚されてきたものの、百首が表そうとしたものは何かが問われたことはなかった。ここに、隠岐の和歌の代表作とされる本百首の総体を読むことから、その課題を考えてみたい。

なお、本百首における和歌表現は、「実情実感」を歌うことと相俟って、修辞性の低さが言われてきた。小島吉雄氏は、本百首の歌を「ありのままに」表された「巧まざる」ものと解され、(6) 安田章生氏は、「ここに見られる程度の技巧は当時としては特に技巧的とも言えない」と評された。(7) 樋口氏は、

潮風に心もいとど乱れ蘆のほに出でてなけどとふ人もなし

という一首に対し、「ほに出て泣くと言い切っている点に、当時の専門歌人達の及ばない率直さがある」とされながら、表現に関しては、「技巧を用いている点に、王朝的、伝統的表現から解き放たれてはいない限界が感ぜられる」と評される。(8) その表現についても検討を加えてみる。

二　四季の歌

本百首は、四季七十首（春二十首・夏十五首・秋二十首・冬十五首）、雑三十首からなる。

曾禰好忠に始まり、『堀河百首』以後その伝統が確立する百首歌は、平安時代末期以降新古今時代にその隆盛期を迎える定数歌で、部立の基本は、四季・恋・雑を中心とする。もとより百首形式は、心情を吐露するにふさわしい単位として源俊頼以降に「述懐百首」の系譜が築かれており、別に恋歌のみからなる「恋百首」も成立する。また時代が下るにつれ、組織の分化は多岐にわたるものの、単一題の百首を除けば、組題百首であれ部立百首であれ、四季・恋・雑の形を取るのが基本であった。[9]その中で、「恋」を欠くのが本百首の部立である。

先行する百首のうち、四季・雑のみで恋を欠く構成のものは先例に乏しい中で、藤原良経と慈円にその作例が知られる。良経の百首は「西洞隠士百首」であり、春・夏・秋・冬・雑各二十首から成る。山崎敏夫氏は、慈円の同構成の百首「詠百首和歌四季雑各二十首都合百首」も良経の百首と同じ折のものと推定され、[10]「類の少ない形の百首である」ことに留意された。久保田淳氏は、この二作品の成立を建久七年の政変以後とされ、四季・雑という組織に対しては、「蟄居の身でそらぞらしく恋や祝の題など詠む気になれないという良経等の気持ちの現れ」を認められている。[11]『拾玉集』には、他に、

厭離百首（四季五十首・雑五十首）
秋日詣住吉社詠百首（雑五十首・四季述懐各十首）
詠百首和歌（春二十首・夏十五首・秋二十首・冬十五首・雑三十首）

等の四季・雑（述懐）の百首が見出される。ちなみに、『拾遺愚草』所収の定家の百首に、恋を欠いて四季・雑で構成したものはない。

良経・慈円の百首が、或いは政変後の蟄居の折に詠まれ、或いは緇流の立場から詠まれていることを思えば、この構成は、承久の戦いに敗れて出家した院が配所で詠ずる百首としてはいかにも自然であった。通常の百首と異なる形式は、心情吐露のなしやすさを予め付与するのである。では、その内容を読んでみよう。はじめに四季の歌を検討する（歌番号は読解の便を考え、部立ごとに付す）。

イ　主体の立場

四季歌七十首を通し、まず指摘されるのは、主体の立場が統一的に明示されていることである。

春二十首

2墨染の袖の氷に春立ちてありしにもあらぬながめをぞする
8限りあれば垣根の草も春にあひぬつれなき物は苔深き袖
18墨染の袖もあやなく匂ふかな花吹き乱る春の夕風

夏十五首

2古郷をしのぶの軒に風過ぎて苔の袂に匂ふ橘
6今はとてそむき果ててし世中に何と語らふ山時鳥

秋二十首

1片敷の苔の衣の薄ければ朝けの風も袖にたまらず

17濡れて干す山路の菊もあるものを苔の袂は乾く間ぞなき

冬十五首

1見し世にもあらぬ袂をあはれとやおのれしをれてとふ時雨かな

12さながらや仏の花に折らせまし樒の枝に積もる白雪

13今朝見れば仏の閼伽に摘む花もいづれなるらん雪の埋木

各季の冒頭乃至二首目に「墨染」の衣を着る歌を配し、四季すべて複数の歌に出家した立場を示す（冬12・13は仏に仕える行為）。十首に及ぶこれらの歌は、季ごとに身の上の変化を思わされた際の所産であろう。その散在により、四季歌を通じて折々に詠まれる多様な思いは、当然のこと、すべて俗世を離れた出家者たる身から発していることが明示されるのである。

ロ　季における時の認識

百首歌に限らず、四季歌を配列する基本原理は時間の進行である。それに従いながらも、本百首の時間に対する認識は、通常の百首には見られない特異性を窺わせる。例えば、春は、巻頭歌に、

1霞みゆく高嶺を出る朝日影さすがに春の色を見るかな

と、配所までも「さすがに」春が訪れたことの感慨を詠み、時間の進行だけはいかなる空間においても変わらぬことを了解しながら、ほぼ半ばの位置で、

12萌え出る峰の早蕨雪消えて折過ぎにける春ぞ知らるる

と、早くも「折過ぎ」た、すなわちたけなわを過ぎた春を知ると歌い、春部の末尾に、

20物思ふに過ぐる月日は知らねども春や暮れぬる岸の山吹

と、いつ知らず春は暮れてしまうのか、と詠み据えて、物思いに耽るがゆえに思いがけずに過ぎてゆく時の速やかさが示される。かつて、

見渡せば山もと霞む水無瀬川夕べは秋と何思ひけむ（新古今集・春上・三六）

と満喫できた春はここになく、その思いは、

8限りあれば垣根の草も春にあひぬつれなき物は苔深き袖
11うらやまし長き日影の春にあひて伊勢をの海士も袖や干すらん
13おのれのみあふか春ぞと思ふにも峰の桜の色ぞ物憂き

などの歌々にも現れる。垣根の草に訪れる春は自分には関わらず（8番歌）、つらい労働で知られた伊勢の海士さえ

春を迎えていることを羨み（11番歌）、桜のみが春に会い咲き誇るのかと見える様を憂わしく思う（13番歌）。周りはすべて〈春に会〉うのに比し、自分のみが春の時間から疎外された現状を感じ続けるのである。

以下の四季歌も同様の歌い方をする。秋では、

1片敷の苔の衣の薄ければ朝けの風も袖にたまらず

と、変化した身には待望の秋の到来も好ましく受け止められず、半ばで、

9いたづらに恋ひぬ日数は巡りきていとど都は遠ざかりつつ

と、都を恋しいとも思えぬ日々が空しく過ぎゆく中、都との隔たりのみが思われて、末尾で、

20よもすがら鳴くや浅茅のきりぎりすはかなく暮るる秋を惜しみて

と、きりぎりすに託し、速すぎる時間の進行が表される。
冬では、

7青むとて恨みし山の程もなくまた霜枯れの風おろすなり

と、「程もなく」移ろう時の流れを一年の単位で感じ、末尾で、

15数ふれば年の暮るるは知らるれど雪かくほどのいとなみもなし

と、数えてみて初めて年の暮れを知ると詠む。この歳末における驚きにも似た思いが、一年を通じての、主体の時間に対する感覚である。

ハ　配所の現実

右の冬15番歌につき、続群書類従所収本付載の古注は、「都にて百官ことごとく初雪よりめしよせて、雪をかかせ翫びたまふなれど、此島にては（中略）いとなみもなしとなり」と注する。例えば『源氏物語』槿巻に見られる「雪まろばし」や、『枕草子』八十七段（日本古典文学大系本）が描く「雪の山」などの風雅な冬の行事など一切ない島の現実を歌ったものである。「雪かく」を文字通り除雪の営みと解しても、都で行われた作業が存在しない今の環境を詠んだことに変わりはない。その配所の空間はどう眺められているだろうか。

島の人（「里人」「山人」）を扱う歌を通してみると、春では、

5里人の裾野の雪を踏み分けてただ我がためと若菜摘むらん
9春雨に山田のくろをゆく賤の蓑吹き乱る暮ぞ寂しき
15ながむればいとど恨みも真菅生ふる岡辺の小田をかへす夕暮

という三首が配される。5番歌は、里人が若菜を摘む光景を見、都と異なって生活のために摘む様子を歌う。誰も自分には摘んではくれないその若菜は、自ら摘もうにも、

6降る雪に野守が庵も荒れ果てて若菜摘まむと誰に問はまし

と、野守もおらず、手段を欠いて困惑に陥らざるをえない。里人は「山田のくろ」を行き（9番歌）、「岡辺の小田」を鋤き返す姿が描かれ、属目の景としては目新しいものの、見慣れないさまは寂しさを募らせ、鋤き返す作業には我が身を都へ「かへす」望みのないことも思われる。夏では、

3たをやめの袖うち払ふ村雨に取るや早苗の声もならはず

が、農夫の労働を扱う。この歌は諸本に異同があり、解は揺れるものの、古注に「此島にて賤の田を植るを見て、都にて見しには似たれども、歌もみなちがひたるとなり」とあるように、見慣れぬものとして眺められている。秋では、

3秋さればいとど思ひを真柴刈るこの里人も袖や露けき

と、里人の真柴刈る様を詠み、これも、秋思に浸る自身との差異を浮き立たせる。冬では、

9散りしける錦はこれも絶えぬべし紅葉踏み分け帰る山人

と、散り敷いた紅葉への対し方に配所の〈鄙び〉を表現する。

もとよりこれらは、里人・山人の振る舞いを否定しようとする思惑によるものではなく、「中世庶民の多様な生態」が捉えられたとする評価もなされる。(12) ただし、いずれも環境に対する違和感を訴えるために詠まれていることを見逃すことはできない。

二　都・都人に対する思い

その違和感は、右に見たように都との対比によって生ずる。では都そのもの、あるいは都人に対する心情はどのように表されているだろうか。

春では、

10遠山路幾重も霞めさらずとて遠方人の訪ふもなければ

と、「遠方人」の語を用いて、都人の訪れるべくもないことを述べ、夏では、

1今日とてや大宮人のかへつらん昔語りの夏衣かな

2古郷をしのぶの軒に風過ぎて苔の袂に匂ふ橘

と、冒頭の二首に、夏の行事「更衣」に寄せ、「大宮人」に向けて思いが馳せられる。いずれも抑制的に都を思いやるのに対し、秋では一転、都や都人に強く訴えかける歌が多く現れる。例えば、

6故郷を別路に生ふる葛の葉の風は吹けどもかへる世もなし

と、故郷を詠むにしても、帰京が望めない事実を先に立てる。その望みのなさが、

7いかにせむ葛はふ松の時のまも恨みて吹かぬ秋風ぞなき
8泣きまさる我が涙にや色変る物思ふ宿の庭のむら萩

などの、恨み、泣き続けて日を送らざるを得ぬ現実の提示を介して、

9いたづらに恋ひぬ日数は巡りきていとど都は遠ざかりつつ

と、時間の経過につれて強まる都との隔絶感の表出に至る。それがさらに郷愁を募らせ、

10思ひやれいとど涙もふるさとの荒れたる庭の秋の白露
11故郷の一むら薄いかばかりしげき野原と虫の鳴くらん

と、主を失った旧居の景が具体的に思い起こされる。苦悩と相乗して、ここに都と都人への思いは頂点に達する。それゆえ次の、

12野辺染むる雁の涙は色もなし物思ふ露のおきの里には

という歌が、四季歌中、唯一「隠岐」の語を詠み、現実を直視した苦しさを表すのである。もとより「露」の「置き」に掛けられた形ながら、地名「隠岐」を示すのは切実さの現れであろう。

これ以降、

18頼みこし人の心は秋更けて蓬が杣に鶉鳴くなり

と、恋歌の面影を漂わせつつ、「頼みこし人」に都人を暗示する形へと鎮められ、先掲の冬末尾に置かれる、

15数ふれば年の暮るるは知らるれど雪かくほどのいとなみもなし

のような諦めさえ漂う歌に至る。都・都人に対する思いは、終始心中に抱かれながら、物思う季節である秋の部立に思いのたけを表出する構成となっている。

以上、四季歌を読んでくると、異郷を生きる主体の苦悩が、望郷意識の強まりとともに構成的に配列されていることが知られる。遠島の百首らしさを示す構成により、配所に暮らす現実が読者に強く訴えられるのである。

三　雑の歌

次に雑三十首を読んでみよう。この部立が、四季の歌に比してより直截に実情実感を表出することは、四季七十首に一例しか現れない「隠岐」という語が、

6浪間より隠岐の港に入舟の我ぞこがるる絶えぬ思ひに

以下、六首に詠まれることからも明らかである（12・15・19・27・29番歌）。

しかも、先に見た通り、秋の歌に詠まれた「隠岐」が「置き」との掛詞となっていたのとは異なって、文字通り隠岐を詠むことが目的となっている。では三十首として表そうとしたものは何であったのか。

まず留意されるのは、首尾二首に「神」への心情吐露がなされることである。

1いにしへの契もむなし住吉や我が片削の神と頼めど

30靡かずはまたやは神に手向くべき思へば悲し和歌の浦浪

神から見放された為政者の思いが、冒頭で和歌の神たる「住吉」の神に訴えられ、末尾で「和歌の浦」が詠まれて、和歌との関わりのうちに表出される。しかも首尾に配するのは、都における諸社奉納定数歌の雑部と同一である。例えば、内宮・外宮両奉納百首では、

思ふべし下り果てたる世なれども神の誓ひぞなほも朽ちせぬ（内宮百首・雑末尾）

昔には神も仏もかはらぬを下れる世とは人の心ぞ（外宮百首・雑冒頭）

と詠まれていた（第一編第一章第二節参照）。また、元久元年から承元二年にかけて、春日社以下、八幡社、賀茂上社・同下社・住吉社・日吉社・内宮・外宮への奉納三十首歌でも、「神」に向けた歌は雑の首尾に置かれていた（第一編第三章参照）。

本百首における神への訴えは、祈りや誓いではなく、恨みや頼み難さであって、もちろん直接に奉納が企図されたとは思われない。しかしながら、形態における共通性を、偶然の結果と考えることは難しい。冒頭歌で願い続けた事実を示し、末尾歌で加護の得られない絶望を表すのは、それ以外に望みを繋ぎえない姿勢の提示にほかならない。奉納の形式を襲い、歌を司る神に向けて歌うのは、隔絶した都と関係を保ちうる唯一の営みとして歌があるからであり、奉納の枠組みには歌にかける姿勢を示す重い役割が課されていたと解される。

そのように枠取られた全三十首は、以下の通り、ほぼ十首ずつに三区分される詠歌内容となっている。

初めの十首は、

3とへかしな雲の上より来し雁の独り友なき浦に泣く音を

と、都を離れて孤島に流された事実を雁に喩えて詠み、

6浪間より隠岐の港に入る舟の我ぞこがるる絶えぬ思ひに

ではさらに直截に配流の様子を述べる。そこでの歌い方は、

4藻塩焼く海士のたく縄うちはへてくるしとだにもいふ方ぞなき

と、嘱目の海辺の景にこと寄せて、苦悩の筆舌尽くしがたいことを表し、

7潮風に心もいとど乱れ蘆のほに出でてなけどとふ人もなし

と、都からは誰ひとり訪れてこない現状を示す。また稀な音信も、

9とはるるも嬉しくもなし此の海を渡らぬ人のなげの情は

と、慰めにはならず、むしろ薄情にしか思われないと訴える。ここまでの序盤は、配流直後のその記憶が新しい折の心情を吐露した一連と解される。

それが中盤の十首に移ると、

13過ぎにける年月さへぞ恨めしき今しもかかる物思ふ身は

16日にそひて茂りぞ増る青つづらくる人もなき真木の板戸に

と、時間の経過を表す歌が現れる。13番歌の「年月」は在京時代を含む過去とも配流後の日々とも解されるが、回想はつらい現況に自己を捉え直す視点を有したからであり、都人への心情も、

18人心憂しともいはじ昔より車をくだく道にたとへき

と、諦めの思いが混じり始める。苦悩は内攻し、鎮静化するのである。そのような時間への意識のうちに、自らを見つめた歌が、

21晴れやらぬ身の憂き雲を嘆く間に我世の月の影やふけなん

である。小原氏は結句を「かげやふけぬる」とする本文により、「晩年に近く及んでの作」と推定され、大部分が「渡島されて間もない一年の作」にある中、後年の差し替え歌とされる。(13)成立はともかく、時の経過の中に自己がかなり冷静に捉え直されるのである。

終盤では、

22憂しとだに岩浪高き吉野河よしや世の中思ひ捨ててき
24とにかくに人の心も見え果てぬ憂きや野守の鏡なるらん

と、「思ひ捨て」た心境から、都人の無情さを再確認し、

29同じ世にまた住の江の月や見む今日こそよその隠岐つ島守

と、帰京の夢を絶たれた現状が示される。

全三十首中ほぼ半数の歌に、「空し」「苦し」「つらし」「憂し」「悲し」等の直截的な心情語を盛り込む雑の部は、以上の通り、配所に暮らす月日の推移を基準に、配流直後の激情から諦念へと変化する心の様態に即して編成された歌々であった。従って「新島守」の歌としてよく知られた、

我こそは新島守よ隠岐の海の荒き浪風心して吹け

も、仮に配流直後に詠まれたとしても、本百首においては27首目の末尾に近い位置で、在島の時を経ても「新島守」であり続ける思いを訴えているのである。

雑部のもう一つの主要な構想は、都と都人への心情の提示である。先の7・9・16・18番歌のような都人の薄情を嘆くことに加え、

23ことづてむ都までもし誘はればあなしの風にまがふ村雲

24とにかくに人の心も見え果てぬ憂きや野守の鏡なるらん

25故郷の苔の岩橋いかばかりおのれ荒れても恋ひわたるらん

29同じ世にまた住の江の月や見む今日こそよその隠岐つ島守

と、都人が問わない現実を見つめ、都へ馳せる思いが歌われる。これらの都と都人への心情は真率であり、先の激情の吐露と併せ、雑三十首は、隠岐と都を対比的に見つめながら、四季歌よりも一層率直に配所の苦悩を表出したものと言えるであろう。

以上、四季・雑のそれぞれの構成と、そこに見られる意識を見ると、歌々は都を基準とする発想に基づくことは既に明らかである。隠岐がつらいのは、都を基準に見るからであり、もとより流人として都を志向するのは当然のことであった。島根県史所収本は、百首を掲載した後に、

以上は何れも隠岐に於ける御感慨の溢れたるものにて其歌材となりし風物は（中略）隠岐の田舎の光景ならざるはなし（後略）

と注している。もちろん隠岐の風物が歌材となり、配所に暮らす現実を生きるものの、本百首は隠岐を詠もうとしたものではない。希有な境涯に陥った身として詠まずにはいられない歌を隠岐で詠んだのである。

四　表現の特性

次に、和歌の表現について考えてみたい。既述の通り、本百首の表現は修辞的ではないとされてきた。これに対し、後鳥羽院歌全体の本歌取りの調査をされた西畑実氏は、遠島での歌にも多くの本歌を指摘され、その取り方を考察されて、「「生活体験に密着した実情的な歌を理想とされていた」歌風の底にもともと理智性が潜んでいたことを物語る」と解された。(14) 氏の「本歌取り一覧表」によれば、本百首においては、本歌取りの歌二十二首、用いられた本歌は二十五首（古今集16、後撰集1、拾遺集2、詞花集1、新古今集2、源氏物語2、新撰朗詠集1）となっている。これ

らは明らかな本歌取りの歌であり、全体の五分の一強に古典摂取が見られることをもって既に無技巧であるとは言えないであろう。その上、ことばを取り込み、発想の契機となったもの等を含めると、摂取の割合はさらに増えるのである。私に調査した結果は六割を超えた歌が何らかの形で先行和歌に触発されていることが知られる。

しかも、先行歌との関係では、歌数の多さもさりながら、以下に見る通り、摂取する位置やその役割が留意される。

四季の歌に見られる構成的な配慮の一つに、僧衣の衣を着る立場に変化した我が身を歌うものがあった。例えば、春では、

2墨染の袖の氷に春立ちてありしにもあらぬながめをぞする
4百千鳥さへづる空は変はらねど我が身の春は改まりつつ
14ながむれば月やはありし月ならぬ我身ぞもとの春に変はれる

の三首が配されていた。2番歌の、僧衣の「袖の氷」を立春の歌として詠むのは、『新古今集』雑上巻頭の俊成歌、

年くれし涙のつららとけにけり苔の袖にも春や立つらん（一四三六）

と等しく、「ありしにもあらぬ」変化による涙を扱うのは、源俊頼の「恨躬恥運雑歌百首」に歌われた、

世の中のありしにもあらずなりゆけば涙さへこそ色変はりけれ（千載集・雑上・一〇二七）

という先行例と無関係ではない。
4番歌・14番歌は、それぞれ、

百千鳥さへづる春は物ごとに改まれども我ぞふり行く（古今集・春上・二八・よみ人しらず）
月やあらぬ春や昔の春ならぬわが身ひとつはもとの身にして（同・恋五・七四七・在原業平、伊勢物語・第四段）

の明らかな本歌取りの歌である。
都と対比的に配所の現実を歌う、

5里人の裾野の雪を踏み分けてただ我がためと若菜摘むらん
6降る雪に野守が庵も荒れ果てて若菜摘まむと誰に問はまし

も、それぞれ、

君がため春の野に出でて若菜摘む我が衣手に雪は降りつつ（古今集・春上・二一・光孝天皇）
春日野の飛火の野守出でて見よ今幾日ありて若菜摘みてむ（同・同・一八・よみ人しらず）

に拠る。いずれも周知の勅撰集歌を踏まえるのは、5番歌に明らかなように、遠所を都と対比的に捉える最も効果的な方法だったからである。

速い時の流れを示すに重要な働きをした春の末尾の歌、

20物思ふに過ぐる月日は知らねども春や暮れぬる岸の山吹

も、本歌を『後撰集』冬巻軸歌、

物思ふと過ぐる月日も知らぬ間に今年は今日に果てぬとか聞く（冬・五〇六・藤原敦忠）

に定めつつ、『源氏物語』の中で光源氏が詠ずる最後の歌、

物思ふと過ぐる月日も知らぬ間に年も我が世も今日や尽きぬる（幻巻）

をも念頭に置く歌であったように思われる。

第一編で見た通り、都における後鳥羽院の和歌には旺盛な先行歌摂取が見られた。一朝にしてそれが変ずることはありえず、もとより詠歌の基本は共通である。本百首においては、変わらぬその方法を貫くことが、宮廷和歌にいそしんでいた自らを保つ拠り所となっていたに違いない。要所となる歌に明らかな本歌取りの歌を据え、基調に王朝和歌世界を揺曳させることが百首を編む基本の在り方であった。

では、都での歌とは異なる実情実感の表出がその古典摂取といかに関わるのだろうか。実情実感が最も強く表現

された秋と雑について検討してみたい。

秋の部は、特にその前半に、故郷を思いやる歌と、配所の今を嘆く歌が効果的に配置され、望郷と悲嘆の思いが相乗的に深められる仕組みとなっていた。その中で、

6故郷を別路に生ふる葛の葉の風は吹けどもかへる世もなし

8泣きまさる我が涙にや色変はる物思ふ宿の庭のむら萩

という率直な心情吐露は、それぞれ、

忘るなよ別路に生ふる葛の葉の秋風吹かば今帰りこむ（拾遺集・別・三〇六・よみ人しらず）

鳴き渡る雁の涙や落ちつらむ物思ふ宿の萩の上の露（古今集・秋上・二二一・よみ人しらず）

の摂取のうちになされる。
故郷を思いやる、

11故郷の一むら薄いかばかりしげき野原と虫の鳴くらん

には、

君が植ゑし一むら薄虫の音のしげき野辺ともなりにけるかな（古今集・哀傷・八五三・御春有助）

が、

12野辺染むる雁の涙は色もなし物思ふ露のおきの里には

には、右の『古今集』二二一番歌とともに、同集秋下の、

秋の夜の露をば露と置きながら雁の涙や野辺を染むらむ（二五八・壬生忠岑）

が明らかに投影している。

雑の部でも、神への思いを歌う巻頭歌に続く第二首、

2なまじひに生ければうれし露の命あらば逢ふ世を待つとなければど

が、『拾遺集』恋歌、

いかにしてしばし忘れん命だにあらばあふ世のありもこそすれ（恋一・六四六・よみ人しらず）

を踏まえることをはじめ、その半数以上は古典に依拠する歌である。しかも、

11暁の夢をはかなみまどろめばいやはかななる松風ぞ吹く

寝ぬる夜の夢をはかなみまどろめばいやはかなにもなりまさるかな（古今集・恋三・六四四・在原業平）

26思ふらんさても心や慰むと都鳥だにあらば問はまし

名にし負はばいざ言問はむ都鳥我が思ふ人はありやなしやと（伊勢物語・第九段）

のように明らかな摂取が多い。

西畑氏が評される通り、「生活経験と古典的教養を密着せしめているところに、当時の本歌取りの歌にありがちな非現実的唯美的傾向がほとんど見られ」ないのであり、修辞は、実情実感を先行古典世界に重ねて表すことで、苦悩や悲嘆をより強く提示するために働いている。膨大な古歌との関わりのうちに自詠を生み出してきた都での詠歌方法を貫くことは、耐え難い現状を耐える必須の方途であり、詠歌に臨む際、遠島の配所が、「都」といかに異質な空間であるかを常に感じ続ける心が持たれていたに違いない。

先行歌の中には『新古今集』入集歌も少なくない。

15岡の辺の木の間に見ゆる柴の戸にたえだえかかる蔦の秋風

16同じくは桐の落ち葉も降りしけな払ふ人なき秋のまがきに

など、ともに式子内親王の歌、

山深み春とも知らぬ松の戸にたえだえかかる雪の玉水（春上・三）

桐の葉も踏み分けがたくなりにけりかならず人を待つとなけれど（秋下・五三四）

に拠ることをはじめ、随所に新古今歌を意識した表現が見出される。都での編纂時に全歌を記憶したと言われる院に『新古今集』の表現は血肉化していたはずである。ともあれ、院に取って修辞は実情実感表現と対立すべくもなく、むしろ積極的に結びついていた。

冒頭歌、

霞みゆく高嶺を出る朝日影さすがに春の色を見るかな

は、遠所にも「さすがに」訪れる春を歌う〈遠島〉百首らしい歌であるが、第四句「さす」に朝日影の「射す」を掛詞として詠んでいる。百首を通して、王朝和歌の伝統を逸脱する表現はないのである。

帰京の夢が果たせそうもなく、和歌が心を慰める唯一のものである時、せめて取るべき手段は、「都」風な、言い換えれば伝統的な発想と表現の歌の詠出であった。従って、取り上げてきた歌以外に実情実感を詠まない歌々が連ねられているのも当然であった。

帰京の望みを捨てず、絶望に苛まれながら、せめては都人の来訪を願う。しかし、それさえも不可能な状況に置かれ、都とは異なる空間に居る自分を意識する時、常に念頭に去来したのは、往時の都の生活であったであろう。治天の君として、また歌壇の主宰者として、絢爛たる時代を領導してきた自己を恃む矜持こそが、本百首に底流する意識であった。

かつて、雑の部の、

23ことづてむ都までもし誘はればあなしの風にまがふ村雲

という歌につき、

隠岐の方言なるアナジ風さへ御詠に入りしを見れば此百首は隠岐行宮の和歌と拝せられ（後略）

という批評もなされた（島根県史所収本『遠島百首』附注）。見てきたようにその表現を辿り、院の意識を窺うと、本百首の歌に方言が取り入れられたとは考えられない。この「あなし」は、『後拾遺集』の、

あなし吹く瀬戸の潮あひに舟出してはやくぞ過ぐるさやかた山を（羇旅・五三二・藤原通俊）

にも詠まれた「あなし」に相違ない(15)。

これまで、隠岐での院の歌は、あまりに実情実感のみを重視され過ぎてきたのではなかろうか。もとより真率な心情吐露は後鳥羽院にして初めてなし得たものである。しかし、そうであることによって、院の歌は技巧とは無縁であるとする見方が強く行なわれ過ぎていたのではなかろうか。実情実感を詠むことと技巧を用いることは、院の場合、少しも背反せず、『遠島百首』は、むしろそれらが積極的に結びつくところに成立していたのである。

五　歌の存在

以上、百首の構成を考える中で、作者が表そうとしたものと和歌表現とを考えてきた。〈環境も身分も一変した遠島の廃帝が厭わしい現実を生き、都を志向する〉という、配所の所産としては当然に過ぎる内容が、独自の歌い方によって表され、先例のない百首歌が生み出されたのである。『遠島百首』は、あくまで〈都人〉後鳥羽院の創作であり、改訂にこだわり続けたのは、流刑地という特異な空間において、和歌を詠むことが唯一自身を支える営みであったからにほかならない。

【注】

（1）「後鳥羽院」（『日本歌人講座　中世の歌人Ⅰ』一九六八年九月、弘文堂）
（2）『新古今和歌集の基礎的研究』（一九六八年三月、塙書房）
（3）「後鳥羽院の御文学」（『文学研究』二五、一九三九年六月、『新古今和歌集の研究　続篇』（一九四六年十二月、新日本図書株式会社）所収）
（4）『新古今集歌人論』（一九六〇年三月、桜楓社）
（5）注（1）に同じ。
（6）注（3）に同じ。
（7）注（4）に同じ。
（8）注（1）に同じ。
（9）平安時代の百首歌は松野陽一『鳥帚　千載集時代和歌の研究』（一九九五年十一月、風間書房）Ⅰ「組題定数歌考」、中世の百首歌は深津睦夫『中世勅撰和歌集史の構想』（二〇〇五年三月、笠間書院）第二章「応製百首」にそれぞれ詳細な解明がなされた。

(10)「藤原良経」(『日本歌人講座 中世の歌人Ⅱ』、一九六八年十二月、弘文堂)

(11)『新古今歌人の研究』(一九七八年三月、東京大学出版会)

(12)『史伝後鳥羽院』(二〇〇一月十一月、吉川弘文館)

(13)『遠島御百首注釈』(一九八三年四月、隠岐神社社務所)

(14)西畑実「後鳥羽院」(『大阪樟蔭大学論集』七、一九六九年十一月)

(15)「アナジとも。だしぬけに強く吹き出す西北の季節風。古来、舟人などが航海に際し注意した」(『岩波古語辞典』)。

〔付記〕

平田英夫氏は「隠岐の後鳥羽院」(『後鳥羽院のすべて』二〇〇九年三月、新人物往来社)において、本節初出稿に触れつつ、本百首の和歌を「異土を和歌の風景に取り込むことを意識した意欲的な作品群」とされ、詠歌を「辺境」を「王の鎮座する本朝に変化」せしめた営みとする新たな読みを施された。これは「新島守」の理解とも関わり、隠岐の後鳥羽院の自己意識をいかに認定するかの課題とも関わる新たな理解である。魅力的な説であるが、流された意識とともに、百首を詠む狙いがその意欲に由来するか否かの検討が必要であろう。

第二節　改訂の熱意

一　改訂の問題

後鳥羽院の隠岐配流後の作、『遠島百首』には、かなり多くの、しかも相異なる種類の伝本が知られている。そのことは早く平賀春郊氏によって指摘され[1]、小原幹雄氏の校本作成[2]、樋口芳麻呂氏の改訂案の提示[3]等がなされてきた。しかし、『遠島百首』の本文研究を初めて本格的になされたのは田村柳壹氏であった[4]。氏は五十余本の諸伝本を精査され、それが五類に分かたれること、各類本の関わり方から、第一類本から第五類本へと順次に改訂されたこと等を示された。多様にして複雑に絡み合っている諸形態の伝本を博捜され、分類されて、成立の解明に及ぶその詳細な論述は、本作研究史上極めて貴重な成果であり、さらには認定された最善本の本文をも提供されて[5]、一連の御労作は画期的な業績と称すべきものであった。

田村氏に周到に論じられた『遠島百首』の伝本と成立の問題に関し、いまここに論を試みようとするのは、氏の結論が私に考えてきたものといささか異なり、とりわけ改訂の問題には議論の余地が残されているからである。改訂の問題を扱う時、氏が取られた方法は、「作品分析の立場」から、概ね「詠歌内容を吟味すること」によって帰納するものであった。管見の及ぶ限りの伝本に徴しても、なかなか先後を決定する「外部徴証」は見出し得ず、その〈読み〉によるしかないのが現状である。とすれば、異なる視点からの可能な限りの解明こそが望ましいことになる。一定不変の〈読み〉があり得ぬ以上、その流動的なもので改訂の先後関係を考えるに際しては、多様な角度からの解明の〈照射〉が、客観性を保証するための最善の方法に違いない。

右のような観点に立って、以下『遠島百首』の改訂の問題につき、考察を加えてみたい。目的とするのは、いずれからいずれへ改訂されたかの方向を認定すること自体ではなく、改訂の意味を問うことにある。その作業を通し、後鳥羽院の文学の在り方についても解明を試みたい。

二　田村柳壹氏の論

田村氏論の概要は、「第一類本」と「第二類本」以下の諸本との間に「甚だしい差異」があり、「第二類以下の四類の伝本は極めて近似した関係」にある、即ち、ひとたび六首の差し替えと十三首の本文異同の大きな改作がなされ、その後は順次若干の修正が施されて、『遠島百首』は成立した、とするものである。

まず、本文に著しい異同のある「第一類本」と「第二類本」との関係について検討してみよう(6)。差し替え歌の六首は、以下の通りである。

［第一類本のみにあって第二類本にない歌］

1沖津波たつや霞の絶間よりあまの小ぶねのはるけくぞ見ゆ

2山姫のかすみの袖やしほるらむ花こきたれてはる雨ぞふる

3いたづらにみやこへだつる月日とやなほ秋かぜの音ぞ身にしむ

4宮古人とはぬほどこそしられけれむかししのぶのかやが軒端に

5水茎のあとはかなくもながれゆかばすゑの世までやうきをとどめん(7)

6問かしなたがしわざとや胸のけぶりたえまもなくてくゆる思ひを

〔第二類本のみにあって第一類本にない歌〕

1ながむればいとゞうらみもますげ生る岡べの小田をかへす夕暮
2散花に瀬々の岩間やせかるらん桜にいづる春の山川
3いたづらに恋ぬ日数はめぐりきていとゞ都は遠ざかりつゝ
4とはるゝも嬉しくもなし此海のわたらぬ人のなげのなさけは
5おもふ人(8)さてもこゝろやなぐさむと都鳥だにあらばとはまし
6とへかしな大宮人のなさけあらばさすがに玉のをだえせぬ身を

また、「著しい対立異文を有する」改作歌は、

分のぼる袖はる雨に打しほれみねのさくらも色ぞものうき　第一類
をのれのみあふ《かイ》を春ぞと思ふにも峯のさくらの色ぞ物うき　第二類

以下十三例に及んでいる。

田村氏は、差し替え歌・改作歌両者の分析から「第一類本」を「配流後あまり時日を経ない頃」の成立、「第二類本」を「配流後ある程度の年月を経過」した時点で改作されたものと認定された。挙げられた論拠に即しつつ、読み直してみる。

まず、改作歌の、

置わびぬ消なばきえね露の命あらば逢世を待となき身を　第一類
なまじひにいければうれし露の命あらばあふせをまつとなけれど　第二類

につき、氏は、「詠歌内容」から前歌には「現実の状況に対する絶望と自棄の心境」を認められ、後歌に「現実を冷静に見詰めるゆとり」を読まれた。以て、配流後の時間の経過を想定されるわけだが、この改作例を「現実認識」の差に起因せしめるためには、さらに別の説明が必要である。なぜなら改作されない歌の多くに絶望や自棄の心境を窺わせるものが認められ、氏自身改訂後の「第二類本」の雑三十首中に「配流直後の激情」を詠んだ歌があり、それが他のものと「交互にうねりをもちつつ」「心の動きそのままに配列されている」と分析されるからである。他ならぬこの一首の改作理由が示されるべきだろう。

そもそも、詠歌内容が詠歌時点の現実をどの程度反映するかについての考察はかなりの困難を伴うものと思われる。田村氏が批判された樋口氏論の改訂の方向はこの逆で、論拠はこの例歌にあった。樋口氏は前歌「置わびぬ」歌のほうが「帰京の夢を失っているだけに、後の形態かと思われる」とされたのである(9)。

配流直後か、帰京の夢を失ってからか。詠歌内容からそれを帰納するのは不可能である。しかも、院の歌を実情実感流露の歌とするような暗黙の了解事項は存在していない。

手続きとしては、きわめて当然ながら表現自体に即すしかないであろう。むろん表現を離れた詠歌内容など存在し得ないけれども、表し方の差異をつぶさに析出し、以てその先後を測定することに徹するのが最善にして（現状では）唯一の方法と思われる。

再び、この例歌を見よう。

置わびぬ消なばきえね露の命あらば逢世を待となき身を　第一類
なまじひにいければうれし露の命あらばあふせをまつとなけれど　第二類

前歌は、初句・第二句で自らの命のもろさを表すが、その際第三句に置かれた「露」の縁語「置き（わぶ）」「消ゆ」を用い、比喩で〈はかないイメージ〉の統一をはかっている。対して後歌の初句・第二句は「なまじひに生ければ」と状況をそのままに描いて「嬉し」の心境を直叙した。モティーフに自らの死を扱いながら、修辞的に整えられたのが前歌であるに対し、後歌は状況の中に揺れ動く感情の一時点を書き留めたものと解される。

いずれの形も、下句は、

いかにしてしばし忘れん命だにあらばあふ世のありもこそすれ（拾遺集・恋一・六四六・よみ人しらず）

という古歌の恋歌の表現に拠っており、その恋のイメージと響き合って無理なく統一的世界を築くのは「置わびぬ」歌のほうである。その第二句「消えなば消えね」という措辞も、

うき世には消えなば消えね蓮葉に宿らば露の身ともなりなん（堀河百首・蓮・藤原基俊）

という歌を意識したものだったかもしれない。

かく見てくれば、和歌としての表現の周到さは前歌により強く認められ、表現における感情の表出性は後歌によ

り強く認められると言えよう。「冷静」「ゆとり」等の評語は、表現態度に関しては前者「置わびぬ」歌によりよく相当し、いわば〈和歌らしさ〉を有するに対して、後者「なまじひに」歌はより現実認識に支えられた一首と見てよいであろう。

感情の表出性を基準に差し替え歌を見渡せば、その直截さにおいてやはり「第二類本」のほうに強いものが存在する。

1沖津波たつや霞の絶間よりあまの小舟のはるけくぞ見ゆ　第一類
1ながむればいとゞうらみもますげ生る岡べの小田をかへす夕暮　第二類
4宮古人とはぬほどこそしられけれむかししのぶのかやが軒端に　第一類
4とはるゝも嬉しくもなし此海をわたらぬ人のなげのなさけは　第二類

この二例のうち、前者は「うらみ」の語の有無にすぎないが、後者は一首全体の表現において、状況の特異性を押し出す在り方にかなりの差が認められる。

後者を詳しくみれば、「第一類本」の「宮古人」歌は懐旧の思いに捉われる主体の望郷に焦点が絞られるのに対し、「第二類本」の「とはるゝも」歌は「此海」を渡らない人への固有の恨みに支えられる。状況に規制され支えられる程度に大きな差があり、裏返せば和歌一首の〈自立〉の志向に径庭があるのである。都人の問わぬ辛さと裏腹に、表現態度においてより冷静・周到さを認定できるのは、前者の「第一類本」のほうではないだろうか。

次に、

6問かしなたがしわざとや胸のけぶりたえまもなくてくゆる思ひを　第一類
6とへかしな大官人のなさけあらばさすがに玉のをだえせぬ身を　第二類

の差し替えについて考える。田村氏は、前歌を「配流の憂愁と悲憤とが激しい調子で詠まれて」いることから「配流後まもない時点での」「現実的心情が直接的に表現された歌」とされ、後歌にやはり「ある程度の年月」の経過による「心の平静と安定」を読まれた。

前歌に対する氏の認定に与って力を有したのは第二句「誰が仕業とや」であったように推される。おのずと承久の乱後の北条方の処置を暗示させるような表現に思われるからである。しかし、和歌に詠まれた「しわざ」の語の用例に照らせば、そのようには解し得ない。

そも、「しわざ」は先例に乏しい語で、用いられたものも、

長居する海人のしわざと見るからに袖のうらにもみつ涙かな（金葉集・雑上・五五二・平康貞女の娘）
舟のうち波の下にぞ老いにける海人のしわざもいとまなの世や（新古今集・雑下・一七〇四・藤原良経）

のように「海人の」を冠して詠むのが専らである（勅撰集にこの二例のみ）。後者の歌のような院自身が『新古今集』にも撰び入れた先例（『千五百番歌合』良経歌）と関わらないと考えるのは不自然で、この語がここに選ばれたのは「海人のしわざ」の前例があればこそであったに違いない。つまり、「誰が仕業とや」は「誰」に「海人」の連想が働くことで〈海人ならぬ自分の、海人にも類する〉の意を暗示しようとした巧んだ表現だった。

それは「我こそは新島守よ」の一首を代表として、海人にも等しい海辺生活を強いられた歌を収める『遠島百首』

の中では自然な表現であり、また解釈であるに違いない。しかも、先に掲げた初出の『金葉集』歌は、「しほゆあみに西の海のかた」へ行った平康貞女が都の娘へ贈った、

磯菜摘む入江の波のたちかへり君見るまでの命ともがな（五五一）

という歌との贈答歌で、母子再会の願望を歌う中に、「長居する海人のしわざ」の形で登場していること、『新古今集』歌も「老いにける」の句とともに詠まれていることを重く見るなら、都人との再会（都への帰還）を希求しつつ長居を強いられている今、老境を意識してこの一首をなした、との読み方さえ成り立つのである。

それに比すれば、後歌「とへかしな」の一首は、「さすがに玉のをだえせぬ身」からの「大宮人」に対する思いを直截に表したものと見てよく、表現の態度においてはやはり相当の落差を認めてよいように思われる。

こう見ると、「第一類本」から「第二類本」へ改訂されたとする見方には無理が生じてくる。少なくとも「現実認識」の差に起因すると見る論拠には従えぬように思われる。

三　改訂の方向

前節で検討したように『遠島百首』はその特異体験による内容が、先行和歌を積極的に摂取する所で成立していた。勅撰集から私家集、さらには王朝物語中の詠歌にまで及ぶ多様な和歌を摂取している中で、いま、改訂に伴う幾例かを取り上げ、考えを進めてみよう。

分のぼる袖はる雨に打しほれみねのさくらも色ぞものうき　　第一類

をのれのみあふを春ぞと思ふにも峯のさくらの色ぞ物うき　第二類

この後歌は〈異郷〉に置かれた主体の、春に会えぬ嘆きを詠んだ一首である。対する前歌は、平明な歌の多い本百首中では少々難解な一首で、その原因は上句の表現にある。「わけのぼる」なる語は、勅撰集にはなく、先例の少ないものであった。知られるのは、

わけのぼるをぶねみとろし葦原にこぼるる雪や多く積むらん（為忠家後度百首・葦間雪・藤原為忠）
わけのぼる庵の笹原かりそめにこととふ袖も露は零ちつつ（拾遺愚草・韻歌百廿八首）
夕されば山路にわびぬ分けのぼる雲より奥に滝つ瀬の音（正治後度百首・鴨長明）

など。このうち、注目すべきは二首目の藤原定家の歌である。これは、露に濡れつつ笹原を分けて庵を訪ねる主体が、涙の露にも袖を濡らす様を詠んでおり、院の歌は、その濡らすものを春雨に変え、濡れる桜のものうさに転じた趣を呈しているからである。定家歌は「山家」題の一首で「わけのぼる」は山路を踏み分けて登る意だが、その意の「わけのぼる」を初句に据え、濡れる袖を詠み、涙を暗示するこれら二首の共通性は偶然の結果とは解しにくいであろう。

定家歌との関わりは、『遠島百首』各類本共通の、

とけにけり紅葉をとぢし山川の又水くゞる春のくれなゐ（春）

の下句が、定家の、

竜田川いはねのつつじ影みえて猶水くぐる春のくれなゐ（土御門内大臣家歌合・水辺躑躅）

の下句をほぼそのまま用い、やはり各類本共通歌、

神無月時雨とび分ゆく雁のつばさ吹ほす峯のこがらし（冬）

が、定家の『新古今集』入集歌、

霜まよふ空にしをれし雁がねの帰るつばさに春雨ぞ降る（春上・六三）

を念頭に置いての歌と認められることから知られる。これらが『遠島百首』各類本に共通に存する以上、当該「分のぼる」歌の例はその関係の成立する方向への改訂と見るほうがより説得的となる。

とすれば、先の、

置わびぬ消なばきえね露の命あらば逢世を待となき身を　第一類

という歌に、あるいは次のような定家詠の介在を想定してよいのかもしれない。

後朝恋

おきわびぬ長き夜あかぬ黒髪の袖にこぼるる露乱れつつ（関白左大臣家百首）

むろん定家の歌は「後朝恋」題で、初句は「起きわびぬ」の意を表す。しかし、「起き」には「置き」が掛けられ、下句の「露」と響き合っており、院の歌自体既述の通り古典の恋歌を本歌に定めていた。「おきわびぬ」と初句切れで提示する歌が、意外にも新編国歌大観等に徴し、後代の一例以外に見出しがたいことからすれば、全体に恋のイメージを揺曳させるために印象鮮明な定家の初句を借り用いた、と見るのもあながち無理な推測とは思われない。

もし、それが認められるなら、この定家の歌が貞永元年（一二三二）成立の『洞院摂政家百首』に詠まれたものであることが、その時点以降の改訂たることを示す「外部徴証」になるのである。

これらは、いずれも明瞭に断定し難い性格の論拠ながら、都への関心を持ち続け、後に見る通り、定家・家隆には晩年に至るほど強い思いを寄せた後鳥羽院の心中を併せ考えるならば（第四章）、定家の歌との関わりを何らかの形で有する方向での改訂が、蓋然性として高いことになってくる。

やはり、「第一類本」から「第二類本」への方向よりは、その逆を想定したほうが説得的となるに違いない。

四　改訂の捉え方

そうなると、「第二類本」から「第一類本」への方向を、他の種類の伝本との関わりにおいて如何に捉えるかが問題となってくる。

田村氏は既述の通り「第一類本」を最も早いものと位置付けられ、「第二類本」以降「第五類本」にかけては、順次改訂が加えられ成立したものという案を示された。『遠島御歌合』歌を収めるという改訂が、「第四・五類本」になされていることから、それが嘉禎二年（一二三六）以降の最晩年に限定され、それを含め「第二類本」以降は「極めて近似した関係にある」のだから、「第二類本」以降に「第一類本」の位置を求めるのは、なかなか困難なことである。

この問題を考えるに際しては、先立って、多種の形態が伝存している『遠島百首』の伝本群を如何に捉えるかについての見通しを立てておく必要がある。

田村氏が詳細に解明された「第一類」から「第五類」に至る本文の異同は、後鳥羽院の手による推敲の過程を細やかに語る態のものとなっていた。少なくとも五種類の本文が、その逐次の修正のあとを留める形で伝存しているのである。

これは何を示すだろうか。伝来についての外部徴証は極めて乏しく、伝存のありようから見通すしかないが、多種の伝本が右のような形で存在するのは、各段階における流布を想定するほうが、そうでない場合を考えるより自然であるだろう。即ち、改訂の過程が流布の状況と見合い、折々に都にもたらされて人々の目に触れたと考えるほうが、院の手元に改訂本が複数累積し、ある時それらが同時に流布したと見るより、蓋然性が高いと思われる。異なる種類の本文に異なる注が施されていることも、そう考える手がかりとなる。

次章で検討するように、隠岐での他の作『後鳥羽院御自歌合』『遠島御歌合』を一面で支えるのは、家隆を介して、都人・廷臣達に働きかける、悲劇の主人公としての思いにあった。それと等しい思いは『遠島百首』全体を貫き、都人へ訴えかける歌は各類本共通に置かれている。『遠島百首』とは、やはり第一義的に都人に読まれるための百首であった。その要請に基づくため改訂を経れば何らかの形で都にもたらされたと考えておきたい。

そう考えると、改訂が必ずしも順次になされたとのみは言えないことになってくる。例えば、改訂が読者を異にする思いの託し方の異なりに由来する場合、根幹本文をもとに改訂本が並立的に生じうるからである。しかも、直線的な順次の改訂は、いささか不自然な想定を強いられもする。例えば、田村氏論は、

いたづらに恋ぬ日数はめぐりきていとゞ都は遠ざかりつゝ

を「第一類本」から「第二類本」への改訂過程で切り入れられた歌と見、結果的にそれが「秋歌」として「落題歌」であるがゆえに、推敲の必要を感じており「第三類本」以下に部立替えがなされたとする。しかし、差し替えという改訂作業の段階に「落題歌」を切り入れ、それに修正を加えるという想定は不自然ではあるまいか。これは「第一類本」を後に位置付ければ不自然は生じない例である。

同様に、「純粋な第三類本」も、それぞれ「第二類本」で切り入れた、

いたづらに恋ぬ日数はめぐりきていとゞ都は遠ざかりつゝ
とへかしな大宮人のなさけあらばさすがに玉のをだえせぬ身を

を切り出した形を取っており、これも一旦切り入れて再度切り出すという過程を想定せずにすむ「第一類本」後置を考えたい例である。

むろん修正である以上、試行錯誤の跡が留められ易いとは言え、改訂という作業の省察性・客観性に照らせば、より説明の付きやすいほうに就くべきであろう。

そして、田村氏が「現段階では」「第三類本」に帰属させるとされた「混態本」の存在は、この問題を考える鍵になりそうに思われる。即ち、「第二類本」に改訂が加えられた「第三類本」の本文を「根源的」に有しながらも、「第一類本」独自歌とその独自異文を併せ持つ形態の伝本が存するのである。

「第一類本」が「第二類本」以前ではあり得ないとする考え方にとって、この種の伝本の存在は、「第二類本」を根幹とする本文から「第一類本」の本文に至る中間の形態が存したことを窺わせる証左となる。「混態」の現象によらない本文形成の段階があり得るのである。

なお、「第二類」から「第五類」の諸本において、田村氏は、「第二類本」を「母胎」として、それ以降の伝本が成立したと捉えておられた。「順次」の段階的な想定を外せば、これはきわめて妥当のように思われる。しかも、氏の言われる通り、「第二類本」の伝本が量的にも最も多く伝存しており、最も広範に流布していたと考えられる。後人の手による「改変本」「改竄本」もこの種の伝本に専ら認められるのである。

以上のことから、『遠島百首』は、「第二類本」の形を根幹にして、折々にその他の形態のものを派生させていった、と大きく見通し得るように思われる。

五　改訂の狙い

『遠島百首』の伝本群をそのように大づかみにした上で、「第一類本」の成立と諸伝本に対する位置を如何に考えるべきか。

既述の通り、外部徴証として有力なものの見出せぬ以上は、専ら所収歌のありようから帰納していくほかはない。ここに注目したいのは、「第一類本」にのみ見られる歌のうち、

水茎のあとはかなくもながれゆかばすゑの世までやうきをとどめん

という一首が、巻軸近く（終りから第三首目）に置かれていることである。

この歌は、「第一・二類本」間の差し替え歌六組計十二首中、他の十一首に対して一首性格を異にするものである。それは、自らの死後のこの世に対する思いに発し、後代での自詠に関心を寄せる態を取ることにある。田村氏は、この歌に先の「誰が仕業」の歌とともに、「配流後まもない」「激しい調子」の「憂愁と悲憤」を読まれた。激情による死への想到はあり得ることながら、自らの詠草の行く方を後代の読者との関わりの中に見定めようとするこの一首が、そのような形で対都人意識を表出しているとはいえ、激しい調子で現状にのみ捉われた思いを述べているとは読み難い。

時間を超えて作品が残ることを扱った先行の和歌のうち、表現にいささか関連のありそうなものとして、『古今集』の忠岑の長歌（一〇〇三番歌）の、人麿に言及する部分、

……あはれ昔べ　ありきてふ　人麿こそは　うれしけれ　身は下ながら言の葉を　天つ空まで　聞こえ上げ　末の世までの　あととなし……

がある。[10] 院の歌は、「末の世」の用法を同じにして、歌聖人麿とは対照的に、己が詠草の後代に残ることが「憂き」を止めることになるのかと慨嘆したものであろう。モティーフの選択といい、表現の仕組みといい、憂愁・悲憤に捉われてのものというより、百首全体を読み返し、それをひとたび客観視した上で、改めて後代にまで思いを及ぼした詠歌と考えるのが自然ではなかろうか。

そして、巻軸あたりで、末代まで「憂き」を「とどむ」と総括する姿勢は、本作が後の世に残るという意識に裏打ちされたものと読まれ、「憂き」としつつも「とどめん」の語には、詠歌の残る確信のような思いが込められて

いたと解される。

そのことが、和歌各首の達成度への顧慮を要求し、先に検討したような、改訂における「第一類本」の〈和歌らしさ〉、和歌一首の〈自立〉化等への配慮となって現れた、と考えれば、諸事説明が付きやすい。「第一類本」にみる幾例かの定家歌による手直しも、その定家詠が和歌として達成度が高いものという前提のもとになされたと考えられる。

しかも、「うきをとどめん」の言挙げは、内容的に見て「憂き」の明らかなものでなければならなかった。既述の差し替え例、

置わびぬ消なばきえね露の命あらば逢世を待となき身を　第一類
なまじひにいければうれし露の命あらばあふせをまつとなけれど　第二類

において、「なまじひに生ければうれし」は消されたほうがよかったのである。実はかかる状況で「うれし」と詠むほうが切実な表現であるはずだが、不特定多数の読者に向かっては、自らの死にも言及する「置きわびぬ消えなば消えね」の表現が、はるかに優ってその要請に応えるものであるに違いない。

その他、

隠岐の海にわれをやたづぬ友千鳥なくねはおなじ磯の小筵　第一類
おきの海をひとりやきつるさよ千鳥鳴ねにまがふいその松風　第二類
みほの浦を月と共にぞ出し身のひとりぞのこるをきの外山に　第一類

みほの浦を月とゝもにや出ぬらんおきの外山にすぐる雁がね　　第二類

等、「第一類本」の歌のほうがやはり「うきをとどめん」にふさわしく「憂き」を明瞭に押し出したものとなっている。そう見れば、

さそひゆかばわれもつれなむ都まであなしのかぜにまよふ村雲　　第一類

ことづてむ都までもしさそはればあなしの風にまがふ村くも　　第二類

にしても、「都への言伝てのみを託す」「第二類本」より「帰京の夢」というあり得ぬ望みを歌う「第一類本」のほうが、都への思いの切実さを感じさせる歌と認め得る。そして、いずれの例においても「憂き」の明らかな表出が、状況の特異さに凭れかかるような後退はしていないのである。

では、そのような自らの死後の、後代への思いはどこから出てくるのだろうか。きわめて主観的な心情の生ずる時期などは認定不能ながら、後鳥羽院の隠岐での文学活動全体を考え合わせる時、次のような記述に、いささかの関連性が見出されてくる。即ち、隠岐本『新古今集』の序文（隠岐序）は、最後の部分が、

天の浮橋の昔を聞きわたり、八重垣の雲の色に染まむ輩、これを深き窓に開き伝へて、はるかなる世に残せとなり

と結ばれていた。その記述は『古今集』仮名序以来の書き方を踏襲したものでありながら、前文に「いさごの門、月静かなる今」と隠岐の現在を明示しての抄出作業だとすることにおいて、配流後の事績として本百首との共通性を認めることができる。隠岐本『新古今集』が後代に伝えられる、それと一括して『遠島百首』ものちの世に伝わ

るだろうとの共通の認識が強く抱かれたのではなかろうか。

既述のように和歌一首として〈自立〉し、かつ欠点の少ないものを志向するのは、いわば後代に向けての『遠島百首』の定本を定める狙いに発したように思われる。

3いたづらにみやこへだつる月日とやなほ秋かぜの音ぞ身にしむ　第一類
3いたづらに恋ぬ日数はめぐりきていとゞ都は遠ざかりつゝ　第二類

の差し替えにしても、前歌は、上句の「都隔つる月日」で後歌全体が表したところを詠みおおせ、下句で孤独に沈む辛さを望郷・懐旧の中に表出しており、その顕著な姿勢は、右のような要請による改訂をよく窺わせるのである。

以上、所収歌のありようから考えをめぐらして来た。最後にそれとは異なって、わずかの外部徴証から考えてみたい。それは、

2山姫のかすみの袖やしほるらむ花こきたれてはる雨ぞふる　第一類
2散花に瀬々の岩間やせかるらん桜にいづる春の山川　第二類

の改訂例である。両歌はそれぞれ後代の勅撰集、『続古今集』『続拾遺集』に収められ、評価を得る歌だが、前歌は後鳥羽院の隠岐での大作「詠五百首和歌」との唯一の共通歌となっていた。

「詠五百首和歌」は、のちの第三章で見る通り、院の和歌総決算の意図による定数歌と解される。しかも五百首作の先蹤、俊成『五社百首』との関わり等から、隠岐本『新古今集』の完成に伴って成立した可能性を有する大作

である。

この事実に照らして考えるなら、一旦差し替え、それも早い時期に反故にしたものを再びここに収載せしめた（第一類本→第二類本の想定）と考えるよりも、生涯の総決算という記念碑的な作に改訂歌を加えた（第二類本→第一類本の想定）と見るほうがはるかに自然であるだろう。「総決算」なるがゆえに反故にした歌をも収載するという見方も不可能ではないが、そう見るべき積極的理由は見当たらない。

なお、表現のレベルで見れば、後歌の「桜にいづる」が特異な句であるに対し、前歌の「花こきたれて」は、

明けぬとて帰る道にはこきたれて雨も涙も降りそほちつつ（古今集・恋三・六三九・藤原敏行）

等の古歌の表現を襲っており、これも先に要述したことと同様に、「第二類本」→「第一類本」の方向を示唆していよう。

ともあれ「詠五百首和歌」との共通歌を含むことにおいて、「第一類本」は隠岐における後年の成立を思わせるのである。とすると、その後年とはいつか、「第四・五類本」とは如何に関係付けられるか、が問題となってくる。

六　読者への意識

「第四・五類本」は、田村氏が指摘されたように院の『遠島御歌合』出詠歌、

軒端荒れて誰か水無瀬の宿の月すみこしままの色は変はらじ

を切り入れ、それによって当歌合成立の嘉禎二年（一二三六）以降に改訂されたことが知られている。

それと「第一類本」との先後関係は、厳密には不明と言うしかない。しかし重要なのは、以下に述べるように、両者の形態は動機を異にするそれぞれの要請によってもたらされたもので、共存しうる形と想定されることである。『遠島御歌合』に出詠した右の「軒端荒れて」の歌は、判者をも務めた後鳥羽院が自詠十首中、唯一勝を与えたことで、この歌合の代表歌のように言われてきた。しかし、次章で述べる通り、院自身が自讃歌と考えていたのはこの歌ではなく、のちに自ら編む秀歌撰『時代不同歌合』に収める、

手をたゆみおさふる袖も色に出でぬまれなる夢の契りばかりに（四十九番）
久方の桂のかげに鳴く鹿は光をかけて声ぞさやけき（三十三番）

等であった。「軒端荒れて」の一首に勝を与えたのは、歌合の場を形成した家隆等忠実な廷臣を読者として強く意識したところでの、己が心情の吐露を効果的に強調するための演出だったのである。

つまり、『遠島百首』を成立させていた基盤としての対都人意識に貫かれることにおいて、この、

軒端荒れて誰か水無瀬の宿の月すみこしままの色は変はらじ

は、切り入れるにふさわしいものであった。

しかし、「第一類本」を成立させた動機が、見てきたような、現在のみに限定されない、後代に無限に生ずるはずの読者への思惑に発していたならば、かような歌を加えないのが編者、後鳥羽院の意志であったに違いない。そ

の意志が明瞭に存在したであろうことは、『時代不同歌合』に当該「軒端荒れて」の歌を収めていないことからも知られる。即ち、『時代不同歌合』が〈通時的〉にはるか後代までの読者をも想定して成立しているのと全く同様に、「第一類本」『遠島百首』はそのような〈通時性〉への関心を契機として改訂が施されたことが導かれてくる。対して、「第二類本」から「第五類本」までの形態は、読者を現在の都人に想定する、いわば〈共時性〉に支えられて成立したと見てよいであろう。「第四・五類本」が「軒端荒れて」歌を収めることは、終始その〈共時的〉な存在としての都人に対する意識に裏打ちされ、『遠島百首』が手直しされ続けたことを示している。

したがって、「第一類本」の形が「第四・五類本」の前か後かは問い得ず、基本的性格を異にする以上、「第一類本」は、いずれの段階でも成り立ち得るのである。

既述の状況証拠からは隠岐本『新古今集』との関わりが認められるゆえに、「第四・五類本」に近接する、最晩年の成立となり、隠岐本が「第四・五類本」以降ならば、「第一類本」もその後、ということになる。しかし、右に述べた通り、読者を現在の都人に想定しない「第一類本」は、当然都へ送る目的を、少なくとも第一義的には有さないものだったはずで、その意味でいずれの伝本とも共存し得る、特異な異本だったのである。

田村氏は、「第一類本」伝本につき、「奥書の内容や、伝本中に隠岐の村上家に伝来した本が存していることなどから推測すると、「第一類本」は隠岐島において後鳥羽院に関係のあった人物の周辺という、極めて限定された範囲に伝来した可能性の高い伝本なのではなかろうか」と述べられた。その見方は正鵠を射ているはずで、ここに考えたこととも整合する。院の生前には必ずしも都へ送り届けられる必要性を有していなかった「第一類本」『遠島百首』は、（院の元来の願望とは裏腹に）かなり長い間隠岐に伝存し続けたのではなかったかと思われる。

七　二種類の本文

以上、本稿は『遠島百首』の改訂の問題について考察を加えてきた。その結果、次のことがらが明らかとなった。

イ　田村氏が示された案の「第一類本」と「第二類本」の先後関係は、その逆を想定するのが自然であること。

ロ　『遠島百首』の伝本は、「第二類本」の形態の本文を根幹とし、折々の要請に応じて改訂が加えられ、異なる形が派生したと考えられること。したがって順次の改訂もあり得るが、それを包摂して、種々の形態の本文を「第二類本」からの派生と想定するのが自然であること。

ハ　「第一類本」は「第二類本」と性格を大きく異にしており、成立の動機を異にする改訂を経ていると考えられること。

ニ　「第一類本」は他の形の伝本と共存し得る性格のもので、隠岐本『新古今集』が完成する頃の後鳥羽院最晩年の成立と推測されること。

これらから、本百首の改訂のありようは、次のように推測される。

「第二類本」の形を根幹とする『遠島百首』は、都人を読者に意識したところに成立した。そこに随時改訂が加えられ、複数の本文形態が派生する過程は、すべて今、都に暮らす人々への意識に裏打ちされていた。いわば〈共時性〉への関心こそ詠作と改訂を通じ、『遠島百首』を成立せしめた主なる要因であった。

ところが、晩年のある時期、後鳥羽院の心中に、本百首の読者を後代を含む不特定多数に及ぼしたい欲求が生じ、ふさわしい形態への改訂が試みられた。いわば〈通時性〉への関心のもとに、〈遠島〉百首らしい本文が志向され、「第一類本」が成立するのである。

このように見ると、多種の本文形態が伝存する『遠島百首』は、大別して二つ、即ち改訂されるごとに都に将来された〈流布本〉の系統（第二類本〜第五類本）と、次元の異なる改訂の施された〈異本〉の系統（第一類本）の二種の本文に類別されることになる。

晩年に至り、他の手直しとは性格を異にする改訂が試みられた事実は、院の文芸活動において小さなものではない。〈共時性〉に対する〈通時性〉とは、具体的に現在の都へという〈空間的〉な関心に対する死後の将来へという〈時間的〉な関心の差異にほかならず、本改訂を経て、『遠島百首』は異なる二相の性格に特徴付けられることになるからである。その差異は、次章以下に扱う諸作からも窺われるところの、遠島の和歌における実情実感詠と題詠という両面性に対応する。前節で見た通り、実情実感を詠む『遠島百首』は題詠歌を志向する面をも有して、両者は融合的に存する。「第一類本」のような本文の存在は、隠岐におけるその両者への関心が明瞭に保たれていたことを物語るのである。

以上、本文形態の異なりから改作の問題を考えた。〈読み〉に基づくゆえ、異なる解を踏まえた検証がさらに必要となる。その一方に望まれるのは、田村氏も言われている通り、有力な古写本の出現である。田村氏の紹介された伝本以外、管見に及んだものに限っても幾つかの貴重なものがあり(11)、『遠島百首』はまだかなり多くの伝本が諸所に蔵されていると推測される。とりわけ、重要な位置を占める「第一類本」、そして「第五類本」には善本が見出されていない状況なので、この種の古写本の出現は大いに望まれるところである。

【注】

（1）「後鳥羽院遠島御《ママ》百首——Y君への返事を兼ねて——」（『短歌研究』六—一〇、一九三七年十月）
（2）「校異遠島百首」（『島根大学論集 人文科学』四、一九五四年三月）
（3）「後鳥羽院」（『日本歌人講座 中世の歌人I』一九六八年九月、弘文堂）。氏はここで「容易には決しがたいが、強いていえば」とされて「続類従本↓列聖全集本↓島根県史本」の過程を示された。
（4）「『遠島百首』伝本考」（『語文（日本大学）』五七、一九八三年五月）「『遠島百首』の伝本と成立―作品改訂の問題を中心として―」（『国語と国文学』一九八三年六月）。両論文は『後鳥羽院とその周辺』（一九九八年十一月、笠間書院）で一章にまとめられる。
（5）井上宗雄・田村柳壹編『中世百首歌 二』（古典文庫四四四、一九八三年九月）。ここに「第一類本」から「第四類本」までの最善本を示された。
（6）以下の論述はすべて田村氏の分類案の呼称による。結果的に別の案を提示するので、私の考えに基づく名称によるべきだが、徒に煩雑になることを避けた。本稿の目的は田村氏論の批判ではなく、改訂の様相の解明にあるためである。
（7）底本「流さん」。他本による。
（8）底本「おもふらん」。「第二類本」諸本による。
（9）注（3）に同じ。
（10）隠岐の後鳥羽院が『古今集』の長歌に親しんでいた例としては、「詠五百首和歌」の一首「我が思ひ積もり積もりてあらたまの年をあまたも嘆きこしかな」（雑百首）が、躬恒の長歌（一〇〇五番歌）の末尾「白雪の　積もり積もりて　あらたまの　年をあまたも　過ぐしつるかな」に拠っていることなどが知られる。
（11）例えば「第一類本」固有の奥書を加えた人物や年時に多少の知見の得られるもの、注（5）に翻刻された「第四類本」の誤脱を訂しうる永禄年間書写本など（次節参照）。

第三節　諸本と成立

一　はじめに

『遠島百首』の諸本を論じられた田村柳壹氏の業績は画期をなすものであった。その業績の卓越を強く認識しつつ、各類本の位置付け方に予て異見を有していた立場から、前節で論じた通り、第一類本と第二類本に関しては、その逆の順に改訂されたものと見るべき考えを提出した。その後、この問題は上條彰次氏が取り上げられ、差し替え歌一首の存否を主な論拠として、改訂はやはり田村氏論の第一類本から第二類本への方向が妥当であることを説かれた。(1)それ以降、作品は論じられても改訂の問題は棚上げにされ、(2)新たな検討はなされていないのが現状である。

本節では、再度この第一・二類本の先後関係を取り上げ、従来とは異なる観点から問い直すとともに、第三類本以降の本文にも検討を加え、『遠島百首』諸本の総体を捉え直してみたい。併せて、『遠島百首』とは院自身及び後代読者にとって、それぞれいかなる百首として受け止められていたのか、考察を加えたい。

二　第一・二類本の捉え方

上條氏論を含め、これまでの第一・二類本の把握を整理すると以下の通りとなる。(3)まず田村氏論は、改作歌から「配流後の時間の経過に伴う」「現実認識の変化」の投影や、「配流の憂き身を悲歎する歌を寂寥感や悲哀感を漂わせた自然詠へと転じている」事実を導き、感情が直叙される一類本から、時間を経て冷静になった時点で二類本へ改訂されたと説かれた。その根拠として、差し替え歌の内容が「憂愁と悲憤」（一類本）から「平静と安定」（二類本）へと変化することも提示された。論証に用いられた例歌は、

置わびぬ消なばきえね露の命あらば逢世を待となき身を（一類本）

なまじい《ひ》にいければうれし露の命あらばあふせをまつとなけれど（二類本）

以下の諸例である。

対する拙論は、前節で述べた通り、和歌が表現として整うのは一類本の形であり、右の例でも、一類本「置わびぬ」歌には本歌[4]との関わりを含む周到さが認められるのに対し、二類本「なまじい《ひ》に」歌には揺れ動く感情の率直な表明がなされること、差し替え歌においても、二類本にある「恨みも増す」（15番歌）、「嬉しくもなし」（79番歌）等の感情を直接表す歌が一類本には存しないこと等から、一類本は二類本以前には位置付け得ないと考えた。一類本と二類本以下の諸本との関係は、一類本のみに存する、「水茎のあとはかなくもながれゆかばすゑの世までやうきを流さん」（雑）という歌に後代の読者への配慮が窺われること等を踏まえ、隠岐本『新古今集』同様「通時性」を改訂の契機とする一類本と、都人を意識する「共時性」の所産たる二〜五類本は共存しうると捉えた。

これらに対して、上條氏論は、一類本における差し替え歌のうち、

沖つ浪たつや霞の絶間よりあまの小舟のはるけくぞ見ゆ（春）

という一首を、配所における仏道修行中の「帰京の望みもまだ持ち得て、離島の風物もそれなりに素直に目にする

ことのできた頃」の詠とされ、それが帰京の希望を失った後、歌が「激越な悲嘆調」へと変化したことにより、調和が「破綻」し、除かれたとする。また拙論が拠る前掲の「水茎のあとはかなくもながれゆかば」の歌には、「一種のポーズ」があり、一類本は全体として「虚飾に対して甘く肯定的」なのに対し、二類本は「虚飾を否定し、真の自己ないしあるがままの自己」を詠み、そうした「近代自然主義文学にも通じる表現態度」と「重い実情性」等から、二類本を改訂後と認められたのである。

三　時間把握の表現

以上の三説は、主張を異にしつつ、歌をいかに読むかを論拠にすることにおいては共通する。傍証の手立てはほかになく、作品と史実しか拠り所がない以上、確からしさを認定するには、何より論拠の客観性が必要となるであろう。

先後を判断する手がかりとして相応しいのは、もとより「時間」に関わる語彙・表現である。従来の論でも主体の感情や心境の変化から時間の経過は扱われたが、本稿では時間の把握の仕方そのものを分析の対象とする。まず、表現者の意識の自ずからなる表れを捉えるべく、それが示されやすい「辞」の部分、すなわち付属語から検討してみよう。以下、本文の提示は二類本により、括弧内に一類本の異なる本文を対置する。

春部において、

5 里人のすそのゝ雪を踏分てたゞ我ためと若菜つむらん（摘てむ）

14 ながむれは月やはありし月ならぬ我身ぞもとの春にかはれる（かはりぬ）

という二首では、ともに結句の助動詞が異なり、それぞれ二類本「らん」が一類本「て・む」に、二類本「る」が一類本「ぬ」に置き換えられている。また秋部の、

46故郷の一むら薄いかばかりしげき野原とむしの鳴らん（鳴声）
53たのみこし人のこゝろは秋更て蓬が杣にうづらなくなり（なく声）

という二首では、やはり結句を異にし、ともに二類本では推量の助動詞「らん」「なり」が一類本では名詞「声」となる。さらに雑部で、

91はれやらぬ身のうき雲をなげくまに我世の月の影やふけなん（ぞふけぬる）

と、これも結句の助動詞が、二類本「な・ん」、一類本「ぬる」と異なっている。

これらは、いずれも二類本で推量もしくは存続を表す部分が、一類本では完了もしくは完了と推量の意を表すか、体言止めの表現となっている事例である。体言も関わるものの、何より助動詞の使用が異なること、とりわけ推量か存続の意を表す語が完了を表す語に入れ替わることが注意される。この変換は何を語るだろうか。それを検討するに際し、完了に関連して見逃すことができない次の例をもとに考えてみたい。すなわち、夏部の冒頭歌、

21けふとてや大みや人のかへつ（ぬ）らんむかしがたりの夏ごろもかな

において、第三句が二類本では「かへつ」、一類本では「かへぬ」となっている事例である。ともに「らん」に続き強調の働きをするこの「つ」・「ぬ」の交替は、わずか一字ながら両本の差異を検討するための小さからぬ手がかりとなるように思われる。ちなみに管見の及ぶ限り、当該箇所の本文は、二類本以下五類本に至るすべての諸本は「つ」であり、一類本はすべて「ぬ」である。

そもそも「つ」と「ぬ」の違いはよく知られた文法事項で、本居宣長が上接する動詞の違いに注目して以来[5]、動詞の自他の異なりを含め種々論じられてきた。一般に人為的・作為的な「つ」に対する自然的な「ぬ」と言われやすいこの二語の違いにつき、近年は事態に対する当事者の意識の問題と見る考察もなされる[6]。その説によれば、更衣という都の営みを遠島から認識する際、二類本「つ」は、今日まさに衣を替えるだろう当事者達の思いが意識せられ、従ってそれを「昔語り」と表す表現者の心の波立ちも暗示されるのに対し、一類本「ぬ」は、当事者の都人達の思いも意識されない、年中行事を客観視する表現者の冷静さが示されることになる。従来の諸説によっても各々説明はつき[7]、大きく関心の強さを表す「つ」に対し、平静な思いを表す「ぬ」の違いと括ることもできそうである。ともあれ、それらの差が生じる原因は、いずれの説においても時の経過に求めることが可能である。要するに、「ぬ」は「つ」より後の時間を表すと判断される。この理解は、先に見た助動詞の、推量もしくは存続が完了に変ずる用例にそのまま適用して、問題は生じないであろう。

さらに藤井貞和氏によれば、「つ」は「行為遂行的」に「未来のことをもつい今しがたの事件として記述する迫力を有し」、「ぬ」は「事実創発的」に、「きっとそうなるというさしせまる事態を表しうる」という[8]。その説は、敷衍すれば「つ」がより体験に即し、「ぬ」はより観念化に向かう表現態度の違いを示唆する。その差異を、「つ」「ぬ」から離れ、百首の改訂の指針にまで及ぼして考えるなら、春部の、

3とけにけり紅葉をとぢし（とづる）山川の又水くゞる春のくれなゐ

という歌において、二類本「とぢし」が確かに経験した事実を述べるのに対し、一類本「とづる」は毎年繰り返される自然の様子を表したもの、と解される。また、右に掲げた歌で虫（46番歌）や鶉（53番歌）が鳴くことが、二類本の助動詞による推量表現から一類本の体言止め表現（声）に変換されるのも、二類本は体験する主体に重心を置いて詠み、対して一類本は年々歳々繰り返される自然現象を描くことに主眼を置くという、歌の構え方の差異に基づくとも読まれる。新たな環境や自然の中に置かれた自分がいかなる存在であるのかを見つめる立場で詠むのが二類本であり、逆に自分を包む環境や循環する自然のありようそのものを描くのが一類本と言えるだろうか。

そう見れば、冬部の冒頭部分において、二類本の本文では、

56みし世にもあらぬ袂のあはれとやをのれしほれてとふしぐれかな
57冬くれば庭のよもぎもしたはれて枯葉のうへに月ぞさえ行

と並ぶ巻頭の二首が、一類本では逆の配列となっているのも、二類本が「みし世にもあらぬ」墨染めの「袂」となった自分の存在をまず示して悲哀を押し立てるのに対し、一類本では冬という季節の到来を先に示してから、その自然の推移の中に哀れむべき自分の姿を捉えるという構想の差が窺われ、やはり同様の意図を読み取ることができるであろう。

なお、時間の経過に関しては、こうした付属語に止まらず、それ以外の語彙・表現にも注目すべき用例が散見する。以下それを辿ってみよう。例えば雑部の、

89みほの浦を月とゝもにや出ぬらんおきの外山にすぐる鴈がね（二類本）

89三保の浦を月と共にぞ出し身のひとりぞのこるをきの外山に（一類本）

という改作例に見られる、「ひとりぞのこる」という表現である。一類本の主体は隠岐の外山に〈取り残された〉思いに囚われている。しかし、二類本においては、一類本では扱われない雁に親近感を抱き、哀切に呼びかけるものの、〈残された〉という意識はなく、そもそも「残る」という語彙は二類本全体を通じて一切存在しない。現代の「残留孤児」問題にも知られるように、おそらく〈残留〉の思いとは、現状の生活が不本意であることのみでは生じず、その生活空間から脱することの難しさが認識されて初めて湧き起こるものであろう。田渕句美子氏によれば、隠岐で後鳥羽院に近侍した十数人のうち、中心的な働きをする能茂（西蓮）や清範などの近臣達は、かなり自由に都との間を往来し、豊富な情報をもたらしたという。[9] また、院に親しい西御方（坊門局）は、病いによって帰京したらしい。[10] そうした近しい者達の往来を目の当たりにし、都から戻らぬ妻妾を思う後鳥羽院は、『平家物語』が描く俊寛僧都同様、ひとしお取り残される思いを募らされたであろう。ともあれ「一人ぞ残る」という思いの表出は、時間の経過が然らしめたものに違いない。

それと関わるのが、やはり雑部の、

93ことづてむ都までもしさそはればあなしの風にまがふ村くも（二類本）

91さそひゆかばわれもつれなむ都まであなしのかぜにまよふ村雲（一類本）

という改作例である。「ことづてむ」と歌い起こす二類本は、風に都人への伝言を託したい思いを訴える。対する一類本は、誘うなら私を都まで連れていってほしいと述べて、思いはかなり心細いものに変じている。なお、都へ「我も連れなむ」と願う趣旨の表現は、これも二類本では全くなされず、こうした切実な帰心は、一類本において初めて表明される。この違いの原因も、時間の経過以外には求められない。

四　新島守の歌

次に、本百首中最もよく知られた一首、

97われこそは新島守よ隠岐の海のあらき浪風心してふけ

が配された位置とそれに関わる解釈から考えてみたい。

この歌は、二類本では97番歌として、雑三十首の末尾から四首目に位置する。自らを新たな島守だと捉える歌が巻軸近くに置かれ、連動するように、

99おなじ世にまた住の江の月やみむけふこそよそのおきつしまもり

という歌が、一首措いて巻軸から二首目の九九番歌として位置する。この歌の「けふ」につき、配流直後の時間を表すのでは「かえって弱い」とする上條氏の評価もあるものの、素直に読めば、これら二首を百首の末尾近くに据える二類本は、配流後まだ大きくは時間を経過していない時点での心懐を表出した詠歌群と解される。

対して一類本では、この新島守の歌は雑三十首の九首目[11]に置かれる。この位置に留意し、前節に見た残留の不安・帰京の願望を表す歌が、後半のそれぞれ十九首目・二十二首目に配されることを踏まえるなら、全三十首中冒頭から三分の一程の位置に「新島守」たる我の歌を据え、隠岐着島以降、島に暮らした日々の歌々を並べて巻軸の現在に至るという、時の長い経過を表す一類本の配列原理を窺うことができる。

早く小原幹雄氏は本百首は基本的に配流後一年の詠を集めたものと言われ[12]、近年吉野朋美氏も改作されない七十八首を「在島初期の自らの〈実情実感〉」を表したものと指摘されるように[13]、二類本は隠岐で生活を始めた頃の歌が中心をなしており、逆に一類本は相当に時間を経た後年に改訂が施されたものと解されるであろう。

なお当該歌は、荒波に対して命ずる帝王ぶりを読む説とその反論が交錯することでもよく知られてきた一首である。前者は古注釈（四類附注本）に基づく丸谷才一氏の説で広く流布するが[14]、小島吉雄氏の先蹤があり[15]、さらに早く加藤楸邨氏説がある[16]。反論は井上宗雄氏[17]・桐原徳重氏[18]等から提出されてきた。この問題も改訂に関わっているように思われる。

配流後あまり年月を経ない時点で成立した二類本において、巻軸近くに位置する当該歌は、百首全歌に底流する、例えば、

15ながむればいとゞうらみもますげ生る岡べの小田をかへす夕暮（春）

などの増大する恨みや、また、

79とはるゝも嬉しくもなし此海の《をイ》わたらぬ人のなげのなさけは（雑）

という噴出する憤りと無関係ではなく、さらには、

44いたづらに恋ぬ日数はめぐりきていとゞ都は遠ざかりつゝ（秋）

のように、都など恋しく思わない日々だとするような強がりを含み持つ、鬱屈した嘆きを前提としていると読まれる。また、例えば同じ雑部の、

85おきの海をひとりやきつるさよ千鳥鳴ねにまがふいその松風

などの歌は、夜の松風の音に紛れそうな千鳥の鳴き声を扱いながら、孤立する我と孤独な千鳥が緊張関係で結ばれ、張りのある調べを有している。もとより主体は配流の衝撃を受け、見知らぬ孤島で心細く、泣き濡れる状態に追い込まれていながら、二類本は、これらの歌々に見るように、悲運を必死に耐えようとする意思を貫いており、当該歌においては、〈我こそ〉変わらぬ王たる新しき島の主であると言挙げすることで、くずおれそうになる自己を支えている、と読むこともできる。[19]

ところが、一類本においては、冒頭の、

71いにしへのちぎりもむなし住よしやわがかたそぎの神とたのめど

という長年の祈願も空しく、神に見捨てられてしまった嘆きが、二首目で、

72置わびぬ消なばきえね露の命あらば逢世を待となき身を

のように、はかない自らの命を認識せざるを得ない思いの表明となり、独り海辺で泣き暮らす様を描いた後、

77塩かぜにこゝろもいとゞみだれあしのほに出てなけどとふ人もなし

と、声に出して泣いても訪う人とてない現実を見つめ、耳を澄ませば、

78里遠くきねが神楽の声すみてをのれとふくる窓のともし火

と、神楽の音が聞こえて、窓の灯を心細く眺め居るしかないと歌った、その次の九首目に、当該「われこそは新島守よ」の歌（79番歌）が据えられる。続いて、

80長きよをなか〳〵明す友とてやゆふつけ鳥の声ぞまぢかき

と、暗い夜、深い孤独をかこつのである。このように、一類本の配列は、初めから主体は心弱く、孤立する苦境に陥っていると形象されるために、当該歌を、波風に向かってつらい〈我〉を〈こそ〉思いやり、静まってほしいと

願う体、と読む解釈がきわめて自然に導かれることになる。さらに次の80番歌は、無明長夜の如き暗中にゆふつけ鳥に慰めを求めており、弱まる流刑者の心がますます浮き彫りにされる。こうした弱々しい姿の造型には、配列の様相とともに、二類本に散在していた恨み・憤り・嘆き等の露わな感情表現を、一類本が一切消去していることも大きな要因となっている。従って、巻軸歌における神への態度も、二類本の、

100 なびかずはまたやは神にたむくべき思へばかなし和哥のうら浪

のような強さを含み持つ語調ではなく、一類本が、

100 なびかずは又もや神に手向なんおもへばおなじ和哥のうら波

と、幾度でも神への祈願をなす姿勢に変じるのは当然であった(20)。

新島守の歌は、一類本と二類本とでは理解が相当に異なるように配されていたのである。

五 改訂の理由と時期

以上、一類本が後出であり、しかも時間をかなり経たのちの成立と見られることを述べてきた。これらの検討をもとに、その改訂の時期や理由を考えてみよう。もとより直接的な論拠は存在しないが、在島生活が長く続いた状況とともに、一類本固有の歌、

98水茎のあとはかなくもながれゆかばすゑの世までやうきをとどめん

が、再度手がかりを提供してくれる。既述の通り、拙論で「通時性」に関わる改訂の論拠としたこの歌に、上條氏は「ポーズ」を読まれた。確かに死後を思う言明にポーズを認めることはできる。とすれば、それは当然共時的存在たる現在の読者を強く意識していることになる。前節では通時性の観点から隠岐本との関連で考えた一類本の成立につき、共時性の観点から別の可能性を検討してみよう。

いったい遠島時代後半の政治状況において、院が最も強く関心を寄せたのは、朝廷から幕府宛てに遠島両院還京案が申請された事実であったと考えられる。複数回提出されたらしい後鳥羽・順徳両院（土御門院は既に崩御）の帰京を求める案のうち、文暦二年（一二三五）三月のものが最も有名である。[21] 実現化する可能性のあるその還京案の情報こそが、この改訂の企図に強く関与していたことは考えられる。

都を遠く隔てた孤島に暮らして十有余年、苦しみ続け、泣き濡れて今、島に取り残される不安も兆し始め、さらには「我も連れなむ」と懇願まで表さざるを得ない状態にある。そうした現状の辛苦を綴ることが都や鎌倉の読者の同情をかき立て、以て帰京の実現に繋げようという思惑が改訂の試みに向かわしめた、と考えることはいかにも自然である。二類本全体を貫いていた恨みや憤り、あるいは批判のこもる嘆きに囚われている限り、還京案に鎌倉方からの同意を取り付けることは困難である。そうした攻撃性を含む否定的な思いはすべて消去し、恭順なる姿勢を示すことが、還御実現のためには当然必要となる。巻軸歌の内容を神に対する恨みから祈念へと転じたのも、百首の閉じめにひたすら祈りを捧げる姿を示すことが、最も好ましい反応をもたらすと考えられたからであろう。

そのような理解に立って、推測を重ねると、手がかりとした歌、

98水茎のあとはかなくもながれゆかばすゑの世までやうきをとどめん

には、さらに込められた思惑を読むことができそうである。すなわち、自らの死後末代まで「憂き」を流すかもしれぬと表明することには、鎌倉方に対するいわば脅迫めいた思いが寓されていた、と解される。具体的に、「憂き」の原因はすべて前代未聞のこの処分断行にこそあり、そのせいで広まりゆく宸襟を悩ませたという悪評は、この後末代まで及ぶであろう、という寓意である。しかもこれは、読めば読めるというレベルに止まらず、次に置かれたこれも差し替え歌、

99問かしなたがしは《わ》ざとや胸のけぶりたえまもなくてくゆる思ひを

に、「たがしはざ」なる言葉が詠み据えられ、然るべく補強もされるのである。誰の仕業のせいで、いったい自分は燻り続けているのか、と。前節でも触れたように、「しは《わ》ざ」という語は、『新古今集』仮名序中にも登場する歌語で、ここでも第一義は海人の営みを念頭に置き、自らの行為を指している。しかし、「しは《わ》ざ」の原義が意図やもくろみを秘めた好ましからざる行為を表すことを踏まえれば、その仕業の主を問うてほしいという言い方は、読者にはそれなりに気にかかる表現である。これら二首を一類本の巻軸近くに、それも差し替えによって新たに詠み据えるのは、ひたすら恭順なる姿勢を示して同情を求めることには、少なからず抵抗を覚えざるを得ない意識に由来しており、密かにしかし確かに、幕府方に向けて、事態の打開なしには済まされまい、との心理的圧迫を加えようとしたとも解されるであろう。とすれば、いかにも流謫の王らしい思惑を窺うことも可能である。ただし、これはもとより寓意に止まるものとしてあり、改訂の狙いは、切なる帰京願望を流され人らしい苦衷に満ちた表現によっ

て訴えることにあった。
かくして、基本的な性格を大きく異にする一類本への改訂は、遠島暮らし十有余年の文暦二年（一二三五）頃になされた蓋然性がきわめて高いと見てよいであろう。

六　諸本

次に諸本の問題を考えたい。本百首の伝本は田村氏が集成された諸本以外にもかなり伝存していると思われる(22)が、一類本系の伝本は少なく、田村氏論の七本を含め現在のところでは十余本しか知られていない。その一類本は、巻末に、

上皇遷二幸于隠岐前島一而送二十有九之春秋一給。花辰月夕之御詠吟、幾千首哉。雖レ然漁父樵夫不レ識二風流一故、不レ能レ記二留之一。而既　玉骨與御製共腐滅、嗚呼遺恨不レ少。於レ斯儻有二遠島百首一者故聚而窺二諸本一、或不レ足二百首一而猶有二不レ可レ謂二上皇御製一、或無二此本一之和歌有二彼本一而錯乱非レ一也。故忘二濛昧一而令レ校二合之一畢。唯期二後時歌仙之用捨一而已。

という奥書を持つことを特徴とする(23)。この記述は、『遠島百首』諸本の多様な派生を窺わせて貴重である上に、傍線を施した部分が特に注意される。すなわち、この奥書の筆者は、「錯乱」が一に非ざる種々の「諸本」中で、上皇の御製ではない歌を収める伝本も把握しているのである。この指摘は三類本以降の諸本を考えるためにも有益である。

田村氏論によれば、三類本は二類本の秋部に、

限りあれば萱が軒端の月もみつ知らぬは人の行末の空

の一首を切り入れ、代りに一首を切り出した形、四類本はその「限りあれば」歌を雑部に移し、新たに秋部に、嘉禎二年の『遠島御歌合』における後鳥羽院歌、

軒端荒れて誰か水無瀬の宿の月すみこしままの色は変はらじ

を切り入れ、代りに一首を切り出した形、五類本は、その「軒端荒れて」歌を雑部に移し、新たに夏部に、

我が身いさ集めぬ宿の窓近みいさめ顔にもゆく蛍かな

を切り入れ、代りに一首を切り出した形である。ほかに、二類本と三類本の間に「改竄本」が位置し、これは、次のような他人の歌を含む別歌が「後人により」「恣意的」に「補入」された形の本文を有する。

足引や（知るらめや）憂めをみほの浦風になく〳〵しぼる袖の雫は
人もをし人もうらめしあぢきなく世を思ふ故に物おもふ身は
雲に臥人の心ぞしられぬるけふをはつせの奥のやまざと（藤原良経歌）
哀れなり錦のとばり引かへてあまの苫屋は月もとまらず

この田村氏論において、分類基準として最も重視されるのは、一・二類本にはなく、三類以下すべての各類本が

収載する、

限りあれば萱が軒端の月もみつ知らぬは人の行末の空

の一首である。ところが、これは後鳥羽院の歌ではない可能性がきわめて高く、実際は土御門院が詠んだ歌と考えられる。

『土御門院御集』の末尾に近い「韻字六首」の冒頭歌で、「軒」題で詠まれた、

世に経ればかやが軒端の月も見つ知らずや人の行末の空（四四一）

という一首がそれである。[24] 初句を異にして、第二句目以降はほぼ同一の本文を有するこの両首は、同一歌と認めるべきものであろう。もちろん周知のように後鳥羽院の詠歌には他人の歌が取り込まれやすく、大胆な例もまま見られる。しかし、これは摂取のレベルを越えており、しかも本百首の形では、初句「限りあれば」は第二句以降にすんなりとは続きにくい条件句となる。この歌は「世にふれば」と歌い始められてこそ安定する一首であろう。要するに、当該歌は土御門院の歌が何らかの理由で本百首に紛れ込んだ竄入歌にほかならない。

その竄入理由は定かではないものの、『土御門院御集』収載歌が、すべて承久の乱後に進んで土佐に下り、のちに阿波へ移った土御門院の配所詠であること、その御集末尾近くにあるこの歌が、寛喜三年（一二三一）に亡くなる土御門院の最晩年詠と推定されることと関係があるかもしれない。さらに、当該歌の解釈が関わる可能性も小さくないと考えられる。すなわち、三類本に付された注釈では、当該歌は次のように説かれる。

世相に定相なしといへば、かやが軒ばの月を十ぜんの御くらゐとして御覧ぜらるべきにはあらねども、かぎりあれば御覧ずれば也。此まゝしづむべきとおぼしめせども、又出べきかと思食て、しらぬは人の行末の空と也。

悲運を宿命としながらも、最後に「又出べきかと思食て」と解して、世の定めなさを、逆に島を出て都へ帰る可能性へと結びつけるのである。この遠島からの帰還という願望を読む説は、以降の注釈に受け継がれ、四類甲本の注では、

かやが軒ばは田舎の月也。我は御門に生るゝ上は、かゝる月をみんとはおもはぬに、かぎりあればかやが軒ばの月もみつ。このまゝはつべきとおもへども、かゝるさだめなきうき世なれば、又世にや出べきと覚しめして、しらぬは人の行すゑのそらとよめる。行末をゆはひ給ふ心也。

と、後半で、再度世で活躍することを期して下句が詠まれたと述べ、最後に「行末をゆはひ給ふ心」、つまり予祝する歌としての解を提示する。さらに四類乙本の注になると、[25]

下の句祝言也。古へは玉楼金殿に居て思ふ事もなきに。因果のがれがたくこの島へ来りて。萱が軒ばの月を見る。はや爰にてしられたり。定なき世なれば。又都へ帰りやせんとの御心に。しらぬは人の行末の空とあそばされしなり。

と、冒頭から「下の句」は「祝言」と述べて、「定なき世」ゆえ「都へ帰りやせんとの御心」を、より一層強く読む立場に進んでいる。この説は近代の注釈にも踏襲されるものの、[26]歌としては、「人の寿命には限があり、定まっているものなので、今に生き永らえて、粗末な住居の萱の軒端に月も眺めることになった。分からないのは人間の行末というものだ」と解し、「詠歎の情を伴った悟りの御心境が見られる。ここには、怒りも悲しみも恨みもない。しかし、人の運命の哀れの情感は限りなく、しみじみと人の心を打つ」と味わわれる小原幹雄氏の理解が最も穏当であろう。[27]ただしこれは初句を「世にふれば」とする土御門院詠にこそ相当する評解である。

ちなみに、隠岐の後鳥羽院上陸地は、島前の海士町南端、崎の港と伝えられ、その地の三穂神社に当該歌にまつわる伝承が今日まで残されている。[28]

こうして、この歌が隠岐の院の代表詠のように伝承されるのは、帰京の夢を託された理解とも関わっているだろう。希望の歌としての享受は、還御の願いも空しく隠岐に崩ずる敗残の王の無念に同情し、さらには慰藉すべく、のちの後醍醐天皇のように隠岐を脱出し再度の活躍を期する姿を形象するのに好都合の歌であったことによるのではなかろうか。

『遠島百首』が多様な本文を伝えるのは、このような享受における後代人の思い入れに応じている面があり、その受容過程で他人詠や別の後鳥羽院歌が取り込まれてくるという経緯を想定することができるのである。

そうした経緯を思わせる参考資料として、次のような事例がある。田村氏説の「改竄本」に分類される伝本に、これまで竄入歌として知られていない、

五手ぶね追かぜあらく成ぬらんみほの浦端によするしら雪（雑）

という歌を有する一本がある。[29] この歌は、『順徳院百首』の「いつて舟おひ風はやくなりぬらしみほの浦わによする白浪」（九二）と同一歌と認められ、これも明らかに後人による補入である。『順徳院百首』が、周知の通り、承久の乱後の配流地佐渡で詠まれた歌々からなることを考えると、このケースも、先述の土御門院の歌と同様に、配流の悲劇を体験させられた上皇詠としての共通性を契機に竄入歌となった可能性は高いであろう。

また、叡山文庫蔵本[30]には、本文最終丁の余白に、

月ぞすむ誰かきてみん紀海や吹上千鳥空鳴也

という歌が書き込まれている。異文があるものの、これは『新古今集』冬歌の藤原良経歌「月ぞすむたれかはここにきのくにや吹あげの千鳥ひとりなくなり」（六四七）と同一歌である。竄入歌とは言えない用例ながら、この歌もこれまで知られている竄入の良経歌とは異なる一首である。良経詠が入りやすいのは、たけ高い歌いぶりの共通性を契機とする可能性も思われるが、こちらは軽い書き留めが本文化されていくその過程を示す実例とも見られ、注解作業と連動した別歌の補入があり得ることを示す興味深い書入れである。

ともあれ、『遠島百首』は後代の人の手により改訂がなされやすく、中世以降広まる後鳥羽院怨霊の問題や皇統の問題とも関わる享受の豊かさが[31]、多様な本文を生じさせていた可能性は否定できない。前節では五類に分かたれる本文を検討したが、三類本以降の本文は院自身による改訂ではなく、後人の手が加わって成立していた実態が知られるのである。

なお、この検討結果からは、少ない伝本しか知られない一類本も、実は後人による改訂本文かもしれない一抹の疑念を抱かされる。また、現在のところ一類本には二類本における冷泉家時雨亭文庫本のような古写善本が見出せず、すべて近世の書写本であることもいささか心許ない。しかしながら、見てきた如き改訂の、とりわけ「つ」を「ぬ」に置き換えるような処置を後人が施すことはきわめて考えにくく、それに発する上述の寓意に至るまでの論拠は、一類本がほかならぬ院自身の改訂本であることを明示しているに違いない。

七　おわりに

本稿は『遠島百首』の伝本につき、第二類本が配流後あまり年月を経ない時期の成立であり、第一類本はそれが後年後鳥羽院自身によって改訂されたものであること、その第一類本は第二類本とは性格を異にして、文暦二年（一二三五）の早い時期に、帰京実現の夢を託して改められた可能性が高いこと、第三類本以降の諸本は、第二類本をもとに後代の人の手により改訂が施され、それは注釈作業を含む享受の段階で、敗残の王への同情や慰藉等、院を追慕する思いからなされたものをも含むと推測されることを論じた。

この考察に基づくと、現在通説となっている田村氏の系統分類案は、次のように呼称するのが実態に合うものと考える。

第一類本→第二系統本
第二類本→第一系統第一類本
第三類本→　同　第二類本
第四類本→　同　第三類本
第五類本→　同　第四類本

第一系統第一類本は、後鳥羽院が隠岐に流されて詠んだ本来の百首であり、同系統第二類本以下はその本文をもとに後人が手を加えたものである。対して第二系統本は遠島生活晩年における後鳥羽院自身による改訂本である。なお、第一系統の第二類本以降の諸類本については、今後見出されるであろう伝本と「改竄本」の実態を踏まえて、なお新たな分類が必要となる可能性も残されている。

第二系統本に属する伝本は、既述の通り現状では伝来が乏しく、それも隠岐に伝わるものが中心となっている。これは、改訂に込めた後鳥羽院の切なる思いが、鎌倉方はもとより都人にも届かなかったか、あるいは届いてもそれ以上は伝わらなかったことを窺わせる。改訂本文は同時代人に享受されたのか、それとも否か。享受されたのなら、いかなる範囲においてか。その実態を探るためにも、第二系統の古写本・古写資料の出現が大いに待望される。

両系統本それぞれの新出資料との邂逅を切に祈りながら、さらに調査を継続したい。

【注】

(1) 「後鳥羽院『遠島百首』の一首――一類本・二類本の先後関係に及ぶ――」(『文林』二八、一九九四年三月、『中世和歌文学諸相』〈二〇〇三年十一月、和泉書院〉所収)。以下本稿で引用する上條氏の論はこれによる。

(2) 榊原照枝「後鳥羽院の研究――『遠島御百首』について――」(『語文(日本大学)』一〇二、一九九八年十二月)、吉野朋美「『遠島百首』の方法と意味――改訂されなかった歌を通して――」(『文学』五―六、二〇〇四年十一月)、村尾誠一「隠岐の後鳥羽院――遠島百首雑部の検討を通して――」(『平安文学研究　生成』二〇〇五年十一月、笠間書院、『中世和歌史論　新古今和歌集以後』〈二〇〇九年十一月、青簡舎〉所収)等。

(3) 以下、本百首各類本の呼称は「第」を省略する。

(4) 「いかにしてしばし忘れん命だにあらばあふ世のありもこそすれ」(拾遺集・恋一・六四六・よみ人しらず)

(5) 「つる　ぬる　たる　ける」(本居宣長『玉あられ』〈寛政四年刊〉「歌の部」)

(6) 山口明穂「古代日本語に於ける時間の意味」(『中央大学文学部紀要(文学科)』七九、一九九七年三月)、同氏担当「「つ」と「ぬ」の違い」(『日本語文法大辞典』二〇〇一年三月、明治書院)。

(7) 「つ・ぬ」の違いにつき、注(6)の後者に先行諸説が以下の通りまとめられる。東条義門説(使然・自然)、山田孝雄説(事実状態の直写・傍観的説明)、松下大三郎説(対抗的完了態・逸走的完了態)、松尾捨治郎説(有意的動作・自然的作用)、小林好日説(動作の完了・完了と共に結果の存続)、佐伯梅友説(意志的な動作・自然的作用)。各説いずれも当該用法の説明として概ね成り立つ。

(8) 「メロスはゆうひに追いつくか」(『源氏研究』一〇、二〇〇五年四月)

(9) 『中世初期歌人の研究』(二〇〇一年二月、笠間書院)第五章第一節「隠岐の後鳥羽院を囲む人々」

(10) 『明月記』寛喜元年(一二二九)六月十七日条に、病いによる隠岐島からの帰京の情報が記される。また佐々木孝浩「追善歌会としての影供―後鳥羽院影供についての一考察―」(『日本文学』一九九四年七月)によれば、坊門局は二条局として文永年間に後鳥羽院の追善影供歌会の勧進をした可能性が高いと見られる。

(11) 底本とした翻刻本文(古典文庫本)は雑三十首の第五首目に一首欠落があるので、同系統本の山形県鶴岡市鶴岡郷土資料館蔵本により欠脱歌を補った本来の形の歌数順による。

(12) 『遠島御百首注釈』(一九八三年四月、隠岐神社社務所)

(13) 注(2)の吉野朋美氏論。

(14) 『後鳥羽院』(日本詩人選10、一九七三年六月、筑摩書房、第二版二〇〇四年九月)

(15) 『新古今集講話』(一九四三年六月、出来島書店)

(16) 『隠岐』(一九四二年十月、交蘭社)。当該説が小島吉雄氏説より早いことについては井上宗雄氏に指摘がある(「後鳥羽上皇と藤原定家」(二〇〇四年七月三日「競技かるた制定百周年記念イベント in 隠岐」、「後鳥羽院・芭蕉・楸邨―「我こそは」の歌をめぐって―」『中世歌壇と歌人伝の研究』(二〇〇七年七月、笠間書院)所収)。

(17) 『増鏡』と和歌」(鑑賞日本古典文学一四『大鏡・増鏡』(一九七六年一月)

(18) 「「新島守」の語義について」(『常葉国文』一、一九七六年七月)、「「新島守」の歌について」(『常葉国文』六、一九八一年六月)。

(19) 「新島守」の語義については、注(14)・(18)の論以降議論があるが、平田英夫氏は「新たな島の統治者、侵略者」と位置づけ、「武のイメージ」を読まれる(「隠岐の帝王、後鳥羽院と文学―「新島守」の歌をめぐって」『国文学解釈と教材の研究』二〇〇九年三月)。谷知子氏は当該歌を「悲しいほどに「王者の歌」」とし、「自らを「新島守」と屈折した名で呼ぶその心中は、想像するだに悲しい」と評される(『天皇たちの和歌』二〇〇八年四月、角川学芸出版)。

(20) 一類本本文は第四句「おなじ」が「かなし」の誤写である可能性があり、上句も問題を残すものの、ひとまず現存諸本の本文で考えた。

(21) 『明月記』文暦二年(一二三五)四月六日、同十六条日等。この年三月半ばに評定衆中原師員が鎌倉に下向し、都では遠島両院還幸の期待が高まる。なお拒絶に終わるこの結末は『百人一首』『百人秀歌』成立との関連で種々論じられてきた。樋口芳麻呂氏はこの還京案の情報を後鳥羽院の「詠五百首和歌」成立の動機とされる（『後鳥羽院』王朝の歌人10、一九八五年一月、集英社）。

（22）三類本に属する伝本で、永禄年間書写の古写本が山形市某家に伝来する。本書は古典文庫本の遺漏を訂正しうる善本である（拙稿「〔翻刻〕『遠島百首』の一伝本」『東京医科歯科大学教養部紀要』三八、二〇〇八年三月）。また、四類本に属する近世中期写本に横浜国立大学附属図書館蔵（九一一・一四・三）本があり、本書は配列に固有の特徴を有する。その他、本百首伝本はなお出現する可能性がある。

（23）注（3）の翻刻本文（古典文庫本）により、返り点・句読点は私に施した。この奥書は一類本にのみ見られるもので、隠岐の焼火神社本には「元禄十二天孟夏」の年時が付され（小原幹雄「翻刻　焼火神社本『隠岐院遠島百首』」『島大国文』一九、一九九〇年十一月）による）、注（11）掲出の山形県鶴岡市鶴岡郷土資料館蔵本には「元禄七年孟冬」に「憂夢真正撰」になると記す。憂夢真正なる人物は未詳。なお、小原幹雄「在隠岐『遠島百首』について」（隠岐島前教育委員会『隠岐の文化財』一、一九八三年十二月）参照。

（24）当該歌を含む『土御門院御集』と後鳥羽院との関わりについては、拙稿「配所で詠む歌――『土御門院御集』が目指すもの――」（『古筆と和歌』二〇〇八年一月、笠間書院）参照。なお、『土御門院御集』は全四四九首からなる。

（25）本文は続群書類従本による。ただし、濁点を付した。

（26）樋口芳麻呂校注「遠島御百首」（新日本古典文学大系『中世和歌集　鎌倉篇』一九九一年九月、岩波書店）

（27）注（12）に同じ。

（28）隠岐に語り伝えられる話では、島前の海士町、崎の港に上陸した後鳥羽院は、高貴さゆえに民家での宿泊を断られ、やむなく三穂神社の拝殿を一夜の行在所としたところ、破れた屋根から月光が漏れてきたので、この歌を詠む（初句は「命あれば」）。その因縁で、この拝殿は屋根を何度葺き替えても雨漏りが直らなかったという。（野津龍『隠岐島の伝説』（一九七七年七月、日本写真出版――一九九八年十月刊第三版による――）。現在、美穂神社の拝殿前の庭には、当該歌を刻む石碑が建てられている。碑面の歌は初句を「命あれば」、第四句を「知れぬは人の」とする。

(29) 国文学研究資料館蔵『遠島御百首』(タ2・88)。近世中期書写の写本で、『順徳院百首』・『土御門院百首』との合綴本。

(30) 叡山文庫蔵『後鳥羽院遠島之御時百首』(真如蔵・三三二・二三一五)。近世初期の写本で、四類本に属する附注本。注本文には他本との異同が少なくない。

(31) 例えば皇統の問題に関し、増殖し荒唐無稽なものも含む後代の注釈を扱う論に今井明「読む「正統」から外れた帝王の歌」(『日本文学』二〇〇七年一月)がある。

第四節　後代の受容

一　『遠島百首』の課題

『遠島百首』とは、鎌倉時代の初頭、十三世紀の初めに『新古今和歌集』の編纂を命じ、その時代の主宰者として活躍した後鳥羽院（一一八〇～一二三九年）の作品である。平家滅亡（一一八五年）後、一時の安定した時代を生きた後鳥羽院は、親政を目指し、実質的に政治の主権を有し始めた鎌倉幕府の追討のために兵を挙げる。しかし、すぐに敗北し（承久の乱、一二二一年）、遠島流罪の刑を受け、日本海の隠岐島に流されることになった。そこで詠まれたのがこの百首歌である。王者から一転して流人となった立場から、配流の衝撃や苦しさなど悲痛な心情を多く詠む、後鳥羽院の最も有名な作品である。

伝本もかなり多く現存し、その本文が多様であることから、作者後鳥羽院が改訂を何度も重ねたものと考えられてきた。それは、自ら下命した『新古今集』の編集に携わり、長く改訂を重ねて、隠岐でもそれを続けた（隠岐本『新古今集』）院の営みとも整合する。

従来の研究では、田村柳壹氏の業績が画期的であり（『後鳥羽院とその周辺』一九九八年）、複雑な諸伝本が五種類に分類できること、第一類本から第五類本へかけて、順次後鳥羽院自身によって改訂されたことが明快に論じられた。これは通説化し、現在広く定着しつつある。

この田村氏論は評価されるべき労作ながら、前節までに見た通り、その伝本分類案や成立過程説にそのまま従うことはできない。すなわち、第一類本は内容から配流後年数を経た段階での成立と見られ、第二類本は逆に着島後早い時期の成立と解されるからである。『遠島百首』は、第二類本の歌がまず詠まれ、配流後十年以上を経て、朝廷から鎌倉幕府へ期待の持たれる還京案が出された文暦二年（一二三五）辺りに、その案との関連で改訂がなされ、第一類本が成立したと考えるのが穏当である。本節では、第三類本以下の諸本の問題を考えてみたい。

二　第三〜五類本の伝本

『遠島百首』第三類本以下第五類本までのすべての伝本には、第一・二類本には見られない、

限りあれば萱が軒端の月も見つ知らぬは人の行末の空

という歌を収めることを特徴とする。従って、これは伝本を分類する基準歌として最も重要な歌となる。ところが当該歌は後鳥羽院の作とは認定できない。そもそも初句とそれ以降の部分の連接に不自然さを感じさせるこの歌は、

年を経て萱が軒端の月も見つ知らぬは人の行末の空

という、院の第一皇子で次の天皇になった土御門院の歌と同一歌と認定される。これはやはり承久の乱後、流罪の父に準じて、自ら四国に下り、侘び住まいをした土御門院最晩年の作である。「年を経て」という初句ならば自然な歌であり、『遠島百首』の形は、転用される際に変化したのであろう。

田村氏説では、五種類の諸本以外に、後人による混入歌を有する本文のグループを一括して「改竄本」と類別す

るので、第三類本以下は、すべて「改竄本」ということになる。

ではなぜ、この「限りあれば」の歌が混入することになったのだろうか。もちろん真相は不明ながら、第三類本の注釈に、この歌の下句「知らぬは人の行末の空」（将来はどうなるか知られない）という表現につき、その未知なるがゆえに再び都に帰れるかもしれないという願望を込めたと解する説がある。これは大いに注目すべき注釈で、おそらく作品を享受する人達の願いがそのような解を形成し、受け継がれ、この歌は百首中重い役割を担ってゆくと推測される。すなわち、第三類本で秋の部に入っていた当該歌は、第四・五類本においては、より重要な位置である作品の末尾近くに移されるのである。

広く流布した続群書類従本の形で見ると、

98限りあれば萱が軒端の月も見つ知らぬは人の行末の空
99同じ世に又住の江の月や見ん今こそよその隠岐つ島守
100なびかずは又やは神に手向くべき思へば悲し和歌の浦波

と、巻末から三首目という、全体を総括するような位置に置かれる。しかも、続群書類従本の注釈では、98番歌は第三類本よりさらに強く、都への帰還を予祝する歌と解釈されており、ますます強く帰京の希望を抱く歌としての享受がなされるのである。

ちなみに、続く99番歌・100番歌の注釈も興味深いものである。99番歌は生前二度と故郷の月は見られない不安を詠む歌だが、注釈では、生きて都へ帰ることを祈る歌と解している。つまり「月や見ん」の「や」を係助詞の「疑問」の用法ではなく、間投助詞のように軽く捉え、「ん」を「意志」と解するのである。また100番歌も院自身の願いが神に届かず鬱屈する思いを読むのが自然だが、注釈では「和歌の浦波」は日本を指し、その日本を治める皇統は、昔の神代から人皇に引き継いで今に続いているが、もし民が靡かないのなら、私はこの皇統を再び神に返すしかないという意とし、自分が居ない国は荒れるので、万民を憐れんで詠んだ、と説くのである。きわめて天皇への思い入れが強い理解であることが知られるが、中世以降こうした文脈で、98番歌「知らぬは人の行末の空」に作者の強い希望が託されて享受されていたことに留意しておきたい。

三　第五類本の新たな混入歌

さて、第五類本は、この「限りあれば」の歌以外に、夏の部に新しく、

我が身いさ集めぬ宿の窓近みいさめ顔にもゆく蛍かな

という歌を収めることを特徴とする。これは、中国の蛍雪の故事を踏まえ、蛍の光を集めて学問しないことを蛍に戒められる様を詠む歌。新日本古典文学大系の注では「集めぬ宿の」は、「五月雨はまやのかやぶき軒朽ちて集めぬ窓も蛍飛びかふ」（守覚法親王五十首・夏・藤原兼宗）によるか、としており、田村氏説以降、院の新詠と考えられてきたが、これも院自身の歌と考えることは困難である。

そもそも初句の「いさ」の用法が不自然であり、また第三句に典型的な、理屈の説明が過剰な詠みぶりは、『遠島百首』の中で質的な差異を思わせる。さらに、下句の表現もこの時代のものとは認め難い。すなわち、第四句の「いさめがほ」という語彙は古典和歌には用いられにくく、中世末期まで和歌の表現史には現れてこない。「〜がほ」という表現は、「かこちがほ」を詠む西行に幾つかの例があるが、調べうる限りでは「いさめがほ」は後代の数例

しか検索されないのである。例えば、

a花も憂き世には心をとどむなといさめがほなる春雨の空（心珠詠藻〔長伝〕・「雨中花」題）

b起き出でて汲む暁の室の戸をたたく水鶏のいさめがほなる（新明題和歌集・二・道晃「暁水鶏」題）

c窓深き夜半のともし火かかげよといさめ顔にも行く蛍かな（霊元法皇御集「深夜蛍」題）

これらの、aは室町時代後期、b・cは江戸時代の歌であり、当該歌は十三世紀の段階では詠まれた可能性の乏しい歌と見てよいであろう。ところで、用例に注意すると、最後のcの歌は下句が完全に一致していることに気付かされる。土御門院同様、これが天皇歌であり、しかも霊元院が後水尾院の皇子で、父同様和歌に熱心であったことを踏まえると、何らかの形でこれが混入の契機となったかもしれない。

いずれにせよ「我が身いさ」は、後鳥羽院自身が差し替えて詠んだ歌ではなく、新たな混入歌として類別される歌である。何らかの形で霊元院の歌が関わっていたのなら、江戸時代初期以後、後鳥羽院歌として認定された形で、『遠島百首』中に、落胆し無為に過ごす配所生活への反省を詠む歌があることを望ましく思った後人による補入ということになるであろうか。

四　国文研本の本文

最後に、国文学研究資料館蔵の一本を紹介したい。これは江戸時代中期以降の写本で、第一・二類本ではなく、しかも「限りあれば」の歌をはじめ、これまで知られている混入歌を一切有していない本である。その雑の部三十首の最後の十首を引用する。

21（19）三保の浦を月とゝもにや出ぬらんおきの外山にふくる雁がね
22（27）われこそはにゐ島守よおきの海のあらき波かぜ心してふけ
23（23）ことづてむ都までもしさそはればあなしのかぜにまがふむら雲
24（17）何となきむかしがたりに袖ぬれてひとりぬる夜もつらきかねかな
25（25）ふるさとの苔の岩橋いかばかりをのれあれても恋わたるらん
26（24）とにかくに人のこゝろも見えはてぬうきや野守のかゞみなるらん
27　五手ぶね追風あらく成ぬらん三保の浦端によするしら雪
28（29）おなじ世にまたすみの江の月やみむいまこそ余所の奥津しま守
29（22）うしとだにいはなみ高き吉野河よしや世中思ひ捨てても
30（30）なびかずはまたやは神に手向べきおもへばかなしわかのうら波

括弧内の数字は本来の形（第二類本）の配列順であり、まず、並び方が大きく変わっていることが知られる。その中で27番歌は、従来の『遠島百首』のどの伝本にも見られない歌である。実はこれは、『順徳院百首』の「五手舟追風はやくなりぬらし美保の浦わに寄する白浪」と同一歌であり、明らかに後人による補入歌となる。順徳院とは後鳥羽院の皇子で土御門院の弟。兄とは異なり気性も強く、父と一緒に承久の乱を戦い、乱後に佐渡に配流された天皇で、『順徳院百首』はその佐渡での作である。するとこれも、先述の土御門院の歌と同様に、配流の悲劇を体験させられた上皇詠としての共通性を契機としているように考えられる。

この歌が収められた理由は当然不明ながら、第四句に詠まれる「三保の浦」は21番歌にも登場し、隠岐への舟が出る現在の島根県松江市美保関町の美保関を指す。この一連十首は、22番歌で自分が新たな島守だと歌い、都への望郷の思いを募らせつつ、心は沈む一方で、最後から二首めの29番歌では、この世を思い捨てたのにどうしようもなくつらいところまで追い詰められていく。心中描写が続く中で、27番歌は強い追い風を受けて舟が海辺を進んでゆく様を描く叙景歌である。激しい風雪の中を漕ぐ舟に自らの境遇を喩えたとも読まれるし、逆に、舟は島から離れ美保の浦へ行くが、自分は島を離れられない意とも解される。いずれにせよ、この一首は、内面の描写が続く中、孤島に残る人物像を鮮明に描き出す効果的な役割を果たし、主体の悲劇性を大きく高めていると読むことができるだろう。

五　改竄本（後代加筆本）の諸本

以上、第三類本以下の諸本は、すべて後人が関与しており、作者後鳥羽院には関わらない改訂本と認められる。従って、かつての旧稿を含め、これまで各類本の差を後鳥羽院の手になる改訂と考えてきた通説は改める必要があり、後鳥羽院自身の営みとしては、第一・二類本にのみ限定して論じられなければならない。しかも、第二類本が当初の形であり、十余年後に院の手により一度改訂されて、第一類本が成立したのである。

一方、第三類本以下の本文は、混入歌や配列において、多様な形が知られる。第三類本から第四類本、そして第五類本へと順次改作されたと考えられる例のほか、国文研本のような、どこにも属さない伝本が、実はかなり多く知られている。これは当初の第二類本が、さまざまな享受層において、広く伝承されていたことを示すものである。多様な形を有しながらも、その混入歌は、後人が自由に創作したり、勝手に何かを引用したものではなく、ほぼ天皇の歌であり、土御門院・順徳院、さらには霊元院と、何らかの形で後鳥羽院と関わりを有していると認められる。すなわち、注を付する作業に連動して解釈の増殖がなされ、それが呼び起こす新たな歌の補入という事態が想定され、しかもその補入の段階では、当然のことながらいずれも後鳥羽院歌としての認定を前提にしていたのである。

かくして、敗残の王に対する同情や慰藉、あるいは悲劇性の強調というような、追慕の情に由来する享受者層の熱意が、きわめて限定的に天皇詠らしい歌を呼び込みつつ、新たな本文を生成させたのが、『遠島百首』第三類本以降の伝本群であったと見てよいであろう。そしてその改訂に荷担した享受者には、自らの随意なる意図は存しなかったはずである。従って、書誌学的な名称としての「改竄本」は実質を表す用語ではなく、本百首の場合「改竄」という語が有する恣意性はないか、あっても極めて乏しかっただろうことを確認しておきたい。

もとよりそれは作者に関わらないものの、後鳥羽院の場合、怨霊の問題を含め、没後から速やかに広がる受容の実態を捉えるために、重要な資料となることに留意すべきである。文学は読まれてこそ意味を持つという面においても、享受の側面を無視することはできない。特にその享受が新たな本文の生成へと結びつくことに対する留意は、生前の文学を捉え直すためにも有益である。例えば「改竄本」に類別されてきた一本に、

人もをし人も恨めしあぢきなく世を思ふ故に物思ふ身は

という歌を載せるものもある。これは藤原定家撰の『百人一首』に採られた一首であり、後鳥羽院が都で詠んだ歌である。しかし、内容的にはいかにも隠岐配流後の作品としてふさわしく、定家が撰ぶ際に、当時隠岐に居た後鳥羽院の身の上を思っていた可能性も十分に考えられる。しかもその『百人一首』が奇しくも、『遠島百首』唯一の改訂本、第一類本が成立したと推測される文暦二年（一二三五）に編まれていることには、不可思議な暗合さえ思われるのであって、難題を考えるヒントすら与えてくれるのである。

「改竄本」を「後代加筆本」とでも言い換え、その実態を丁寧に探ることは、作者の営みを考える一方で、大い

に進められてよいであろう。

作品は作者の意思と関わりなく自立する。作者がはっきりとわかるものについても、そうでないものについても、作品の分析は等しくなされることが求められる。

六　受容の重さ

ただし、歴史の中に確かに生きた人物が残した作品を正しく読むためには、残された具体的な資料が、果たして作者の手になるのか否かは、徹底的に解明されなければならない。多様な本文を有する『遠島百首』という和歌作品に付き合ってきて、「書誌学」・「本文批評」、それらを併せた「文献学」という学問がいかに大切であるか、改めて肝に銘じさせられる。田村氏と同様に、稿者もかねて改訂は複数度なされていた可能性が低くはないと考えていたからである。

後鳥羽院の手になるものとそれ以外との峻別をなすことは、厳密な作品解釈や人物論にとって限りなく重い意味を有しており、曖昧な処理は許されないであろう。

その一方で、それらを伝存させてきた時代ごとの享受者の役割も、きわめて重要である。とりわけ本作のように、安易な加筆は憚られるはずの治天の君の作を伝えようとする意思は、その時代ごとの歴史・文化との関わりを含め、それ自体丁寧に検証する価値を有する貴重な考察対象となる。資料の厳密な検討を経た上で、作者個人の営みと受容する後代の人々の営みのそれぞれを丁寧に検証することは、今後さらに必要となるであろう。

隠岐の後鳥羽院上陸地とされる海士町の崎の港に三穂神社がある。この社には、後鳥羽院の着島初日の宿となったという伝説があり、拝殿前の庭には今、次の歌を刻む石碑が建っている。

命あればかやが軒端の月もみつ知れぬは人の行く末のそら

隠岐島で長い間後鳥羽院を偲んできた人々の営みに思いを馳せる時、語り伝えることが持つ意味の重さを強く感じさせられる。この歌が院の実作ではないことが分かったとしても、その伝承の重さには微塵の変化もないことを強く申し述べておきたい。

〔補注〕

改作はすべて後鳥羽院の手になると見る立場の論の一つに、中尾彰男『後鳥羽院遠島御百首（第五類本）』（二〇一一年十二月、私家版）がある。もとより研究には角度を変えた検証が必須で、活発な議論は大いに望まれる。ただし、考察において、第五類本本文の配列や表現に見られる「疑問」を「推敲」と処理し、以て全体を「未完」と認定するのは、改作論の論証としては成り立ちにくいように思われる。

第二章　後鳥羽院御自歌合と遠島御歌合

一　隠岐での歌

隠岐に流されて再び都に帰ることのなかった後鳥羽院の、配所生活を送る精神的な支えに、仏教と和歌があったことは周く知られている。特に和歌に関しては、隠岐本『新古今和歌集』に取り組み、『時代不同歌合』を編む一方で、自らも数多くの歌を詠じており、都での営みののちしばらく停滞していた和歌が、再び強く院の心の中に捉えられることになった。その隠岐での和歌作品のうち、現在全貌を知り得るのは、

『遠島百首』（成立未詳）
「詠五百首和歌」（成立未詳）
『後鳥羽院御自歌合』（嘉禄二年）
『遠島御歌合』（嘉禎二年）

である。他に『増鏡』所載の隠岐配流の歌を含めて、これらの歌が実情実感を歌ったものと評されてきたのも、周知のことがらに属する。例えば、小島吉雄氏は「御実感の忠実な表白」が院の理想だったと言われ(1)、安田章生氏も「実情的な傾向がいよいよ強く見られる」と評される(2)。樋口芳麻呂氏によれば、承久以前の数奇であり遊びであっ

た花鳥諷詠から「一転して主に実情実感を歌った(3)」のが隠岐の歌であった。「実情」乃至「実感」は、もとより「自己体験」（小島氏）、「悲痛な体験」（安田氏）、「比類のない体験」（樋口氏）たる隠岐配流を経験した院自身の、偽りのない感情であり、心情である。想像や空想に発する観念の世界での創作とは対照的なものとして規定される、そうした「実情」や「実感」を、巧まずそのまま詠じたのが隠岐での歌であった。

かような規定に、与って力を有したのは『遠島百首』であった。前章で見通り、本百首は都人後鳥羽院の考え方や感じ方を基準に配所の現実を厭う体験告白の文学であった。そこで注目されてよいのは、〈巧まずありのまま〉と評されてきた表現が、実は先行歌との強い関わりの上に成立していたことである。それは王朝的な表現の中に心情を込め、その心情を浮き彫りにする意図によると考えられ、和歌という文学形態が隠岐という配所で唯一雅びな営みであったことによると解された。『遠島百首』は、伝統的和歌表現と「実情実感」が積極的に結びついて成立した百首歌であり、その伝統に連なる意識は、のちの隠岐本『新古今集』や『時代不同歌合』の編纂意識と通じていく。そう見取って、では実情実感とは何かと言えば、そのような表現を取るにせよ、やはり配流という特異な体験に発する心情に相違はない。それゆえ、実情実感の規定から考えれば、本百首は先学の評に最もよく当てはまる作品であり、配流によって成立し得た一回性の文学と評しても過言ではないのである。

ところで、右の如き実作者、後鳥羽院は、同時に歌集の改訂者であり（隠岐本）、秀歌撰の撰者でもあった（『時代不同歌合』）。例えば隠岐本の選歌基準に関し、風巻景次郎氏は「『新古今集』編纂当時から強くはたらいていた当時の芸術派的意織を、もっとも赤裸々に表面化してみせている(4)」と評され、小島吉雄氏も隠岐本の「御選歌基準」を定める中で「歌調に於ては優麗艶美の調を、趣向に於ては清新で複雑な情趣美と甘美な感傷性とを、而してその上に洗練せられたる気品を具へた歌」が院の庶幾する歌であったことを明らかにされた(5)。このような〈芸術派的〉に洗練された美を求める意識に留意するならば、その意識と歌における実情実感との関わりが問題となって来るだろう。隠岐本や『後鳥羽院御口伝』が「実情実感」と関係を有することは、小島氏の論考や『後鳥羽院御口伝』の「心有る」歌の重視との関わりにおいてしばしば論ぜられてきたが、逆に、遠島和歌が実情実感をどう捉えて表したのかは、改めて問い直されなければならない。もちろん、先学の論考も隠岐の歌をすべて体験に発するものとは解されておらず、例えば樋口氏は実情実感歌とは異なる題詠歌も指摘されていた。その上での先の概括は、院の「実情実感」歌が「和歌史的地位」において比類なく、「中世初頭のきわめて特異な作」たることを重視されてのことである。後鳥羽院の文学はそうした特殊性によって位置付けられ、それに大きな異論は生じまい。ただし、院自身にとって「実情実感」を歌う意味と、それが隠岐の和歌活動の総体に占める重さは、検討がなされるべきであろう。配所の代表作、『遠島百首』が単純に隠岐の体験告白のためになされた百首ではないことは、前章に見た通りである。隠岐での歌を考えるため、本節では、『後鳥羽院御自歌合』と『遠島御歌合』の二作品を取り上げる。

二　後鳥羽院御自歌合

イ　実感歌

『後鳥羽院御自歌合』（以下『自歌合』と略称）は、嘉禄二年（一二二六）四月に、院から都の藤原家隆のもとに判を乞うて送られた十番二十首の小品である。本『自歌合』がいかにも隠岐での作品らしいことを示すのは、次のような歌を収めることによる。

故郷のもとあらの小萩いく秋かあるじよそなる花匂ふらん（五番右　萩）

都の花は私を失って何年の秋を迎えているかと詠むこの望郷の歌に対し、判者家隆は、

又、あるじよそなる花匂ふらん、ことばをかざり心を求めたるさまにて、これ一つの姿にて侍る上に、

と批評した上で、

去年の秋頃、心あくがれ侍りしままに、古き玉の砌を遠く尋ね参りて侍りしかば、花の露もかはらず思ひ出でられ侍れば、劣るとも申し難く侍るべし。

と、自ら、主のいない庭園を訪問した体験を語っている。「古き玉の砌」とは「遠く尋ね参り」とあることから、水無瀬の離宮を指すことは明らかである。この記述は、「故郷」の庭を思いながら配所の悲哀を訴える院の歌に、すばやく反応した家隆が、院の心を慰謝すべく水無瀬訪問を語ったものに違いない。加判作業を超えて溢れ出る忠臣家隆の思いやりを表すこの判詞は、院との間に交わされた消息の趣をさえ呈している。

ほかに、家隆は、

初雁のつらきすまひの夕べしもおのれ鳴きつつ涙とふらん（六番左　雁）

という「つらきすまひ」を詠む歌に対して、判詞中に「あはれにきこえ侍る」と言い、

ながらへて見るは憂けれど白菊の離れがたきはこの世なりけり（七番右　菊）

という現世執着の哀切さを詠じた歌に対して、「菊の露も既に袖にうつろひて、限りなくかなしくきこえ侍れば」と述べている。「あはれ」、「かなし」と評するのは、先の「故郷の」の歌と同様、表明された真率な悲哀に対する

共感及び同情に発するはずである。

　さらでだに老は涙もたえぬ身にまたく時雨と物思ふ頃（八番右　雑）

と歌う、老境の物思いを時雨と取り合わせる（この時院四十七歳）哀歌に対し、

　これは愚老が心の中あひ通ひて、時雨袖をあらそひ侍れば、

と付す家隆の判詞は、窪田章一郎氏が解される通り、「院と家隆とが真実感の抒情をもとめていた共通点を示す[6]」ものであり、ここに虚飾のない院の心情吐露と、それに応える形での共感・同情を表す家隆の加判の姿勢がよく窺えるであろう。付された判詞とともに読んでくると、これらの歌はいずれも「雑歌の傾向を示していて哀愁・寂寥の感が濃い」（窪田氏）、「心情が洩らされている」（樋口氏）作で、体験に発する感慨を歌い上げたものに違いない。

ただし、その歌い方は、最後の八番右の「さらぬだに」の歌が、『新古今集』の、

　冬を浅みまたく時雨と思ひしをたえざりけりな老の涙も（冬・五七八・清原元輔）

を本歌にし、しかもかなり強く依拠しているように、決して無技巧なものではない。[7]雁を詠みこんだ六番左の「初雁の」の歌も、『源氏物語』の須磨巻の有名な一場面を取り込むところで成立しており、[8]最初に掲げた、

故郷のもとあらの小萩いく秋かあるじよそなる花匂ふらん

も、下句には周知の菅原道真の配所詠、

東風吹かば匂ひおこせよ梅の花あるじなしとて春を忘るな（拾遺集・雑春・一〇〇六）

が踏まえられていた可能性がある。(9)

『源氏物語』須磨巻や道真の歌は、院の他の配所詠の多くの典拠ともなっており、物語上の、あるいは歴史上の悲劇を自らの体験に重ね合わせた歌を含め、これらからは、体験に基づく詠歌内容を古歌摂取によって表す手法が窺える。それは前章で見た『遠島百首』の手法と等しく、詠歌内容は激情から諦観へと変じるものの、これら『自歌合』の歌々は、内容・表現ともに『遠島百首』と同じ系譜に立つことが確認されるのである。

ロ　題詠歌

ところが、明らかに隠岐での所産と知られるこれらの歌とは別に、『自歌合』中には、

鶯の鳴く音を春にたぐへつつかへりて花を誘ふ春かな（二番左　鶯）

のような歌も少なからず見出される。判詞に「彼、風の便にたぐへてぞ、といへる歌をひきかへて、かへりて花を誘ふ春かな、心詞おもしろく思ひよりがたく侍るべし」と評されるように、この歌は、『古今集』の、

花の香を風のたよりにたぐへてぞ鶯誘ふしるべにはやる（春上・一三・紀友則）

を本歌とする。これが先に見た歌々と異なるのは、着想において体験から発する何ものも存しないことである。例えば『古今集』友則歌を典拠にした以前の歌々[10]に比しても、本歌に依拠することに変わりはなく、むしろその度合いはこの歌が最も強い。しかも当該歌は、例えば都と異なる配所の自然を提示するためではなく、あくまで本歌の素材の組み合わせを逆転させるための趣向であることに留意しなくてはならない。「花の香」で「鶯」を誘うのではなく、「鶯の鳴く音」で「花」を誘おうとする創意により、「心詞おもしろく思ひよりがたく」という判詞の評を得た。同様のことは、冒頭歌、

谷風に山のしづくもとけにけり今日より春の立ちやしぬらん（一番左　初春）

から指摘される。これが判に「春の立ちぬる心も、いかで昔よりよみ残し侍りけん」と評価されたのは、「初春」題の歌を、『万葉集』の相聞の贈歌、

足日木乃《あしひきの》　山之四付二《やまのしづくに》　妹待跡《いもまつと》　吾立所沾《われたちぬれぬ》　山之四附二《やまのしづくに》（巻二・一〇七・大津皇子）

を本歌に据えたことによる。大津皇子が石川郎女に一途な思いを訴えたこの本歌の、初々しく真っ直ぐな心情を、春を擬人化し、その訪れを待つ思いに取りなした着想の新しさが、春到来の喜びを表す新たな表現となった。同じ

本歌による守覚法親王の「立ち濡るる山のしづくも音絶えて槙の下葉にたるひしにけり」（新古今集・冬・六三〇）などに比べても、直截で斬新な、院らしい本歌の取り方であろう。また、

吉野河せかばや春のやすらはん折られぬ水の花のうたかた（三番左　暮春）

という歌が、判に「心詞めづらしくありがたく侍る」と評されたのは、『古今集』の、

春ごとに流るる河を花と見て折られぬ水に袖や濡れなん（春上・四三・伊勢）

を典拠とし、「暮春」題における惜春を、第二・三句に「せかばや春のやすらはん」とおおらかに歌い上げ、それも季を擬人化して惜しむという趣向性を忘れていないからである。これらは、先に見た歌々とはかなり趣を異にしている。さらに、「たけあり」と判に評された、

を初瀬や宿やはわかむ吹き匂ふ風の上行く花の白雲（二番右　落花）

という歌、また、「やさしく」と評された、

佐保姫の春の別れの涙とや露さへかかる岸の藤波（三番右　暮春）

の歌、さらに後代勅撰集（続古今集・秋下・五五〇）に入集する、

難波潟磯辺の浪の音すみて夕霧よする秋の潮風（四番右　海辺霧）

などを含めると、ここに、先の実情実感的な歌とは別に一群が類別できるであろう。これらの歌が求めたのは、題のもとに自立する世界であり、苦悩や悲歎は一切叙されず、仄めかされもしない。しかも、これらの歌が『自歌合』の基調を形成することは、歌数のみならず、判詞における評語の分布からも知られる。家隆が記す主要な評語は、「めづらし」三例、「たけあり」三例、「やさし」三例、「えん」二例、「おもしろし」一例、「匂ひあり」一例、「あはれ」二例、「かなし」一例であり、「めづらし」から「匂ひあり」まで、題詠歌として評された歌が、体験に発する悲哀を歌う「あはれ」や「かなし」き歌を、量的に凌駕しているのである。

以上を要するに、『自歌合』二十首は、「実情実感」を指標にすれば、少なくとも二面性を有した作品ということになる。もとより自歌合という作品が本来多年にわたる自詠の中から秀歌を自撰するものとすれば、多様の和歌が集積され、題による創作歌と体験による実詠歌とは誰しもが詠む歌には違いない。しかしながら、隠岐から都へ送る作品としての制作動機を併せ考える時、この二面性には常識的な分類に止まらない意味が見出されそうである。そもそも本『自歌合』は「一時期の御歌中から選抜したもので、決して多年の御詠草中から、秀歌を選出したのではない」[11]とされ、配所生活の一時期の歌をまとめて都に送ったものと見られる。比類ない体験を経て初めて編まれ、都に送られた自歌合として検討されなければならないであろう。

八　二面性

周知のように、家隆は定家とは対照的に終始後鳥羽院に忠誠を尽くした人物であった。院が、その家隆と彼を通じて都人の目に留まるであろう『自歌合』に、苦境による現在の心情を込めるのは自然である。『遠島百首』に多く見られた都人への訴えかけと同質の悲憤の吐露が、都へ送られる作品に込められないとすれば、むしろ不自然であり、実情実感を詠じた歌々は、家隆を初めとする都人を意識するところに成立したに違いない。樋口氏は先掲の論で、「苦悩の日々の連続のなかで、和歌は安全弁の役割を果たして」おり、悲歎や絶望を「歌にあけすけに」吐露することで「生への気力を恢復」していたと推測された。苦しい心情を表す歌が『自歌合』に収められる際に、都の読者はいよいよ強く意識されたはずである。さればこそ家隆の判詞に見る緊密な交情が成立したのであろう。

そうした作品に隠岐の現況と関わらない、題のもとに自立する歌を多く収めるのはなぜか。『遠島百首』と同様に、それは和歌が配所で唯一の雅びな営みであったからである。〈歌〉こそが鬱情を晴らす手段であってみれば、樋口氏説の通り、悲歎や絶望を吐露する〈安全弁〉となる、その一方で、配所暮らしの怒りや歎き、また悲しみや恨みなどをすべてを忘れ、王朝以降の伝統和歌に立脚した風雅の世界に浸りきることも、十分〈安全弁〉の役割を果たすであろう。むしろ意識的に、現実世界を切り捨てて築く和歌世界に堪能することに、その機能はより強く働くに違いない。それらの歌々を『自歌合』に収め、以て基調としたのは、配所においても打ち拉がれずに、変わらず優艶で趣向性に富むたけ高い歌を詠じおおせている様を都人に示すためであった、と解される。さらには、そうした自らを誇示しようとしたのではなかろうか。

そう考える上で、冒頭の番いの右歌は興味深い詠み方をしている。

うちなびき石間の水もこほりとけ行きも悩まぬ春の山川　（一番右　おなじ（初春））

本歌

こほり閉ぢ石間の水は行き悩み空すむ月の影ぞ流るる　（源氏物語・朝顔）

『源氏物語』の歌は、光源氏の浮気心に苦悶する紫上が自らを「石間の水」に見立て、「悩み」、また結句「流るる」に配された掛詞の「泣かるる」心情を訴えたものである。それを典拠に、「行きも悩まぬ」に込めようとした思いは浅くはない。すなわち、「行きも悩まぬ」自然に対して人間である自分は悩んでいる意と、本歌同様「石間の水」である自分は、「春の山川」のように、悩むことを忘れている意の両義が成立する。もとより隠岐の所産ゆえ、前者の解が穏当であるものの、後者の解が成り立つのは、既述の通り『自歌合』の基調が題詠歌として自立する詠歌であることによる。当該歌を一番右の位置に据えることで、「行きも悩まぬ」我は、隠岐の苦境に打ちのめされず、以下に示す王朝的、伝統的な和歌にいそしむのだという含みを持たせたと読みうるのである。悩まぬ自分が以下の歌を詠むとの宣言の役割を担わせたと見ることとさえ可能である。

もちろん、一首は春歌として詠まれ、「初春」における山川の情景を描いており、『後鳥羽院御口伝』に、歌合の歌の詠み方として、「源氏等物語の歌の心をばとらず詞をとるは苦しからずと（釈阿・寂蓮などは）申しき」と、院自ら物語の歌の心は取らない制約を紹介することを勘案すれば（本作は歌合ではないものの）、紫上の苦悩にこだわることはない。院自身の思惑がどこまで戦略的であったかは不明ながら、後者の解のほうが、『自歌合』二十首の全体と整合的となる。そして、そう解する時、最後に収められている法文歌二首の存在理由もより明らかとなる。

おしなべてむなしき空の薄緑迷へば深き四方のむら雲　（十番左　法文）

袖の上にあだに結びし白露や裏なる玉のしるべなるらん（十番右　おなじ）

末尾十番には、右の両首の法文歌が、自らの体験とは直接には関わらない内容の歌として据えられており、しかもこの二首には自注が付される。その左歌注は、

左歌心者

法性の空、念来清浄なれども、妄想の雲おほひぬれば、正因仏性有りともしらず。このことわりを知らでは、仏に成ることかたし。即一微塵の中に法界ことごとくをさまる。況三十一字の間に実相のことわりきはまれり。

と述べられている。さして難解とも思えない自歌にあえて解説を施すのは、仏道修行に精進する自らの姿勢を示す狙いによるのではなかろうか。「このことわりを知らでは、仏に成る事かたし」は、その理を知った自らの、修行の充実ゆえの心境吐露とも思われる。最後の「三十一字の間に実相のことわり」が極まるという、迷いのない明晰な一文も、仏教と和歌が結びついて精神生活を支えていた現実をよく示している。右歌にも全く同様のことが言え、院が法文歌に解説を加えてまで表そうとしたのは、仏者として修行に意欲的な現況の提示であったように思われる。最晩年には『無常講式』を書き、また次章で扱う「詠五百首和歌」には、

西へゆく心の月のしるべあれどまだ晴れやらぬ雲ぞかなしき

という歌をはじめ、迷悟の間に苦しむ歌が二十首程並べられている。それらと対照的に、この法文歌は、釈教歌らしく仕立てられている。もちろんこれらも、意図的に現実の苦悶忘却の手段として詠ぜられていたとも解しうる。しかし、末尾に、

皆以異様、其上卒爾之間、撰定僻事多歟、事宜物不レ過二両三一候也、其中法文歌、雖レ無二指事一、若得二其意一者
之為二出離至要一也

と、匆々の間に編んで秀作に乏しい作ながら、「法文歌」は「其意」を得たなら「出離至要」となるという理由から付された自注を合わせ見る時、一番で「悩まぬ」と断言した主体が、最後の番いで仏の道の勤めに精進していることをよく示す構成となっているのである。

本『自歌合』を編む動機は、配所において「悩まぬ」自分が、伝統に連なる和歌活動と、弛まざる仏道修行を実践していることを誇示することに存したと判断される。それは、隠岐に流されても決して屈してはいないのだという、数年前までは一代の帝王であった院の矜持に由来するであろう。

かかる基調の中に、創作の動機を異にした実情実感の系譜の歌が収載され、以て闊達な大らかさと真率な苦悩とを併せ持つ作品が成立したのである。それら両者は、ともに読者に都人を想定する時に生ずる院の意識が相反する形で現れたものであった。

『後鳥羽院御自歌合』は、言われてきたような「実情」や「実感」のためのみに生まれた作品ではなかった。後鳥羽院の隠岐、即ち配流の悲憤、即ち実情実感という常識は、本作全体には当てはまらない。その通用しない部分の在り方に目を注ぐことが、遠島生活全体の文学を解明する鍵となるのである。

三　遠島御歌合

嘉禎二年（一二三六）七月、後鳥羽院は都人十五人の歌各十首を召し集め、自詠十首を加えて八十番に番えた『遠島御歌合』（以下『遠島歌合』と略称）を編み、自ら判者となって、判定を下している。

『自歌合』から十年を経た院の歌は、どのように詠まれていたのだろうか。一番の判詞の冒頭にある、長文の

〈序〉に相当する記述に、

今さら此道をもてあそぶにはあらねども、従二位家隆は和歌所のふるき衆、新古今の撰者なり、八十余りの命の露、いまだあだし野の風に消えはてぬ程に、彼を召し具して、いま一たび思ひ思ひの言の葉を争ひ、品々の姿をたくらべんと思ふ

と述べられる通り、院の十首は、すべて家隆の歌と組まれる。それら計十組の番いのうち、院が唯一勝を与えたのは、

軒端荒れてたれか水無瀬の宿の月すみこしままの色やさびしき（七十三番左　山家）

という一首であった。これが家隆の、

さびしさはまだ見ぬ島の山里を思ひやるにもすむ心ちして

に勝った理由を、院は判詞に、「左右ともに思ひやりたる山家に侍るを、いまだ見ぬを思ひやらんよりは、年久しく見て思ひやらんは、すこし心ざしも深かるべければ」と記している。「想像の歌よりも実感の歌の方が歌として強い感動を与へ得る」ことを主張した（先掲小島吉雄氏論）この叙述は、当該歌が実情実感の歌群に属することを院自ら示し、その秀逸を説くものである。本歌合中の院の歌において、同様の例として、

人心うつりはてぬる花の色に昔ながらの山の名もをし（九番左　山桜）

物思へば知らぬ山路に入らねどもうき身にそふは時雨なりけり（四十一番左　時雨）

数ならぬみ島がくれに年を経て塩たれわぶと問はばこたへよ（六十五番左　羇旅）

なども挙げられよう。それぞれ題詠歌でありながら、配所に暮らす心情を重ね合わせたものである。しかも、いずれも平明さを特徴とした率直な歌であり、[13]ほとんどの歌が古歌を典拠にしていることに、[14]『遠島百首』と、また『自歌合』の一面の歌との共通性を有してもいる。ただ、古歌の摂取は、例えば、「物思へば」の歌が、

神な月時雨ばかりを身にそへて知らぬ山路に入るぞかなしき（後撰集・冬・四五三・増基法師）

により、「数ならぬ」の歌が、

わくらばに問ふ人あらば須磨の浦に藻塩垂れつつわぶとこたへよ（古今集・雑下・九六二・在原行平）

数ならぬみ島がくれに鳴く鶴を今日もいかにと問ふ人ぞなき（源氏物語・澪標・明石の君）

による、その摂取の方法が異なっている。『自歌合』のそれが、見た通り、あるいは転換し、あるいは連想するところに興趣を求めるのに対し、これらはいずれも引用して、配所の苦悶を強く暗示することを狙いとする。崩御を三年後に控えた、配所の生活十六年に及ぶ心情の吐露は、それだけ直截であり、のっぴきならぬ苦境による哀感を漂わせることになっている。

対して、本歌合においても配所生活の実感とは無縁な、文字通りの題詠歌を見出すことができる。例えば、

久方の桂のかげに鳴く鹿は光をかけて声ぞさやけき（卅三番左　夜鹿）

という歌は、月光の中に鹿の鳴く音を配して「光をかけて」に一首の眼目を置き、「夜鹿」題にふさわしい秋の叙景歌に仕立てている。「光をかけて」という表現は、新編国歌大観等の索引類を徴する限り、『最勝四天王院障子和歌』「和歌浦」題の、俊成卿女歌、

千々の秋の光をかけて和歌の浦の玉藻になびく有明の月

が唯一の先例であり、院にもう一首、隠岐の所産である「詠五百首和歌」中に、

雁がねのきこゆる空にすむ月の光をかけて衣打つなり

という用例があるだけの珍しい表現である。俊成卿女歌によれば、悠久に輝き続ける光を意味しており、「詠五百首和歌」を参照すれば、これは月の照る天空を目指して拡散する鹿の声を捉えたものであろう。時間と空間の拡がりの中に、視覚と聴覚の把握を融合させたところに成り立つ構図である。ちなみにこの歌は、『時代不同歌合』の改訂本に収載されることになる〈自讃歌〉であった。他に、

手をたゆみおさふる袖も色に出でぬまれなる夢の契りばかりに（四十九番左　忍恋）

という一首も、『源氏物語』藤裏葉巻の夕霧の歌、

とがむなよ忍びにしぼる手もたゆみ今日あらはるる袖のしづくを

を本歌として王朝物語世界を揺曳させ、『新古今集』恋二のよみ人しらずの歌、

しのびあまり落つる涙をせきかへしおさふる袖ようき名もらすな（一一一二）

という一首や、同巻の藤原実宗の、

夢のうちにあふと見えつる寝覚めこそつれなきよりも袖は濡れけれ（一一一七）

などの歌にも触発され、堪え切れなくなった一瞬が、実は夢で会うと見た幻想によるものだったという「忍恋」の極限状態を歌う題に適った題詠歌となっている。

これらは、先の歌々とは異質であり、少なくとも実情実感とは関わらない作品であろう。後に、『続古今集』春上（四五）に入集する、

塩竈の浦の干潟のあけぼのに霞に残る浮島の松（一番　朝霞）

など、題のもとに自立する歌々を読めば、本歌合にも『自歌合』と同様に、歌の二面性を明らかに見て取ることができる。

ここでもその由来には、作品の成立事情を挙げなければならない。そもそも、『遠島歌合』は、院が都人の歌を召し集めて、自ら番え、判定した歌合であった。従って、その作品は都へ送り返されるはずのものであり、しかも、その出詠者が、院にとっては「うとからぬ輩」（一番判詞）であり、院の鴻恩をいつまでも忘れない人々であってみれば、前掲のように、「人の心は変わった」（九番歌）、「我が身は辛く、涙している」（四十一番歌）、「水無瀬は荒れていよう」（七十三番歌）と詠ずるのも、当然であった。特に出詠者十五人の中に『御手印御置文』でその忠節を不憫に思い、水無瀬の地を与える信成・親成父子が参加していることに象徴的なように、『遠島歌合』は、あくまでも院にとっては「身内」的集団の産物であった。だから、実情実感を吐露するのは、その集団へ向けた感懐吐露であったのである。『自歌合』が、その周辺の都人をも意識しつつ、家隆に向けて詠まれた作品であったのに比し、本歌合はその場が十五人に拡がりはしたものの、やはり近臣たちを念頭に置く多分に私的な性格を有している。十年の配所生活の苦悩が、『自歌合』のそれよりもさらに率直に心情を告白させることとなった実情実感歌は、院の対読者意識に発するものと見てよいであろう。

では、それと対照される題詠歌が詠まれる必然性はいかに解されるだろうか。もとより前節の『自歌合』で認めたのと同様の、苦境にあってなお屈しない現状を示す対都人意識によることは明らかである。それを踏まえ、本歌合では、院が隠岐で編んだ『時代不同歌合』という歌仙歌合との関係から考えてみたい。

のちの第五章で詳しく扱う通り、『時代不同歌合』は、後鳥羽院が隠岐で編んだ秀歌撰で、柿本人麿以下、王朝歌人から当代歌人に及ぶ百人の秀歌を一歌人三首ずつ撰んで番えたものである。樋口芳麻呂氏の考証[15]によって六系統の伝本が知られ、その院の自撰歌は差し替えがなされている。すなわち、『遠島歌合』以前に成立した第四次成立本までは三首とも新古今入集歌から採用するのに対し、第五次成立本では、本歌合の、

手をたゆみをさふる袖も色に出ぬまれなる夢の契りばかりに

が入り、第六次成立本では、同じく本歌合の、

久方の桂のかげに鳴く鹿の光をかけて声もさやけき

が収録されるのである。これは、『遠島歌合』の性格を考える上で看過し得ないことであろう。

いったい、従来の和歌史を集大成する趣の秀歌撰を作成しようとし、そこに自詠も収載しようとする時には、編者としては、代々の名歌と伍し得る、少なくともそれらに著しく見劣りはしない歌を撰出しようとするであろう。院が第四次成立本までの中に、『新古今集』に収めた自らの歌を選ぶのは、その意味からきわめて当然である。その自撰歌を差し替えるのは、新たな収載歌も院にとっては〈自讃歌〉であったことを示している。その歌が、『遠島歌合』十首中、唯一の勝歌である、

軒端荒れてたれか水無瀬の宿の月すみこしままの色やさびしき

という水無瀬を詠じた歌ではなく、右の、あるいは恋の歌（「手をたゆみ〜」）、あるいは四季の歌（「久方の〜」）とし

て自立する題詠歌であることに、院の歌観を端的に窺うことができるであろう。

『遠島歌合』において、隠岐の院がかつての離宮、水無瀬を思い遣って歌い、しかもその歌に唯一の勝を与えたのは、配所に侘び住まいをしている現在の自らの心情を都の廷臣たちに訴えるための最も有効な〈演出〉であった。もちろん、それは院の苦悩が軽いものだったことは意味しない。しかし院は、和歌なるものを、想像の所産に比して実感に根ざすものが勝る、とは考えていなかったのである。歌合ではその「実感」歌を重んじながらも、その作品が持つ身内集団的な場をひとたび離れて、自身に問うて最も優れていると認定した歌、少なくとも自らを代表する歌と考えたのは、体験に発する心情に左右されない所で目差した題詠の歌群であった。『時代不同歌合』に収めた歌こそが院の自讃歌であったとすれば、転変の多い後半生の中でも伝統を真正面から承けて、それに連なろうとしていた院の和歌創作の意識と態度とがよく理解できるのである。

ちなみに、右の『遠島歌合』の唯一の勝歌は、田村柳壹氏が明らかにされた通り、第五類本の『遠島百首』に収められていく(前章第二節参照)。

ともあれ、本作品を狭く実情実感の文学と読むことから解き放たれて初めて、嘉禎年間に活発に展開される院の文学活動が正当に論じられるのに違いない。

四　和歌の二面性

『自歌合』と『遠島歌合』を通して、院の歌が、都人に読まれることを重要な契機としながらも、決して単に実情実感の歌でもなく、題詠歌のみでもないことが明らかとなってきた。既に有吉保氏は、「隠岐での第一作遠島百首は(中略)落莫絶望と苦悩と狂乱とが胸をさすような歌である。しかし、孤独な生活に耐え、激動を抑えてやがて諦観の境地をみいだすと、伝統的な風雅の世界へ変貌している。実情実感の歌が、寂風の方向で定着しているのである。[16]」と評され、「実情実感」のみでは既に律しきれない院の歌を「伝統的な風雅の世界」として穏当に捉えられていた。その把握を踏まえた上で、ここで確認したいのは、実情実感の歌が「諦観」を契機に風雅の世界へと移行したのではなく、院の和歌創作においては、実情実感歌の系譜と、その対極に位すべき題詠歌の系譜とが二つながら、常に存在し続けたという事実である。もちろん、一個の人間が或いは切羽詰まった苦境に直面して歌い、或いは余裕をもって口ずさむ歌を、観念的に図式化する弊は避けなければならない。また、生きた人間が和歌文学に関わろうとする時、実詠歌と題詠歌とは歌われやすい二つのものであることも、この期の和歌の常識に属する。ここではさような一般論からではなく、院の遠島のおける和歌が意図的に選び取られた二面性を形成することに注視したいのである。

隠岐での最初の作、『遠島百首』は、既述のように一旦成立した後、改作がなされ、改作本には、晩年に詠じられたと思われる歌が含まれる。後藤重郎氏は本百首の成立を院の晩年とされ[17]、岡野弘彦氏は年譜でその時期を崩御の年に定められていた[18]。一度編まれた百首は、院によって見直され、望ましい形へと変貌する。未知の遠島に追われ、未曾有の苦悶を味わった心の動きを記し留め、人間が味わう苦悩の記録として体験を忠実に表すことは、隠岐に暮らす院が最期まで貫く和歌の営みであった。その『遠島百首』の系譜に、『自歌合』や『遠島歌合』に見た体験に発する歌群が位置づけられる。

ところが、配流の後六年目にして、実情実感に囚われない、対極にも位置付けられる「やさしく」「えんに」「めづらしく」「たけある」歌を詠じ、それが十年を経て変わることなく承け継がれているところに、後鳥羽院の文学の特徴がよく示されている。あるいは都人に向けた矜持により、あるいは頼るものとてない孤独な自己を問い詰めることにより得られた自讃歌が、体験から発する詠歌の系譜とは別に模索されたことは見逃されるべきではない。

そして、その系譜の歌を『時代不同歌合』に収めるのは、伝統を踏まえる創造への意思がきわめて強く持ち続けられたことを物語っている。繰り返し述べた通り、それが隠岐本の編纂、『後鳥羽院御口伝』の執筆ほか、『三十六人撰』（散佚）、『影供歌合』（散佚）などの編集の営みに通じていくのである。

隠岐配流の後六年目、十六年目に成立した、謂わば配所生活の前期と後期の二作品を通じて明らかなのは、以上のような院の文学における基本的な二つの方法であり、次章で見るように、大作「詠五百首和歌」の作品の性格を決定している重要な要素となっている。

〈歌〉は、後鳥羽院にとって唯一の雅びな営みであった。それゆえ、「歌」う行為には鬱屈霧散を図るカタルシス的な役割が負わされていた。それを図式的に類別しても意味はない。和歌の二面性が、志向された二方向性に発していることにこそ、十分な顧慮が必要である。

【注】

（1）『新古今和歌集の研究　続篇』（一九四六年十二月、新日本図書株式会社）
（2）『新古今集歌人論』（一九六〇年三月、桜楓社）
（3）「後鳥羽院」（『日本歌人講座　中世の歌人Ⅰ』一九六八年九月、弘文堂）
（4）『新古今時代』（風巻景次郎全集六、一九七〇年十月、桜楓社）
（5）注（1）に同じ。
（6）『和歌文学大辞典』（一九六二年十一月、明治書院）の「後鳥羽院御自歌合」の項。
（7）元輔の「冬を浅み」の歌は、多くの諸本が第二句を「まだき時雨」とするが、伝冷泉為相筆本をはじめ有力古写本はこの「またく時雨」とする。語義を含め「またく」は検討を要するが、当該の後鳥羽院歌の本文がその形であることは注意される。拙稿『『新古今集』の本文—校本の作成に向けて—』（国文学研究資料館編『古典籍研究ガイダンス　王朝文学をよむために』二〇一二年六月、笠間書院）参照。

（8）六番左、「初雁のつらきすまひの夕べしもをおのれ鳴きつつ涙とふらん」の傍点部分に、「前栽の花色〳〵咲き乱れ、おもしろき夕暮に（中略）雁の連ねてなく声、梶のを《（お）》とにまがへるを、うちながめ給ひて涙こぼるるを（中略）初雁は恋しき人のつらなれや旅の空とぶ声のかなしき」（源氏物語、須磨）の場面が投影されている。

（9）隠岐の作品である後鳥羽院百首付載歌（内閣文庫蔵）にも、道真詠を典拠にした「めぐりあふ春もやあるとふるさとの軒ばのさくら色なわすれそ」がある。

（10）秋はまた鹿の音誘ふしるべせよ小萩が原をわたる夕風（正治後度百首）
谷風の鶯誘ふたよりをや山里人も春を知るらむ（外宮百首）
春風の誘ふか野辺の梅が枝に鳴きてうつろふ鶯の声（千五百番歌合）
春風の鶯誘ふたよりにや谷の氷をまづはとくらむ（建保百首）
鶯を誘ふしるべの春風も花のあたりは猶もよかなむ（詠五百首和歌）

（11）樋口芳麻呂『群書解題』八、「後鳥羽院御自歌合」の項。

（12）田中喜美春「後鳥羽院の香具山」（『国語と国文学』一九七七年二月）

（13）村崎凡人『御歌人としての後鳥羽上皇』（一九四三年六月、鶴書房）

（14）典拠歌、九番左歌（後撰集一〇二）、四十一番左歌（後撰集四五三）、六十五番左歌（古今集九六二・源氏物語、澪標）

（15）「時代不同歌合攷」（『国語と国文学』一九五五年八月、『平安・鎌倉時代秀歌撰の研究』（一九八三年二月、ひたく書房）所収）

（16）「後鳥羽院　生と美学」（『国文学解釈と教材の研究』一九七一年十二月、『新古今和歌集の研究　続篇』（一九九六年三月、笠間書院）所収）

（17）『新古今和歌集の基礎的研究』（一九六八年三月、塙書房）

（18）「後鳥羽院年譜」（丸谷才一『後鳥羽院』（日本詩人選10、一九七三年六月、筑摩書房）に付載）

第三章　詠五百首和歌

第一節　歌われた世界

一　はじめに

後鳥羽院の「詠五百首和歌」は、『後鳥羽院御集』に収められた、四季歌三百首・恋百首・雑百首から成る定数歌である。[1]院の和歌作品の中ではこれが最大の歌数をもつ作品であるにも拘わらず、その成立の時期は明らかではない。『後鳥羽院御集』中の他の作とは異なって、本作には成立の時期や事情を示す注記の類が一切付されていないのである。それゆえ、かつては都での作品として扱われたこともあった。[2]しかし、樋口芳麻呂氏が隠岐配流以後の成立であることを明らかにされ、[3]以来、本作品は隠岐での作として扱われることになる。例えば、隠岐でのものとして秀歌が抄出されて論じられ、[4]配所での院の心境を窺うための好資料とされてきた。[5]ただし、類例に乏しい五百首にも及ぶ大作を隠岐で制作した理由は何かについては、未だ明らかとなってはいない。

隠岐で編まれた後鳥羽院の作としては、『遠島百首』が最もよく知られている。そして、

我こそは新島守よ隠岐の海の荒き波風心して吹け（雑）

と歌われた、その特殊な体験に基づく〈実情実感〉性によって評価されてきたのが、院の隠岐の歌であった。しかし、前章で見たように、院が隠岐で詠んだ『後鳥羽院御自歌合』、『遠島御歌合』などには、単純に実情実感歌としては律し切れないものが含まれていた。両作の歌は、実情実感の歌の系譜に立つものと、その対極に位すべき題詠の歌の系譜に立つものとが、意図的に選び取られた二面性を形成していたのである。

単・ではない隠岐の歌に、「詠五百首和歌」はどのように位置付けられるであろうか。その歌の検討を通し、制作の意図を推測しつつ考えてみたい。検討は、本五百首のうち、雑の歌を主たる対象とする。「述懐性」の現れやすい雑の歌の方が、「実情実感」の問題を扱うにふさわしく、『遠島百首』との比較においても望ましいからである。

二　雑百首の性格

まず雑百首の性格を検討しておきたい。各歌の主題は次のように想定される。

1	暁	○	8	懐旧		15	露		22	述懐	
2	山	○	9	山家	○	16	野	○	23	夢	
3	述懐	○	10	橋	○	17	述懐		24	述懐	
4	無常	○	11	述懐		18	述懐		25	山	
5	無常	○	12	松	○	19	関		26	羇旅	
6	海辺月		13	滝		20	述懐		27	羇旅	
7	懐旧		14	橋	○	21	述懐		28	述懐（旅）	

29	羇旅	
30	羇旅	○
31	述懐	
32	羇旅	
33	羇旅	
34	述懐	
35	羇旅	
36	述懐	
37	羇旅	
38	山家	
39	述懐	
40	海路	
41	海路	○
42	述懐	
43	述懐	
44	山家	
45	述懐	
46	山家	○
47	松	○
48	山家	
49	述懐	
50	野	○
51	述懐	
52	舟	
53	無常	
54	述懐	
55	述懐	
56	述懐	
57	述懐	
58	山家	
59	述懐	
60	無常	
61	山家	
62	述懐	
63	山家	
64	述懐	
65	山里月	
66	述懐	
67	露	
68	苔	○
69	夢	○
70	故郷月	
71	述懐	
72	無常	
73	釈教	
74	釈教	
75	釈教	
76	釈教	
77	釈教	
78	釈教	
79	釈教	
80	釈教	
81	釈教	
82	釈教	
83	釈教	
84	釈教	
85	釈教	
86	釈教	
87	釈教	
88	釈教	
89	釈教	
90	神祇	
91	神祇	
92	神祇	
93	神祇	
94	神祇	
95	神祇	
96	神祇	
97	神祇	
98	神祇	
99	神祇	
100	釈教	

注　○は、『堀河百首』や『五社百首』等から摂取して、堀河百首題の設定に心がけたと思われるもの。なお、後述五・六参照。

歌々はかなり変化に富み、単一のテーマに絞られてはいない。その中で注目されるのは、羇旅の歌（26〜37）が置かれ、終盤に、釈教歌（73〜89・100）・神祇歌（90〜99）が、ほぼまとまった歌群をなすことである。伝統的な三部立である四季・恋・雑から成り、その雑歌内部がこうした整った構成を見せることから、まず指摘されるのは、偏ることのない総合性への志向である。四季・恋の四百首も、勅撰集的な主題設定と配列が認められ、総合性に加えて網羅性への志向も窺われ、それらに本作の基本性格を見て取ることができる。では、それは隠岐で詠まれたこととどう関わるのだろうか。

初めに雑歌に歌われた空間を調べてみると、百首中、歌枕を含む地名が詠まれた歌は、延べ三十六首に及ぶ。ところが、そこには地名としての「隠岐」は現れない。先に見た通り、『遠島百首』では雑三十首中に六例「隠岐」が詠まれていた。後述する通り、暗示する歌は存するものの、配所「隠岐」は歌われないのである。

四季歌で、地名を詠む歌を比べてみると、

遠島百首（七十首中）　5首（7％）
本五百首（三百首中）　114首（38％）

となり、地名が詠まれる頻度は、本五百首が圧倒的に優っていることが知られる。しかし、本作四季歌における百十四首の中にも、暗示するものを含め、「隠岐」は一切登場しない（因みに恋百首にも地名の「隠岐」は詠まれない）。また、雑百首の歌に詠まれた空間に注目し、それを大きく「山里」「水辺」で分類してみると、両者が交互に、しかも偏りなく設定されていることが知られる。(6) これは、『新古今集』雑歌中（巻第十七）に見られる配列法と等しい。

ここに、隠岐で編まれたにも拘わらず、配所「隠岐」に限定されることなく、山海いずれにも偏らぬ広い空間を背景とした歌の配列を考えた本作の構成的な配慮が窺われるであろう。主題と空間の設定から、本五百首は、隠岐での特殊な体験の告白ではない、異なる企図になる定数歌であることが見通されてくる。

三　述懐歌

その見通しに立ち、内容の検討を述懐性に富む歌から始めてみたい。前節の主題想定において、まとまった歌群として括った羇旅・釈教・神祇以外の歌々を、大きく述懐性の有無で分類すると、次頁の表のようになる（○を付したものが述懐性を有する歌である）。

ここに、雑百首の中心を占めるのはやはり述懐性を有する歌であることが明らかとなる。全体のほぼ四分の三の部分（3～72）を占め、歌数は四十八首に及ぶ述懐歌は、次表に示す通り、ほぼ同数の歌で三部に構成されたものと解される。

まず、第一部（3～24）は、次のような歌に特徴付けられる。

7それとなく思ひ出づれば袖ぞ濡るる過ぎにしかたの夕暮の空
8まれにあへる松の枢の明けがたに見し世に似たる月を見るかな

の二首に、他の部分には見られない懐旧の思いが表され、

14山里の真木の板橋荒れ果ててとはれぬほどもよそに見ゆらん

及び18・22の三首に、他者の来訪に関する内容が扱われ、

1	2	3	4	5	6	7	8	9	10	11	12	13	14	15	16	17	18	19	20	21	22	23	24	25
×	×	○	○	○	×	○	○	×	○	○	×	○	○	×	×	○	○	×	○	○	○	○	○	×
		第一部（16首）																						

26	27	28	29	30	31	32	33	34	35	36	37	38	39	40	41	42	43	44	45	46	47	48	49	50
▲	▲	▲ ○	▲	▲	○	▲	▲	○	▲	○	▲	○	○	○	×	○	○	○	○	○	×	○	○	×
		第二部（14首）																						

51	52	53	54	55	56	57	58	59	60	61	62	63	64	65	66	67	68	69	70	71	72	73	74	75
○	×	○	○	○	○	○	○	○	○	○	○	○	○	×	○	○	×	○	×	○	○	●	●	以下、釈教・神祇
第三部（18首）																								

注
○　述懐性の認められる歌
×　述懐性の認められない歌（後に題詠歌として扱う。五参照。）
▲　羇旅歌
●　釈教歌

21捨てやらぬうき身のはてのかなしさを嘆きながらもなほ過ごすかな

に、出離の思いは抱きつつも遂げ得ない現状が示される。孤独に憂き世を生き、身を捨てようとして捨て得ない苦悩が連ねられた歌群である。

続く第二部（28〜49）は、

28かきくらす野山の雪は消ゆれども身の思ひこそ年積もりぬれ
39物おもへと鳴海の浦の浜ひさぎ久しくなりぬうき身ながらに

に時間の経過が示され、初めの、

31ありしにもあらずなる世のしるしとやまづ色かはる苔の袖かな
34いへばえにかはらぬ月ぞ恨めしき我のみふかき苔の袂よ

と、終わりの、

48山さむみ風もさはらぬ苔衣たちゐにつけて袖ぞ濡れこし

とにより、出家者の立場が明示される。他者への思いは、

36人は皆もとの心ぞかはりゆく野中の清水たれかくむべき

と不信に変わり、第二部末尾の、

49身のうさを嘆くあまりの夕暮にとふもかなしき磯の松風

で、訪うものは松風ばかりと詠じられて、このテーマは終結する。

最後の第三部（51〜72）は、

51憂かりける世に炭竈の薄煙絶えみ絶えずみ物思ふころ
57沖つ島あまの磯屋の藻塩草かく数ならで世をやつきなん
62松垣の真柴の枢明け暮れは思ひ乱れて世をやつくさん

の三首に、初めて「死」の思いが語られる。さらに、終盤に連続する64・66・69・71の歌で、例えば、

64我が思ひ積もり積もりてあらたまの年をあまたも嘆きこしかな
69嘆きあまりいくよの年をせめぎけん夢のうちなる夢を見しまに

のように、時が長く経過したことが総括される。これらによって、第三部は「死」を間近に意識した出家者の歌としてまとまる歌群である。

以上の三部構成は、時の経過に即し、出家以前・出家以後・死への思いを核にまとめられたものと読まれるであろう。もとよりこれらは、痛切な体験に基づいて詠み出された歌に違いない。しかし、右の構成は、これが隠岐配流を表すための歌群ではないことを物語っている。配流は出家した身での体験であり、相当するのは第二部以降である。歌の詠み方も、引用歌に明らかな通り、憂き世に生きる憂き身を提示する形を基本とする。例えば、

4消えやらで波にただよふうたかたのよるべ知らせよ八重の潮風

という歌を、類想の『遠島百首』歌、

6浪間より隠岐の港に入る舟の我ぞこがるる絶えぬおもひに（遠島百首・雑）

に比較すると、手法に明らかな違いが知られる。配流の体験をそのまま表す『遠島百首』歌に対し、本作の歌は、波間に漂う泡に喩えることにより、孤立する主体の心情を詠む。『遠島百首』が特異な具体性に支えられるとすれば、本五百首は配流の特異性には限定されない、その意味では普遍性を目指していると解される。

隠岐での体験を大前提とする本作の歌々は、背景に海・山の広大な空間を設定し、〈世捨人〉の揺れる心情をモティーフとする孤立する人間の心の軌跡が、三部構成によって示されたのである。そこに「隠岐」が詠まれない事実を考え合わせると、特殊性に規定されることのない苦衷の心情を表出する狙いが浮かび上がってくるであろう。

ただし、第三部に見られる、

56幾夜我浦わの波にそほつらんあまの縄たき漁りせねども
57沖つ島あまの磯屋の藻塩草かく数ならで世をやつきなん

の二首の存在は、一見それと抵触する。56番歌は、隠岐に流されて詠んだ小野篁の、「思ひきや鄙の別れにおとろへて海人の縄たき漁りせむとは」（古今集・雑下・九六一）を本歌として「隠岐」が暗示され、57番歌で初めて「沖つ島」が詠まれるからである。ただし、57番歌は『新古今集』の、

八百日ゆく浜の真砂を君が代の数に取らなん沖つ島守（賀・七四五・実定）

に依拠しており、「沖つ島」はこの歌に基づく普通名詞で、「隠岐」を指すわけではない。とは言え、56番歌に続く57番歌に地名「隠岐」が暗示されることは明らかで、その影響は、

60うき舟のこがれてわたる浪の上によるべ知らせよ沖つ潮風

の歌にも及ぶ。これらの歌が詠まれたのは、唯一「沖つ島」を詠ずる57番歌が、「数ならで世をやつきなん」と、雑百首中、初めて明確に死の不安を扱うことと関わっていた。作者にとって「死」とは配所での憤死にほかならず、抜き差しならぬ問題であった。実感が溢れ出た形であり、詠者の思いの強さが示されている。しかしながら、「隠

岐」を明示することはせず、暗示に止めていることは留意されなければならない。配流にまつわる心情吐露は『遠島百首』に委ね、本作は特異性を前提にしない述懐歌を連ねようとしたのである。

四　釈教歌

述懐歌と同様の性格は、釈教歌と類別した歌を通しても窺うことができる。厳密には出家者の述懐とすべき釈教歌の一連十七首の構成は、四首を単位として四段に仕立てたものと読まれる。その展開を辿ってみよう。

まず、第一部（73〜76）の四首は、仏道修行者の、未だ信じ切るまでには至らない思いを述べる。

73花の色鳥の声にもなぐさまずうき世を悟る仮りの宿りは

は、次の74番歌とともに、謂わば〈序〉として、〈花鳥諷詠〉の風流韻事を離れ、悟りを求める仏道修行に勤しむ姿勢を示す。しかし、

75そむけどもかごとばかりの苔の袖心をそむる墨染めぞなき

と次の76番歌の二首は、出家したものの申し訳程度の法体姿であるとし、心から仏を頼み切ることができないと言う。ところが、続く、

77夕まぐれ法の山田にひたはへて命もしかとおどろかすかな

では、修行に専念する姿を示し、その中で命そのものを認識させられると歌う。これは、「けふ過ぎぬ命もしかとおどろかす入相の鐘の声ぞ悲しき」（新古今集・釈教・一九五六・寂然）に拠った歌であり、第一部が仏道に対して傍観者の立場であったものを、修行者の側に転ずる役割を果たす一首となっている。

それ故、第二部（78～81）の四首は、

78何となく何とかしのぶいたづらに思ひも置かじ露の世の中

81ひとり聞く暁の鐘つくづくと思ひ寝覚ぞ夢にはありける

の首尾二首に明らかな通り、修行の中、無常の認識を深めながら悟りに向かう心を浮き彫りにしてくる。両首とも『新古今集』の釈教歌を典拠とすることから(7)も、高みを目指す志向を読むことができるであろう。

その流れが、第三部（82～85）の四首に引き継がれ、悟入の境に至ろうとする歌としてのまとまりが示される。最初には、

82西へ行く心の月のしるべあれどまだ晴れやらぬ雲ぞかなしき

という歌が置かれる。これまで下句の迷いに重点が置かれてよく引用されてきた歌である。しかし、配列の上では、上句の「西へ行く心の月のしるべ」があると述べることが重く働き、それが続く、

83燈のつくるを際に置きゐつつこの世を夢と悟りゆく哉

のような悟りへの実感を導くことになっている。そして、

85厭ふなよ苦しき海による波も御法の水のほかにやは立つ

で、苦海の波も法水にほかならぬとして「煩悩即菩提」の教えを信じ切ろうとする姿を示すのである。

ところが、ここを悟りに向かう意識の頂点として、第四部（86〜89）の四首では、

86思ひとけば心につくる六の道を厭ふぞやがて惑ひなりける

と、惑いが萌し始めてしまう。それは「六道輪廻」の教えによるものであり、続く、

87あきらけき道にもいかで悟りいらんまだ深き夜の夢の行末
88入る月に扇を上げてたとふれどうき世の闇ぞかこつかたなき

においても、下句に明らかな通り、迷いは深まる一方となる。最後に至って救われることなく、結局一連は、仏道における悟りとはかけ離れたところで終結するのである。

以上の十七首の構成が示すのは何であろうか。表されたのは隠岐に生きた院の偽りのない思いである。それらを

四首単位を基本に四段に構成するのは、いわば〝求めて救われない凡夫の苦しみ〟とも称すべき思いを表そうとしたことを窺わせる。歌われるのは、特異な状況ゆえではなく、修行の成り難さゆえの苦しみである。異様な体験による特殊な苦悩として位置付けられることを避け、仏道修行者としての比類ない思いを、謂わば普遍の中に定着させようとしたのである。もとよりこれらは虚構に堕さず、観念歌に後退してもいない。重要なのは、詠出し構成する狙いが、「隠岐」配流の所産であることを前提としないことである。

後鳥羽院が隠岐で表した仏教に関わる作品として有名なものに『無常講式』がある。久保田淳氏によって指摘された通り(8)、表現・内容ともにその講式と本五百首の関わりは浅くはない。ただし、三段に構成された『無常講式』は、「南無阿弥陀仏」を繰り返し、各段とも、

厭二五道六道之苦一可レ欣者安養之浄刹、生二前仏後仏之間一可レ憑レ者弥陀之悲願也。（第一段冒頭）

契而尚可レ契菩薩聖衆之友、憑尚可レ憑者弥陀本誓之助也。（第三段冒頭）

など、無常の苦を脱すべく専ら弥陀の救いを頼み、誓いを深めるのに対し、本五百首は、救われない凡夫の愚かさを示すという対照的な叙述となっている。ともに仏教への対し方を表しながら、大きな違いを見せるのは、信仰心や取り組む姿勢の異なりによるものではないであろう。相違は、講式と和歌のジャンルの違いに由来すると見るのが穏当で、仏教研究者に実際の信仰心の強さが指摘される(9)後鳥羽院が、変化する心の様を述べるのは、和歌という形式がそれを自在に可能にするものだったからにほかならない。修行の過程に味わわされる至愚の自覚を表したのが、これらの十七首の釈教歌であった。

五　「題詠歌」の系譜の歌

以上、隠岐配流の特異性は抑えられ、孤立し苦悩する人間の姿を描こうとする本作の性格を、主として述懐性を

持つ歌から導いた。その基調の中に、述懐性を持たない歌を散在させたのが百首の総体である。

冒頭は、

1かこの島松原越しに見わたせば有明の月に鶴ぞ鳴くなる
2はつせ山入相の鐘の声すみて檜原がするに雲ぞかかれる

という二首が据えられ、海・山の歌枕が、時間（有明―入相）・素材（月―雲）の対照性が視・聴覚による共通の把握で歌われる。対をなす題詠の系譜に属する歌に始まる本百首には、こうした「長高い格調ある題詠歌」(10)が、

6夜舟こぐ藤江の浦の有明に波路を送る月のさやけさ
19須磨の関たれしのべとか浜千鳥行方も知らぬあとの月かげ
47住吉や八十島遠くながむれば松の梢にかかる白波
65いつとなき小倉の里に心あれや暮れぬと急ぐ山の端の月

など、少なからず散在する。先に述べた、隠岐での歌が二面性に支えられるという見方は、本五百首にもそのまま当てはまり、以て隠岐での成立の証左とすることも可能である。

しかも、多くの典拠を有する事実においては、『遠島百首』と等しい性格を備えている。


1かこの島松原越しに見わたせば有明の月に鶴ぞ鳴くなる

は、『拾遺集』雑上の、

かこの島松原ごしに鳴く鶴のあな長々し聞く人なしに（四五九・よみ人しらず）

を本歌とし、

19須磨の関たれしのべとか浜千鳥行方も知らぬあとの月かげ

は、『新古今集』羇旅に二首連続する定家と家隆の、

こと問へよ思ひ沖つの浜千鳥なくなく出でしあとの月かげ（九三四）
野べの露浦わの波をかこちても行方へも知らぬ袖の月かげ（九三五）

を踏まえるように、依拠する度合いの強いものが多い。しかも、そうした先行歌の摂取は、次の表に見るように、全体に及んで旺盛である。

ここで、『新古今集』からの摂取が群を抜くのは、隠岐本『新古今集』の精選に熱意を傾けていたことと深く関わり、多様な古典の摂取は『時代不同歌合』等の秀歌撰を編纂していた事実に呼応する。その摂取は、丸谷才一氏が読み解かれたように(11)、重層的な意味世界を構築する狙いに発すると読みうるものが多くを占めている。先に『遠

島百首』でも見た通り、後鳥羽院の詠法に都のそれとの断絶はなく、隠岐においては、伝統和歌の用語によって表現することが「都人」たる院が配所暮らしの身として取るべき方法でもあった。

万葉集	3首
古今集	15首
後撰集	5首
拾遺集	3首
後拾遺集	4首
金葉集	2首
詞花集	2首
千載集	6首
新古今集	30首
古今六帖	1首
堀河百首	13首
伊勢物語	3首
源氏物語	9首
蜻蛉日記	1首
（新勅撰集）	
和漢朗詠集	1首
行尊集	1首
拾遺愚草	1首
以上、典拠となった歌	
総　数――	100首
典拠を有する歌	
総　数――	83首

ただし、方法は作品の制作意図に即して選ばれるもので、本作のそれは、動機と性格を異にする『遠島百首』とは異なっている。その異なりを示すものに、右のデータのうち『堀河百首』からの摂取が挙げられる。見てきた述懐歌・題詠歌両系統の歌の内容と構成とともに、その表現の方法から、本五百首の制作意図を考えてみよう。

六　和歌の総決算

そもそも院は、なぜ五百首和歌という形態を選んだのであろうか。先例は乏しく、本作品と同じ「四季・恋・雑」で「五百首」を構成する先行例には、唯一藤原俊成の『五社百首』部類本が知られる。院が「ことに庶幾する」（『後鳥羽院御口伝』）俊成の作との一致は偶然とは思われない。両者の内容を比較すると、次のように関連する要素も見出されてくる。

a　堀河百首題について

右に述べた通り、本五百首には、

10石上布留野の沢のまろ木橋朽ちぬるものは袂なりけり

朽ちにけり人も通はず石上布留野の沢に渡すまろ橋（堀河百首・橋・藤原顕仲）

のような、『堀河百首』から摂取した歌が散在している。しかも、先の主題想定で見た通り、それらを中心に、堀河百首題が網羅的に設定される。もちろんこの時代、『堀河百首』は勅撰集に準ずる古典で、題詠百首の規範とされており、それ自体は珍しくはない。ただしこれは、『五社百首』が堀河百首題で詠まれていたこととの関わりを窺わせる。そう見ると、

1かこの島松原越しに見わたせば有明の月に鶴ぞ鳴くなる

という雑百首巻頭歌が、既述の通り、本歌に拠りながら、本歌にない「暁」を詠むのは、『堀河百首』の雑歌冒頭が「暁」題であることを踏まえたものと考えられる。とすれば、その巻頭歌の「有明の月」に「鳴く鳥」を取り合わせるのは、俊成『五社百首』の「暁」題の歌が、

明けぬるか有明の月は傾きて賀茂の河原に千鳥鳴くなり（賀茂御社百首・雑二十首巻頭）

と千鳥を詠むことと関わっていた可能性がある。

b 『五社百首』からの摂取

そこで、『五社百首』からの影響を調べてみると、数は多くはないものの、踏まえられたと思しい跡は幾首かに見出される。例えば春百首では、

7吉野山今朝はみ雪も消えはてて霞に絶ゆる岩のかけ道
　吉野山ふもとは霞たなびけどまだ雪深し岩のかけ道（五社百首〈春日社百首〉残雪）
10けさこゆる春のゆくてにかすみけり音羽の山の鶯の声
　関こゆる春のつかひや行きやらぬ音羽の山の鶯の声（五社百首〈春日社百首〉鶯）
12伊勢島や一志の浦のあま乙女春を迎へて袖やほすらん
　今日とてや磯菜摘むらん伊勢島や一志の浦のあまの乙女子（五社百首〈伊勢大神宮百首〉若菜）
30墨染の袖に匂ひはうつるとも折らでは過ぎじ野辺の梅が枝
　女郎花虎ふす野辺に匂ふとも折らではいかが人の過ぐべき（五社百首〈賀茂御社百首〉女郎花）

などに関わりを認めることができる。五百首形式とともにその内容においても、『五社百首』は意識されていたのである。

c　神祇歌について

90〜99の神祇歌に登場する神社は、具体的に、大神宮（92〜94）、賀茂（95）、住吉（96）、日吉（97）、熊野（98）の五社に限られていること知られる。ここにも『五社百首』との共通性が知られる上に、『五社百首』の奉納先が、伊勢大神宮・賀茂社・春日社・住吉社・日吉社であり、両者の違いは、熊野と春日のみとなっている。しかもその異なりは、熊野詣を重ねた院と春日社を氏神とする俊成の立場からすれば、当然の結果ということになる。

以上、a〜cの諸点から、『五社百首』が形式の先例に止まらず、拠るべき範型として意識されていた可能性が導かれてくる。とすれば、それは何のためであったのだろうか。

まず検討すべきは、「奉納性」の問題である。雑百首中「神祇歌」に分類した歌は、

90諸神を頼みしかひぞなかりける井手のしがらみ手にはくまねど

に始まり、

99頼みこししるしもいかがいはしろの野中の松に結ぶ恨みを

に終わる十首である。それらは、この二首に明らかな通り、冥加を得ることができない立場からの神への不信と恨みが、中心をなしている。例えば大神宮へは、

92神風やとよさかのぼる朝日影くもりはてぬる身を嘆きつつ

と身の嘆きを訴え、住吉に対しては、

96住吉の松のしるしと頼めども心のうちのまつは年へぬ

と長年祈願した祈りが叶わない現状を訴える。ただし、神の加護を直截に希求する歌はなく、企図に奉納性が存したと考えることは困難である。そもそも部類本『五社百首』が五等分されれば五つの百首歌に戻るように本作を分解することはできず、実際に神社に奉納されることはあり得ない。そうした作がなぜ「奉納」定数歌と共通の属性を有するのだろうか。

それを考える時、松野陽一氏が明らかにされた俊成の『五社百首』を支えるものとしての「(北家の流れを汲む)矜恃と怨念」、「沈倫の自覚」[12]への着目は、有益な視点となる。また、奉納歌合の『住吉社歌合』(嘉応二年)、『広田社歌合』(承安二年)、『別雷社歌合』(治承二年)などの「述懐」題の歌には、神に関わりなく身の嘆きをうたう方法が定着していることをも参照すれば[13]、俊成とは立場こそ異なるものの、遠島に暮らす不如意なる思いを発条とした定数歌、五百首の詠出の契機に、「奉納性」の果たすべき役割が思われてくる。しかもこの「奉納性」は、前節で見た通り、『遠島百首』にも認められるものであった。『遠島百首』同様、諸神へ奉納する作品形態を取りながら、内実は祈りでも誓いでもなく、救われない恨みと効験のないことの絶望を表明しようとすることが、本作を編む動機であったように思われる。ただし、それが主要な作成意図であったとは考えにくい。

では本作は何を目指すものであったのだろうか。五百首に及ぶ空前の歌数、主題の配置や空間の設定の総合性、特異な現実に規定されない普遍への志向、緊密な構成の配慮等は、すべて和歌にかける並ならぬ熱意の現れである。それは、本作が和歌に関わった生涯の総決算として企図されたことを窺わせるであろう。「隠岐」の語を詠まず、空間を配所に限定させないのは、これが隠岐での決算ではなく、和歌と関わり始める正治年間以降の、四十年近い生活の総まとめを期したからであろう。貪欲なまでの先行歌摂取も、それが生涯を通じた自らの方法であったことを示し、古来の伝統の上にこそ自歌が存在したことを示すものと解される。『遠島百首』は文字通り遠島の配所、隠岐を前提として成立した定数歌であり、隠岐で書かれた『無常講式』も、

昔《ハ》清涼《セイリヤウ》紫震《シシムノ》金扉《コカネノトホソニ》菜女《サイ》竝《ナラヘ》腕《ウテヲ》㆒巻《マキ》玉簾《タマノスタレヲ》㆒、今《イマハ》民煙《ミンエン》蓬茎《フウカウノ》葦軒《アシノノキニ》海人《アマヒト》垂《ヒキ》㆑鈎《ツリヲ》僅《ワツカニ》成《ナス》㆑語《カタラヒヲ》。月卿雲客《クエツケイウンカクノ》身《ミハ》切《キラレ》㆓生頸他郷之雲《イケクヒタケイノクモニ》㆒、槐門棘路《クワイモンキヨクロノ》人《ヒトハ》落《ヲトス》㆓紅涙《コウルイヲ》於征路《セイロ》之《ノ》月《ニ》㆒

と、承久の乱により、境遇が一変した切実な体験を書き留め、

便利《ヘンリ》㆓道中《タウノナカヨリ》白蠕《シロキムシ》蠢出《ムクメキ》、手足《シユ》四支《シ》上《ノウヘヨリ》青蠅《ハヘ》飛集《アツマル》。虎狼《コロウヤ》野干《カンハ》馳《ハセテ》㆓四方《ハウニ》㆒置《ヲキ》㆓十二節《フシヲ》於所々㆒、鵄梟《シケウ》鵰鷲《テウシユハ》啄《クラヒテ》㆓五臓《ヲ》㆒投《ク》㆓五尺腸《ノハラワタヲ》於色々《イロイロニ》㆒ 肉落《シシムラヲチ》皮剝《カハハケテ》但生《タ、ナマシキ》髑髏《トクロ》日曝《ヒニサラサレ》雨洗《アメニアラハル》、終《ツイニ》朽《クチテ》成《ナリヌ》㆑土《ツチト》。

のように、リアルな野晒しの死相図までを描く。これら両作とは異なる本五百首の性格は、すべて都における初学期以降の和歌の総決算としての意図に発しているだろう。

そしてこれこそが、『五社百首』に学んだ最も大きなものだったように思われる。久保田淳氏は、『五社百首』の意図の一つに、『千載集』を撰進し終えた時点での俊成の「長い作歌生活が勅撰撰進の終功によって一段落したことの記念」を挙げられ(14)、松野陽一氏も、『千載集』および世人との関わりから、『五社百首』の意義の一つに、「それまでの総決算」があることを示された(15)。

後鳥羽院「詠五百首和歌」は、『五社百首』の意図にそのまま重なるところがある。院は、師俊成の作を手本に、

生涯の形見となる記念として、五百首和歌を企図したと見てよいであろう。本作は、配所で死を近い将来に感じ取った院が、強い熱意によってまとめ上げたものと思われる。

七　おわりに

そのように読む時、なお検討を要するのは「奉納性」を備える必然性であり、それが隠岐で編まれたこととの関わりである。

田中喜美春氏は、都における八社奉納三十首歌につき、奉納の方法に『五社百首』からの示唆を想定された(16)。そうなら、院が『五社百首』に学ぶのは二度目となる。氏は、各社に奉納された定数歌には「新古今集の撰集」と「完成の祈願」、及び「天皇親政奪還の祈願」が込められたものの、奉納性を有する『遠島百首』によれば、『新古今集』の撰集意図たる「朝権回復の悲願」は実現しておらず、「神々の加護を求め」「天皇親政再現の悲願」を込めた『新古今集』の撰集意図は遂に完結しなかった、と論じられた。

その論を踏まえ、『新古今集』との関係を考える時、改めて俊成『五社百首』からの示唆が留意される。それは、『五社百首』が『千載集』の撰進終了時の企図であることに応じ、本五百首が隠岐本『新古今集』の完成への祈念を契機に成立した可能性を窺わせるからである。しかも、本五百首の成立が「死」の予感も抱かれる晩年と見られるのに応じ、隠岐本の編集もその序から文暦元年（一二三四）以降の晩年と考えられており、時期は重なる。隠岐本の取り組みが本作詠出に動機を与えたと見ることは、いかにも自然である。

とすれば、隠岐本は本作にどう関わるのだろうか。田中氏論では、『遠島百首』の「なびかずは又やは神にたむくべき思へば悲し和歌の浦波」に関し、「『やは』に注目するならば、再度、歌をたむけて隠岐本抄出にとりかかったとは解せない」とされる。確かに、神々の加護を求める意識で歌は手向けられなかったであろう。『遠島百首』

とは狙いを異にする本作品の神祇歌においても神への加護は期待されていない。しかしながら、本五百首は隠岐本の完成と連動して成立した、と解される。なぜなら、神への不信と恨みは単なる述懐ではなく、奉納性を伴わせることで直接神への訴えとなるからである。神に向けて表明されたのは、勅撰事業にあるべき神の加護と冥加なしに独力で勅撰集精選を完遂させようとする祈りであった。

隠岐本を無聊の慰み種ではなく『新古今集』の公的最終形態と考える院にとって、かつてその完成を祈った奉納作品同様に神に向けた意識を込めることがその方途となると考えられたのではなかろうか。神を呪いつつ奉納の形を襲う必然性は、隠岐本との相関において最もよく説明される。生涯の和歌総決算の狙いや、脱〈特異〉の志向も隠岐本との関係から説明されるであろう。

ただし、それも次の諸点からは、隠された意図とも解される。

(1)「神祇歌」中の「あはれ知れ神の恵みは知らねども伊勢まで猶もかくる頼みは」(93)は、「あはれ」を知ってほしい主体は神でありつつ、同時にその神を頼む状況を知ってほしい都人であること。

(2) 例外と処理した「いく夜我浦わの波にそほつらんあまの縄たき漁りせねども」(56)、「沖つ島あまの磯屋の藻塩草かく数ならで世をやつきなん」(57)など、「隠岐」を暗示する歌にこそ万感の思いが託されたとも解されること。

(3)「述懐歌」を中心に、「雲の波煙の波にへだつともとへかし人の思ふ方より」(40)等、もとより前提に隠岐が据えられれば、卒然と配所詠に変じる歌が少なくないこと。

隠岐の限定を脱しようとした本作には、当然のことながら、配流の苦悩吐露の狙いが秘めていたに違いない。十数年に及ぶ配所暮らしが、遠からぬ将来に死によって閉じられる恐れが生じた時点で自らの生涯を回想する時、そこに占める隠岐の生活はきわめて大きいものと認識されたであろう。心情吐露が苦衷を主とするのは当然で、それが各歌に底流するモティーフとなる。ただし、それらはすべて読みようによって解される詠まれ方となっていることにこそ留意しなければならない。苦悶は直叙せず、暗示に徹する。言うまでもなくそれは、明示が隠岐を前提とする作に転じさせ、そうなれば生涯の和歌総決算の企図が崩れるからである。特異性を昇華させた普遍性を貫きながらも、見た通り、容易に転じうる特異性との危うい均衡が、僅かな例外を除いて保たれているのである。

以上を要するに、「詠五百首和歌」は、隠岐本『新古今集』に関わって公的な性格を有しながら、一歩踏み込めば、それが配所の苦悩吐露という私的な性格に転じうる、隔たりの大きな二つの意図が込められ、両者を貫いて院の生涯の和歌の総決算たる狙いが全体を覆っている作であった。

【注】

(1) 「詠五百首和歌」は、『御集』にのみ収載されており、単独に流布したものは見当たらない。各系統の『御集』所収本の間には、歌の異同はなく、歌句の異同もきわめて少ない。異伝歌、歌句の異同の多い『遠島百首』とは、その在り方に大きな差がある。また、すべて秋百首に一首を欠き、春百首に重複歌を一首置く。なお、国書総目録・私家集伝本書目・村上文庫図書分類目録に項目が立てられている孤本「遠島五百首抄」(刈谷市立図書館蔵・和二一七二)は、「遠島御百首抄」の誤りである。

(2) 太田水穂氏は『日本和歌史論 中世篇』(一九四九年八月、岩波書店)で「建仁元年以前」とされ、時下米太郎氏は「後鳥羽院の御歌風の展開」(『都留文科大学研究紀要』一、一九六一年五月)で、「建保四年」とされる。

(3) 氏は「出家者としての立場で詠んでいる」歌があること、「悲愁が全歌の基調をなしていること」、「島根県史本遠島百首と共通歌を有すること」をその理由とされた(「後鳥羽院」『日本歌人講座 中世の歌人Ⅰ』一九六八年九月、弘文堂)。

(4) 丸谷才一『後鳥羽院』(日本詩人選10、一九七三年六月、筑摩書房、第二版二〇〇四年九月)

（5）加藤恵子「隠岐本新古今集巻第廿釈教部巻末の連続削除についての一考察」（『名古屋大学国語国文学』三七、一九七五年十二月）

（6）全体に三〜四首を単位として交互に両者が現れ、その総数は「山里」を詠んだもの三二首、水辺（海辺を中心とする）を詠んだもの二六首となっている。

（7）78番歌には「何か思ふ何とか嘆く世の中はただ朝顔の花の上の露」（清水観音・一九一八）が、81番歌には「いにしへの尾上の鐘に似たるかな声打つ波の暁の声」（俊成・一九六九）と「しづかなる暁ごとに見渡せばまだ深き夜の夢ぞ悲しき」（式子内親王・一九七〇）とが摂取されていると考える。

（8）「後鳥羽院とその周辺」（『UP』五—一一、一九七六年十一月、東京大学出版会、『藤原定家とその時代』〈一九九四年一月、岩波書店〉所収）

（9）石崎達二「後鳥羽上皇御製無常講式の研究 上・下」（『立命館文学』四—三・四—五、一九三七年三月・五月）、宝田正道「後鳥羽上皇の御信仰」（『浄土学』一四、一九三九年六月、『日本仏教文化史攷』〈一九六七年五月、弘文堂新社〉所収）、辻善之助『日本仏教史 中世篇之一』（一九四七年十二月、岩波書店）

（10）注（3）に同じ。

（11）注（4）に同じ。また、「言葉で作る世界」（岩波講座『文学 3言語』、一九七六年二月）等丸谷氏著作参照。

（12）「五社百首考」（『立正女子大学短期大学部研究紀要』一九六九年十二月、『藤原俊成の研究』〈一九七三年三月、笠間書院〉所収）

（13）松野陽一氏の御教示による。

（14）『新古今歌人の研究』（一九七三年三月、東京大学出版会）第二篇第三章第四節六。

（15）注（12）に同じ。

（16）「後鳥羽院の香具山」（『国語と国文学』一九七七年二月）。

（17）注（8）に同じ。

第二節　表現の特質

一　はじめに

後鳥羽院が隠岐配流後に残した七百首近くの和歌作品のうち、数の上で最も大きな部分を占めるのが「詠五百首和歌」である。前節では、本作の雑の歌を対象に、隠岐で成立しながら「隠岐」の語を詠み込まず、特異な体験は詠まないこと、『堀河百首』からの摂取や、五百首形態の唯一の先例、俊成『五社百首』との関係から、性格として奉納性を備え、隠岐本『新古今和歌集』との関わりが示唆されることなどを指摘した。

その後、樋口芳麻呂氏は「配流の悲嘆を極度に抑制し、優雅な花鳥諷詠歌で大半を埋め、隠岐の地名も詠みこまぬよう配慮している点から」その成立は、藤原道家から幕府に遠島両院還京の案が提出された時期と照応する、「文暦二年（一二三五）三、四月のころ」とされ、「院としても、鎌倉への怨念をいだいていないことを知ってもらうためにも、幕府の同情をひきそうな『遠島五百首』を詠み、都の家隆のもとにおくったのではなかろうか」と論じられた。(1)

また小原幹雄氏は、作品に多く散在する「隠岐での感懐歌」「実景実情歌」を指摘され（総数は一八一首）、その具体例を示されつつ、本作が院の晩年に成立した、隠岐ならではは和歌作品であることを説かれた。(2)さらに伊藤敬氏は、院の隠岐での活動を再検討され、嘉禄二年（一二二六）の『後鳥羽院御自歌合』の自注に示される通り、仏道歌道一如という「新たな和歌観念を確定した」院が、「自由に解脱して悠々と叙情詩を詠出していった」のが本作であると概観された上で、釈教詠にも神祇詠にも「現身の院の心」を読まれた。そう見ることから、自らの子孫の皇位継承への期待、それへの執念を読まれ、特に神祇詠は「神の靡き」を期待しての「手向け」と認められたのである。(3)

「詠五百首和歌」には、同じ隠岐の作『遠島百首』とは異なる側面が多く、検討すべきことがらがなお少なくない。とりわけ、〈実情実感〉の問題は、隠岐の後鳥羽院を考える最も重要な課題である。ここでは、本五百首作成のねらいを、表現の在り方から確認することを通して、問い直してみたい。なお以下、歌番号は各部立内の通し番号とする。

二　先行歌との関わり

本五百首和歌は、

1うちなびき春は来にけり朝まだききのふにかはる峰の白雲

という、確かに到来した春を、早朝の「峰の白雲」に見出す「立春」の歌に始まる。「立春」の主題は第五首目の、

5天の戸は所もわかず霞みつゝ宮もわらやも春は来にけり

まで続き、次に、

6消やらぬ雪間にねざす片岡の草のはつかに春めきにけり

と「残雪（または若菜）」の主題に移る。以下、春季の主要な素材が歌われて、末尾の、

100 なごの海の入日をあらふ浪の上に春のわかれの色をそへつつ

という「暮春」に至るまで、百首に歌題の偏りはなく、例えば『新古今集』に比して、「子日」を欠き、主題がやや分散傾向にあって緊密さには欠けるものの、同集に近い、季の流れに沿う自然な配列・構成となっている。[4] その上で、墨染の衣を着る立場からの歌を置き（30番歌）、隠岐での成立を窺わせるのである。

そうした歌々はどう表されていただろうか。冒頭1番歌は、既に樋口芳麻呂氏の指摘される通り、春の到来を詠むに、

うちなびき春は来にけり山川の岩間の氷けふやとくらむ（金葉集・春・一・藤原顕季）

うちなびき春は来にけり青柳のかげ踏む道ぞ人のやすらふ（新古今集・春上・六九・藤原高遠）

という歌と「同様な表現」を用いており、[5] 第四句「きのふにかはる」も、

うちつけに春たちきぬと見ゆるかな昨日にかはる今日のけしきは（堀河百首・立春・一・隆源）

いつも聞く麓の里と思へども昨日にかはる山おろしの風（新古今集・秋上・二八八・藤原実定）

と詠まれていたことばであった。5番歌は、一面が霞に覆われた景を詠むに、

世の中はとてもかくても同じこと宮もわら屋も果てしなければ（新古今集・雑下・一八五一・蝉丸）

を本歌とし、続く「残雪（または若菜）」を扱う6番歌も、

片岡の雪間にねざす若草のほのかに見てし人ぞ恋しき（新古今集・恋一・一〇二二・曾禰好忠）
春日野の雪間をわけて生ひ出でくる草のはつかに見えし君はも（古今集・恋一・四七八・壬生忠岑）

の二首に拠って、雪間にのぞく草に春の到来を見出す。末尾の100番歌も明らかに、

なごの海の霞の間よりながむればいる日をあらふ沖つ白波（新古今集・春上・三五・藤原実定）

を踏まえるところで、構えの大きな景を描き上げる。四季に止まらず、恋・雑を含む五百首の大かたの歌は、その方法と度合いは多様ながら、先行歌を旺盛に摂取するところで成り立っているのである。第一篇で見たように、都での歌には、古新に関わりなく他歌人の歌が取り込まれやすく、中には剽窃まがいの事例もあった。それは本作でも、秋百首中の、

42長き夜をひとりやなきて明かさまし訪ふ虫の声なかりせば

という歌における、

秋の夜をひとりやなきて明かさましともなふ虫の声なかりせば（山家集・上）

という西行歌との関わりに見られる通り、引き継がれている。

先行表現の摂取のうちに詠み連ねられていく実態を検証することが、本作を考えるためにもやはり必須の手続きとなるに違いない。その観点から、以下に項目を絞って検討を加える。

三　物語との関わり

本作は四季三百首、恋・雑各百首からなるオーソドックスな定数歌である。ここに恋百首が収められていることにつき、伊藤敬氏は、樋口芳麻呂氏が説かれる「伝統の束縛」でも、また「人の性」を感じさせるものでもなく、新たな和歌観念の成立によるとされた。恋百首の存在は、『遠島百首』とは異なる本五百首の性格を明示するものとして貴重な考察対象である。その恋歌において、今注目しておきたいのは、先行の物語との相関である。具体的に見ると、恋百首のうち、物語歌を明らかに意識したと認められる歌は二十首を越える。その多くは『源氏物語』と『狭衣物語』である中で、注目されるのは散逸物語が含まれていることだ。例えば、

79明がたを知らする鳥のつらさゆへ我涙さへせきぞかねぬる

は、「みかはにさける」という物語(6)の、

なきぬべし飽かぬ別れの暁を知らする鳥の声のつらさに（二八八）

という歌に大きく依拠した歌である。「みかはにさける」は『物語二百番歌合』(7)に収められた散逸物語で、典拠はその歌合であったはずである。しかも、79番歌の直前の、

78恋衣しぼる涙の手をたゆみしばしたゆまん袖の間もがな

も、『源氏物語』藤裏葉巻の、

とがむなよ忍びにしぼる手もたゆみ今日あらはるる袖のしづくを（二八九）

を踏まえており、この源氏歌は『物語二百番歌合』において、先掲の「みかはにさける」の歌と隣り合っていることから、「詠五百首和歌」編纂にきわめて近い時点で『物語二百番歌合』が利用されたことを窺わせる。散逸物語の和歌は、他にも「露の宿り」「心高き」などの、いずれも『物語二百番歌合』に依拠したと認められる例があり、本作に摂取された『源氏物語』『狭衣物語』歌も、多くがそこに収載されることから、『物語二百番歌合』が「詠五百首和歌」詠出に際して、主要な資料となっていたことは明らかである。

そうした資料に拠りながら、少なからぬ物語歌が取り込まれたのはなぜであろうか。例えば、

63かはらじといひし椎柴いかならん四方の山べも時雨降る頃

は、『物語二百番歌合』に載る、

変らじと言ひし椎柴待ち見ばや常盤の森に秋や見ゆると（一八四）

という『狭衣物語』の「飛鳥井」の歌を本歌にしたもので、「常盤の森」に住む女の立場に立って、相手から飽きられる恐れをいっそう強めている趣に発展させた歌である。物語世界を踏まえ、その作中人物の深まる物思いを詠み出した歌にほかならない。ところが一方にこの歌は、「恋に寄せ」、「恋人の変心を歎かれる心に、世の人の変心を歎かれ」た、「隠岐の院の深い歎きが流れている」という読みも施される。(8) そして本作が隠岐の所産である以上、その理解は決してこじつけではない。

物語歌は恋百首に止まらず、四季・雑の歌にも影響を及ぼしている。それらの歌においては、恋百首以上に、典拠の存否により解釈に落差が生じることになる。例えば、冬五十首の、

18思へただ苔の衣に露置きて寝覚さびしき冬の夜な夜な

は、詠者の後鳥羽院が「苔の衣」を着る身である以上、読者には隠岐に冬を過ごす院の率直な心情の表明であると読まれやすい。しかし、これは、『源氏物語』朝顔巻の、

解けて寝ぬ寝覚めさびしき冬の夜にむすぼほれつる夢の短さ（七一）

を本歌とする歌である。『物語二百番歌合』によったのならば、「苔の衣」は、詞書の「夢ともなき御面影にいとどもよほされて、寺々に御誦経せさせ給ふとて」を踏まえたかも知れず、「露置きて」には、その歌に番えられた『狭衣物語』の、

片敷きに幾夜な夜なを明かすらむ寝覚の床の枕浮くまで（七二）

の、「片敷き」の「寝覚めの」涙が意識されたのかも知れない。雑百首でも、

17今日も暮れ明日も過ぎなばと思ふまに空しき年の身に積もりつつ

などは、隠岐に年を重ねた実感の直叙にほかならぬと見えて、『物語二百番歌合』の「みかはにさける」の歌、

今日も暮れ明日も過ぎなばいかがせむ時のまをだに耐へぬ心に（二七二）

を明らかに摂取したものである。物語の歌は、詞書に説明されるように、「権中納言」が物忌みに籠っていた「承香殿の女御」と「思はぬほかに、その人とも知らず」して契りを結んだその翌朝の歌である。それが踏まえられた

のならば、「時のままをだに耐へぬ」と思いつつも空しく年を送ったという、物語状況に重ねて詠出された歌となる。

また雑百首の、

59ふるさとにとめても見せんと思ひしを袖にも月ぞかきくもりにし

は、『物語二百番歌合』所収『源氏物語』須磨巻の歌、

月影の宿れる袖はせばくともとめても見ばや飽かぬ光を（三八二）

を強く踏まえ、同じく雑百首の、

62松垣の真柴の枢明け暮れは思ひ乱れて世をやつくさん

という、切実な思いに貫かれていると見える歌も、『物語二百番歌合』所収「露の宿り」の「世を背きて後、権中納言のもとに」という詞書の、

松垣の真柴のとぼそささずして明けぬ暮れぬと君をこそ待て（三八〇）

に明らかに拠って、出家後の山里暮らしの孤独を訴える歌であった。

これらの歌々が、隠岐の現況を暗示することを狙いとしていたならば、それら物語歌のことば、また心を用いるのは、あくまで詠歌の手段に止まることになる。しかも、院の摂取は直截に取り込むものが多く、四季・雑の歌の知名度も高くない歌を引くものなどは、その蓋然性が低くないことを窺わせもする。

しかしながら、本作品は強弱さまざまに暗示を施しつつも、「隠岐」を明示することは一切止めている。これらの物語摂取歌も前提に隠岐を据えなければ、すべてはやはり、物語の場面や人物たちの心境に、あるいは重ね合わせ、あるいは応じた歌であって、それ以外のことを訴えるための特殊な歌になってはいない。出家者の歌が含まれ、実情実感を窺わせる歌が存在することにおいて、隠岐の歌として読まるべき前提が据えられているのか。それとも、標題にも個々の歌にも「隠岐」を明示しない以上、その前提を必然としなくてよいのか。認定は結局本作を編もうとした狙いの把握に帰されることになる。

四　摂取の手法とその範囲

イ　新古今和歌集

そもそも、本五百首が摂取する先行歌は、『万葉集』と『古今集』以下『新古今集』までの勅撰集が圧倒的な部分を占める。先に見た春百首の例でも知られる通り、それらの摂取の方法に、隠岐らしさを示すようなものはない。都の在り方との差異を挙げるならば、摂取の度合いの強さに絞られる。最も多く用いられた『新古今集』によって、その一端を窺うと、例えば、春百首の、

27なほさゆる雪につつめる声ながら梅が枝わきて鶯ぞ鳴く

は、『新古今集』雑上に並ぶ、

谷深み春の光の遅ければ雪につつめる鶯の声（一四四一）
降る雪に色惑はせる梅の花鶯のみやわきてしのばむ（一四四二）

という菅原道真の二首に拠っており、その両首のことばが大きく利用されながら、融合的に無理なく仕立てられている。同様の例は、同じ春百首の、

58朝まだき霞も八重の潮風に由良のとわたる春の舟人

に対する、同集恋一に並ぶ二首、

由良のとを渡る舟人かぢを絶え行方も知らぬ恋の道かな（曾禰好忠・一〇七一）
追風に八重の潮路を行く船のほのかにだにも逢ひみてしがな（源師時・一〇七二）

からの摂取にも指摘され、以下にも少なからず見出せる。並ばない二首ならば、

48消えかへり浅茅が末の白露に初霜結ぶ秋のほどなさ

という秋百首中の歌に見る、

跡たえて浅茅が末になりにけり頼めし宿の庭の白露（恋四・一二八六・二条院讃岐）

朝ぼらけ置きつる霜の消えかへり暮まつほどの袖を見せばや（恋三・一一八九・花山院）

また、雑百首の中の、

77夕まぐれ法の山田にひたはへて命もしかとおどろかすかな

に見る、

今日過ぎぬ命もしかと驚かす入相の鐘の声ぞ悲しき（釈教・一九五五・寂然）

みしぶつき植ゑし山田にひたはへてまた袖濡らす秋は来にけり（秋上・三〇一・藤原俊成）

等、さらに多くの指摘が可能である。いずれも『新古今集』に親炙していた後鳥羽院ならではの摂取に相違ない。歌ことばを自在に切り取り、それらを再構成して作り上げるような方法が、『万葉集』以下の膨大な和歌を摂取の対象とする、本五百首の和歌の基本性格をなすのである。物語摂取歌もその基本から外れるものではなかったことを確認しておかねばならない。

ロ　同時代の歌

今一つ確認しておきたいのは、『新古今集』以後の歌も取り込まれていることである。例えば春百首にある、

21うちなびき春の来るてふ色なれや霞にめぐむ青柳の糸

は、定家の建保二年（一二一四）の「詠花鳥和歌」に詠まれた、

うちなびき春来る風の色なれや日を経て染むる青柳の糸

という歌を明らかに意識した歌であった。他にも定家の歌を踏まえた歌として、

44名を聞かばまれなる人もとひこかし山桜戸の春の夕暮（春百首）
　名もしるし峰の嵐も雪と降る山桜戸のあけぼのの空（建暦二年内裏詩歌合）
85うき人をしのぶの衣あぢきなくつれなき色になにみだるらん（恋百首）
　逢ふことはしのぶの衣あはれなどまれなる色にみだれそめけむ（建保四年閏六月内裏歌合）

などが見られる。この「名もしるし」と「逢ふことは」の二首は、『新勅撰集』への定家自撰歌であり、前者は院の隠岐晩年の編集と見られる『定家家隆両卿撰歌合』にも採用して院が評価した歌、後者は田中裕氏により定家の

本歌取りの到達点を認められたような秀歌であった。(9)隠岐の院が最も意識した都人はほかならぬ定家であることから、これらにもやはり種々の憶測は加えられやすい。謫居を命じたままに別れたという経緯を踏まえれば、定家詠を意識して「まれなる人」に「とひこかし」と呼びかけるところには、強い思惑も想定される。しかしながら、詠まれ方としては、前者は、「名もしるし」を受けて「名を聞かば」と歌い出し、「あけぼの」に応じた「夕暮」の「山桜戸」を詠じて、明瞭に踏まえることに興じた体であり、後者も、先の「うちなびき」の歌と同様、同じことばを同じ位置に配し、別歌を仕立てることに興を求めた趣であって、それ以上の何かを表そうとする歌ではない。

同時代歌人との相関は、家隆との間にも見出すことができる。すなわち、春百首中の、

54咲きあまる花のかげもるみ吉野のおぼろ月夜に匂ふ山風

には、家隆の、同じ吉野の花を詠む、

咲きあまる吉野の山の桜花故郷かけて匂ふ白雲（洞院摂政家百首・花）

との関わりが読まれる。「咲きあまる」という言い方は先例が見当たらず、傍線部のようなことばの配置は、定家詠との重なりほどではないものの、意図的な襲用と見うるだろう。とするとこの例は、関わりの内実以前に、本作の成立を窺わせる資料として貴重となる。すなわち家隆詠の出典、『洞院摂政家百首』は寛喜二年（一二三〇）の企画、貞永元年（一二三二）ごろには成立していたとされる作品であった。(10)この相関が認められるなら、詠歌内容のみから推定されてきた本作成立の上限が確定することになる。『洞院摂政家百首』は他にも、

83住み捨てし人さへつらし山風に桜みだるる志賀のふるさと（春百首）

が藤原範宗の、

み吉野は吹きまく雲の匂ふより桜みだるる春の山風（花）

という歌から先行例のない「桜みだるる」を「山風」とともに摂取したと認められ、

91恋ひて鳴く森の空蝉木隠れて下葉の露をおのれやは消つ（恋百首）

も、傍線部には、藤原知家の、

露をだにおのれやは消つ秋を経て日影におふる山の下草（述懐）

の影響が知られて、複数の歌人の百首がまとめられた『洞院摂政家百首』が隠岐にもたらされていた可能性がある。

なお「恋ひて鳴く」の歌は、『源氏物語』空蝉巻の、

うつせみの羽に置く露の木隠れて忍び忍びにぬるる袖かな（三七）

を本歌とした歌で、これが『物語二百番歌合』によって摂取されたのならば、その歌合は、『洞院摂政家百首』以降の晩年まで親しまれていたことが窺われる。

ともあれ、ほかにも、慈円の承久元年の歌、雅経の『新勅撰集』入集歌等を含め（二五二・三〇五）、可能な限り、近い歌までが詠歌の際の参考に供されているのである。恐らく諸書が渉猟され、取り込まれたであろう各事例には、個々に憶測が可能であるものの、方法として『新古今集』までのものと異なるところはない。『万葉集』の古代から、少なくとも貞永元年現在までの先行表現を縦横に取り込んで歌を詠み、それらを連ね続けたのがこの五百首和歌であった。

五　五百首作成の狙い

そのような作品の総体としての性格はいかなる狙いに由来し、そこに隠岐での〈実情実感〉はいかに関わっていくのであろうか。

前節でも述べたように、この作品に込められた述懐性は決して弱いものではない。それらは本節でも触れた通り、読みようによって意味が引き出されるものとしてある。いったい、歌に感懐を込めることと、先行歌との相関のうちに表現することとは対立するものではない。したがって、本作の歌々は先行歌に拠りつつ、隠岐での思いが述べられたもの、と読み、それ以上にこだわる必要はないとも見られそうである。

しかしながら、「詠五百首和歌」総体に見る表現の在り方は、そうした読みに委ねる詠歌自体を狙いとする作品であることを物語っている。

前節では、雑百首の末尾近くに配される釈教歌群十八首を例に、〈求めて救われない凡夫に苦しみ〉のような普遍的なモティーフを歌うことを企図したものと解した。対して伊藤敬氏により、釈教歌群と続く神祇歌群十首に、両歌群の詠まれ方、それらの歌数のバランス（釈教十八対神祇十）、配置等から、「現身の院の心」を詠んだとする理解が提示された。固有の思いを表す歌を「普遍」で括るのは誤解を招くものであったが、特異な状況ゆえの体験告白の和歌ではなく、以て和歌総決算の意図と結びつくと考えた。もとより神祇の歌を典型として、治天の君が折々の祈念を込めることにおいては、歌は常に実情実感に由来しているであろう。本作の最後を、

100 我が頼むみのりの花のひかりあらばくらきに入らぬ道しるべせよ（雑百首）

という釈教詠で閉じる配列を含め、書状（置文・御文）とも通う院の切実な心情が解明されたのは貴重であり、院が己れの心情を歌う歌い方に偽りがあったとは思われない。

ただし、見てきたような表現によって和歌を仕立てる「詠五百首和歌」作成の狙いを考え合わせると、末尾に配された神祇歌群と最後の一首が、配所隠岐における〈なま〉の心情の吐露を目指したものとは、やはり思われない。その配置は本作の性格付与の役目をも重く帯びていたのではなかろうか。

ここに、伊藤氏が示された「神とはまだ訣別していない。神孫・皇孫としての尊厳なる存在として、神との距離は近い」とする見方は重要と考える。前節では、神の加護・冥加と無関係と述べつつ神への奉納性を備える性格に隠岐本『新古今集』との関わりを想定したわけだが、そもそも神祇歌を置くこと自体、神との断絶を表明する狙いは認めにくい。氏が「神への甘えが、こうした怨嗟の歌をくちづさませた」と言われるその「甘え」の度合いはともあれ、神に真摯に向かう態度は神への訴えをなす前提に違いなく、それが五百首和歌の存立基盤となったと見てよいのではなろうか。

すなわち、五百首に及ぶ詠歌を詠む主体は、神との苦しい関わりにあり、しかも仏との関わりに安定を得ていない立場にある。五百首末尾に釈教歌群・神祇歌群を据え、最後に釈教歌一首を置くのは、その己れの立場を明かす狙いに因っていた。前節で述べ、また伊藤氏も言われる通り、実感に虚飾はないものの、そうした自らがなお和歌に携わり、ほかならぬ和歌によって思いを述べていること、しかも連ねてきた膨大な四季・恋・雑の歌を詠じ、その総体は過去の詠歌群を取り込む意欲に満ちたものであることを示そうとするのが、これらの歌群配置に働いた意識であったと見ておきたい。

それら神祇歌・釈教歌とても、やはりことばは先行歌との相関の中に獲得するという姿勢に変化はない。例えば、神祇歌群冒頭の、

90諸神を頼みしかひぞなかりける井手のしがらみ手にはくまねど（雑百首）

は、自身の即位の折の大嘗会歌、

諸神の心に今ぞかなふらし君を八千代と祈るよごとは（千載集・神祇・一二八七・藤原季経）

を踏まえて神の加護のなさを思い、その表現には、『新古今集』の、

山城の井手の玉水手に汲みて頼みしかひもなき世なりけり（恋五・一三六八・よみ人しらず）

が深く関与していた。しかも、実感の強さ如何に拘わらず、やはり先行歌との相関の上に成立していた。その他、

92神風やとよさかのぼる朝日かげくもりはてぬる身を嘆きつつ（雑百首）

〔本歌〕くもりなくとよさかのぼる朝日には君ぞ仕へむよろづよまでに（金葉集・賀・三二三・源俊頼）

96住吉の神のしるしと頼めども心のうちのまつは年へぬ（雑百首）

〔本歌〕住吉の岸ならねども人知れぬ心のうちのまつぞわびしき（後拾遺集・恋三・七四〇・相模）

などの詠まれ方も、従来の方法と異なるところはない。最後の釈教歌、

100我が頼むみのりの花のひかりあらばくらきに入らぬ道しるべせよ（雑百首）

にしても、周知の、和泉式部の歌、

暗きより暗き道にぞ入りぬべきはるかに照らせ山の端の月（拾遺集・哀傷・一三四二）

に拠っていた。久保田淳氏が「和泉式部」に「擬」して「浄土を希い、しかも妄執の闇から解き放たれてはいない」(11)と言われる時の、その擬する意識が重い作として読まれてくる。

かくして、物語歌を含む先行歌を摂取したのは、配流の比類なさを告白するためでも、特殊な思いを代弁させるためでもなく、先行表現との関わりの中に、おのれの心情を見つめ直し、一首に歌い留めていこうとする狙いによ

ると見てよいだろう。表現は隠岐を不可欠の前提にはしていない。

切実な体験と固有の心情をモティーフに、過去の膨大な歌々を取り込んで成り立つ詠五百首和歌は、体験の特異性には向かわず、ひたすら和歌を詠みなすことに向かった作品であった。多様な摂取は、歌との関わりに歌を求め続ける姿勢の表明でもあったのである。

六　おわりに

本作の動機を、樋口芳麻呂氏が説かれるように、「還京案」と関わる鎌倉幕府への思惑に見るならば、短時日のうちに五百首という膨大な歌を詠むために、先行の表現を旺盛に摂取することが必要であったという現実的な事情もあったかもしれない。手元に置かれた諸資料を渉猟しつつ、貪欲に取り込むことで、歌を詠み継いでいったという可能性もないわけではない。しかし、旺盛な先行歌の摂取において、都における和歌に見られたような即興性・遊宴性に関わるような作はなく、各歌は文字どおり一首としての高い完成を目指すものであったと解される。

仮に成立に隠岐本『新古今集』との相関があったとすれば、精選基準の基本課題たる、「歴史主義的意識に対して優勢とな」った「芸術主義的意識[12]」と「自己体験に根ざした切実な御心境[13]」との関わりの問題が浮上してくる。その論に即するならば、人生後半初めて体験する和歌の感懐表出の機能における卓越を、勅撰集精選と連動する表現性のうちに示そうとしたと言えるであろう。晩年まで続く後鳥羽院の方法は、謂わば共同性に由来する性格を示し続けており、単に〈抒情〉のため[14]のみでは説明されないことは確かである。

【注】

（1）樋口芳麻呂『後鳥羽院』（王朝の歌人10、一九八五年一月、集英社）

（2）小原幹雄「『隠岐五百首和歌』について」（『島大国文』一八、一九八九年十一月）

（3）伊藤敬「隠岐の後鳥羽院抄」（『藤女子大学・藤女子短期大学紀要 第Ⅰ部』三三、一九九六年一月、『室町時代和歌史論』〔二〇〇五年十一月、新典社〕所収）。以下本稿で引用する氏の論はこれによる。

（4）小西甚一氏は、『新古今和歌集』の配列原理に「進行」と「連想」による「多響的統一」を認められ、その志向の強さが定家を凌いで後鳥羽院に強く見られることを、本作を含めた諸作を例に指摘される（『日本文芸史Ⅲ』〔一九八六年四月、講談社〕二五五頁）。

（5）注（1）に同じ。

（6）「みかはにさける」は、樋口芳麻呂『平安・鎌倉時代散逸物語の研究』（一九八二年二月、ひたく書房）に詳しく解明がなされている。

（7）『物語二百番歌合』にも注（6）所引の著書ほかの樋口氏の御論がある。氏によれば良経の命で定家が撰した本歌合は建久年間に成立した。付記参照。本文には通し番号を付した。

（8）注（2）に同じ。

（9）田中裕「定家における本歌取―準則と実際と―」（『後鳥羽院と定家研究』一九九五年一月、和泉書院）

（10）『洞院摂政家百首』家隆歌には差し替えの跡を示す三編の本文が伝えられ、そのうちの一形態は後鳥羽院を意識したものともされる（名子喜久雄「『洞院摂政家百首』の家隆歌の諸問題―三編の百首から―」『日本古典文学の諸相』一九九七年一月、勉誠社）。ただしこの歌は改変に関わっていない。

（11）久保田淳「後鳥羽院とその周辺」（『UP』五―一一、一九七六年十一月、『藤原定家とその時代』〔一九九四年一月、岩波書店〕所収）

（12）風巻景次郎「『新古今集』編纂にはたらいた意識」（『新古今時代』一九三六年七月、人文書院）

（13）小島吉雄「後鳥羽上皇と隠岐御選抄本」（『新古今和歌集の研究 続篇』一九四六年十二月、新日本図書株式会社）
（14）松村雄二「西行と定家——時代的共同性の問題——」（『論集　西行』和歌文学の世界14、一九九〇年九月、笠間書院）

〔付記〕
物語取りにおいて意識された『物語二百番歌合』については、初出稿発表後、田渕句美子氏が樋口氏以下の諸論を見直され、成立は良経没年の建永元年まで繰り下がり得ることを論じられた上で、歌合史におけるその構造の斬新さから、定家らしい「革命的な試み」と位置付けられた（「『物語二百番歌合』の成立と構造」『国語と国文学』二〇〇四年五月）。江草美由紀氏は宣陽門院等人物関係の追究から、成立に後鳥羽院の存在が意識されていたことを推定された（『物語二百番歌合』の成立をめぐって——宣陽門院との関わりを軸に——」『和歌文学研究』九九、二〇〇九年十二月）。ともに院の晩年にまで及ぶ本歌合への思い入れの強さを考えるための有益な解明である。

第四章　定家家隆両卿撰歌合

第一節　諸本と性格

一　はじめに

『定家家隆両卿撰歌合』は、隠岐において後鳥羽院が、藤原定家・同家隆の歌各五十首ずつを選び、番えた五十番計百首の撰歌合である。新古今時代を支えた定家と家隆は、後鳥羽院にとって最も重要な歌人であり、隠岐配流後も、定家の疎遠に対する家隆の親密という関わり方に差は生じるものの、その存在の重さに変わりはない。家隆との間には、先に『後鳥羽院御自歌合』『遠島御歌合』を通して見た通り、深い交流があり（第二章）、家隆は終生忠誠を尽くす廷臣であった。対して、定家との間には、承久二年（一二二〇）二月の内裏歌会における勘当事件以後、交流の跡は窺われず[1]、院が定家をどう意識していたかを知る資料もきわめて乏しい。ただし、没交渉は両者に相手への強い関心を抱かしめたに違いなく[2]、例えば『百人一首』に関しては種々の推論もなされてきた。樋口芳麻呂氏は、『百人一首』の成立につき、『時代不同歌合』等との関わりから、後鳥羽院に対する定家の意識を一つの論拠とされ[3]、上條彰次氏は、『後鳥羽院御自歌合』や『定家家隆両卿撰歌合』との関わりから、定家の「対後鳥羽院応答意識」が『百人一首』の「撰歌基準の一要素」となっていたことを推定された。(4) その『百人一首』の諸論の中には、家郷隆文氏のように、『百人一首』の形式と文脈構成に後鳥羽・順徳両院の「遠島の浦々に沈み果てた廃絶の王者」の存在の重さを読む立場もある。(5)

いったい後鳥羽院の定家との関係については、出会い以降しばらく続く親密さから転じ、後年は対立に向かい、疎遠のまま終焉を迎えた、とする見方が通説で、その性格から政治と文学の関わりの認識に至るまで、種々の観点からその差異が論じられてきた。しかし、通説の一論拠となる『後鳥羽院御口伝』(以下『御口伝』と略称)の分析から、両者の歌観はむしろ一致することが細谷直樹氏によって説かれ、(6) 藤平春男氏によって「大きく評価し、強く意識するが故の両者の対立であった」実態が解明されている。(7) 定家との関わりは、『百人一首』及び『御口伝』それぞれの解釈と関わって、単純には捉え難く、しかも、これまで隠岐での成立とされてきた『御口伝』が都で執筆されたとする田中裕氏の論が出され、(8) その反論も提出されて、(9) 問題はさらに複雑になってきている。

本撰歌合は、『御口伝』で最も多くの分量を割いて言及する定家の一首、

　　秋とだに吹きあへぬ風に色かはる生田の杜の露の下草

を載せ、『百人一首』定家自撰歌、

　　こぬ人をまつほの浦の夕なぎに焼くやもしほの身もこがれつつ

を収めることにおいて、その定家との関係を考えるためにもきわめて興味深い内容の作品である。

成立は、採用する家隆の歌に『遠島御歌合』出詠歌を含むことから、それが催された嘉禎二年（一二三六）七月が上限となる。延応元年（一二三九）に崩ずる後鳥羽院が、最晩年に定家と家隆の歌による歌合を編むのはなぜか。ここに、出典となった資料との関わりや、歌の番われ方の特徴を読み解くことから、本歌合の成立と性格を考えてみたい。

二　諸本

本作の伝本のうち、現在まで調査しえた諸本は二十九本である。それらを、和歌・配列・歌句本文の異同等を基準に分類すると、次の通りとなる。

一類本

第一種

①天理大学附属天理図書館蔵（九一一・二九―イ一）本。近世初期写。墨付三十一丁。

②鶴見大学附属図書館蔵本。元禄頃写。松浦静山旧蔵。墨付四十七丁。

③延宝四年林左兵衛板本。

④国会図書館蔵本。『桜園叢書』巻三十九所収。寛政九年書写本の謄写本（明治二十七年）。墨付二十六丁。

⑤安井久善氏蔵本。近世中期写（『古典論叢』八（一九五八年九月）による）。

第二種

⑥肥前島原松平文庫蔵（一三八・七二）本。近世初期写。墨付二十一丁。

⑦中野幸一氏蔵本。享保四年写。墨付二十一丁。

第三種

⑧寛文八年板本。（内閣文庫蔵明治二十五年翻刻活字本底本）。

⑨寛文十年中野左太郎板本。

⑩岡山大学附属図書館池田文庫蔵（和書・二七）本。『水無瀬釣殿歌合』と合綴。近世中期写。墨付十八丁。

第四種

⑪愛知教育大学附属図書館蔵（九二一・一八・G一・SC）本。近世中期写（本奥書寛永五年）。墨付十二丁。

⑫群書類従所収本。

第五種

⑬国文学研究資料館松野陽一氏旧蔵（五四・一三一）本。近世中期写。墨付六丁。

二類本

第一種

⑭徳川黎明会蔵本。文安五年蜷川新左衛門尉親元写。巻子本（『徳川黎明会叢書　和歌篇二　私家集・歌合』〔井上宗雄氏解題〕による）。

第二種

⑮宮内庁書陵部蔵（五〇一・七四）本。『歌合三一種』所収。近世前期写。墨付十一丁。

⑯国立歴史民俗学博物館蔵高松宮本。『和歌十体』等合綴。近世前期写。墨付十丁。

⑰国立歴史民俗学博物館蔵高松宮本。『百番歌合』（定家・家隆）合綴。近世前期写。墨付十丁。

第三種

⑱上田市立図書館花月文庫蔵（和歌・六八）本。『後鳥羽院遠島百首』等合綴。天明五年写。墨付十五丁。十六首欠（二十九番右〜三十三番左、四十五番右〜四十九左）。

⑲水府明徳会彰考館文庫蔵（深秘筐底録十七、丑・四七・〇三〇〇五）本。近世中期写。墨付二十四丁。

第四種

⑳蓬左文庫蔵（一二九・六一・二八）本。近世前期写。墨付十九丁。

三類本

㉑陽明文庫蔵本。近世前期写。墨付六丁。一首欠（四十八番右）。

四類本

第一種

㉒米沢市上杉博物館蔵本。室町後期写。墨付九丁。「宇津江家文書」。極札「連歌師長珊　撰五十番歌合」あり。

第二種

㉓歌合部類（歌合類聚）所収本。

㉔宮内庁書陵部蔵（伏・一七三）本。享保二年写。歌合部類の写し。

㉕ノートルダム清心女子大学図書館蔵（D五四・一・一）本。享保十二年写。歌合部類の写し。

㉖都立中央図書館加賀文庫蔵（七二九六）本。宝暦十三年写。歌合部類の写し。

第三種

㉗賀茂別雷神社三手文庫蔵泉亭本。近世前期写。墨付十一丁。

㉘高野山金剛三昧院蔵（六二一・コ・一七）本。『頓阿百首』と合綴。寛文元年写。墨付八丁。

㉙内閣文庫蔵（二〇一・二二三）本。近世中期写。墨付十五丁。

右の分類において、第一の基準となるのは歌及び歌句の異同である。

a九番右歌

イ烏羽玉の闇のうつつの鵜飼舟月のさかりや夢も見るべき　一類本・三類本・四類本

ロ風そよぐならの小川の夕暮はみそぎぞ夏のしるしなりける　二類本（なお⑲のみイロ二首並記。後述。）

b二十九番右歌

イ霜枯るる人の心のあさは野にたつみは小菅根さへ枯れめや　一類本・二類本・四類本

ロ松の戸ををし明けがたの山風に雲もかからぬ月をみるかな　三類本

c四十七番右歌

イ谷川の朽木の橋も埋木の人に知られぬ道や絶えなむ　一類本・二類本第三種・四類本

ロこけ深き谷のかけ橋埋木の人に知られぬ道や絶えなむ　二類本第一種

ハこけ深き谷の下にて埋木の人に知られぬ道や絶えなむ　二類本第二種（⑱はこの部分欠脱）

二類本は、一類本に対して一首を差し替えるとともに一首の歌句を変更し、三類本は、一類本に対して二類本とは異なる一首を差し替えた本文である。

分類基準の第二は歌の配列の異同である。樋口芳麻呂氏は、撰歌資料は建保五年本『定家卿百番自歌合』を主とすることを明かされた(10)。それとの関わりを踏まえ、配列を検討すると、誤りがないと認められるのは一類本第一種のみとなる。それを基に、配列の異同を検討すると、次の通りである。

a二類本・三類本・四類本は、三十八右・三十九左・三十九右とあるべき箇所が、三十九右・三十八右・三十九左（二類本第四種のみ三十九右・三十九左・三十八右）の順となる。

b一類本第二種のみ、六左と六右が逆順となる。

c一類本第三種のみ、六右〜十五右に錯簡があり、二十一左と二十一右が逆順で、二十八左・二十八右・二十九右が相互に入れ替わる。

d一類本第二・三種は、三十四右と三十五左が逆順である。

e一類本第四種⑫本のみ、二十八左と二十八右が逆順である。

f二類本第三種のみ、四十二左右と四十三左右が逆順である。

g二類本第四種・三類本は三十八左と三十八右が逆順である。

h四類本第二種のみ、十三右と十四右が逆順で、かつ二十八左・二十八右・二十九右が相互に入れ替わる。

以上、四類に分かれ、さらに下位分類される諸本は、一類本を基本に派生したものと認められる。二類本と三類本は、それぞれ一類本に対し、異なる一首を差し替えた本文である。後述する通り、その二類本の差し替えは本書の性格と関わり、編者の関与も想定される必然性を有するのに対し、三類本の差し替えは、その理由を把握しにくく、伝本も現在のところ一本のみであり、本類本は特異な位置を占める。四類本は基準の差し替えと歌句改変箇所以外は、配列・本文ともに一類本と二類本に共通する特徴を有しており、両者の中間的形態を示す本文と判断される。

次に、注の有無から検討する。

a「右一冊者藤原為家卿註也末代之重宝不可過之努々不有外見者也」（松平文庫蔵本）

と奥書に「為家」のものとする注を有するもの—①を除く一類本第一〜三種、二類本第三種⑲

b「右此聞書於藤法印室下宗竹法印所書之者也書写之後引合家之説伝竊勘以令校合秘窓下不可有他見者哉」（歌合部類所収本）

と奥書に「幽斎」のものとする注を有するもの―三類本第二種

aの①天理図書館蔵本は、全歌にわたる注はないものの、余白に書き入れの注が見られる。その内容は「為家」注とされるものに重なる部分が多いので、第一種本の他本との関わりが想定される。

問題となるのは、⑲彰考館蔵本である。この本は、全歌に「為家」注を有するが、歌の本文は二類本の特徴を示す。即ち本書は二類本の伝本に一類本の注を書き加えたものと判断される。例えば四十七番右の本文は、

こけ深き谷の下にて埋木の人に知られぬ道や絶えなむ

であり、これに、

山居の橋は朽るもおしからぬ也。そのごとく我哥道も人にしられずして朽ると也。うちなげきたる心也。

という不自然な注が施されるのは、二類本の本文に一類本の注が付加された証左となる。この歌は一類本で、

谷川の朽木の橋も埋木の人に知られぬ道や絶えなむ

という一首である。先に見た通り、本書が九番右歌として、

かぜそよぐならの小川の夕暮は御祓ぞ夏のしるし也けり《ママ》（二類本諸本所収歌）
烏羽玉の晴《ママ》のうつつの鵜飼舟月のさかりや夢を見るべき（一類本諸本所収歌）

と、二首を並記するのも、その証となるであろう。

本稿では、歌の本文・配列から見て、最も良質な一類本第一種が、本来の作品に近いものと認められるので、以下その本文により、考察を加える。

なお、書名は、以下の通り、系統ごとに異なる。

一類本第一～三種
　「撰五十番歌合」（①・③・④は「定家家隆歌合　一名撰五十番歌合（ト云）」）
同　第四種
　⑪「撰歌合」
　⑫「定家家隆両卿撰歌合」
同　第五種
　「五十番歌合」
二類本第一種
　「両卿撰歌合」
同　第二種・第四種
　「撰歌合」

同　第三種「定家家隆五十番歌合」

三類本「両卿歌合」

四類本第一種「撰五十番歌合」

同　第二種「撰五十首歌合」

同　第三種「五十番歌合」

三　撰歌合として

イ　撰歌について

定家・家隆の各五十首は、それぞれどのような歌が撰ばれたのだろうか。

その典拠は、定家の歌に関しては、既に樋口氏に指摘があり、建保五年本『定家卿百番自歌合』（以下『百番自歌合』と略称）に基づくことが明らかにされている。具体的に全五十首中四十九首が当該資料に拠り、歌順もほぼ同一である。対して家隆の歌は、例えば『家隆卿百番自歌合』との一致は十七首に止まり、他にまとまった資料は見当たらない。家隆歌は特定の典拠資料によらず、個別に選出されたと見るのが自然である。この典拠との関係の違いは、結番に当たり、まず定家歌が決められ、家隆歌がそれに合わせて博捜されたという二段階の撰歌過程を示している。両者との親疎に由来することをも窺わせるこの差異は、本作の企画が、横並びに両卿の歌が番えようとしたのではなく、定家歌を優先した構想に出ていたことを物語っている。

本撰歌合には部立名は付されず、一部伝本に見られるのは、後人の手になるものと思しい。詠まれた歌は、その部立の表記の通り、次のようになる。

春の歌…一番～五番　（10首）
夏の歌…六番～九番　（8首）
秋の歌…十番～二十三番　（28首）
冬の歌…二十四番～二十八番　（10首）
恋の歌…二十九番～四十六番　（36首）
雑の歌…四十七番～五十番　（8首）

この各番左の定家歌につき、依拠資料の『百番自歌合』からの採用比率を調べると、次の通りとなる。

	本作の定家歌（A）	『百番自歌合』（B）	比率A／B
春	5首	28首	17.9％
夏	4首	14首	28.6％
秋	14首（13）	38首	36.8％（34.2％）
冬	5首（6）	20首	25.0％（30.0％）
恋	18首	60首	30.0％
雑	3首	40首	7.5％

（括弧内の数字は、『百番自歌合』の冬の歌が秋の部に採られたことを示す。また本作の雑の歌は全四首であり、一首のみ別資料による。）

これによれば、本撰歌合は、四季・恋・雑の三部立を踏襲し、その四季も、秋・冬を春・夏より重視することに、『百番自歌合』の構成をそのまま引き継いでいることが知られる。ただし、その比率にも明らかな通り、四季・恋が雑に比して優遇され、四季も春より秋のほうがはるかに高い比率であることが知られる。四十九首の抜粋にあたり、後鳥羽院は、基本的に定家の枠組みを踏襲しながら、自らの好尚を示していた。では具体的にどのような歌が採られたのだろうか。

定家の五十首を詠歌時期で分けると、

文治期	3首
建久期	8首
正治期	1首
建仁期	2首
承元期	8首
建暦期	4首
建保期	20首
建保〜承久期	1首
不明	3首

となる。このデータで最も特徴的なのは、正治・建仁期の歌が少ないことである。『百番自歌合』には文治期から概ね建保年間までの歌が広く収められ、正治・建仁期は、

駒とめて袖うち払ふかげもなし佐野のわたりの雪の夕暮
消えわびぬうつろふ人の秋の色に身をこがらしの森の下露
白妙の袖の別れに露おちて身にしむ色の秋風ぞ吹く

など、巧緻にして優艶な歌を多く含んでいた。それら、歌壇が一気に隆盛に向かう時期の所産はほとんど採用されず、多いのは承元期から建保期にかけての歌である。しかも、文治・建久期の歌からも計十一首に及ぶ然るべき数の歌が収められて、正治・建仁期の歌が避けられた趣となっていることが知られる。

また、右の「駒とめて」を含め、『百番自歌合』には新古今入集歌三十四首が収められるのに対して、本撰歌合では、

忘れずは慣れし袖もやこほるらん寝ぬ夜の床の霜の狭筵

の一首しか採用されていない。樋口氏が評される、「あわれ深い優雅な作が多くて、妖艶な歌や、心のこもらぬ巧緻な作は少い」撰歌は、新古今盛時を過去のものとする後鳥羽院の対定家評価を示すことになる。その上で留意されるのは、『百番自歌合』のうち、後に定家自身が『新勅撰集』に収める自讃歌十首中の三首を本撰歌合が採用することである。

名もしるし峰の嵐も雪と降る山桜戸のあけぼのの空

こぬ人をまつほの浦の夕なぎに焼くやもしほの身もこがれつつ
誰もこのあはれ短き玉の緒の長くはものを思はずもがな

たけ高く、技巧を意識させずに深く沈潜する思いを表すこれらの歌々が評価されたことは、定家と院の目指す方向が、基本的にはともに新古今歌風から新勅撰歌風への流れの上にあったことを示している。

一方、家隆詠五十首の出典は以下の通りである。詠歌時期ごとに見ると、

建暦期	1首
建保期	25首
承久期	5首
元仁期	6首
貞永期	6首
嘉禎期	2首
不明	5首

となり、承元以前の歌は一首も採られないことが知られる。圧倒的に建保期の歌が多く、定家の歌にはない承久の乱以後の歌も少なくとも十四首が採用される。しかも新古今入集歌は皆無で、後に定家が四十六首も選ぶ『新勅撰集』入集の家隆歌もない。ちなみに、定家の五十首のうち、『新古今集』を含めそれ以降の勅撰集入集歌は三十二首であるのに対し、家隆のそれは十三首に止まっている。自歌合所載歌の割合が異なり、定家末裔が編む中世勅撰集の多さからして差異は当然ではあるものの、定家歌が建保期までの歌から総合的に選ばれるのに対し、家隆は明らかに新古今以後の歌のみから選ばれている。ここにも院の嗜好とともに意図的な思惑が窺われるのである。

ロ　結番について

では、こうして撰ばれた歌は、どのように番えられたのだろうか。本作の番え方の基本は、共通項を定め、それを媒介に、対立し、あるいは対比される二首を並べることにある。それが何を目指すものであったのかを検討してみよう。

a　四季部における番い

冒頭一番は、

（左）里の海士の塩焼き衣たち別れなれしも知らぬ春の雁がね
（右）春もいまだ色には出でず武蔵野や若紫の雪の下草

という番いである。左の定家の歌は、帰雁を取り上げ（出典では「海辺帰雁」題）、春に北へ帰る雁に向けた思いを詠むもので、惜別の情が、海士の営みを描く中に深く湛えられる。対する右の家隆の歌は、

紫の一本ゆゑに武蔵野の草はみながらあはれとぞ見る（古今集・雑上・八六七・よみ人しらず）

に想を得て、「若紫」の縁で「色」に着目しつつ、春そのものもまだ「色には出」ないという趣向に興趣を求めた叙景歌である。「雪の下草」には、

み吉野は春のけしきに霞めども結ぼほれたる雪の下草（後拾遺集・春上・一〇・紫式部）

に歌われる「結ぼほれ」る思いが掠められるものの、景物を人事にことよせて詠む定家の歌に比すると、趣向性の強さが勝る歌である。

三番は、

（左）花の色にひと春まけよ帰る雁今年こし路の空頼めして

（右）桜花咲きぬる時は葛城の山の姿にかかる白雲

と、ともに桜の美しさを讃える。左歌は、その賛美のためにせめて一春は帰らず、滞在するよう雁に呼びかける趣向で、一緒に過ごしたいがため、「空頼め」を誂え願う哀切な思いを湛える。対する右歌は、のびやかな歌いぶりで、とりわけ下句は全山が花に覆われた様を表す印象的な叙景である。「山の姿」は『順徳院百首』で詠まれ、定家が「山のすがた、建保のころほひ秀歌とてきこえ候めりき」（六七番歌）と評したことで知られる表現であった。変わらぬ花への思いを扱いながら、主体の心情の扱いにおいて、対照性が浮き立つ番いである。さらに、五番、

（左）名取川春の日数はあらはれて花にぞしづむ瀬々の埋木

（右）高砂の山には花やみつしほのあらはに見ゆる松の葉もなし

も、左は、

名取川瀬々の埋木あらはればいかにせむとかあひ見そめけむ（古今集・恋三・六五〇・よみ人しらず）

を踏まえて、埋木に花を羨む鬱々とした思いを込めるのに対し、右は、満山花一色を描くために、埋もれた松を取り上げながら、それが視界に収まらぬことを歌う趣向で、託された特段の思いも存しない。前者は「一首には物静かな諦念のようなものも自ずと出ている。『花にぞしづむ』は嘆きとのみも言いきれない。老来の面白き心境と読取ってよかろうか」とも鑑賞される[11]のに対し、後者は、「満つ潮」を「山に花が満つるさま」にとりなした新しさが評価される歌である（出典は元仁二年（一二二五）「前内大臣家三十首」「花満山」題）。

このように、差異が目立つ形で番えられた両首は、総じてその性格を異にするものが多い。秋の歌から、さらに幾例かを見ておきたい。

十五番の、

（左）ながめつつ思ひし事の数々に空しき空の秋の夜の月
（右）暮れぬまに山のは遠くなりにけり空より出づる秋の夜の月

結句を共通にするこの二首は、左が「秋思」を直截に表出する歌い方に、主体の心情をよく窺わせるのに対し、右は月を空に見出した軽い驚きを、山ならぬところから出た趣向としてまとめる。出典は、後者の家隆歌が、院から「更不レ可レ交二地歌一、皆悉可レ為二秀歌一」との命を受けた「建保四年後鳥羽院百首」（建保百首）詠であり、前者の定家歌は『百番自歌合』では出典注記を「述懐秋歌」とする、失意の感懐詠である。

さらに、十一番、

(左)須磨の海人のなれにし袖もしほたれぬ関吹き越ゆる秋の浦風

(右)秋風に山のは渡る村雨をことぞともなく出づる月影

十六番、

(左)昔だに猶故郷の秋の月知らず光の幾めぐりとも

(右)有明の月の桂の紅葉ばを峰に残して鹿鳴くなり

の両番において、左がそれぞれ『源氏物語』須磨巻、『白氏文集』「上陽人」の世界を踏まえながら、謫居・懐旧の情を漂わせるのに対し、右はいずれも秋の夜の情趣を、前者は月と風・村雨を取り合わせて動的に、後者は月と鹿・紅葉を取り合わせて幻想的に、それぞれ描いたものである。

もとより対比は一様ではないものの、基本的に定家の歌が景物を人事に引きつけて詠むのに対し、家隆の歌は景物の情趣そのものを描くという傾向の差異が導かれる。

b　恋歌の番い

その人事詠の典型たる恋歌についても、多彩な歌の番いには、右の四季歌のそれと類似の方法が見出される。

一番から見れば、

（左）知られじな千入の木の葉こがるとも時雨るる雲に色し見えねば
（右）霜枯るる人の心のあさは野にたつみは小菅根さへ枯れめや

と、差異は思いの深さではなく、その表し方に現れる。左の定家歌が、相手に知られぬため身を焦がす思いを、雲に紅葉を取り合わせて表すのに対し（出典「寄雲恋」題）、右の家隆歌は、万葉歌[12]により、薄情な相手に苦しむ思いを珍しい素材の組み合わせによって詠む。特に家隆歌第三・四句は、心情を浮き立たせる万葉の表現が印象的である。総じて家隆歌には、

我恋はまだ据ゑをらぬはし鷹の夜さへやすくいやは寝らるる（七番右）

などを典型に、ことばの珍しさが散見される。それと関わって、定家歌が意識を己に向ける内省や自省を主とするのに対し、家隆歌には相手や他者に向かう恨み・呼びかけが目立つことも指摘される。表現としては下句に多く見出され、例えば、

五番、

（左）よとともに吹上の浜の塩風になびく真砂の砕けてぞ思ふ
（右）時過ぎて小野の浅茅に立つ煙知りぬや今も思ひありとは

八番、

(左) 白玉のをだえの橋の名もつらし砕けて落つる袖の涙に

(右) 永き日の須賀の荒野に刈る草のゆふ手もたゆくとけぬ君かな

十三番、

(左) よもすがら月にうれへて音をぞなく命にむかふ物思ふとて

(右) 何となく我故濡れし袖の上を浅かりけりと月や見るらん

など、いずれも左歌の内向きな思いとは対照的に、右の家隆歌は外向きに思いを訴えていく。ちなみに、

十六番

(左) 命だにあらば逢ふ瀬をまつら川かへらぬ浪も淀めとぞ思ふ

(右) 荻の葉の末吹きなびく秋風にたまらぬ露の砕けてぞ思ふ

の番いのように、定家の歌が、死のモティーフを有することも留意される。逢うことの稀な恋の世界を描くに、右歌が現実の苦悶を訴え続けるのと異なって、左歌は死後への思いを先立てた発想とする。

かくして家隆の歌は、恋の具体相を描く恋歌らしい作が多いのに対し、定家の歌には、総じて沈思し煩悶する心理を自ら見つめ、救われぬ思いに陥る体の歌が多いのである。

ハ　番える意味

歌の選出は、定家・家隆両者への評価を反映させつつ、後鳥羽院の治世における最も優れた二人の成果を顕彰することを目的としたことは明らかであろう。特に定家の歌は一首以外すべてその自讃歌を資料に、彼の自己評価を追認した上での秀歌観の表明であった。それを踏まえ、右のような歌が採用された理由を考えてみよう。その検討にあたり、最も注目されるのは、定家と院の対立を決定的にした、

秋とだに吹きあへぬ風に色かはる生田の森の露の下草

という歌の扱いである。これは周知のように、『最勝四天王院障子和歌』で詠まれ、撰に漏れたため定家が院を誹謗したという曰く付きの一首であった。『御口伝』では、その経緯とともに、表現の特質が詳細に説かれていた。すなわち、「すべて、かの卿が歌の姿、殊勝の物なれども、人のまねぶべきものにはあらず。心あるやうなるをば庶幾せず」という定家評に続き、当該歌は、「ことば続き」と上下句の配置において「優なる歌の本体」とされた上で、次のように評される。

ことばのやさしく艶なるほか、心も面影もいたくはなきなり。森の下にすこし枯れたる草のあるほかは、気色もことわりもなけれども、言ひながしたることば続きのいみじきこそあれ。

藤平春男氏は、「「詞のやさしく艶」な魅力のみが、その生命であって、特殊な状況での心情の切実さや感傷的気

分の流露は欠け」ること、院はその偏向を批判するものの、自ら「定家の乾いた抒情、一種の虚無の世界をその作品から正確に感じとっている」ことを明らかにされ、「大衆性」を欠くにもかかわらず評価することにおいて、院の「批評家としてのすぐれた才能を確認」された。(13) また、その前提として「意識的に現実的な実体感を消去しようとする方法」を認められている。(14)

当該歌が本撰歌合に収められたのは、『百番自歌合』を踏まえた秋部冒頭であり、次のように番えられた。

（左）秋とだに吹きあへぬ風に色かはる生田の森の露の下草

（右）軒近き山の下荻声立てて夕日がくれに秋風ぞ吹く

家隆の右歌は、山里に静かに住みなす人物が、日の入る夕べ、人の訪れを思わせもする葉擦れのかすかな音に耳を澄ませている様を捉え、左歌の「実体感のないイメージ」「虚無の世界」とは異なる、山家に住まう人物の情を深く湛えた世界を描き出している。「軒近き」、「声立てて」などの表現からは、主体の孤立も思わされ、結句に至るまでの明瞭なことばの配置は、左歌の「イメージを思い浮かべようとするとフェードアウトしてしまう映像の不明確さ」(15) とは対蹠的とさえ言えるであろう。「秋とだに吹きあへぬ風」―「秋風ぞ吹く」、「下草」―「下荻」などと、両歌に通じ合う表現が存するのも、その差異を強めるように働いている。『歌合部類』所収本等に付される「幽斎」注が、右歌を、「ただ景気の歌」とした上で、「此こころをおもふにさびしさ言語の及ぶ所ならず。如斯の体の哥をば無上極位の哥と云」と評するように、家隆の歌は、『御口伝』が左歌に指摘した「心も面影もいたくはなき」、「気色もことわりもなけれ」等の欠点を有さない歌として撰ばれたと見てよいであろう。

ここに、見てきたような多くの定家の歌が景を人事に引きつけて詠んでいたことを思い併せれば、それはこの家隆歌と共通する性格であり、当該「秋とだに」歌は、集成された定家詠においては例外的な歌と位置付けられることになる。しかも、『御口伝』では、定家詠を撰び損ねたことにつき、次のように記されていた。

まことに清濁をわきまへざるは遺恨なれども、（中略）かくのごとくの失錯、自他、今も〳〵あるべき事なり。されぱとて、長き咎になるべからず。（中略）歌見知らぬは、事欠けぬ事なり。（中略）たとひ見知らずとも、さまでの恨みにあらず。

自らの失錯を気に病んでいたことを示すこの記事を踏まえ、以上の事例を総合すれば、当該歌を選ぶことは、評価の仕直しとなり、それはそのまま過失の修復作業となるであろう。ただし、当該歌が「心も面影もいたくはなき」欠点を有する事実は変わらない。それを示しつつ、懸念の解消を試みたのが、この結番であったのではなかろうか。すなわち、当該の定家歌を撰出し、右歌に欠点を有さない一首を採用する。併せて他の定家歌を院の理想とする秀歌によって満たす。それにより、定家の嘲弄・誹謗を招いた自らの失錯を解消せしめ、当該歌の特性を同時に認めることが可能となったのである。さらには、全体の番いを通じ、右の家隆歌を基本的に趣向性に勝る題詠歌でまとめ、相対的に定家詠の基本に主情性を湛えさせようとした配慮も、この一首の位置付けと関わっていたと読むことができるであろう。

因みに、定家の歌では『最勝四天王院障子和歌』が本撰歌合に最も多く採られており、それは『百番自歌合』所収九首中七首に及ぶ。

ともあれ、本作が採用する家隆歌は、『御口伝』の「たけもあり、心も珍らしく見ゆ」という評に概ね合致する。『御口伝』と併せ読めば、「秋とだに」詠を収めることは、家隆との対比のもと、対定家意識のうちに重く引きずる『最勝四天王院障子和歌』の撰歌における悔恨を払拭する意思に由来していたことが導かれてくる。それを淵源として、「心ある」歌を目指すべき歌壇の行方に向けて、その範型となるはずの定家の歌を選りすぐり、家隆歌との対比を楽しむ仕掛けを施したのが番いの基本姿勢であったと考えることができるであろう。

四　雑歌の構成

四季と恋の歌に続くのは、雑歌、四番八首である。雑の歌には、次のような指摘がなされていた。

　本歌合の最後の番である五十番の左右に
　　おもふ事むなしき夢の中絶にたゆともたゆなつらき玉の緒　（定家）
　　おきなさび人なとがめそこのうちに昔をこふる露《鶴イ》の毛衣　（家隆）
の二首が配されているのも、隠岐における院の悲痛孤寂な御心境をよく象徴しているように思われる。（『群書解題』樋口芳麻呂氏執筆）

この記述を踏まえ、雑歌を検討してみよう。

一番
（左）世の中を思ひ軒端の忍ぶ草幾世の宿と荒れは果てけん
（右）谷川の朽木の橋も埋木の人に知られぬ道や絶えなむ
二番
（左）明くる夜のゆふつけ鳥に立ち別れ浦波遠く出づる舟人
（右）沖つ波寄する磯辺のうき枕遠ざかるなり潮や満つらん
三番
（左）和歌の浦やなぎたる朝の澪標朽ちねかひなき名だに残さで

（右）春日山おどろの道も中絶えて身を宇治橋の秋の夕暮

四番

（左）思ふ事空しき夢のなかぞらに絶ゆとも絶ゆなつらき玉の緒

（右）翁さび人なとがめそ籠の内に昔を恋ふる鶴の毛衣

この八首を通読すれば、隠岐での院の心境を象徴する役割は、雑歌八首全体で果たしているとも解される。計四番の番いの原理は、四季・恋歌で見たような異質性と対照性ではなく、むしろ共通性である。すなわち、一番両首は世を離れた主体が荒廃した旧居を思い、我が身をかこつ心情を示し、以下を統括する。三番両首で不本意な立場に陥ったことを嘆き、四番両首では逆境に陥って我が命を思い、過去を恋わざるを得ない立場にあることを訴える。その展開の中で、羇旅歌の二番両首が、海辺に限定された空間を扱い、「立ち別れ」「遠く出づる」「遠ざかる」等と詠み、「沖」に「隠岐」を暗示させて、不遇の理由を明かす役割を果たすのである。

この理解は撰歌からも導かれる。『百番自歌合』から採用される定家歌は、二番左歌の一首のみ出典を異にする。この歌が、原則を唯一破って撰ばれたのは、『百番自歌合』所収歌にない「立ち別れ浦波遠く出づる舟人」の表現を必要としたからであろう。雑歌八首の撰歌と結番に、隠岐に暮らす心情を仮託させる狙いを読むのは、決して付会ではない。ただし、最終歌の五十番（雑四番）右の家隆歌、

翁さび人なとがめそ籠の内に昔を恋ふる鶴の毛衣

に関し、「幽斎」注に、

此哥は承久の乱出来して後鳥羽院隠岐の国に左遷の後彼の御事をしたひ奉るこころをよめる哥なり。

という注が施される。もとより右は家隆の歌、左は定家の歌であり、これは「両卿撰歌合」に対して自然に施された注解である。その目で読み直すなら、一番左、

世の中を思ひ軒端の忍ぶ草幾世の宿と荒れは果てけん

は、定家が遠く荒れた宿（隠岐）を思いやっていることになり、一番の表現で暗示される椿事（承久の乱）により、三・四番の沈淪と不如意がもたらされる構造となる。

院に終始変わらぬ忠誠を誓った家隆の歌はともかく、定家の歌を依拠資料を変えてまで心情を表す作に統一したのは、この配列により、自らの不在に因む定家の悲嘆を描き留めようとする思惑まで導かれることになる。しかも、そう読み得た読者には、一番右の、

谷川の朽木の橋も埋木の人に知られぬ道や絶えなん

に見る歌道の衰えの嘆きは、二番（承久の乱）を経て三・四番に至る時、院の不在による頽廃に起因すると読まれ、逆に院の在京時代が定家・家隆に代表される歌人たちの活躍した聖代であったと示されることになる。家隆と対照的な定家への実際の苛立ちを思えば、さような定家像の造型は現実とはかけ離れた夢想に過ぎない。また、藤平氏

が説かれるように、「大きく評価し」ていたと思しい定家に対し、狭量に虚像を描くとも思われない。しかし、読みようで右の解が生まれ、それも暗示ではなく撰歌合本来の理解であることからすれば、定家への思いが編纂動機に深く関わっていた可能性は高いであろう。

定家に関しては、撰歌資料の『百番自歌合』に、別の興味深い事実もある。草野隆氏によれば、『百番自歌合』雑部二十番は「題詠的発想の番」十番と「述懐的発想の番」十番からなり、本作の撰歌は、すべて後者からなされている。[16] これは、右の指摘や先に見た四季や恋の検討結果とも整合する。

以上要するに、雑歌は、定家歌・家隆歌ともに不如意な身の心情を吐露する内容の歌が撰ばれ、そこに編者の現状が暗示されるという配所の所産らしい性格を示すのである。

五　こもる意味

雑歌八首に認められる右のような性格は、本撰歌合全体の中でどのように位置付けられるだろうか。それを考える時、冒頭に置かれた、

　　里の海士の塩焼き衣たち別れなれしも知らぬ春の雁がね（一番左）

の一首が注目される。配列と結番に固有の作意が窺われるからである。まず、配列から検討してみよう。

定家歌は、出典の『百番自歌合』の配列を受け継ぐ。ただし、冒頭部分にその順序を変えた箇所がある。出典からは次の通り、『百番自歌合』の傍線を付した歌が、その下に示した本作の各番左歌として採られていた。

百番自歌合	本作左歌
一番左	
〃右	
二番左	
〃右	
三番左	
〃右	
四番左	
〃右	
五番左	
〃右	

百番自歌合	本作左歌
六番左	→一番（A）
〃右	→三番（B）
七番左	
〃右	
八番左	
〃右	→二番（C）
九番左	
〃右	
十番左	
〃右	

百番自歌合	本作左歌
十一番左	
〃右	
十二番左	→四番
〃右	→五番
十三番左	
〃右	
十四番左	
〃右	

『百番自歌合』一～五番は早春の歌を連ねるが、それらは一切採用されず、本撰歌合には、

六番左

A里の海士の塩焼き衣たち別れなれしも知らぬ春の雁がね

右

B花の色にひと春まけよ帰る雁今年こし路の空頼めして

という「帰雁」の歌から採用され始める。この二首が、本撰歌合では、

一番

（左）里の海士の塩焼き衣たち別れなれしも知らぬ春の雁がね（A）

（右）春もいまだ色には出でず武蔵野や若紫の雪の下草

二番

（左）桜がり霞の下に今日暮れぬ一夜宿かせ春の山守（C）

（右）このほどは折られぬ雲ぞかかるらん尋ねもゆかじ山の桜木

三番

（左）花の色にひと春まけよ帰る雁今年こし路の空頼めして（B）

（右）桜花咲きぬる時は葛城の山の姿にかかる白雲

と離されて配置され、後のC歌がその間に置かれるのである。

一番右の家隆歌は早春を詠み、二番・三番の計四首はすべて花を詠む（続く四・五両番でも花が詠まれ、春部は一番以外全歌花の番いである）。三番左に置かれたB歌は、帰雁を扱いながら、上句の表現から花歌群に自然に収まるのに対し、A歌はB歌と離れることで帰雁の歌の共通性も失い、独立性の強い歌となる。しかも、A歌に組まれた右歌が、早春を歌うため、A歌はより孤立する。そもそも冒頭歌に立春の歌ではなく、帰雁の歌を据えるのは、その存在を強調するためであろう。それゆえ、第三・四句「たち別れなれしも知らぬ」に、帰雁への思いのみならず、詠者定家に対する編者後鳥羽院の思いが託された、と読むことは不自然ではない。既に上條氏に、当該歌が「院と定

家というそれぞれに強烈な個性をもつ宿命的ライバルの、永遠の別離を象徴するような歌」であり、樋口氏の指摘された巻末五十番二首の性格を踏まえて「首尾の結構が定家の心を院の心と結びつけた」とする読みが示されている。(17)

春の冒頭であると同時に、作全体の巻頭歌の役割を担う一番左歌には、四季歌として読まれる一方で、雑歌八首と同様に、編者の現状における心情や、詠者の不如意なる思い等も重ね読まれる配慮が存したと理解してよいであろう。

六　『百人一首』との関わり

はじめに述べた通り、本撰歌合には、恋の歌の中に、『百人一首』における定家自撰歌、

こぬ人をまつほの浦の夕なぎに焼くやもしほの身もこがれつつ

を収めている。上條氏は、「対後鳥羽院応答意識」を導かれる過程で、『百人秀歌』に自撰していたこの一首を本撰歌合に見出した定家の「この歌の「こぬ人」すなわち「まつ人」にはっきり後鳥羽院を擬するという感動的読み直し」を指摘され、『百人一首』の成立に本作の関与を認められていた。

今日『百人一首』研究は進展し、『百人秀歌』との先後関係を含む成立の問題は、「原百人一首」「原百人秀歌」を想定する説も出され、諸論並立して定説を見ない。(18) 相関して後鳥羽院・定家が互いに相手の作を見たか否かの問題も理解が多様化して、多説併存の状態にある。『百人一首』論の今後は、推論の妥当性の検証とともに、根拠となりうる事例の博捜・検出が求められるであろう。ここに、二類本に見る家隆歌の差し替えの事例から可能となる

推定を試みておきたい。九番右歌は、差し替えは次の通りである。

イ烏羽玉の闇のうつつの鵜飼舟月のさかりや夢も見るべき　一類本・三類本・四類本
ロ風そよぐならの小川の夕暮はみそぎぞ夏のしるしなりける　二類本

この事例にも上條氏論に「「こぬ人を」歌を接点した『定家家隆両卿撰歌合』と『百人一首』とのいわば心理的関係を知る誰かの手による改訂であったかも知れない」という推測がある。改訂者は後人とともに編者後鳥羽院自身の可能性がある。そのいずれが妥当かを含め、差し替えの理由を考えてみよう。

本撰歌合には、三類本にも二十九番右の家隆歌に差し替えがなされていた。

イ霜枯るる人の心のあさは野にたつみは小菅根さへ枯れめや　一類本・二類本・四類本
ロ松の戸をさし明けがたの山風に雲もかからぬ月をみるかな　三類本

これは陽明文庫本にのみ存する例で、恋歌が秋歌に替えられている。あるいはこれは、左の定家歌「しられじな千ちほの木葉つもる共時雨ゝ雲に色しみえねば」との関わりによるとも思しいが、恋部の始まりに位置する番いとしては成り立たず、改訂と見るのは困難である。陽明文庫本には固有の異文が目立つこととも関わって、これは編者には関わらない、何らかの理由による改変もしくは錯誤と考えられる。

対して、当該の事例は同じ夏歌として齟齬はなく、伝本に徳川黎明会蔵本のような古写善本をはじめ良質な本文も伝存しており、改訂の結果と考えてよいであろう。その理由は、何より家隆晩年の代表作を掲載するためにあったに違いなく、とすれば改訂者は後人とも編者とも考えられ、決定は難しいことになる。ここに注目したいのは、その位置である。

当該歌が置かれるのは九番であり、右歌は夏の末尾に当たる。既述の通り、本撰歌合は本来部立名は示されないものの、四季は春一〜五番、夏六〜九番、秋十〜二十三番、冬二十四〜二十八番に割り振られていた。そのそれぞれの首尾は、次頁の表の通り、左右でずれた時間の歌が番えられている（既述の冒頭の番いが、左歌が帰雁を、右歌が早春を詠むのはその原則に従っていた）。

もとより四季の流れには滞りがあり、夏・冬に春・秋への思いを詠むのは和歌の常套で、二季が接する部分では時間の交錯が見られやすい。しかし、四季歌の接点すべてが時間のずれを見せるのは、作意によるに違いなく、その狙いは不如意な自然の運行、もしくは尋常ならざる時間の推移を表すためであったと思しい。「幽斎」注六番右歌の注文末尾には「私云、此歌夏の歌歟。夏の歌に番。部分も春十首の外なり。」という注記も付される。

そのような作意による統一的な構成の季の接点に当該の九番は位置し、その右歌に差し替えがなされたのである。その時間に注意すれば、

左

打ちなびくしげみが下のさゆり葉の知られぬ程に通ふ秋風

右

烏羽玉の闇のうつつの鵜飼舟月のさかりや夢も見るべき

という番いの右が「風そよぐ」歌に替えられたのは、晩夏の歌で揃えるためであったとも解される。しかしながら、

季	各季首尾の番い			時間
春	一番	左	里の海士の塩焼き衣たち別れなれしも知らぬ春の雁がね	春
		右	春もいまだ色には出でず武蔵野や若紫の雪の下草	早春
	五番	左	名取川春の日数はあらはれて花にぞしづむ瀬々の埋木	暮春
		右	高砂の山には花やみつしほのあらはに見ゆる松の葉もなし	春
夏	六番	左	ふみしだく浅香の沼の夏草にかつ乱れゆく忍ぶもぢずり	初夏
		右	葦鴨の跡もさはがぬ水の江に猶すみがたく春や行くらん	春（出典春歌）
	九番	左	打ちなびくしげみが下のさゆり葉の知られぬ程に通ふ秋風	晩夏
		右	烏羽玉の闇のうつつの鵜飼舟月のさかりや夢も見るべき	夏
秋	十番	左	秋とだに吹きあへぬ風に色かはる生田の森の露の下草	初秋
		右	軒近き山の下荻声立てて夕日がくれに秋風ぞ吹く	秋
	二十三番	左	花薄草の袂も朽ちはてぬなれて別れし秋を恋ふとて	初冬（出典冬歌）
		右	草の葉に暮らせる宵のきりぎりす秋風吹きぬ寝む方やなき	晩秋
冬	二十四番	左	浦風やとはに浪こす浜松のねにあらはれて鳴く千鳥かな	冬
		右	夜や寒き里は雲居の凩に声さへ薄く衣打つなり	晩秋（出典秋歌）
	二十八番	左	白妙に棚引く雲を吹きまぜて雪に天霧る嶺の松風	冬（春への思い[19]）
		右	高砂の尾上の鹿のなかぬ日も積りはてぬる松の白雪	冬（秋への思い）

目的が時間の一致であったならば、六番のような例が無視され、ここのみ変更する必然性は乏しいのであり、これは統一的な設定を崩してでも差し替えをする別の理由があったように思われる。すなわち、この位置は、次に秋を控え、

秋とだに吹きあへぬ風に色かはる生田の森の露の下草

という歌に繋がる所であった。既述の通り、定家との対立を深刻化させたこの歌を秋冒頭に配することが、本撰歌合編纂の主要な狙いの一つとなっていた。それに番える家隆歌と、両者の歌の性格の差が果たす役割も、先に述べた通りである。当該箇所はその歌の直前であり、差し替え前の「烏羽玉の」が、鵜飼の本意に即した趣向性に富む歌であるのに比し、差し替え後の「風そよぐ」は、御祓に立ち会う人を吹く風の涼しさを印象的に詠む歌である。「烏羽玉の」歌よりは十番右の「軒ちかき」歌に近く、それは詠歌主体の存在を強く示すことでも通い合う。とすれば、それら二首が相俟って、挟む「秋とだに」の歌の個性を浮上させつつ包み込むような働きをすることになる。その働きこそが差し替えの狙いだったのではなかろうか。時間に関わる統一的設定を崩してでも、「風そよぐ」歌をこの位置に置くのは、「秋とだに」歌へのこだわりに発していたのであり、以て改訂者は後鳥羽院自身と解される。家隆晩年の秀歌を掲載するための差し替えは、右の理由を伴っていたと考えておきたい。

とすれば、後鳥羽院がこの家隆歌を知った契機は、『新勅撰集』か『百人一首』ということになる（『百人秀歌』は考えにくい）。『新勅撰集』も前節に見たように「詠五百首和歌」から把握されていたことが窺われるが、『百人一首』は次節に見る通り、『時代不同歌合』との関係において、情報を得ていた可能性が低くないことを窺わせる。ともに目に触れ得たのならば、歌数の規模からしても、秀歌撰としての性格からしても、改訂に用いられたのは『百人

一首』と見るのが自然である。それを前提とすれば、定家の自撰歌「こぬ人を」を掲載する本撰歌合は、編纂時点では『百人一首』を見ておらず、本撰歌合の完成後、家隆歌を掲載するその『百人一首』に触れ、以て改訂に至ったとする可能性が導かれるのである。とすればそれは、『百人一首』への好意的な思いに発したことになるであろう。すべては推測ながら、後人の手ではなく後鳥羽院自身の手になる改訂の可能性が高いことは確かである。

七　おわりに

新古今時代の和歌に最も大きく貢献した定家と家隆の功績を顕彰するため、後鳥羽院によって編まれた『定家家隆両卿撰歌合』は、新古今時代を築き上げた定家と家隆の功績を讃える正統の秀歌撰であった。しかも、その撰歌と結番において、遠島に暮らす身の思い入れも込められた特異な作品であった。藤平春男氏が「定家の力量を院が最後まで評価していたことを示す証左」と評される通り、新古今入集歌とは異なる定家の秀歌を連ね、家隆の歌との対比のうちに優れた達成を掲出する本作は、家隆を重視しながら、それとは質を異にする定家への強い思惑に規制されていたと解される。『百人一首』の成立を考えるためにも、本撰歌合の事例は考察の対象に含まれてよいであろう。少なくとも、本作を定家の秀歌撰と全く無関係と考えることは困難である。こうした撰歌合を編纂し、そこに編者の心情を仮託したことは、ともに定家への思いに規定されていたのである。

【注】

（1）隠岐の院との都人の交流については、田渕句美子氏に詳細な実態の調査がある（『中世初期歌人の研究』〔二〇〇一年二月、笠間書院〕第五章）。

（2）久保田淳「承久の乱以後の藤原定家とその周辺――『明月記』を読む――」（『文学』五三―七、一九八五年七月、

『藤原定家とその時代』（一九九四年一月、岩波書店）所収）

（3）「百人秀歌から百人一首へ」（『文学』三九―七、一九七一年七月）、『百人一首　宮内庁書陵部蔵尭孝筆』（笠間影印叢刊、一九七一年十二月）、「『時代不同歌合』と『百人一首』」（『文学』四二―一、一九七四年一月）、「「百人一首」への道（上・下）」（『文学』四三―五・六、一九七五年五月・六月）等。いずれも『平安・鎌倉時代秀歌撰の研究』（一九八三年二月、ひたく書房）に収められる。

（4）「西行法師歌注文考」（『百人一首古注釈『色紙和歌』本文と研究』一九八一年二月、新典社）

（5）「『百人一首』における文脈」（『国語国文研究』六七、一九八二年二月）

（6）「後鳥羽院と定家の歌観について」（『文学・語学』一一、一九五九年三月、『中世歌論の研究』（一九七六年九月、笠間書院）所収）

（7）「定家・後鳥羽院の対立の真相はいかなるものか」（「国文学解釈と教材の研究」一九八一年六月、『新古今とその前後』（一九八三年一月、笠間書院）所収「定家と後鳥羽院」、『藤平春男著作集』二（一九九七年十月、笠間書院）所収）

（8）「後鳥羽院御口伝の執筆時期」（『語文（大阪大学）』三五、一九七九年四月、『後鳥羽院と定家研究』（一九九五年一月、和泉書院）所収）

（9）田仲洋己「『毎月抄』小考」（『岡山大学文学部紀要』四〇、二〇〇三年十二月、『中世前期の歌書と歌人』（二〇〇八年十二月、和泉書院）所収）、村尾誠一「後鳥羽院御口伝の執筆時期再考」（『和歌文学研究』八九、二〇〇四年十二月、『中世和歌史論　新古今和歌集以後』（二〇〇九年十一月、青簡舎）所収）。

（10）「建保五年本定家卿百番自歌合とその考察」（『国語国文学報（愛知学芸大学）』四、一九五五年三月）

（11）安東次男『百人一首』（新潮文庫、一九七六年十一月）

（12）「浅葉野立神古菅根惻隠誰故吾不恋」（万葉集・巻十二・二八六三）による。ただし、訓みは『新千載集』（一〇一九）に収められた形「浅羽野に立つみわ小菅根深めて誰故にかは吾が恋ひざらむ」による（「たつみわこすげ」は『正徹物語』でも言及される）。

(13)「後鳥羽院の定家評について——『後鳥羽院御口伝』私注——」(『和歌文学新論』一九八二年五月、明治書院『藤平春男著作集』二(一九九七年十月、笠間書院)所収)

(14) 注(13)に同じ。

(15) 注(13)に同じ。

(16)「『定家卿百番自歌合』雑部の構成をめぐって」(『上智大学国文学論集』一七、一九八四年一月)

(17) 注(4)に同じ。

(18)『百人一首』『百人秀歌』に関する諸論は汗牛充棟の観を呈するが、大坪利絹・上條彰次・島津忠夫・吉海直人編『百人一首研究集成』(二〇〇三年二月、和泉書院)に代表的な説が取り上げられる。

(19) 左歌は「梅の花それとも見えず久方の天霧る雪のなべて降れれば」(古今集・三三四)と「風まぜに雪は降りつつしかすがに霞たなびき春は来にけり」(新古今集・八)の働きにより、右歌は「秋風のうち吹くごとに高砂の尾上の鹿の鳴かぬ日ぞなき」(拾遺集・一九一)の働きによる。

第二節　注釈本文

一　はじめに

新編国歌大観第五巻所収『定家家隆両卿撰歌合』の底本は、天理大学附属天理図書館蔵の『定家家隆謌合』（九一一・二九―イ二）である。この撰歌合は、後鳥羽院が隠岐配流後に藤原定家と藤原家隆の歌それぞれ五十首を撰び、それらを歌合形式に結番したもので、遠島における後鳥羽院の定家と家隆両者への思惑を窺わせる貴重な資料と認められる。本作の諸本は、前節に見た通り、四類に分けることが可能であり、天理図書館蔵本は、第一類本系統第一種本の最善本に位置づけられる貴重な本文である。それゆえ新編国歌大観の底本として採用されることとなった本書は、その解題においても記した通り、十八番から四十一番にかけて書き入れの注があることでも注意される伝本であった。その注については、前節の論で次のような判断を下した。

> 天理図書館蔵本については、全歌にわたる注はないものの、余白に書き入れの注が見られる。そして、その内容は「為家」注とされるものに重なる部分が多いので、第一種本の他本との関わりが想定される。

これに対し、松井律子氏は、次のように指摘された[1]。

> 天理本の注については『国書総目録』『中世歌合伝本目録』とも注釈本とは記載していない。このことに最初に触れたのは寺島氏であるが、氏は天理本の注は為家注と重なる部分が多く、一種本の他本との関わりが想定されると述べておられる。

筆者の調査では（中略）天理本の注釈が為家注と重複するのは引用歌のみであり、注釈そのものは極めて独自性の高いものである。

本書の書き入れ注の注釈内容につき、為家注とされるものと幽斎注とされるものとの比較検討をし[2]、さらに『六家抄』や『拾遺愚草』の古注釈類等、見及ぶ限りの諸注を見比べて判定を下した稿者としては、この判断には従い難く、ここに、稿者が先の記述をなしたその根拠を示すこととする。

二　書き入れ注について

本書に書き入れられた注は、十八番左の歌から四十一番右の歌までに及ぶ。それらは、歌頭に出典を付し、本文余白に語釈や注釈を書き入れたもので、わずかな語釈や、参考歌のみを示すものから、詳しい注釈に及ぶものまで、さまざまである[3]。最初の十八番左歌を示すと次のようである。

拾遺愚抄に出
いこま山あらしも秋の色にふく手そめの糸※のよるそかなしき
夫木集。
ふぼく集。証歌。
河内染の手染の糸の乱れあふてより合へくもみえぬ君かな
※枕詞。

歌頭に「拾遺愚抄」と出典注記があり、「夫木集」の歌が「証歌」として示され、和歌の第四句目の「手そめの糸の」に、それが「枕詞」だとする語釈が付されている。ただし、この歌には釈文はなく、為家注との関わりが問題となる注釈は、二十一番右歌以降に付されている。

二十一番右

秋かせはさてもや物のかなしきと荻の葉ならぬ夕暮もかな

荻《をき》の葉ならで外に吹夕暮の秋風物悲しき物歟、かなしからさる物歟。荻の葉より外に吹夕暮の秋風もかなとねがへる也。荻より外の夕暮の秋風でさへ悲しきか試んとの歌なり。扨もやは荻の葉ならぬに当りてそふありてもやなり。

古今集に、

我かことくわれを思はん人もしき扨もやうきとよを試みん　是はさありてもや也。

千載集爰注□あり ても

みたれすとをわり聞社□もいはひ扨も分れは慰ねども　それてもなり。

この「荻《をぎ》の葉ならで〜」以降詳しく施されている注釈を、為家注の、

さてもやはさうてもや也。荻の葉の外に吹てさひしくは荻の科にては有ましきと也。

という簡潔な文章と比較してみる。すると、「さても」の語釈にやや類似する部分（「そふありてもや」・「さうてもや」）があるものの、注釈として重なるところは乏しく、両者に関わりを認めることは困難である。次の、二十三番左歌、

はなすゝすき草のたもとも朽果ぬなれて別れし秋をこふとて

についての当該注、

人の袖袂になそらへて、なれにし秋にわかれてその夜を恋慕ふとて、花薄の草の袂も朽果たるとよめるなり。

草の。古今集三

秋の野ゝ草の袂の花薄穂に出て招く袖とみゆらむ

と為家注、

秋の野の草のたもとか花すゝきほにいてゝまねく袖と見ゆらん
すゝきのたもと朽はてたるは馴し秋に別しゆへと也。

の両者の関係を調べると、これも先の二十一番右歌と同様に、引用歌を除けば注釈内容は別ものと判断される。続く二十三番右歌、

草のはにくらせる宵のきり〳〵すあきかせ吹ぬねん《乱しぬ》かたやなき

の当該注、

あきかた、まゝ思ひ侘てうちぬる中に見へつる夢をたのめと、今は夢さへうとくなれは、いかにねしよ夢に見えつると、よい〳〵に枕定めかねぬるとなり。
古今集恋の一に、
よい〳〵に枕さためんかたもなしいかに寝し夜歟夢にみゑけん

と為家注、

よひ〳〵に枕さだめむ方もなしいかにねし夜か夢に見え剣
草はをやとりとしたる蛬秋風吹みたれていかにねんと也。

の関係にしても、引用歌の一致を除いては、具体的に関わるところは見出し難い。さらには、二十四番左歌、

うらかせやとはに浪こす浜まつのねにあらはれてなく千とりかな

に対する当該注の、

新勅撰に定家、

まつかねの磯辺の浪のうつたへに顕れぬへき袖のうへかな

定家　あらわれぬ

古今集恋三

風吹は浪うつきしの松なれや音《根》に顕れてなきぬべらなり

という二首のみの掲載と、為家注、

まつかねを磯への浪のうつたへにあらはれぬへきそての上哉
ねにあらはれてとはつよくなく也。序歌のやうにて又浦かせにつよくなきたるやう也。

の関係においても、「まつかねの」の歌は一致するものの、当該注に釈文は存在しない以上、注釈としての相関はあり得ないということになる。

従って、初めからこれら四首分の注釈を対照する限りでは、引用歌は同一ながら、当該注が為家注との関わりを有していないと断ずるのは、いかにも当然の判断であった。ところが、右の引用で飛ばした二十二番左歌、

秋はいぬ夕日かくれのみねのまつ四方の木葉の後もあひみん

の当該注、

秋はくれ果て淋しき夕日の峯に残りたる松は秋のかたみとなりて、冬四方の梢の木の葉のちりはてたる後も峯の松をは替らすあひ見るとなり。

※（頭注）古文前集ニ
四時　淵明ニ 陶淵明也
春水満二四沢一

夏雲多二奇峰一
秋月揚明輝
冬嶺秀孤松

を、為家注の注釈文、

冬嶺孤松秀の心也。秋は暮はてゝさひしき夕日の嶺に残りたる松、秋の形見也。四方の梢ちりはてゝ後も此松はかはらす
あひみんと也。

と、読み比べてみる。すると、為家注の冒頭の一文「冬嶺孤松秀の心也」は、当該注が頭注に引く陶淵明「四時」の結句を指摘したものであり、続く「秋は暮はてゝ〜」以降の為家注の二つの文も、当該注の一文化された文章とほぼ同文とも言える近さを示していることが知られるだろう。こうした、注釈文が両注でほぼ一致する例としては、三十番左歌の、

逢みての後のこゝろをまつしれはつれなしとたにえこそうらみね

の当該注、

つらかるへき事を思へは只今つれなきもしゐてはえ恨みじとなり。
拾遺
逢見ての後のこゝろにくらふれはむかしは物を思わさりけり　敦忠

と、為家注、

あひ見ての後の心にくらふれはむかしは物もおもはさりけり
あひみて後つらかるへき事を思へはたゝいまつれなきもしゐてはえうらみぬと也。

を挙げることができる。これは歌と注文の順序が逆となり、為家注の最初の「あひみて後」（点線部）を欠くのみで、当該注は為家注とほぼ同文となっている。また、二十七番右歌、

さえのぼる越※の白《高》根の冬の月ゆきはこほりのふもとなりけり

の当該注、

月かけも大そらにさへ上《ノホ》りて越の高根を照せは、ふり積りたる雪は高根の月の下に見ゆる故、雪は月の氷のふもとなりけりとよめる事なり。
たゝのこほりは雪の下なり。月の氷は雪の上なり。
※越前越後。

は、簡略な為家注の全文、

たゝの氷は雪の下也。月の氷のみ雪のうへ也。

をそのまま引き、その前に別の注釈を加えた形となっている。ちなみに、この別注は幽斎注とされるものの後半と類似する本文内容である。(4)

逆に、三十五番左歌の、

芦の屋にほたるやまかふ蜑やおく（ママ）おもひもこひも夜はもえつゝ

の当該注、

晴るゝ夜の星か川辺の蛍かも我住かたの蜑のたく火歟

此歌はあし屋の里にてよめる哥也。

本文 我思ひも我こほる心の恋も夜はもへつゝもゆるは、我胸があしの屋になりて蜑も火をたき蛍も蜑のいさり火にまかふ様にかとなり。

と、為家注、

はるゝ夜の星か河辺のほたるかも我すむかたのあまのたく火か

思ひこひ、いつれも火によそへてよみならはせり。我胸のよる〳〵もゆるはもし胸かあしやのなたになりてあまもたき蛍もまかふかと也。芦の屋にのに文字ふしきの事也。のといへはたゝ蛍火はかり也。にもしにて我胸さなからあしのやに成たるかと云心あり。よく〳〵工夫すへきとそ。

の関係のように、当該注が為家注の一部（点線部）を省くケースもある。このように当該注のほうが簡略な例は先の三十番左の例にも見られたものの、全体としては極めて乏しく、これらの事例は例外的なものである。すなわち、文言の近さはもとより、注釈内容として近い関係を見出せる多くの事例の殆どは、為家注を踏まえて詳述する形を取るのである。(5) 幾つかの例を見てみよう。

二十七番左

小泊《ハツ》瀬やみねのときは木吹しほりあらしにくもる雪の山もと

当該注 常磐木は落葉せぬ故に雪いたく積る物也。其つもれる雪□あらしの吹をろせは雪の山もとは曇る様に見ゆるとなり。

為家注 常磐木には雪おほく積る也。それを吹おろして曇と也。

三十二番左

おもかけはをしへし宿にさき立てこたへぬかせのまつにくこゐ

当該注　逢見し人、箇様〳〵の所に住居《スム》と云教へ置しを思ひて、其教られたる俤を知るへしとして尋れは、答る物は無クて松の声はかりとなり。
箇様の様子に聞しなと思ひ出るを云ふ。
古今恋上
　知るしらす何かあやなくわきていわん思ひのみ社知るへなりけり
答ふるものはなくて松にのみ吹風の声斗りとなり。

為家注　しるしらすなにかあやなく分ていはむおもひのみこそしるへなりけれ
もとみし人の、我はかゝる所に住なと、そこはかとなくをしへ捨しを、おもひあまりて面かけをしるへとして尋れは、こたふる人もなくてたゝ松風のみ吹たると也。

四十番左

拾遺愚抄

こゝろをはつらきものとて別れにし世ゝの俤なにしたふらん

当該注　契つる人のこゝろをつらしと思ひて別れなから、世ゝへてのち其別れし人の俤を思ひいてゝなに慕ふらんとなり。

為家注　人のこゝろをつらしとて別て、そのおもかけをなとしたふと也。

四十一番右

なにとなく我ゆへぬれし袖のうへをあさかりけりと月やみるらむ

当該注　なにとなく物思ひしてぬらせし袖のうへの涙なれは、月故に感を生して涙《なみだ》を落したるならす。されは月もみる人の心をあさかりけりと見ゆらんと也。

為家注　月故はおちぬ涙なれは月のかんはなき也。さる程に月や浅しとみるらんと也。

これらの例はいずれも為家注の簡略な内容を踏まえて詳しく述べる形を取っている。
なお、三十四番右歌、

　とこはうみまくらは山となりぬへし涙もちりもつもるうらみに

の当該注は、

　なみたつもりて床は海となり、ちりつもりて枕は山の如くなるとす。よがれの数そふ故にとなげきたる也。本歌のむねと袖とをとこと枕にとりなしたる也。
　詞花集に、
　　胸はふじ袖は清見か関なれや煙も浪も立ぬ日そなき
　秘哥なり。

という形である。松井氏が比較の対象にしている為家注は安井久善氏蔵本と松平島原文庫本であり、そこでは詞花集の歌のみの引用であるが、延宝版本では、

　為家注　涙は海塵は山とならんと也。胸はふし袖は清見の類也。

とあり、当該注の本文はその極めて簡略な為家注を詳しく述べた形となっている。また、四十一番左歌、

　夜もすから月にうれへて音をそなくいのちにむかふものおもふとて

　当該注　月を独見るは短命の人相ありといふ事なり。故に月にうれへてとは月をうらみたる也。こゝろは夜もすから月をうらみて音を鳴は、月に向ふは命みしかきが物思ひすとてなり。
　亦一説に、夜もすから月に向ひてうれへねをなくは、月にいのちをめせと物思ひしてとなり。

為家注　月を独みるは短命の相と也。つきにうれへてとは月を恨たる也。一説月に命をめせと向ひたるともいへり。

をみれば、為家注の二説をいずれも踏まえた形となっている。

以上のような、注本文全体にわたって近さを認めることができるもののほかに、為家注を詳述した形をとり、そこに別注を付加した注釈も見られる。例えば、二十五番左歌、

志賀のうらや氷もうすく居る零《たづ》の霜のうは毛に雪はふりつゝ

についての両注を見ると、

当該注　此歌は、志賀の浦の寒き躰のみを見立て詠る也。扨氷のむすふを氷のいるといへば、志賀の浦や氷も居るといゝかけてたづの居る事によみなしたり。其たづの下の如く白きうはけに雪のふりつゝ降《ふり》かゝるを見て被詠るなり。甚物寒き躰なり。

霜のうはげは霜の置たる上にまた雪の降かゝると見る節もあるなり。

詞花集の春の巻頭の□

氷ひし志賀のからさきうち解てさゝ波寄する春風そふく

為家注　只さむき躰の哥也。氷ゐし志賀のからさきと有。ゐるといふ字両用也。

となっており、当該注の前半は簡略な為家注を詳述し、さらに別注として雪の降る様をも併せ見る立場の説を紹介している。

もとより、内容に踏み込んで関わりを認定することは、解釈を伴うゆえに、判定には微妙なところがある。例えば、三十九番左歌、

たれもこのあはれみしかき玉※の緒のなかくはものをおもはすもかな

当該注　誰も夜に往程は幾程もなく短くて物思ひをすれは、玉の緒の長くもありて物を思はすもがなとよめるなり。

いくよしもあらし我身をなそもかく蜑の刈る藻に思ひ乱るゝ

※命の事なり。

為家注 いく世しもあらしわか身をなそもかくあまのかるもにおもひみたるゝの類也。いく程もなき世に物を思はてをくりたきと也。

のような例は、踏まえる歌が同一で、注釈の簡略な言葉が重なるゆえに関係性を指摘されやすいケースかとも見られるが、為家注は残り少ない人生への物思いを詠む雑歌としての解を提示するのに対して、当該注は明らかに恋の歌として解しているので、注釈としては別のものと判定される。また、四十番歌右歌、

筑波山やまもあせね※と吹風に人のこゝろのひまそつき《れ》なき

当該注 筑波山は繁り合て風いたく吹とも色替りあせ行ねは、人のこゝろはひま有がつれなきと也。心のひまとは心のたへまなり。ひまはすきまの事なり。故に人の心のひまは人を忘るゝたへま有事なり。

新古今

筑波山はやましげ山しげけれは思ひ入にはさわらさりけり

※色替りあれ行事也。あれる事。絶える。

為家注 つくは山はやま茂山しけゝれと思ひ入にはさはらさりけり

茂きつくは山さへあする程吹風に人のこゝろはひまもなきと也。

についても歌は一致するものの、為家注は筑波山さえ変える程に吹く強風によって人の心の隙間もないと解するのに対して、当該注は強風によっても変わらない筑波山とは対照的に人の心の隙間が厭わしいと解しており、注釈内容は別のものと判断される。

以上をまとめると、次の通りとなる。

十八番左	注なし	歌一致
二十番右	注なし	歌一致
二十一番左	前半類似	
二十一番右	別注	
二十二番左	ほぼ一致	
二十三番左	別注	歌一致
二十三番右	別注	歌一致
二十四番左	別注	歌一致
二十四番右	踏まえて詳述	
二十五番左	前半踏まえて詳述・後半別注	
二十五番右	踏まえて詳述	歌一致
二十六番左	別注	歌一致
二十六番右	踏まえて詳述	
二十七番左	踏まえて詳述	
二十七番右	ほぼ一致・別注付加（幽斎注類似）	
二十八番左	踏まえて詳述	
二十八番右	踏まえて詳述	歌一致
二十九番左	踏まえて詳述	
二十九番右	踏まえて詳述・別注付加	
三十番左	ほぼ一致	歌一致
三十番右	部分的一致	

三十一番左	注なし	歌一致
三十一番右	別注	
三十二番左	踏まえて詳述	歌一致
三十三番左	注なし	歌一致
三十三番右	前半類似・後半別注	
三十四番左	踏まえて詳述	
三十四番右	踏まえて詳述	
三十五番左	ほぼ一致・一部省略	
三十五番右	ほぼ一致・語釈付加	
三十六番左	踏まえて詳述	
三十六番右	踏まえて詳述	
三十七番左	踏まえて詳述・別注付加	
三十七番右	踏まえて詳述	歌一致
三十八番右	踏まえて詳述	
三十九番左	別注	歌一致
三十九番右	ほぼ一致	
四十番左	踏まえて詳述	
四十番右	別注	歌一致
四十一番左	踏まえて詳述（二説とも）	
四十一番右	踏まえて詳述	

これら四十一首に及ぶ注釈につき、注文がほぼ一致するもの六例、踏まえて詳述する形を取るもの十九例、別注であるもの八例という結果である。ちなみに引用歌が一致するものは、十七首となる。これらのデータを総合的に判断し、先の拙稿では当該注は為家注と「重なる部分が多い」と判断した。本注釈の性格を考えるには、為家注と重なることを基調とする構造であることを踏まえて別注を検討していくことが必要となるであろう。

【注】

（1）「天理大学附属天理図書館蔵『定家家隆歌合』（解題と翻刻）」（『就實語文』二一、二〇〇〇年十二月）

（2）「為家注」とは先の拙稿でも述べた通り、実際藤原為家のものとは認められないので、「為家注」とすべきであるが、煩雑さを避けて本稿ではすべて括弧をはずして表記する。「幽斎注」についても同様である。なお、為家注は延宝四年林左兵衛板本（筑波大学附属図書館蔵本）、幽斎注は『歌合部類』所収本（国会図書館蔵本）によった。

（3）ほかに一語の語釈のみ余白に記す例が、十二番左歌・十四番左歌に認められる。

（4）幽斎注の後半部は以下の通りである。「こしのしらねは白山の嶽の名なり。高山にて常住雪のあるやまなれは麓の氷は治定なり。それをいひかへて、月さへのほり全体氷のことくなれは、しらねの峯の雪も氷のふもとゝなれるといへり。月の氷をいふ也。」

（5）為家注と当該注の先後関係は未だ明瞭ではない。従って為家注が当該注より後に成立したものならば、当該注を抄出した形ということになるが、ここでは関係をわかりやすく押さえるために、為家注を先行するものと仮定して検討を進める。

第五章　時代不同歌合

第一節　定家への意識

一　はじめに

『時代不同歌合』は、名の通り、時代を異にする歌人たちの歌による、歌合形式の秀歌撰である。百歌人各三首計三百首からなる本作が後鳥羽院の撰になることは、院の歌を「愚詠」と扱う伝本等が早くから伝えてきた。それが事実であることを確定したのは樋口芳麻呂氏の研究である。氏の仔細な考証は、『百人一首』との関わりや、先行の秀歌撰を踏まえた編集の方法にまで及び、隠岐で編まれたこの秀歌撰は、定家等同時代歌人たちとの、いわば横の関係の一方で、時間を遡る縦の関係においても、追究さるべき幾多の課題を持つことが明かされたのである。

1、樋口芳麻呂「時代不同歌合攷」（『国語と国文学』一九五五年八月）

2、同「『時代不同歌合』と『百人一首』」（『文学』四二―一、一九七四年一月）

3、同「時代不同歌合」（岩波文庫『王朝秀歌選』一九八三年三月）

1では、諸伝本の分類から撰者・成立年代という基礎的なところから、本歌合の意義に至るまで、2では、より詳細な成立過程と『百人一首』とのより具体的な関係が考察された。そして、3では、初撰本・再撰本に分けられる諸本のうち、初撰本の善本の本文が、甚だ有益な巻末の諸索引・出典一覧とともに示された。氏の研究は、周知の通り、王朝以降の多種の秀歌撰群研究の中に位置付けられており、したがって、例えば、

4、「藤原俊成撰『古三十六人歌合』考」（『平安文学研究』六一、一九七九年六月）

5、「別本『八代集秀逸』考」（『和歌文学新論』一九八二年五月、明治書院）

という論考も、本歌合を考える時には、逸し得ない。

このように、樋口氏によって本歌合は、基礎的なところからその文学史的意義——特に、本歌合が『百人一首』に先立って成立したと認められるところでの両者の関わり——までが明らかにされたが、収載された三百首に及ぶ歴代秀歌と百人に及ぶ歌人の選出の基準や方法は、全体として未だ明らかとなってはいない。百五十番の組み合わせの実態にいたっては、ほとんどが今後に課題として残されている。その解明に基づいて作成意図が究明されなければならず、樋口氏に周到に考証された『時代不同歌合』の作品論は、今後に大きく委ねられている。その検討から、『百人一首』との関わりが新たに問い直されるであろう。

ところで、前節に見た通り、後鳥羽院が隠岐で作成した歌仙歌合には、『定家家隆両卿撰歌合』もある。文字通り定家と家隆の五十首ずつを選び番えたこの撰歌合は、歌の撰出の方法と結番のあり方から『百人一首』や『後鳥羽院御口伝』との関わりが窺われ、定家に対して強い意識が認められた。同じく歌仙歌合であり、ともに隠岐での晩年の撰になるこのような作品をも視野に入れることは、『時代不同歌合』の検討に有益となるはずである。

課題をこのように見定めて、本節では、『時代不同歌合』が資料としたと認められる作品との関係に検討を加え、定家への思惑を見極めることから本歌合の性格を考えてみたい。

なお、本稿は研究史の大部分を占める樋口氏の研究に多くを負うている。以下、氏の諸論は、

1―「時代不同歌合攷」
2―『時代不同歌合』と『百人一首』
3―「藤原俊成撰『古三十六人歌合』考」
4―「別本『八代集秀逸』考」
の数字で示すことにする（すべて『平安・鎌倉時代秀歌撰の研究』〈一九八三年二月、ひたく書房〉所収）。

二　『時代不同歌合』の資料

樋口氏〈3〉は、俊成撰『三十六人歌合』の俊成撰たることを証明するための論拠に、『時代不同歌合』との「密接な関係」を指摘されている。三十六人のうち二十四人までが『時代不同歌合』と一致する歌人で、しかもその歌がほとんどすべて一致すること[1]は、後鳥羽院が、当該歌合を最も重要な資料として『時代不同歌合』の撰に当ったことを窺わせる。そうした本歌合の資料として別本『八代集秀逸』も挙げられる。樋口氏〈4〉によって、解明が進められた別本『八代集秀逸』は、隠岐の後鳥羽院が企画し、定家・家隆から八代集の秀歌計八十首ずつを献上せしめ、院自らの八十首と合わせまとめた作品で、「天福二年九月をあまり下らぬころ」の成立とされる。氏が、「別本『八代集秀逸』と同じころか、それにやや遅れて『時代不同歌合』を撰している」後鳥羽院の狙いを「八代集を歌仙の面から概観しようとした」とされた両作の作者共通の歌につき、その関係を一覧すると**表**Iのようになる。具体的に検討してみよう。

この**表**において、別本『八代集秀逸』（以下『別本』と略称）に名前が見られる八十六人のうち、『時代不同歌合』と共通するこの六十二人の歌人については、『別本』からの採用歌（C欄）が、その歌人の『別本』所収歌（A欄）とほとんど一致することが明らかとなる。つまり、＊印を付した歌人（D欄が0でない作者）を例外として、原則と

表Ⅰ

作者	A	B	C	D
小町	3	3	／	／
千里	1	／	1	0
人麿	3	3	／	／
篁	1	／	1	0
忠岑	2	2	／	／
業平	2	2	／	／
貫之	3	☆2	／	／
是則	1	1	／	／
行平	3	／	3	／
等	2	／	2	0
伊勢	2	2	／	／
蝉丸	1	／	1	0
兼輔	1	☆0	／	／
元良親王	3	／	3	0
定文	1	／	1	0
具平親王	1	／	1	0
延喜	1	／	1	0
恵慶	2	／	2	0
道信	2	／	2	0
右近	1	／	1	0
伊尹	1	／	1	0
敦忠	1	1	／	／
*和泉式部	5	／	2	1
*匡房	3	／	2	1
重之	2	2	／	／
白河院	1	／	1	0
実方	2	／	2	0
経信	3	／	3	0
紫式部	2	／	2	0
*好忠	1	／	0	1
良暹	1	／	1	0
元輔	1	1	／	／
相模	1	／	1	0
*花山院	3	／	2	1
俊頼	9	／	3	0
*基俊	2	／	1	1
国信	1	／	1	0
行尊	2	／	2	0
紀伊	1	／	1	0
道済	2	／	2	0
小式部内侍	1	／	1	0
顕輔	3	／	3	0
赤染衛門	1	／	1	0
長能	1	／	1	0
崇徳院	1	／	1	0
忠通	1	／	1	0
能宣	1	1	／	／
*俊成	6	／	2	1
*西行	7	／	2	1
範兼	1	／	1	0
*慈円	2	／	1	1
*清輔	3	／	2	1
*俊恵	1	／	0	1
後鳥羽院	3	／	3	0
*良経	2	／	1	1
遍昭	1	1	／	／
*式子内親王	1	／	0	1
*寂蓮	1	／	0	1
*定家	2	／	1	1
*家隆	1	／	0	1
高内侍	1	／	1	0
斎宮女御	1	1	／	／
計 六十二人	122	22	68	15

下に続く

下に続く

○A＝『別本』所収歌（総数）。
○B＝Aが俊成撰『三十六人歌合』と重なるもの。
○C＝『別本』から『時代不同歌合』に採用されたもの。
○D＝AからCを引いた数。（但し、『時代不同歌合』は一歌人三首採用なので、Aの最大値を3とする。）
○作者は『別本』の掲載順による。

して両作に共通の歌人の歌は『別本』所収歌がそのまま『時代不同歌合』に採用されたことが導かれる。因みにB欄の☆印は俊成撰『三十六人歌合』から採用されたことを示す『別本』との異なりと考えられる例(2)であり、B欄に示した俊成撰『三十六人歌合』と重なるものはそれが優先され、後に『別本』が資料となったことが窺われる。『時代不同歌合』三百首のうち、七十首が俊成撰『三十六人歌合』から採用され、それとの重複を除いた六十八首が『別本』を資料として採用された形である。

以下、この『別本』から『時代不同歌合』への採用の原則と、その例外とを手がかりに検討する。『時代不同歌合』の性格を考える時、こうした資料との関わりも考慮されてよいであろう。その一例として、「海辺」、「月」に関わる歌で見ると、次のデータが得られる。

資料	「海辺」の歌	『時代不同』採用歌	計
俊成撰『三十六人歌合』一〇八首	九首	八首	一七首
別本『八代集秀逸』一五七首	二〇首	一三首（※九首）	

（『時代不同歌合』三〇〇首中「海辺」の歌＝三九首）

資料	「月」の歌	『時代不同』採用歌	計
俊成撰『三十六人歌合』一〇八首	九首	七首	一八首
別本『八代集秀逸』一五七首	二四首	一四首（※一一首）	

（『時代不同歌合』三〇〇首中「月」の歌＝四四首）

※は俊成撰『三十六人歌合』との重複を省いた歌数

前者を例にすれば、『時代不同歌合』に見られる「海辺」の歌三十九首は、二資料からの重複を除く採用歌の計十七首に比して二倍以上であり、二十二首は院が独自に撰んだものであること、しかも、それぞれの資料中に見られる「海辺」の歌からかなり高率で撰出していることが指摘される。「月」の歌にも同様の指摘が可能であり、全体の一割を超える多くの「海辺」「月」の歌に、採用時の編者の思惑を読むことが可能となる。それを確認し、『別本』との関係から窺われることがらにつき、検討してみよう。

三　別本『八代集秀逸』との関係

『時代不同歌合』が、『別本』との共通歌人については『別本』からその歌を採用するという原則を持つならば、問題となるのはその例外となる部分である。前節の**表**Ⅰで＊印を付した歌人のみをまとめると、次頁の**表**Ⅱの通りとなる。

ここから、十五人の歌人については、すべて一首ずつ『別本』とは異なる歌を有することが知られる。例えば和泉式部の場合、『別本』に五首（拾遺一首・後拾遺三首・金葉一首）収められ、『時代不同歌合』にはその拾遺一首・金葉一首はそのままに、後拾遺三首とは異なる後拾遺歌一首が採用され、匡房の場合は、『別本』の後拾遺・金葉・詞花各一首収載歌のうち、『時代不同歌合』では詞花集歌が『新古今集』歌に差し替えられたのである（なお好忠は、『別本』に一首のみ採られ、『時代不同歌合』（三首）には別歌が収載される。したがって、どの歌に差し替えられたか特定することはできないが、『時代不同歌合』三首中に新古今歌が含まれることからその可能性は指摘される）。

各例に理由が求められる差し替えは、匡房の例に典型的な、原則として『新古今集』所収歌に関わるところでの改変と見られる。破線以前においては、匡房のほか花山院の歌が明らかにその例であり、好忠のほか基俊の歌にもその可能性が認められる。(3) 左歌人五十人の掉尾の位置に関わると思しき和泉式部を例外として、『千載集』以前の

表Ⅱ

作者	A	拾遺	後拾遺	金葉	詞花	千載	新古今	C	D	Dの歌（確定できるもの）
和泉式部	5	①	3	①				2	1	後拾遺集歌
匡房	3		①	①	1			2	1	新古今集歌
好忠	1		1					0	1	［新古今集歌の可能性あり］
花山院	3		①		1 ①			2	1	新古今集歌
基俊	2			①		1		1	1	［新古今集歌の可能性あり］
俊成	6					3 ①	1 ①	2	1	新古今集歌
西行	7					2 ①	3 ①	2	1	新古今集歌
慈円	2					①	1	1	1	［新古今集歌の可能性あり］
清輔	3					①	1 ①	2	1	千載集歌
俊恵	1					1		0	1	［新古今集歌の可能性あり］
良経	2						1 ①	1	1	新古今集歌
式子内親王	1						1	0	1	新古今集歌
寂蓮	1						1	0	1	［新古今集歌の可能性あり］
定家	2						1 ①	1	1	新古今集歌
家隆	2						1	0	1	［新古今集歌の可能性あり］
後鳥羽院	3						③	3	0	

A＝『別本』所収歌（「拾遺」〜「新古今」はAの内訳）。
C＝『別本』からの採用歌。
D＝AからCを引いた値（但し、Aの最大値は3となる）
○で囲んだものは『時代不同歌合』採用の歌。

歌人にはその原則が当てはまるであろう。破線以降の新古今時代を中心とした『新古今集』入集歌人の歌も、やはり例外（清輔歌）を有しつつも、その原則にかなう実態であり、破線以降の差し替えの頻度の高さと併せ、十五歌人の歌における『別本』との異なりは、原則として『新古今集』に入集した歌と関わる変更と見られるのである。

これは、『時代不同歌合』所収歌の三分の一が『新古今集』入集歌で占められる事例とともに、隠岐配流以後も『新古今集』と深く関わった後鳥羽院の営みとしては自然な結果にほかならない。

ここに問題となるのは、**表**Ⅱの最後に付加して示した通り、新古今歌人であるにも拘わらず、その原則を唯一破って、『別本』所収歌の三首をそのまま『時代不同歌合』に採用した歌人がいること、それがほかならぬ後鳥羽院自身の歌であることである。

四 『時代不同歌合』の後鳥羽院歌

後鳥羽院の三首を『別本』によって示すと次の通りである。

新古今集

家　定

桜咲く遠山鳥のしだり尾の長々し日もあかぬ色かな

定

秋の露や袂にいたく結ぶらん長き夜あかず宿る月かな

定

袖の露もあらぬ色にぞ消えかへるうつればかはるながめせしまに

「家」・「定」は撰者名注記であり、「家」は家隆、「定」は定家を指す。ここに、定家の注記は三首すべてに見られ、しかも、第二・三首は定家の単独撰の歌となっていることが知られる。定家・家隆・後鳥羽院ともに『別本』に自らの歌は撰んでいないので、定家が撰んだ後鳥羽院の三首と、院自ら秀歌と認めて『時代不同歌合』に収めた三首とが、たまたま一致した可能性もないわけではない。

しかしながら、『時代不同歌合』は後に改訂され、その再撰本においては、次のように少なくとも二度、院自身の歌が差し替えられている。

再撰本『時代不同歌合』後鳥羽院歌(4)

第二首目

1いかばかり木の葉の色のまさるらん昨日も今日も時雨するころ

2久方の桂のかげに鳴く鹿は光をかけて声ぞさやけき

第三首目

1手をたゆみをさふる袖も色に出ぬまれなる中の契りばかりに

2竜田山峰の時雨の糸よはみ抜けど乱るる四方の紅葉ば

この差し替えは『時代不同歌合』の改訂の問題として別に理由が求められるものの(次節参照)、これは、院が終始この三首を自讃歌と認定していたわけではないことを示している。樋口氏〔4〕は、定家が院の歌を三首も撰ぶ「優遇」を、「承久の乱後疎遠な関係にある隠岐の後鳥羽院から、『八代集秀逸』の撰進を命ぜられた感謝・挨拶の意味」が込められたものとされる。そのような歌が、院によって『時代不同歌合』にそのまま収められた形となっているこの事実は、偶然の一致ではあり得ず、しかも、純粋に秀歌撰の作成の意図のみでは説明が付かない事実のように思われる。

五　二人の親王

ここに思い合わされるのが、『百人一首』論でもしばしば引かれる『井蛙抄』の記述である。

> 或人云、時代不同歌合に、定家卿被レ合二元良親王一ける時、「元良親王といふ歌よみのおはしける事、初てしりたる」と利口被レ申けり。家隆は、小野小町につがふ。まことに、定家、相手不レ被レ請もことはり也。但、後鳥羽院、常々仰に、「元良親王、殊勝歌よみなり」と仰ありければ、御意には、わろき相手ともおぼしめされざりけるにこそ。（以下公任への言及、略）

語られるのは、『時代不同歌合』自詠に元良親王詠が番えられているのを知った定家が、皮肉の形で不快を表明した、それは小町と組まれた家隆に比して当然の反応であるものの、常々元良親王を評価していた院としては、定家の悪い相手と考えていたわけではない、という内容の逸話である。もちろん、頓阿の手になるこの記載の「或人」の話が、事実をどこまで反映しているかについては不明ながら、樋口氏〔2〕は、この記事に関し、定家・元良親王両歌人の『時代不同歌合』所収歌の分析から、両者とも「巧緻卓抜な恋歌を作る歌人」という認識のもと、「好取組」として結番されたことを推測され、しかし同時に、「六歌仙の歌を理想とする定家が、小町と番えられた家隆を羨み、自分を冷遇されたように受取ったとしても不思議はない」ことも認められた。

『時代不同歌合』が実際に定家の目に触れたか否か、あるいは都人にどの程度広く読まれたかなどすべて不明ながら、歌仙歌合として意が尽くされるのは歌人の組み合わせに違いなく、しかも定家ら現存歌人を含む編纂であることからすれば、その組み方には熟考が重ねられたはずである。総じて、百歌人五十組の番いには配慮されたあとが窺われる。(5) 他のいずれの歌人にも増して意識せざるを得ない定家歌の番いが、誰もが納得するとは限らず、不審が生ずることは十分意識されていたと思しい。しかも自詠をすべて定家撰歌に重ねる事実に照らせば、それを「冷遇」のためとも考えにくい。

問題は、出発点であり帰結点でもある、何故相手が元良親王かに絞られるはずで、『時代不同歌合』の読者の立場から改めて検討が加えられてよいであろう。

ここに、歌人の身分に意味を認める観点(6)から、元良親王の「親王」に注目してみる。すると、『時代不同歌合』の百人中に「親王」は二人存在していることが知られる。この元良親王と、もう一人は中務卿具平親王である。しかもその具平親王の相手に組まれているのが、他ならぬ後鳥羽院自身である。親王が二人のみであること、その両親王をそれぞれ定家と自分との相手とすることは偶然ではなく、(7) 編者の然るべき思惑が込められていたと見られる。それはいかなるものか。元良親王・定家の番いと具平親王・後鳥羽院の番いを取り上げ、検討してみよう。

六　元良親王歌と具平親王歌

『時代不同歌合』の元良親王歌は、次の三首である。

イ花の色は昔ながらに見し人の心のみこそ移ろひにけれ（三十一番左）

ロ逢ふことは遠山鳥の狩衣きてはかひなき音をのみぞなく（三十二番左）

ハわびぬれば今はた同じ難波なるみをつくしても逢はむとぞ思ふ（三十三番左）

このうち、イの歌は、資料の『別本』において、後鳥羽院の単独撰の歌であり、そこでは樋口氏〔4〕に「詠作事情を、原拠の勅撰集の詞書に従って忠実に理解して秀逸だと考えているというよりは、隠岐配流後の体験（人の心の頼みがたさ）――中略――と結びつけて独自に受け取っている」ことによる撰出と推定されている。樋口氏〔2〕では「恋歌」としての巧緻性が定家の相手たる基準とされたこの一首が、資料の『別本』でそのように解されるのは、当該歌が両者の読みを許容しているからにほかならない。そして、『時代不同歌合』においてもその実情性を読み得るのは、撰ばれたこの三首が、イで人の心の頼み難さを述べ、ロで会うことがほぼ絶望の状態での嘆きに変じ、ハで苦しい今、何としても会いたい思いに至るという、〈時間〉の流れに即した心情吐露の文脈を形成していると読みうるからである。恋の歌は、本来的に苦しいもの思いを述べやすいものの、三首並ぶことで、恋歌に止まらない意味が生じている。

これは後鳥羽院の歌に番われた具平親王歌にも同様に指摘される。

ニ命あらばまたもあひ見む春なれど忍び難くて過ぐる今日かな（百三十九番左）
ホ夕暮は荻吹く風の音まさる今はたいかに寝覚めせられむ（百四十番左）
ヘ世に経ればもの思ふとしもなけれども月に幾度ながめしつらむ（百四十一番左）

この三首のうち、最後のヘは、『別本』における後鳥羽院の単独撰歌であり、先のイと同様、樋口氏が「隠岐では月を眺めて憂愁に沈む夜も多かったろうから」「忘れがたい歌」となったことを推測された。ニも、上句「命あらばまたもあひ見む」という望みが、下句「忍び難くて過ぐる今日」の苦悩に覆われているという歌い方は、切実な体験を思わせ、ホも尋常ではない風の音に寝覚めする主体の思いが知られる。

詞書を省略する秀歌撰において は、樋口氏が『別本』に指摘されるような原拠の解からの離れが生じるため、元良・具平両親王歌は、四季・恋・雑の歌でありつつ、いずれにも感懐吐露の歌としても自然に読まれることになる。とすれば、次の事実も意味を帯びてくる。

『別本』の「後撰集」の項は、最後の二首を、

勅　　　　　　　　　　　　元良親王
侘びぬれば今はた同じ難波なる身をつくしてもあはんとぞ思ふ

勅　　　　　　　　　　　　具平親王
世にふれば物思ふとしもなけれども月に幾度ながめしつらん

とする。ここに次の二つの問題がある。

1「世にふれば」の歌は『拾遺集』の歌であり、ここに収められるのは誤りであること。

2「侘びぬれば」の歌は『拾遺集』との重出歌であり、定家と家隆はのちの「拾遺集」の項で撰んでいること。

樋口氏〔4〕は、1につき、「誤記」の可能性も認めつつ、撰者名注記の数から、当該歌を院が『後撰集』の歌と「錯覚」して収めた可能性を指摘されている。当該箇所は神宮文庫本では脱落しており、原因は定めがたいが、これは最後の二首が、元良・具平両親王の歌であることが関わっている可能性がある。

2の事実は、それ自体誤りではないものの、院が単独撰歌として「後撰集」に収めること、その直後に1の誤りを犯して、やはり単独撰で具平親王歌を並べること、両首を『時代不同歌合』にそのまま採用し、右の読みが成立することを踏まえると、この事例は後鳥羽院の「錯覚」による可能性が強く、それは両親王を関わらせて捉える意

識に基づいていたことを窺わせるであろう。
『別本』に歌が採られた「よみ人しらず」以外の全歌人八十六人のうちにも「親王」の身である者はこの二人のみである。『別本』・『時代不同歌合』を通じて、後鳥羽院の意識では元良・具平両親王は相関する要素を有していたのである。そこに関わりが認められるとすると、『時代不同歌合』においてそれぞれの相手となる定家と後鳥羽院の関係が、改めて注目されてくる。

七　定家歌と後鳥羽院歌

定家・後鳥羽院の歌はそれぞれ次のような内容のものが並べられている。

定家

a さむしろや待つ夜の秋の風ふけて月を片敷く宇治の橋姫（三十一番右）
b ひとり寝る山鳥の尾のしだり尾に霜置きまよふ床の月影（三十二番右）
c 消えわびぬうつろふ人の秋の色に身をこがらしの森の下露（三十三番右）

後鳥羽院

d 桜咲く遠山鳥のしだり尾の長々し日もあかぬ色かな（百三十九番右）
e 秋の露や袂にいたく結ぶらむ長き夜あかず宿る月かな（百四十番右）
f 袖の露もあらぬ色にぞ消えかへるうつればかはる嘆きせし間に（百四十一番右）

各三首は、この歌合においてどのように読み解かれるだろうか。

まず、両三首に共通する性格として指摘されるのは、それぞれ四季歌・恋歌として自立する題詠歌であり、『新古今集』に入集した両者の代表的な和歌であることであろう。秀歌撰としては当然のことながら、留意すべきは、元良・具平両親王歌に読み得た、体験にまつわる読みは施されにくいことである。また、前章で見た通り、『定家隆両卿撰歌合』における定家の歌が、実情性を漂わせる歌が多く撰ばれていることとの異質性も確認される。そのような両三首は、詳しく読むと、さらにいくばくかの関連性が浮かび上がる。

イ　定家のａ歌と後鳥羽院のｅ歌

定家の第一首目、

ａさむしろや待つ夜の秋の風ふけて月を片敷く宇治の橋姫

は、周知の、『古今集』のよみ人しらずの歌、

さむしろに衣片敷き今宵もや我を待つらむ宇治の橋姫（恋四、六八九）

を本歌として、「風ふけて」、「月を片敷く」等のことばの続けがらの卓越とともに、「宇治の橋姫」を幻想の世界の中に捉えていく手法に評価が高い一首である。

一方の後鳥羽院の第二首目、

e秋の露や袂にいたく結ぶらむ長き夜あかず宿る月かな

も、『源氏物語』桐壺巻の、

鈴虫の声の限りを尽くしても長き夜あかずふる涙かな（靫負命婦の歌）

を本歌にして成立しており、本歌を取ることを通して、いわば物語的状況の一場面をとらえようとするあり方を共通にするものと見てよい。

もちろん、定家の歌が『新古今集』における最も定家的な歌であるに対し、後鳥羽院の歌も久保田淳氏が評されるように後鳥羽院的な歌であり[8]、その相違が顕著な二例に違いない。しかし、主要素材の「月」が「月を片敷く」（a）と「袂に……宿る月」（e）と、類似の把握で示され、定家詠の「橋姫」につき「むろん源氏物語宇治十帖に現れてくる八の宮の姫君たちのことは、とくと思合されている」などの読み[9]を踏まえると、ともに『源氏物語』を典拠にするところでの関わりを見ることさえ可能になってくる。

ロ　定家のb歌と後鳥羽院のd歌

bひとり寝る山鳥の尾のしだり尾に霜置きまよふ床の月影

d桜咲く遠山鳥のしだり尾の長々し日もあかぬ色かな

この二首も、前者の定家歌が「山鳥」のとらえ方を通して定家らしい妖艶な姿を示すのに対し、後者の後鳥羽院歌が慶賀性を含めての帝王ぶりを示す、やはり『新古今集』における両者の典型的な和歌である。しかもこの二首においては、一方が秋、一方が春という対照性の上に、第二句「山鳥」、第三句「しだり尾」の用語の共通性も指摘される。ともに人麿の、

あしひきの山鳥の尾のしだり尾の長々し夜をひとりかも寝む（拾遺集、恋三、七七八）

を本歌にするからであり、「月」と「花」との対照的な素材を詠む両首は、本歌による表現を媒介として相関していたことが知られる。

ハ　両者の第三首目

c消えわびぬうつろふ人の秋の色に身をこがらしの森の下露
f袖の露もあらぬ色にぞ消えかへるうつればかはる嘆きせし間に

最後の両首では、差異を超えた共通性として、「露」に焦点を絞ったところでの、恋人の心変わりを嘆く女の立場からの歌であることが指摘される。「露」のほか、「うつろふ」（c）と「うつる」（f）、「秋の色」（c）と「あらぬ色」（f）など用語の共通性も認められる。この両首の場合、さらに『新古今集』恋四に収められ、しかも二首を隔てて配されていることも関連の強さを思わせる。

以上のように見てくると、各三首は、『新古今集』における定家と後鳥羽院の代表歌であり、しかも、読み方により、相互に内容・表現の相関が認められる撰歌となっていたのである。

八　成立の順序

ところで、『時代不同歌合』の資料『別本』における定家の歌は、次の二首である。

　勅　家

①消えわびぬうつろふ人の秋の色に身をこがらしの森の下露

　勅

②須磨の海士の袖に吹きこす潮風のなるとはすれど手にもたまらず

『時代不同歌合』には①が採用され（c歌）、②が採用されなかったわけである。多数ある歌から撰び出すその基準は単一ではあり得ず、不採用となった理由を確定するのは困難である。ただ、②の歌は撰者名注記を「勅」のみとする院単独撰歌で、しかも、既述の通り『時代不同歌合』に多い「海辺」の歌である。従ってその条件からは好適であるにも拘わらず、採用されなかったところに、意図的なものが推測されるであろう。先の定家と後鳥羽院の歌にすべて関わりを認めうることを踏まえるなら、この②の歌と、後鳥羽院の三首（d・e・f歌）の間には一切相関する要素がないことが、不採用の理由に数えられることになる。逆にこれは、定家歌・後鳥羽院歌の関わりが結果的な相関ではないことを浮き立たせてもいる。

以上の推測を、『別本』が『時代不同歌合』の資料となっていた事実を踏まえてまとめるならば、

1定家は『八代集秀逸』の撰定にあたって「新古今」十首中三首を後鳥羽院歌にした。

2後鳥羽院は『別本』撰定にあたって、その三首をそのまま収めた（『別本』には編者の取捨選択はなされない）。

3後鳥羽院は『時代不同歌合』撰定にあたって、その定家撰の三首を自らの代表歌の三首とした。
4後鳥羽院は『時代不同歌合』撰定にあたって、定家の代表歌三首を自らの三首と関連・照応する要素のある歌とした。

という成立の過程が推測できることになる。このように見てくると、定家歌と後鳥羽院歌の間には、他の番い相互の間には見出し難い関連性を認めることができるのである。そして、それは前節に述べた両親王、元良親王と具平親王の歌の関連性と最も強く連動しているのに違いない。

九 番いの意図

以上指摘してきた事例は、いかなる意図によるものであったのだろうか。

定家歌と後鳥羽院歌はすべて『新古今集』の代表的秀歌として歌仙歌合に相応しく、互いに相手の歌を撰びあった形を取る相関は、新古今時代を築いた君臣の親密な関係を紙上に再構築した趣である。和歌の営みにおいて、達成の結晶を用い、過去の定家と過去の自らを、和歌における理想的な君臣と位置付ける、というような狙いが、まず窺われるであろう。

そして、それぞれの相手には、各歌に実情性を読みうる共通性が指摘される。

後鳥羽院に組まれた具平親王歌、

ニ命あらばまたもあひ見む春なれど忍び難くて過ぐる今日かな
ホ夕暮は荻吹く風の音まさる今はたいかに寝覚めせられむ
ヘ世に経れば物思ふとしもなけれども月に幾度ながめしつらむ

で吐露された感懐は、後鳥羽院のそれと重なり合うことからすれば、心情を仮託する狙いを読むこともできる。具体的に、現在の苦悩を示し、ここに至る過程の苦しみを裏打ちさせるような歌い方がその見方を支えるであろう。

対する、定家に組まれた元良親王詠にも、その実情吐露に編者の思惑が窺われる。

イ花の色は昔ながらに見し人の心のみこそ移ろひにけれ
ロ逢ふことは遠山鳥の狩衣きてはかひなき音をのみぞなく
ハわびぬれば今はた同じ難波なるみをつくしても逢はむとぞ思ふ

には、述べた通り、時間の経過を軸に、〈人の心の頼み難さ〉→〈逢えない嘆き〉→〈死んでも逢いたい〉という文脈を読み得た。そこにやはりおのれの苦境を重ねる意図は窺い得、(10) 例えばイの歌など、樋口氏論のように配流後に体験した都人の冷たさを重ね読むのは容易である。先の具平親王歌と同様、相手の心情を代弁するという仕掛けをこの番いに認めるなら、定家の心情を仮託させせようとする狙いが導かれてくる。あるいは疎遠な定家にそう思わしめたい願望が込められた結果とさえ思われる。ロからハへと切実さを増す元良親王歌の思いは、具平親王歌よりも強く、その思いの強さを窺わせるのである。

もちろん、暗示を厳密に捉えるのは困難で、恣意の危うさは顧慮されなければならない。ただし、典拠の誤認をも含む特異な事例は、定家への特別な意識を思わせ、それが番いの性格と無関係であったとは考えにくい。『時代不同歌合』の後鳥羽院歌三首が資料における定家撰の三首と全く一致することを知るのは定家であること、相手に誰が選ばれるかに最も強い関心を寄せるのはほかならぬ当人であることからすれば、編者として定家に読まれることを最も強く意識したことは確かであろう。『井蛙抄』に語られるように、なぜ定家の相手が元良親王なのかという疑問が、そこに込める意図を知らしめる手がかりとなることを計算に入れた上での結番であった可能性は、かなり大きかったように思われる。

【注】

(1) 二十四歌人各三首計七十二首のうち、敏行・中務の二人の各一首が相違するのみで七十首が一致する。

(2) 貫之を例にすると『時代不同歌合』には、
ア白露もしぐれもいたくもる山は下葉残らず色付きにけり（五十二番左）
イ結ぶ手の滴に濁る山の井の飽かでも人に別れぬるかな（五十三番左）
ウ吉野川岩波高く行く水のはやくぞ人を思ひ初めてし（五十四番左）
の三首が収められている。『別本』とは、ア、イの二首が共通するがウは異なる。ところが俊成撰『三十六人歌合』はア、イ、ウともに収めている。兼輔についても同様のことが指摘できる。

(3) 好忠を例にすると、『別本』所収歌は、
ア榊とる卯月になれば神山のならの葉がしはもとつ葉もなし（後拾遺集・夏・一六九）
の一首ゆえ、彼の『時代不同歌合』の、
イかりに来と恨みし人の絶えにしを草葉につけてしのぶ頃かな（新古今集・夏・一八七）
ウ神なびの三室の山をけふ見れば下草かけて色づきにけり（拾遺集・秋・一八八）
エ入日さす佐保の山辺のははそ原曇らぬ雨と木の葉降りつつ（新古今集・秋下・五二九）
のうち、どの歌と差し替えられたかは不明である。但し、アが『後拾遺集』夏の歌であり、「夏」での改変と見ればイに差し替えられた可能性が認められる。

(4) 樋口氏〔2〕は1を後稿本甲本（E本）、2を後稿本乙本（F本）とされる。

(5) 詳細は次節参照。一組ずつの配慮（帝王と権門歌人、出家隠遁歌人同士、女流歌人同士など）と、全体の中での配慮（首尾の照応など）とが見られる。

(6) 注（5）参照。また樋口氏〔2〕は『百人一首』との比較において「帝王」の採用の在り方に後鳥羽院の「態度」の特徴を認められている。

(7) 後鳥羽院・具平親王の結番に関しては、樋口氏〔2〕に、院の評価が低い公任との関わりからの考察がある。

(8) 『新古今和歌集全評釈』の当該歌（秋上・四三三）において「この時代においては、（もとより和歌の上でのことであるが）後鳥羽院こそは桐壺帝になりきることのできる人だったであろうし、また意識してなりきった人であると思う。そういう宮廷和歌の有したであろう特殊な雰囲気を想像しながら味わうべき作であるように思われる」と評されている。

(9) 『藤原定家』（日本詩人選11 一九七七年十一月、筑摩書房）

(10) 安東次男氏は、このイ「花の色は」の歌と定家の「さむしろや」の番いに関し、「遠島十年の嘆きが聞えてくるような合せ」と評されている。注（9）に同じ。

〔付記〕

『俊成三十六人歌合』は偽書説が提出されており（田仲洋己「『俊成三十六人歌合』について」『中世前期の歌書と歌人』二〇〇八年十二月、和泉書院）、検討を要するが、別本『八代集秀逸』に重点を置く本論においては、当初のままとした。

第二節　番いの原理

一　はじめに

『時代不同歌合』は、名の通り、時代を異にする歌人たちの歌による、歌合形式の秀歌撰である。総計三百首の歌からなるこの秀歌撰は、その百五十番の歌の番いとともに、百歌人五十組の番いに興味を集めてきた。前節では定家と後鳥羽院の結番の在り方から知られる本歌合の性格を考えてみた。また、菊地仁氏に、本作三巻本の存在を伝える『後鳥羽院御霊託記』の記述をもとに、三分割把握の可能性を探る論がある(1)。これらは、本作をいかに読むべきかの解明が漸く始まったことを示すものだ。今後に解明が期待される多くのことがらのうち、時代を同じうしない歌人が番えられる意味は何かを問う根本的課題は、常に考え続けなければならないであろう。

前節でも触れた通り、頓阿の『井蛙抄』には次のような「証言」が残されていた。

　或人云、時代不同歌合に、定家卿被レ合二元良親王一ける時、「元良親王といふ歌よみのおはしける事、初てしりたる」と利口被レ申けり。家隆は、小野小町につがふ。まことに、定家、相手不レ被レ請もことはり也。但、後鳥羽院、常々仰に、「元良親王、殊勝歌よみなり」と仰ありければ、御意には、わろき相手ともおぼしめされざりけるにこそ。

定家が自分に組まれた相手の意外性を皮肉に批判した旨を伝えるこの逸話は、語られた事実の真偽あるいは有無の如何に拘わらず、歌合形式を取る秀歌撰の性格を語るものとして貴重である。一作品として秀歌撰が歌合の形式を取れば、番いには自ずと解が孕まれる。組まれる二首には、歌人名のほかには成立状況の説明（詞書）や性格付け（部立）という読みの規制が一切設けられないゆえに、読み手は二人あるいは二首だけから、番えられた意味を考える。そこから導かれる解は、作中に豊富な比較の対象（ことば・文脈）によって無限定とも言えるほどに拡散していく。しかも、解はすべて読み手の試みによるものだから、撰ぶ者の関知するところではない。すると、限定されない読みが見込まれるがためにこの形式の「文学」を試みる、ということすらあり得ることとなる。後鳥羽院と定家は不仲であったとの伝承を踏まえているだろう『井蛙抄』の記事が語るところは、作品のおおもとの性格と関わっているはずである。

ところで、限定されない読みが見込まれるとは、言い換えれば時代を超えた読者があらかじめ想定されているということだ。引き合いに出されることが多い『百人一首』論が、今日なお、旺盛に新解を生産し続けるのも、突き詰めれば秀歌撰形式の文学が本源的に有する性格に由来するのであろう。成立の状況と切り離し、作品の論理によって意味付ける作業が継続されるのは、だから秀歌撰研究の必然ということになる。しかし、一方では、資料が語るところを聞き、背景としての歴史を無視しない立場からの作業がなされ続けるべきであろう。作品の論理を追おうとする作業の、恣意との分かれ目は、成立を想定する作業との整合性にあるはずだからである。と言って、後者の解析が作品の狙いと合致する保証はなく、拡散する読みに対する歯止めの役割を果たすわけでもない。ただ、秀歌撰研究の稔りの度合いは、結果的に同一ではあっても、態度として異なる両者の作業を続け、それらのデータをいかに整合的に判定し得るかに大きくかかっていると考えられる。本節では、本秀歌撰が時代不同の歌合の形を取ることの意味をいかに読むべきかを、編者を意識する立場と、作品のみから読む立場の二つから考えてみたい。(2)

二　編者の思惑

イ　歌人の配置から

編者を意識する立場においては、歌人や歌の採用・配列における資料段階での操作や、省略された成立状況（詞書）・性格（部立）を援用して分析することが許される。まず歌人の配置に手がかりを求めてみよう。

選ばれた百人の歌人の、左右の所属はもっぱら時代の新旧によっており、左方が三代集歌人であるのに対して、右方が『後拾遺集』以降『新古今集』までの歌人である。一覧すれば**表1**のようになる。

表1を見渡せば、上段の左方が概ね時代順に並ぶのに対して、下段の右方には統一的な基準が見出せない。したがって、右方の歌人の選択と配置に編者の裁量が発揮されることになる。その検討の前に、原則的に時代順配列となっている左方に留意し、その並びを順次辿り直すと、その基準から外れる例が見出される。試みに『百人一首』の重複歌人と比べて表示すれば**表2**のようになる。

『百人一首』の数字は配列の順位である（斜線は『百人一首』不採用を示す）。それが概ね時代順であることを基準に見較べると、もちろん細かい異同があるうちで、行平や千里の異同がやや大きいものだが、何と言っても蝉丸に見る差異の大きさが目につく（矢印）。その蝉丸の位置は、左方の配列が時代順によると読み取った読者に、彼が実像不明ゆえ確定し難い人物であるという事情を超えて、かなりの不審を与えるものであろう。この異同が意図的な配慮に出ることを推測させる資料がある。『時代不同歌合』諸本中、樋口氏のいわゆるA本（穂久邇文庫本）がそれである。(3) 数度の改定が想定される本作において、A本は、樋口氏の六段階成立説（A～F本）では、最も早い成立と位置付けられるものである。A本のB本との差は「ただ歌人の組合せの違いにかかって」おり、具体的には、B

表1

	左方	右方
1	柿本人麿	大納言経信
2	山辺赤人	法性寺入道前関白太政大臣
3	中納言家持	藤原清輔朝臣
4	小野篁	中納言国信
5	中納言行平	皇太后宮大夫俊成
6	僧正遍昭	前大僧正慈円
7	小野小町	正三位家隆
8	在原業平朝臣	西行法師
9	藤原敏行朝臣	丹後
10	伊勢	後京極摂政太政大臣
11	元良親王	権中納言定家
12	素性法師	修理大夫顕季
13	在原元方	中院右大臣
14	延喜	後法性寺入道前関白太政大臣
15	平定文	大宰大弐重家
16	中納言兼輔	権中納言俊忠
17	紀友則	良暹法師
18	紀貫之	左京大夫顕輔
19	凡河内躬恒	紫式部
20	壬生忠岑	源俊頼朝臣
21	源等朝臣	一宮紀伊
22	大江千里	参議雅経
23	坂上是則	俊恵法師
24	清原深養父	藤原範永朝臣
25	蝉丸	能因法師

	左方	右方
26	清慎公	崇徳院
27	中納言敦忠	相模
28	斎宮女御	式子内親王
29	右近	小式部内侍
30	中務	花園左大臣
31	源信明朝臣	刑部卿範兼
32	謙徳公	白河院
33	平兼盛	藤原秀能
34	源順	寂然法師
35	道綱卿母	小侍従
36	大中臣能宣	祝部成仲
37	清原元輔	隆信朝臣
38	源重之	寂蓮法師
39	高内侍	讃岐
40	花山院	後徳大寺左大臣
41	恵慶法師	藤原基俊
42	曾禰好忠	前中納言匡房
43	源道済	左近中将公衡
44	藤原長能	大蔵卿有家
45	実方朝臣	待賢門院堀河
46	藤原道信朝臣	大僧正行尊
47	中務卿具平親王	愚詠
48	馬内侍	権中納言師時
49	赤染衛門	殷富門院大輔
50	和泉式部	宮内卿

表2

	左方	百人一首
1	柿本人麿	3
2	山辺赤人	4
3	中納言家持	6
4	小野篁	11
5	中納言行平	16
6	僧正遍昭	12
7	小野小町	9
8	在原業平朝臣	17
9	藤原敏行朝臣	18
10	伊　勢	19
11	元良親王	20
12	素性法師	21
13	在原元方	／
14	延　喜	／
15	平定文	／
16	中納言兼輔	27
17	紀友則	33
18	紀貫之	35
19	凡河内躬恒	29
20	壬生忠岑	30
21	源等朝臣	39
22	大江千里	23
23	坂上是則	31
24	清原深養父	36
25	蝉　丸	10

	左方	百人一首
26	清慎公	／
27	中納言敦忠	43
28	斎宮女御	／
29	右　近	38
30	中　務	／
31	源信明朝臣	／
32	謙徳公	45
33	平兼盛	40
34	源　順	／
35	道綱卿母	53
36	大中臣能宣	49
37	清原元輔	42
38	源重之	48
39	高内侍	54
40	花山院	／
41	恵慶法師	47
42	曾禰好忠	46
43	源道済	／
44	藤原長能	／
45	実方朝臣	51
46	藤原道信朝臣	52
47	中務卿具平親王	／
48	馬内侍	／
49	赤染衛門	59
50	和泉式部	56

本以下が、

凡河内躬恒――紫式部

蟬　丸　――能因法師

であるのに対して、A本は、

蟬　丸　――紫式部

凡河内躬恒――能因法師

となっている組み合わせの違いにある。しかも「蟬丸―紫式部」の位置は全百五十番中の「十六、十七、十八番に当たっている」。つまり、蟬丸のA本での位置は、在原行平と僧正遍昭の間にあり、『百人一首』ときわめて近い位置となる。樋口論が、B本以下には想定しにくいことを以て第一次成立の形態とされるA本において、一方の凡河内躬恒の位置はB本とほとんど変わらないのだから、改変は、蟬丸の番いと位置の変更を主な要因にしたということになる。

とすれば、蟬丸が時代順の基準を外れ、位置が下げられたのはなぜだろうか。先掲の**表1**の歌人配置から知られるのは、蟬丸の相手が能因であること、そして移された位置が二十五組目であることである。この二つを手がかりにして、まず歌人の身分に注目すれば、既に六組目の番いが僧正遍昭に前大僧正慈円を組み、僧侶の歌で揃えていることが知られる。実像不明の蟬丸を、安易に僧侶歌人と括ることは出来ないものの、伝承や収載歌の内容からすれば、隠者として彼等と近い存在と遇されていたのは明らかである。六組目の僧正遍昭・前大僧正慈円の番いと同様に、仏教者の歌として蟬丸は能因法師と組まれたのであろう。その番いが置かれた二十五組目とは、全五十組の半ばに当たる、前後に分ければ前半最後の位置にほかならない。**表1**の通り、冒頭は人麿と経信という古代の歌聖と和歌中興の祖が並び、末尾も和泉式部・宮内卿という王朝と当代の女流が並ぶことからすれば、ちょうど中央にある位置にも隠遁者を揃えて、要所にしかるべき人物の配置を試みた、という推測が導かれよう。全体を見渡せば、これらの仏教者同士の番いが前半のみにあるのと対照的に、後半には、女流歌人同士の番いが、

斎宮女御――式子内親王（28組目）
右　近――小式部内侍（29組目）
赤染衛門――殷富門院大輔（49組目）
和泉式部――宮内卿（50組目）

と、四組見出され、組み合わせ方にも前後半の差を認めることができる。ともかく、この位置に蝉丸・能因の番いを置くことが前後半の分割をもたらすはずで、歌人配列の方法の中に、実質的な二部構成仕立てと読まるべき配慮がほの見えてくるのである。

その配慮をさらに強く想定させる傍証資料に、『新時代不同歌合』がある。これは後代の藤原基家の撰になる秀歌撰で、書名の通り、『時代不同歌合』を強く意識して作成したものである。樋口論によれば、『時代不同歌合』自体が、基家が『新撰歌仙』という秀歌撰を隠岐に奉上したことを契機としており、成立に基家が深く関与していた。その『新時代不同歌合』において編者基家は自歌を公任の歌と組んでおり、『時代不同歌合』の後鳥羽院・具平親王の番いを踏まえていることが推測される。基家は、公任よりも具平親王を重視した『時代不同歌合』を意識し、選ばれなかった公任を取り上げ、自身の相手に定めたのであろう。(4) その『新時代不同歌合』は、形の上で明らかに「上巻」「下巻」の、二部構成に仕立てられている。これは、基家が構成を考える際に『時代不同歌合』の方法に倣った可能性のあることを示すものである。作品と編者に最も近い立場にあった基家撰、『新時代不同歌合』の存在は、『時代不同歌合』が実質的な二部構成仕立てとして編纂されたことを窺わせるのである。

とすると、なぜ二部構成なのか。位置に関する推測を重ねるなら、重視される位置として二十五組目のほかに、

後半冒頭に相当する二十六組目が浮上してくる。その位置に目を向けると、**表1**の通り、右に据えられているのは崇徳院であった。再び『新時代不同歌合』を参照すれば、下巻の冒頭には、「一条院」と「一院（後嵯峨院）」の番いが配されている。崇徳院の相手は天皇ではなく清慎公だから、厳密には異なるけれども、基家が天皇歌人を据えるに際して、これも先の例と同様に『時代不同歌合』を意識していたことが推測されよう。そもそも本作が収載する歴代天皇は、醍醐（14組目）・花山（40組目）・白河（32組目）・崇徳（26組目）に後鳥羽自身（47組目）を加えた五名であり、樋口氏が指摘されるように、いずれも勅撰下命者であった。限定は編者の追慕の強さによるはずであり、本作が隠岐での所産であることから、配流という特異な体験を共有する崇徳院への思いは、他の天皇とは次元を異にするものであったことは容易に導かれる。崇徳院の存在の重さは、後半冒頭という位置の重さに見合うものであろう。歌人の配置から、本作を大きく二つに分割されていると読めば、背後にこうした編者の思惑が透視されてくる。

ロ　番いの在り方から

では編者の思惑は、歌の番いにはいかに反映しているだろうか。冒頭の番いから検討してみよう。まず、開巻冒頭の第一組目は、人麿・経信の組み合わせである。

一番　左　　柿本人麿
1竜田川もみぢ葉流る神なびの三室の山にしぐれ降るらし
右　　大納言経信
2夕されば門田の稲葉おとづれて葦のまろ屋に秋風ぞ吹く
二番　左

3あしひきの山鳥の尾のしだり尾の長々し夜を独りかも寝む

右

4君が代は尽きじとぞ思ふ神風や御裳濯川の澄まむ限りは

三番　左

5をとめ子が袖ふる山のみづがきの久しき代より思ひそめてき

右

6沖つ風吹きにけらしな住吉の松のしづえを洗ふ白波

一番の両首はともに自然を詠む歌で、人麿・経信両歌人らしい、たけ高い秀歌として番えられたのであろう。しかも資料となった出典までを確認すると、左歌が「奈良の帝」の行幸の折に詠んだ歌（拾遺集）であり、右歌も人々が都の外へ出かけて詠んだもの（金葉集）で、歌が生み出された〈場〉が、都を離れた場所での都人たちによる和歌の催しであるという類似性が窺われる。二・三番の場合も、右の経信歌は、4歌が内裏歌合の歌（後拾遺集）であり、6歌が後三条院の住吉御幸の折の歌（同）である。人麿歌の詠出状況は出典から知ることはできないが、3・5歌はいずれも後代しばしば本歌とされて多くの本歌取り歌を生み出す、題詠歌が仰いだ対象であった。その3・5歌に4・6歌を番えることは、それら人麿歌が湛える宮廷歌らしさをより明らかに示す働きをするのではなかろうか。二番両首は「長々し」、「君が代は尽きじ」と時間を共通軸にし、三番両首も布留（石上神宮）、住吉の両神にまつわらせて悠久性を詠む類似性を持つことも指摘される。それらの前提に、歌と歌が詠まれた〈場〉の公的性格の共有を読むことができそうである。

続く、二組目には赤人・忠通の番いが据えられる。

四番　左　　　　　　　　　　　　　　　　　　　　　山辺赤人

7あすからは若菜摘まむと占めし野にきのふもけふも雪は降りつつ

右　　　　　　　　　　　　　　　　　　法性寺入道前関白太政大臣（藤原忠通）

8さざなみや国つ御神のうらさびて古き都に月独りすむ

五番　左

9ももしきの大宮人はいとまあれや桜かざしてけふも暮らしつ

右

10思ひかねそなたの空をながむればただ山の端にかかる白雲

六番　左

11和歌の浦に潮満ち来れば潟を無み葦辺をさして鶴鳴き渡る

右

12わたの原漕ぎ出でて見れば久方の雲居にまがふ沖つ白波

四番は、左歌が若菜を摘もうとする心の弾みを詠むのに対し、右歌は古都の荒廃の月を詠んで、二首は対照的に見える。しかし右歌は、「月の歌あまた」詠んだ折の歌（千載集、家集では「月三十五首」）で、『万葉集』の「高市古人（或書に黒人）、近江の旧き都を感傷しびて作る歌」、

32古人尓《イニシヘノ》　和礼有哉《ヒトニワレアリヤ》　楽浪乃《サヽナミノ》　故京乎《フルキミヤコヲ》　見者悲寸《ミレハカナシキ》

33楽浪乃《サヽナミノ》　国都美神乃《クニツミカミノ》　浦佐備而《ウラサヒテ》　荒有京《アレタルミヤコ》　見者悲毛《ミレハカナシモ》

の表現に強く依拠した歌であった。左歌が『新古今集』入集歌でもあり、都の郊外で季ごとの行事が繰り返された良き時代が謳われるのに合わせて、右歌は万葉における古都追慕の情が重視され、番いは〈古代における都〉にまつわる詠で揃えられたものと言えよう。五番も、左歌が『新古今集』歌で、これは都ののどやかさを詠む「治まる国の頌歌[5]」であるに対し、右歌は「遠きこほりにまかれりける」「左京大夫顕輔」に贈った歌（詞花集）で、都から離れていく者への思いやりを詠んだもの。「桜」と「白雲」の縁もさりながら、ここでも指摘できる媒介項は〈都〉であろう。安定した都と、その都人が見せる精神の繊細なることを讃えた番いと読むことができようか。

六番両首はともに海辺の広い空間を見渡す歌で、見やる視線を等しくする上、左歌が聖武天皇の行幸の折の歌である（万葉集）ことに応じ、右歌も「新院（崇徳院）位におはしましし時、海上遠望といふことをよませ給ける」折の歌（詞花集）で、天皇の催しにおける歌ということで共通する。

このように冒頭二組の歌々は、出典のレベルにまで目を及ぼすと、都を中心とした歌や、行幸従駕詠を含んで天皇に関わる歌の多いことが知られ、特に晴儀の催し（歌合・歌会）での和歌を主とすることが特徴として挙げられるであろう。もちろん秀歌撰として古来の秀歌を集める以上、公的な性格を持つのは当然で、全体を通して晴儀の歌合・歌会歌が多く収載されてはいる。ただし、多さは結果としてではなく、編者の思い入れに深く関わっていると考えられる。それを語るのが、本作最後の番い、和泉式部歌に対する宮内卿歌の在り方である。

百四十八番　左　和泉式部

295暗きより暗き道にぞ入りぬべきはるかに照らせ山の端の月

右　　　　　　　　　　　　　　　　　　　　　　　　宮内卿

296色変へぬ竹の葉白く月さえて積もらぬ雪を払ふ秋風

百四十九番　左

297もろともに苔の下には朽ちずして埋もれぬ名を見るぞ悲しき

右

298霜を待つ籬の菊の宵の間に置きまよふ色は山の端の月

百五十番　左

299物思へば沢の蛍も我が身よりあくがれ出づる魂かとぞ見る

右

300唐錦秋の形見や竜田山散りあへぬ枝にあらし吹くなり

最終歌となる300歌が一番冒頭の人麿歌と照応していることは菊地氏の指摘の通りだが[6]、番え方にも初めの組との対応が指摘される。左の和泉式部歌に番えられた右宮内卿歌の三首は、すべて建仁元年（一二〇一）の後鳥羽院主催の五十首歌である（仙洞句題五十首・老若五十首）。宮内卿の活動が院歌壇に限られることからすれば、これは当然にも見える。しかし、注目されるのは、298・300歌は『新古今集』歌であるものの、296歌は『新古今集』やその周辺の秀歌撰等いずれの撰集にも入らない歌であり（後代『新千載集』に入る）、この歌への執着は、三首で建仁元年の五十首が揃えられることにおいて、歌人に対するのみならず、活動の場への思い入れが強かったことを示している。宮内卿歌三首には、全百五十番の締め括りとして、公的な和歌行事の〈場〉における所産の秀歌でまとめるというような狙いが導かれよう。そうした歌との番いにより、295・297・299のいずれも不安定な思いを切実に歌い上げ、宮内卿歌と対照的な性格を示す和泉式部歌も、実は成立したのが安定した宮廷社会であり、その豊かな所産としてあったことが示されるのである。

こうして、番いに出典のレベルにまで及ぶ編者の配慮が行き届いているとすれば、先に見た前半最後の蟬丸・能因の番いは、位置の意味のみに止まらず、歌自体の組まれ方の検討が必要になってくる。

七十三番　左　　蟬　丸

145 秋風になびく浅茅の末ごとに置く白露のあはれ世の中

右　　能因法師

146 夕されば潮風越して陸奥の野田の玉川千鳥鳴くなり

七十四番　左

147 これやこの行くも帰るも別れては知るも知らぬも逢坂の関

右

148 命あれば今年の秋も月は見つ別れし人に逢ふ世なきかな

七十五番　左

149 世の中はとてもかくても同じこと宮もわら屋も果てしなければ

右

150 都をば霞とともに立ちしかど秋風ぞ吹く白川の関

左の蟬丸歌のうち、145歌と149歌は『新古今集』雑下の巻軸に並ぶ、世の無常なることを表明した歌である。対する146歌と150歌は、ともに能因陸奥下向の歌（新古今集・後拾遺集）で揃えられている。その間にある蝉丸の147歌が逢坂の関で会者定離の習いを詠む（後撰集）のに対し、能因の148歌は「源為善朝臣身まかりにける又のとし」の一首で、死者には二度と会えない理を詠む（新古今集）。これら三組の番いは、蝉丸歌が伝承とまつわって、逢坂の関に定住する者の詠である印象を強く与えるのに対し、能因歌は旅人の歌らしさを示して対照的な組み合わせである。しかもそれらは、中に置かれた番い、七十四番両首（147・148）の働きにもよって、別れというものの定めを深く認識するところで結び付く。別離を媒介にして都と鄙の境界上にいる者の歌と、そこから遠く鄙に旅立った者の歌の番い、と読むことができるであろう。

〈別れ〉と〈旅〉による、かような周到さからすると、番いをここに置くのは、『新古今集』の構成を援用したものと想定することも可能になってくる。二十巻構成の勅撰集は『古今集』以来、前後十巻ずつに分けられ、『新古今集』では前半の最後を離別・羇旅にしていたからである。とすれば、後半の冒頭に当たる二十六組目が、左の清慎公の歌はいずれも恋歌で、右の崇徳院の歌も恋あるいは恋の趣を湛える歌で揃うのも、勅撰集の後半が恋に始まることと関わるのかもしれない。ここが要所に当たる位置であることを踏まえ、番いに凝らされる工夫と、先に見た、歌が生み出される〈場〉への顧慮を思い合わせるなら、前後二区分することに『新古今集』の構成が参照されたとも見られる。もちろん歌仙秀歌撰に勅撰集の構造は当てはまらないが、個々の事例を超えた枠組みの通底は、謂わば〈公的性格〉の付与とも関わる配慮を認めることができそうである。かくして、編者を考え合わせる作業から窺われるのは、宮廷和歌の伝統に沿う歌を撰び出し、番えるという秀歌撰として当然の、しかし、読み方によっては隠岐での所産であることがほのめかされ、それを考慮する時に固有の意味を帯びてくるというような性格である。

三　歌仙歌合としての番い

では、それがどこまで読者に読まれようとしたものであっただろうか。初めに述べたように、想定される読者が無限であるとすれば、資料など介さずに作品のみから読まれるのが普通である。その立場からの検討を経た上で、考えてみよう。前掲の『井蛙抄』では、定家が元良親王との番いに漏らしたという不満を、語り手は「家隆は小野小町につがふ」ことを比較の対象として、「ことわり也」と評していた。読者が作中に対比する相手を求めて読むのは自然なことである。その小町・家隆の番いを読んでみよう。

十九番左　　小野小町

37花の色はうつりにけりないたづらに我が身世にふるながめせし間に

右　　正三位家隆

38下もみぢかつ散る山の夕しぐれぬれてや鹿の独り鳴くらむ

二十番　左

39色見えで移ろふものは世の中の人の心の花にぞありける

右

40松の戸を押し明け方の山風に雲も懸からぬ月を見るかな

二十一番　左

41海人の住む浦漕ぐ舟のかぢをなみ世をうみ渡る我ぞ悲しき

右

42富士の嶺の煙もなほぞ立ち昇る上なきものは思ひなりけり

十九番は、左が小町歌中最もよく知られた歌であるのに対し、右の家隆歌も後鳥羽院の命によって『新古今集』秋下の巻頭に据えられた歌で、文字通りに秀歌たる番いだろう。しかしその知識を前提とせず、並ぶ二首のみから読むなら、読者には、左の「花」に対する右の「紅葉」、同じく「長雨」に対する「夕時雨」、というように素材の照応が見出される。また、花・紅葉それぞれが雨に損なわれるという同一の設定にも気付かされる。さらに、鹿の鳴き声が人の世の不如意による嘆きと呼応しやすいことを知る読者であれば、「我が身世に経るながめ」と「鹿の独り鳴く」との間に関連を認めて、味わいを深めるだろう。例えば、左歌の主体が右歌の秋に鹿の声を聞いてさらに物思いを募らせる、と読まれ、あるいは、右歌の鹿の姿が左歌の主体のながめの内実を暗示するものである、と読まれる。いずれにせよ、二首の関連する表現の存在は、読者に組み合わせて鑑賞する読みを提供している。

次の二十番は、出典を言えば左が恋の歌であるに対し、右が秋の歌である。しかし歌からは、前番同様、まず「花」「月」の素材の照応が見出され、その上に、左歌の人の心のはかなさをかこつ行為の迷蒙が読まれ、右歌の松の戸から月を見る行為に隠遁者の悟りへの志向が読まれて、迷悟の対照性が印象付けられる。そこに二首の関わりを認める読者には、迷と悟の間に揺れる人間の心理、あるいは迷から悟への展開等、種々の鑑賞がなされることになる。

最後の二十一番では、左の「海人の住む浦漕ぐ舟」という海辺の景に対して、右が「富士の嶺の煙」という山の景が扱われる対照性の上に、「世をうみ渡る」と「上なきものは思ひ」とに、茫莫たる心情が読まれ得ることにおいて、通い合う。ここからは世俗に住む人間の、恋の世界にとらわれ続ける様相が引き出されるだろうか。

こうして三つの番いからは、二首が並置されることで、互いに相手の歌を呼び込み、自らの歌に新たな意味を付加するような、あるいは二首でより広い世界を作り上げるような働きが認められそうである。歌合という形式が本来的に有していたはずの競い合う関係を超えて、二首が相互補完的に響き合うような働きをする関わりである。しかも、ここに言う新たな意味、広い世界とは、前項に見たような「編者の思惑」を窺わせる何かではない。詞書を切り落とし、部立を示さないことにより、解の可能性を広げた左右二歌が結び付くことから生じてくるのである。当然、読み方の数だけ解は存在する。ただし、解の如何にかかわらず、ここで確認したいのは、二首が自ずから相互に補完しあう関わりを有すると読まれることであり、結び合う要素が、読者に対し、併せ読む行為を誘発するように働いていることだ。しかも、二首に認められる相関とは、例示した番い固有のものではなく、基本的に全体を通じて指摘することが可能である。

試みに、伊勢歌と良経歌の関係を見る。

二十八番　左　　伊勢

55合ひに合ひて物思ふころの我が袖に宿る月さへぬるる顔なる

右　　後京極摂政太政大臣（藤原良経）

56古里の本あらの小萩咲きしより夜な夜な庭の月ぞうつろふ

二十九番　左

57三輪の山いかに待ちみむ年ふとも尋ぬる人もあらじと思へば

右

58たぐへ来る松の嵐やたゆむらむ尾上に帰るさをしかの声

三十番　左

59思ひ川絶えず流るる水の泡のうたかた人に逢はで消えめや

右

60漏らすなよ雲ゐる峰の初しぐれ木の葉は下に色変るとも

二十八番は、左歌が恋を詠むのに対し、右歌は秋の情景を歌う。二首が「月」の媒介によって読まれるなら、右歌は、恋に悩む左歌の主体が立つ周辺の景を描いた形となっていることに気付かされる。左歌の、物思いゆえに濡れる袖に月を宿す主体の情に、右歌の、「本あらの小萩」に映る月の景が描き込まれて、あたかも多色刷りの版画のように、重ね合わせの世界が成り立つことになる。

二十九番も、「山」を媒介に、左歌が三輪の山で待ち詫びる孤独な恋人を詠むのに対して、右歌が背景としての山の景の設定をするという相補的な関係になっている。両首がその関わりにおいて味わわれる時、読了後には、恋の相手のみならず、妻問いの鹿の声までが我が許から遠ざかってゆくという、言い知れぬ哀愁さえ漂うことになる。余韻は、番いが互に働きかけあうところに生まれてくるのである。

三十番では、左の恋歌に対して右も恋歌であるから、前二者とは異なるものの、右歌には紅葉する頃の時雨への呼びかけに季感がこもって、番いの在り方としては前と同一である。水の泡と散る木の葉の儚さ、極限状態における意志の強さで通じあうことによって、二首として味わわれれば、恋の多様な世界が広がることになる。

この三番では、伊勢歌があるいは激しく、あるいは諦めに沈み、あるいは居直るような恋歌であるに対し、良経歌はいずれも秋から冬にかけての景を詠み込んで、相補いつつ、奥行きのある融合世界を創造していると読まれる。やはり新たに紡ぎ出すことができる意味を読者が楽しめるような二首が選択され、結合されているのである。

もう一番のみ示せば、

六十二番　左　　源等朝臣

123 かげろふに見しばかりにや浜千鳥行方も知らぬ恋にまどはむ

右　　一宮紀伊

124 浦風に吹上の浜の浜千鳥波立ち来らし夜半に鳴くなり

この二首は第三句「浜千鳥」を共通軸に、恋歌である左の「浜千鳥」が、第四句を導き出す修辞に止まって実体的な意味を有さないのに対して、冬歌である右では、「浜千鳥」そのものが扱われ、波立つ海を知らしむる声が詠まれる。恋歌・冬歌それぞれが番えられることで、左歌には千鳥の哀切な鳴き声が響き、右歌には主体の惑う苦しみがこもるような効果がもたらされている。

かくして、歌仙歌合たる本作が結番で試みたのは、〈対比〉と〈相補〉の原理によって新たな意味を生ましめる、番えることならではの方法だったと言えよう。出典の詞書・部立の規制からの解放により、番いの原理を見出す自由が確保される。編者の腐心は、そこに新たな世界を生み出すための二首の撰定にあり、形式も理念も異なるものの、連歌の付合にも通うところのある、いわば第三の世界を創造する営みであった。先行の歌仙歌合形式を取る秀歌撰でも、部分的に番いの配慮を認めることはできる。(7) しかしながら、各番を通じて相関の原理が指摘されるところに主要な特色を認めてよいように思われる。歌合形式を取る秀歌撰において、本歌合が努めたのは、番えることによって切り開かれる新たな世界創出のための模索であった。

四　普遍と特異と

異なる二つの立場、すなわち成立の状況を考え合わせる立場と作品のみから読む立場から導かれるところは、このように大きく異なっている。前者が編者を後鳥羽院と定めた時に意味を帯びる特異さに由来するに対し、後者は番いの創造を目的としており、編者固有の思惑と関わるものではなかった。体験に由来する前者の特異性に対し、後者が創造行為としての普遍性に向かうものと見れば、それは対蹠的な関係でさえある。その関係はどのように捉えられるだろうか。

前者は、読者の側からの働きかけの強さによって読めば読めるというもので、読みようによって解は限りないことになっていた。そのうちで特に問題になるのは、対崇徳院意識に見られるような、後鳥羽院の配流体験に関わることがらであろう。想定される編者の思惑の中でも、『新古今集』との相関や、公的行事の所産たる歌による基調の形成などは、それが隠岐での営為であることに固有の意味を有してはいるものの、作品の創造に向かう後者の意欲と齟齬するものではない。しかし、配流体験を暗示する特異さに関わることがらは、後者と方向を大きく異にすると見えるからである。

ここに冒頭から四組目の番いを検討してみたい（四九四頁表1参照）。この位置には隠岐配流の体験を持つ小野篁が据えられ、これは末尾から四組目の編者自身の位置との照応による可能性がある。その暗示を補強するように、前後に位置する首尾三組の左方が、人麿・赤人・家持（一・二・三組目）の万葉歌人と、馬内侍・赤染衛門・和泉式部（四十八・四十九・五十組目）の王朝女流歌人の呼応が認められ、歌人の配置には特異さが窺われる。

十番　左　　　　　　　　小野　篁

19わたのはら八十島かけて漕ぎ出でぬと人には告げよ海人の釣舟

右　　　　　　　　　　　　　　　　　　　権中納言国信

20春日野の下もえわたる草の上につれなく見ゆる春のあは雪

十一番　左

21思ひきや鄙の別れに衰へて海人の縄たきいさりせむとは

右

22何事を待つともなしに明け暮れて今年も今日になりにけるかな

十二番　左

23数ならばかからましやは世の中にいと悲しきはしづのをだまき

右

24山路にてそぼちにけりな白露の暁起きの木々の滴に

十番左歌は篁の歌の中で、最もよく知られた隠岐配流の折に詠まれたもので、その知名度により、また詠歌内容によって「配流」の事実と切り離して享受することは困難な歌である。対して、右歌は春の歌であり、左歌と番えられる必然性は一読見出しがたい。しかしながら、右歌の「下もえ」や「つれなく」という語に、抑圧や怨恨を含み持つ恋慕の思いが読まれ、(8)左歌との関わりに目が注がれるならば、右歌第二句「下もえわたる」が、左歌の、「人には告げよ」と思いつつも実行がかなわぬ船上の人物の心中の、また同じく右歌第四句「つれなく見ゆる」が、左歌の、おしなべて悲痛な思いを聞き入れてはくれない大方の反応の、それぞれ暗示と読むことが可能になる。

十一番左歌も十番左歌（19歌）同様に隠岐配流の折のものとして、よく知られた歌である。十一番では、二首ともに時間の経過による不遇意識を表明して共通することが、相互に関わらせる読みを誘うであろう。しかも、右歌が歳暮の心を詠む心情吐露の歌であることにより、関連は前番以上に緊密である。その近さから、右歌の時間は配流以後に流れたもののようにも解され、番いによって、生活の長さに比例して苦悩の累積する様がほのめかされるような効果が生じている。

十二番は、出典に照らせば、左歌が『篁物語』に載る、恋が相手の親に知られ諫められた折の歌、右歌が修行の辛苦を詠んだ歌である。番いの狙いは恋と仏道の取り合わせにある、と見えて、左歌を前二番左の19・21歌に続く流れの上で読むなら、現況への嘆きはやはり配流の事実と関わるように解されやすい。「勅命に従わなかったかどで、隠岐へ流罪に処せられたことがある。そのころの歌でもあろうか」という注釈(9)は、出典を確認出来なかったことによる誤解だが、本作の位置では、そう読むほうがむしろ自然である。それが右と通えば、24歌に出家姿で配所に流された者の生活が暗示されるという解釈が成立する。このように、三つの番いはいずれも背後に遠島配流の体験が寓されていると読むことができるのである。そう読んだ読者には、十二番右歌(24歌)の「暁起き」の「起き」に「隠岐」の掛詞が透視されてくる。

本作が秀歌撰であり、和歌の選択提示が編者の秀歌観表明を第一義とするという前提に立ち、当然ながら右歌が勅撰集収載の四季歌・恋歌で、隠岐に関わる共通性を示さないことからすれば、配流体験を読むのは読み手の思い込みに過ぎず、寓意を持ち込めば、暗示にことよせていかなる説明も可能だから、恣意の誇りを免れえないことになる。ところが、先で検討したような、番いにおける二歌組み合わせの腐心を作品の基本性格と読み、それをこの三番にも読む時に、右のような読みが容易に浮上してくるのも事実であろう。ここに、番いに工夫を凝らす後者の在り方が、前者の特異な読みを支えているという関係が見えてくる。右の国信歌に左の篁歌と通わせて読めば読めるような要素が揃っていることを前提として、見たような、読者がおのずと番いを組み合わせてとらえてしまう仕組みになっていたことが、固有の読みを導くのである。しかも先の崇徳院への意識と同様に、位置に込められた配慮を読めば、この三番が表す配所での苦悩は、後鳥羽院の現在と呼応すると読まれてくる。これら番いの原理と位置の含意は、作品のみから読まれ得るわけだから、その特異さに関わる思惑は、読者のこじつけの読みを前提としてはいない。施さるべき多様な解は、それが恣意に陥らぬ保証を得ているものだったのである。

しかも同時に重視すべきは、秀歌撰としての普遍を志向する後者の基本性格の一貫性こそが、文字どおり前者を読めば読めるものとする働きを持つことである。創造に向かおうとする姿勢が作品を貫くことによって初めて、個的な思いは寓意乃至は暗示に込められることになる。そもそも寓意や暗示の指摘は明証されにくい宿命を負い、必然性の少なさこそ効果の大きさを引き出す逆説的な関係によって論証は難しい。それを認めてなお、ここに導かれた二つの在り方は、読めば読めることへのこだわりを浮かび上がらせていると見てよいように思われる。

五　作品が表そうとしたもの

以上二つの立場から検討してきたことがらは、そもそもこの秀歌撰が何のために編まれたかという課題を考えるための手がかりを与えてくれるだろう。読者の読みに委ねる多様な解を本来的に作品が許容している、という性格をその限りで解すれば、編纂目的についても文字通りに自由な読みが施されることになる。しかしながら、普遍への志向が特異と大きく背馳すると見えて、右のように固有に関わる、その関わりの中に、本作の個性が最もよく示されている。後鳥羽院の隠岐に流されて以降の文学は、多かれ少なかれこの二つの緊張関係の中に試みられており、『時代不同歌合』も、隠岐での作たることを外しては捉えられないのである。では、本作におけるそれらの関わりは何を語るだろうか。

院が隠岐で催した歌合に『遠島御歌合』がある。これは隠岐配流後十六年目の嘉禎二年（一二三六）に、家隆以下親しい都人に歌を送り届けさせ、それに自らの詠を加えて作成した机上の歌合であった（第二章参照）。やはり机上の作品である『時代不同歌合』には、秀歌撰と歌合との違いを超えて、その『遠島御歌合』と共通する性格を認めることができる。それは、ともに喪失した歌合の〈場〉を、仮構の中に形式として再現させていることである。それら、〈場〉を再現する試みは、『遠島御歌合』が実際に都人の歌を集めて、空間の隔たりを超えようとするところになされたものであったとすれば、『時代不同歌合』は古来の歌を集めて、時間の隔たりを超えようとするところになされているものであった、と言えるであろう。本作が、〈場〉の所産たる宮廷和歌としての秀歌にこだわっていたのは、この意味で当然だったのである。院最晩年の催し『遠島御歌合』において、〈場〉とは、おそらく還京の不可能なことから、もはや再現の絶望的なものと認識されていたであろう。『時代不同歌合』においても絶望の認識は同様であったはずだが、公任と具平親王以降の歌仙歌合形式の秀歌撰の系譜に即しつつも、敢えて時代を超えた歌人たち百人を糾合させたという事実は、〈場〉再現の不可能なることが、還京の可否などの院個人に関わることを超えたレベルでの、人麿以降連綿と続いた宮廷和歌の断絶、あるいは王朝文化の伝統の終焉を意味すると意識されていたことを窺わせる。既述の通り、天皇を勅撰下命者に絞って選び出したのは、それぞれが宮廷和歌隆盛時をもたらした範型だからであった。自らが領導した時代も、それらに匹敵するものと認識していたに違いない院にとって、〈場〉の復興が絶望となることは、そのまま時代の終末の認識をもたらし、当代における理想の終焉は、必然的に当代への重視がもたらされることになる。まして後鳥羽院在京の日々には、定家・家隆を初めとする優れた歌人たちの力量によって、院自身が求める復古を目指すことができた体験があった。これらを踏まえるなら、歴代歌人の集成は宮廷和歌の長い歴史を再確識するためのものとしてあること、その中に当代歌人が大きく位置を占めることの意味が明らかとなってくる。見たように、左方の三代集所収歌人がほぼ時代順であるのと対照的に、当代歌人を含む右方には基準は一切設けられなかった。これは、右方の中に当代歌人を散在させ、各所で三代集歌人と番えることで、当代歌人の歴代歌人に伍し得る秀抜性を提示しようとしたのに違いない。左に対する右の「〈古典〉との対応においてしか自己の歴史的意味づけを確保しえないが如[10]」き体の結番は、かくして左方の概ねの時代順に対して、右方が全くの無原則であることが、根本的原理であったのである。

言うまでもなく、歌人選出と和歌結番の作業一切は編者の掌中にある。右方に属する歌人配列に全く規制を設けないことを編者の裁量発揮の前提として、自らの思い通りに選び出した秀歌人たちを並べていく行為は、再現が望み得ない、言わば幻想の〈場〉を主宰する者の位置に立つことを意味している。仮構を試みる院の強い熱意の主因はそこにあったに違いなく、裏返せば、その営みに自らを駆り立てることが、いかなる形でも〈場〉はあり得ない現実を支える、唯一の方途であっただろう。ここに普遍と特異の結節点があった。そもそも構成的配慮など施し得ぬ性格の作に二分割と読み得る仕掛けを施し、あるいは〈崇徳院〉に、あるいは〈新古今集〉に、さらには〈隠岐〉に思いが馳せられるべき工夫を凝らすのは、それぞれに訴えようとする思いがあったからであり、その源はこうした自らへの恃みに発していたのである。

しかも、目指す普遍に対して、寓意乃至は暗示の形を取る、そのような特異さへの配慮は、編者が常に持ち続けたものであった。それを垣間見させるような現象が以下のように作品の改変の中に窺われる。

樋口論のいわゆる初撰本（A～D）と再撰本（E・F）の間の改変は、それ以外のものとは大きく異なり、差異には組み合わせの異同を含んでいる。具体的には、次の通りである。

初撰本

3中納言家持　――藤原清輔朝臣

4小野篁　――中納言国信

8在原業平朝臣――西行法師
10伊　勢　　――後京極摂政太政大臣
再撰本
3中納言家持　――中納言国信
4小野篁　　　――西行法師
8在原業平朝臣――後京極摂政太政大臣
10伊　勢　　――藤原清輔朝臣

始めの部分に集中しているこの四組の組み合わせの改変は、下段に示す右方歌人の四人を順送りの形で連動させて入れ替えており、その組み替えに四組目の「小野篁―源国信」の番いが含まれている。篁歌と番え直された西行歌との間には、先に国信歌に読んだような寓意性を指摘することは困難であり、そこから組み替えの動機の一つとして、篁歌と国信歌の特異性を解消しようとする配慮のあったことが想定されてくる。再撰本への改訂理由は、編者の歌を含む十余首に及ぶ歌の差し替えとも絡んで単一ではないものの、小さくない動機の一つに、配流の体験と関わる特異性を解消しようとする思惑を指摘してよいように思われる。『遠島百首』にも改訂要因の大きな一つとして、これと類似する、同時代の読者に向かう意識と、より広く後代をも含めた読者へ向かう意識との差を挙げることができた（第一章第二・三節参照）。本作はその普遍と特異の緊張関係を保持し続ける中に成立していたと見ることができるのである（補注）。

六　おわりに

秀歌撰『時代不同歌合』は、読者の読みに応じる多様な解を予め許すことを目的として成立した作品であった。それを踏まえれば、『時代不同歌合』論は大いに活発化させることができるはずである。とりわけ全体の番いを通じて見出せる、連歌の付け合いにも比すべき新たな意味を求めるための腐心は大いに注目されてよい。歌合形式を取ることによくかなった営為に見えて、競い合うことを超えたところに番いが単位として意味を持ち、それが集合した全体にも枠組みとしての構成が読まれるとすると、本作は、既存の形式に収まらぬ形態の作品を志向していることになる。制約にとらわれない、いかにも後鳥羽院らしい模索に違いなく、番いの腐心がさらに問い続けられた上で、秀歌撰史上に占める位置が問い直されなければならないだろう。

ここに確認しておきたいのは、そのような『時代不同歌合』の編集の必然性が、後鳥羽院の隠岐での作と読む時に最もよく理解されるということだ。既に見た『遠島御歌合』のほか、同じ秀歌撰として『定家家隆両卿撰歌合』（第四章参照）のような作を包み込み、また、自身の詠歌総決算であった「詠五百首和歌」（第三章参照）と共通の在り方をするなど、隠岐での他の作品と関わるところは多く見出される。

『時代不同歌合』とは、宮廷和歌が生み出されていた〈場〉の喪失、時代の終焉という認識を成立の基底に据え、一方で読者にいわば挑発的に読みの可能性を求めているということにおいて、回想の過去を経由して、古き時代に向かう思いを強く持しながら、同時代、さらには将来の読者に対しても開かれている作品だったのである。

【注】

（1）「後鳥羽院―伝統を愛しむ」（『国文学解釈と鑑賞』一九九二年三月）
（2）本稿は基本的に樋口氏の分類による初撰本の本文によって考える。
（3）『平安・鎌倉時代秀歌撰の研究』（一九八三年二月、ひたく書房）。以下樋口氏の論はすべてこれによる。
（4）知られるように秀歌撰の歴史において公任と具平親王の関係は重く、彼等の人麿・貫之優劣論が公任の『三十人撰』を生み出したと伝えられる。
（5）『新古今和歌集全評釈』一〇四番歌注。
（6）注（3）に同じ。
（7）岩波文庫『王朝秀歌選』所収の作品に部分的な指摘がある。
（8）この歌は新古今歌として既に「もえわたる」に女心が、「つれなく」に男心が含意として読まれている（『新古今和歌集全評釈』一〇番歌注）。
（9）『完本新古今和歌集評釈』一四二四番歌注。
（10）注（3）に同じ。

〔補注〕

この差し替えにつき、拙稿「歌人の絵姿―歌仙絵の成立と展開―」（『アメリカに渡った物語絵　絵巻・屛風・絵本』二〇一三年三月、ぺりかん社）において、「時代不同歌合絵巻」における特異な小野篁像及び西行像との関わりから、絵との関連も考えられることを論じた。

第六章　隠岐本新古今和歌集

第一節　隠岐本とは何か

一　はじめに

隠岐本『新古今和歌集』の研究は明治時代から始まり[1]、昭和初年の『隠岐本新古今和歌集』の刊行[2]以降に本格化する。風巻景次郎[3]・小島吉雄[4]両氏の論を代表として種々の角度からの考察が続けられてきた中で、研究史を総括されつつ、本文に関する最も精力的な研究を重ねてこられたのが後藤重郎氏である。『新古今和歌集の基礎的研究[5]』では、問題点を、

1　傳本に關するもの
2　隠岐本のもととなつた本（隠岐において後鳥羽院の御手許にあつた新古今集は、都において成立したどの形態の本文であつたか）に關するもの
3　隠岐本の原形態はどのやうなものであつたかに關するもの
4　都において成立した本文と、隠岐本と何れを新古今集の決定本文と見るかの問題に關するもの

にまとめられ、『隠岐本新古今和歌集と研究』[6]では、唯一隠岐で撰び残された形を取る近世期写本（宮内庁書陵部蔵一五四・一二二本）を精確に翻刻され、推定される削除歌を存疑歌を含めて帰納的に明示された。

冷泉家時雨亭文庫蔵本新出の報道[7]ののち、赤瀬信吾氏によって、その出現の意義が説かれ[8]、純粋に撰抄歌のみからなる本文の特徴が詳しく検討され[9]、影印本が後藤重郎氏の詳細な「解題」を付して刊行されて[10]、ここに隠岐本の本文研究は新たな段階を迎えることになる。その本文は転写本の書陵部蔵一五四・一二二本同様上冊のみで、奥書を含むその全体像は明らかではないものの、赤瀬氏・後藤氏の詳論と影印本の公刊を受けて、研究はその本文によって、削除理由の推測を中心に深められることになった。

例えば、藤原定家の「見渡せば花も紅葉もなかりけり浦の苫屋の秋の夕暮」（秋上・三六三）の歌の削除につき、家郷隆文氏は「隠岐序」の叙述から、勅撰の基準を「風情」と「よみ人」の二つの軸の設定に認め、入集は最終的に「風情」の「ふるき」「あたらしき」の弁別によるとする観点から、その配列に削除の理由を求められた。即ち定家歌が「ふる雪は消えでもしばしとまらなん花も紅葉も枝になきころ」（後撰集・冬・四九三）の本歌取りであることに、「配列構成上、主題は「秋」であるはずという期待」を持つ解釈者は、「その異和感を深くしながら、「冬」の「雪」景色を想い起す」。それが、「龕灯返しのごとく「秋の夕暮」へと急展開して集結する」構造が、「異和感のひきおこす新しさの効果をねらったものとするには」、「配列上の主題の不整合が大きすぎ」るため削除された、という読みを示された[11]。

一方、寺前友美氏は、定家詠に描かれた世界に「上皇の哀しみそのもの」を読み、塚本邦雄氏が言われる「定家の新古今集におけるレゾン・デートルを抹殺するための配慮[12]」による「定家への罰」をも想定しながら、「歌の良し悪しだけでは根本的な削除理由にはなりきらず、正に、隠岐で崩御されるまでの十九年間の後鳥羽上皇の心に深く突き刺さった、優雅で感傷的な歌こそが削除された」と推定された。[13]

冷泉家本により示された両者の読みは対照的で、集としての完成度を測定する方向と改訂者後鳥羽院自身の思惑を踏まえる方向の、それぞれに立論されている。この定家詠については、早く有吉保氏が「秋の夕暮」歌群の中で検討を加えられ、そこでは削除されず残された歌が院の心に染みるものであったことが推測されており、[14]さらに早く小島吉雄氏は、撰者名注記のないことを踏まえながら、解釈の揺れがあること自体を削除の要因に数えられていた。[15]

もとより、一つの営みには様々な解釈が可能であり、配列や歌の優劣に止まらず、隠岐に流された立場を踏まえ、部分から全体が解き明かされていくことは望ましいことに違いない。そこで留意さるべきは、作品と編者との関わり方であり、とりわけ編者の側面から考える場合、その削除理由を探る客観的な検証を欠かすことはできないであろう。なぜなら集として完璧を目指す前者の普遍的な作意と異なって、後者の特異な体験に重ねる必然性は、所与のものとしてあるわけではなく、マイナスの心情やそれを導く景物・事象は、和歌には概して指摘されやすい属性を有しているからだ。削除歌個々の、部分としての検討が、隠岐本とは何かの全体への問いと連動しなければ、論は説得力を有さない。これは、赤瀬氏が「隠岐本において、どのような歌が除棄されたのか、またその結果、隠岐本における歌の配列さらには部立についての意識が、どのように変化しているのかといった問題を考察することは可能である。けれども、隠岐本から晩年の和歌観をさぐるなどといった試みは、本文を丹念に検討することなしには困難と考えられ、自戒の意味をこめて、いたずらな浮説の発芽をいまは惴れる」[16]と指摘されたこととも深く関わって、隠岐本を考える際に特に留意すべきことがらである。

配流という切実な体験を、そのまま「和歌観」に反映させて理解する傾向は、院の遠島の諸作を読み解く際に強く認められる。隠岐本精選における、配列や歌そのものへ向かう眼差しは、配流の身にある特異な体験といかに関わってくるのか。検討の細密化が進めば進むほど、その選抄目的の内実を見極めることを忘れてはならないであろう。それは、右の後藤氏のまとめによる5の、〈文藝性に關するもの〉とともに、4の、〈都において成立した本文と、隠岐本と何れを新古今集の決定本文と見るか〉という、作品の根幹に深く関わってくる問題である。

二　純粋本の成立

冷泉家時雨亭文庫蔵本が紹介されたのち、その成立を最も詳しく論じられたのは上野武氏[17]である。氏は「冷泉家時雨亭叢書編集担当者」という、当該本の書誌を詳しく知りうる立場から、その希少価値を重要な根拠として、後藤氏の解題、田中裕氏の論[18]を踏まえつつ、純粋に撰抄歌のみからなる本文（純粋本）は、隠岐においてでも藤原家隆によってでもなく、後嵯峨院時代の産物であることを説かれた。この論は「大きくて立派な」該本がいかにも禁裏で調製された本にふさわしく、また他に一本の転写本しか伝来しないこと、後鳥羽院の許で成立した隠岐本の形が、田中氏論の「異常な工夫」を施された符号によって表わされたものであること、後鳥羽院が直接改撰した集を禁裏へ送ることは考えにくい当時の政治状況であったこと、そして院没後の怨霊跋扈が憂えられたこと等から、後嵯峨院の後鳥羽院追悼としての選抄歌清書の行為を推測されたのである。

そこに引かれた田中氏論の「異常な工夫」とは、隠岐序末尾部分[19]の、

むかしより集を抄することは、そのあとなきにしもあらざれば、すべからくこれを抄しいだすべしといへども、摂政太政大臣に勅して仮名の序をたてまつらしめたりき、すなはちこの集の詮とす、しかるをこれを抄せしめば、もとの序をかよはしもちゐるべきにあらず、これによりてすべての哥ないし愚詠のかずばかりをあらためなをす、しかのみならず、まき〳〵の哥のなか、かさねて千哥むもゝちをえらびてはたまきとす、たちまちにもとの集をすつべきにはあらねども、さらにあらためみがけるはすぐれたるべし、あまのうきはしのむかしをきゝわたり、やえがきのくものいろにそまんともがら、これをふかきまどにひらきつたへて、はるかなるよに

のこせとなり

という文章のうち、「何か舌足らず」な表現の「まき〳〵の哥のなか」の部分を、「巻々の歌の現状を改めず、その中で」という意と解し、隠岐本が「原集を捨てることなく、その上に改撰結果を表示してあたかも新旧両様を対照するかのやうな」「形態」を取ったものと認定されたことを指す。

当該本の書誌から問い直され、歴史的状況を踏まえた啓発されるところの多いこの上野氏論において、問題となるのは田中氏の論との関わりであろう。後藤氏も言われる通り、田中氏論は、隠岐本といえば、一本の例外を除き、すべてが符号本であることを前提にしており、〈工夫〉は、和歌所が既に無く、廃帝の身における改訂が〈私撰集〉となることを避けるため、新旧両形を示すことで勅撰性を保持し続ける、とされるものであった。しかし、当該本が後人によって成立したとすると、その後人は、隠岐序から撰抄歌抜粋という行為を実践すべきものとして読み、それを敢行したことになる。その時、隠岐序末尾の「これ」が指すのは「もとの集」を「さらにあらためみがける」実際の集にほかならず、改訂本を実体ではなく符号で示す形を最終形態と見る田中説とは明らかに抵触することになる。それゆえ上野氏論は後嵯峨院の営みを「秘本」と位置付けるわけだが、その純粋本作成が後鳥羽院の願望である証明はなされておらず、したがってそれが鎮魂と結びつく必然性は明らかではない。後嵯峨院の所為であるとするなら、純粋本とは共存しない田中氏論との関わりがさらに問い直されるべきであろう。上野氏論に対しては別に、後藤氏解題に指摘された、秋下の五一八・五一七番歌の良経と後鳥羽院の歌の配列が、冷泉家本とその転写本の書陵部本のみ他本と異なって逆順となっていることへの解決も課題として残っている。これが、後藤氏論のように削除と連動して配列の「なめらか」さを生じさせているとすれば、それを行うのは院以外に考えにくいことになる。さらに後藤氏の最新の研究では、後嵯峨院の怨霊鎮魂のための行為ならば、本文がもっと優れたものであってよいことが指摘されている(20)。

ここは次のように考えてよいのではないだろうか。改めて隠岐序の記述を辿れば、

いまこの新古今は、いにしへ元久のころをひ、和歌所のともがらにおほせて、ふるきいまの哥をあつめしめ、そのうへみづからえらびさだめてよりこのかた

と述べ始めるのは、田中氏論の通り、仮名序で「むかしいまときをわかたず、たかきいやしき人をきらはず、めにみえぬ神仏のことのはも、うばたまのゆめにつたえ《ママ》たることまで、ひろくもとめ、あまねくあつめしむ」と記す、院が撰者に命じた事実に基づくものであった。そのようにして撰ばれた集が、

家々のもてあそびものとして、みそぢあまりの春秋をすぎにければ、

と、流布の事実と長い年月の経過を認めつつ、

いまさらあらたむべきにはあらねども、しづかにこれをみるに、おもひ〳〵の風情、ふるきもあたらしきもわきがたく、しな〴〵のよみ人、たかきいやしきすてがたくして、あつめたるところの哥ふたちゞなり、かずのおほかるにつけては、哥ごとにいうなるにしもあらず、そのうちみづからが哥をいれたること三十首にあまれり、みちにふける思ふかしといへども、いかでか集のやつれをかへりみざるべき、おほよそたまのうてなかぜやはらかなりしむかしは、なをのべのくさしげきことわざにもまぎれき、いさごのかど月しづかなるいまは、かへりてもりのこずゑふかき色をわきまへつべし

という理由によって、撰び直すことにしたという。この叙述から導かれるのは、もとの集も新たな集（隠岐本）も、五人の撰者の撰歌であることと自分がそこから撰び定めることにおいて、ともに全く変わらないという事実である。特に元久二年以降、実質十年ほども、自ら改訂作業を続けたにも拘わらず、切継の事実にはほとんど言及せず、撰歌と編集の間に違いを認めて、行為者の別を明示した。それを仮名序と並記することで、撰ばれた歌そのものが和歌所の撰者による撰出であることが示される。その上、自らがその撰歌に一首も加えることなく改訂を続けること

において、我が身は都になく、流人の島に暮らす立場になっても、さらに「あらためみがける」ことに徹した、すなわち勅撰集たる集を文字通りに精選するための情熱を注いだことが、同時に示されるのである。その具体的な方途として、合点を付すのみの形式もあり得るし、家隆の関与もあり得る。この文脈で、「もとの集をすつべきにはあらねども」、「これを」、「のこせ」と言う場合、純粋本の成書化は、院自身もしくはその近しい人によってなされたと読むのが自然であろう。仮に後嵯峨院の行為だとすると、田中氏説とは離れ、純粋本作成の後鳥羽院の意図を後嵯峨院が隠岐序に読み、それを実現させたものということになる。ともあれ、序が言いたいのは「さらにあらためみがけるもの」としての『新古今集』の精選であり、良経執筆の仮名序の適用へのこだわりは、都で撰ばれた「もとの集」の改訂版であることの強調にあった。田中氏論の通り、現実に抄出結果は、和歌所という機関と治天の君たる身分をともに喪失した、流された廃帝の「私撰集」ということになる。しかし、新旧両様を対照させる形態がその性格の回避となるのではなくて、序の記述そのものが、一私撰集ではないと宣言している、と解すべきではなかろうか。実際のところ、「元久のころをひ」に成立し、それから三十余年が経ったと述べているのも、現行伝本の多くを占める第二類本（切継期に書写された諸本）にも、また第三類本（家長本）に触れることがほとんどなく、その過程は、改訂の時期も方法も、そもそも切継の事実さえ詳しく触れないのは、このたびの改修もその切継の一つと位置付けるための方途であったと読むのが自然である。

三　削除の基本姿勢

イ　自詠の削減

隠岐序が語る削除の方針は、まず自らの歌を減らすこと、そして「優」ならざる歌を減らすことであった。後鳥羽院自身の歌の削除については、小島吉雄氏が総合的・網羅的な基準を示され[21]、その後それぞれの立場から論ぜられてきた中、田中裕氏が院の歌六首を例に精密な検討を加えられた[22]。すなわち、隠岐序の狙いとの相関の上に、歌のよしあしとともに配列の適否の観点から解き明かされ、例えば、後鳥羽院の代表歌と見なされることの多い、2番歌、

ほのぼのと春こそ空に来にけらし天の香具山霞たなびく（春上）

については、歌そのものの善し悪しとともに、周囲の1・3・4番歌が「三幅対のやうな緊密な関係」をなす中での主題の配列における違和感を示された。一方、後藤重郎氏は先掲の最新の研究で、後鳥羽院の歌が「最勝四天王院障子和歌や大神宮関係の歌、熊野詣の歌」が多く削除されていることを指摘され、釈教歌末尾歌の一括除棄が、源信の歌、

五百弟子品の心を

1971 玉かけし衣の裏を返してぞ愚かなりける心をば知る（釈教）

に、院自身の心境を重ねるためのものであることを読み解かれた。

このように院自身の歌の削除には、作品に関わる動機とともに、削除者の個に由来する動機が最も考えられやすいことになる。それらは一方のみが正しいということはあり得ない。例えば奉納歌の減少につき、確かに新古今入集歌十首（日吉三十首三首、春日三十首・内宮三十首・外宮三十首各二首、賀茂上社三十首一首）のうち、隠岐本で残されたのは「日吉三十首」一首・「春日三十首」一首の計二首のみであり、田中氏も一方では言及される通り[23]、大神宮関係

の歌はほとんどが除かれており、削除が政教性を減じる方向にあることは認められる。ただし、最も新しい切入歌である「奥山のおどろが下も踏み分けて道ある代ぞと人に知らせん」（雑中・一六三五）は残されており、隠岐本において政教性が払拭されたわけではない。半減した院の歌を見れば、出典ごとに、歌数を最小限度に絞った結果ともなっており、その観点から削除は全体の縮約とも見られるからである。そのいずれも考え得ることからすると、問題は両者の関わり方如何に絞られてくることになる。

ロ　天皇歌

その課題には、種々の側面からの検討が必要となるが、天皇の歌全体の在り方も重要な検討項目となる。有吉保氏(24)、小林和彦氏(25)が既に解明され、榊原照枝氏(26)に指摘がある通り、『新古今集』には歴代の天皇がほぼ網羅され、配列への配慮も周到であった。隠岐本の天皇歌人を見ると、削除の状況は次の表の通りとなる。

天皇	集	削	計	天皇	集	削	計	天皇	集	削	計
仁徳	1	0	1	村上	10	5	5	白河	4	0	4
天智	1	1	0	冷泉	1	0	1	堀河	1	0	1
持統	1	0	1	円融	7	3	4	鳥羽	2	1	1
元明	1	0	1	花山	7	0	7	崇徳	7	0	7
聖武	1	0	1	一条	1	0	1	近衛	1	0	1
光孝	3	1	2	三条	2	0	2	後白河	4	3	1
宇多	2	1	1	後朱雀	3	1	2	高倉	4	3	1
醍醐	9	1	8	後冷泉	1	0	1	後鳥羽	33	18	15
朱雀	2	0	2	後三条	1	0	1				

（集は新古今集入集歌数、削は隠岐本削除歌数、計は隠岐本所収歌総数）

最も大きな課題であった院自身の歌数の過半数に及ぶ削減において、それに準じるごとくに、父高倉天皇を四首から三首減じて一首とし、祖父後白河天皇も同様に四首から一首へと減じて、近しい身内には厳しい態度を取っている。ちなみに兄宮惟明親王も同様で、新古今入集歌六首のうち隠岐本では五首を減じ一首のみを残した。これも自歌に準じるという意味で個人的な思惑に属するものながら、一方ではそれらの天皇（及び親王）の実力に応じたものとも言える。表から窺われる通り、然るべき力量を有した花山院・崇徳院等は削減対象とせず、逆にそうではない天皇には厳しい対応をしている。しかも、見逃し得ないのは、天智天皇の歌を、それが雑中巻軸歌という重要な位置にあるにも拘わらず削除していることだ。天智天皇詠はこれのみゆえ、たった一首ながら、天皇の一代を欠くこと、しかも、平安朝の皇統の祖に位置する天智天皇を削除することにおいて、ここには性格の変化を読まざるを得ない。何故、天智天皇の、

1689 朝倉や木の丸殿に我が居れば名乗りをしつつ行くは誰が子ぞ（雑中）

という歌が削除されなければならなかったのか。福留温子氏の分析によれば、『新古今集』雑中の巻には例外的な部分があり、そこにこの末尾部分も入るという。(27) とすれば、削除はその配列への思惑によっていた可能性がある。あるいはこの歌が神楽歌として歌われた伝承歌であったことと関わり、または天皇が都を遠く隔てた地で詠んだことに関わる思惑があったのかもしれない。(28) 理由を確定することは困難ながら、これは、可能な限り連続的に皇統の歌を収めるという方針が消滅したことを表わす事例には違いなく、神祇歌の後鳥羽院歌の大幅な削減と連動し、(29) また四季の歌における述懐的要素のあるものの削除(30)と関わって、天皇親政への思いが後退した結果を示すと言わざるを得ない。

しかしながら、逆に天智天皇詠を除いてはすべての天皇が少なくとも一首は顔を揃えていることは見逃し得ず、しかも、延喜・天暦としてそれぞれ九首・十首と重視される醍醐・村上両天皇が、隠岐本では「延喜御歌」は一首だけ減じられるのに対し、「天暦御歌」は半減していることは留意される。その延喜帝醍醐天皇の歌の配置は、春上1・夏1・冬1・恋一1・恋三2・恋四1・恋五1と、広く分散されており、その配し方を見渡すと、天皇歌の中では後鳥羽院歌の配置（春上1・春下1・秋上1・秋下1・冬2・哀傷2・羇旅1・恋一2・恋四2・雑中1・神祇1）と最も近く、天暦帝村上天皇が恋に集中し（恋四2・恋五2・雑下1）、花山院は雑を中心（秋下1・恋三1・恋五1・雑上3・雑下1）、白河院は夏を中心（夏3・神祇1）にまとまって配置されるのとは異なる扱いである。ここから、『新古今集』では最大限重視する方針であった天皇歌は、隠岐本では歌として評価できるものを残す方針に変じたこと、それに即し大方の天皇は残され、『古今集』を編ましめた醍醐天皇の在り方に象徴されるように、『古今集』を範としたことが窺われる仕組みとなっているのである。院自身の歌を含む天皇詠は、宮廷和歌としての在り方を損なうことなく、むしろ文字通り「優なる」歌への純化を試みたものとみてよいであろう。

ハ　贈答歌

それと同様の姿勢は、贈答歌の削減からも認められる。院自身の削除歌のうちには、

ひととせ、忍びて大内の花見にまかりて侍りしに、庭に散りて侍りし花を、硯の蓋に入れて、摂政のもとにつかはし侍りし　　太上天皇

135 今日だにも庭を盛りとうつる花消えずはありとも雪かとも見よ

返し　　摂政太政大臣

136 誘はれぬ人のためとや残りけむ明日より先の花の白雪（春下）

という良経との贈答歌が含まれていた。周知の通り、当該贈答歌の返歌は、『後鳥羽院御口伝』に引かれており、そこでは定家の「歌存知のおもむき」につき「事により、折によるといふ事なし」と批判する文脈の中に置かれていた。定家の、

近衛司にて年久しくなりて後、上のをのこども、大内の花見にまかれりけるによめる

1455 春を経てみゆきになるる花の陰ふり行く身をもあはれとや思ふ（雑上）

という、大内の花見の歌が「述懐の心もやさしく」「事がらも希代の勝事」と絶賛され、自讃歌ではないとする定家の主張に関わりなく『新古今集』に収められるのに対して、その院と良経の贈答歌が除かれたのは、場にふさわしいものでありながら、『後鳥羽院御口伝』によれば、「あながちに歌いみじきにてはなかりしか」という評価によるものと考えられる。ちなみに贈答歌の部立ごとの削減の状況は、次の通りである。

	集	削除	計
四季	7組	3組	4組（春夏秋冬各1組）
哀傷	11組	4組	7組
離別	3組	0組	3組
羇旅	1組	0組	1組
恋	22組	4組	18組

雑　27組　11組　16組
釈教　2組　2組　0組

もとより個々に理由は異なるものの、このデータは、概して離別や羇旅・恋などの心のこまやかに通い合わされる贈答は削減される度合いが低く、逆に四季や雑などにおける、折に付けて交わされる、挨拶性・儀礼性の強いものは削除される度合いが高いことを示している（釈教は末尾の一括削除に含まれる）。ここに、歌として優れていなければ、たとえ君臣のあるべき関係を浮き彫りにする贈答歌であっても除くという明らかな姿勢を見て取ることができるであろう。人と人との関わりにおける営みとして詠まれる歌は、宮廷和歌の特性をよく表すものである。隠岐本は決して宮廷和歌を否定しようとするのではなく、また、隠岐における院の実感表出に傾いたわけでもなく、歌としてあるべき姿を保っているものへの、文字通り精選であったのである。

四　隠岐本の意味

隠岐本は切継の延長に位置付けられ、後鳥羽院自身の意識としては、『新古今集』完成版と考えていたと見るべきである。従って、そこに現実のおのずからなる歌観の変容が反映されたことは当然であるとして、遠島の産物であることを明らかな前提とする改撰の意図は導き得ないことになる。その改撰なら、後鳥羽院の配流の形見であることが表に立つこととなり、ほかならぬ私撰集としての性格を明らかに備えることになるからだ。その可能性が読まれるため、序で都で編んだ勅撰集の改訂版であることを主張していると思しく、逆に隠岐本を『新古今集』の異本とは考えない立場が存するのは、隠岐に暮らす現実を動機とする勅撰集の改変はあり得ないと見るからであろう。田中・家郷両氏論の通り、何より集としての完成度を高めようとした精選本として、隠岐本は『新古今集』最終形態であった。

そして、重要なのはその性格ゆえに、私的な思いを込めることが可能となったと考えられることである。例えば、後藤氏最新の研究(31)では、『新古今集』に一首のみ入集して削除された歌人が集計され、徳大寺公継の『新古今集』入集歌五首がすべて削除される事例が示される。歌の善し悪しや配列を旨とする選別においても、歌の詠み手への思いは伴い易いはずで、そうした歌人として最も強く意識されたのが、『後鳥羽院御口伝』中最も多く言及される定家であろう。

既述の通り、定家の「見渡せば」歌の削除には種々の理由が想定される。実は定家自身も『百番自歌合』や『定家八代抄』に当該歌を収めず、その意味では院と定家の共通の評価を示すものでさえあった。三夕の歌として『新古今集』秋の代表歌とされるのは後代（江戸時代）であり、新古今歌人たちが受容する『新古今集』においては「レゾン・デートル」とは遇されていなかった。これを『後撰集』との関わりから読む家郷氏説と、解釈の揺れによる差異を読む小島氏説のいずれが院の狙いに即するかまでは絞れないものの、削除の要因は歌の側にあり、遠島の体験との重なりは必然性に乏しい。後藤氏の『隠岐本新古今集とその研究』で示される定家の削除推定歌はこの「見渡せば」の歌を含む六首であり、いずれもが『定家八代抄』不採用の歌であった。併称される家隆の削除歌は三首であり、二人は隠岐本所載歌四十首として並ぶのである。隠岐で『定家家隆両卿撰歌合』を編む後鳥羽院としては、隠岐本に両者の入集数を揃えるのは自然である。

その定家の削除歌には、

1759 君が代に逢はずは何を玉の緒の長くとまでは惜しまれじ身を（雑下）

という、隠岐配流後一切交流のない院の身から、そらぞらしい阿諛・追従と受け止められる可能性のある歌も含まれる。

細かく見れば、編者の個としての思惑は、多岐に亘り種々の歌に指摘され得る。そして、そこに関わるのが、隠岐序の「いさごのかど、月しづかなるいま」の部分の理解となる。当該箇所が、前掲の通り、時間も空間も、直前の「たまのうてな、かぜやはらかなりしむかし」と対になることから、流謫地を指すことは明らかである。「いさごのかど」即ち沙門（出家）の身になるのが隠岐配流時であった経緯から、「沙門島」としてのイメージがあるか否か[32]はともかく、隠岐に暮らす身を意識した言い方には違いない。その遠島での仏道精進を思えば、既述の後藤氏説の通り、釈教歌の最後が源信の歌となることに、院の「現在の境遇」や「治天の君として愚かであった心」が重なるという読みが施されるのも自然ではあり、歌と信仰との間に揺れる隠岐晩年の心境を釈教歌に重ね読むことは不可能ではない。ただし、本稿の解析からは、それも私撰集ならぬ勅撰集を志向する前提があって込められる感懐に過ぎず、別に仏の教えとして真の悔い返しが重要との教えでまとめたいとする理解も可能であり、院の個における悔いの表出を精選の狙いと認めるのは難しい。

もちろん、親撰であることが、都であれ隠岐であれ変わることなく、撰集のすべては「撰者」（編者）である院の思考・感性の反映と見る立場もある。『遠島百首』が私的な感慨を歌い、「詠五百首和歌」も規模こそ大きいものの、個の思いの反映として百首歌に準じる性格を有するのに対し、隠岐本を帝王としての営みと捉え、隠岐序が「いさごのかど、月しづかなる」と敢えて月を出すのは、罪無くして配所にいる我の屈せぬ思いの現れと読むことも可能である。ここに前提として考えるべきは、勅撰集に、仮に下命者であれ、その個的体験の反映と読むことの妥当性であろう。親撰である以上、デスポット後鳥羽がすべて自らの行為と重ね、まして廃帝の現在から、和歌所がない状況なるがゆえに勅撰と私撰の別を想定していないと見ることも論理としては成立する。しかし、隠岐序こそは、見てきた通り、〈私〉に堕さぬ思惑のゆえに、仮名序を抄出本に適用しようとしたものであった。田渕句美子氏も指摘された通り、[33]『遠島御歌合』のような私的な営みとは異なり、隠岐本は勅撰集に通有の普遍性を備えている。なるが故に基本属性は『遠島百首』などとは対照的な営みと見るべきで、在島の私懐を述べる歌と同一視はできないのである。院と良経との間になされたうるわしい贈答歌が削除されたのは、場に優れた働きをするものであったとしても、歌として優れていなかったからである。逆に例えば更衣尾張の死をめぐる院と慈円の哀傷歌の贈答（八〇一・八〇二番歌）は削られることがない。これは歌として優れ、しかも場において心に染みる働きをしたからであり、それらは隠岐の現実に関わるから残されたのではない。四十首残る定家の歌は定家らしさの極みのものであって、「優」なる歌としての集積以外のものではないのである。隠岐本『新古今集』がさまざまな感情を包摂し得たのは、偏ることのない勅撰集らしさを前提に据えるからであった。おのずからなる反映はともあれ、宮廷和歌らしさを損なわない、むしろ純化する方向に向かわせることこそが、隠岐本『新古今和歌集』の目的であり、それがそのまま後鳥羽院の特異な配流の生活を支える力となっていたと考えておきたい。

五　おわりに

冷泉家時雨亭文庫本によれば、定家の、

968忘れなむ待つとな告げそなかなかに因幡の山の峰の秋風（羇旅）

も削除歌となっている。ただしこれは後藤氏『隠岐本新古今和歌集と研究』の段階では誤りとされていたものであった。諸本の符号を参照すれば、存疑の歌と扱われてよく（最新の後藤氏の集計[34]では「?・」の印が付されていないものの、同様の八二五番歌（新少将）と同様に扱いうる歌と認められる）、削除歌かどうか、なお検討を要する歌である。しかも、当該歌は「待たぬ」思いを打ち出していることに、私的な思いを重ねて読まれやすいであろう。『百人一首』の定家自撰歌「こぬ人をまつほの浦の夕なぎに焼くやもしほの身もこがれつつ」に後鳥羽院を重ねるというレベルでの読みは、さまざまな立場の論から提出されてきた。これがその待つ歌らしさを備えていることを含め、その削除については、院自身と後人の可能性を含めて、なお検討が続けられなければならない。かく、冷泉家本によって解明が進む一方で、逆に謎が深まった部分も少なくない。

『後鳥羽院御口伝』の成立に関しても、かつては通説として隠岐が考えられていたのに対し、田中裕氏論[35]により、大きく建暦二年説に傾きつつある中、このところ相次いで隠岐での成立が唱えられ始めている。[36]その問題との関連を含め、隠岐における後鳥羽院の和歌の営みはさらに深く考え直さなければならないであろう。

【注】

（1）鴻巣盛広『新古今和歌集遠鏡』（一九一〇年二月、博文館）

（2）三矢重松・折口信夫・武田祐吉同校『隠岐本新古今和歌集』（一九二七年九月、岡書院）

（3）「『新古今集』編纂にはたらいた意識」（『新古今時代』一九三六年七月、人文書院、初出は一九三二年『水甕』、『風巻景次郎全集』六（一九七〇年十月、桜楓社）所収）

（4）『新古今和歌集の研究』（一九四四年五月、星野書店）、『同 続編』（一九四六年十二月、新日本図書株式会社）。増補版は一九九三年十月、和泉書院刊。

（5）『新古今和歌集の基礎的研究』（一九六八年三月、塙書房）

（6）『隠岐本新古今和歌集と研究』（一九七二年十二月、未刊国文資料刊行会）

（7）兼築信行氏によっていち早く右の書陵部本との関わりが指摘され（「冷泉家蔵隠岐本新古今和歌集について」『和歌文学研究彙報』一九九五年七月）、藤本孝一氏によって報道の在り方の問題が指摘される（「『隠岐本新古今和歌集』

上冊発見の報道」『同彙報』一九九五年十二月）。
（8）「隠岐本『新古今和歌集』出現の意義」（『しくれてい』五三、一九九五年七月）
（9）「隠岐本『新古今和歌集』本文瞥見」（季刊『文学』六―四、一九九五年十月）
（10）冷泉家時雨亭叢書『隠岐本 新古今和歌集』（一九九七年四月、朝日新聞社）
（11）「隠岐本新古今集の切出歌」（『日本仏教文化論叢 下』一九九八年六月）
（12）『新古今集新論』（岩波セミナーブックス57、一九九五年十一月、岩波書店）
（13）「隠岐本新古今和歌集削除歌考―撰者名注記から選歌意識を考える―」（『かほよとり』七、一九九九年十二月）。
この論は撰者名注記に注目したもので、五人の撰者が撰んだ歌のうち、鴨長明の「ながむればちゞにものおもふ月にまたわが身ひとつのみねのまつかぜ」（秋上・三九七）を削除歌と見、その対比で、撰者名注記のないものの削除例とされ、論拠としてともに後鳥羽院の『遠島百首』の歌との類似の表現が挙げられている。これはのち『武庫川国文』五七（二〇〇一年三月）に同趣旨で発表された。なお、鴨長明の歌は『かほよとり』一一（二〇〇三年十一月）掲載論にも引かれるが、冷泉家本所載歌であり（注（10）の本文二三三ページ）、削除歌とは認められない。
（14）『新古今和歌集の研究 基盤と構成』（一九六八年四月、三省堂）第二編第一章第二節「秋の夕暮―三夕の歌―」。
（15）注（4）に同じ。「藤原定家の「見渡せば花も紅葉も」の歌について」。
（16）「隠岐本『新古今和歌集』の意味するもの」（『国文学解釈と教材の研究』一九九七年十一月）
（17）「隠岐本と後鳥羽院怨霊の鎮魂―冷泉家時雨亭文庫蔵本『隠岐本 新古今和歌集』の成立について―」（『国語国文』一九九九年九月）
（18）「隠岐本「跋」の問題」（『後鳥羽院と定家研究』一九九五年一月、和泉書院）
（19）仮名序に続く序文は、「跋」「抄序」なども称されるが、ここでは「隠岐序」とする。なお清濁・読点は私意。
（20）『新古今和歌集研究』（二〇〇四年二月、風間書房）第二章第一節。
（21）注（4）に同じ。
（22）「隠岐本削除歌考（一）太上天皇歌について」（『後鳥羽院と定家研究』一九九五年一月、和泉書院）

（23）注（22）に同じ。
（24）注（14）に同じ。第二編第二章第三節。
（25）「新古今集の編纂意識における政治的なもの――天皇歌人群と権門歌人群について――」（『語学文学（北海道教育大学）』一二、一九七四年三月）
（26）「『新古今和歌集』の天皇歌――巻頭・巻軸歌を中心に後鳥羽院の撰集意図との関わりにおいて――」（『語文（日本大学）』一一〇、二〇〇一年十二月）
（27）「「新古今和歌集」雑中の巻の異質歌――君臣の主題の存在――」（『学習院大学国語国文学会誌』三三、一九九〇年三月）
（28）筑前国朝倉宮で詠まれたとされる。この歌は『新古今和歌集全評釈』で注される通り、崇徳院とその臣下が讃岐の配所でこの歌を本歌に歌を詠み交わしている（『保元物語』ほか）。そのことも削除につながったか。
（29）後鳥羽院の神祇歌所収歌五首は、隠岐本で四首減じられ、一首となる。
（30）例えば「大神宮にたてまつりし夏の歌の」「ほととぎす雲ゐのよそに過ぎぬなり晴れぬ思ひの五月雨の頃」（二三六）など。
（31）注（20）に同じ。第二章第四節。
（32）新編日本古典文学全集『新古今和歌集』（一九九五年十月、小学館）で、「いさごのかど」に中国山東省沖の、宋時代に罪人を流した島「沙門島」の意を含むことが指摘される。
（33）『中世初期歌人の研究』（二〇〇一年二月、笠間書院）第五章第二節。
（34）注（20）に同じ。第二章第二節「隠岐本删除歌一覧表」。
（35）『後鳥羽院御口伝』の執筆時期」（『後鳥羽院と定家研究』一九九五年一月、和泉書院）
（36）村尾誠一「後鳥羽院御口伝の執筆時期再考」（『和歌文学研究』八九、二〇〇四年十二月、『中世和歌史論 新古今和歌集以後』〔二〇〇九年十一月、青簡舎〕所収）、田中洋己「『毎月抄』小考」（『岡山大学文学部紀要』四〇、二〇〇三年十二月、『中世前期の歌書と歌人』〔二〇〇八年十二月、和泉書院〕所収）。

第二節　削除の方法――春歌に見る――

一　はじめに

隠岐本『新古今和歌集』は、序文（隠岐序）によれば、三十余年を遡る当初の撰歌時に「たかきいやしき」人々の歌を広く収め過ぎ、「優」ならざる歌をも混入させてしまったため、所収歌の数を改め直すことを目的とするという。その文言に従う限り、改訂は文字通り、よりよき歌集への脱皮を目指すものであったことになる。しかし、四百例近くに及ぶ和歌の削除の実際に即して、具体的な理由を推し量れば、〈勅撰〉か〈私撰〉かという集の基本的性格の把握から、体験投影の有無乃至度合いの強弱の認定にいたる諸問題と関わって、さまざまな解釈が可能となる。まして集総体としての狙いとなれば、前節に見た通り、成立の特異さと連動して、いよいよ多様に解されることになる。

そもそも入集歌はすべて、勅撰歌としての栄誉を一度は勝ち得たものであり、おおかたは精妙な配列の中に置かれていた。したがって、収載歌は元来絶対的な短所を持たず、削除は他歌との比較における相対評価の低さと、配列に対する貢献度の低さの両者によると考えるのが自然である。しかも「歌」と「作者」に言及する隠岐序の文言や、編者たる後鳥羽院の自歌半減の事実に照らせば、「人」に対する思惑も無視できない要因となり、削除を考えるためには、それら三者すなわち、「配列」・「和歌」・「歌人」の相関を見極めることが肝要となるのである。その見方に基づくと、新たな削除基準も、既知の基準との均衡が測られつつ、それらの関わりの中に想定されることが望ましく、実態の解明は、それら複数の基準のいわば最大公約数を求めるための収束的な方向に進められるべきことになる。それは、資料に即し、史実を見据えることと相俟って、改訂の意図を闡明するための当然の筋道には違いない。

ただし、本集の歌の削除理由を解き明かすには、一方では、それら収束的な方向とは相反する拡散的な検証を、可能な限り試みることも忘れてはならない。先行研究として必ず引き合いに出される風巻景次郎・小島吉雄両氏の説(1)に先だって、早く折口信夫は次のような論をなしていた。

遠島抄の態度を見るには、棄てられた歌や、切り込まれた歌の側から、はいつて行けばよい。まづ、伝説的に名高い歌、或は一世に騒がれたなどいふ物に向つて、よほど批評が解放せられて来てゐる。次に、ある主義や傾向に隠れて、何でもなくて、過当に評価せられて来た物や、空虚な内容を、おほまかせに見える無感激な調子で表したものなどが、却けられて来た。平俗なあてこみや、弛んだ調子などが、明らかな截り出しの標準になつてゐる。

院にとつては、技巧は全生命であつた。技巧の動力たるしらべが、歌の全体であつた。遠島抄になつても、さうした方面に異色を持つ物は、出来る限り保存せられた様である。其に、新古今時代から著しく見えた傾向は、古典的な興味の薄くなつてゐる事である。小唄式の技巧や、音律などがとりこまれた事は、既に述べた。枕詞・序詞は、必しも喜ばれず、本歌も技巧の本流ではなくなりはじめて来た。縁語の勢力は、しらべに交渉が少い処から、大した問題にならなくなつた。かけ詞は、調子の曲折を作ると共に、意義の快い転換と、切迫とを起し、自ら外形にも緊張感を来す。此意味に於いて、その新味のある物は、愈々喜ばれる様に、なつて行つたものである。此等の傾向は、新古今集各本に通じて言へることでもあるが、遠島抄の中心態度は、茲に在るのである(2)。

この論は、後にほとんど引き継がれることなく、長い間閑却されてきた。(3) 折口独特の読みに基づくこの説を、例えば論証の手続きが示されないことをもって無視することはできない。「技巧」に発する「しらべ」が、削除後に残された歌々の基調をどのように強め、また、「かけ詞」の新しさがいかに隠岐本着手の契機となりえたのか等の検討はほとんどなされてこず、そもそも「かけ詞」がもたらす「緊張感」が態度の問題として扱われたことはなかった。結論の当否にかかわらず、この論が留意されるのは、時代の関心事であった「表現」を正面から取り上げているからである。

いったい隠岐本は、序以外に何ら編者の意図を示さず、本文の理解をすべて読者に委ねている。しかもその本文は繰り返し改訂が施されて、単純に成立した歌集ではなかった。そのような作品に向かい続けた編者の思惑を探るためには、予め収束的な構えを取るのではなく、単一基準による削除はありえないことを前提として、広い視野からの検証が続けられるべきであろう。それらの可能性が漏れなく確認できた上で、相互に矛盾や齟齬を来さず、説得的に残り続けるものが、実際の削除の理由ということになるのだろう。

本節ではそのような観点から、捉え方の新たな可能性を求めて、検討を加えてみたい。

二　削除基準のありよう

もとより和歌を削除する基準とは、見方を変えれば、良い歌を残すための基準にほかならない。例えばA・B・Cの三首が並ぶ部分から、Bを抜くという作業は、Bの抹消であると同時に、ACを連続の形で提示するための行為となる。風巻氏説が、巻頭近くの、

五十首歌たてまつりし時　　　　宮内卿

4かきくらし猶ふるさとの雪の中に跡こそ見えね春は来にけり
　入道前関白太政大臣、右大臣に侍りける時、百首歌よませ侍りけるに、立春の心を
　皇太后宮大夫俊成
5今日といへばもろこしまでも行く春を都にのみと思ひけるかな
　題しらず
　俊恵法師
6春といへば霞みにけりな昨日まで浪間に見えし淡路島山
　西行法師
7岩間閉ぢし氷も今朝はとけそめて苔の下水道求むらむ

の四首の並びについて、6番歌を削除歌と見て、

4、5、7の三首はそれぞれ、「跡こそ見えね春は来」るといい、「もろこしまでもゆく春」といい、また「苔の下水みちもとむ」と言って、その間用語上にも同系の類想が存するに、6の歌が介在してはその趣が断絶する。

と指摘したのは、その事情をよく示していた。ただし、これは『隠岐本新古今和歌集』（一九二七年九月、岡書院）の底本となった柳瀬本によったもので、後に小島吉雄氏が反論する通り、6番歌は文献学的研究からすれば削除歌とは認められず、今日の研究成果からすれば、風巻氏説は成り立たない。この事例が示すのは、どのような並びであれ、意味付けようとすれば、必ずそこには新たな解が生まれるということである。そして、その危険性とともに、この事例が示すより重要なことは、配列の工夫とその善し悪しについての検討は、削除とは切り離して続けられるのが望ましいということだ。結果として編者の意図とずれようとも、巻の構成上に好ましい配列を考えるには、検

討は編纂意図への顧慮とは無関係に継続され、その結果を削除の実態と突き合わせる作業こそが必要である。それが合致すれば配列と削除行為の関係が証明されたことになり、仮に齟齬を生じた場合も、そこに新たな知見がもたらされる可能性が多分にあるであろう。逆に削除歌を知った後にその意味を考えようとすれば、往々にしてこじつけになりかねない。そのことを肝に銘じて、春歌上巻の削除を配列から考えてみる。

当巻の削除歌は次の十六首である。

2ほのぼのと春こそ空に来にけらし天の香具山霞たなびく　（太上天皇）
8風まぜに雪は降りつつしかすがに霞たなびき春は来にけり　（よみ人しらず）
9時は今は春になりぬとみ雪降る遠き山辺に霞たなびく　（よみ人しらず）
15沢に生ふる若菜ならねどいたづらに年をつむにも袖は濡れけり　（皇太后宮大夫俊成）
18鶯の鳴けどもいまだ降る雪に杉の葉白き逢坂の山　（太上天皇）
22いづれをか花ともわかむ故郷の春日の原にまだ消えぬ雪　（凡河内躬恒）
24山深み猶影寒し春の月空かき曇り雪は降りつつ　（越前）
31鶯の涙のつららうちとけて古巣ながらや春を知るらむ　（惟明親王）
51とめ来かし梅盛りなる我が宿をうときも人は折にこそよれ　（西行法師）
77荒小田の去年の古跡の古よもぎ今は春べとひこばえにけり　（曾禰好忠）
78焼かずとも草は萌えなむ春日野をただ春の日にまかせたらなん　（壬生忠見）
84臥して思ひ起きてながむる春雨に花の下紐いかに解くらん　（よみ人しらず）
89春にのみ年はあらなむ荒小田をかへすがへすも花を見るべく　（源公忠朝臣）

92吉野山花や盛りに匂ふらむ古郷さえぬ峰の白雪　（藤原家衡朝臣）
95散り散らず人も尋ねぬ古郷の露けき花に春風ぞ吹く　（前大僧正慈円）
97花ぞ見る道の芝草踏み分けて吉野の宮の春の曙　（正三位季能）

2・18番歌は、削除頻度が高い後鳥羽院自身の歌であり、8・9番歌は万葉歌である。先行研究では、8・9番歌は先にも引いた風巻氏の説が、小島氏の反論があるものの、広く流布してきた。

万葉の歌の採用は、歴史的意識よりすれば当然であったとしても、芸術的意識からすれば、集を不統一ならしめるという感があったはずである。そして隠岐本にこの8、9の二首がはぶかれたことは、すなわち理知主義的傾向が優先して、両者の軋轢から生ずる混濁を清算したこととも言えるのである。そして事実上、この8、9の介在は読過しゆく場合はなはだしく邪魔になるのであって、これのないということは、歌のならびを著しくなだらかにするのである。そして、7から10にうつるとき、「苔の下水みちもとむなり」からすぐ「下もえわたる草の上に」と続くことによって、『新古今集』慣用の類語の連接が行なわれ、いっそう移り行きのなだらかさが増加する。

15番歌以降を田中裕氏の説[4]によって辿れば、15番歌は「述懐歌」で、「しかも巻一もこの早い位置におかれてゐること」に難があり、22番歌は「流石にその趣向は古めかしく、類型そのものに見えたため」、24番歌は配列上「山」が「挿まれた唐突さ」、31番歌は『古今集』4番歌「雪のうちに春は来にけり鶯のこほれる涙いまやとくらむ」と「即き過ぎ」た本歌取り歌であり、本集雑上の「年くれし涙のつららとけにけり苔の袖にも春やたつらむ」とに「等類になること」、また万葉作者群が29・30・32番歌と続く中に「惟明親王の混じることも出来れば避けたい気持があつた」ことに、それぞれ理由が推定されている。このあと77番歌までは51番歌一首を除き手直しはなく、ここは歌も配列もきわめて完成度の高い、本集の理想が実現した部分と見てよいであろう。田中氏説によれば、その51番歌は梅の「落花」の歌群中に「盛りの梅」が「挿まれてゐるのは編纂者の失考」であること、77番歌は「用語や歌体」の「鄙野」、78・84番歌は「修辞や歌体の旧態にすぎる」こと、89番歌は削ることでその前後七首が「大和の名所の桜歌」一連になり、さらに「初花」の主題にはふさわしくない晩春の「惜しむ」花となることを、それぞれ削除理由に挙げられた。以下、92・95番歌には配列の問題や等類の難を指摘されつつ「歌意の難」「表現の曖昧さ」を、97番歌には「一首の評価」、特に上句に難のあることを詳細に検討されている。この春上巻は巻頭にあることもあって、諸基準からの分析が深くなされた一巻と言えるであろう。

三　主題の配列から――春上――

今、それらの歌につき、歌われた主題(5)から検討を加えてみる。その主題の判定を先行の研究書・注釈書の代表的な説によって一覧すれば、**表1**の通りとなる(6)。

網掛けで示した番号の歌が削除歌である。それらの位置を見ると、2番歌は「立春」の二首目、8・9番歌は「立春」の最後、15番歌も「若菜」または「若草」の最後に置かれていることが知られる。18番歌については、説が分かれており、研究・全評釈では「春雪」・「残雪」の最初となる。新大系では「歌題」が「関路鶯」ゆえ「主題を雪と見ては傍題」であり、また「鶯」題は後にあるので、17番の歌とともに「早春の山」とする、その二首目(最後)となる。さらに、22番歌が「春雪」または「残雪」の最後、24番歌が「春の月」または「余寒」「余寒(の月)」の二首目(最後)、31番歌も「鶯」の最後ということになって、春歌上巻の前半は、基本として主題の最初または二首目か最後の歌が除かれる、という傾向のあることが知られてくる。

その観点で後半を見渡せば、51番歌は、新大系の指摘通り、主題の齟齬によったものと見られ、77・78番歌は

表1

歌番号	研究	全評釈	新大系
1	立春	立春	立春
2	〃	〃	〃
3	〃	〃	〃
4	〃	〃	〃
5	〃	〃	〃
6	〃	〃	〃
7	〃	〃	〃
8	〃	〃	〃
9	〃	〃	〃
10	若菜	残雪	若草
11	〃	〃	若菜
12	〃	若菜	〃
13	〃	〃	〃
14	〃	〃	〃
15	〃	〃	〃
16	子日	子日	小松引き
17	春風	解氷	早春の山
18	春雪	残雪	〃
19	〃	〃	残雪
20	〃	〃	〃
21	〃	〃	〃
22	〃	〃	〃
23	春の月	余寒	余寒（余寒の月）
24	〃	〃	〃
25	蘆	水辺の早春	水郷春望

歌番号	研究	全評釈	新大系
26	蘆	水辺の早春	水郷春望
27	雪解	〃	〃
28	〃	春雪	残雪（繋ぎ）
29	鶯	鶯	鶯
30	〃	〃	〃
31	〃	〃	〃
32	蕨	早蕨	早蕨
33	春霞	霞	霞
34	〃	〃	〃
35	〃	〃	〃
36	〃	〃	〃
37	春曙	〃	春曙
38	〃	（雲）	〃
39	梅	霞	梅
40	〃	〃	〃
41	〃	梅	〃
42	〃	〃	〃
43	〃	〃	〃
44	〃	〃	〃
45	〃	〃	〃
46	〃	〃	〃
47	〃	〃	〃
48	〃	〃	（落花の予想）
49	〃	〃	〃
50	〃	〃	（落花）

表1（つづき）

歌番号	研究	全評釈	新大系
51	梅	梅	【落花中「さかり」疑問】
52	〃	〃	〃
53	〃	〃	〃
54	〃	〃	〃
55	朧月夜	春月	朧月夜
56	〃	〃	〃
57	〃	〃	〃
58	〃	帰雁	繋ぎ
59	帰雁	〃	帰雁
60	〃	〃	〃
61	〃	〃	〃
62	〃	〃	〃
63	〃	〃	繋ぎ
64	春雨	春雨	春雨
65	〃	〃	〃
66	〃	〃	〃
67	〃	苗代	〃
68	青柳	柳	繋ぎ
69	〃	〃	柳
70	〃	〃	〃
71	〃	〃	〃
72	〃	〃	〃
73	〃	〃	〃
74	〃	〃	〃
75	〃	〃	〃

歌番号	研究	全評釈	新大系
76	若草	若草	若草
77	〃	〃	〃
78	〃	〃	〃
79	桜	桜（花）	花〔桜〕（待花）
80	〃	〃	〃
81	〃	〃	〃
82	〃	〃	花（初花）
83	〃	〃	〃
84	〃	〃	〃
85	〃	〃	〃
86	〃	〃	〃
87	〃	〃	〃
88	〃	〃	〃
89	〃	〃	〃
90	〃	〃	〃
91	〃	〃	花（盛花―遠山の花―）
92	〃	〃	〃
93	〃	〃	花（盛花―羇旅の花―）
94	〃	〃	〃
95	〃	〃	花（盛花―故郷の花―）
96	〃	〃	〃
97	〃	〃	〃
98	〃	〃	花（盛花―山花―）

「若草」三首中の二首目・三首目（最後）であり、92番歌は新大系下位分類の「盛花――遠山桜――」の最後、95・97番歌は、同じく「盛花――故郷の花――」の最初と最後ということになっている。ただし、84・89番歌はそうなってはおらず、性急に法則性を求めることはできないものの、総じては、主題の最初か最後のあたりに削除歌が集中していることは指摘されるであろう。

四　主題の配列から――春下――

そこで、春歌下巻についても同様の作業を試みる。除かれる歌は、次の二十三首である。

106 いもやすく寝られざりけり春の夜は花の散るのみ夢に見えつつ　（凡河内躬恒）
107 山桜散りてみ雪にまがひなばいづれか花と春に問はなん　（伊勢）
108 我が宿のものなりながら桜花散るをばえこそとどめざりけれ　（貫之）
112 風通ふ寝覚めの袖の花の香にかをる枕の春の夜の夢　（皇太后宮大夫俊成女）
113 このほどは知るも知らぬも玉桙のゆきかふ袖は花の香ぞする　（藤原家隆朝臣）
120 雁がねの帰る羽風や誘ふらむ過ぎ行く峰の花も残らぬ　（源重之）
124 ふもとまで尾上の桜散りこずはたなびく雲と見てや過ぎまし　（左京大夫顕輔）
127 山里の庭より外の道もがな花散りぬやと人もこそとへ　（越前）
129 逢坂や梢の花を吹くからに嵐ぞ霞む関の杉むら　（宮内卿）
133 み吉野の高嶺の桜散りにけり嵐も白き春の曙　（太上天皇）
135 今日だにも庭を盛りとうつる花消えずはありとも雪かとも見よ　（太上天皇）

136誘はれぬ人のためとや残りけむ明日より先の花の白雪　（摂政太政大臣）
138つらきかなうつろふまでに八重桜とへともいはで過ぐる心は　（惟明親王）
140恨みずやうき世を花のいとひつつ誘ふ風あらばと思ひけるをば　（皇太后宮大夫俊成女）
144散る花の忘れ形見の嶺の雲そをだに残せ春の山風　（左近中将良平）
146惜しめども散りはてぬれば桜花今は梢をながむばかりぞ　（後白河院御歌）
150たがたにか明日は残さむ山桜こぼれて匂へ今日の形見に　（清原元輔）
152花流す瀬をも見るべき三日月のわれて入りぬる山のをちかた　（坂上是則）
155散りにけりあはれ恨みのたれなれば花の跡とふ春の山風　（寂蓮法師）
156春深く尋ねいるさの山の端にほの見し雲の色ぞ残れる　（権中納言公経）
162あしひきの山吹の花散りにけり井手の蛙は今や鳴くらむ　（藤原興風）
164まとゐして見れどもあかぬ藤浪の立たまく惜しき今日にもあるかな　（天暦御歌）
166緑なる松にかかれる藤なれどおのが頃とぞ花は咲きける　（貫之）

これらの歌を、前巻と同様主題の配列の中で確認してみよう（表2）。

春歌下巻の主題は大部分が桜の花であり、巻末に幾つかの題が配される形となる。そのレベルで見れば、150番歌が「桜」の最後、152番歌が「曲水の宴」の二首目（最後）、155・156番歌が「散る花」または「花の跡を尋ぬ」の最後を含む二首、162番歌が「山吹」の最後、164・166番歌が「藤」の二首目と最後ということになる。大きな主題で言えば、やはり傾向として主題の最後が削除歌となることが指摘できることになる。

さらに、「桜（盛りの花～散る花）」の中を新大系の下位分類によって辿ってみると、106～108番歌の三首は、

表2

歌番号	研究	全評釈	新大系
99	桜	桜	盛りの花
100	〃	〃	〃
101	〃	〃	〃
102	〃	〃	〃
103	〃	〃	〃
104	〃	〃	〃
105	〃	〃	〃
106	〃	〃	（繋ぎ）
107	〃	〃	落花（花に未だ飽かず）
108	〃	〃	〃
109	〃	〃	落花
110	〃	〃	〃
111	〃	〃	（繋ぎ）
112	〃	〃	落花（花の匂）
113	〃	〃	〃
114	〃	〃	山里の落花
115	〃	〃	〃
116	〃	〃	〃
117	〃	〃	〃
118	〃	〃	〃

歌番号	研究	全評釈	新大系
119	桜	桜	落花の春雨
120	〃	〃	落花の帰雁
121	〃	〃	〃
122	〃	〃	落花（山花を見る）
123	〃	〃	〃
124	〃	〃	〃
125	〃	〃	花落客稀
126	〃	〃	〃
127	〃	〃	〃
128	〃	〃	名所に寄せた山下の落花
129	〃	〃	〃
130	〃	〃	嶺の落花
131	〃	〃	〃
132	〃	〃	〃
133	〃	〃	〃
134	〃	〃	庭の落花
135	〃	〃	〃
136	〃	〃	〃
137	〃	〃	庭の残花【配列上疑問】
138	〃	〃	〃

表2（つづき）

歌番号	研究	全評釈	新大系
139	桜	桜	花の跡（落花ののちの述懐）
140	〃	〃	〃
141	〃	〃	〃
142	〃	〃	〃
143	〃	〃	〃
144	〃	〃	花の跡（春の山風）
145	〃	〃	〃
146	〃	〃	【配列疑問】
147	〃	〃	花の跡（春の山風）
148	〃	〃	春の空
149	〃	〃	〃
150	〃	〃	【配列疑問】
151	〃	曲水宴	曲水宴
152	〃	〃	〃
153	〃	残花	花の跡を尋ぬ
154	〃	散る花	〃
155	〃	〃	〃
156	〃	〃	〃
157	〃	〃	〃
158	山吹	山吹	繋ぎ
159	山吹	山吹	山吹
160	〃	〃	〃
161	〃	〃	〃
162	〃	〃	〃
163	藤	藤	藤
164	〃	〃	〃
165	〃	〃	〃
166	〃	〃	〃
167	暮春	暮春	春の暮つ方
168	三月尽	〃	〃
169	〃	〃	〃
170	〃	〃	三月尽
171	〃	〃	〃
172	〃	〃	〃
173	〃	〃	〃
174	〃	〃	〃

105花にあかぬ嘆きはいつもせしかども今日の今宵に似る時はなし

までの「盛りの花」と、

109霞立つ春の山辺に桜花あかず散るとや鶯の鳴く

以降続く「落花」との間に置かれている。106～108番歌を再掲すれば、

106いもやすく寝られざりけり春の夜は花の散るのみ夢に見えつつ　（凡河内躬恒）
107山桜散りてみ雪にまがひなばいづれか花と春に問はなん　（伊勢）
108我が宿のものなりながら桜花散るをばえこそとどめざりけれ　（貫之）

という三首は、満開から落花への流れを、王朝三歌人の歌を用い、夢の中から現実へ、山から里へと展開させることによって作り出す配慮が窺われる。ただし、いずれも霏々と散るイメージが強く打ち出された歌であり、その映像性の高い印象の強さが、以下様々な場面で次第に散っていく様子を展開させる文脈には、位置として早すぎると判断されたことが考えられる。

次の112・113番歌は、花の匂いを歌う歌群である。

112風通ふ寝覚めの袖の花の香にかをる枕の春の夜の夢　（皇太后宮大夫俊成女）

113このほどは知るも知らぬも玉桙のゆきかふ袖は花の香ぞする　（藤原家隆）

そもそも桜の匂いを歌う歌は従来あまり多くは詠まれず、この二首も出典ではともに梅の花の歌であった可能性が指摘される。(7) 112番歌は俊成卿女の有名な歌で、この一首の有無は新古今らしさとの関わりが思われやすいものの、両首ともに本来は梅の花として詠まれており、そのことを知る編者が、歌の性格への顧慮以前に、出典と食い違う配列の不自然さを解消しようとした事例と考えることが可能な箇所である。

続く歌々も、**表2**の新大系説によれば、120番歌「落花の帰雁」の最初、124番歌が「落花（山花を見る）」の最後、127番歌が「花落客稀」の最後、129番歌が「名所に寄せた山下の落花」の二首目（最後）、133番歌が「嶺の落花」の最後、135・136番歌が「庭の落花」三首中の二・三首目に置かれている。ここまでは、ほぼ新大系の下位分類の最初か最後になっているということになる。次の138番歌は「庭の残花」の二首目（最後）、140番歌は例外となるが、144番歌は「春の山風」二首のうちの一首目である。なお、146番歌は新大系指摘の配列上の明らかな不都合を削除理由と考えることが最も穏当に違いない。

以上、主題の展開上における各歌の位置を確認してみると、春歌上下両巻の歌の削除は、総体として主題の初め乃至は終わりの位置に偏っており、また配列上不自然な要素を除去するものであったことを指摘してよいであろう。

五　機械的削除の可能性

右の事実は何を意味するであろうか。先行諸説で検討されてきた隠岐本削除の方法は、対象が歌であれ配列であれ、よりすぐれた歌集にするために、その善し悪し・適否を丁寧に検討し、劣る歌を除外するというものであった。改訂作業の根幹をなすのは、そうした熟慮を尽くす営みに違いなく、これらもその表れであるとするならば、すぐに思い合わされるのは、風巻氏論以来説かれてきた配列方法における、題と題を自然に繋ごうとする工夫であろう。見てきたような題の首尾の位置は隣り合うふたつの題の接続点であり、当然そこには両題の間をスムーズに連接させる働きが必要となる。そのことを考え合せれば、それら繋ぐ役目を担う歌々は、必ずしも一首の独創性や自立性に富むとは言えないものも含みうることになる。歌自体の価値によって撰抜された歌は、部類分けされ、一定の秩序の中に並べ置かれ、配列上の役割を割り振られていく。その過程で、題の中心をなす歌や、前後を繋ぐための歌としてそれぞれ並べ替えられ、入れ替えられつつ決定されていったのであろう。勅撰集歌は基本的に配列の論理に従うべき宿命にあった。予めその繋ぎのために詠まれる歌はなく、(8)すべての歌は撰抜後に主題に従って場に位置付けられるのである。そのとき、配列上の役割を十全に発揮する歌は必ずしも多くないであろう。しかも、配列が精妙化すればするほどその工夫は複雑になるはずで、『新古今集』が工芸品に喩えられやすいのは、並びの巧みも大きな要因であった。とすれば、繋ぎに資する歌が題にあるべき歌にはならなかった公算も小さくはない。歌そのものの質を重視し、配列のために撰ばれた歌や凝らしすぎた配列に奉仕する歌を除き、配列をより自然なものにすべく、細やかに修正を加えていった、と見ることは穏当な推測であろう。主題の繋ぎ目に当たる位置の歌が削除されやすいのは、その繋ぎの役割ゆえに一首の創造性を十全に発揮していないと判断された可能性を認めることができそうである。

そのような捉え方の一方で、冒頭に述べた通り、同じ事例でも見方を変えれば全く別の把握が可能となる。削除が題の首尾を原則として行われたことを最も素朴に考えれば、繋ぎの役割以前に、きわめて機械的な、自動的な方法である、と見ることができる。それは熟慮を前提とする改訂の方法としては考えにくいものながら、発想を切り替えて、『新古今集』という歌集がそもそも勅撰和歌集として達成された秀歌集成の枠であったことを前提とすれば、あり得ぬ考え方とは言えないことになる。編者自身が隠岐本の狙いを唯一表明する隠岐序において、力を込めて語っていたのは、所収歌人の範囲を拡大し、貴賤を問わず多彩な人々の歌を収めすぎたこと、結果として、歌数が増えすぎたことであった。質よりもむしろ量、すなわち数の過多にこだわり続ける隠岐序では、「ふたちゞ（二千）」から「千歌むもゝち（千六百）」に削減するという、明らかな数字まで示している。なぜ千六百なのかはともかく、巻頭に置かれる序文に明記されたこの総数が、目標値であったとすると、全体の規模はおよそ二割を削減しなければならないことになる。その際、全体から公平に削除するには、機械的・自動的に削除するのが、入集歌人への公平さを考えれば最も望ましいことになる。本書からその原理が読み取れるなら、読者には、改訂が編者の個別な思惑や特殊な意図によるものではないことが理解されることになるであろう。

この想定は、グレードアップを目指す手法としては、あり得ぬものだろうか。複数並べば必ず意味を派生させる配列を近代的な発想から裁断することは許されないものの、発想を転じうる可能性を模索することは、決して無意味ではない。もとより例外や別の原理との関わりが考えられ続けなければならないが、本稿で導いた考え方を一段階緩め、題の首尾の位置ではなく、各題ごとに削除歌を有するという事実に広げて解し直すなら、全体は主題の数を減らすことなく、その内部の歌を減らすという作業と読み直すことが可能になるからだ。

広く歌人を糾合し、優ならざる歌をも含ませてしまった全体から、引き締まった姿を取り戻すためには、骨格を失っては本来の目的を果たし得ない。その骨格こそは、各巻に設定された主題であり、それを減らすことは一切禁じてしかも可能な限りの余剰を削ぎ落とすという方法は、熟慮する方向と、機械的になす方向の両者の発想が融合するところに見出されるものである。もとより他の巻の歌々のありようを含めての検証が必要となるものの、これは隠岐本を捉えるために欠かせない視点であるように思われる。

六　おわりに

前節「隠岐本とは何か」では、勅撰集としての相応の基準から外れる私的感懐を述べるものは、託された意図と考えるべきことを述べた。重複する基準に基づく構造を想定すれば、随意な解釈がなされやすいものの、矛盾なく説明できる併存ならば、それは事実を掘り起こしたことになるはずである。そう考えた上で、ここに指摘した機械的とも認めうるような削除の基準は、味読し熟慮して判別していったとおぼしい削除基準とは真っ向から対立し、相関と均衡を志向する複数併存の考え方とも抵触するものである。しかしながら、機械的・自動的に行われたとする発想は、複雑な成立ゆえに削除が複雑であるという考え方が既に囚われた発想であることを気付かせるものであり、融合に向かって新たな可能性をひらく視点でもあった。ただし、基準の融合はあり得ず、両者の矛盾を指摘し、やはり機械的・自動的な基準はあり得ないとして、否定する見方も根強いであろう。

その矛盾を矛盾として持ちながら、なお、それを認める考え方も可能である。それは、矛盾するそれら複数の基準を、相関・均衡という同一次元で捉えるのではなく、継続・累積という段階的に積み挙げられたものとして時間的に把握する場合である。

具体的に、複数の基準による削除が継起的になされ、それらの中に、機械的・自動的に歌を削除した一段階があったと想定すれば、幾層にも重なった地層がそれぞれの時代の遺産を残すように、同時に残っている相異なる複数の削除の痕跡の一つとして認定できることになるからである。

それが成立するなら、均衡・相関との関わりも、さらに詰めて考えることが必要となる。いわば空間的な捉え方と時間的な捉え方をどのように関わらせうるか。その実態を探る作業は、全体を俯瞰し続けながら、対象に即した望ましい方法を探りつつ、倦まずに継続されなければならないであろう。

【注】

（1）風巻景次郎「『新古今集』編纂にはたらいた意識」（『新古今時代』一九三六年七月、人文書院、初出は一九三二年『水甕』、『風巻景次郎全集』六（一九七〇年十月、桜楓社）所収）。小島吉雄『新古今和歌集の研究』（一九四四年五月、星野書店）、『同　続編』（一九四六年十二月、新日本図書株式会社。増補版は一九九三年十月、和泉書院）。以下本稿が引用する両氏の論はこれらによる。

（2）「新古今集及び隠岐本の文学史的価値」（『隠岐本新古今和歌集』一九二七年九月、岡書院）

（3）例外的に丸谷才一氏が取り上げ、その小唄式の技巧などを後鳥羽院の歌の批評に用いている（『後鳥羽院』（日本詩人選10、一九七三年六月、筑摩書房、第二版二〇〇四年九月））。

（4）「隠岐本削除歌考㈡巻一「春歌上」について」（『後鳥羽院と定家研究』一九九五年一月、和泉書院）

（5）主題は歌が中心に扱っている対象。研究者によって「歌題」「歌材」との関係は異なるが、本稿では広義に解し、すべて「主題」として扱う。

（6）表の「研究」は有吉保『新古今和歌集の研究　基盤と構成』（一九六八年四月、三省堂）、「全評釈」は久保田淳『新古今和歌集全評釈』（一九七六年十月～五二年十二月、講談社）、「新大系」は田中裕・赤瀬信吾『新古今和歌集』（新日本古典文学大系、一九九二年一月、岩波書店）を指す。

（7）注（6）久保田淳氏全評釈当該歌注。

（8）例外となる歌に、例えば「おのがつま恋ひつつなくや五月やみ神なび山の山ほととぎす」（よみ人しらず・一九四・夏）の歌がある。これは後鳥羽院が差し替えのために詠んだもので、配列上の位置も考えられていたはずである。

第三節　削除の基準

一　はじめに

『新古今和歌集』は、本文の流動を宿命とした歌集である。勅撰集の通例に異なり、撰集下命者たる後鳥羽院が、藤原定家等撰者の権限をも行使して手直しを続けたからであり、現存諸本に見る異同も多くはそれに由来する。ただし、成立過程に応じた本文の類別は困難で、和歌所の名のもとに一旦完成したはずの形も定かには見極め難く(1)、どのような本文を集の完成体と認めるかについても、議論の余地がなお大きく残されている。その解明はなかなか進みにくい中、隠岐本『新古今和歌集』には、格段に時代を遡る古写本が出現し、その本文とともに、『新古今集』そのものを問い直す有効な手がかりがもたらされた（第一節参照）。隠岐本とは、都で成立した本文から、配列はそのままに(2)、およそ二割にも及ぶ大量の和歌が削られた改訂版である。その改訂はどのように理解され、本文はどう位置付けられるべきであろうか。

大幅に和歌を削除することが、後鳥羽院の隠岐配流という事態を前提に据えるものであったのなら、たとえ「親撰」であったとしても、隠岐本を勅撰集としては扱うことは困難である。しかし逆に、それが都での切継作業の延長線上に位置するものならば、本集はあくまで勅撰集ということになる。第一節では、特異性のみが注目を集めやすいものの、削除の営みを「私撰」のレベルで捉えることは難しく、本集に特異体験に由来する作意が認められるなら、それはあくまで託された意図と読むほかはないと考えた。もとより状況を考えれば、厳密に私撰か勅撰か、また特異か普遍かの識別は難しく、それのみを取り立てて議論しても生産的ではない。しかしながら、結果からの推測しか許されない本集においては、集が目指すところを読もうとする姿勢を忘れてはならないであろう。

研究史を振り返れば、風巻景次郎氏が配列の向上や類歌の省略等に「芸術主義的意識」の優越を認めて、テキストとしての精選を説くのに対し(3)、小島吉雄氏が配列や歌の「善悪優劣」に関わる「文学価値上の理由」を、院の環境の変化による好尚や選歌眼の変化に帰納させる論をなすところから(4)本集研究は本格化した。以降、〈作品〉と〈編者〉それぞれの視点から種々論じられ、用例に基づく解明も、田中裕氏の詳論(5)を代表として継続されてきた。それらを踏まえながら、未だ検討を経ない膨大な用例に即してその理由を探り、先の見通しを検証することが、今後の隠岐本の主要な課題となるであろう。

その課題に向かう際に必要となるのは、個々の削除がそれぞれいかなる基準によるものであったのかを導くことである。分析対象としての部分を全体の改訂意思にまで及ぼさない限り、すべては可能性の指摘に止まることになる。のみならず、削除に相異なる複数の理由が挙げられている以上、基準も複数想定されることになり、それら相互の関係を解くことが重い課題となるからだ。

膨大な量に及ぶ和歌が削除される時に、個々の行為は、歌集全体におけるどのような志向の発現として捉えられ、どう達成されていったのだろうか。研究はいよいよ細密化の傾きを強める中、本節では和歌削除の基準を見定める観点から隠岐本を考え直してみたい。

二　隠岐序から

検討の手がかりを、第一節でも触れた隠岐本の序文に求めてみよう。以下に序の全文を引用する。

いまこの新古今は、いにしへ元久のころほひ、和歌所のともがらにおほせて、ふるきいまの歌をあつめしめ、そのうへみづからえらびさだめてよりこのかた、家々のもてあそびものとして、みそぢあまりの春秋をすぎにければ、いまさらあらたむべきにはあらねども、しづかにこれをみるに、おもひ〳〵の風情、ふるきもあたらしきもわきがたく、しな〴〵のよみ人、たかきいやしきすてがたくして、あつめたるところの哥ふたちゞなり。かずのおほかるにつけては、哥ごとにいうなるにしもあらず。そのうちみづからが哥をいれたること三十首にあまれり。みちにふける思《おもひ》ふかしといへども、いかでか集のやつれをかへりみざるべき。おほよそたまのうてなかぜやはらかなりしむかしは、なをの《ほ》べのくさしげきことわざにもまぎれき。いさごのかど月しづかなるいまは、かへりてもりのこずゑふかき色をわきまへつべし。むかしより集を抄することは、そのあとなきにしもあらざれば、すべからくこれを抄しいだすべしといへども、摂政太政大臣に勅して仮名の序をたてまつらしめたりき。すなはちこの集の詮とす。しかるをこれを抄せしめば、もとの序をかよはしもちゐるべきにあらず。これによりてすべての哥ないし愚詠のかずばかりをあらためなをす。しかのみならず、まき〳〵の哥のなか、かさねて千哥むもゝちをえらびてはたまきとす。たちまちにもとの集をすつべきにはあらねども、さらにあらためみがけるはすぐれたるべし。あまのうきはしのむかしをきゝわたり、や《へ》えがきのくものいろにそまんともがら、これをふかきまどにひらきつたへて、はるかなるよにのこせとなり。(6)

仮名序や真名序に比してかなり短いこの文章は、伝本によって置く位置を異にして、「奥書」、「跋」、「識語」等とされてきた。しかし、冷泉家時雨亭文庫本が真名序・仮名序に続けて巻頭に置き、後藤重郎氏が解題で「隠岐序」とされる通り、序文と扱うのが穏当である。一読して了解されるように、この序は「みづからえらびさだめ」た「新古今」を「抄しいだす」ための狙いを語ったものである。それは編者の改訂への意思表明であり、帰納的に理由を想定するしかない隠岐本の和歌削除にあって、演繹的な理解を求める唯一の証言にほかならない。それを踏まえるなら、冒頭の一文は、改訂の対象として三十余年前の撰集の欠陥を示し、それは同時に「改訂の基準」には変わりのないことを示す役割を果たしていることが知られる（特に波線部）。具体的に、編者は「風情」と「よみ人」における撰定の杜撰さを、新たに「抄しいだす」改訂版では克服したいと表明するのである。このことは第一節で触れたように、家郷隆文氏に指摘があり、もとの集の撰歌における、「風情」の「ふるき・あたらしき」を「質的」な規準、「よみ人」の「たかき・いやしき」を「量的」な規準とされた上で、次のように論じられていた。

（隠岐本における）選歌という営みにおいて設定された二つの座標軸、「風情」と「よみ人」のうちいずれを優先させたものか、と問うならば、当然のことながら、勅撰集を構成する一首一首の歌それ自体の「風情」軸であったであろう。（中略）入集歌一首一首については、その選び定めることとの最終的な難題は、政治的な配慮によって判断し、数量的に決着できる「よみ人」軸にはなくて、歌それ自体の「風情」軸にあった。そして「風情」についての評定は、その「ふるき」と「あたらしき」との弁別を最優先させたはずである。

隠岐本の編集とは、ほかならぬ「歌」を切り出す行為であり、序中に示される「哥ごとにいう（優）なるにしもあらず」という評価からも、「風情」（歌）が「よみ人」（人）に優先したと理解するのは一見自然である。しかしながら、両者が「基準」として列挙される趣旨をそのまま読むなら、「質」と「量」の優劣の比較と解するのは難しいことになる。文中波線部のように「風情」（歌）と「よみ人」（人）が並べられ、「わきがたく」と「すてがたく」が番えられるのは、むしろその〈分き難さ〉と〈棄て難さ〉が等価であることを意味するだろう。「人」を「棄て難」いのは情実に由来するとしても、その悔いが向かう先は、識別能力の不足ゆえの「歌」の〈分き難さ〉にあったはずだ。この叙述に照応するのが、仮名序の文言、「むかしいま時をわかたず、たかきいやしき人をきらはず」、「広く求め、あまねく集め」という叙述である。その仮名序を、隠岐で改訂者の立場において再読した時、執筆者良経の意図は措いて、招いた膨脹はすべておのれの不明のなせるわざであったと認識されたに違いない。とすれば、その修正には、「歌」と同時に「人」が正当に篩い直されることが必要となる。かつて藤原俊成は、自ら編んだ

『千載和歌集』につき、「愚なる心一つに撰びけるほどに、歌をのみ思ひて、人を忘れにけるに侍めり」と述べ（『古来風躰抄』）、勅撰集として「歌」を重視し、「人」への配慮を欠いた旨を表明していた。実際はその言葉とは裏腹な「人」に対する思惑が窺われ、なるがゆえの記述であったとも見られる(7)。対してこの隠岐序の文言は、文飾でも韜晦でもなく、目指す理想として、優れた「歌」が然るべき「人」の作として載るという、同時に満たされるべき条件を明瞭に提示したものと解されるのである。

その総括をするのが、波線部に続く傍線部分であり、そこで話題とするのは「数」である。傍線部のうち、網掛けで示した通りその〈数〉への言及は、「ふたちゞ」・「かずのおほかる」・「三十首にあまれり」と続き、以下にも「すべての哥ないし愚詠のかずばかり」・「千哥むもゝち」等と記される。これらの記述は、「広く」「あまねく」採用したための肥大化を気に病むもので、縮小への強い意思に裏打ちされていると解される。なお、それらのうち、後半の二例は、

これによりてすべての哥ないし愚詠のかずばかりをあらためなをす。しかのみならず、まき〳〵の哥のなか、かさねて千哥むもゝちをえらびてはたまきとす。

という叙述の中に置かれている。この部分は、内容に展開のない二つの文を、「しかのみならず」（傍線部）で繋ぐ、やや不自然な文章構造となっている。これは筆者の数へのこだわりがはしなくも露呈したものと思しく、前文では改訂の対象を、後文では改訂後の規模をそれぞれ表すべく、ともに「数」を示すことに性急な意識に発するように思われる(8)。ともあれ、隠岐序を読む者が終始印象づけられるのは〈数〉であった。

さて、こうした文章が改訂序として巻頭に据えられると、それはそのまま、歌集の「規模」を提示する役割を担うことになる。実際は改訂結果による実数であっても、序文が明示する「千哥むもゝち」（千六百）には、本文を規定する働きが備わる。しかも、都で編んだ集が「ふたちゞ」（二千）と多く、それが自詠の「三十首にあまれ」る

歌とともに「集のやつれ」を来したため、「すべての哥乃至は愚詠の数ばかり」を減らし、「千哥むもゝち」（千六百首）に絞る、と展開する序を読んだ読者が、引き続いて歌集本文を繙くと、関心はおのずと、歌人たち個々の所収歌数にも向けられることになるであろう。こうした序の叙述は、改訂への思いが、具体的に歌の〈質〉とともに、集の総歌数や歌人ごとの歌数という〈量〉の適正化に向けられていたことを明快に示すものである。

三　人への配慮

とすれば、数にこだわった「人」への思惑は、改訂本の本文に具体的にどのように結実しているのだろうか。隠岐本削除歌のすべてにつき、歌人ごとに歌数を集計して、数の多い順に一覧してみよう(9)（**表1**）。

これを通覧して、まず注目されるのは、二首以上削除された歌人のうちに、削除の比率において、編者後鳥羽院のそれを上回る高い値の歌人が複数見出されることである（後鳥羽院の削除率、五四・五パーセントを越える数値の歌人には網掛けを施した）。二十名を越えるそれらの歌人だけを抜き出し、改めて削除歌の数の多い順に並べると**表2**の通りとなる。

二十二人に及ぶこれらの歌人は、躬恒を除けば、総じて有力歌人ではなく、おおかたが当代の人物であり、しかもそのメンバーは、傍線を付したように、院との関係において、それぞれ兄・祖父・父・叔父に当たる肉親（惟明親王・後白河院・高倉院・守覚法親王）、関白太政大臣・太政大臣等の権門貴族（忠通・頼実）、あるいは近しい臣下（範光・家長）が中心である。これら肉親や近臣者の歌の削除は、院自身の歌数削減に準じて、それぞれ相応の歌数への下方修正と見るのが自然であろう。もちろん、行為としては、純粋に歌の善し悪しによってのみ削除されたと想定することも可能である。しかしながら、ここに見られる顔触れの偏りは、当初の入集時に歌以外の要素、具体的に地位・立場等、身分に関わる配慮をも含み、それがここに露呈したものと解される。後鳥羽院と特別な関係を有する

表1

（A＝削除歌数、B＝新古今集入集歌総数、C＝削除率（A／B）百分比）

作者名	A	B	C
太上天皇	18	33	54.5
西行法師	14	94	14.9
慈円	10	92	10.9
貫之	9	32	28.1
躬恒	6	10	60
通具	6	17	35.3
和泉式部	6	25	24
定家	6	46	13.0
俊成	6	72	8.3
公継	5	5	100
惟明親王	5	6	83.3
村上天皇	5	10	50
重之	5	11	45.6
通光	5	14	35.7
伊勢	5	15	33.3
良経	5	79	6.3

作者名	A	B	C
越前	4	7	57.1
赤染衛門	4	10	40
能因法師	4	10	40
公経	4	10	40
秀能	4	17	23.5
忠通	3	4	75
後白河院	3	4	75
高倉院	3	4	75
行遍	3	4	75
惟成	3	5	60
守覚法親王	3	5	60
頼実	3	5	60
元輔	3	6	50
公任	3	6	50
円融院	3	7	42.9
伊勢大輔	3	7	42.9
元真	3	8	37.5

作者名	A	B	C
宮内卿	3	15	20
雅経	3	22	13.6
俊成卿女	3	29	10.3
家隆	3	43	7.0
顕昭	2	2	100
経家	2	2	100
範光	2	2	100
兼宗	2	2	100
幸清	2	2	100
業清	2	2	100
朝光	2	3	66.7
季能	2	3	66.7
保季	2	3	66.7
忠経	2	3	66.7
家長	2	3	66.7
興風	2	4	50
長方	2	4	50

作者名	A	B	C
実房	2	4	50
嘉言	2	5	40
周防内侍	2	5	40
成仲	2	5	40
高光	2	6	33.3
忠見	2	6	33.3
兼輔	2	7	28.6
是則	2	7	28.6
道信	2	9	22.2
能宣	2	10	20
長明	2	10	20
家持	2	11	18.2
兼実	2	11	18.2
業平	2	12	16.7
匡房	2	14	14.3
有家	2	19	10.5
寂蓮法師	2	35	5.7
式子内親王	2	49	4.1

表2

作者名	A	B	C
躬恒	6	10	60
公継	5	5	100
惟明親王	5	6	83.3
越前	4	7	57.1
忠通	3	4	75
後白河院	3	4	75
高倉院	3	4	75
行遍	3	4	75
惟成	3	5	60
守覚法親王	3	5	60
頼実	3	5	60
顕昭	2	2	100
経家	2	2	100
範光	2	2	100
兼宗	2	2	100
幸清	2	2	100
業清	2	2	100
朝光	2	3	66.7
季能	2	3	66.7
保季	2	3	66.7
忠経	2	3	66.7
家長	2	3	66.7

ことにおいて、これらの人々の和歌削除には、編者後鳥羽院の自詠削除と同一の、少なくともそれと類する理由が想定されるはずである。

他に注意されるのは、波線を付したように、五首も採用されながらそのすべてが除かれた人（公継）や、所収歌の二首をともに除かれた人（顕昭・経家・兼宗・幸清・業清）がおり、右の範光を含め、彼等は新古今入集歌人としての栄誉を失ったことである。既に後藤重郎氏(10)がその事例を留意されていた公継の場合を見れば、除かれた歌は、具体的に、

257 窓近きいささ群竹風吹けば秋におどろく夏の夜の夢（夏）
519 寝覚めする長月の夜の床寒み今朝吹く風に霜や置くらん（秋下）
536 紅葉ばの色にまかせて常磐木も風にうつろふ秋の山かな（秋下）
1097 忍ばじよ石間づたひの谷川も瀬を堰くにこそ水まさりけれ（恋二）

1874神風や五十鈴川浪数知らず澄むべき御代にまた帰り来ん（神祇）

の全五首であった。もちろんこれらが歌自体の善し悪しや配列上の都合によった可能性は否定できず、(11)一方で彼個人への特別な思惑から発している可能性もあり、(12)根拠を特定するのは困難である。(13)ただし、公継は、例えば『水無瀬恋十五首歌合』に出詠しながら、その秀歌抄出本の『若宮撰歌合』・『桜宮撰歌合』には一首も撰ばれない唯一の人物であることに典型的なように、歌人としての評価は高いわけではなく、『後鳥羽院御口伝』に当然ながら名は挙げられず、彼の和歌が外されることによって集自体に変質を来すようなことはない。

同様に、巻軸歌作者の誉れが失われ、位置付けとしては評価を下げた頼実も、公継と同じく、歌の善し悪しとともに、その個人への思惑を踏まえた可能性が指摘される。(14)しかし、彼の和歌についても歌集に及ぼす影響力はやはり皆無と言わざるを得ず、こちらも和歌を詠む力量に応じた数の削減と見るのが穏当であろう。後にも触れる通り、数多くの歌人がその名を集から消されることになるけれども、いずれも抜けたことによる差し支えは認めがたく、時代に必須の歌詠みと位置付けられる人物は存在しない。

この事例と関わって、改めて注視されるのは、**表1**の、便宜削除歌数ごとに区切った各欄ごとの歌人の並び方である。再度**表1**を通覧すると、破線の間の歌数が等しい歌人たちは、すべての欄で削除率の低い部分に主要な当代歌人が集まっていることが知られる（表に傍線を付した）。具体的に、六首では俊成・定家、五首では良経、四首では秀能、三首では家隆・俊成卿女・雅経・宮内卿、二首では式子内親王・寂蓮・有家が、それぞれその順に並ぶ。この現象は、先の削除率の高い歌人の様相と表裏の関係にあり、両者併せて、各歌人それぞれの入集歌数が、各人の力量に応じて決定されていたことを窺わせるであろう。その評価の実態をより正しく把握するために、**表1**のデータを削除率の低い歌人から順に並べ変えてみると、**表3**のようになる。

表3

作者名	A	B	C
式子内親王	2	49	4.1
寂蓮法師	2	35	5.7
良経	5	79	6.3
家隆	3	43	7.0
俊成	6	72	8.3
俊成卿女	3	29	10.3
有家	2	19	10.5
慈円	10	92	10.9
定家	6	46	13.0
雅経	3	22	13.6
匡房	2	14	14.3
西行法師	14	94	14.9
業平	2	12	16.7
家持	2	11	18.2
兼実	2	11	18.2

作者名	A	B	C
能宣	2	10	20
長明	2	10	20
宮内卿	3	15	20
道信	2	9	22.2
秀能	4	17	23.5
和泉式部	6	25	24
貫之	9	32	28.1
兼輔	2	7	28.6
是則	2	7	28.6
伊勢	5	15	33.3
高光	2	6	33.3
忠見	2	6	33.3
通具	6	17	35.3
通光	5	14	35.7
元真	3	8	37.5

作者名	A	B	C
赤染衛門	4	10	40
能因法師	4	10	40
公経	4	10	40
嘉言	2	5	40
周防内侍	2	5	40
成仲	2	5	40
円融院	3	7	42.9
伊勢大輔	3	7	42.9
重之	5	11	45.6
興風	2	4	50
村上天皇	5	10	50
元輔	3	6	50
公任	3	6	50
長方	2	4	50
実房	2	4	50

ここに明らかなのは、まず、上位を占める式子内親王から雅経までの十名はすべて当代を代表する歌人であることだ。採用されたこれらの歌々は、いずれも彼らの代表的秀歌であって、新古今時代を築き上げた人々への評価として穏当な、偏りのない歌数配分となっている。次に、総歌数が、「ふたちゞ（二千）」から「千哥むもゝち（千六百）」に減じられ、したがって歌人全体の削減の平均値がほぼ二十パーセントであることを踏まえるなら、具体的な削除率において、当代歌人の「通光」「通具」がその値を上回って多く削除されており、かつて院の寵遇を得た「秀能」もそれを越えることが指摘される（傍線を付した）。これら三歌人を上位者十名と比べるなら、歌歴はもとより力量においても、彼らに一籌を輸するのは明らかで、通光・通具・秀能三者の歌を多めに削るのは、先に見た肉親・権門貴族・近臣等の院に近しい人物の歌の削除と通う判断と認められる。程度の差はあっても、この三歌人の和歌の入集には厚遇の存した可能性があり、逆に、上位者には歌以外の配慮がほとんど働かず、働いてもきわめて乏しかったことが窺われるのである。

以上の諸例は、隠岐本における歌数の改訂が、歌そのものの評価の一方に、歌人ごとに力量に応じた歌数への適正化が目指されたことを推測させる。仮名序に見る編者の立場に即すれば、〈分き難さ〉に由来する悔いは取り除かれ、隠岐本とは、公平な力量評価の基準に従って歌人ごとに歌が篩い直され、厳選された集であったと認められるのである。

なお、後藤重郎氏の論[15]にあるように、一首のみ入集しながらそれが削除された歌人は、五十六名に及び、うち十一名は勅撰集入集の名誉を放棄させられた歌人である。それらの人名を見渡しても、勅撰集に多くの歌を残すような有力歌人は一切見当たらない。逆に、一首も削除されなかった人物について見るなら**表4**の通りとなる（便宜計六首入集の人物までとする）。

作者は広い階層にわたっており、表示を省いた人を含め、すべて二百十四名という多くの歌人を数えることが

表4

作者名	A	B
菅贈太政大臣（道真）	0	19
経信	0	16
実定	0	16
二条院讃岐	0	16
寂然法師	0	14
女御徽子女王	0	12
実方	0	12
清輔	0	12
俊恵法師	0	12
俊頼	0	11
謙徳公（伊尹）	0	10
宜秋門院丹後	0	9
恵慶	0	8
花山院	0	7
崇徳院	0	7
小侍従	0	7
小野小町	0	6
大弐三位	0	6
範兼	0	6

でき（神仏詠やよみ人しらずの歌を除く）、僧侶や遊女に及ぶ採用歌人の範囲の広さに変化はない。**表4**の冒頭から二人目に位置する経信は、俊成・定家により和歌中興の祖と位置付けられ、『後鳥羽院御口伝』でも同様に扱われる歌人であり、同書で評価される子孫の俊頼・俊恵法師と併せ、この父子三代の歌は一首も省かれることはない。また、冒頭の菅贈太政大臣菅原道真も、巻第十七雑歌下巻頭の十二首を含め、その全歌が残されて、後鳥羽院の好みに適うことも窺わせる。院の評価には歌以外の要素は払拭され、歌の精選がそのまま人の精選となっていたことを認めてよいであろう。

ちなみに、約二千首から約千六百首へというほぼ二割の全体の削減率は、「よみ人しらず」歌が九十四首から二十二首削られた割合（削減率二三・四パーセント）と大きくは隔たらない。作者不明の歌の扱いはもちろん歌人の基準とは関わらないことから、その削減率が二割強の値であるのは、やはり予めの到達目標に千六百首という数があったことを思わせもするのである。

以上を総じて、前代の、特に王朝の歌人を主なる対象として削除率は高く、弱小歌人も大幅に削り、逆に当代歌人を総じて尊重した和歌の削減ということになる。ただし、その当代重視も、最高入集数を八十首台に抑え、誰かに著しく偏るようなことはない。

そうした人物の扱いの中で特に留意したいのは、第一節でも触れた通り、定家と家隆の収載歌数がともに四十首で一致していることである。これは数えなければ表には現れない数字であり、もとより偶然の可能性も皆無ではない。しかし、出会い以降、さまざまな感情を抱きつつも、終始二人の力量を評価し続け、隠岐でも『定家家隆両卿撰歌合』という秀歌撰を編むことに象徴的な、後鳥羽院の両人を同等に扱おうとした思惑によると見るほうがはるかに穏当であろう。

かくして、隠岐本の和歌の削除は、歌人それぞれの和歌の力量に見合った数が裁定されて決められたという様相を呈している。歌集全体を見渡し、然るべき人々が採用され、彼らの優なる歌の粋を抽出した集として、理想の姿を現出させようとしたのが、『新古今集』の最終改訂版だったのである。

四　歌と人と

隠岐本の改訂は、序に述べられる通り、「歌」の精選と、「人」の歌数の適正化を目指すものであった。とすると、次なる課題は、それら両者の基準がいかにして適用可能となっていたのか、を明らかにすることである。

いったい、「質」に関わる「歌」の基準と、「量」に関わる「人」の基準とは、一方を優先させれば他方は成立しない、齟齬を必然とする関係にある。したがって、二つの基準が同時に適用されるためには、両者が相互に優先のない状態に保たれていることが、最低の、そして唯一の条件ということになる。先掲の家郷氏の論に従って、それを「座標軸」に喩えるなら、両軸方向に働く力が、互いに双方を確認し、均衡を取りながら一点を定めてゆくという形である。具体的に言うと、歌一首を残すか削るかの判断を下す際に、その歌の秀逸さとともに、作者の歌数の適正さが相関するものとして意識されるということだ。

そのような配慮はどのように働かせうるだろうか。

両軸への相異なる配慮が、均衡を保って同時に働くためには、作業の主体において対象全体が細大漏らさず記憶されていることが、何より必要な最低条件となる。ここに、その主体、後鳥羽院の『新古今集』への対し方を思い起こせば、周知のように、院は元久二年の竟宴本以降、切継の段階から編集に深く関与していた。ある時期には収載予定歌を悉く諳んずることができた、という証言もよく知られている。(16) 撰者定家を嘆かせるほどに編纂に介入した院は、同時代の誰より優って『新古今集』を編む作業に携わり、結局は「歌」も「人」も、ともに最も強く院の思惑によって決められていた。佐藤恒雄氏によれば、撰者定家の『新古今集』撰集作業の過程においては、「採歌」と「配列」を別作業としてカード式方法によるのではなく、それらを「同時並行的に進行させてゆくという、極めて原始的な方法」が用いられていたという。(17) 立場が違い、行為も逆方向に異なるものの、その「原始的」なことにおいては、院の方法は定家のそれと共通するものと見てよいであろう。和歌の削除が、常識的には不可能と思われる至難の方法で可能となるのは、改訂への強い意欲と、両軸方向に同時に働く抜群の記憶量を前提としており、特に後者が可能となったのは、過去の編纂過程において、撰者と匹敵し、後には凌駕する「歌」「人」両軸方向における労が費やされていたからである。

互いに異なる二つの基準を念頭に置き、双互の関わり方を見据えて同時進行させる時にのみ、理想に向かっての精選は実現する。そうした煩雑な作業は、改訂に携わったのが、編集に関与し続けてきた当事者でもあったことを前提としていたのである。

五　和歌削除の基準

以上、演繹的な理解を求める序文の趣旨は、歌集本文において、帰納的な検証からも了解されることを、「歌」と「人」という基準を考えながら、確認した。最後に、その基準の関わり方の問題をさらに詰めて考え、削除の基本姿勢を見定めたい。

そもそも隠岐本の削除理由として、風巻景次郎氏によって最初に取り上げられたのは、「配列」に関してであり、春上の、

8風まぜに雪は降りつつしかすがに霞たなびき春は来にけり（よみ人しらず）
9時はいま春になりぬとみ雪降る遠き山辺に霞たなびく（よみ人しらず）

の二首削除は、両首が『万葉集』の歌であり、その「万葉調」が「読過しゆく場合はなはだしく邪魔になる」ことに根拠が求められていた[18]。また、巻頭部分の、

1み吉野は山も霞みて白雪のふりにし里に春はきにけり（摂政太政大臣）
2ほのぼのと春こそ空に来にけらし天の香具山霞たなびく（太上天皇）
3山深み春ともしらぬ松の戸にたえだえかかる雪の玉水（式子内親王）
4かきくらし猶ふるさとの雪の中に跡こそ見えね春はきにけり（宮内卿）

という四首において二番歌が削除されることにつき、田中裕氏が歌の善し悪しに触れつつ、1・3・4番歌が「三幅対のやうな緊密な関係を示す」ことを説かれていた[19]。この指摘は重要で、2番歌が既述の通り、後補の切入歌であったことをも踏まえると、本来保たれていた配列美を取り戻すための処置である可能性は高いのである。前の第二節で指摘したように、改訂に際しては主題の展開にもこまやかな配慮が窺われ、配列上の不備や不自然さを解消するためと思しい削除例は随所に見出すことができる。そもそも構造体をなす歌集が「配列」の顧慮を有するのは

当然で、とりわけその精妙さに特徴をもつ本集ゆえ、「配列」と関わらない改訂はあり得ない。

とすれば、「配列」も、改訂の「基準」として意識されていたのだろうか。基準であったとすれば、既に「歌」と「人」の基準が認められる以上、具体的に一首の存否を判定する場合、相異なる三つの立場からの検討を加える作業が求められることになる。それには甚だしい煩雑さを伴い、実際にその過程を想定することは困難である。とは言え、見てきたように、他の誰よりも『新古今集』に親炙し、細部まで知悉した編者後鳥羽院の、改訂への強い意思を思えば、その労苦のゆえに作業が断念されたとも考えにくい。

いったい、相異なる三つの意識を同時に働かせて削除歌を決めるとは、再び「座標軸」に喩えるなら、「歌」・「人」の二軸に対し、いずれとも方向を異にする「配列」という第三軸が、それぞれ直角に交わる立体的な関わりの中に定点を求める、ということである。角柱から彫像を造り上げるように、同時に相異なる三方向の意識を働かせ、除くべき部分を削り、構想する像を彫り出してゆく、という作業が思い合わされる。望ましい姿を追い求め続けた院の強い熱意が、その煩雑さを超えて、理想の像を目指した、とは十分に考えられる想定だろう。ただし、三つの方向への意識を同時に働かせるためには、作業の煩雑さもさりながら、二千首に近い歌集を完璧に記憶していることが前提として必要となる。その膨大な記憶量を踏まえ、歌の出し入れの処理をするという作業は、コンピュータならぬ人の頭脳では、絶望的と言わざるを得ない。しかも、基準は三つとは限らない。隠岐序が述べるように、改訂は仮名序を襲用するという条件があったのだから、もとの歌集の骨格を保つことも改訂の基準の一つには違いなく、基準は読みに応じてさらに認定されうるのである。いかに熱意に溢れ、記憶力に秀でようと、同時に三軸あるいはそれ以上を意識し、相互に連動させ、改訂を図るのは著しく困難に思われる。

ところが、ここに留意されるものこそ、隠岐本諸本に加えられた「符号」の役割である。優れた歌のみを残し、歌人ごとの所収歌の適正化を図りながら、好ましい配列の歌集に絞り込もうとする時、作業の過程で、残す歌または削る歌に付される符号は、単に覚えのためではなく、複数の基準を満たす必須の働きをしたと考えられる。すなわち、用いられる符号は、改訂本文を明示し、配列を検討するにきわめて有用である、のみならず、その符号の数を歌人ごとに数え、それを集計すれば、歌人別の歌数はたやすく把握されるからである。三つの基準を適用しようとする際、別に作者ごとの歌数一覧表を備え、随時にそれを参照しつつ、歌集本文に符号を付してゆけば、いずれの配慮をも満足させることが可能となる。しかも、符号は簡単に付け替えることができ、より優れた形を目指して試行を継続するためには、この上なく好都合の手段である。

もし、和歌の削除にあたって、歌の善し悪しを判定し、歌数の適正さを見極め、配列を整序するという目的が、それぞれ別個に果たされようとしたのなら、それぞれの判断を下す時点で対象となる歌を削除すればよく、符号が付される必要は全くない。符号は、異なる基準を満たすためにこそ存在したはずであり、優れた歌が、作者ごとに相応しい数に見合い、配列上不都合なく並ぶ、という理想を実現するための、しかもその正確を期するための最良の手段だったのである。隠岐本の現存諸本に残されている種々の符号は、その明らかな証左にほかならない。

隠岐本の改訂が、複数の基準の共存によってなされるのは、思えば編集の段階で複数の基準が置かれている以上、当然のことであった。「歌」・「人」・「配列」の三つを基本とした上に、基準は捉え方次第でさらに導かれ、その場合、相乗倍に複雑化する関係が生み出されることになる。それがいかに煩雑となっても、歌に符号を付し、その歌数を一覧する手段を用いることによって、複数の基準を同時に適用することが可能となるのである。

六　おわりに

隠岐本『新古今和歌集』の改訂において、後鳥羽院が目指した理想は、厳選を経たところに成る歌数千六百首の決定版であった。襲用する仮名序で自らの編集を明言し、隠岐序で予め「数」を示した上、本文で相応の歌人たちの歌を各自にふさわしい「数」によって並べることは、その〈数〉の支配による理想の実現であったのではなかろうか。その理想に向かい、符号を用いて作業を進めるのは「完璧」に向かう過程であり、その営みが孜々として続けられたのは、仏道とともに、それが孤島の寂寥と無聊とを克服するための、最も大きな力となったからに違いない。

以上本節では、改訂のための和歌削除をもっぱら劣れるものを除棄する行為として考えてきた。ただし、削除することに新しい意味を付与する役割を認めるなら、理解は大きく異なってくる。例えば後藤重郎氏は、巻末の巻第二十釈教歌最末尾の七首が一括削除されたことにつき、新たに巻軸歌となる、

五百弟子品の心を　僧都源信

1971 玉かけし衣の裏を返してぞ愚かなりける心をば知る

という歌に後鳥羽院自身の反省を込めるためという読みを示されていた。[20] 第一節では、私撰集を目指さない隠岐本の読みとしては成り立たないものの、託された意図としてはありうると考えた。本稿の検証を通しても、その解はやはり読みようによって成立することが確認される。すなわち、先掲の、歌人ごとに集計した削除歌の数値は、この巻末の連続七首をすべて含めたものであり、「歌」・「人」・「配列」を基準とする構造が、それによって崩れることはないからである。本稿が確認した全体に関わる配慮の一方で、部立や配列の単位、さらには各歌ごとにさえ、部分にこめられる意図は多様に想定されるであろう。長い時間をかけて仕上げられようとした本集においては、恣意に陥らぬ手立てを講じながら、可能な限り、多様な解明の試みがなされてよいであろう。

今日まで、隠岐本の本文はそのおおかたが、歌頭であれ歌尾であれ、また合点であれ小圏点であれ、符号が付さ

れた形で伝わってきた。残された歌のみからなる純粋本は、今のところ、冷泉家時雨亭文庫本とその転写本宮内庁書陵部蔵一本以外には知られない。しかもその純粋本は必ずしも良質の本文とは認められず[21]、後嵯峨院時代に調整されたものと見る説も提出されている[22]。もとより書物としての隠岐本が目指す完成体は、純粋本の形態に違いない。しかし、見てきたように、改訂の作業が、帰京の望み薄い遠島の現在を保たしめるかけがえのない力となっていたのならば、純粋本は理想としてのみ存在し、形は遂になさなかったかもしれない。完成は夢の実現でありながら、それはそのまま作業の終焉を意味するからだ。隠岐の後鳥羽院にとって、愛着措く能わざる歌集を日々読み直し、さらに優れた集を目指して符号を付し続けることが、今を生きることであった。本文の流動は、『新古今和歌集』の本性だったのである。

【注】

（1）従来、和歌所の名のもとに一旦完成した形態を伝えるとされてきた家長本につき、田渕句美子氏は、『新古今集』諸本における位置付けを見直し、承元年間の書写本を基軸に新たに考え直すべき提言をされた（「『新古今和歌集』の成立―家長本再考」『文学』八―一、二〇〇七年一月）。

（2）ただし冷泉家時雨亭文庫本には、巻五秋下517・518番歌が逆に配置されるという固有の異文がある。

（3）「『新古今集』編纂にはたらいた意識」（『新古今時代』一九三六年七月、人文書院、初出は一九三二年『水甕』、『風巻景次郎全集』六〔一九七〇年十月、桜楓社〕所収）

（4）『新古今和歌集の研究』（一九四四年五月、星野書店）、『同　続編』（一九四六年十二月、新日本図書株式会社。増補版はいずれも一九九三年十月、和泉書院刊）。

（5）『後鳥羽院と定家研究』（一九九五年一月、和泉書院）に収められた「隠岐本削除歌考」の諸論。

（6）本文は注（2）の冷泉家時雨亭叢書『隠岐本　新古今和歌集』の本文による。

（7）谷山茂『千載和歌集とその周辺』（谷山茂著作集三、一九八二年七月、角川書店）の第一章・第二章の論。久保田淳・松野陽一校注『千載和歌集』（一九六九年九月、笠間書院）の解題（久保田淳氏執筆）等。

（8）当該箇所は田中裕氏により、純粋本ではなく合点本が隠岐本本来のかたちであるとする論拠として示されたものである。氏は「まき〳〵の哥のなか」が合点本の形式を示す有力な根拠であるとする。私にはその箇所は、「しかのみならず」が「かさねて」と呼応していることと関わって、「まき〳〵の哥のなかより」などとあるべきところを、「より」を省いて簡潔に叙した、と解しておきたい。

（9）除棄歌には存疑のものもあるが、後藤重郎氏の最新の業績『新古今和歌集研究』（二〇〇四年二月、風間書房）に従った。一首のみの歌人については後藤氏の当該書に論があり、ここでは二首以上の歌人を扱う。

（10）注（9）に同じ。

（11）例えば257番歌について、小島吉雄氏は注6掲出書の後者で、「趣向の陳腐にして常套的な歌、もしくは同趣向の歌」として挙げられ、直前の256番（式子内親王）歌と同趣向であり、しかも「下の句に些か表現の無理があり、雅潤味に欠ける」という欠点を削除理由とされる。

（12）藤原公継は承久の乱に際し院を諫める行動を起こし、院の「以外（もつてのほか）の御気色」（立腹）を招くことで知られる（古活字本『承久記』上）。

（13）古活字本『承久記』の記述を踏まえるなら、その行為への思惑から「筆誅」として全歌削除という措置を取ったという憶測もなし得るものの、承久の乱に際し敵対関係となった公経の削除率は四割に止まっており、体験に発する思惑を安易に導くことはできない。

（14）頼実は後鳥羽院のもとで絶大な権力を行使した卿二位兼子の夫であり、院の厚遇が推測される（上横手雅敬『鎌倉時代　その光と影』〔一九九四年五月、吉川弘文館〕参照）。また建保年間には「和歌所の権の長者」として振る舞う専横ぶりが知られる（田渕句美子「歌壇に於ける慈円（人と現場―慈円とその周辺）」中世文学会編『中世文学研究は日本文化を解明できるか』〔二〇〇六年十月、笠間書院〕所収）。

（15）注（9）に同じ。

(16)『源家長日記』の記事。

(17)「定家進覧本の形態と方法」(『藤原定家研究』二〇〇一年五月、風間書房)

(18)注(3)に同じ。

(19)注(5)に同じ。田中裕氏は巻頭歌が「「山」と「古里」とをこめて既に春気のゆきわたつた喜びを歌ひあげ」、「三・四番がいづれも巻頭歌と同様、雪と春との交叉を主題としてゐること、のみならずそれぞれが巻頭歌における「山」と「古里」を分けもつて、あたかも巻頭歌を開いた形をみせていること」から三首は「三幅対のやうな緊密な関係を示す」ことを説かれている。

(20)注(10)に同じ。

(21)冷泉家時雨亭叢書『隠岐本 新古今和歌集』(一九九七年四月、朝日新聞社)。後藤重郎氏注2掲出書解題。

(22)上野武「隠岐本と後鳥羽院怨霊の鎮魂―冷泉家時雨亭文庫蔵本『隠岐本 新古今和歌集』の成立について―」(『国語国文』一九九九年九月)

終章　後鳥羽院における和歌

第一節　定家・家隆との関わり

一　はじめに

藤原定家にとっての好敵手《ライバル》は誰か、という設問に答えるのは必ずしも容易ではない。古来二歌聖として藤原家隆と並び称されてきた一方で、悲劇的な訣別に至る後鳥羽院との関わりも浅くはないからである。そもそも身分・立場を異にする家隆・後鳥羽院を、同一の基準によって比較の対象に据える意味は乏しく、時の推移が然らしめる関係性の変容は、この三者の場合は特に、承久の乱という未曽有の事件を含み持つゆえ、きわめて大きいものであった。

解答は、基準の定め方と折々の状況とによって異なると言うべく、松村雄二氏が提示された「呪縛」としての俊成のように増える可能性さえある。(1) かつて『国文学解釈と教材の研究』が「日本文学のライバル」を特集した時、他が概ね二者の比較であるのと異なって、「後鳥羽院・家隆と定家」で組まれたのは、(2) 三者の特異な関わり方をよく物語っていた。比喩的に言えば、三巨星を結ぶ三線がそれぞれ太さと長さを変え、形を変えていったのが彼等の関係の在り方であった。

中世以降今日に至る定家と家隆の並称（優劣）論の夥しい累積を一方に見、定家と後鳥羽院の歌風・歌観・歌論の異同の問題の大きさを一方に見据える時、三者の関わりを改めて問おうとするに際しては、異なる角度からの照射をこの上如何になし得、しかる後それを如何に総合し得るかに問題が絞られてくるであろう。本節では、その足掛かりとして、彼等が直接に関わり合った歌合・歌会を資料に、それぞれの時点における関わり方の問題を考えることにする。

取り上げるのは、建仁二年（一二〇二）六月の『水無瀬釣殿当座六首歌合』、承久二年（一二二〇）二月の「内裏二首歌会」、嘉禎二年（一二三六）七月の『遠島御歌合』である。十数年を隔てて成立している各作品は、彼等の関係を論ずる際にしばしば用いられ、新古今前夜・承久の乱直前・後鳥羽院隠岐配流後という三時点での、相異なる三者の関係、すなわち後鳥羽院をめぐる定家と家隆の対蹠的な関わり方を窺わせる資料となってきた。改めてこれらの作品を読み、彼等が置かれていた立場を重く見ることに的を絞りながら、三者の関わりを検討してみたい。

二　水無瀬釣殿当座六首歌合

『水無瀬釣殿当座六首歌合』（以下『釣殿六首』と略称）は、定家の六首に後鳥羽院が自詠六首を番え、一巻に仕立てた歌合である。『明月記』の詳細な記述から成立の具体相が知られる貴重な作で、丸谷才一氏の詳論[3]も既になされてある。成立のあらましは、建仁二年（一二〇二）夏の水無瀬における遊興のさなか、後鳥羽院は定家に六題を与え、得られた六首に対し「殊宜之由」を伝える（六月三日）。二日後、同題の自歌六首を定家に「一見」させ、帰京後の十五日、自ら両者の六首を番え判じた歌合一巻を定家に与えた、というものである。

その六番十二首の和歌を、つぶさに読んでみるなら、右のような成立の事情に照応して、定家の歌を詠出の契機として院の歌が生み出されたような趣が知られる。

例えば、

一番　河上夏月　左　　　　　　　　　　　　　　　　　　　　　　定家
高瀬舟下す夜川のみなれ竿とりあへず明くる頃の月影
右　　　　　　　　　　　　　　　　　　　　　　　　　　　　　　親定
筏士のうきね秋なる夏の月清滝川に影流るなり

という初めの番いは、定家の歌が「河上夏月」題を、河で竿を操る人物を設定して詠みこなすのを受け、後鳥羽院（親定は隠名）は「筏士の」と詠み起こして、竿をさす川面に焦点を絞ることで一首をまとめていると読まれる。それも、左歌が本歌を、

みなれ竿とらでぞ下す高瀬舟月の光のさすにまかせて（後拾遺集・雑一・八三五・源師賢）

に定めて、月に取り合わせる竿を一首の詮とするのに応じるかのように、院の歌も、

筏下ろす清滝川にすむ月は竿にさはらぬ氷なりけり（千載集・雑上・九九一・俊恵）

を踏まえるところに一首をなす、という具合である。

以降の番いを通じて指摘が可能な、こうした定家歌を契機にする院の歌の詠出は、そもそも定家歌を左に据え、

そこに自歌を添えるような形態からも明らかな通り、定家の歌に唱和する形で院自らの歌を提示することに、本歌合の主要なねらいがあったことを窺わせるであろう。唱和するとは、もちろん従属するの謂ではない。この例からも明らかなように、趣向の構え方、本歌の取りよう、詞の続けがら等において両者の間には径庭を有してもいる。そのような関わり方を最も明瞭に示すのが、最後に置かれた次の番いである。

六番　久恋　左

幾世経ぬ袖ふる山の瑞垣に越えぬ思ひのしめをかけつつ

右

思ひつつ経にける年のかひやなきただあらましの夕暮の空(4)

判者後鳥羽院は、ここに初めて自詠を勝と定めた。定家も『明月記』において、院に見せられた「御製」を記すに、この一首のみ全体を書き付け、「此題殊以殊勝々々」と評している（六月五日条）。これらを重く見て、丸谷才一氏は当該の六番右歌に定家歌風と同一の「重層性」、さらには「時間性」を認められ、以て定家の評価を位置付けられた。それは第三句「かひやなき」に「貝」の掛詞、「渚」の連想を読み、「海辺の恋という趣向」を認めることを要所とする。少なからぬ用例を従える魅力的な立論であるにかかわらず、これは「強引な読み方でない」とは言えないであろう。既に久保田淳氏の指摘があるように、そのためには「海のイメージを与える顕れた語が必要」(5)であり、院の目指す所がその重層的表現にはなかったと思われるからである。

この番いにおいても、両首ともに古歌を本歌に定め、(6)「久恋」題を「幾世経ぬ」「経にける年」の提示に始める設定は、院の歌が定家の歌を成立の契機にしていた可能性を窺わせる。この時、院歌の第四句「ただあらましの」は、定家歌の第二句以降すべてが描く世界と等価とも見なし得る重さを有する句だったように思われる。そして、それを受ける「夕暮の空」とともに暗示される、待つ女の姿と心情の切実さは、決して定家の手法によるものではなかった。

すなわち、「久恋」題に沿うべく、待つ女の心のみを提示する、いわば直叙の形を取る。しかし、その直叙がある固有の心情の提示に帰することなく、普遍的にすぎるもの言いがかえって古来夕空を眺め続けた無数の物思いに支えられる、という在り方をするのである。本歌もその無数の物思いのいわば呼び水に過ぎず、重層的効果をもたらしてはいない。この第四句は、極めて単純な表現に見えるが、意外に先行例には乏しく、確実な前例は、宮内卿の『仙洞句題五十首』に詠まれた、

人とはで月にふりぬるあさぢふにただあらましの松虫の声（月前虫）

しか認められない句であった。(7) 宮内卿の用例以上に、心情の直叙の形が背後に限りない思いを湛えるような働きを有しており、かような句を据えて得られたこの一首には院の相当の自信が込められていたに違いない。

定家の恋歌は、他の二首を見ても、

春やときとばかり聞きし鶯の初音を我と今日やながめん（四番　初恋）
夏草にまじるしげみに消えね露置きとめ人の色もこそ見れ（五番　忍恋）

のように、「鶯」、「夏草」の「露」等、四季の素材を用い、あるいはその鶯の初音に初めての恋の憧れと泣くさま

とを重ね、また露に涙を見せまいとする忍ぶる恋の思いを重ねて、概ね複雑な情趣の構成を目指す（判詞の主なる評語も「めづらし」である）のに対し、院もそれに倣う形を取り続けながら、一方にかかる歌い方をも見せるのである。

五番まで自歌を定家歌に勝るとは認めず、最終六番に至って初めて勝を与え、自信作を据えたところには、かなり重い意味が込められていたと見てよい。初めて定家の歌に触れ、十日余りを経て歌合一巻になした過程に、結番の効果を考えての熟慮があったに違いないからだ。ここには、定家の歌に魅了された自らの感銘を示すべく、それら六首に触発された自歌六首を組んで、その手法を認容する、と同時に、定家の得意とする手法によらない歌をも示すという院の周到な配慮があったものと推測される。のち、後者の院の勝歌のみがこの歌合から『新古今集』に掬い上げられる事実に照らしても、この二つながらの配慮は本歌合成立の動機に関わっているように思われる。

しかも、「水無瀬釣殿当座六首歌合」の書名が示す通り、水無瀬での所産たることは、後鳥羽院にとって都の一般の催しとは異なる意義を有したはずである。机上の歌合でありながら、番えられた作品が語るのは、院の好む離宮で定家と二人だけの歌合を催したという事実である。仮構の世界ではあるものの、ここに和歌にすぐれた廷臣とそれを見出した君主による相和した理想の姿が明瞭に結ばれることになる。

『明月記』によれば通親も同題で詠じており、『新古今集』所収歌の詞書は「水無瀬にて、をのこども、久恋といふことをよみ侍りしに」と明記している。その通親ではなく定家が番いの対象に定められる必要性は、およそ右のような事情によるに違いない。

では、定家はこれをどう受け止めたか。

『明月記』に、この歌合を知って「面目過分畏申」と書き留め（六月十五日条）、名誉ある満足感に一旦は浸ったはずの定家は、のちこの歌合歌を『拾遺愚草』に収めるに際してそのままを収載せず、最後の「久恋」題（当該六番）の歌のみ別の歌を載せている。これは久保田淳氏の言われる通り「後日さし替え」が行われた結果であろう(8)。厳選を旨とした『拾遺愚草』のよりよき歌への改訂ではあるものの、「建仁二年六月、みなせどののつり殿にいでさせたまうて、にはかに六首題をたまはりて、御製にあはせられ侍し」と明示することにおいて、差し替えの有する意味は小さいものではない。類例の乏しさと相俟って、これは自歌への不満にのみよるとは思われないからである。「面目過分」と認めた院との記念すべき歌合であることを明示し、それも架空の歌合だったものを、右の通り実際の場があったように記述することが、すなわちその歌合歌たることに発する修正への動機を語るとも読みうるからだ。すなわち、既述の如きこの歌合の意味するところは、当事者定家によく理解できた。その時、「殊勝」なる院の六番歌が「勝」となるのは当然として、それに対抗すべく秀歌たり得ない自詠が、君臣関係を提示する役に奉仕している事実にある種の堪え難い思いを抱いた、との推測が導かれてくる。しかも、

幾世へぬ袖ふる山の瑞垣に越えぬ思ひのしめをかけつつ

から、

我がなかはうき田のみしめかけかへて幾たび朽ちぬ森の下葉も

へと差し替えられた恋歌が、ひたすら頼みをかけ続ける思いから相手との仲の断絶による不信へと、内容が変えられていることも、単に歌の可否に止まらない思惑を潜ませているとも読みうるのである。

もとより、差し替えの時期が不明であり、歌以外の要素を持ち込むいたずらな推論は許されず、あくまで院との間に感情の齟齬を来している定家を前提とした推測に止まることにはなる。ただし、留意したいのは、定家歌のそ

うした差し替え動機を推測させる性格を、本歌合が有していることである。譲位後、初めて後鳥羽院が本格的に催すこととなる『正治初度百首』において定家の歌に触れ、彼の詠風に魅せられてきた院が、その親灸ぶりを示す一方で、求める歌い方とその属性の差異をも示すのがこの歌合であった。詠歌と結番を通して本歌合が最終的に狙っているのは、和歌における理想の君臣関係の提示であり、当事者定家にとってはそれが十分理解できたればこそ、後に改訂作業を予定せざるを得ない、そのような歌合であったと見ておきたい。

『釣殿六首』という歌合は、この後、和歌をめぐって緊張関係を強めていく定家と後鳥羽院の関わり方における種々の問題を少なからず孕んでいる小品であった。そして、『後鳥羽院御口伝』が、

若かりし折はきこえざりしが、建久のころをひより、殊に名誉もいできたりき。

と記す家隆も、その記述にかかわらず、この時点では院にとって定家の比ではないことをも明瞭に語る、場を持たない仮構の歌合であったのである。

三　内裏二首歌会

危機を孕みつつ辛うじて保たれていた定家と後鳥羽院の関係が遂に破綻する契機は、承久二年（一二二〇）二月の「内裏二首歌会」に出詠された定家の歌、

道の辺の野原の柳下もえぬあはれなげきの煙くらべに（野外柳）

が院の忌避に触れたことにあった。定家と後鳥羽院の対立・分裂における最大の事件だけに、この歌をめぐって諸家に論がある。石田吉貞氏は、定家が「親幕派的世界の人であった」ことが原因で、歌が表す「官位の超越、禁忌の侵犯」等は「火をつけるきっかけ」にすぎなかったとされ、(9)丸谷才一氏は、現実に院に徴発された柳を諷したからとの「創見」とともに「頽廃と衰弱」のみなぎる「風体」への忌避に原因を求められた。また藤平春男氏は他歌人と異なる「その場を弁えぬ詠みぶり」(10)に、久保田淳氏は、道真の、

道の辺の朽木の柳春来ればあはれ昔と忍ばれぞする（新古今・雑上）

夕されば野にも山にも立つ煙なげきよりこそ燃えまさりけれ（大鏡・巻二）

を「とりあわせたもの」で、「やはりひそかに自身を道真に擬す心が潜んでいた」のを「慧眼な、というか敏感な院」に見抜かれたという事情(11)に、それぞれ逆鱗の理由を認めておられる。

限りなく疎遠になった両者の関係がこの一首を起爆剤としたと見ることにおいては、諸説概ね一致しており、それが穏当な見方であろう。

いま、この一首のみが問題であったのか、またこの歌会の催しが意味するところは何かを問い直すことから考えてみる。

二首歌会に出詠した定家の第一首目の歌は、

さやかにも見るべき山は霞みつつ我が身の外も春の夜の月（春山月）

であった。もちろん、この問題を扱う時の第一史料である『順徳院御記』が、

去年所詠哥有禁。仍暫閇門。殊上皇有逆鱗。（中略）是あはれなけきの煙くらへにとよみたりし事也。（承久三年二月廿二日条）

と明言するように[12]、第二首目の「煙くらべ」の歌に逆鱗の主要な原因があったに違いない。しかし、第一首目がそれをよそながらのものとしていたのではないであろう。そこに早く強い不遇意識が読まれ、それを歌に託す方法にいささかの問題を認め得るからである。第一首目が、

さやかにも見るべき月を我はただ涙に曇る折ぞ多かる（拾遺集・恋三・七八八・中務）

を参考歌とすることは久保田淳氏に指摘があるが[13]、「我が身の外」を意識して涙する詠歌主体が表明するのは、霞む春夜の月に結局は関わり得ない、疎外された者の悲しみである。この歌に続いて、第二首目に道真に擬する歌を据える時、〈君によって普く施されるべき恵みが自分には無関係のものである、その自分は道真にも比すべき賢臣であるのに〉の文脈ができ上がることになる。問題は、この二首ながらの読み方（の可能な詠み方）にあったように思われる。

かかる述懐歌二首のありようは、『新古今集』雑上に並ぶ二首、

1449 道の辺の朽木の柳春来ればあはれ昔と忍ばれぞする（菅贈太政大臣）

1450 昔見し春は昔の春ながら我が身ひとつのあらずもあるかな（深養父）

との関わりをも思わせる。

定家歌第二首目の本歌1449番歌に続く1450番歌が定家の第一首目と類同の述懐歌で、しかも1450番歌は久保田淳氏の言われるように「嘆きの原因」に「不遇によるもの」を読む可能性を有している。(14) 定家の二首に、この両歌の不遇をかこつ述懐性を重ね合せて読むことは、『新古今集』所収歌を熟知している者の目には、いとも容易だったに違いない。

このような仕組みを読まれての「煙くらべ」なればこそ逆鱗に結びついたのではなかろうか。その流れに乗せて見る時、確かに「なげきの煙くらべ」に蔵される問題が浮上してくる。当該歌を再び掲げると、

道の辺の野原の柳下もえぬあはれなげきの煙くらべに

において、ここに「くらべ」るのはもちろん詠歌主体の嘆きと「柳」の「下萌え」でありながら、道真歌との明らかな関わりを読んだ目には、自身を柳に喩えた道真の歌同様に「柳」に詠歌主体を寓したと映るはずだからである。つまり、「柳」から見て「くらべ」る対象は別に存在することになる。

いったい、院の「詠歌停滞の時代(15)」には〈嘆き〉の歌が見られやすい。典型的なものは建暦二年(一二一二)になされた「五人百首」に見られる、次のような歌であった。

人心恨みわびぬる袖の上をあはれとや思ふ山の端の月 (述懐)
人もをし人も恨めしあぢきなく世を思ふゆゑに物思ふ身は (同)
うき世厭ふ思ひは年ぞ積もりぬる富士の煙の夕暮の空 (同)

等、「揺れうごく院の心境が率直に歌われ(16)」たこの作品は、定家・家隆・秀能等に二十首ずつを詠じさせ、都合百首としたものである。院の内面にわだかまる鬱屈をモティーフとするような、かかる歌々に直接触れる機会は定家に少なくはなかったであろう。

そして「煙くらべ」が範を仰ぐ『源氏物語』の例も、

立ちそひて消えやしなましうきことを思ひ乱るる煙くらべに（柏木）

のように、女三宮と柏木の間に「くらべ」られたもので、対象は人であった。とする時、院の嘆きの歌をよく知った定家が、それを念頭にかすめて「なげきの煙くらべ」と表した、すなわち「くらべ」る対象は〈後鳥羽院その人〉という暗示を込めようとしていた、と読み解くことが可能になってくる。それが定家の〈詠み〉ならば廷臣にして常軌を逸した仕儀に相違ないけれども、この歌にその〈読み〉を導く仕掛けを認めるのは決して困難ではない。問題は、しかし、それ以上に歌い方にあった。既述の「五人百首」に定家が寄せた歌は、

跡たれて誓ひを仰ぐ神もみな身のことわりに頼みかねつつ（雑）
久方の雲のかけはしいつよまでひとりなげきの朽ちてやみぬる（同）

のような作であった。ここでは物思いを表明するに、「述懐」歌らしく、「身のことわり」「ひとりなげき」と、意識を自己に返していく中で不遇を嘆く形に徹している。

これが、「老風情尽、一首不二尋常一」（『明月記』建暦二年十二月二日条）という出来で、家隆歌「玉声」に比し「増二心中恥一」思いをした（同三日条）にもかかわらず、「愚歌尋常之由、有二御気色一云々、為二面目一」（同五日条）と院に評価されたのは、右のような詠みぶりにあったはずである。

それに比すれば、当該歌二首は、異様に疎外された不満と、治世へ批難に満ち、さらには拗ねた態度と揶揄の口吻さえ感じさせるものと読み得るであろう。

寓意性の問題ゆえに、定家の〈詠み〉と院の〈読み〉がどこまで一致するのかは定かではない。ただし、可能性の問題に止まらずに、院にこのような定家歌理解を強く促したものがさらに別に存在しているのである。それこそが家隆の歌であったように思われる。

家隆がこの歌会に寄せたのは、

春もなほ霞のひまの山風にうち出づる月は影ぞこほれる（春山月）

恵みあれば野辺の柳もうちなびき民の草葉に春風ぞ吹く（野外柳）

の二首であった。このような歌の、とりわけ第二首目の歌いぶりは定家のそれと対蹠的と言えるであろう。第二首目は、良経の、

院の御会三首、春風不分処

おしなべて民の草葉もうちなびき君が御代には春風ぞ吹く（秋篠月清集）

の作と表現に重なるところが多く、あるいはその影響下にあるのかもしれない。「春風不分処」の題を帝徳の普く及ぶ比喩になした良経歌よりさらに直截に「恵みあれば」と歌い起こして、これは強い治世讃美に徹している。

このような歌が一方に存在し、しかも他ならぬ家隆歌に実践されている重みが、定家歌を限りなく逆鱗に近づけたと見てよいのではあるまいか。

それにしても、何故家隆は定家と対蹠的にかくも強く治世を寿ごうとするのか。[17]藤平春男氏が言われるように、定家以外の歌人は総じて「祝意をこめたり春めく気分をとらえたりして」はいるものの、[18]家隆ひとりが特異な強さでそれに徹している。これが、院への追従や阿諛によるものでないことは、こののちの忠誠に明らかであって、[19]定家同様に院の現在の心境を敏感に察するところがあり、さればこそ大仰なまでの祝意をこめようとした、と見る以外にはない。一方が一方を知っての所為などではあり得ず、後鳥羽院に関わる両者のありようの差が、詠歌の対照性を生み出したのである。

このように、定家・後鳥羽院の分裂の問題に家隆を媒介させてみる時、考え合わさるべきは、やはり君と臣の関わりの視点であろう。それを、例えば「宮廷的」「讃頌的」「帝王的和歌」と「民間的」「芸術的」「人間的和歌」の対比に帰しては、[20]振り出しに戻るのみで意味はない。重視したいのは、先の『釣殿六首』で見た和歌における君臣相和する関係を、院はその後も保持すべく腐心しており、『最勝四天王院障子和歌』をめぐる事件を経て、[21]なお続いていた関係が、遂にここに破綻したという経緯である。これは、川平ひとし氏が〈和歌と政治〉の問題にふれて提示された「根拠としての〈輩《ともがら》〉の共同性」の「側面」[22]とも深く関わってくる。先に述べたような「唱和・親炙」はその「ヨコの理念」（「連帯意識」）と結びつくのであり、それなしには定家との関わりはあり得なかったはずである。そのような「共同性」を包み込んで、なお、収束さるべき所に親和の君臣の関係を認めようとするのが、院の文学の基本的な在り方であった。すなわち「ヨコの理念」にいわば〈タテの理念〉をいかに折り合わせていくか、を課題としていたのである。

感情の齟齬を超えて続いた定家との関係は、かような和歌を通しての君臣関係の構図の中に模索されてきたに相違なく、その平衡《バランス》を遂に欠いたのがこの事件であった。そして家隆がこの成り行きに果たした役割は決して小さくはなかったのである。これはやはり、王政復古を夢みた承久の乱に限りなく近く、しかもその空しい結果を未だ見ていない時期なればこその出来事であったと見てよいように思われる。

四　遠島御歌合

承久の乱（一二二一）の敗北により、隠岐に配流された後鳥羽院をめぐっては、定家・家隆の在り方は全くの対照性を示している。忠誠心溢れる家隆の交情に対し、定家が直接的交渉を試みた形跡はなく、前節のような経緯からしてそれはあり得べくもなかった。ところが、定家の文学活動が『新勅撰集』にせよ、『百人秀歌』『百人一首』にせよ、院の隠岐での活動と種々微妙に関わり合っており、「定家のほうが強く院を意識して」[23]いた。その文学活動の背景に「現に在京してはおらず、絶海の孤島に新島守としているにもかかわらず、恐るべき霊力を放ち続ける後鳥羽院への畏怖」[24]があったことも明らかにされている。

考察すべき課題の多いこの期の両者の関わりを、家隆を含めて考え直すべく『遠島御歌合』（以下『遠島歌合』と略称）を取り上げてみたい。隠岐本『新古今集』の選歌基準を推測する資料として知られたこの歌合は、嘉禎二年（一二三六）七月、院が十五歌人の歌各十首を召し、自詠十首を含めた百六十首を八十番に番えたものである。自ら判者となった院は、一番の判詞の冒頭に、長文の〈序〉にも相当する記述を残している。その中に、次のような成立の動機を語る部分がある。

（「花の都の昔」から、今は十六年も経て）今さら此道をもてあそぶにはあらねども、従二位家隆は和歌所の古き衆、新古今の撰者なり、八十余りの命の露、いまだあだし野の風に消えはてぬ程に、彼を召し具して、いま一たび思ひ思ひの言の葉を争ひ、品々の姿をたくらべんと思ふ

注目したいのは、これが決して儀礼的に家隆を重く扱おうというのではなく、家隆歌に自詠を番えようとすることに成立の切実な動機があったという事情を明示することである。従って、続く一文が、

是によりて、雁の玉づさの便りにつけて、うとからぬ輩に十題の歌を召し集めて書き番へり

と述べるように、他の十四歌人の歌は付随的に召されたのであり、後文で再度、

此中愚詠をもて家隆にあへる事、道にそむければ、しかあるべきにはあらねども、いそのかみふりぬる年をともなひて、ことさらに是を番へるなり

と語られることにおいて、本歌合はすべて家隆との番いの試みから発したことが明らかとなる。そう見る時、家隆に匹敵し得る有力歌人がメンバーの中にいないという消極的な理由によるのではない、「ことさら」に番えようとする営為の意味を考える必要が生じてくる。

総じて、院と家隆の各十首十番の番いは、

一番　朝霞　　左持　　　　　　　　　　　　　　　女房

塩竈の浦の干潟のあけぼのに霞に残る浮島の松

右　　　　　　　　　　　　　　　　　　　　　　従二位家隆

春の夜の朧月夜の名残とや出づる朝日も猶霞むらん

以降、この番いに明らかなように「思ひ思ひの言の葉を争ひ、品々の姿をたくらべん」の理想が実践され続ける

（知られるように、後鳥羽院は「女房」として出詠している）。

院の唯一の勝が最終の番いの、

軒端荒れてたれか水無瀬の宿の月すみこしままの色やさびしき

という歌に与えられ、判詞が「いまだ見ぬをおもひやらんよりは、とし久しく見て思ひやらんは、すこし心ざしもふかかるべければ」と理由付けたことをもって、実情実感主義文学への転換あるいは傾斜が言われやすい。しかし、ここには成立の場を形成した院の近臣（「うとからぬ輩」）への配慮を見なければならず、隠岐における院の文学が一方に題詠歌の系譜とも呼ぶべきものを持ち続けたことは先に検討した通りである（第二章）。意図的に選び取られた二面性に支えられると見られるこの作で、家隆に歌を番える意味はどのようなものであったのか。

院の右のような唯一の勝に対し、家隆の勝は、例えば次のような番いの歌に与えられた。

廿五番　萩露　左　女房

下葉には色なる玉やくだくらむ風の吹きしく萩の上の露

右勝　家隆

○またやみむまたや見ざらん白露の玉おきしける秋萩の花

卅三番　夜鹿　左　女房

久方の桂のかげに鳴く鹿は光をかけて声ぞさやけき

右勝　家隆

○天川秋の一夜の契りだに交野に鹿の音をや鳴くらん

両番の家隆歌（右）につき、判詞で前者を「ことにをかしくもあはれにも」、後者を「ことにやさしく」「をかしく」「秀逸」と絶賛した院は、後にこの二首を『定家家隆両卿撰歌合』に収めていく。定家・家隆の歌、各五十首ずつ撰び、番えたこの撰歌合は、隠岐における後鳥羽院の定家・家隆観を探る恰好の資料であるが（第四章参照）、その、いわば家隆の生涯を代表させる五十首にここから二首を抜き出したのである。そして、番えた己れの和歌もそれに対抗する十分なる資格を有しており、例えば卅三番左の「久方の」歌は『時代不同歌合』に収められる（第五章）。これらの行為は、それぞれに歩んできた歌人としての生涯を象徴するような、最良の和歌を番え合おうとする真摯な意図に発していると見る以外にはないはずで、孤島にいる現在が、少なくとも直接には関わってこない作業だったのである。

ここに想起したいのが、既述の『釣殿六首』である。形態も規模も異なりながら、自歌を定家歌とのみ番え、自ら判詞を書いて、最後の番いにのみ自歌に勝ちを与えるという判じ方に類同のものを指摘するのは容易である。それが単に形式の近さに過ぎないとして、ともに現実の場を持たず、院の手になる、いわば机上の歌合作品であったことにおける同一性は、相互に意識されていたか否かの問題を超えて、この歌合の性格を考えるための重要な示唆を与えるものである。

既述の通り、『釣殿六首』が、定家と院の歌の親近と差異を示しつつ、作品として番えられた必然性は、賢臣と聖帝の相和した姿を象徴的に提示することにあった。絶海の孤島にあって、すべてを喪失した今、院が宮廷和歌に連なるものに再度己れを託す時、家隆の歌に自歌を番えることが、親和の関係を再び現前のものとなし得る、唯一の方法であったのである。

しかも、これは家隆が今の院にとっての忠臣たることには由来せず、当代の最有力歌人のひとりであるからであった。先の〈序〉の引用が、家隆に言及する時に、

従二位家隆は和歌所の古き衆、新古今の撰者なり、八十余りの命の露、いまだあだし野の風に消えはてぬ程に……

と、割注のように、和歌所寄人、新古今撰者という（傍線部）出詠者にとって自明にすぎることがらを再確認しなければならなかったのは、『新古今集』に深く関わった歌人であることにこそ主要な意味を見出しているからである。そのような家隆に「いそのかみふりぬる年をともなひて、ことさらに是を番へる」とは、そもそも〈序〉が「花の都の昔」に発想の起点を定めたことと整合するのであって、観念の世界に架設された場がかつては実在した証しを示すために、家隆との交流の〈歴史〉を踏まえる、という仕組みになっている。

かかる視野から捉えられる家隆歌なればこそ、本歌合の院歌に番えられたのであろう。間近に控えるのが、一方は新古今最盛期であり、一方は配所での死期であるという、落差の大きい時点での両歌合であり、志向する所の実現の可能性においても対蹠的でありながら、机上に思い描かれていた理想の像に通底する共通性は小さいものではなかった。その共通性を導き出すのが、結局は甲乙つけがたい二歌聖定家・家隆の存在であり、逆にそのことは、家隆歌と番いをなすことが、対定家意識に背後から規制されていたことを推測させるのである。

『遠島歌合』の判詞に定家の最近の判に触れた記述がほの見える[25]のはその現れにほかならず、何より本歌合に直接する『定家家隆両卿撰歌合』のような作品を編むこと自体がそれを物語っている。特に『定家家隆両卿撰歌合』の場合、例えば先の家隆の歌、

またやみむまたや見ざらん白露の玉おきしける秋萩の花

を、定家の、

移りあへぬ花の千種に乱れつつ風の上なる宮城野の露

に番える時（両歌は撰歌合で十四番に組まれる）、『遠島歌合』でその家隆歌に番えていた院の自歌、

下葉には色なる玉やくだくらむ風の吹きしく萩の上の露

と、この定家の歌に、興味深い関わり方（素材・表現の類似性）を思わせる。まつわる問題の多様性[26]から、単純には関係付け得ないけれども、このような所からも家隆を積極的に評価するのが、背後に定家を見据えてのものであるという構造を垣間見ることが可能である。『遠島歌合』が編まれた後鳥羽院の最晩年には、和歌の〈総決算〉の意図から、詠歌活動として「詠五百首和歌」、秀歌撰編纂として『時代不同歌合』がそれぞれ作成され、それらはすべて隠岐本『新古今集』の精選（抄出）作業に見合う必然性を有するものであった。その『新古今集』を、田中善美春氏の言われるように「神々の加護を求めつつ、天皇親政再現の悲願をこめて撰集された歌集」と見、承久の乱の敗北によって「歌集としては、すぐれた達成を示していながら、撰集意図は、遂に完結しなかった[27]」という面から捉える時、右のような家隆、そして定家への院のこだわり方は、和歌を含み込んで大きく見取られた〈君臣和楽の図〉に収束されるべき構想に支えられるものであったことが明らかになってくるだろう。

配所の生活を支える唯一のみやびな営みであった後鳥羽院の和歌活動は、核心にこのような家隆・定家への思いを据えていたのである。

五　おわりに

以上、変容の大きい後鳥羽院と定家・家隆三者の関わり方を、三つの歌合、歌会の持つ問題を考えることを通して、検討してきた。

取り上げた三つの時期のうち、なお解明の余地を大きく残すのは、承久の乱以降であろう。定家・後鳥羽院の関わりの問題がやはり大きく、そこに多くの課題を蔵していながら、直接的交渉を持たないゆえに、状況を証拠として、その解明を大方の推論に委ねるしかないからである。今後の論を、「大きく評価し、強く意識するが故の両者の対立であった(28)」とするところから始める時、銘記すべきは、その定家が、如何なる対立・分裂を経ようと院にとっては我が治世を和歌で支えた最も有力な臣として逸し得ない存在だったことである。

それが〈王政復古の夢〉に取り込まれたものであると見る時、見逃し得ないのは、夢そのものが実現不可能であるところから発想されていること、したがって〈夢〉とは絶望に裏打ちされた夢想に過ぎなかったことである。そもそも、和歌における「君臣和楽の図」を思い描こうとすること自体が、現実から限りなく乖離して初めてなされるという態のものであっただろう。いわば、非在の時空に架設しようとする如きの夢であった。

この時、定家や家隆が孜々として築き上げようとしたところを院は如何に見据えていたのか。川平ひとし氏が、前掲の〈和歌と政治〉の論で挙げられた〈側面〉の一つに「〈仮構〉の深化(29)」がある。そこに提示された定家・家隆の方法は、院のそれとは方向も質も異なる、ある意味では対蹠的な差異をも認め得るものであった。しかし、両歌人の和歌に通じていた院が、自ら〈仮構〉の方法をもって切り拓き得る世界を認め、そこに没入するための模索に意を砕く時に、目指すところを異にしつつも、在り方として〈共感〉し得るものを、何処かに見ていたのではなかったか。

定家・後鳥羽院の分裂・対立の最深部に、かかる非在の時空を志向する、何らかの〈共鳴〉を見定めてよいのではなかろうか。そのような構図の中に見取られて初めて、定家との歌風や歌論の差異を論じることが可能となるのであろう。そして、ここに、〈仮構〉・〈君臣和楽〉のいずれの側面にも深く関わりを有した家隆の役割が闡明化されてくるはずである。

【注】

（1）「藤原定家における批評と文学（その1）」（『文学史研究』二、一九七四年六月）

（2）藤平春男氏執筆。（『国文学解釈と教材の研究』一九六七年八月）

（3）「へにける年」（『後鳥羽院』（日本詩人選10、一九七三年六月、筑摩書房、第二版二〇〇四年九月）。以下に引用する丸谷氏の論はすべて本書による。

（4）『拾遺愚草員外之外』所収歌による。「「水無瀬釣殿当座六首歌合」訳注」（二松学舎大学『中世文学ゼミ』一九七八年三月）によっても「たえぬ」が良質な本文と認められる。

（5）『新古今和歌集全評釈』第五巻（一九七七年四月、講談社）一〇三三番歌注。

（6）定家歌―をとめ子が袖ふる山のみづがきの久しき代より思ひそめてき（拾遺集・雑恋・一二一〇・柿本人麿）後鳥羽院歌―思ひつつへにける年をしるべにてなれぬる物は心なりけり（後撰集・恋六・一〇二一・よみ人しらず）

（7）この宮内卿歌は半年前（建仁元年十二月）の出詠歌で、院の合点が付されている。

（8）『訳注藤原定家全歌集 上』（一九八五年三月、河出書房新社）二四一四歌補注。

（9）「新古今歌壇と歌風の分裂（一）―定家と後鳥羽院・実朝―」（『学苑』三九七、一九七三年一月）

（10）「定家・後鳥羽院の対立の真相はいかなるものか」（『国文学解釈と教材の研究』一九八一年六月、『新古今とその前後』（一九八三年一月、笠間書院）所収「定家と後鳥羽院」、『藤平春男著作集』二（一九九七年十月、笠間書院）所収）

（11）『藤原定家』（ちくま学芸文庫、一九九四年十二月、筑摩書房

(12) 承久二年八月十五日条にも「定家卿煙くらへの後、暫不可召寄之由、自院被仰。」とある。
(13) 注(8)に同じ。二六〇二歌注。
(14) 注(5)に同じ。第七巻(一九七七年八月)当該歌注。
(15) 樋口芳麻呂『後鳥羽院』(王朝の歌人10、一九八五年一月、集英社)による。
(16) 注(15)に同じ。
(17) 「内裏歌会」ゆえ対象は形の上からは順徳天皇であるが、実質的には当然のことながら、院政の主たる後鳥羽院に向けられていた。
(18) 注(10)に同じ。
(19) 院の隠岐配流後も『後鳥羽院御自歌合』への加判、内々の『日吉奉納五十首』ほかに誠実な思い遣りが知られる。
(20) 石田吉貞「新古今歌風の分裂―定家と後鳥羽院の歌風―」(『学苑』四〇九、一九七四年一月)
(21) 『後鳥羽院御口伝』に語られる、定家が院の選歌を誹謗したという周知の出来事。
(22) 「新古今和歌集―和歌と政治」(『国文学解釈と教材の研究』一九八七年四月、『中世和歌論』(二〇〇三年三月、笠間書院)所収)
(23) 注(10)に同じ。
(24) 久保田淳「承久の乱以後の藤原定家とその周辺―『明月記』を読む―」(『文学』五三―七、一九八五年七月、『藤原定家とその時代』(一九九四年一月、岩波書店)所収)
(25) 樋口芳麻呂氏の指摘による。「後鳥羽院」(『日本歌人講座 中世の歌人Ⅰ』一九六八年九月、弘文堂)
(26) 『定家家隆両卿撰歌合』における両者の歌風の差、定家が家隆の「またやみん」歌を批難した説話の存在、両者と確かに異なる後鳥羽院歌の風体等。
(27) 「後鳥羽院の香具山」(『国語と国文学』一九七七年二月)
(28) 注(10)に同じ。
(29) 注(22)に同じ。

第二節　新古今時代の源氏物語受容

一　はじめに

新古今歌人における『源氏物語』の受容は、諸氏により種々解明が施され[1]、その実態が明らかにされてきた。藤原俊成の「源氏見ざる歌詠みは遺恨の事なり」（『六百番歌合』判詞）の言に見られる通り、新古今前夜、『源氏物語』（以下『源氏』と略称）からは多彩な摂取歌が生み出され、秀歌は『新古今集』に収められて、歌風の新古今らしさを増幅する。ところが、右の発言を残す俊成の歌論書『古来風躰抄』に『源氏』に触れる記述はなく、それは藤原定家においても同様である。例えば『詠歌大概』は『伊勢物語』を引くものの『源氏』には一切言及しない。詠歌と歌論との間に認められるこの齟齬はいかに捉えられるべきか。

理論は実践を経て構築されるケースが多く、歌人による認識の差異もあって、理解は容易ではない。この問題を扱う先行研究のうち、注目されるのは松村雄二氏と渡部泰明氏の論考である。松村氏は、詩としての新古今歌と散文たる物語との違いを見定める立場から、「詩秩序の純正性」と「散文精神」との差異に注視され、両者の間には「確たる隔たり」があることを導かれた[2]。渡部氏は、その指摘を踏まえつつ、『千載集』の頃になお私的なものとされていた『源氏』が、後鳥羽院の時代において公的に認識された、と説かれた。『源氏』は「言葉の想像力を展開してゆく」「媒介」として機能し、「場を同じくする人々の心の紐帯」の「母胎」となることで「公的な性格を帯び始め」たという[3]。松村氏によれば、『源氏』と和歌とは、然るべく遠い距離を保ち続けていたことになり、渡部氏によれば、両者は新古今時代に親和性を深めたことになる。

ここに、俊成および定家との深い関わりの中に歌人として活動し続けた後鳥羽院の営みを主に、順徳天皇の言説をも参照しながら、当代の『源氏』受容の問題を検討してみたい。これは新古今時代の和歌を考えるための指標の一つとなるように思われる。

二　後鳥羽院の受容

後鳥羽院の『源氏』摂取歌としては、

秋の露や袂にいたく結ぶらむ長き夜あかず宿る月かな（新古今集・秋上・四三三）

という一首がよく知られている。亡き桐壺更衣の里邸を訪れた靫負命婦の歌、

鈴虫の声の限りを尽くしても長き夜あかず降る涙かな

を含む桐壺巻の一節を踏まえたこの歌は、「桐壺の帝になりきって」いる後鳥羽院にして詠みうる、「宮廷和歌の有したであろう特殊な雰囲気を想像しながら味わうべき作」と位置付けられた。(4) その理解に対し、加藤睦氏は『源氏』の登場人物や作品世界とは切り離されたものと解すべき必要性を指摘される。(5) 定家の「凡骨の身を捨てて、業平のふるまひけんことを思ひ出でて、我が身をみな業平になして詠む」という発言（『京極中納言相語』）が、『凡骨の身』を離れよという主張の強調表現」に止まる可能性に触れつつなされたこの提言は、当該の課題を考える切り口とな

るように思われる。

源通親等近臣の影響により和歌に親しみ始めたと見られる後鳥羽院の歌には、初めての百首歌『正治初度百首』から旺盛な『源氏』摂取の跡が認められる。それらは、『水無瀬恋十五首歌合』「羇中恋」題で詠まれた、

君もしながめやすらん旅衣朝たつ月を空にまがへて

のように、朧月夜の君への思いを込めた光源氏の「世に知らぬ心地こそすれ有明の月のゆくへを空にまがへて」（花宴巻）を踏まえたことにより、判者俊成に「いみじく艶」と評価される歌から、

住みわびぬ言問ひ来なん都人深山の庵の秋の暮れがた（外宮百首）
山がつのいほりに焚けるしばしばもこと問ひ来なん恋ふる里人（須磨巻）

うつりゆくまがきの菊も折々はなれこし頃の秋を恋ふらし（水無瀬恋十五首歌合）
色まさるまがきの菊もをりをりに袖うちかけし秋を恋ふらし（藤裏葉巻）

等、もっぱら言葉を取り込むことを狙いとする歌、さらには、歌合の場で、

なき人の形見の雲やしをるらんゆふべの雨に色は見えねど（建永元年七月当座歌合）
見し人の煙を雲とながむれば夕べの空もむつましきかな（夕顔巻）
雨となりしぐるる空のうき雲をいづれの方とわきてながめむ（葵巻）

と、寵妃死去という私的な悲しみを『源氏』に依拠することで表す歌[7]まで、多様な受容ぶりを示している。

ところが、『新古今集』の竟宴が行われた元久二年（一二〇五）以降になると、『源氏』摂取は急激な減少傾向を示し、承元三年（一二〇九）以後の院の歌には、明瞭な受容歌を見出すことはできない。詠歌数自体が減少する傾向を辿ることとも関わるとは言え、正治・建仁期（一二〇〇〜一二〇四）に旺盛に試みられた『源氏』の受容が格段に減り、建暦・建保・承久期（一二一一〜一二二一）にきわめて乏しくなるのは、明らかに意図的な変移であろう。歌観の変化に由来すると思しいその理由から考えてみよう。

三　「人もをし」の歌について

その検討に先立って、建暦二年（一二一二）に詠まれた、

人もをし人も恨めしあぢきなく世を思ふゆゑに物思ふ身は

の歌における『源氏』摂取の有無を確認しておきたい。『百人一首』歌として知られるこの歌は丸谷才一氏の著書[8]により、『源氏』受容の歌として広く知られるようになる。氏は、明石巻の記述、「かかる折は人わろく、うらめしき人多く、世の中はあぢきなきものかなとのみよろづにつけておぼす」を踏まえたとする近世注[9]を支持された上で、「水無瀬殿と須磨」の「二重写し」や「恋愛」と「政治」の「二重の意味」などを詳しく説かれた。従来の把握を転じ、後鳥羽院歌の特徴を明かされたこの読解は、『百人一首』歌としての評価においても、また院の他の歌に対しても有益であった。ただし、成立状況に即すると、この歌が『源氏』を踏まえて詠み出されたと解することは困

難である。

定家・家隆らとともに二十首ずつを分担し百首に仕立てる作として、この歌は、「述懐」題で詠まれた五首中の一首である（第三首目）。

述懐

人心恨みわびぬる袖の上をあはれとや思ふ山の端の月

いかにせんみそぢあまりの初霜をうち払ふ程になりにけるかな

人もをし人も恨めしあぢきなく世を思ふゆゑに物思ふ身は

うき世厭ふ思ひは年ぞ積もりぬる富士の煙の夕暮の空

かくしつつそむかん世まで忘るなよ天照る影の有明の月

述懐歌として、憂鬱な耐え難い思いの表出のみをなす当該詠の歌い方は、他の四首に比してもいささか特異である。初句・第二句に表出される〈愛憎〉が、第三句以下の〈物思い〉と併置され、それらの対象も、また由来も示されないため、詩的な味わいを得にくく、『百人一首』歌としては低評価をも甘受してきた。しかし、分かりにくいその表現こそがこの歌の狙いであったように思われる。初二句に「愛し」と「恨めし」という分裂する感情の不如意な共存を示し、自身にも解析不能な安定しない心理を、三句以降との関わりの中にそのまま表す。以て、わだかまる愛憎は理性を超え、鬱情にとらわれたおのれは、危い精神状態にさえある、という切迫した現況がリアルに描き出されたのである。これを『百人一首』に収めた定家の慧眼は、あやにくな心中を浮き彫りにする固有の表現を見逃さなかったのではなかろうか。

『源氏』の表現との関わりを見れば、確かに「人」の繰り返しと、「恨めし」・「世」・「あぢきな（し）」の語が重なり、用語の近さは指摘される。しかし、繰り返される「人」の意味は異なり、「あぢきな」く「世」を「おぼす」という言い方も、散文に一般的で、特徴的なものではない。さらに、物語では須磨下向を控えた源氏は恨めしさのみにとらわれており、状況には大きな隔たりがある。言葉を取ったと読むことは不可能ではないとしても、二重性等の込み入った修辞性を認めることは、曰く言い難い憂鬱な気分を充満させた当該歌の特質を見失わせることになるであろう。

この歌の重苦しさは、第四句字余りも要因となっている。五首中四首が字余りであり（第一首「あはれとや思ふ」、第二首「うちはらふ程に」、第三首「世を思ふゆゑに」、第四首「うき世厭ふ」）、一連は字数整序の意識に縛られない重い主情性を特徴とする。(10)

初学期以降、意味の重層を興趣としてきた志向は影を潜め、「心」「言葉」ともに『源氏』とは距離を置いていたのが、建暦二年当時の院の詠歌実践であった。

四　隠岐本削除歌から――〈主体〉の問題――

変容する後鳥羽院の歌観を考える時、手かがりの一つに、隠岐本『新古今集』の和歌削除が挙げられる。その削除基準は、先に見たように、「歌」と「人」と「配列」の適否を基本としつつ（第六章第三節）、多様な理由が想定される（同第二節）。その中に、『源氏』摂取に関する思惑も存したと判断される。

瞿麦露滋といふことを　　高倉院御歌

275 白露の玉もて結へるませのうちに光さへ添ふ常夏の花（夏）

夕顔をよめる　　　　　　　　前太政大臣（藤原頼実）

276白露のなさけおきける言の葉やほのぼのみえし夕顔の花（夏）

隠岐本で削除されることになるこの二首は、ともに『源氏』に基づく歌である。前者は、夕顔巻の夕顔の女君が詠む、

心あてにそれかとぞ見る白露の光添へたる夕顔の花

という歌を、後者はその歌に返した光源氏の歌、

寄りてこそそれかとも見めたそかれにほのぼの見つる花の夕顔

を、それぞれ明らかな本歌として、物語との関わりを趣向とする。ただし、ともに解釈に揺れがみられ[11]、難解歌にも類別される通り[12]、夕顔巻を踏まえる作意とその効果を把握することは容易ではない。前者が「瞿麦」題に「ませ」の「白露」と「常夏の花」を詠み込むのは、夕顔の女君が「雨夜の品定め」（帚木巻）で、「やまがつの垣ほ荒るとも折々にあはれはかけよ撫子の露」と詠む人物として紹介されたことを踏まえたとも解され、とすれば、『源氏』に関する知識を先立て、それに興じた趣向さえ導かれる。

ともあれ、『源氏』のような壮大な展開の中に多彩な人間模様があやなされる物語世界は、摂取の方法如何によっては詠歌世界は拡散し、趣向も多様化して、収まりが着かないケースが現れてくる。それらは物語受容に気付いた

読者に、いかに解すべきかの謎解きを迫り、歌として読む営みを阻害することにもなりかねない。非専門歌人の作者が試みたこれら二首は、そうした物語摂取の弊害を伴っており、以て削除されるに至ったのではなかろうか。

院の歌論書『後鳥羽院御口伝』に、

（釈阿・寂蓮などは）「源氏物語の歌、心をば取らず、詞を取るは苦しからず」と申しき。すべて物語の歌の心をば百首の歌にも取らぬ事なれど、近代はその沙汰もなし。

と引かれている物語の歌の心を取る戒めは、その危険性が考えられていたからかもしれない[13]。

こうした隠岐本削除歌における『源氏』の受容は、ほかに、

西行法師勧めて百首歌よませ侍りけるに　藤原定家朝臣

363 見渡せば花も紅葉もなかりけり浦の苫屋の秋の夕暮（秋上）

千五百番歌合に　権中納言公経

1331 つくづくと思ひ明石の浦千鳥波の枕になくなくぞ聞く（恋四）

などの歌にも認められる。こちらはともに〈難解歌〉ではなく、前者は三夕の歌として知られる新古今代表歌である。次に、この定家詠の削除理由を考えてみよう[14]。

明石巻の「はるばると、もののとどこほりなき海づらなるに、なかなか、春秋の花紅葉の盛りなるよりは、ただそこはかとなうしげれる陰どもなまめかしきに」や、「興をさかすべき渚の苫屋」等の本文を踏まえたこの歌は、早く吉岡曠氏が指摘された通り、作中の詠歌主体が定位されないことに特徴を有する[15]。上句の屈折する表現から生じる〈間〉が主体を呼び起こす手法の歌とも解されるが[16]、削除はこの〈主体〉の設定の問題と関わっていた蓋然性

が高いように思われる。

これに関しても『後鳥羽院御口伝』の叙述が参考になる。定家を論評することを主な狙いとする本書は、前半の、初心者向けに詠歌の「至要」を説く段階から、早くも定家を引き合いに出していた。

一　時々かたき題を詠じならふべきなり。（中略）寂蓮は、ことに結題をよく詠みしなり。定家は題の沙汰いたくせぬ者なり。これによりて、近代、初心の者どもみなかくのごとくなれり。いはれなき事なり。結題をばよく思ひ入りて題の中を詠ずればこそ、興ある事にてあれ。近代のやうは念なき事なり。かならず時々詠みならふべきなり。

「題の沙汰いたくせぬ」とは、題詠を主要課題とする専門歌人定家の評として一読不可解ながら、これは題の字の扱いという表現のレベルに止まる批評ではない。原文では引き続き、難題を詠む良経の実践例が置かれるため、表現を思わせやすいものの、その良経歌が「題の心をいみじく思はへて、興もある」と評価されるのは、「題の心」を「思はへ」る態度によって題が捌かれるからである。同様に定家についても、傍線部の通り、題に向かう際の、「よく思ひ入り」、題の「中」を「詠ず」べき〈態度〉が必要なことを説くのである。

これは後半の長い定家評とも連動する。彼の和歌批評と詠歌につき、「傍若無人」で、「いさゝかも、事により、折によるといふ事な」きことを指弾し、自讃歌の扱いや「最勝四天王院の名所の障子の歌」の採歌をめぐる院への誹謗を批判するのは、その狷介な性格自体ではなく、「故実」を無視して振る舞う〈態度〉を対象としていた。その直後に彼の歌を「心あるやうなるをば庶幾」しないものとし、その自讃歌たる「秋とだに吹きあへぬ風に色かはる生田の森の露の下草」（「最勝四天王院の名所の障子の歌」）も、「ことばの優しく艶なるほか、心も面影もいたくはなき」と評していることを、右の〈態度〉論と併せ読めば、後鳥羽院は、定家の歌を、詠み手の営為として省察する段階を捨象し、以て詠歌世界の〈主体〉を顧慮しない作品、と解していたらしいことが導かれてくるはずである。

抒情の具たる和歌は、詠歌対象が体験であると虚構であるとを問わず、詠む人間の統御のもとに自立する。ところが、その前提を有さない定家の歌は、いかに歌うかの〈態度〉と無関係に、言葉のみで築く世界を志向するため、〈主体〉は曖昧化し、時に非在化もする。[17]院にそう判断された定家の方法は、和歌という文芸そのものを超える危険を思わせるものであり、それを強く助長するのが、ほかならぬ物語からの摂取だったのである。

次に掲げた公経の歌、

つくづくと思ひ明石の浦千鳥波の枕になくなくぞ聞く

も、『源氏』明石巻において、明石入道が詠む、

ひとり寝は君も知りぬやつれづれと思ひ明石の浦寂しさを

の歌に拠っている。これが削除されたのは、明石入道の娘の「ひとり寝」に通う物思いにとらわれた主人公の設定が、物語に拠り過ぎ、あたかも物語の一コマを描き出すことにのみ作意があると解された可能性がある。

さらには、定家の代表歌の一首、

1390 かきやりしその黒髪の筋ごとにうち臥すほどは面影ぞ立つ（恋五）

が隠岐本において削除歌となるのも、同様の理由によるかもしれない。

黒髪の乱れも知らずうち臥せばまづかきやりし人ぞ恋しき（後拾遺集・恋三・七五五・和泉式部）

を本歌にするこの歌は、『源氏』の場面を踏まえることで、主人公をきわめて物語的に描き出している。こうした異様に官能的な物語的世界の創造は、詠歌時の〈態度〉においても〈主体〉の設定においても問題を孕む、あるべき和歌を逸脱する営みであるように院に受け止められたのではなかろうか。[18]

三十一字の世界を拡大する方途として物語取りは流行するが、行き過ぎが歌としての機能を損ね、物語に取り込まれる体の歌をさえ生み出してしまう。定家批判は、そうした危惧に発していたと考えられる。ただし、『後鳥羽院御口伝』の文章を正確に辿れば、「生得の上手」たる定家の歌の達成は正しく評価されており、危惧が向かうのは、定家の歌を「その骨すぐれざらん初心の者まねばゞ、正体なき事になりぬべし」という事態であった。防ぐべきは定家の亜流が簇出することであり、従って定家批判は、実のところかなり戦略的になされていた面がある。同様に、隠岐本におけるこれら『源氏』受容歌の削除も、のちの模倣を阻止するための謂わば源を絶つ営みであったと解することも可能である。

五　後鳥羽院御口伝との関わり

ところで、右の検討結果は、『後鳥羽院御口伝』の執筆時期を考える新たな手がかりとなる。

本書の成立については、かねて遠島で書かれたとする説が一般であったのに対し、田中裕氏が建暦頃の執筆説を提出され[19]、支持を集めて来た中、近年、田中洋己氏[20]・村尾誠一氏[21]が遠島説を唱えられ、議論が再燃し始めた。ここで本論の立場から、本書の成立の問題を考えておこう。

『源氏』に関する言及は、前半の初心者向けの「至要」七ヶ条中、摂取の陥穽を説く条にもなされていた。

一　まだしき程は、万葉集見たる折は、百首の歌、なからは万葉集のことば詠まれ、源氏等の物語見たる頃は、又そのやうになる、よく〳〵心得て詠むべきなり。

高い『源氏』人気をも示すこの記述は、旺盛にそれを実践してきた自らの営みへの省察と無関係ではない。後半に強い定家批判をなす際、おのれの撰歌の過失を言明することに典型的なように、本書の叙述は自己の回想を基調とする。詳細な七ヶ条の戒めがいずれも説得的であるのは、初学期の体験に基づくことにも大きく由来していよう。先掲の『源氏』取りの制約の記事も、

一「歌合の歌をば、いたく思ふまゝには詠まず」とこそ、釈阿・寂蓮などは申ししか。「別のやうにてはなし。題の心をよく思はへて、病ひなく、又、源氏物語の歌、心をば取らず、詞を取るは苦しからず」と申しき。すべて物語の歌の心をば百首の歌にも取らぬ事なれど、近代はその沙汰もなし。

と、往事を回想する文脈に置かれていた。従って戒めは過去のものとなるが、あるべき題詠を説く中での右のような語り口は、細かい配慮を施す姿勢を浮き彫りにし、執筆時には摂取にかなり敏感になっていたことを示している。「近代」の状況の説明も前文と逆接で示される通り、決して肯定的な判断ではなく、総じて『源氏』の摂取には慎重であるべきこだわりを窺わせる。

この叙述に対応するのが、先に示した後鳥羽院のこの時期の詠歌に『源氏』からの摂取がほとんど認められないことである。過去の詠作を反省する中で示される『源氏』摂取の抑制への意思が、現在の詠歌活動の実態と無関係に抱かれていたとは考えにくいであろう。

しかも、後鳥羽院は承久三年の隠岐配流以降、再び旺盛に『源氏』取りを行うことになる。配流後一年の間に詠まれたと思しい『遠島百首』中に早くも、

隠岐の海をひとりや来つるさ夜千鳥鳴く音にまがふ磯の松風
　恋ひわびてなく音にまがふ浦波は思ふ方より風や吹くらん（須磨巻）

以下の用例があり、五年目の『後鳥羽院御自歌合』にも、

うちなびき石間の水も氷とけ行きも悩まぬ春の山川
　こほり閉ぢ石間の水は行き悩み空すむ月の影ぞながるる（朝顔巻）
初雁のつらきすまひの夕べしもおのれ鳴きつつ涙とふらん
　初雁は恋しき人のつらなれや旅の空とぶ声の悲しき（須磨巻）

と用いられ、恐らく晩年に成立した「詠五百首和歌」には、

めぐりあはん月の都は知らねどもはかなく契る有明の月
　見るほどぞしばしなぐさむめぐりあはん月の都ははるかなれども（須磨巻）
雲の波煙の波にへだつとももとへかし人の思ふ方より
　恋ひわびてなく音にまがふ浦波は思ふ方より風や吹くらん（須磨巻）

以下、相当多くの摂取を見せている。建暦・建保・承久期においてきわめて乏しい『源氏』摂取が遠島の和歌にお

いて復活するのである。
これら遠島の歌における『源氏』受容の特徴は、渡部泰明氏が言われる通り[22]、「特殊状況に基づく私的感懐」が託されやすいものとして『源氏』が再認識された形となっている。冒頭で掲げた、

秋の露や袂にいたく結ぶらむ長き夜あかず宿る月かな

の一首が「桐壺の帝になりかわって」いると解しうるのと同様に、隠岐において光源氏になりかわる形を取るのは、『源氏』に基づく詠歌が、喪失した都を仮構の世界において奪回するというような狙いによっていたことを思わせる。特異な体験が、初学期と等しい歌の創作を呼び戻したのである。

しかし、営みは同一ながら、『源氏』に対する認識には大きな差異がある。『後鳥羽院御口伝』の訓戒が語るように、旺盛に摂取を試みた初学期には、その弊害が考えられていた形跡はない。周囲の近臣との交流を契機に歌に馴染み始めた院には、和歌再生に向けて刻苦する俊成・定家等の省察はなく、歌壇が形成されたのち、彼ら専門歌人たちの歌学を吸収する過程で物語取りの弊害に理解が及び、自ずと抑制的になっていったものと思われる。その経緯が踏まえられ、隠岐での受容には、弊害は十分了解されていたはずである。遠島での古典との交流のうちに詠まれる多くの歌々は、それが配所を生きる必須の術となっており、その営みにおいては、〈態度〉も主体設定もその必然性が明瞭であるからだ[23]。

ただし、その特異さに照らせば、和歌一般における『源氏』の心を取る戒め自体に変化はなく、初心者を初めとする周辺歌人を規制し続けていくことになる。

かくして、繊細に制限的な発言をなし、努めて摂取を控えようとする『後鳥羽院御口伝』の記述は、遠所の現実

とは整合しにくいことが導かれる。本書はやはり、自らの詠歌において『源氏』摂取に慎重であった建暦年間に執筆されたと解するのが穏当である。成立時期の議論のために、院自身の詠歌における『源氏』受容との相関を一論拠として提示しておきたい。

『後鳥羽院御口伝』に語られる、定家の手法を初心者が真似をすると「正体なき事」になるに違いないと危ぶむ思いは、やはり順徳天皇内裏歌壇の指導者たる定家の影響力という差し迫った脅威に発していたと考えるべきであろう。

六　八雲御抄から

その順徳天皇は、『源氏』をどう受容したのだろうか。歌論書『八雲御抄』には『源氏』に言及する記述は豊富に認められる(24)。

巻一では、「学書」として「家々撰集」「抄物等」「四家式」「五家髄脳」の項目のもと、諸書が列挙されたのち、「物語」として、「伊勢上下」「大和上下」とともに、「源氏五十四帖」が掲出され、「此外物語非強最要」という注記が付されている。

ここに、俊成・定家の歌論書では取り上げられなかった『源氏』が、正式に学ぶべき書として登録されたことになる。すなわち、歌論において『後鳥羽院御口伝』の検討段階を引き継ぎ(25)、和歌を詠むために学び修めておくべき書として位置付けられたのである。その位置付けは、具体的に次の通りであった。

おほかた歌を詠むことは、家々の抄物に教へたりといへども、事と心を分き難きゆへにこれを知ることかたし。歌を詠むが難きにあらず、よく詠むが難き也。せんずるところ、心を強くて、艶にきこえ、風情を求めてすぐなるべきなり。（中略）凡歌の子細を深く知らんには、万葉集に過ぎたるものあるべからず。歌の様を広く心

得むには、古今第一也。詞につきて不審を開くかたは、源氏の物語に過ぎたるはなし。（巻六）

歌を「よく詠む」ことを論ずる文脈において、傍線部のように、「歌の子細」を「深く知」り、「歌の様」を「広く心得」る書として「万葉集」と「古今」があるのに対し、「詞につきて不審を開く」ための書として「源氏の物語」があると認定される。『源氏』は、〈歌〉を〈知り〉〈心得る〉レベルとは位相を異にした古典として規定され、もっぱら歌言葉の選択や運用に資する役割が示されたのである。

ここに思い合わされるのは、『京極中納言相語』の、

近代の人源氏物語を見沙汰する様、又改まれり。或は哥を取りて本歌として哥を詠まん料、或は識者を立てて、「紫上は誰が子にておはす」など言ひ争ひ、系図とかや名付けて沙汰ありと云々。古くはかくもなかりき。身に思給ふやうは、紫の父祖の事をも沙汰せず、本歌を求めむとも思はず、詞遣ひの有様の言ふ限りもなきものにて、紫式部の筆を見れば、心も澄みて、歌の姿・言葉の優に詠まるゝなり。

という言である。定家は、親炙は表しながらも、詮索したり本歌に求めたりする気はないと述べ、『源氏』を詠歌に際して心を澄ませるための書と限定していた。

順徳天皇としては、後鳥羽院が示す、心は取らず、言葉は取ってもよいという教えをそのまま受け継ぎ、一方で定家が示す、心を澄ませる役割を評価する考えにも適う形で、「学書」に「源氏五十四帖」を掲げ、『万葉集』『古今集』と区別して位置付けたのである。ここに、後鳥羽院・定家・順徳天皇三者の認識が基本的に一致し、和歌を詠むにあたって、『源氏』は、その心は取らず、詠み手の心を整えるため、また言葉を取り、その運用を考えるための古典として、ほぼ共通の理解が成立したと言えるであろう。

七　おわりに

473虫の音も長き夜あかぬ古里になほ思ひ添ふ松風ぞ吹く（新古今集・秋下）

藤原家隆のこの新古今入集歌は、先の後鳥羽院の歌も拠っていた『源氏』桐壺巻とともに、松風巻で明石尼君が詠む、

身をかへて一人かへれる山里に聞きしに似たる松風ぞ吹く

という一首をも踏まえた歌である。隠岐本で残されるように、本作の物語摂取には問題は認められない。描かれるのは「荒れた故郷での懐旧[26]」で、複数の典拠を「自己の発想のるつぼ」に「溶かしこ」み、「新たな鋳型に流し込」んで得られた作[27]とも評される通り、摂取による多重的な〈主体〉は、一首の世界において融合し、以て輻輳する情趣を味わうことが可能となっている。これは定家の方法と基本的に同一で、大きな差異はないにも拘わらず、欠点を指摘されないのは、作中〈主体〉の設定に何ら問題が存しないからである。この歌が仮に「凡骨の身を捨て」「我が身をみな業平になして詠む」手法によっていたとしても、その〈なす〉ことが詠み手に十全に意識化されていたと解される。

『源氏』の受容をめぐる〈主体〉の問題は、後代にも引き継がれ、和歌や連歌を創作する場において検討がなされていく。岡﨑真紀子氏によれば、宗祇が『源氏』に拠る連歌を論ずる際、「句における主体の位置に特に関心を寄せている」といい、それを踏まえた上で、氏は〈主体〉の設定の在り方から連歌の付句の方法を問い直されてい

る。[28] 中世には、『源氏』の言葉（源氏詞）は、さまざまな形で摂取され、[29]「心」との関わりにおいて、誤解や混乱を見せながらも、広く受容され続け、[30] 近世に至ると、堂上ではその言葉の受容の上に、『源氏』を読む意義が「世の道理や心の有り様をも学び、もって歌柄を整えること」に見定められていたという。[31] 詠歌における〈主体〉や〈態度〉の問題は、物語取りの和歌が抱え続けていく課題であった。

新古今時代は、定家という「生得の上手」が優れた歌を詠み続け、歌好きの王者、後鳥羽院との間に緊張関係を有しながら模索が続けられる、謂わば変動する時代であった。『源氏』は、よりよき歌を求め合う人々に「心の紐帯」をもたらす優れた古典として位置付けられる。ところが、その圧倒的な魅力がさまざまな試みを生み、取り込むことが取り込まれるような事態を将来すると、その位置は動揺を来し、振幅は拡大する。そして、歌を超える臨界すら意識される段階に至って、心を取る戒めが再浮上し、広く共有され、この物語は、詠み手の心を澄ませ、言葉を学ぶための書として、ほぼ定着することとなった。

かくして『源氏物語』の摂取を試みる歌はさまざまに模索を重ねたが、見てきたように動態としての和歌がひとまず落ち着きを得た時、新古今時代は終焉を迎えたのである。

【注】

（1） 寺本直彦『源氏物語受容史論考正編』・『同　続編』（一九七〇年五月・一九八四年一月、風間書房）・久保田淳「『源氏物語』と藤原定家、親忠女及びその周辺」（『源氏物語と和歌　研究と資料Ⅱ』古代文学論叢第八輯、一九八二年四月、武蔵野書院）以下、総合的な解明が続けられる一方、各歌人に即した個別の検討にも膨大な累積がある。

（2） 「源氏物語歌と源氏取り――俊成「源氏見ざる歌よみは遺恨の事」前後――」（『源氏物語研究集成　第十四巻　源氏物語享受史』二〇〇〇年六月、風間書房）。松村氏には「『源氏物語』と中世和歌」（『講座源氏物語研究　第四巻　鎌倉・

室町時代の源氏物語』二〇〇七年六月、おうふう）の論もある。
（3）「源氏物語と新古今和歌」（『源氏物語とその享受　研究と資料―古代文学論叢第十六輯―』二〇〇五年十月、武蔵野書院）。渡部氏には先に「中世和歌と源氏物語」（『文学史上の『源氏物語』』一九九八年六月、至文堂）の論もある。
（4）久保田淳『新古今和歌集全評釈』二（一九七六年十一月、講談社）
（5）「源氏物語と中世和歌」（『源氏物語と和歌を学ぶ人のために』二〇〇七年十月、世界思想社）
（6）久保田淳『定家とその時代』（一九九四年一月、岩波書店）「後鳥羽院とその時代」、田村柳壹『後鳥羽院とその周辺』（一九九八年十一月、笠間書院）「後鳥羽院と和歌」参照。
（7）更衣尾張死去をめぐる歌に関しては、藤平泉氏に「新古今時代の哀傷歌（1）―後鳥羽院尾張哀傷歌群を中心に―」（『神女大国文』二、一九九一年三月）以下一連の考察がある。
（8）『後鳥羽院』（日本詩人選10、一九七三年六月、筑摩書房、第二版二〇〇四年九月）
（9）岡本况斎『百首要解』（天保年間成立）
（10）後鳥羽院の用例を含め、字余り歌については、山本啓介『詠歌としての和歌　和歌会作法・字余り歌―付「翻刻」和歌会作法書―』（二〇〇九年一月、新典社）に詳しい考察がある。
（11）前歌の「光」には「白露」の輝きではなく「光彩」と読む解が提出され（注（5）掲出加藤氏論）、後歌には白露を源氏、夕顔の花を夕顔の女君と読む解の一方に、白露を男、夕顔を女に見立てる解など諸解が施されてきた。
（12）注（5）掲出加藤氏論は後者を「難解歌」として検討を加える。
（13）注（2）掲出松村氏論では、心を取ることが「物語によって支配され」ることになるという面から、歌としての独立性の問題が論じられる。なお、隠岐本では、両歌の次に位置する「たそかれの軒端の荻にともすればほに出でぬ秋ぞ下にことゝふ」（二七七）と併せ、三首が一括して除棄される。式子内親王歌の「軒端の荻」は『源氏』の登場人物名で、この辺りの配列は『源氏』受容に基づくとも見られる。頼実歌は『新古今集』夏歌中唯一の「夕顔」題の歌であるにも拘わらず、これらが一括削除されるのは『源氏』との関わりの強さによるのかもしれない。
（14）この歌は多様に解され（森澤眞直「定家歌「みわたせば花も紅葉も」論―研究史の検証と解釈の秩序―」（『日本

文芸論叢』一三・一四合併号、二〇〇〇年三月）参照）、削除も種々の理由が推測されてきたが、『定家卿百番自歌合』・『定家八代抄』に収められず、定家自身自讃歌と認めていなかったことは留意される（第二編第六章第一節参照）。なお当該歌の『源氏』受容の認定には説が分かれるが、摂取したものと読むのが穏当である。

(15)『作者のいる風景 古典文学論』（二〇〇二年十二月、笠間書院）。吉岡氏は主体を苫屋の内側に設定する解を提示される。

(16) 拙稿「読む〈名歌を読む〉ということ—定家歌「見わたせば花も紅葉も」の解—」（『日本文学』二〇〇五年三月）

(17) これは川平ひとし氏が論ずる定家歌の〈主体転移〉の問題とも関わってくる。『中世和歌論』（二〇〇三年三月、笠間書院）「Ⅲ心と主体 2課題としての〈主体転移〉—定家とそののち—」参照。

(18) 例えば「埋もれたる御衣ひきやり、いとうたて乱れたる御髪掻きやりなどして、ほの見たてまつり給ふ」（夕霧巻）という夕霧の落葉宮に対する振る舞いを描く場面。

(19)『後鳥羽院と定家研究』（一九九五年一月、和泉書院）「『後鳥羽院御口伝』の執筆時期」

(20)『中世前期の歌書と歌人』（二〇〇八年十二月、和泉書院）「『毎月抄』小考」

(21)『中世和歌史論 新古今和歌集以後』（二〇〇九年十一月、青簡舎）「後鳥羽院御口伝の執筆時期再考」

(22) 注（3）に同じ。

(23) 主体が悲劇の主人公になりやすいという意味ではなく、詠み手が主体をより統御的に設定しているということである。

(24) 三木麻子氏によると、『八雲御抄』に『源氏』が言及されるのは「一一〇箇所を超え」るという。「『八雲御抄』と『源氏物語』—中世歌人と物語—」（『源氏物語の展望 第四輯』二〇〇八年九月、三弥井書店）参照。

(25)『八雲御抄』の論述内容が『後鳥羽院御口伝』の論を引き継ぐものであることは藤平春男『新古今とその前後』（一九八三年三月、笠間書院、『藤平春男著作集』二（一九九七年十月、笠間書院）所収）、注（19）掲出田中氏論等に指摘がある。

(26) 峯村文人『新古今和歌集』（日本古典文学全集、一九七四年三月、小学館）

（27）久保田淳『新古今和歌集全評釈』三（一九七六年十二月、講談社）
（28）「『源氏物語』と宗祇の連歌論―〈われ〉のありか」（『源氏物語と和歌』二〇〇八年十二月、青簡舎）
（29）安達敬子『源氏世界の文学』（二〇〇五年三月、清文堂出版）「源氏詞の形成―源氏寄合以前―」
（30）伊井春樹『源氏物語注釈史の研究　室町前期』（一九八〇年十一月、桜楓社）「歌合と源氏物語」
（31）海野圭介「堂上聞書の中の源氏物語―後水尾院・霊元院周辺を中心として―」（『源氏物語と和歌』二〇〇八年十二月、青簡舎）

第三節　勅撰集における天皇の歌

一　はじめに

天皇とその制度は、和歌の成立と展開にどのような役割を果たしていたのだろうか。

宮廷文学たる和歌の根幹に関わるこの課題については、これまで個別の対象に即した考察が積まれ、理念的乃至は総論的な把握はなされても、未だ本格的に取り組んだ試みはなされてはいない。それは、和歌における文芸性と政教性の問題と関わる上に、より大きく天皇における権威と権力の議論とも絡んで、明快な解答を得にくい性格の課題であるからだ。特に中世和歌を対象とする考察は、史的展開の把握を基本に、多方面からの検討を必要とするであろう。ここに、勅撰集に収載された天皇の歌を検討し直すことから、それを解く手がかりを探ってみたい。

『万葉集』には古来橘諸兄勅撰説があり、官撰性も説かれるもの(1)の、勅撰和歌集としての嚆矢は『古今集』にあり、以下二十一代にわたり、天皇の宣旨もしくは上皇の院宣による歌集が編まれ続けた。下命者による親撰の集を含め、その成立のあり方から、文字通り勅撰和歌集とは天皇とその制度の産物であり、前提的に政教性を有する歌集ということになる。しかしながら、平安時代の勅撰集は、個々に度合いを異にしつつ(2)、総じて天皇とその制度への意識は強くはなく、明瞭に意識化されるのは、鎌倉時代以降の集である。契機となるのは、周知の通り、天皇親政を理想とする下命者、後鳥羽院が編集に深く関与した『新古今集』の成立であり、承久の乱以降武家の政権が強まる中、各集が後嵯峨院とその後の両統迭立の時代の所産として編まれたことによって恒常化する。そもそも安定した治世の証しとしての集である勅撰和歌集が皇統と結びつく歌道家の手になる以上、天皇とその制度が基本性格に関わるのは当然であった。こうした中世の勅撰集に関しては、早く井上宗雄氏による歌壇史研究(3)や、佐藤恒雄氏による後嵯峨院と為家の時代の解明(4)、また岩佐美代子氏他の京極派の分析(5)を通してその実態が明らかにされ、近年は『新勅撰集(6)』・『続拾遺集(7)』・『続後拾遺集(8)』・『新続古今集(9)』等の注釈作業も進められ、各集に果たす天皇の役割も明らかにされつつある。そうした中、その中世勅撰集の総体を対象とした研究が深津睦夫氏によって試みられ、各集ごとの詳細な調査と分析を通して、天皇の役割のさらなる闡明化も図られることになった(10)。

本稿では、それらの成果を踏まえながら、勅撰集への天皇の歌の採用の実態を見きわめ、それらが集に果たす役割を検討することから、当該の課題を考えてみたい。なお、この課題には中世の始発期をどこに見定めるかという問題も関わってくる。従って、対象は鎌倉時代以降の集を中心としながら、二十一代集全体を視野に収めて進めることとする。

二　歴代勅撰和歌集の天皇の歌

二十一代に及ぶ歴代勅撰和歌集は、天皇の歌をどのように収めてきたのだろうか(11)。

a　八代集の天皇歌

『古今集』から『新古今集』までの勅撰集に収載された天皇の歌は**表1**の通りである。

この**表**から、まず一目瞭然なのは、後代に向かうにつれて歌数と比率が増大する傾向を示すことである。末尾に掲げた「比率」に見る通り、『古今集』『後撰集』は一パーセント未満で、『拾遺集』の一パーセント台の数値も、村上天皇の歌の多さが総数を押し上げたに過ぎず、三代集における天皇の歌は、歌集本体に影響を与える存在となっ

表1

天皇	古今	後撰	拾遺	後拾遺	金葉	詞花	千載	新古今
仁徳								1
天智		1						1
持統								1
元明								1
聖武								1
平城	1※1(2)							
陽成		1						
光孝	2							3
宇多		4						2
醍醐		3※2(1)	1※2(1)					9
朱雀		1	1					2
村上		2	16					10
冷泉						1		1
円融			1※2(1)			1		7
花山				5		9	4	7
一条				2		1		1
三条				3		1		2

（※1＝左注表記。※2＝作者名不表記）

表1（つづき）

天皇	後朱雀	後冷泉	後三条	白河	堀河	鳥羽	崇徳	近衛	後白河	二条	高倉	後鳥羽	総数	総歌数	比率%
古今													3	1111	0.3
後撰													12	1425	0.8
拾遺													19	1351	1.4
後拾遺	3	3	3	7									26	1218	2.1
金葉		1		5	4	1							11	665	1.7
詞花				1			7						21	415	5.1
千載				1	1	2	23	1	7	7			46	1288	3.6
新古今	3	1	1	4	1	2	7	1	4		4	33	110	1978	5.6

てはいない。ところが『後拾遺集』は、下命者である白河院の歌が多く、その前代の後三条院から花山院まで、遡る六代の天皇を連続して入集させ、それも近い数で並べることにおいて、当代帝と皇統に対する明瞭な意識を有していると見られる。次の『金葉集』では、下命者の白河院を重視する姿勢は受け継がれ、堀河院も準じて重んずるものの、皇統への配慮は窺い得ず、制度への意識は定かではない。対して『詞花集』では、下命者の崇徳院を重視し、天皇の代数も『後拾遺集』と等しい七代とする。そのうち冷泉院から三条院までの摂関期の五天皇を連続して採用しており、花山院の突出は異なるものの、下命者を重視し、皇統への配慮を示すことにおいて、『後拾遺集』の性格を継承する編集となっている。続く『千載集』も、八代の天皇の歌を収載して、その性格を受け継ぐ形を取る。崇徳院の多さに撰者の評価を示しつつ、下命者後白河院の然るべき重視と、白河院以下の天皇を連続して収めること、とりわけその連続を実現させるために数の少ない近衛天皇の歌を採る徹底ぶりにそれが現れている。[12]

ここに、院政期となって以降初めて編まれた『後拾遺集』が、天皇とその制度を意識化していること、及びそれが以下の範型となっていることが確認されるであろう。中世を先取りする要素を含み持つことが指摘されてきた『後拾遺集』[13]は、後述の、巻頭・巻軸に天皇を据えることを含め、勅撰集における天皇とその制度への意識においても、以下の集の規範となっていたのである。

『新古今集』については、既に複数の研究がなされ[14]、古代から当代に至る天皇が連続して収められることと、入集歌数の大きい天皇の多さが指摘されてきた。それを勅撰集史の中で見直すなら、右の『後拾遺集』の方針を承け、それを強固に徹底した形となっていることが導かれる。それを踏まえた上で本集は、下命者である後鳥羽院の作者名を「御歌・御製」を付さずに「太上天皇」と表記し、延喜・天暦の治をもたらした醍醐・村上の両天皇を等しく重視する等、新基軸を打ち出すのである。

b　十三代集の天皇歌

では、『新勅撰集』以降の勅撰集ではどのような実態となっていたのだろうか。

表2

天皇	新勅撰	続後撰	続古今	続拾遺	新後撰	玉葉	続千載	続後拾遺	風雅	新千載	新拾遺	新後拾遺	新続古今
允恭			1										
顕宗			1										
舒明			1										
斉明			1										
天智						1				1			
持統	1												
元正											1		
聖武	1	1	2							1	1	1	
田原	2		2										
平城								1					
嵯峨								1					
仁明											1		
光孝	3	2	1			1		1	1				
宇多		2	3							2	3	1	
醍醐	3	7	7			5		1		2	1	1	1
朱雀						1		1		2			1

村上	冷泉	円融	花山	一条	三条	後朱雀	後冷泉	後三条	白河	堀河	鳥羽	崇徳	近衛	後白河	二条	高倉	後鳥羽	土御門	順徳	後堀河	後嵯峨
2		1										4								5	
6		1								1		3					29	26	17		23
6		2	4	3		2		2	2	2		6	1	1			49	38	35		54
		1	2									1					19	16	15		33
									1			1					10	9	11		25
7		3	13				1	1	1			7	1	2	1		16	9	12		11
		1	2						1		2	1	1				14	9	8		11
1		1	2						2		1	2			2	1	9	7	8		11
			3						1			8			1		27	7	14		7
3	1	1	2	1	1	1			2			2		1	1		10	8	9		9
1		1	6		1							3			1		12	8	6		11
1		1	3						1			2			2		6	6	10		5
1	1	1	2									4					18	11	13		8

表2 つづき

後深草	亀山	後宇多	伏見	後伏見	後二条	花園	後醍醐	後亀山	後小松	後花園	光厳	光明	崇光	後光厳	後円融	総数	総歌数	比率%
																22	1374	1.6
																118	1371	8.6
	11															237	1915	12.3
	20															107	1459	7.3
	25	20	20	4	18		※3									147	1607	9.2
1	7	8	93	16	8	12										238	2800	8.5
	18	52	18	11	21	4	20									194	2143	9.2
	5	20	13	7	8	3	17									125	1353	9.1
	1	8	85	35	8	54	3				31	7				301	2211	13.6
	6	25	27	13	15	23	24				20		5	12		230	2365	9.7
	5	8	22	6	8	15	10				19		9	17		176	1920	9.2
	2	3	12	1	8	6	5				7			10	24	118	1554	7.6
	6	2	4	1	5	1		4	26	12	2		4	7	3	138	2144	6.4

（※作者名を尊治親王とする）

表2を一覧してまず浮き彫りとなるのは、定家単独撰の『新勅撰集』の特異性である。何より目につくのは、表末に示す「総数」に見る通り、所収歌数がきわめて少ないことであり、「比率」で見ても、一・六パーセントは、前表の『千載集』の三・六パーセント、『新古今集』の五・六パーセントに比して、大きく後退していることが知られる。ただし、周知のように鎌倉方への政治的配慮により約百首が削除され、そこに後鳥羽院以下の承久の乱関係者の歌が少なからず入っていたと見られることを勘案すれば、特異な例外ではないことになる。[15]しかしながら、具体的な扱いからは、やはり定家が撰者の一人として編纂に加わった『新古今集』とは異なる方針が窺われる。

その最も大きな差異は、天皇歌を連続しては採用しないことである。代数も『新古今集』の二十六代に対し九代と三分の一に減じている。その九代は『千載集』の八代とほぼ同数であり、しかも『千載集』が花山院と白河院以降当代までに限定するのとは逆に円融院以前を収め、崇徳院を除いては同一の天皇を採用せず、『千載集』の補完的な形を取る。ただし、八代集にはほとんど現れない奈良時代の持統・聖武天皇、及び延喜・天暦の治の醍醐・村上両天皇を収めることは、『新古今集』と共通である。逆に本集に固有の扱いとして注目されるのは、下命者の後堀河院の歌を巻頭に据えることである。御製が開巻冒頭を占めるのは、二十一代集中、先にも後にも例がない。この後堀河院への強い思い入れは、採用歌を五首に止めず、「後拾遺佳例」に倣い白河院の七首に揃えるべくさらに二首を希望したという事実にも現れている。[16]典拠としての『後拾遺集』は、その面において本集でも強く意識されていたのである。因みに後堀河院の歌はのちの勅撰集に一切入らない。

続く『続後撰集』(為家撰)は、『新勅撰集』で削られたはずの後鳥羽・土御門・順徳の三上皇の歌を採用し、天皇歌の総数もその五倍以上の百十八首を収めて、全く異なる性格を示す。ただし、右三上皇の歌は併せて七十二首と全体の六割を占め、それを除くと歌数は四十六首、代数は九代となり、俊成撰『千載集』の八代、定家撰『新勅撰集』の九代と同じ原則が踏襲されている。その内実を見ると、過去の天皇はほぼ『新勅撰集』と重なっており

（宇多天皇・堀河院が加わる）、天皇歌の扱いにおいても周到に父祖の撰集を意識した跡が窺われる。佐藤恒雄氏が指摘された本集における白河院時代への思惑は、俊成・定家のそれと軌を一にするものであり、治天の君の下命になる『後拾遺集』がやはり範型とされていたことが確認される。

この『続後撰集』と全く異なる様相を示すのが『続古今集』（為家・基家・家良・行家・光俊〈真観〉撰）である。採用する天皇は二十五代ときわめて多く、『新古今集』にほぼ等しい。ただし、古代の允恭・顕宗・舒明・斉明の四天皇は『新古今集』には見られず、いずれも二十一代集中唯一の採歌である。これは、仁徳天皇から天智天皇を間を補うべく古代の天皇詠を博捜した結果に違いなく、『新古今集』の方針を踏襲し、補強したものと解される。ともに後嵯峨院の下命ながら、『続後撰集』とは撰者も編集も異なるのである。ただし、後鳥羽・土御門・順徳の三上皇の歌の重視に変わるところはない。

次の『続拾遺集』は、後深草院と亀山院の抗争が始まり、両統迭立を間近に控える時代の成立であり、当代は亀山院のみが撰ばれ[17]、やはり後鳥羽・土御門・順徳の三上皇は後嵯峨院とともに多くの歌が採られる。三上皇の総数は五十首で、天皇歌の半数近くを占めている。

続く『新後撰集』（為世撰）は、当代を亀山・後宇多・伏見・後伏見・後二条・後醍醐天皇と、両統ともに収めており、以降の勅撰集にこの方針が踏襲されることになる[18]。

以上の鎌倉時代の集につき、当代帝に至る皇統について見ると、その扱いは、限定的なケースと網羅的なケースのいずれかになる。後嵯峨院以前の天皇に関しては、『続拾遺集』が七代、『新後撰集』が六代、『続千載集』が十代と限定的であるのに対し、『玉葉集』は十八代、『続後拾遺集』も十七代と網羅的である。『千載集』『新勅撰集』を承けた限定的な『続後撰集』に連なる集と、『新古今集』を承けた網羅的な『続古今集』に連なる集の、二つの系譜が導かれるのである。後者に属する『玉葉集』と『続後拾遺集』が、『新古今集』と相関することは、この面からも認められる(19)。

南北朝以降の集では、『風雅集』が九代と限定的で、同じ京極派の『玉葉集』が右に見た通り十八代にも及ぶ網羅的であるのは対照的であり、高い政治性が説かれる本集の歴代天皇への意識の内実を考えるための新たな参考データとなるであろう。『新千載集』以下、将軍執奏という武家の関与する四集では、南朝・北朝それぞれの天皇の扱いも重視されたはずだが、当代帝を含むすべての天皇を見わたすと、『新千載集』三十代・『新拾遺集』二十五代・『新後拾遺集』二十三代・『新続古今集』二十四代と、いずれもその代数は多い。天皇が実質的な力を喪失した時代、勅撰集は可能な限り多くの天皇の歌を収載する姿勢を示すのである。

三　後鳥羽・土御門・順徳三上皇の歌

かくして勅撰和歌集に収められる天皇の歌をたどると、『後拾遺集』でその存在と制度が意識化され、『新古今集』を大きな転換点として、それが格段に強く意識されるようになったことが確認される。入集歌の総数も『新古今集』で三桁となり、占める割合も従来の集を大きく凌駕する。十三代集では『新勅撰集』を唯一の例外に、『続後撰集』の八・六パーセント以降、『続古今集』一二・三パーセント、『風雅集』一三・六パーセントの突出を含め、一〇パーセントに近い値を保ち続けていることが知られる。すなわち概ね十首に一首が天皇の歌となるのが中世勅撰集である。

巻子本であれ、冊子本であれ、読み手が目にする紙面に、かなり高い頻度で「御歌」「御製」「太上天皇」の歌が現れ続けるのである。

そのように配置されるのは、前節に見た通り、当代帝重視の基本方針による結果であると同時に、後鳥羽・土御門・順徳の三上皇の歌が一定の割合で採用され続けた結果でもあった。当代の天皇が多くを占めるのは、既述の通り、後嵯峨院時代と続く両統迭立の時代に生きた撰者にそれぞれ政治状況に対する判断が求められたためで、そこに中世勅撰集らしさが典型的に示される。では、三上皇の歌が採用され続けることはどのように解されるだろうか。『新勅撰集』には現れない三者の歌が揃って収められる最初の集は『続後撰集』であり、歌数は後鳥羽院二十九首、土御門院二十七首、順徳院十七首である。佐藤恒雄氏が指摘される通り、順徳院に比し歌壇活動の乏しい土御門院がはるかに多い数であるのは、当代後嵯峨院の父であり、後嵯峨院がその皇統に属するからである（『新後撰集』以降に両者の歌数が逆転する集が現れる）。本集で注意されるのは、雑歌中の巻軸に、よく知られた後鳥羽院の、

1202 人もをし人も恨めしあぢきなく世を思ふゆゑにもの思ふ身は

を据え、雑歌下の巻頭に、土御門院の、

1203 秋の色を送り迎へて雲の上になれにし月ももの忘れすな

と、一首措いて、順徳院の、

1205 百敷や古き軒端のしのぶにも猶あまりある昔なりけり

という、いずれも物思いに耽る三上皇の有名な歌を載せることである。ここに「配流の王たちがかつての時代を懐旧し述懐するかの如き象徴的意味合い」を認められた田渕句美子氏は、その他の遠島作の採用や配列等をも含め、

集全体に「ひそかな鎮魂の思い」をこめる周到さが存したことを推測された。[20] 配所にまつわる三者の等し並みの扱いからしても、その懐旧の歌や述懐の歌等に配流の暗示を読むことは自然であろう。

次の『続古今集』は、『新古今集』を範としたこともあり、三上皇の歌は前集の二倍近い数となる（後鳥羽院四十九首、土御門院三十八首、順徳院三十五首）。後鳥羽院は、

105 吹く風も治まれる世の嬉しきは花見る時ぞまづおぼえける（春下）

のような政教性の強い歌の一方で、

1700 世の中よいかが頼まん飛鳥川昨日の淵の浅瀬白波（雑中）
1716 人は皆もとの心ぞ変はりゆく野中の清水たれか汲むべき（同）

という配所詠が採られ、土御門院は、

942 吹く風の目に見ぬかたを都とてしのぶもかなし夕暮の空（羈旅）
943 白雲を空なるものと思ひしはまだ山越えぬ都なりけり（同・巻軸歌）

等の、順徳院は、

1578 人ならぬ岩木もさらにかなしきはみつの小島の秋の夕暮（雑上）

等の、ともに配流の悲傷の極みを表す歌が採用される。雑歌上における、

1492 霞にも富士の煙はまがひけり似たるものなきわが思ひかな（土御門院）
1493 霞さへなほ異浦に立ちにけり我が身のかたは春もつれなし（後鳥羽院）

の並びや、

1583 かくばかりもの思ふ秋のいくとせに猶残りける我が涙かな（順徳院）
1584 ふしわぶる籬の竹の長きよも猶置き余る秋の白露（同）
1585 おほかたの憂き身は時も分かねども夕暮つらき秋風ぞ吹く（後鳥羽院）

の並びなど、物思いにとらわれた父子の歌も意図的に連ねられており、三院を等しく扱おうとする撰者の意図を推測するのは容易である。

ところが、次の『続拾遺集』になると、右のような狙いを窺わせる歌は見当たらない。そもそも勅撰集として撰者に三上皇の配流を扱う意思がなかったからであり、それは後鳥羽・順徳の諡号も定まり、怨霊への恐れが弱まった時代背景によるところも大きかったであろう。以下の勅撰集においても、配流の三上皇として一括する編集はなされない。ただし、配所の歌が素材とならなかったわけではなく、知られるように特異な編集をなした『玉葉集』

が採る後鳥羽院の歌には、『遠島百首』の、

1910 ながむればいとど恨みぞますすげ生ふる岡辺の小田をかへす夕暮（雑四）

など、恨みを真率に訴える配所詠が複数含まれる。(21)

とりわけ土御門院の歌は、

1236 つらしとて人を恨みんゆゑぞなき我が心なる世をば厭はで（続拾遺集・雑中）

1361 世のうきに比ぶる時ぞ山里の松の嵐はたへてすまるる（新後撰集・雑中）

2578 昔より憂き世の中と聞きしかど今日は我が身のためにぞありける（玉葉集・雑五）

1792 かげろふの小野の草葉の枯れしよりあるかなきかととふ人もなし（続千載集・雑上）

1577 嘆くとて袖の露をばたれかとふ思へばうれし秋の夜の月（風雅集・雑上）

1806 明石潟大和島根も見えざりきかき曇りにし袖の涙に（新千載集・羇旅）

1470 春の花秋の紅葉の情だに憂き世にとまる色ぞまれなる（新後拾遺集・雑下）

等々、不遇意識を表すものが目につき、『続後拾遺集』には、

1028 七とせの秋の今夜をいたづらに独りしみれば月も恨めし（雑上）

などの歌もある。「七とせ」は、譲位後の年数と読むのが自然[22]だが、配流後のそれと読むことも可能で、年数の明示が強いリアリティを伴わせている。『新続古今集』では、

2038 いたづらにこたへぬ空を仰ぎつつあはれあなうと過ぐすなりけり（雑下）

と、真率な憂情吐露とともに、

遠所より日吉社にたてまつられける七首歌の中に

2123 跡たれし誓ひの山のかひあらば帰るしをりの道は違はじ（神祇）

という帰京願望が表される。注意されるのは後者が詞書に「遠所」を明記することである。配流された天皇の勅撰集入集歌に全く類例のないこの表記は、元来土御門院の歌が流謫の天皇として扱われやすかったことを示しているであろう。

ところが、順徳院の入集歌には、右のような歌は殆ど現れない。実は土御門院の歌にしても、右の歌以外の多くは、配流には関わらない歌々であり、それは後鳥羽院も同様である。そもそも『続後撰集』・『続古今集』においても、暗示させる狙いとして当然ながら、配所にまつわる詠歌は数量的には乏しい。『続後撰集』以下の集に収められた三上皇の歌のうち、暗示を含め、わずかでも政教性や述懐性を読みうるものを数えると、**表3**のデータが得られる（恋の歌は元来物思いを詠む歌が多いため数え上げない）。

表の数値を集計すると、後鳥羽院は二百十七首中二十六首、土御門院は百五十六首中三十四首、順徳院は百五十

表3

歌集	後鳥羽院	土御門院	順徳院
続後撰	3（29）	4（27）	3（17）
続古今	6（49）	8（38）	8（35）
続拾遺	1（19）	3（16）	0（15）
新後撰	2（10）	1（9）	0（9）
玉葉	5（15）	2（9）	1（12）
続千載	1（13）	1（9）	0（8）
続後拾遺	0（9）	2（7）	0（8）
風雅	1（27）	2（8）	0（10）
新千載	3（10）	5（8）	0（9）
新拾遺	1（12）	1（8）	2（6）
新後拾遺	1（6）	3（6）	0（10）
新続古今	2（18）	2（11）	1（13）

（括弧内は各集所収歌総数）

二首中十五首となり、比率では、それぞれ一二・〇パーセント、二一・八パーセント、九・九パーセントの割合となる。特異な歌は目立ち、関心を集めやすく、御代の安泰を象徴する勅撰集であっても、配流を暗示させる歌は、特に土御門院に見る通り、何らかの形で撰入せしめようとした形跡は確かに認められる。三上皇の悲劇への慰謝・同情に発したものに違いなく、特に『続後撰集』と『続古今集』では、その鎮魂が編集に狙いに組み込まれていた可能性は高いであろう。

しかしながら、所収歌の八割から九割は題詠であり、それらの歌が他の歌人の歌と異なる詠法や表現を有するわけではない。三上皇の歌は、そのほとんどが各人なりの個性を示す勅撰集に相応しい作として採用されているのである。もとより当然のことながら、この事実は中世の勅撰集の性格を考える際には見逃し得ないであろう。例えば、『続後撰集』春歌上の巻に収められた三上皇の歌は以下の通りである。

8しがらきの外山の空は霞めども峰の雪げはなほやさゆらん（後鳥羽院）

18雪のうちに春はありとも告げなくにまづ知るものは鶯の声（土御門院）

27降る雪にいづれを花とわぎもこが折る袖にほふ春の梅が枝（順徳院）

29埋もれ木の春の色とや残るらん朝日がくれの谷の白雪（土御門院）
32白妙の袖にまがひて降る雪の消えぬ野原に若菜をぞ摘む（土御門院）
38見わたせば灘の塩屋の夕暮に霞に寄する沖つ白浪（後鳥羽院）
40伊勢の海天の原なる朝霞空に塩焼く煙とぞ見る（土御門院）

あるいはたけ高い叙景をなし、あるいは趣向をこらして優艶に詠み、あるいは繊細な感覚から把握する、総じて端正な歌である。各集を通読すると、撰者ごとの好みにより、評価の違いが存し、以て各集の歌風に寄与していることが知られ、それらは基本的に勅撰集として当然の、撰ばれるに相応しい秀詠として採用されていたのである。

ちなみに、この巻の天皇歌は、ほかに次の三首が採用される。

10敷島の大和島根の朝霞もろこしまでも春は立つらし
11神代より変はらぬ春のしるしとて霞みわたれる天の浮き橋
55色も香も重ねてにほへ梅の花九重になる宿のしるしに

いずれも太上天皇、後嵯峨院の歌である。父祖の歌と通う歌柄の大きさとのびやかさを具えつつ、これらは、「大和島根」に訪れた春を「もろこし」に及ぶ広がりの中に捉え、「神代」への思いを馳せて「天の浮き橋」を取り上げ、「九重」の梅を詠んで、当代帝らしさを遺憾なく発揮した歌となっている。

四　天皇の歌の役割

各集に採られる当代天皇の歌々は、伏見院の『玉葉集』九十三首、『風雅集』八十五首を典型に、可能な限り多数の歌が収められていく。伏見院や後伏見院の歌は京極派歌人としての実力を踏まえた採用であり、また亀山院・後宇多院以下大覚寺統の天皇も基本的には力量に応じた秀歌が採用されたものと認められる。ただし、勅撰集入集においては歌とは別に人への評価も存し、とりわけ下命者を含め、皇族に対しては、その配慮が働きやすい実態にあった。例えば『新古今集』の約四百首を削減する隠岐本では、編者後鳥羽院は、父高倉院・祖父後白河院等の身内の歌を大幅に減じている。(23)後嵯峨院以下の天皇の歌を見わたすと、歌より人を重視したことによる採用と思しい事例も散見される。

その評価はともかく、そうした当代の天皇歌と、古代にまで遡る天皇の歌々が、平均すれば約十首強に一首の割合で集に現れ続けることの意味はどう解されるだろうか。(24)

それを考えようとする時、注目されるのは、佐々木孝浩氏が指摘され、(25)村山識氏が検討された(26)中世勅撰集における「御製のそば」という発想である。

定家仮託の歌論書『愚秘抄』に「御製のそばに雲各以下の輩を不可入」とする配列の故実が掲げられていた。その故実と実態との関わりにつき、鎌倉時代の勅撰集を対象に詳細な検討を加えられた村山氏は、勅撰集における天皇とその周辺の歌に「身分序列的配列」が存したことを導かれた。また、『続拾遺集』の注釈において小林一彦氏は、神祇部の太上天皇・入道内大臣の並びに、皇統の存在をアピールしたい下命者亀山院の意図に適う撰者為氏の「こころにくい配慮」が存したことを指摘されており、(27)そもそも佐々木氏も天皇の歌が並ぶことの意味を検討されていた。前項に見た通り、勅撰集ごとに扱われ方は異なりながら、いずれの天皇歌も、常にその周辺の関わりが周到に配慮されているのである。

そう位置付けられた天皇の歌が、平均約十首に一首の高い頻度で現れる事実を、勅撰集を繙く読み手はどう受け止めたのだろうか。集を読み進める際、しばしば現れる「御歌」・「御製」・「太上天皇」等の表記が意識され、その周辺に配された作者群が留意されれば、並べられた歌々が、天皇を中心とした宮廷に形成される〈場〉の所産であることに自ずと意識が及ぶであろう。数多い今上天皇や当代治天の君の歌は、そうした〈場〉の営みが活発であることを印象付け、時代を越える古来の多くの天皇の歌は、それが継承されていることを印象付けるように働いたはずである。和歌が生まれ続けるのは、その〈場〉が形成され続けるからであり、その核となるのが他ならぬ天皇の存在であった。とりわけ中世の勅撰和歌集で求められていたのは、現実には失われつつある望ましい宮廷社会の営みとしての和歌であり、その生成の場の存在を証すものとして、天皇の歌は、集の骨格を構成する役割を担っていたのである。

そのように形成された部立においては、内部の骨格とともに、それぞれの首尾の働きも重要となる。二十一代集の各巻の巻頭と巻軸には**表4**のような天皇が配されていた。

やはり『後拾遺集』から現れ始める巻頭・巻軸の天皇歌は、『続後撰集』以降の中世勅撰集において然るべく多く採用され、枠組みを固めている。

こうした首尾を含め、各部立に天皇歌を配する撰者の具体的な作業を想定すれば、優れた天皇の歌をもとに、その周辺に相応しい歌を配列させるケースと、逆に周辺を固める候補が揃い、それに相応しい天皇の歌を求めて据えるケースの二つが考えられる。むろん同時に候補が揃う場合を含め、現実には種々のケースがあり得るが、常に一割程度の歌が採用され続けた実態からすれば、すべてが前者の例ではあり得ず、周辺に働く機能が優先した後者の事例は少なくなかったであろう。その機能において、天皇の歌とは、達成度如何に拘わらず、存在自体に価値を有

表4 （漢数字は巻数名を示す）

歌集	巻頭歌	巻軸歌
後拾遺	二花山・十一後朱雀・十三後朱雀	十二後冷泉
金葉	五堀河	
詞花		一崇徳
千載	二白河・十後白河・十七鳥羽	
新古今	二後鳥羽・三持統・七仁徳・十元明	十後鳥羽・十七天智
新勅撰	一後堀河・二光孝	七聖武
続後撰	三村上・五後鳥羽・七後嵯峨・十三醍醐・十八土御門・十九村上	十七後鳥羽・十九後嵯峨
続古今	二後嵯峨・三土御門・九顕宗・十三後鳥羽・十六崇徳・十七後嵯峨・二十一条	十土御門
続拾遺	三後嵯峨・四亀山・六後鳥羽・十亀山・十九後嵯峨・二十後鳥羽	一後鳥羽・十一後鳥羽・二十花山
新後撰	三伏見・七後嵯峨・十後宇多・十二亀山・二十後鳥羽	十後鳥羽・十八後宇多
玉葉	二伏見・五天智・十四花山	四伏見・十伏見・十一村上・十二伏見・十八伏見
続千載	二後嵯峨・六後宇多・七後宇多・九後嵯峨・十後宇多・十三順徳・十七亀山・二十後嵯峨	二後鳥羽・三後鳥羽・四後醍醐・八後宇多・十二後醍醐・十四亀山
続後拾遺	二後宇多・四後醍醐・六伏見・十一花山・十六土御門	三花園・十六後嵯峨
風雅	二花園・三後嵯峨・十二後二条・十四光厳・十七伏見	二後鳥羽・四順徳・七後伏見
新千載	二伏見・三花園・四醍醐・十後宇多・十四天智・十八後鳥羽	十一光厳・十六後宇多・十七伏見
新拾遺	四光厳・五後嵯峨・七元正・十三土御門・十九後光厳	四土御門・六後光厳・十二後醍醐・十三花園・十四後鳥羽・十五後嵯峨
新後拾遺	五順徳・七花園・八土御門・十六後嵯峨	十五伏見・十七土御門・十八花園
新続古今	二後花園・三後小松・七後鳥羽・十六朱雀	十三順徳・十八花園

していたのである。治世への思いを詠む政教的な歌を主に、その場の要請に応ずる形で採用された天皇歌は少なくなかったはずである。

そうした中で、達成度の高い天皇の歌は、文字通り上下が挙って競い合い、豊かな歌が生み出される〈場〉の存在を証す要の役割を果たすことになる。前節に見た後鳥羽・土御門・順徳の三上皇が詠む多くの歌は、王朝の花山院・崇徳院を初めとする力量に恵まれた天皇の歌、及び当代の伏見院等の優れた歌とともに、その役割を担うべく採用されていたのである。

五　おわりに

勅撰集の編纂において、天皇とその制度を明確に意識したのは、応徳三年（一〇八六）藤原通俊が撰した『後拾遺集』である。それは院政という政治体制と連動しており、とりわけ為政者たる治天の君、白河院の存在の大きさに発するものであった。それが以下の勅撰集の基本的性格を規定していくことになる。

見てきた通り、その基本性格を受け継ぐ中世の勅撰和歌集が採用し続けた天皇の歌の役割は、宮廷和歌生成の〈場〉を主宰者として保証することにあり、その理想は和歌に優れた存在として定位されることにあったのである。王権の弱体化が進む中、仮構の度合いを増幅させつつ、天皇歌を据え続けるこうした編纂の基本姿勢を見定め、それとの関わりのうちに、院政期以降の勅撰集の、各集ごとに配慮される現実への対応が見直されてよいであろう。

その際、特に注意されるのは、『金葉集』と『新勅撰集』である。両集は、見た通り、天皇とその制度に関しては、独自の編集を心がけていた(28)。白河院の命を受けて編纂に臨み、二度の改編を迫られた俊頼と、『新古今集』の編纂作業をはじめ、後鳥羽院との複雑な関わり合いの中に歌人生活を送る定家の営みは、両者の歌観との関わりを含め、この課題を考えるためにきわめて重要な対象となる。とりわけ定家の独自な営みは、和歌における天皇の役割をより鮮明に見極めるための鍵となるように思われる。

【注】

（1）伊藤博『萬葉集の構造と成立 上・下』（古代和歌史研究1・2）（一九七四年九月・十一月、塙書房）

（2）増田繁夫「天皇制と和歌―勅撰集をめぐって」（『国文学解釈と教材の研究』一九八九年十一月）では、三代集各集における「勅撰集」としての性格の差異が説かれる。

（3）井上宗雄『中世歌壇史の研究 南北朝期〔改訂新版〕』（一九八七年五月、明治書院）、同『中世歌壇史の研究 室町前期〔改訂新版〕』（一九八四年六月、風間書房）、同『中世歌壇と歌人伝の研究』（二〇〇七年七月、笠間書院）等。

（4）佐藤恒雄『藤原為家研究』（二〇〇八年九月、笠間書院）。以下本稿が引用する佐藤氏の論は本書による。

（5）岩佐美代子『京極派歌人の研究』（一九七四年四月、笠間書院）、大坪利絹『風雅和歌集論考』（一九七九年六月、桜楓社）、鹿目俊彦『風雅和歌集の基礎的研究』（一九八六年三月、笠間書院）、岩佐美代子『京極派和歌の研究』（一九八七年十月、笠間書院）、同『玉葉和歌集全注釈』（一九九六年三月～十二月、笠間書院）、同『風雅和歌集全注釈』（二〇〇二年十二月～二〇〇四年三月、笠間書院）等。

（6）『新勅撰和歌集全釈』（神作光一・長谷川哲夫校注、一九九四年十月～二〇〇八年六月、風間書房）、和歌文学大系六『新勅撰和歌集』（中川博夫校注、二〇〇五年六月、明治書院）。

（7）和歌文学大系七『続拾遺和歌集』（小林一彦校注、二〇〇二年七月、明治書院）

（8）和歌文学大系九『続後拾遺和歌集』（深津睦夫校注、一九九七年九月、明治書院）

（9）和歌文学大系一二『新続古今和歌集』（村尾誠一校注、二〇〇一年十二月、明治書院）

（10）深津睦夫『中世勅撰和歌集史の構想』（二〇〇五年三月、笠間書院）。以下注（8）以外に引用する深津氏の論は本書による。

（11）本稿では「天皇」は上皇・法皇も含めた呼称とする。各集における天皇の歌の作者表記は「御歌」「御製」を伴うかまたは「太上天皇」である。『新勅撰集』の「田原天皇」は志貴皇子であり、天皇ではないが、「天皇御製」の表記により加えて考える。以下、本文は新編国歌大観による。ただし表記は私意。なお異文に存する天皇歌は検討の対象としない。

(12) 例えば松野陽一氏は、賀部巻頭歌において崇徳院主催の歌会歌を下命者後白河院のそれと読ませる配慮が存したことを指摘される（『千載和歌集』〈笠間叢書17、一九六九年九月〉、『藤原俊成の研究』〈一九七三年二月、笠間書院〉等）。

(13) 『後拾遺集』は『古来風躰抄』で三代集との差異が指摘され、歌風や歌人選定から中世和歌の萌しが認められている。和泉古典叢書『後拾遺和歌集』（川村晃生校注、一九九一年三月、和泉書院）、新日本古典文学大系『後拾遺和歌集』（久保田淳・平田喜信校注、一九九四年四月、岩波書店）等参照。なお、注（2）掲出論にも『後拾遺集』以降の変容の指摘がある。

(14) 奥田久輝『新古今集作者考』（一九九六年十月、和泉書院）、小林和彦「新古今集の編纂意識における政治的なもの―天皇歌人群と権門歌人群について―」（『語学文学』一二、一九七四年三月）、榊原照枝「『新古今和歌集』の天皇歌―巻頭・巻軸歌を中心に後鳥羽院の撰集意図との関わりにおいて―」（『語文（日本大学）』一一四、二〇〇二年十二月）等。

(15) 今野厚子「天皇の歌の諸相―勅撰集を中心に―」（『佐賀大国文』三四、二〇〇五年十二月）に指摘されている。なお、承久の乱関係者としては後鳥羽・順徳両院が取り上げられやすいが、当初採用には土御門院の歌も存したはずで、三上皇が一括削除されたと見るのが自然である。

(16) 『明月記』天福二年六月三日条参照。

(17) 持明院統の後深草院には歌は乏しく、勅撰集入集歌にはのちの『玉葉集』一首のみであり、伏見院もまだ十四歳で、採用候補となる歌は僅少であった。

(18) 撰者の立場により、両統の天皇歌の採用数は異なる。なお深津氏論に『新後撰集』を初出とする皇族・二条家の宗匠・京極派の有力歌人が以下の集に多いことが指摘される。

(19) 深津氏論に『続後拾遺集』における後醍醐天皇への強い思惑と後鳥羽院への意識が指摘されることとも関わる。
(20) 「流謫の後鳥羽院——『続後撰集』以降の受容——」(『国文』九五、二〇〇一年八月)
(21) この歌は『遠島百首』の改訂本において差し替えられる歌で、その理由は強い恨みの表明にあったことに求められる。第二編第一章第三節参照。
(22) 注(8)に同じ。
(23) 父高倉院が四首から一首へ、祖父後白河院も四首から一首へ、兄惟明親王が六首から一首へと減じられている。第二編第六章参照。
(24) 四季・恋・雑の歌に配される天皇の歌は、各集ともに四季が最も多く、頻度はさらに高くなる。先に見た『続後撰集』春上巻では五十六首中十首が天皇の歌であり、ほぼ六首に一首の頻度となる。以下の勅撰集も四季歌は概ねその頻度である。
(25) 「後嵯峨院歌壇における後鳥羽院の遺響——人麿影供と反御子左派の活動をめぐって——」(『和歌の伝統と享受』和歌文学論集10、一九九六年三月、風間書房)
(26) 「「御製のそばに」——鎌倉期勅撰集における「身分序列的配列」——」(『詞林』四三、二〇〇八年四月)
(27) 注(7)に同じ。
(28) 『新勅撰集』巻頭の後堀河天皇歌については注(6)掲出書に考察があり、特に中川博夫氏校注書にはそれに関わる天皇歌への本書固有の性格の解明がある。

第四節　後鳥羽院の和歌

一　課題

後鳥羽院が和歌に馴染み始めたのは、正治二年（一二〇〇）、二十一歳頃からであり、以来、延応元年（一二三九）、六十歳で配所の隠岐に崩ずる最晩年頃まで、およそ四十年の長きに及び、繁簡はありながらも、詠作と編纂の活動は続けられた。結局は生涯和歌を詠み、『新古今集』に関わり続けることとなる後鳥羽院にとって、和歌とは何であったのだろうか。

人生を大きく変えた承久の乱は承久三年（一二二一）、時に後鳥羽院は四十二歳の事変であり、四十年間の和歌の営みをそこで区切れば、対照的な前後半は、二十一年と十九年という、ほぼ変わらない長さとなる。ところが、この二つの期間の活動は、見てきた通り、身分と環境の激変に応じて大きく変わり、諸先学が説かれる通り、その違いが後鳥羽院の和歌の最も大きな特徴をなすことは明らかである。そして、帝王から罪人となり、都から隠岐へ流されるというその衝撃的な事実の重さは、営みのすべてを強力に規制しやすく、両期の和歌は全く異なる性格のものとして解されるのが一般であった。しかし、第二編で試みた考察のように、身についた和歌が一朝にして全く変質することはあり得ず、隠岐配流後の変容は単純ではなかった。空前の体験を率直に詠む新たな歌もあれば、体験に関わらない歌もあり、体験を以前と変わらぬ詠法で詠むことに工夫を凝らす新歌もあった。大きくは実情実感の系譜と題詠の系譜の歌が共存し、それぞれに十九年で変質する歌と一貫して変わらない、もしくは変えまいとする歌があって、その相関にも意味が込められるという、入り組んだ様相を呈していた。

後鳥羽院における和歌の存在を考えるためには、第一編で扱った和歌と右のような複雑な在り方をする第二編の和歌を総体として問い直すことが必要となるであろう。

慈円等の反対が聞き入れられず、遂に敢行に至った承久の乱については、周囲及び後代の反応は一様ではなく、暴挙としての批判や自己本位の振る舞いへの忌避に加え、怨霊に対する怖れさえも付きまとい、否定的な見方が多い中、配流の処置に関しては、悲劇に涙し、心を痛める人々の同情や慰謝の思いも寄せられていた。和歌の営みの検証は、乱の顚末やその後の行動に対する評価とは切り離し、冷静になされることが求められる。以下、本論の概要を辿り直し、右の課題に向かってみたい。

二　都における歌

第一編で取り上げたのは、都における和歌活動である。治天の君として主催した初めての試みである正治二年の『初度百首』（第一章第一節）は、確かな修練は経ぬままに、謂わば〈手探り〉の状態で臨んだ百首歌であり、それゆえの初学者らしさを示しながら、生来恵まれた歌才を窺わせる歌々は概ねそつなく詠まれ、よく整えられた構成となっていた。その表現で留意されるのは、古歌や周辺の歌に学び、それらを旺盛に取り込んでいることである。それは短期間に集中的な〈学習〉がなされたことを示しており、制約の顧慮には乏しい事例が多くを占めていた。後年『後鳥羽院御口伝』で、「初心の人のため」に説く「至要」の「七ヶ条」の一つに、

一　まだしき程は万葉集見たる折は、百首の歌、なからは万葉集のことば詠まれ、源氏等の物語見たる頃は、
又そのやうになる、よく〳〵心得て詠むべきなり。

と記すのは、この体験に基づくと思しく、本作は文字通り初学者の実践であった。構成の整い方も勅撰集のような

総合的な歌集に学んだ跡を窺わせる。ただ、整序そのものは生来の嗜好を窺わせ、のちの『新古今集』の配列意識との関わりを考える上でも参照されるのに対し、表現に関しては、未熟さは否めず、自らも強くそれを感じさせられたはずである。その契機となったのが、俊成の『正治和字奏状』により追加された定家を初めとする優れた歌人達の提出百首であった。手元に召した定家はもとより式子内親王・良経等の作は優れた歌に満ち、その感銘が負けず嫌いでもあった院の意識をかき立てたものと思われる。そこで彼らの秀逸な表現に学び、それを取り込む行為が取られ、ここに複数の歌の差し替えや多くの字句の修正という大幅な改作がなされ始めることになる。それは主宰者として歌を召す立場にあり、しかも摂取を厭わない後鳥羽院ならではの性格によるものであった。これを機にのめり込むように詠歌への没頭が始まり、元来の高い修得能力にもより、力量は短時日の間に長足の進歩を見せることになる。続く『後度百首』には、未練の表現はあまり見当たらず、その『後度百首』に遜色のない水準にまで高めるべく、『初度百首』の改訂は、『後度百首』出詠と並行して行われたと見るのが自然である。

ところで、初度・後度の両百首を併せ読むと、企画に重要な役割を果たす近臣、藤原範光の歌との間に、ことばを襲用して関係を築こうとする体の事例も見出される。それは他の廷臣と間にも認められ、和歌本来の達成への志向とは次元を異にする、即興性・遊戯性に富む交流が成り立っていた。周辺の歌人たちの表現は、修正に資するためのみならず、そうした交流のためにも取り込まれ、その識別の困難な事例も少なからず存する。両者が截然と識別されず、むしろ融合的でさえあることに、この期の後鳥羽院の和歌表現の最も大きな特質を認めてよいであろう。

翌建仁元年（一二〇一）、伊勢大神宮に奉納する「内宮百首」（同第二節）は、生涯にわたり神へ奉る歌を詠み続ける後鳥羽院が、初めて試みた奉納定数歌であり、神に対する心情を直截に表した作である。本作で注目されるのも、先の正治の両度百首と同様に先行歌からの表現を取り込むことであり、とりわけ藤原良経からの影響が群を抜いていた。それはその方法にまで及び、のちに『新古今集』巻頭歌人となる良経への評価は、歌い方の共鳴にも由来していたと判断される。その摂取の実態から、本年三月とされてきた成立は、八月十五日以降に繰り下がることが知られ、それが七月二十七日の和歌所設置以後であること、取り込まれる歌の多くが後の『新古今集』入集歌であることとの関わりには留意される。良経を含む当代に至る歴代秀歌を周到に取り込み、各首を詠み連ねるのは、古代以降の和歌史を引き継ぎつつ、当代歌壇が隆盛化に向かっていることを予祝する狙いによっており、それは新たな勅撰和歌集の企図を前提としたことを窺わせるのである。

その翌年、建仁二年（一二〇二）に『千五百番歌合』に結実する百首は、正治の両度に続く第三度目の、自らを含む三十人の歌人に提出を求めたものである（同第三節前半）。院自身の百首は定家に評価された通り、力量はさらに向上の跡を示していた。その表現で注目されるのは、『万葉集』歌の摂取が目立つことであり、臨む姿勢と差し替え歌の実態からは、情熱を傾けている『新古今集』編集の作業と類同の性格を見ることができる。作者と編者の双方の立場を兼ね備え、特徴的な『万葉集』の摂取に『新古今集』の万葉採歌との関連が想定され、〈場〉との相関の有無を要因として差し替えがなされる等、すべては集を編む姿勢に由来すると見てよい事例に違いない。

以上の百首歌は、急速に統合され、成立した歌壇に旺盛に繰り広げられる活動の実態を反映したものであり、勅撰集を目指す〈場〉の活動を、歌人としてまた勅撰集を下命した主体として、自ら学びつつ、推し進めることを前提にしていた。その〈場〉を、作中に形成させる営みとして注目されるのが、次の句題五十首歌である（第二章）。

良経との二人のみの歌に始まり、その後、慈円・俊成卿女・宮内卿・定家が加わった『仙洞句題五十首』は、冒頭と二首目に位置する院と良経の歌の間のみならず、それらと末尾の定家の歌の間にも応じ合う関係が成立している特異な作である。のちに取り上げる『水無瀬釣殿当座六首歌合』（終章第一節）も、本作の最初の形態と同様に、定家と後鳥羽院の二人の歌のみからなる歌合で、両者の歌が表現において相関するという類似の現象を見せていた。その歌合が実際には催行されなかったのと同様に、本五十首にも御会が持たれた形跡はなく、両作ともに、作中に

〈場〉を成立させることで共通する。『水無瀬釣殿当座六首歌合』が後鳥羽院の作意による君臣二人の関係の形成であるのに対し、本五十首は、六歌人の歌が謂わば〈場〉に生成することばの競演の形を取っており、その演出に定家が深く関与していた。これは、君臣和楽の歌と創作詩としての歌を折り合わせる営みにほかならず、歌合とともに定数歌においても、俊英たちが競い合う場から『新古今集』が生み出されていく過程を示すような事例が存するのである。

ただし、本五十首も『水無瀬釣殿当座六首歌合』も、定家が後年自らの家集『拾遺愚草』に自詠を収める際には差し替えがなされた。そこに、制度に奉仕した歌の役割に対する定家の否定的な思惑を読むことも可能であり、それは定家における和歌の追究が、時間とともに懸隔を深めゆく院のそれとの差を示す資料としても貴重である。治天の君としての歌は、定家達の歌とは異なって、治世との関わりにおいて理想を求める前提が据えられ、望ましい歌を詠ませる営みに励みながら、一方では、それが安定した世を証す所産であることを示す思惑に由来する即興性や遊宴性が付与されがちであった。

もとより歌うことは個人の営みである以上、歌に託されるのは個の思いであり、上下関係や地位にすべて規制されるわけではない。題のもとに詠まれる歌は身分や立場を超えることを前提とする。しかし、感懐が表れる雑歌やそれに類する歌では、当然ながら、後鳥羽院も生身の個である自己を対象とする。ただし、通常身分の上位者に不遇や不如意の思いを訴える〈述懐歌〉は、為政者の場合、構造として思いを訴える対象は神以外にあり得ない。そうした治天の君の述懐の役割を引き受けたのが、奉納歌である（第三章）。

先に見た「内宮百首」（第一章第二節）も伊勢の神へ奉納された作であり、そこにも勅撰集の企図と関わる真摯な感懐が表明されていた。その百首とともに諸社奉納三十首形式の歌を読み解くと、後鳥羽院自身の他の定数歌との明らかな異なりが認められる。すなわち、『正治百首』以下の広く歌人達を糾合した百首歌では、心中の思いを表明するに際しても、百首歌を主催した立場を離れた歌は存在しない。従って、雑歌に例えば〈苦衷を吐露して涙する〉というような主体が造型されることはない。対して、奉納歌は、治世と関わる政教性に根ざす建前はもとより、個の本音を偽りなく訴える手段となり、〈泣き濡れる〉思いの表明も憚られることなく、主体の心情吐露に制約はない。王者が仰ぐ対象は仏のほかは神のみであるからで、奉納歌は、為政者にとっては、歌本来の抒情を取り戻す働きを有したのである。理念が真情に直結することにおいて、為政者の歌に欠かせない役割を担うのが奉納の形式であった。

かくして、和歌に〈場〉の形成に資すべき役割を認めた上で、学びつつ優れた和歌を目指すとともに、優秀な歌人達に秀歌を詠ませることによって歌壇を活性化させ、同時に、あるべき治世を寿ぐために、和歌の機能に即し、神に向けた思いを訴え始めたのが、正治二年以降、在京時代前半における営みの基本である。

活発化するその歌壇活動においては、種々の〈試み〉が提示され続ける。和歌を三つの風体で詠み分ける「三体和歌」の催し等、よく知られた企画のほか、注目される作に、『最勝四天王院障子和歌』がある（第四章）。これは、日本全土を支配する王者として、四十六箇所の歌枕を選定し、絵を描かせ、優れた歌人たちから歌を募り、絵に代表歌一首を伴わせるという、いかにも後鳥羽院らしい試みであった。その編集に関与した定家との間には、編纂過程における思惑や和歌評価に由来する齟齬が生じ、対立は深刻化する。しかし、ともに絵画との共存を前提とする和歌の詠出に精力を費やし、あるいは時・空間の拡大化を、あるいは絵との相補の働きをそれぞれ前提として、新たな創作がなされたことは特筆される。建築物の障子という場に即した和歌は、歌書としては、十歌人の詠歌がまとめられた形で伝存し、享受はその形態で行われてきた。四百六十首が集合する作品としては、日本全土を移動する仕組みや、近臣藤原秀能との関わり等、〈場〉に関わる為政者らしい意思の反映を読むことが可能である。

さらに新たな可能性を探るべく、院からの継ぎ早にして要求水準の高い〈試み〉の提示が、歌人たちに真摯な取り組みを強い、前代にはない斬新な歌々を詠ましめた。『新古今集』が豊かな歌集に結実するのは、そうした上下挙って励み、以て活性化した歌壇の盛況を前提とした。特筆されるその功績は、しかし、目指された達成というより、火付け役の熱情により、結果的に生み出されたという面もある。先例のない〈試み〉には困却に陥らされる〈気紛れ〉も含まれ、個々の企図を等し並みに評価することはできない。しかし、新人・女流を含む多くの歌人たちを集わせ、力を引き出すべく競わせたことの意義はきわめて大きい。交流の〈場〉を前提とした営みが、『新古今集』を成立させる最も重い基盤となったからである。

切磋琢磨する歌壇の活発な営みからは、多くの秀歌が生まれ続け、『新古今集』への切入が続くことになる。本集は歌壇の隆盛による和歌の達成を表す勅撰集であり、その熱意にとらわれた主体の手になる改訂が続くのは必然であった。

切継が収束し、『新古今集』が形を整える頃を境に、歌を詠む意欲は次第に減退し、歌数も漸減する。連歌への関心が強まったのもその要因の一つであった。後半のいわゆる建保期には順徳天皇内裏歌壇が成立し、詠歌する〈場〉も院のもとからは移行して、歌壇の直接的な主宰者の立場からは退くことになる。それは鎌倉幕府の存在による政治の変質、具体的には治世の理想と齟齬する方向に向かう現実の変化への対応とも関わっていた。もとよりその状況でも理想を求める思いに変化はなく、むしろ強まり、現状の是正への意思も次第に固められてくる。和歌においても、その意思に変わるところはなく、定家との対立は深刻化し、必然として歌のあるべき姿への省察が深められることとなった。

その最も大きな表れが、『後鳥羽院御口伝』の執筆である。『源氏物語』の受容の問題（終章第二節）で考えた通り、その執筆は隠岐配流後と見るよりも在京時代と考えるほうが自然であり、初めて歌論をこの時期に展開するのは、詳しくは後述する通り、現状の和歌の課題を克服し、進むべき方向を示すためであったと見られる。それを前提に、理想の代の所産としての和歌位置付けが見据えられていたのである。

建保四年には久しぶりに百首歌も詠出される（第一章第三節後半）。前半期に増して優れた達成を見せる歌を含むこの百首には、望ましい〈現実〉のために神からの庇護を求める狙いも窺われる。安定した治世の象徴として、構造的に政教性に裏打ちされる和歌は、それゆえの教条性・観念性に陥ることなく、理想の追求に徹していた面が強い。この期の活動は、順徳天皇内裏歌壇をコントロールする立場にある後鳥羽院の、あるべき和歌を求める思惑に発していた。

以上のような都での営みの表現において、後鳥羽院の和歌に固有の特徴として挙げられるのが、先行歌との関わりである（第五章）。定家の歌と比べると、古歌を初めとする先行歌への対し方に角度を九十度異にするような違いがあり、いわば〈縦〉に深く関わる定家歌に対し、〈横〉に広く関わる後鳥羽院歌という方法の違いも導かれる。都における後鳥羽院の詠法は、ことばを厳しく限定した上に新たな心を生み出す、定家の禁欲的な態度とは逆の、自在にことばを取り用い、その範囲を可能な限り広く持とうとしたものと総括することも可能である。具体的に、安易な借用と見えるケースから、周到に複数の表現を鏤めるケースまで、多彩な摂取がなされ続け、それぞれに成立状況に応じた意味付けがなされる。大きく括れば、それは為政者として固有の〈共同性〉に立脚する詠歌姿勢に由来する性格となるであろう。

三　隠岐における歌

対して、第二編で取り上げた隠岐における営みは、配流の身として当然ながら、孤立した立場を前提とする。都人の訪れはなく、消息のやりとり以外に〈横〉の交流は成立しない環境に置かれ、十九年に及ぶ生活を営み続ける中で、新たな歌が生み出され、同時に仏道修行が重ねられた。

『遠島百首』（第一章）は、後鳥羽院の配流後の和歌として最もよく知られ、いわゆる〈実情実感〉表明の文学として高く評価されてきた。悲嘆や苦悩を偽りなく吐露する秀詠が多く、それらは悲劇を歌う古典和歌における出色の成果である。その詠歌主体の立場は悲劇に耐えきれず悲しみに沈む身か、それとも逆境に屈せず我を持する身か、解には揺れが生じるけれども、百首を貫く切実な感情とその表現は、時代を超えて読者の心に訴える力を有しており、先学諸説が説く通り、後鳥羽院和歌の代表作であるに違いない。ただし、これまでの研究では、実情実感の歌として、体験に基づくことにもっぱら焦点が絞られてきた。百首歌として本作を通読すれば、体験とは直接に関わらず、都での題詠歌と変わらぬ歌を少なからず収めることが知られる。近代以降の短歌と異なり、この時代の歌の基本は題詠にあり、悲劇を経ても創作がすべてそれに規制されるわけではない。いかなる状況でも題詠・実詠両者の歌は詠まれ、それ自体は異とするには当たらない。順徳院の佐渡での作『順徳院百首』も、土御門院の四国（阿波・土佐）での作『土御門院御集』も同様である。それらに比し、配流をテーマとしてはるかに強く実情を表出する『遠島百首』において、留意すべきは、逆境の身にあって、その負の条件に規定されない歌を詠み連ねたことである。しかも、実感吐露の歌も先行歌の表現を摂取する従来と等しい詠法により、実情を浮き彫りにする新たな歌を生み出していた。悲劇を味わいながら、耐える手段として詠歌があり、また逆境に屈しない自己を示すべく、特異にのみ規定されない和歌を詠み続けたのである。

隠岐配流後の最初の作として、後鳥羽院自身にも重い意味を有したはずの本作は、都での百首や『新古今集』同様、改作がなされたことでも知られてきた。異なる複数の本文の伝存からは、自ら幾度も修正を加えたと考えられ、稿者もかねてそう理解してきた。ただし、諸伝本の本文を詳細に検討すると、現存諸本の限りでは、改訂は一度で、ほかはいずれも後人の手になる改変と認めざるを得ない。院自らの改訂は、都で還京案が強く浮上したことと連動しており、その他の異なる現存本文は、院を追慕する後代の受容に関わって派生したと見るのが穏当である。それほどに後鳥羽院の配流を重く受け止める層が時代を超えて存したのである。

隠岐配流後五年目に編まれた『後鳥羽院御自歌合』（第二章）と十六年目に催された『遠島御歌合』（同）は、それぞれの時期における生き方と和歌の取り組みの姿勢を窺わせる資料として貴重である。ともに対都人意識を成立の主因としており、各時点における配所での感懐が表明される。特に『遠島御歌合』においては、その実感表出の歌が判者家隆の慰謝を含む判詞によって高く評価されていた。その一方、両作ともに題詠歌の系譜に連なる歌を収めており、『遠島御歌合』に出詠した題詠歌は、後述する歌仙歌合形式の秀歌撰『時代不同歌合』所収の自詠差し替え歌となっていた。家隆に評価された実感溢れる歌ではなく、題詠歌を切り入れたこの事例は、あるべき和歌への模索が配流後も変わらず、終生続いたことを示している。

「詠五百首和歌」（第三章）は、隠岐での生活を含め、生涯を通じて比類のない規模の定数歌であり、それは正治二年（一二〇〇）以降、ほぼ四十年に及ぶ全生涯の和歌を総決算するために詠まれたものと判断される。本作においても先行する作からの摂取は旺盛で、先に見た〈共同性〉に由来する表現意識に変わりはないことが示される。隠岐で詠まれたにも拘わらず、『遠島百首』とは対照的にその事実を露わに表現しないのは、特異性に由来する歌と享受されることを避けた結果であった。神仏への率直な思いの表出を、異常事態に由来せしめず、苦しむ内面の吐露とそれに発する祈願としてまとめたのは、これまでの人生を振り返り、心のうちを表現するためであった。『遠島百首』が四季・雑の構成であるのとは異なって、四季・恋・雑のオーソドックスな構成にしたのも、題詠歌の系譜の和歌総決算であったからであり、その成立状況や、類似する先例から推測すれば、隠岐本『新古今集』の完成祈願と関わっていた可能性を有する大作である。

それらの詠作活動に対して、編纂に関わる活動としては、まず、『定家家隆両卿撰歌合』（第四章）と『時代不同歌合』（第五章）という秀歌撰がある。ともに遠島に暮らす自身の思いを込めながら、前者は当代の最も優れた歌人の定家と家隆を、後者はその両者や自らを含む当代までの古来の歌仙、百人を選抜し、歌合形式に仕立てたものである。『定家家隆両卿撰歌合』は、定家・家隆の歌業を顕彰することを目的としながら、結番には、定家から誹謗を受けた彼の歌「秋とだに吹きあへぬ風に色かはる生田の杜の露の下草」の評価に関する思惑をはじめ、定家に対する相異なる複数の意識が強く働いていた。

『時代不同歌合』も、定家に対する意識を深く込めつつ（同第一節）、百人の歌仙を時代を超えた二人ずつに番えて目指すのは、喪失した〈場〉を、仮構の歌合を催すことにおいて再現させることにあった。その幻想の〈場〉を主宰する者の位置に立つことが、隠岐の今を生きる力となっていたのである（同第二節）。

なお、両作とも、定家の晩年の活動、特に『百人一首』との関わりが想定されることにおいて、諸解のあるその成立の問題を考える貴重な資料としての価値をも有している。

『遠島百首』が隠岐での詠歌の代表作とすれば、編纂に関わるそれは、何と言っても『新古今集』の改訂作業、すなわち隠岐本『新古今集』の取り組みである（第六章）。都における切継に比して、隠岐本の精選は、規模が大きく異なり、作業も削除のみで補入を伴わない、全く質の異なるものであった。諸本の問題も複雑で、そのほとんどが符号による削除後の本文提示の形を取る。それらに対し、残された歌のみからなる純粋本が出現して、研究は新たな段階を迎え、序の理解を深めることをはじめ、符号を使う理由の追尋や、精選本文の実態の解明がますます緊要な課題となった。

問題点を整理した上で、削除歌の最も多い後鳥羽院歌、所収天皇歌、贈答歌等の実態から、改めて見直すと、勅撰集としての〈純化〉が基本に据えられたことが確認され（同第一節）、予断を有さず現象の理解に徹した分析を施せば、機械的・自動的な削除基準さえ導かれることが指摘された（同第二節）。想定されやすい均衡・相関を目指すものと対立する基準が配列の実態から導かれるのは、削除が継起的に異なる基準でなされた可能性を窺わせ、それは精選が完成を目指す、中途の段階に止まっていたことをも思わせる。そこで、削除基準の課題につき、総合的に捉え直すと、基本として「歌」「人」「配列」の三基準が、いわば立体的に交差する関わりのうちに精選がなされ、そのすべての要素において矛盾や齟齬がなく、より〈純化〉された削減をなすためには、抜群の記憶力を前提とすること、ただし、基準が三つに止まる保証はなく、さらに存した場合も削除を継続させるために、方途として削除符号の付加が必須となることが導かれる。それが他の和歌活動とともに隠岐を生きるために欠かせぬ営みであったことからすれば、理想としての純粋本完結は果たされず（出現した純粋本は本文に問題を残しており、これが理想形であったとは考えにくい）、後鳥羽院における『新古今集』本文は流動し続けた可能性も残すのである（同第三節）。

四　〈場〉に生成する和歌

以上、都と隠岐の和歌の差異は大きく、言われてきた通り、配流体験が後鳥羽院の和歌を特徴付ける決定的要素であったことは明らかである。気の置けない近臣を含む宮廷人との交流の場に即し、治世の理想との関わりを前提にする営みと、孤島に暮らし、理想と大きく異なる現実に根ざす営みは、それぞれ成立基盤に即して営まれる後鳥羽院の文学の特徴をよく示すに違いない。

ただし、落差の大きな都と隠岐の活動は、詠出にせよ編纂にせよ、一度作成した作を改めようとすることにおいては、全く共通する。都での『正治初度百首』等の改作及び『新古今集』における長い切継作業と、隠岐での『遠島百首』『時代不同歌合』等の改作及び隠岐本『新古今集』における果てのない精選作業とは、詠歌であれ編纂であれ、ともに活動は、表現や配列に向かい、修正を目指し続けることを基本としている。

改作・精選を重ねるのは、もちろんよりよきものへの志向に発しており、その和歌の特質となる貪欲とも言える旺盛な先行表現の摂取も、それに由来していたはずである。既述の通り、未熟な段階に定家等の秀詠に触発された上昇志向を原点に、営みはよりよきものを模索する意思に貫かれることになる。その上昇を目指す志向は、和歌に止まらず、諸学・諸芸に積極的に関わった後鳥羽院の営みを通じて認められ、その大胆な改変は、旧例に囚われない進取の気性にも由来していたと思しい。述べたように、専制君主としての気紛れの面を有しながら、それは見方を変えれば柔軟さに発するものであり、そこに〈改革〉を推進する先進性を読むことも不可能ではない(1)。あるべき理想を見据えつつ、状況の変化に応じ、よりよき形を倦むことなく模索し続けたのが後鳥羽院の和歌であった。終始変わらぬ手直しのうち、特に晩年の隠岐本『新古今集』における約四百首の削除は、配所暮らしの異様な日常を生きる術ともなることにおいて、〈純化〉を目指す異様なまでの志向に発していた。ともあれ、改め続ける姿勢を最後まで見せる和歌は、〈修訂の文学〉と総括することも可能である。

そう括られる和歌は、繰り返し述べた通り、伝統に連なりつつ君臣分かたず相互の交流をなす〈場〉の存在を前提にするものであった。中に遊びの要素の強い、大胆に表現を取り込むものを含め、君臣相和する〈場〉の創造として、目指す理想は、周辺の人物との交渉を持ちつつ、万葉以来の伝統を正統に受け継ぎ、その和歌をのちの代へと継承させていくことにあった。

その理念は終生を貫き、後半の隠岐の生活を支える拠り所となる。終章第一節に見たように、定家・家隆を典型とするかけがえのない都人と交流する〈場〉を仮構の世界として築くべく、配所で和歌は詠み続けられた。真率な実情や実感を直截に表す一方、在京時と変わらぬ〈場〉に生成する和歌を試みたのは、そこに孤島を生きる術を認めながらも、理想の歌を求め続けることに自らの存立基盤を求めたからである。『時代不同歌合』の編纂も、時代を違えた人物たちとの競演という形を取っており、古来の秀歌を選び出し各時代の達成を評価しながら、そこに自分を含む当代歌人を位置付けることに、全く同様の発想を見て取ることができるであろう。専門歌人とは異なって、先行歌を多様に摂取し、歌との関わりに歌を求め続ける詠法は、かくして後鳥羽院固有のものであった。文芸としてのあるべき和歌を模索し続けながらも、一方に終生その詠法を持続するのは、時空を超え、人との交流の上に歌を詠もうとする姿勢に由来していたのである。

隠岐の営みを、題詠の歌から実情実感の歌へと変じたと捉えることは、もはや不可能である。両者は文字通り共存して隠岐における院の文学を支え、しかも個の存在が孤であることを痛感させられることにおいて、相互に深めあう関わりにあった。〈場〉に生成する和歌を求め続けた後鳥羽院にとって、最も大きな試練となった囲繞する集団の存しない個の現実は、それを克服するための課題をもたらし、解決すべく重ねた努力が、比類のない和歌を詠ましめたのである。悲劇の文学として、偽りのない心情を吐露する、その手段としての和歌の機能に深い省察をなし、以て『遠島百首』や「詠五百首和歌」の秀詠が生み出された。一方その希有な体験の重みが痛感されればされるほど、深い思いを特殊性に価値付けられるのではない、〈優艶〉にして〈たけ〉の高い表現による、心に響く宮廷文学としての和歌が目指されたのである。結局、後鳥羽院にとっての歌とは〈場〉に生きる人間の所産であった。

五　定家との関わり

そうした〈場〉を構成していた多くの廷臣のうち、終生意識させられ続けた人物は定家であった。彼からの強い影響を受けて始めた和歌の営みを自ら強く推し進めていく中で、後鳥羽院が不安を覚えさせられ、それが次第に募らされるのは、定家の和歌が〈場〉に関わらぬところで成立することであった。

終章第二節で検討したように、定家の歌は優れた達成を遂げるために、もっぱら言葉に徹することを方法とする。それは、『後鳥羽院御口伝』で認定する通り、天賦の才能を前提とした修練の賜物であって、通常の歌人が会得できる質の創造ではない。先鋭化するその和歌は、一見詠歌主体にこだわらず、それを超越した歌いぶりにより、作品の世界に措定される人間が希薄化する方向へ辿り行く危惧をさえ抱かされるものであった。もちろん定家は夢にもそう思ってはいなかったであろう。しかし、言葉の精妙な働きによって築かれた複雑にして妖艶な、従来の歌が表し得なかった世界を生み出し続ける才能は、当初こそ後鳥羽院を強く魅了したものの、次第に不安に陥れていったように思われる。ただし、際立つ変幻自在な魅力が失せることはなく、高い達成を示す定家ならではの歌への評価には、実は変動はなかった。深刻な問題は、その定家にのみ可能な歌い方が、取り巻く周辺に模倣されやすく、目に余る作を生み出しやすい危うさであった。容易に起こる亜流の増殖と、その助長及び蔓延は大いに危険視されていたのである。それは歌壇を主宰してきた身ならではの配慮に違いなく、その課題に立ち向かい、人間の社会に根ざす和歌を求める立場から、あるべき和歌の拡がりと持続を願う熱意が、院に初めての歌論『後鳥羽院御口伝』を書かせることになった。

都での営みの後半に及んで抱かされた定家歌の影響力への危惧は、隠岐においても払拭できず、むしろより大きくなりつつあった。課題の解決を目指して執筆された『後鳥羽院御口伝』に、隠岐での成立説が長く行われてきたのは、根本的なこの課題が隠岐以後にそのまま引き継がれ、より深刻化していたからである。

六　中世和歌としての営み

久保田淳氏は、かつて隠岐晩年の『無常講式』や「詠五百首和歌」を論じられた上で、

自らを流謫地における篁や光源氏に比し、金屋の内の采女との嬉戯を忘れかねている後鳥羽院はやはり古代末期の残照を負った作家なのであろうか、それとも半ば中世に身を委ねているのであろうか。

と評されていた。(2)

見てきた通り、宮廷和歌らしさを求め、天皇親政を企図したことにおいて古代的なるものを志向し続けた後鳥羽院の和歌の営みは、喪失した過去を取り戻すべく、〈場〉に豊かな詠作を生ましめるための〈試み〉を重ね続ける

ものであった。その理想は次第に現実と乖離してゆくにも拘わらず、抛擲されることなく持たれ続け、配流という決定的な喪失の中に追いやられてなお、あるべき歌を志向し続けるという、中世的な在り方を典型的に示す営みであったのである。

『新勅撰集』以後、存立基盤が次第に脆弱化する中にあっても、勅撰集は編まれ続け、宮廷和歌の催しも盛衰の波に揺られながら、途絶えることなく続いていく。そうした和歌史に果たす役割の中で、宮廷和歌の基軸を定め、その継承に強く寄与したのが、辿ってきたような後鳥羽院とその時代の営みであった。終章第三節で検討したように、後嵯峨院時代以降、中世の勅撰集は、皇統と結びつく歌道家の手になることとも関わり、その基本性格に天皇とその制度が関わってくる。例えば、天皇の歌（治天の君の歌を含む。以下同じ）の処遇に関しても、王朝の勅撰集とは異なり、中世には概ね全体の一割程度の割合で天皇歌が採用され続けることになる。それは、力量を有する天皇の増加とその当代帝重視の編纂方針とともに、新古今時代が範型となることと関わって、後鳥羽院及び、その二人の皇子、土御門・順徳両院の歌が一定の割合で採用され続けたからである。

中世勅撰和歌集においては、概ね十首に一首の割合で天皇歌が登場し、その御製の周辺を然るべき作者群が並ぶことにおいて、歌々が、天皇を中心とした宮廷に形成される〈場〉の所産であることが示され続ける。数多く入集する当代の天皇の歌は、そうした〈場〉の営みが活発であることを、また、時代を越える古来の多くの天皇の歌は、それが途絶えることなく継承されていることを、それぞれ印象付けるように働いたはずである。和歌が生まれ続けるのは、その〈場〉が形成され続けるからであり、その核に天皇の存在があった。そして、その核とともに各部立の首尾への配置において、集の骨格を構成する役割を担うのが天皇の歌であった。求められるのは、現実には失われつつある望ましい宮廷社会の営みとしての和歌であり、後鳥羽院の営みは、その淵源に位置するものと見ることも可能である。

例えば、隠岐最晩年の所産、「詠五百首和歌」は、その十分の一程の歌が勅撰集入集歌となる。既述のように、本作は切実な体験と固有の心情をモティーフに、過去の膨大な歌々を取り込んで成り立っており、体験の特異性には向かわず、ひたすら和歌を詠みなすことに向かった作品であった。歌との関わりに歌を求めようとした姿勢は、かつて丸谷才一氏が指摘された重層的な味わいをもたらす歌などをも多く結実させている。もとより当然のことながら、配所詠は原則的に忌避される勅撰集において、本作から多くの歌が入集したのは、後代の撰者達に本五百首和歌が配所詠とは判断されなかったためである。しかし、すべてを喪失し、他の芸能も不可能となって唯一精魂を込めた所産に対し、後代に評価がなされ続けたことは大いに注意されてよい。本作は、隠岐の十九年ではなく、人生の四十年の和歌の営みを振り返り企図した、自らの宮廷和歌の歩みの総決算として位置付けられていたからである。

恵まれた才をもとに、俊成・西行への私淑と定家・家隆以下の秀歌人たちとの真摯な交流を経て磨かれた力量により、大胆に自在にことばを運用する後鳥羽院の歌は、歴代天皇歌人の中では、文芸としての達成度においても群を抜いていた。中世勅撰集の各集に、当代を除けば常に最多の入集を果たしており、文字通り和歌に優れた存在として定位されていたのである。もちろん後鳥羽院の営みが存在しなかったとしても、その世を治める為政者によって勅撰集は編まれ、歌合や歌会は催され続けたであろう。過大に評価することは穏当ではない。しかし、和歌史上最も活性化し、質の高さにおいて比類のない創作を量産した新古今時代の歌壇活動の先例なくして、中世勅撰集が、少なくとも今見る形で編まれ続けることはなかったであろう。またその達成がなければ、崩後暫く経て再度隆盛を迎える後嵯峨院時代も大きく様相を異にしたはずで、もとより伏見院が当代を先例とし(3)、近世の後水尾院が後鳥羽院に倣う(4)こともなかった。

承久の戦いを起こす異端の王の芸能として、和歌と並ぶ強い愛好が知られている音楽については、同時代から「亡国の声」と言われ、その負の評価は後代まで語り継がれたらしい(5)。和歌においても定家をはじめ、後鳥羽院に対する評価は常に高かったわけではなく、流罪に関わるような要素は、可能な限り勅撰和歌集の世界からは捨象されるのが原則であった。

その後鳥羽院が後代の勅撰集に重い役割を果たし続け得たのは、右に見た隆盛な活動を展開した新古今歌壇を形成せしめ、その歌壇で率先して、のびやかにして繊細な感覚の、風格を湛えた歌を詠み連ねたこと、及び、承久の乱を引き起こしたのち、配所生活の芸能活動は唯一和歌に絞り、仏道に勤しみながら、詠歌と編纂とに望ましい成果を求め、倦まず創作に向かったことが理由である。人生前半の都での異様に充実した活動は当然として、後半の隠岐での活動は、追い詰められ、希望を失いながら、悟れぬ内面を表現する真摯な探究と、対照的な、孤の自己を最期まで王たらしめるべく、自在な宮廷和歌を詠み続ける執念にも類する意思によって継続された。立場上必然的に終生政治との関わりのうちに営まれた和歌は、特に後半においては、その徹しぶりにおいて、実情実感歌と題詠歌とを問わず、政治の評価の如何に関わらない達成を遂げていたのである。

【注】

(1) 田渕句美子『新古今集　後鳥羽院と定家の時代』(二〇一〇年十二月、角川学芸出版)
(2) 久保田淳「後鳥羽院とその周辺」(『UP』五―一一、一九七六年十一月、『藤原定家とその時代』(一九九四年一月、岩波書店) 所収)
(3) 伊藤伸江「伏見院歌と帝王意識―抱え込む後鳥羽院の影」(『日本文学』二〇〇〇年十二月、『中世和歌連歌の研究』(二〇〇二年一月、笠間書院) 所収)
(4) 鈴木健一「後鳥羽院と後水尾院」(『国語と国文学』一九九〇年四月、『江戸古典学の論』(二〇一一年十二月、汲古書院) 所収)
(5) 阿部泰郎「芸能王の確立―琵琶の帝王・後鳥羽院」(『天皇の歴史10巻　天皇と芸能』二〇一一年十一月、講談社)

初出一覧

本書に収めた論文の初出と原題は以下の通りである。本書を編むにあたり、すべての論考に手を加えた。趣旨を変更しない範囲で大幅に改稿したものもある。序章は、初出稿の「解説」の「研究史」部分を中心に補足しつつ、書き下ろした。終章第四節も新稿である。

序　章　「解説」（和歌文学大系24『後鳥羽院御集』一九九七年六月、明治書院）─後半─

第一編　都における営み

第一章

第一節　「「正治二年初度百首」考─後鳥羽院の百首歌について─」（『国文学言語と文芸』八一、一九七五年十月）、「和する営み─後鳥羽院『正治初度百首』の改作をめぐって─」（平田喜信編『平安朝文学　表現の位相』（二〇〇二年十一月、新典社）

第二節　「後鳥羽院『内宮百首』考─奉納の意味をめぐって─」（片野達郎編『日本文芸思潮論』一九九一年三月、桜楓社）

第三節　「王者としての和歌表現─後鳥羽院─」（山本一編『中世歌人の心─転換期の和歌観─』一九九二年九月、世界思想社）

第二章　「和楽と創造─『仙洞句題五十首』の〈場〉─」（『日本文学』一九九四年七月）

第三章　「王者の〈抒情〉歌─後鳥羽院の奉納三十首歌の性格─」（『国語と国文学』二〇〇四年五月）

第四章

第一節　「定家と後鳥羽院―『最勝四天王院障子和歌』をめぐって―」（『文学』六―四、一九九五年十月）

第二節　「歌書としての『最勝四天王院障子和歌』―配列・呼応の意味するもの―」（桑原博史編『日本古典文学の諸相』一九九七年一月、勉誠社）

第三節　「後鳥羽院と秀能―『最勝四天王院障子和歌』を中心に―」（有吉保編『和歌文学の伝統』一九九七年八月、角川書店）

第五章

第一節　「定家的なものと後鳥羽院的なものと」（『国文学解釈と教材の研究』一九九七年十一月）

第二節　「国文学研究資料館蔵「新古今和歌集撰歌草稿」について」（『調査研究報告』三三、二〇一三年三月、国文学研究資料館調査収集事業部）

第二編　隠岐における営み

第一章

第一節　「後鳥羽院遠島百首について」（『峯村文人先生退官記念論集　和歌と中世文学』一九七七年三月、東京教育大学中世文学談話会）

第二節　「『遠島百首』の改訂」（『山形大学紀要（人文科学）』一一―四、一九八九年一月）

第三節　「『遠島百首』の諸本と成立」（『国語と国文学』二〇一〇年二月）

第四節　「資料の伝来と本文の生成―『遠島百首』の変容―」（『日本研究におけるテクストとコンテクスト――コレージュ・ド・フランス日本学高等研究所創立五〇周年記念――』二〇一一年八月、コレージュ・ド・フランス日本学高等研究所―

仏文―）
第二章　「後鳥羽院隠岐の歌――『自歌合』、『遠島歌合』にふれて――」（『国語と国文学』一九七八年七月）
第三章
第一節　「後鳥羽院「詠五百首和歌」考――雑の歌を中心に――」（『国語と国文学』一九八一年一月）
第二節　「後鳥羽院「詠五百首和歌」の表現――作成のねらいとの関わりから――」（樋口芳麻呂編『王朝和歌と史的展開』一九九七年十二月、笠間書院）
第四章
第一節　「『定家家隆両卿撰歌合』考」（『山形大学紀要（人文科学）』一〇―二、一九八三年一月）
第二節　「天理図書館蔵『定家家隆詞合』の書入れ注について」（『国文学研究資料館紀要　文学研究篇』三五、二〇〇九年二月）
第五章
第一節　「『時代不同歌合』の一性格――定家を元良親王と番えること――」（『国文学言語と文芸』九五、一九八四年六月）
第二節　「時代不同歌合の基本性格――番いの原理をとおして――」（『百人一首と秀歌撰』和歌文学論集9、一九九四年一月、風間書房）
第六章
第一節　「後鳥羽院における新古今和歌集――隠岐本とは何か――」（浅田徹・藤平泉責任編集『古今集　新古今集の方法』二〇〇四年十月、笠間書院）
第二節　「隠岐本新古今和歌集の和歌削除――春の歌を通して――」（『東京医科歯科大学教養部研究紀要』三六、二〇〇六年三月）

第三節　「隠岐本新古今和歌集の削除歌―基準の認定について―」（『和歌文学研究』九四、二〇〇七年六月）

終章

第一節　「定家・後鳥羽院・家隆―和歌における君臣の構図―」（和歌文学会編『論集　藤原定家』和歌文学の世界13、一九八八年九月、笠間書院）

第二節　「新古今時代の源氏物語受容」（『国語と国文学』二〇一一年四月）

第三節　「和歌を詠む天皇―勅撰集における役割―」（錦仁編『中世詩歌の本質と連関』中世文学と隣接諸学5、二〇一二年四月、竹林舎）

あとがき

多くの慫慂にお応えできぬままに時を経て、ようやく著書を上梓する運びとなった。遅きに失したのは浅学のためであり、ほかに理由はない。ただ、後鳥羽院の和歌を論ずる本ゆえに計画を断念した経緯もあり、それもすべては右の理由に含まれることながら、一言書き留めておきたい。

一九九〇年代半ば、久保田淳氏監修「和歌文学大系」（明治書院）の一冊として『後鳥羽院御集』を刊行して頂くことになった際に、併せて論文集もと考え、実現に向けて動き始めた。その折しも、冷泉家時雨亭文庫から隠岐本『新古今和歌集』新伝本の出現というニュースが報じられ、大きな反響が引き起こされた。その重大さは速やかに理解でき、同時に公刊への意欲は一気に萎み始めた。構想の著書が、隠岐の営みを含め、後鳥羽院の和歌の総体を対象としながら、隠岐本の論を全く欠いており、それを公表する意義が問い直されてきたからである。そもそも後鳥羽院を論じ始める契機は『新古今集』への傾倒にあり、当初から隠岐本に対する取り組みも課題の一つであったにも拘わらず、先送りしてきた後ろめたさも再浮上し、タイムリーな出現は安易な取りまとめへの戒めとも思われて、結局目論見は白紙に戻すこととした。

その時、それが以後の自分をかほどに苦しめるとは思いも寄らず、決断したことの是非は、今は分からない。その後の苦しみとは、決めて程なく勤務先の学内事情で改革の嵐を強く受けざるをえない立場となり、身を処しきれなくなったことに起因する。それも非才のためながら、細部の検証を重ね、全体を見渡して削除行為を問い直すという本来楽しかるべき隠岐本の検証作業も、余裕を失えば、方途を見出せぬ苦悶に転じることとなった。作業量の膨大さも加わり、先が見えない状態となりかかった頃は、並行して取り組んでいた『八雲御抄』、『土御門院御集』、新古今集注釈書『尾張廼家苞』の本文研究、及び中世女流日記の注釈作業を重ねることで、辛うじて研究者としての渇を癒やしてはいた。しかし、肝腎の和歌論は捗らず、職責は全うせねばならず、焦りも募り始めていた。

その日々、研究を継続できたのは、指導教官の恩師はもとより、教えを受けた大学の先生方と先輩方からの助言と励まし、及び発表される論文や著書であった。東京教育大学は専攻ごとに入学が決まり、国語学国文学専攻の学生は、一年次から語学と文学を隔てなく学び、鍛えて頂いた。学んだ方法と得た知識とを核に、語学・文学双方の先生・先輩方の成果を学び続け得たことにより、進む姿勢を取らなければ道は拓けぬ、当然の理が見えてきた気がする。その上に、力を得たのは、出身大学の異なる多くの研究者との交流であった。ともに研究会を催し、論文を書く場を与えて頂き、さらには転任の力添えを頂くなど、年齢と性別を越えた有能な研究仲間との親交とその援助なくして、あの時期の自分はあり得なかった。さらに、母校閉学で編入した筑波大学大学院で頂いた上代や近世の先生方からの薫陶も大きかった。助手を終えるまでの間、研究と教育における誠実性と柔軟性の重さを身に沁みて学び得たことが、思うに任せぬ日々の自分を支える背骨となっていたように思われる。

鬼籍に入られた先生方を含め、恩恵を蒙ったきわめて多くの方々のご芳名を、ここに挙げることはできないが、様々に賜ったご教示とご支援に心より御礼を申し上げる。

なお、本書は二〇一二年に筑波大学から学位を授与された博士論文を基に、その後に発表した論文を加え、全体を整え直したものである。審査して頂き、有益なご指摘を下さった筑波大学の諸先生に篤く御礼を申し上げたい。

残る課題はなお多く、新たに生まれた問題もある。継続している歌語や歌仙絵、中世日記等の研究や注釈作業とともに、その解明に向けて検討を重ね、次なる著書の早めの出版を期したいと思う。

本書刊行の契機は、永年親しくお付き合い頂いている研究仲間の斡旋のご厚情を、笠間書院の橋本孝編集長がお受け下さったことにある。ご決断頂いた橋本編集長、刊行をお許し下さった池田圭子社長、実務をご担当頂き、細やかな配慮を賜り続けた大久保康雄氏に、衷心より深甚の謝意を表したい。なお、大久保氏には昨年十月刊の『新古今集古注集成』でも大変お世話になった。遅延が続いた問題を解決して頂き、『尾張廼家苞』の厳密な翻刻本文を提供する年来の夢が叶ったことはまことに有難く、ここに併せて御礼を申し上げる。

最後に、校正作業と索引作りに助力してくれた大学同窓の妻と、苦しい時代を妻とともに支えてくれた二人の娘にも深く感謝の意を表する。とりわけ、相次ぎ重篤な病いに襲われた妻の、屈することなく前を向き続ける生き方と、折ごとに適うことばの数々には救われ続けた。それらなくしてこの本が世に現れることはなかったであろう。

本書は、日本学術振興会平成二十六年度科学研究費補助金（研究成果公開促進費）の交付を受けて出版するものである。

寺島恒世

平成二十七年二月

■著者略歴

寺島 恒世（てらしま　つねよ）
1952年　長野県生
1975年　東京教育大学文学部文学科卒業
1977年　東京教育大学大学院文学研究科修士課程修了
1980年　筑波大学大学院博士課程文芸・言語研究科修了
2012年　博士（文学）（筑波大学）
現　在　国文学研究資料館・総合研究大学院大学教授
専　攻　中世文学・和歌文学
著　書　和歌文学大系24『後鳥羽院御集』（単著）（1997年、明治書院）
『歌ことばの泉―天体・気象・地理・動植物―』（共編著）（2000年、おうふう）
『新古今集古注集成 近世新注編 2』（共著『尾張廼家苞』担当）（2014年、笠間書院）
論　文　「歌語「奥」考」（『国語国文』1987年10月、『秘儀としての和歌―行為と場』〔1995年、有精堂〕所収）
「歌仙絵における文字表記―〈左右〉の意識と左書きの由来―」（『日本文学』2014年7月）
現住所　〒154-0016　東京都世田谷区弦巻 4-31-10-301

後鳥羽院和歌論《ごとばいんわかろん》

平成27(2015)年2月25日　初版第1刷発行

著者　寺島恒世

装幀　笠間書院装幀室
発行者　池田圭子
発行所　有限会社 笠間書院
東京都千代田区猿楽町2-2-3〔〒101-0064〕
NDC分類：911.142　電話 03-3295-1331　Fax 03-3294-0996

ISBN978-4-305-70767-3　モリモト印刷
（本文用紙・中性紙使用）

出版目録は上記住所または下記まで。
http://www.kasamashoin.co.jp

人　名　索　引

・本書で論及した近世以前の人物名につき、五十音順に配列し、当該頁数を示した。
・読みは慣用により、原則として名を示し、姓氏・家名等を括弧内に付した。
・複数頁に亘る場合は、初めと終わりの頁数を - で結んで示した。
・章・節等の標題に現れる場合は、各章・各節等の初めと終わりの頁数を 〜 で結んで示した。
・頻出する「後鳥羽院（天皇）」と「藤原定家」は省略した。
・著書名・論文名にのみ現れるものは省略した。

【あ行】

【か行】

【さ行】

【た行】

【な行】

【は行】

【ま行】

【や行】

【ら行】

書名・作品名索引

・本書で論及した近世以前の書物名と作品名につき、五十音順に配列し、当該頁数を示した。
・読みは慣用による。
・複数頁に亘る場合は、初めと終わりの頁数を - で結んで示した。
・章・節等の標題に現れる場合は、各章・各節等の初めと終わりの頁数を 〜 で結んで示した。
・頻出する「新古今和歌集（新古今集）」は省略した。
・著書名・論文名にのみ現れるものは省略した。

【あ行】

【か行】

【さ行】

【た行】

【な行】

【は行】

【ま行】

【や行】

【ら行】

【わ行】

和　歌　索　引

・本書で引用した和歌につき、原則としてその初句・第二句を歴史的仮名遣いによる五十音順で配列し、当該頁数を示した。
・第二句まで同じ場合は第三句まで、第三句まで同じ場合は違いが分かる部分まで示した。
・歴史的仮名遣いによらない引用歌は、歴史的仮名遣いに改めて掲出した。
・催馬楽も含めた。
・複数頁に亘る場合は、初めと終わりの頁数を－で結んで示した。
・章・節等の標題に現れる場合は、各章・各節等の初めと終わりの頁数を～で結んで示した。

【あ】

【い】

【う】

【お】

【か】

【き】

【く】

【け】

【こ】

【さ】

【し】

【す】

【せ】

【そ】

【た】

【む】

【め】

【も】